Marie Cordonnier

Die goldene Braut
Die geraubte Rose

MARIE CORDONNIER

Die goldene Braut

Die geraubte Rose

Zwei Romane in einem Band

Weltbild

Besuchen Sie uns im Internet:
www.weltbild.de

Genehmigte Lizenzausgabe für Verlagsgruppe Weltbild GmbH,
Steinerne Furt, 86167 Augsburg

Umschlagmotiv: Pino Daeni/ Agentur Schlück
Gesamtherstellung: Oldenbourg Taschenbuch GmbH,
Hürderstraße 4, 85551 Kirchheim
ISBN 3-8289-7426-0

2007 2006 2005 2004
Die letzte Jahreszahl gibt die aktuelle Lizenzausgabe an.

Inhalt

MARIE CORDONNIER

Die goldene Braut

Roman

Weltbild

Burg Glain – Normandie, im Oktober des Jahres 1270

Der Nebel kam früh in diesem Jahr. Er hüllte das Land in seine grauen Schleier und milderte die schroffen Konturen der alten Burg. Gnädig verdeckte er die Schwäche ihrer Mauern und den trostlosen Anblick der bröckelnden Steine. Er dämpfte die Farben und Töne, um dann feucht und klamm zwischen die Ritzen und Läden der geschlossenen Fensterhöhlen zu kriechen. Er verwandelte den stolzen Sitz der Escoudrys in einen tristen, unwohnlichen Ort, an dem weder Wohlbehagen noch Hoffnung zu Hause waren.

Die vier jungen Männer, die wie ein Rudel unzufriedener Wölfe unter diesem Dach lebten, trugen ihr Teil dazu bei, daß auch kein Friede aufkam. Gereizt, ungebärdig und von ausgeprägtem, schwierigem Charakter, empfanden sie die engen Mauern der väterlichen Burg ebenso als Kerker wie die Ausweglosigkeit ihrer Situation. Doch die Macht des Mannes, die sie in dieser Burg festhielt, war groß genug, um sogar dieses aufsässige Quartett zu bändigen und an dem Ort zu halten, den nicht zu verlassen er ihnen befohlen hatte.

Auch dieser beginnende Abend, der sie um das Feuer des verrußten, riesigen Steinkamines in der Halle der Burg sah, schien nur ein weiterer in einer Kette ereignisloser, erbärmlicher Tage zu sein. Die gereizte Stille wurde lediglich vom leisen Knacken der Feuerscheite unterbrochen, vom Rascheln des Ungeziefers und dem Fiepen der Mäuse, die im alten, selten gewechselten Bodenstroh ihre Heimat hatten. In den Küchengewölben kreischte eine Magd, und der ferne Fluch eines Knechtes antwortete darauf. Keiner der jungen Männer kam auf die Idee, das Gesinde zu Zucht und Ordnung anzuhalten.

»Wahrhaftig, ich begreife es nicht«, fuhr jetzt die gebückte Gestalt am Kamin auf, die bislang, den einfachen Holzbecher in der Hand, trübe in das Glimmen der Glut gestarrt hatte. »Wir sollten im Heer des Königs sein! Ich hasse es, wie ein Bauer dahinzuvegetieren, mit keiner anderen Abwechslung als jener von Nebel und Sturm! Ich weigere mich, den Winter so zu verbringen! Es ist eines Edelmannes unwürdig, so zu leben!«

»Du hast die Alternative abgeschlagen, Kleiner!« warf der Älteste mit tiefer, ruhiger Stimme ein, während er gelassen die geschnitzten Figuren auf einem Schachbrett bewegte.

»Verdammt, Mathieu! Warum seid Ihr nicht selbst Pfaffe geworden, wenn Euch das Dasein hinter Klostermauern so erstrebenswert erscheint?«

»Weil ich der Erbe des Falken bin, Kleiner!« Äußerlich behielt der andere seine stoische Ruhe bei, wenngleich es gefährlich in seinen Augen aufflammte. »Es ist von jeher so in dieser Familie, daß der jüngste Sohn der Kirche versprochen wird und ebenso die jüngste Tochter.«

»Zum Henker mit Euren Traditionen«, fuhr der junge Mann am Kamin auf. »Wozu haltet Ihr sie aufrecht? Für diesen verwahrlosten Haufen alter Steine? Um in Armut und Bescheidenheit in die Grube zu sinken?«

»Der Falke wird zurückkommen, und du weißt so gut wie ich, Kleiner, daß der König seinen treuen Kampfgefährten überreich belohnen wird. Hast du noch nie von den Schätzen der Sarazenen gehört? Von Palästen voller Gold und Edelsteinen? Von dem sagenhaften Schatz, den der König und unser Vater bei Damiette gefunden haben sollen?«

»Glaubt Ihr an die Legenden der alten Weiber?« mischte sich in diesem Moment eine spöttische dritte Stimme in das Gespräch.

Es handelte sich um den Partner auf der anderen Seite des Schachbrettes, und obwohl ihn mit den anderen eine gewisse Familienähnlichkeit verband, so wirkte er doch eher wie eine verfeinerte, sensiblere Ausgabe der athletischen Kämpfergestalten seiner Brüder.

»Der Kreuzzug unseres verehrten Souveräns droht ein Fiasko zu werden, davor wird ihn die gründliche Vorbereitung keinesfalls bewahren! Dies sind nicht die Zeiten, sich mit den Fürsten des Morgenlandes anzulegen. Jeder vernünftige Edelmann sollte keine Reichtümer erwarten, sondern im besten Falle eine Niederlage.«

»Bah, Rogier! Es ist typisch für Euch, das Haar in der Suppe zu suchen!« Nun beteiligte sich auch der Vierte am Gespräch, der bisher versucht hatte, sich aus der Diskussion seiner Brüder herauszuhalten. Er war der Zweitälteste der stattlichen Schar, und er besaß die imposanteste Erscheinung. »So christlich die Ziele unseres verehrten Königs auch sein mögen, die meisten seiner Begleiter sind mit ihm über das Mittelmeer gefahren, um neben Ruhm und Ehren auch weltliche Reichtümer zu finden. Wollt Ihr uns weismachen, man würde dort umsonst danach suchen?«

Der mit Rogier angesprochene Schachspieler wandte seinem Bruder das Antlitz mit den ein wenig scharfen, ausgeprägten Zügen zu und zog die schmalen Brauen hoch. »Ihr werdet noch an meine Worte denken, Simon!«

»Ich für meinen Teil hätte der Kirche lieber in diesem Kreuzfahrerheer gedient als auf den durchgeknieten Fliesen der Mönche von Mont Saint Michel«, meldete sich der Jüngste wieder zu Wort, der nun seinen Platz am Kamin aufgegeben hatte und mit den unruhigen Schritten eines gefangenen Raubtieres über die raschelnden Binsen lief. Er trug die einfachen Leinengewänder eines Knechtes, und lediglich der Adel seiner Züge unterschied ihn von den Burschen, die in den Ställen und auf den Feldern arbeiteten.

»Einen Jüngling, der mit Schimpf und Schande aus dem

Kloster nach Hause geschickt wurde, ehe er sein Noviziat überhaupt antreten konnte, würde unser König auch nicht in seinem Heer dulden«, rief ihm Mathieu d'Escoudry seine Verfehlungen in Erinnerung. »Es wird nicht zur Freude unseres Herrn Vaters sein, daß du den Namen d'Escoudry mit der Schande närrischer Streiche und rebellischen Unsinns belastet hast.«

»Ich hatte Euch gewarnt«, erklärte der nervöse junge Mann, der sichtlich Probleme hatte, seine überschüssigen Kräfte zu kontrollieren. »Ich wollte kein Klosterbruder werden, und Ihr habt mir nicht geglaubt. Nun werft mir nicht vor, daß geschehen ist, was geschehen mußte.«

»Hört auf, Euch zu streiten«, mahnte Rogier diplomatisch und schob das Schachbrett zurück. »Diese Partie habt Ihr ohnehin verloren, Mathieu! Es bereitet mir kein Vergnügen, Euren mehr oder weniger geschickten Ausweichmanövern zuzusehen.«

Mathieu d'Escoudry bezähmte seinen aufflammenden Zorn nur mit Mühe. Wenngleich er es als seine Pflicht ansah, als Ältester seine Brüder unter Kontrolle zu halten, so fragte doch auch er sich, weshalb sein Vater von ihnen verlangte, Glain nicht zu verlassen.

Er erinnerte sich nur zu gut des Gesprächs, das er mit dem Falken geführt hatte, ehe jener erneut an der Seite des Königs in den Kampf für das Christentum gezogen war. Eines Königs, der ihm mehr zu bedeuten schien als seine Söhne, seine Gemahlin und sein Lehen.

»Es ist an der Zeit, Vater, daß Ihr beim König den Lohn für die langen Jahre Eurer treuen Dienste einfordert«, hatte er zu sagen gewagt. »Ihr seid sein Gefährte, wenn nicht gar sein Freund, aber es scheint ihm egal zu sein, wovon Eure Söhne leben und wie dieses verdammte karge Land voller Salzmarschen sie ernähren soll.«

»Ich diene dem König nicht, um seine Schatzkammer zu leeren, sondern weil meine Ehre und mein Herz es mir befehlen«, hatte der stolze Krieger seinem ehrgeizigen Ältesten geantwortet. »Es wird der Schaden unseres Geschlechtes nicht sein, einem König zu gehorchen, welchen man den edelsten der Christenheit nennt.«

»Und weshalb ist es Euer Wille, daß keiner Eurer Söhne Euch begleitet?«

»Ihr bleibt zum Schutze Eurer Mutter zurück!«

Mathieu schwankte noch jetzt zwischen Bewunderung und wütendem Ärger. Er glaubte einen anderen, triftigeren Grund für die Weigerung des Falken zu kennen: den verhängnisvollen Stolz seines Vaters.

Mathieu d'Escoudry, dessen Erbe er war und dessen Namen er weiter führte, war zwar der berühmteste und tapferste Hauptmann des Königs; daß man ihn landauf, landab den Falken nannte, rührte ebenso von seiner Kampfeskraft und Schnelligkeit her wie auch von dem scharfen Raubvogelprofil und den braunen Haaren, die er seinen vier Söhnen in unterschiedlicher Ausprägung vermacht hatte; gleichzeitig aber war er auch so arm wie ein Bettler.

Er sah vermutlich keine Möglichkeit, drei erwachsene junge Männer so auszustatten, daß sie im Heer des Königs ihren Weg machen konnten. Die Kosten für Rüstungen, Waffen, Pferde und Knappen überstiegen seine Mittel. Und ehe er zuließ, daß die arrogante Clique um den Bruder des Königs, Charles von Anjou, sich über seine Söhne mokierte, verbannte er sie lieber auf seine Burg.

Mathieu hatte sich dem Befehl nur widerstrebend unterworfen, und nun stellte er ihn mehr denn je in Frage. Hinzu kam, daß der letzte Sommer das Leben der zarten, frommen Mutter gekostet hatte, die neben den vier überlebenden Söhnen des Falken weitere acht Kinder zur Welt gebracht hatte, die alle nicht viel älter als ein paar Tage oder Monate geworden waren. Verbraucht und müde, war ihr schon lange vor Jahreswechsel die Führung der Burg aus der Hand geglitten, aber ihr Leiden hatte den Frühling überdauert und erst an einem brütend heißen Augusttag ein Ende gefunden. Es gab keinen Grund mehr für ihn und seine Brüder, auf Burg Glain zu versauern. Freilich, wie sollte man das dem Falken beibringen?

»Ich hasse diese Mauern!« rief der Jüngste wütend. »Steine, nichts als verdammte Steine! Am liebsten würde ich ...«

Seine Brüder sollten nie erfahren, was er als nächstes verkünden wollte, denn in diesem Moment näherte sich dem stellvertretenden Burgherrn ein älterer Mann in braunem, bescheidenem Tuch, der auf der Burg das Amt des Seneschalls ebenso versah wie das des Kellerers und Waffenmeisters, des Herolds und des Leibdieners.

»Zwei Fremde bitten um Einlaß, Herr!« wandte er sich an Mathieu, und der verächtliche Tonfall seiner Worte verriet, daß es sich um Menschen handeln mußte, deren Armut sogar noch jene überstieg, die auf Glain das Regiment führte.

»Und warum, Cyril, bittest du diese Fremden nicht, sich in der Küche aufzuwärmen?« forschte der junge Burgherr leicht gereizt. »Ich nehme an, es findet sich eine Schale Suppe für die beiden und ein Platz vor dem Feuer. Wir sind arm, aber keine Unmenschen, denn wir kennen die Pflicht der christlichen Nächstenliebe.«

Jaufré d'Escoudry fühlte sich durch diese ruhige Predigt an seine Zeit im Kloster erinnert und verdrehte unwillkürlich die Augen, ehe er den Rest des Apfelweines austrank, der sich in seinem hölzernen Becher befand. Wenigstens die Apfelernte konnte sich sehen lassen auf Burg Glain. Er wollte sich eben wieder seinem Platz am Kamin zuwenden, als die beiden Fremden in die Halle traten, die es offensichtlich für unter ihrer Würde gehalten hatten, draußen auf die Antwort Cyrils zu warten.

Das bizarre Paar verschlug allen die Sprache, und aus schmalen Augen versuchte sich jeder der vier Brüder sein eigenes Bild zu machen. Ein großer, hagerer Krieger mit bräunlichem, vernarbtem Gesicht, der unter seinem nassen Umhang einen beeindruckenden Krummsäbel trug und anstelle eines Helmes oder Hutes auf merkwürdige Weise Stoff um seinen Kopf gewickelt hatte, hielt ein schmales Geschöpf an der Hand, das ihm nicht mal bis an die Schulter reichte. Ganz in einen dunklen Mantel gehüllt, drängte sich das Kind eng an seinen Begleiter, wenngleich unter der großen Kapuze neugierige helle Augen funkelten.

»Mathieu d'Escoudry?« fragte der muselmanische Krieger mit hartem Akzent und wandte sich ohne zu zögern an den Ältesten der Brüder.

»Das bin ich.« Mathieu nickte und erhob sich von seiner Bank, ohne daß ihm bewußt wurde, welche Ehre er dem Fremden damit erwies. Es war etwas in der Haltung und Selbstsicherheit dieses Mannes, das Respekt heischte und den Krieger verriet, auch wenn er im Moment wohl eher den Dienst eines Kindermädchens versah.

»Ich habe eine Botschaft von Eurem Vater für Euch«, erklärte der Mann und reichte Mathieu ein mehrmals gefaltetes Pergament. Dann ergriff er die Hand des Kindes und führte es vor die Flammen des Kamines, wo er es mit sanftem Druck auf den Sitz drückte, den Jaufré noch vor wenigen Minuten eingenommen hatte. Jaufré entging weder das erleichterte Aufatmen der schmalen Gestalt noch die Tatsache, daß ihre Kleider vor Nässe trieften. Wahrhaftig ein klägliches kleines Geschöpfchen!

Er füllte seinen leeren Becher an einem kleinen hölzernen Faß, das neben der Tür aufgebockt war, und reichte dem Kleinen den vollen Becher. Für einen Herzschlag lang verharrte er mitten in der Geste, denn das Kind richtete einen so traurigen, verzweifelten Blick aus silberfarbenen

Augen auf ihn, daß ihn der ganze Jammer der winzigen Gestalt überflutete.

»Hier, trink«, sagte er ungeschickt und rauh. »Es ist Apfelwein, er wird dich wärmen, und du siehst mir verdammt danach aus, als hättest du ein wenig Wärme nötig.«

Die eisigen schmalen Finger umspannten den Becher, und ehe Jaufré sein mildtätiges Werk fortführen konnte, lenkte ihn ein verblüffter Aufschrei Mathieus ab, der mit fassungsloser Miene auf das entfaltete Pergament starrte, das zweifelsfrei mit den steifen, ungelenken Schriftzügen des Falken bedeckt war, der zwar schreiben konnte, aber seine Fertigkeit nur selten übte.

»Ich bitte Euch, Mathieu!« ertönte jetzt die mißgelaunte Stimme Rogiers. »Hüllt Euch nicht in Geheimnisse, sondern teilt uns mit, was der Falke schreibt. Cyril sorgt dafür, daß der Mann und das Kind in der Küche versorgt werden. Es ist nicht nötig, daß ...«

»Laßt!« Mathieu winkte ab. »Ich bin sicher, unser morgenländischer Freund weiß, was in diesem Brief steht und was dieses Kind dort betrifft; es sieht so aus, als könnten wir es überhaupt nicht mehr fortschicken. Unser verehrter Herr Vater teilt uns mit, daß wir ...«

Er warf mit gerunzelter Stirn einen Blick auf die Botschaft, suchte eine bestimmte Stelle und fuhr dann noch wütender fort: »Daß wir Roxana wie unsere Schwester behandeln und bei uns aufnehmen sollen. Wie eine Schwester, bei allen Heiligen! Es ist ein Glück, daß unsere Mutter diese Demütigung nicht mehr erleben mußte. Bei Gott, ich werde dem Falken ...«

»Es ist die letzte Botschaft Eures Vaters«, fiel ihm der fremde Krieger scharf ins Wort. »Der Falke war unter den Männern des Königs, die vor Tunis ums Leben gekommen sind, wenige Tage, nachdem auch Ludwig von Frankreich seinen Leiden erlegen ist!«

Die doppelte Wucht dieser Todesnachricht verschlug allen vier Brüdern das Wort. Fassungslose Blicke trafen sich, und Jaufré bemerkte als einziger, daß das Kind mit den Tränen kämpfte und die weißen Zähne schmerzvoll in die Unterlippe grub. War sie tatsächlich seine Schwester?

Ein höhnisches Lächeln verzerrte seinen edel geschnittenen Mund, eine Mischung aus Enttäuschung und Verachtung. So war denn auch der Falke den Versuchungen des Fleisches erlegen. Jener Vater, der für seine Söhne den Status eines kriegerischen Gottes gehabt hatte. Doch offensichtlich eines Heiligen mit sehr menschlichen Fehlern, der auf der anderen Seite des Meeres vergessen konnte, daß zu Hause eine Dame geduldig auf ihn wartete.

»Unser Vater ist im Kampf gegen die Ungläubigen gefallen?« Simon d'Escoudry schien es in Worte fassen zu müssen, ehe er es glauben konnte.

»Der König hatte sich einen ungünstigen Zeitpunkt für seine Landung im ehemaligen Karthago erwählt«, beantwortete der fremde Krieger ein wenig umständlich die klare Frage. »Die Hitze, der Durst und der Hunger haben seine Armee gemeinsam mit der Pest zum größten Teil vernichtet. Diejenigen, die wie der König der schwarzen Pest zum Opfer fielen, hatten noch den besseren Teil im Vergleich zu jenen, die wie Euer Vater an der Krankheit starben, die Ihr, glaube ich, Ruhr nennt.«

Die Brüder wechselten einen fassungslosen Blick. Der schmähliche, schmerzvolle Tod, besiegt durch diese schmutzige Krankheit, hatte nichts Heldenhaftes und Glorreiches. Der Kreuzzug des Königs war also gescheitert, und dieser Mann brachte die Nachricht nach Burg Glain.

»Und sonst?« forschte Mathieu und warf den Brief auf den Tisch, als habe er sich daran die Finger schmutzig gemacht. »Sonst schickt uns unser verehrter Herr Vater nichts? Nur das Kind einer orientalischen Hafenschlampe, das wir für unsere Schwester ausgeben sollen? Bei Gott, man möchte meinen, die Hitze habe ihm den Verstand verbrannt!«

»Ich habe den Befehl erhalten, das Kind hierherzubringen«, entgegnete der Krieger stoisch. »Es ist behütet aufgewachsen und an den Komfort eines wohlgeordneten Haushaltes gewöhnt.«

»Wahrhaftig!« Rogier konnte sein spöttisches Lachen nicht mehr unterdrücken. »Dann ist es dem Bastard unseres Vaters bisher besser gegangen als seinen leiblichen Kindern, mein Freund. Diese zugige Burg ist alles, was wir besitzen, und wenn dein Schützling Komfort verlangt, dann solltest du ihn schleunigst wieder dorthin zurückbringen, wo ihr hergekommen seid. In diesem Haus ist ohnehin kein Platz für Kinder!«

»Ich bleibe!«

Die heisere, mühsam beherrschte Stimme, die diesen Entschluß verkündete, schien kaum zu der winzigen, zarten Gestalt zu passen, die am Feuer saß. Es klang eine Spur von geradezu majestätischem Hochmut in diesen beiden Worten mit, der Jaufré gefiel.

Er lächelte unwillkürlich und war als einziger nicht verwundert, als sie hinzufügte: »Der Falke hat es befohlen, und ich habe ihm mein Wort gegeben. Ich halte mein Wort.«

Mathieu, Rogier und Simon wechselten erneut einen Blick, und ihre Mienen verrieten, daß sie – was sonst eher eine Ausnahme war – in diesem speziellen Falle einer Meinung waren.

Rogier nahm die väterliche Botschaft an sich und überflog nun selbst die Worte. Als er zum Ende gekommen war, umspielte ein sarkastisches Lächeln seine Mundwinkel.

»Das Kind trägt den Namen der Frau Alexanders des

Großen, und unser Vater wagt zu versprechen, daß es, unseren Gehorsam in seine Befehle selbstverständlich vorausgesetzt, unser Glück zu fördern vermag.«

»Anscheinend hat der Falke diesen Brief geschrieben, als er nicht mehr ganz im Vollbesitz seiner körperlichen und geistigen Kräfte stand«, vermutete Simon d'Escoudry. »Dieses winzige, nasse Ding dort erhöht im besten Fall die Zahl der hungrigen, nutzlosen Mäuler, die auf Glain gestopft werden müssen. Aber immerhin, für mich entscheidet es eine Frage, die ich mir seit langem gestellt habe. Ich verlasse Glain. Die Dienste eines Ritters werden überall benötigt, und wenn ich mir einen Namen schaffe, kann ich aus eigener Kraft ein Lehen vom König fordern. Selbst wenn unser Vater tatsächlich sagenhafte Schätze nach Hause gebracht hätte, wäre ich immer nur der zweite Sohn geblieben.«

Mathieu nickte. Er verstand sowohl die Motive seines Bruders als auch die Ungeduld, die ihn hinaustrieb. Vermutlich würde auch Rogier, der nun so nachdenklich dreinschaute, in Kürze Glain verlassen. Im Gegensatz zu ihm hielt es sie nicht mehr zwischen diesen alten Mauern, denn nur der lebenslange Respekt vor dem Wort des Vaters hatte sie bis jetzt an diesen Ort gebannt.

Bei ihm würden also nur die Jüngsten bleiben. Der dickköpfige Jaufré, der sich gegen jede Führung aufbäumte und sich standhaft weigerte, in den Kirchendienst zu treten, den die Familie für ihn im Sinn gehabt hatte. Jaufré, ein Edelmann ohne Zukunft. Ein jüngster Sohn ohne Aussichten. Eine Tatsache, die ihm sehr wohl bewußt war und die den Kern seiner Rebellion bildete. Dazu noch der Bastard des Vaters und dessen fremdländischer Begleiter.

Ein schönes Erbe hatte der Falke hinterlassen!

Mathieu d'Escoudry lachte höhnisch auf.

Er ahnte nicht, daß im selben Augenblick ein anderer Mann über die Folgen nachdachte, die der Tod des Königs wie auch der des Falken für ihn heraufbeschworen. Und auch dieser Mann lachte, doch sein Lachen klang gehässig.

Er war eine hochgewachsene stolze Erscheinung im zeremoniellen Trauergewand, der sich nach außen hin den Anschein gab, untröstlich zu sein. Ein Mann von hoher Macht und noch größerem Einfluß, der dennoch an der Persönlichkeit eines Kriegers gescheitert war, der ihm weder an Rang noch an Reichtum gleichkam. Der einen Haß in sich trug, den er bislang hatte bändigen müssen und der mit den Jahren nichts von seiner Intensität verloren hatte.

Der Falke hatte ihm das Ohr seines Bruders genommen, hatte seine Pläne durchkreuzt und ihn um eine Liebe betrogen, die er für selbstverständlich gehalten hatte. Und nun hatte er sich in den Tod geflüchtet, ehe ihn die sorgsam vorbereitete Rache treffen konnte!

Was blieb, waren seine Erben. Die Söhne des Falken! Bei Gott, er würde nicht ruhen, bis der Name d'Escoudry endgültig im Staub der Vergangenheit versank. Bis der letzte seines Blutes mit seinem Tod die Zeche zahlte für Verrat und Tod! Der Falke war tot, und niemand würde seine Brut jetzt schützen. D'Escoudry hatte versucht, sie in der Ferne zu halten und seiner Macht zu entziehen, aber jetzt war der Augenblick zum Zuschlagen gekommen!

Der Tag war da, bei einem Verbündeten eine Schuld einzufordern, die bisher geruht hatte.

1.
Kapitel

Domfront, im Oktober des Jahres 1271

Die mächtigen Mauern des Schlosses ragten über dem Städtchen Domfront auf seinem schmalen Felsenkamm auf, hoch über der Schlucht der Varenne, und kündeten sowohl vom Reichtum ihres Besitzers als auch von seiner Verteidigungsbereitschaft. Mauern, Schießscharten, Fallgitter, Pechnasen und Gräben befanden sich in bestem Zustand, und das lebhafte Treiben in den Höfen bewies, daß diese Anlage im schlimmsten Fall auch von einer stattlichen Anzahl Bewaffneter verteidigt werden konnte. Bestickte Banner flatterten im frischen Wind, die Sonne glänzte auf poliertem Stahl und dem bunten Glas der säulengeteilten Fenster.

»Bei allen Heiligen, d'Aubigné ist reich wie König Midas«, murmelte Rogier d'Escoudry beeindruckt und warf seinem Bruder Mathieu einen skeptischen Blick zu. »Was sollte er für einen Grund haben, einen armen Schlucker wie Euch zu empfangen?«

»Meinen Namen«, antwortete Mathieu gelassen. »Es ist das einzig Wertvolle, das der Falke uns hinterlassen hat, und ich gedenke, das bestmögliche Kapital daraus zu schlagen. D'Aubigné hat im Gegensatz zu vielen anderen beim letzten Kreuzzug des Königs jene Schätze nach Hause gebracht, von denen wir umsonst geträumt haben. Doch den Ruf des habgierigen Schurken, der ihm seit jener Zeit anhaftet, kann er nicht loswerden. Er wird den Vorteil sehen, den es ihm bringt, sein einziges Kind einem Mann zu geben, dessen Familie zu den ältesten des Königreiches zählt. Wir sind arm, aber unser Name ist Gold wert!«

Rogier dachte einen Moment über die Worte seines Bruders nach, ehe er seinen Kommentar dazu abgab.

»Man sagt auch, daß dieses Kind eine reizlose alte Jungfer ist, die keiner der Freier, die vom Gelde ihres Vaters angelockt wurden, am Ende nehmen wollte«, warnte er leise. »Meint Ihr nicht, daß es dafür Gründe gibt, die nicht einmal der Klatsch in allen traurigen Einzelheiten kennt?«

»Ich habe keine andere Wahl«, entgegnete sein älterer Bruder hart. »Ich kann Glain nicht den Rücken kehren, wie es Simon getan hat und meine Kampfkraft verkaufen, und ich gedenke auch nicht, bei Nacht und Nebel wie ein Dieb das Weite zu suchen wie unser jüngster Bruder. Ich bin der Erbe des Falken, und ich stelle mich meiner Verantwortung. Ich werde Glain zu Macht und Ansehen verhelfen, und wenn ich dafür meine Seele verkaufen muß, so soll es sein. Oder ist Euch in den vergangenen zwölf Monaten eine andere Idee gekommen, wie ich unser Lehen retten kann?«

»Nein.« Rogier schüttelte den Kopf und lenkte sein Pferd neben dem des Bruders über die Zugbrücke des Schlosses. Im hohen Gewölbe des Torhauses klapperten die Hufe über die quadratisch gelegten Steine, und unter den aufmerksamen Blicken der Wachposten ritten die beiden jungen Männer in den mauerumsäumten Hof der Vorburg. Erst durch ein weiteres Tor gelangten sie von dort in den eigentlichen Burghof mit dem Palas und dem mächtigen Bergfried, der sich wie ein massiger, steinerner Finger dem Himmel entgegenreckte.

Unter den vielen neugierigen Augenpaaren, die den stattlichen Brüdern folgten, war auch eines von sanftem, goldgetöntem Braun. Seine Besitzerin stand auf dem zinnenbewehrten Umgang der Ringmauer, die Vorburg und Innenhof trennte. Der böige Herbstwind zerrte an ihrem wollenen, schmucklosen Umhang und ließ ihn flattern. Während sie fröstelnd den Stoff enger um sich zog, beugte sie sich leicht hinunter, um sich ein genaueres Bild von den beiden Männern zu machen, die eben vom Pferd stiegen und die Zügel einem herbeieilenden Stallknecht anvertrauten.

Keine bedeutenden Männer, denn sie wurden nicht von Bewaffneten begleitet; kein Herold ritt voraus, um ihre Namen und ihr Begehr zu verkünden. Sie kamen ruhig und bescheiden, wie Handelsleute oder Bittsteller, wenngleich ihre Haltung die Edelleute verriet, ebenso wie die Schwerter, die sie trugen.

Es war genau in diesem Augenblick, daß sich die Sonne erneut zwischen dichten Wolken hervorkämpfte und den größeren, athletischeren der beiden Männer mit klarem, goldenem Licht übergoß. Obwohl sein schlichtes Gewand aus einfachem Tuch war und eher zweckdienlich als elegant wirkte, hielt er die breiten Schultern stolz gestrafft. Seine ganze Erscheinung verriet, daß er nicht viel mehr besaß als seine männliche Stärke und den deutlich zur Schau getragenen Stolz, der ihn wie ein zweiter Mantel umgab.

Es war jedoch weniger die unzweifelhaft beeindruckende Gestalt, die Léonie mitten im Schritt verharren ließ, sondern das Antlitz, das, der Sonne zugewandt, einen Moment lang zu ihr erhoben blieb, so daß sie die Züge in aller Ruhe studieren konnte.

Ein schroffes, sehr männliches Gesicht mit betonten Wangenknochen, das von einer scharfen, leicht gekrümmten Nase beherrscht wurde. Die braunen Haare wellten sich ungebärdig bis auf Kinnhöhe und hätten unter das Messer eines Barbiers gehört. Er sprach mit seinem Begleiter, und für einen Moment huschte der Hauch eines Lächelns um den schön geschwungenen, sinnlichen Mund.

Léonie fand sich außerstande, den Blick von ihm zu wenden. Die wenigsten Gäste, die in das Schloß kamen und die Gastfreundschaft ihres Vaters forderten, erregten ihr Interesse. Meist waren es Krieger und Handelsleute, Mönche und fahrende Ritter, die auf verschlungenen Wegen vom Reichtum des Seigneurs d'Aubigné gehört hatten und nun seine Unterstützung, seinen Rat oder seine Hilfe wollten. Im Normalfall endeten diese Besuche damit, daß die Bittsteller wütend und aufgebracht und mit leeren Händen das Schloß wieder verließen.

Sie alle hatten mit ihren Erzählungen dafür gesorgt, daß der Strom der Besucher in der letzten Zeit nachgelassen hatte und die Familie der d'Aubignés auf jede Abwechslung von außerhalb verzichten mußte. Das Leben beschränkte sich auf die Alltäglichkeiten von Burg und Stadt: auf Geburt und Tod, Saat und Ernte, auf die Launen eines mißtrauischen Seigneurs und die gesundheitlichen Probleme seiner mimosenhaften Gemahlin.

Das war ein Kreislauf, den Léonie in den zwanzig Jahren ihres jungen Lebens hassen gelernt hatte. Doch sie hatte auch gelernt, ihren Mund zu verschließen und ihre aufsässigen Gedanken für sich zu behalten. Hinter der ruhigen, gleichbleibend freundlichen Fassade schien nichts anderes zu sein als demütiger Gehorsam und friedfertige Frömmigkeit. Nicht einmal ihre Mutter ahnte von den Nächten, in denen sie wach lag und sich danach sehnte zu leben. Ihr Wunsch war so heftig und kompromißlos, daß sie in solchen Momenten lieber Schmerzen und Kummer auf sich genommen hätte als weiterhin das ewige Gleichmaß ihrer Tage.

Während sich hinter ihrer Stirn die Gedanken jagten, beobachtete sie, wie die beiden Fremden auf den Eingang des Palas zuschritten, in dem sich die Wohngemächer der Familie sowie die große Halle befanden. Sie taten es mit der Zielstrebigkeit von Männern, die sich in einer Burg wie dieser auskannten, die ein festes Ziel vor Augen hatten und nicht zögerten, es anzusteuern.

Léonie spürte plötzlich den Wind auf ihren Wangen, der den matten Abglanz der Herbstsonne kühlte und daran erinnerte, daß die Tage des Sommers vorbei waren. In Küche und Gesindehöfen arbeitete man daran, die Vorräte für den Winter zu sichern. Der Duft nach eingekochten Früchten und zerquetschten Mostäpfeln lag in der Luft, und in den Ställen quiekten die Schweine beim Schlachten.

Ein Bauernleben, schoß es der jungen Frau durch den Kopf, das Jahr um Jahr so weitergehen würde. Begleitet von sinnlosen Träumen und vergeblichen Wünschen, von heimlichen Sehnsüchten und Gebeten, die nie erhört wurden.

»Kind! Heilige Mutter Gottes, wo steckst du nur? Was treibst du auf den Mauern? Ich habe dich schon überall gesucht!«

Eine stattliche Person, von einer schneeweißen Leinenhaube gekrönt, trat auf den Wehrgang, als wolle sie den schmalen gepflasterten Weg hoch über den Zinnen entlangsegeln. Dame Bertheline, die im Schloß ungeschmälerte Autorität besaß, hatte die kleine Madelon Saint-Simon begleitet, als sie vor vielen Jahren den Seigneur d'Aubigné geheiratet hatte, und sie war dem einzigen Kind aus dieser Verbindung mit mehr Liebe und Fürsorge ergeben als die eigene Mutter. Jetzt allerdings wagte sie es, die Träumerin erst einmal gründlich zu schelten.

»Eure Mutter verlangt nach Euch«, verkündete sie. »Gehört es sich, diesem Ruf aus dem Weg zu gehen und seine Zeit beim Blick über die Zinnen zu vertrödeln? Es sind Gäste eingetroffen, und der Herr möchte sie mit allem ehren, was Küche und Keller bieten.«

»Lieber Himmel, Bertheline, willst du mir weismachen, daß du nicht längst alles veranlaßt hättest? Und meine Frau Mutter verlangt immer nach mir, egal, wo ich mich befinde. Sag ihr, ich käme, sobald es meine Zeit erlaubt. Wer sind die Männer, die meinen Vater aufsuchen?«

Unter dem gebieterischen Blick der jungen Frau gab sich Bertheline geschlagen.

»Mathieu d'Escoudry und einer seiner jüngeren Brüder, Seigneur Rogier, Söhne des Falken, der zu den engsten Gefährten unseres armen Königs zählte. Sein Lehen grenzt an die Gebiete Eures Vaters in den Salzmarschen.«

»Weißt du mehr über den Grund ihres Kommens?«

Dame Bertheline zuckte mit den Schultern. »Geschäfte, nehme ich an«, antwortete sie. »Wenngleich der Seigneur d'Escoudry nicht viel besitzt, was er verkaufen kann. Man sagt, der Falke habe es versäumt, sich seine Dienste vom König lohnen zu lassen. Sein Erbe ist so arm wie eine Kirchenmaus ...«

Léonie antwortete ebenfalls mit einem Schulterzucken und raffte dann ihre Röcke, um Bertheline zu folgen. Sie hatte es plötzlich eilig. Wer von beiden war wohl der ältere? Der Ritter mit den strengen Zügen oder der geschmeidigere, elegantere?

»Euer Vater verlangt nach Euch in der Halle, Dame Léonie!«

Aubiette, die Zofe der Dame d'Aubigné, brachte diese Botschaft in die geräumige Kemenate, in der Léonie an der Seite ihrer Mutter saß und sich bemühte, die bunten Stränge der Stickerei zu entwirren, die Madelon in ihrer Gleichgültigkeit zu einem seidigen Knäuel verwirrt hatte. Wenn sie nicht mehr weiterkam, überließ sie es ihrer Tochter, die Knoten zu lösen.

»Was will er von ihr?« erkundigte sich die Schloßherrin, die auf einer breiten gepolsterten Bank ruhte.

Sie war von einem solchen Körperumfang, daß ihre Worte stets leicht zischend klangen, als befände sich in ihre Brust ein Blasebalg, der die Anstrengung beim Sprechen unterstützen mußte. Sie griff mit spitzen Fingern in eine silberne Schale und wählte kritisch eine der gezuckerten Damaszenerpflaumen aus. Dann steckte sie die Köstlichkeit in den Mund und wartete ungeduldig auf die Antwort ihrer Dienerin.

»Ich weiß es nicht.« Aubiette schüttelte den Kopf, doch ihre Augen glitzerten vor Neugier. »Der Seigneur hat sich mit den Besuchern in sein Arbeitskabinett zurückgezogen und seinen Kammerdiener zu mir geschickt, damit ich diese Nachricht überbringe.«

»Bah!« Die nächste Pflaume folgte, und deswegen klang der Rest der Rede ein wenig undeutlich. »Ich wette, es ist wieder irgendein Habenichts, der darauf spekuliert, daß ihm die Mitgift unserer lieben Tochter ein feines Leben ermöglichen wird.«

»Und es wäre wahrhaftig an der Zeit für sie zu heiraten«, mischte sich die Dame Bertheline ein, die im Hintergrund des Gemaches die Gewänder ihrer Herrin in eine neue, noch prächtiger als alle ihre Vorgängerinnen geschnitzte Truhe packte. »Sie hat das zwanzigste Lebensjahr bereits überschritten. Ihr wißt, was das bedeutet! Sie sollte längst Kinder geboren haben. Sie ist schon über das Alter hinaus, um das erste Mal in Hoffnung zu kommen.«

»Sie kann sich glücklich schätzen, daß ihr diese Pein erspart geblieben ist«, schnaubte die Herrin empört und schob sogar für einen Moment die Schale mit den Süßigkeiten von sich. »Ich halte es nicht für erstrebenswert, meinem einzigen Kind die Mißlichkeiten einer Ehe aufzuladen. Ich habe nur sie, und ich will sie weder an das Kindbett noch an die zweifelhaften Aufmerksamkeiten irgendeines adeligen Tölpels verlieren.«

Léonie hatte in den Jahren ihres Lebens gelernt, diese Diskussionen zwischen Bertheline und ihrer Mutter zu ignorieren. Die eine machte sich ständig Sorgen um sie, und die andere hätte es ohnehin am liebsten gesehen, wenn sie bereits in jungen Jahren in ein Kloster eingetreten wäre, um Ehe und Kindbett zu entkommen. Die zahllosen Versuche ihres Gatten, am Ende doch noch den ersehnten Erben zu erhalten, hatten Madelon nach mehreren Fehlgeburten und einem Mädchen diese Seite der Ehe hassen gelehrt. Sie wollte ihrer Tochter ein solches Schicksal ersparen!

»Ihr versündigt Euch, Madelon!«

Dame Bertheline war die einzige, die es wagen durfte, Léonies Mutter hin und wieder zur Ordnung zu rufen. »Es ist die gottgewollte Pflicht einer jeden Frau, ihrem Gatten Kinder zu schenken! Und wenn Ihr weiter zögert, Léonie einem passenden Mann zu geben, wird es zu spät für sie sein! Mädchen ihres Standes werden normalerweise fünf bis sechs Jahre früher verheiratet!«

Léonie zog eine Grimasse und überließ die beiden ihrer Lieblingsdiskussion. Sie rückte die bescheidene Haube zurecht, die auf ihren hochgesteckten Haaren saß und nur das klare Oval des schmalen Antlitzes freiließ, und schüttelte sorgsam die Falten ihrer Röcke aus. Niemandem fiel auf, wie ungewöhnlich es war, daß sie ihrer Erscheinung Beachtung schenkte. Normalerweise wählte sie ihre Kleider danach aus, daß sie ihr genug Bewegungsfreiheit ließen und nicht schmutzempfindlich waren. Eleganz hatte in ihrem Alltag nichts zu suchen.

Sie verließ die Kemenate, die mit ihren bestickten Wandteppichen und den schweren geschnitzten Möbeln einer Königin würdig gewesen wäre, und eilte die steinerne Wendeltreppe in die Halle hinab. Von dort gelangte man durch eine mit reichen Schnitzereien verzierte Kassettentür in das Gemach des Hausherrn.

Hier waren die steinernen Quader mit besonders duftenden Kräutern bestreut, und Léonies Röcke wirbelten eine Wolke von sommerlichen Aromen auf, als sie sich respektvoll vor ihrem Vater verneigte. Der Seigneur d'Aubigné thronte wie üblich hinter seinem breiten Eichentisch, dessen gedrechselte Beine knapp über dem Boden im Karree verbunden waren. Auf dieses Holz stemmte der Schloßherr seine Beine, so daß er sitzend wesentlich größer wirkte, als er tatsächlich war.

Das quadratische Gemach, dessen getäfelte Wände und Decken Behaglichkeit vermittelten, besaß zudem den Luxus eines eigenen Kamins, in dem bereits mächtige Scheite glühten und angenehme Wärme vermittelten. Dennoch trug der Seigneur eine schwere Pelzkappe und über seiner Samttunika einen langen, ärmellosen, fellgefütterten Mantel. Die silbernen Stickereien und die breite Gliederkette aus rötlichem Gold verrieten seinen Reichtum. Im Gegensatz zu seiner Tochter fand er Gefallen an Luxus und teuren Stoffen aus Florenz und Venedig.

Vielleicht hielt Mathieu d'Escoudry aus diesem Grund die junge Frau, die nun den Raum betrat, im ersten Moment für eine Dienerin und nicht für die Tochter des Hauses. Er hatte Häßlichkeit erwartet, Unförmigkeit, vielleicht sogar eine gewisse geistige Trägheit, denn irgendeinen Grund mußte es doch geben, daß eine Dame mit dieser Mitgift noch nicht verheiratet war. Sie war nicht häßlich oder unförmig, sondern einfach eine armselige, nichtssagende Erscheinung. Eine langweilige graue Maus.

»Meine Tochter Léonie, Seigneur d'Escoudry!« bellte der Schloßherr in diesem Moment und zeigte dabei auf das bescheidene Geschöpf. »Sie wird Euch selbst die Antwort auf Eure Frage geben, wenn Ihr mir nicht glaubt.«

Léonie hatte die Fähigkeit, unter halb gesenkten Lidern ihre Umgebung scharf zu beobachten, zur Perfektion entwickelt. Wie sie vermutet hatte, war der Athletischere von beiden Mathieu d'Escoudry. Sie musterte ihn mit einer Mischung aus Erstaunen und Befriedigung, und ihr Herz begann plötzlich schneller zu schlagen.

Léonie registrierte eine gewisse Zwiespältigkeit an ihm. Genau wie eben nahm sie auch jetzt seine aggressive männliche Ausstrahlung wahr, doch nun erschien sie durch kalte Beherrschung wie von einem Mantel gedämpft und in Fesseln gelegt.

So, als ob dieser Mann sich selbst mißtraute und den persönlichen Gefühlen gewaltsam Zügel anlegte. Er gab sich leidenschaftslos, aber Léonie glaubte das Feuer unter der Oberfläche glühen zu sehen. Doch er beherrschte sich mit soviel Routine, daß sie schon nach wenigen Herzschlägen versucht war, an eine Täuschung zu glauben. Vielleicht hatte sie sich die Glut nur eingebildet. Seine seltsamen Augen, die wie gesprenkelte hellbraune Kieselsteine wirkten, ruhten auf ihr wie die Berührung einer starken, besitzergreifenden Hand.

»Dame Léonie ...« Die wohlklingende, aber nichts preisgebende Stimme sandte einen Schauer unbekannter, neuer Gefühle durch ihren ganzen Körper. Sie mußte sich zwingen, nicht nur deren Klang, sondern auch dem Inhalt seiner Worte die nötige Aufmerksamkeit zu schenken. »Ich bin gekommen, um Euch die Ehe anzutragen.«

Léonie schwankte plötzlich und vergaß für einen Moment zu atmen. Sie hätte gerne geantwortet, aber sie brachte keinen Ton über die Lippen. Das blasse Gesicht gesenkt und die Hände sittsam gefaltet, versuchte sie ihre Fassung wiederzufinden.

Ihre Haltung bestärkte Mathieu d'Escoudry in der Meinung, daß diese junge Frau zwar weder auffallend häßlich noch närrisch war, daß ihre bescheidene Erscheinung aber wahrscheinlich den bescheidenen Qualitäten ihres Geistes entsprach. Also wandte er sich unwillkürlich wieder ihrem Vater zu, obwohl seine Worte weiterhin an sie gerichtet waren.

»Ich biete Euch den Schutz eines Namens, der bis in die ältesten Tage unseres Landes zurückreicht, Dame Léonie. Die Escoudrys sind seit jeher treue Diener des Königs und haben ihr Blut für die Krone vergossen. Mein Vater, den man den Falken nannte, war der Gefährte Ludwigs von Frankreich. Diese Treue wird zweifellos ihren Lohn durch unseren neuen, jungen König finden, sobald er die Macht fest genug in seinen Händen hält.«

Der Seigneur d'Aubigné wirkte sehr nachdenklich. Rogier, der die Menschen besser einschätzen konnte als sein geradliniger und nüchterner Bruder, erahnte die Habgier hinter seinen Überlegungen. Er hätte seine Tochter liebend gerne verheiratet gesehen, daran konnte es keinen Zweifel geben, aber aus irgendwelchen merkwürdigen Gründen schien die unschöne, langweilige junge Frau ein Mitspracherecht bei dieser Entscheidung zu haben.

»Was veranlaßt Euch, ausgerechnet mir die Ehre dieses Namens anzubieten?« Die Direktheit dieser Frage verblüffte die beiden Brüder.

Mathieu runzelte die Stirn und entschied sich nach kurzem Nachdenken für die strikte Wahrheit. Im Grunde war es ohnehin egal. Allen Beteiligten war klar, daß eine Frau wie sie nur durch ihre Mitgift einen Mann finden konnte. Warum also um den heißen Brei herumschleichen?

»Der Tod meines Vaters verpflichtet mich, für den Fortbestand der Familie zu sorgen. Glain ist kein großes Lehen, und wenn der Name Escoudry zu neuem Glanz kommen soll, muß ich mich nach einer Frau umsehen, deren Mitgift dies ermöglicht. Ihr seid eine solche Person, und es erscheint mir nur recht und billig, die Ehe mit Euch in Betracht zu ziehen, auch wenn der bedauerliche Tod meines Vaters erst ein Jahr zurückliegt.«

Léonie zwang sich dazu, regelmäßig zu atmen. Es fehlte noch, daß sie diesen Mann ihre Gefühle erkennen ließ. Die Arroganz, mit der dieser verarmte Edelmann es auch noch als besondere Ehre erscheinen ließ, daß er überhaupt um sie warb, suchte ihresgleichen. Sie bemerkte, daß ihrem Vater die Röte in die Stirn gestiegen war, und sie wußte, daß er gleich das Falsche sagen würde.

Die Angst davor gab ihr endlich den Mut, die richtigen Worte zu finden. Sie wollte nicht, daß er Mathieu d'Escoudry fortschickte, egal, wie anmaßend und großspurig er sich gab.

»Ich danke Euch für diese Ehre«, flüsterte sie und war sich dabei bewußt, daß er die Ironie dieser Worte nicht wahrnahm. »Ich bin bereit, die Ehe mit Euch einzugehen!«

»Du bist *was*?«

Die Röte auf der Stirn des Schloßherrn hatte sich zu sattem Purpur vertieft, und seine Fassungslosigkeit amüsierte Léonie insgeheim.

Sie hatte nie herausgefunden, durch welche List es ihrer Mutter gelungen war, ihm das Versprechen abzuringen, Léonie nur einem Manne zu geben, den sie auch selbst wollte. Immerhin, es hatte ihr über Jahre hinweg das Vergnügen verschafft, ihre geldgierigen Freier vor den Kopf zu stoßen und ihre eigene Freiheit zu bewahren. Der heimliche Krieg ihrer Eltern hatte sie lange genug bedrückt, ehe sie gelernt hatte, ihn für die eigenen Zwecke zu nutzen.

»Ich bin bereit, die Gemahlin des Seigneurs d'Escoudry zu werden, mein Vater, wenn er dies will«, erklärte sie respektvoll. Sie sprach jedoch so leise, daß sich alle drei Männer anstrengen mußten, um ihre Worte zu verstehen. »Erlaubt, daß ich meiner Frau Mutter diese Nachricht übermittle!«

Noch bevor sie das prächtige Kabinett verließ, trat sie vor ihren künftigen Gemahl und wappnete sich, dem halb verblüfften, halb triumphierenden Blick Mathieus standzuhalten. Sie sah ihm an, daß er mit einem so schnellen Sieg selbst nicht gerechnet hatte und sich nun fragte, ob er sich darüber freuen sollte oder ob es an diesem Geschäft nicht doch einen Pferdefuß gab, der ihm entgangen war.

»Ich nehme an, es ist in Eurem Sinne, wenn die Trauung

so schnell wie möglich vollzogen wird, Seigneur«, sagte sie atemlos und noch immer sehr leise. »Ihr findet mich bereit, Euren Plänen zu folgen.«

Der Erbe des Falken sah in das blasse, ruhige Gesicht, das fast so weiß war wie das Leinen der strengen Haube, die es umgab. Die schöngeschwungenen Brauen und Wimpern fielen kaum auf, denn das viel zu helle Blond ließ das Antlitz seltsam kühl und herb erscheinen. Das Gesicht einer reizlosen Nonne, die wohl nie das Blut eines Mannes in Wallung bringen würde. Eine reiche Braut mit vollen Säckeln, aber ohne jede Anmut.

Nun, wenn auch ihr Äußeres wenig verlockend war, so besaß ihre königliche Mitgift um so mehr Verführungskraft. Der Gedanke daran, daß er gesiegt hatte, vertrieb das nagende Gefühl der Unsicherheit, das ihn für einen Moment beim Anblick seiner gelassenen Braut gestreift hatte. Dies war nicht der Augenblick, um Skrupel zu haben.

»Ich danke Euch, Dame Léonie!« Er griff nach ihrer Hand und neigte sich zu einem respektvollen Kuß über die schmalen Finger. »Ich schwöre Euch, daß Ihr Euren Entschluß nicht bereuen werdet.«

»Dessen bin ich sicher!« entgegnete Léonie und befreite sich hastig aus seinem Griff. Die weißen Flügel ihrer Haube verbargen die Röte auf ihren Wangen; genausowenig war ihr anzumerken, welche wilde Kapriole ihr Herz schlug. Niemand konnte ihr ansehen, welch eigenartige, verblüffende Reaktionen dieser höfliche Kuß in ihr hervorgerufen hatte.

Die Berührung seiner warmen, festen Lippen hatte einen gleichsam magnetischen Strom durch ihren Körper rieseln lassen. Jene Faszination, die sie bereits bei seinem Anblick im Hof verspürt hatte, bekam weitere Nahrung. Noch nie in ihrem ganzen Leben hatte Léonie d'Aubigné etwas so sehr gewollt wie diesen Mann!

Vom ersten Blick an hatte sie es gewußt, und sie konnte nur hoffen, daß sie es nie bereuen würde. Denn ein Zurück gab es nicht mehr.

2. Kapitel

»Schätzchen! Wie glücklich ich für dich bin!«

Léonie ertrank fast in der mütterlichen Umarmung von Dame Bertheline, und der weiche Busen, an den sie gepreßt wurde, dämpfte den Entsetzensschrei ihrer Mutter, gefolgt von dem Krachen der stürzenden Silberschale mit den gezuckerten Pflaumen, als Madelon sich in ungewohnter Energie auf die Beine kämpfte.

Mit einer befehlenden Geste schickte Dame Madelon ihre Frauen aus der Kemenate, die unverhohlene Neugier in den Mienen ihres kleinen Hofstaates ignorierend. Die Nachricht von Léonies Eheschließung würde mit der Geschwindigkeit eines Wirbelsturms die Runde in Schloß und Stadt machen.

»Das ist unmöglich, Kind!« schnaufte sie und ließ sich außer Atem auf einem anderen, gepolsterten Taburett nieder. »Wie konnte dein Vater dich dazu zwingen? Er hat mir bei der Seligkeit des armen Geschöpfes, das einmal sein Sohn werden sollte, versprochen, dich nie zu einer Ehe zu zwingen. Wie kann er diesen Schwur brechen? Wie kann er mir dies antun?«

»Er hat Euch nichts angetan, Frau Mutter!« Ein wenig zerzaust tauchte Léonie aus Berthelines Zärtlichkeiten wieder auf und richtete ihre Haube. »Er ist nicht weniger überrascht als Ihr selbst.«

»Das heißt ...« Madelon d'Aubigné schaute ihre Tochter in ungläubigem Entsetzen an. Es sah aus, als wollte sie jeden Moment in Tränen ausbrechen, weil ihre Tochter gewagt hatte, sich all ihren Wünschen zu widersetzen. Es überstieg ihre Vorstellungskraft. »Du hast ... Du setzt deine ewige Seligkeit aufs Spiel, um einem Mann zu folgen, der nur deine Mitgift im Sinn hat?«

Trotzig straffte Léonie den Rücken. »Ihr wißt, daß ich nie Eure frommen Wünsche für ein Leben hinter Klostermauern geteilt habe, Mutter!« entgegnete sie ruhig, aber entschieden.

»Aber du könntest hier an meiner Seite bleiben«, rief die entsetzte Dame d'Aubigné. »Gütiger Himmel, was soll ich ohne dich tun?«

»Ihr habt Eure Damen, Mutter.« Léonie blieb geradezu herausfordernd friedlich. »Sie werden Eure Stickfäden entwirren und Eure Befehle zur Führung des Haushaltes weiterleiten. Ihr braucht meine Hilfe im Grunde viel weniger, als Ihr selbst es ahnt.«

»Und außerdem bin ich auch noch da«, griff Bertheline ein, die sich in diesem Falle auf Léonies Seite geschlagen hatte. Deren Entscheidung, einen Gemahl zu nehmen, fand ihren vollen Beifall.

»Sie wird im Kindbett sterben!« jammerte die Schloßherrin und begann in ihre weichen, schneeweißen Hände zu schluchzen. »Ich werde mein einziges Kind verlieren. An einen Mann! Was habe ich getan, um eine solche Strafe zu verdienen?«

Versteckt unter den Falten ihrer Röcke ballte Léonie die Fäuste. Ihre Mutter reagierte, wie sie stets zu reagieren pflegte: Sie versank in Selbstmitleid, jammernd und schluchzend ließ sie sich zwischen die vielen voluminösen Federkissen auf ihrem Bett fallen, wo sie sich mit Zuckerwerk und Näschereien tröstete, bis der ärgste Schmerz abklang.

Doch diesmal blieb Léonie hart, ließ sich nicht von den

Tränen und Klagen erweichen, mit denen ihre Mutter sie stets zu erpressen versuchte. Kaum noch war in dieser weinerlichen Frau jene stolze Schloßherrin zu erkennen, die sie einst gewesen war. Kein Wunder, daß auch ihr Gatte sie mied.

Bisher jedoch war Léonie die Mutter stets das geringere von zwei Übeln gewesen, wenn ein neuer Bewerber um ihre Hand aufgetaucht war. Aber nun, seit sie Mathieu d'Escoudry gesehen hatte, hatte sie etwas gefunden, worum es sich zu kämpfen lohnte.

»Sie ist viel zu alt, sie wird Euch keinen Erben mehr schenken«, mahnte Rogier d'Escoudry, als ob er im letzten Moment noch jene verhängnisvolle Eheschließung verhindern wollte, die sich sein starrköpfiger Bruder zur Rettung seines Erbes in den Kopf gesetzt hatte.

»Und wenn?« Mathieus Lippen bewegten sich kaum, denn sie standen nebeneinander vor dem Altar der prächtigen Burgkapelle und warteten auf die Braut, die ihm vom Vater zugeführt werden würde. Alle Blicke waren auf den Eingang gerichtet; niemand schenkte in diesem Moment dem schmucken Bräutigam irgendwelche Aufmerksamkeit, der an der Seite seines Bruders stand und prächtig gewandet den neuen Reichtum demonstrierte. »Dann werden eben Simons oder Eure Kinder das Lehen erben. Solange der Name d'Escoudry nicht ausstirbt, soll es mir egal sein. Im Moment erscheint es mir dringlicher, zu Geld zu kommen als zu einem Erben.

»Bei Gott, man muß Euch bewundern, Mathieu, mit welcher kühlen Überlegung Ihr Eure Prioritäten setzt«, murmelte Rogier und streifte die Männer und Frauen, die sich in dem prächtigen Gotteshaus drängelten, mit einem skeptischen Blick.

Im reich geschnitzten Chorgestühl neben dem Altar

hatten auf der einen Seite die Dame d'Aubigné und ihre Frauen Platz genommen, auf der anderen Seite thronten die Würdenträger von Domfort. Die unerwartete Hochzeit hatte einen Wirbel verursacht, der das verschlafene Städtchen in ein Tollhaus verwandelte. Denn niemand hatte mehr damit gerechnet, daß die Erbin, welche die Blüte ihrer Jugend nach herkömmlicher Ansicht längst hinter sich gelassen hatte, doch noch einen Mann finden würde.

Mathieu d'Escoudry, der den Sinn des Falken für das Machbare und Notwendige besaß, belastete sein Gemüt nicht mit Gedanken an die Zukunft. Wenn überhaupt, dann dachte er an die zähen Verhandlungen mit Léonies Vater über die Auszahlung der Mitgift. Der alte Aubigné hatte in Mathieu einen beharrlichen Gegner gefunden, der sich über den Umfang seiner Geschäfte sehr wohl informiert hatte und den Wunsch des Seigneurs nach einem Schwiegersohn geschickt nutzte. Mathieu hatte umfangreiche Erkundigungen eingezogen, ehe er sich zu dieser Ehe entschloß.

Die Tatsache, daß sich Léonie letzten Endes für einen Gatten entschieden hatte, der ihm und seinem Ansehen große Dienste leisten konnte, hatte den Burgherren am Ende großzügiger gemacht, als es gemeinhin seine Art war. Der junge Edelmann konnte erhobenen Hauptes in die Zukunft blicken.

Die in diesem Augenblick begann, nun, wo seine zukünftige Frau von ihrem Vater geleitet die Kapelle betrat. In schweren, elfenbeinfarbenen Samt gehüllt und von einem hauchfeinen, kostbaren Spitzenschleier verborgen, schritt sie den Gang entlang, der mit den letzten Blüten des Herbstes bestreut worden war. Ihr Haar war zu schweren, bändergeschmückten Zöpfen geflochten und zu einer strengen Krone auf dem Kopf gesteckt.

Und dann legte sie eine kühle Hand in seine, als ihr

prächtig gekleideter Vater sie ihm übergab. Auch Léonie fiel die Eleganz von Mathieus neuen Kleidern auf. Aber sie erkannte auch, daß er nicht die Neigung ihres Vaters zu übermäßigem Putz hatte.

Der schwere Brokatstoff seiner pelzgeschmückten Tunika schimmerte im tiefen Grün eines dämmerigen Waldes; lediglich eine dünne Goldstickerei zierte Saum und Ärmel. Es war nicht Sparsamkeit, sondern persönlicher Geschmack, der diese Beschränkung diktierte.

Die Farbe des Stoffes betonte die leichte Bräune seiner Haut und setzte ein helles, grünes Funkeln in seine Augen. Léonie hatte seinen Vater, den Falken, nie zu Gesicht bekommen, aber sie fand, daß auch der Sohn durchaus den Namen des Raubvogels verdiente. Sie hatte Mühe, sich auf den Verlauf der frommen Zeremonie zu konzentrieren, obwohl sie des Lateinischen mächtig und normalerweise eine andächtige Christin war.

Und plötzlich spürte sie, wie Panik in ihr aufstieg. Was tat sie hier? Sie übergab sich selbst, ihr Schicksal, ihre Person, ihr Vermögen, ihre Rechte und ihr Leben einem Mann, von dem sie nicht mehr wußte, als daß er arm war und ihr Herz zum Klingen brachte. Von dem ein Blick, ein Händedruck genügte, daß die verwirrendsten, süßesten Gefühle ihren Körper und ihre Seele erfüllten. Aber was war, wenn sie trotzdem das Falsche tat? Sie blieb an ihn gebunden, bis einer von ihnen starb!

Mit kaum hörbarer Stimme wiederholte sie den Schwur, den Bruder Anselme ihr vorsprach, der vor gut zwanzig Jahren auch den schwachen Säugling getauft hatte, der als einziges aller Kinder Madelon d'Aubignés am Leben bleiben sollte. Mathieu lauschte auf ihre gedämpfte Stimme, die nicht einmal bis zur ersten Reihe der Gäste trug. Vielleicht sprach er deswegen sein eigenes Gelübde mit trotziger, weithin hallender Stimme.

Sein kräftiger Schwur, Léonie d'Aubigné zum Weibe zu

nehmen, sie zu lieben und zu hüten, bis daß der Tod sie scheiden würde, ließ die junge Braut unwillkürlich erschauern. Es war geschehen! Und wie tröstlich wäre es gewesen, wenn er ihr wenigstens ein freundliches Lächeln geschenkt hätte, aber ihr Gemahl sah mit starrer Miene zum Altar.

Die folgende Hochzeitsfeier entsprach der Begeisterung des Brautvaters über die unverhoffte, ehrenvolle Ehe seiner Tochter, wenngleich auch hier die bedeutenden Namen fehlten, mit denen der stolze Seigneur seine Tafel gerne geschmückt hätte. Die übrigen Gäste machten es jedoch an Fröhlichkeit und Appetit wett.

Lediglich die Dame des Hauses thronte in schimmernde Seide gehüllt wie eine füllige hellblaue Gewitterwolke am Kopf der Tafel und stellte eine Leidensmiene zur Schau, die komisch gewesen wäre, hätte sich jemand der Schmausenden die Mühe gemacht, sie zur Kenntnis zu nehmen. Da es keiner tat, tröstete sie sich mit den reichhaltigen Süßspeisen, den köstlichen Kuchen und den vielen Leckereien, die extra für dieses Fest zubereitet worden waren.

Das Brautpaar war ohnehin so in seine eigenen Gedanken vertieft, daß es weder auf Dame Madelon noch auf die gutmütigen, wohlgemeinten Scherze achtete, die ihnen über die Schragentische zugeworfen wurden. Mathieu platzte schier vor Ungeduld, seine stille Gemahlin und ihre reiche Mitgift auf die bereitstehenden neuen Wagen zu laden und nach Glain zurückzukehren. Das üppige Festmahl dauerte ihm zu lange, und so sprach er immer wieder dem schweren roten Wein zu, um seine Rastlosigkeit zu verbergen.

Léonie, die frisch vermählte Dame d'Escoudry, sah mit dem Fortschreiten des Festes und des Tages unweigerlich jene Stunden auf sich zukommen, von denen ihre Mutter nur mit abgewandtem Gesicht und bitterster Leidensmiene gesprochen hatte. Wie oft hatte sie in den letzten Tagen hören müssen, daß sie ihren Eigensinn mit Schmerzen und körperlichen Demütigungen würde bezahlen.

Und nachdem sie schließlich unter Regie der guten Bertheline von den Damen ihrer Mutter entkleidet worden war, lag sie nackt zwischen den seidenen Laken des Brautbettes. Körperliche Erschöpfung und die aus Unwissenheit geborene Furcht vor dem, was auf sie wartete, ließen sie zittern und sich wünschen, sie könnte sich unter dem Pfostenbett verkriechen und vor allem verstecken.

Die Frauen hatten sich unter Kichern und Scherzen zurückgezogen, und schließlich hatte sich auch Bertheline verabschiedet, nachdem sie ihr noch einen sanften Kuß auf die Stirn gehaucht hatte. Auf ihre Mutter wartete Léonie vergeblich, aber es überraschte sie auch nicht, daß sie nicht gekommen war.

Dame Madelon hatte sich von dem Augenblick an, da sie von der Heirat erfuhr, schmollend von ihrer Tochter abgewandt, und wenn sie dennoch mit ihr sprach, dann nur, um ihr in den schwärzesten Farben eine grauenvolle Zukunft auszumalen. Léonie, ohnehin von ihren eigenen fremdartigen, neuen Gefühlen zutiefst verunsichert, verzichtete gern darauf, noch tiefer beunruhigt zu werden.

Das herrschaftliche Schlafgemach, das ihre Eltern für diese besondere Nacht zur Verfügung gestellt hatten, machte sie zusätzlich befangen. Zwischen den baumstammdicken, geschnitzten Pfosten des riesigen Betts, in dem gut und gerne fünf erwachsene Männer Platz gehabt hätten, kam sich Léonie viel zu klein und zu verloren vor. Die bestickten Brokatvorhänge und die üppigen Kissen und Decken erstickten sie fast.

Das funkelnde Silber der Pokale und Teller in den Schauschränken und die glänzenden Täfelungen an den Wänden waren von fleißigen Händen auf Hochglanz poliert worden. Der Duft von Bienenwachs mischte sich mit dem der getrockneten Rosenblätter, die auf das Brautbett gestreut waren, sowie dem feinen Honigduft der schweren gelben Kerzen, die in allen Leuchtern brannten.

Léonie fröstelte trotz der vielen Decken und wünschte sich, Bertheline hätte ihr nicht verboten, ein Nachtgewand zu tragen. Nach einem kurzen Zögern schwang sie jedoch die Beine über den hohen Rand des Bettes und ließ sich zu Boden gleiten. Von ihren feinen offenen Haaren umweht, faßte sie nach dem pelzgefütterten Hausmantel, den die besorgte Kinderfrau für den nächsten Morgen bereitgelegt hatte, und hüllte sich hinein. Sie kämpfte gegen eine Kälte, die nicht von außen, sondern von innen kam, gegen ein Zittern, das sie als Feigheit erkannte, das sie dennoch nicht unterdrücken konnte.

Sie suchte Zuflucht bei der Heiligen Jungfrau und sank auf den gepolsterten, geschnitzten Betstuhl, der in einer Nische des Gemachs für die fromme Einkehr seiner Bewohner bereitstand. In diesem Moment schien es ihr ratsamer, sich in der Verwirrung ihres Herzens an eine Frau zu wenden statt an die männlichen Mächte des Himmels.

Sie schrak zusammen, als die Tür des Gemachs so heftig aufgerissen wurde, daß sie gegen die Wand schlug und vom eigenen Schwung getrieben wieder zurück ins Schloß donnerte. Mathieu d'Escoudry betrat mit unsicheren Schritten das Gemach. Léonie erkannte mit zunehmender Empörung, daß ihr Gemahl betrunken war. Dermaßen betrunken, daß er kaum einen Fuß vor den anderen setzen konnte!

Er sah sich um, murmelte einen lästerlichen Fluch und stolperte auf das Bett zu, ließ sich mit ausgebreiteten Armen darauf fallen. Nur wenige Sekunden später verkündete tiefes, sonores Schnarchen, daß Léonie für diesen Abend weder Aufmerksamkeit noch Gefahr von ihrem Gatten drohten.

Sie stützte sich auf dem Betstuhl ab und richtete sich wieder auf. Leise trat sie zu der leblosen Gestalt, die quer über den Decken lag. Nach kurzem Zögern rüttelte sie ihren Gatten an der Schulter – was lediglich zur Folge hatte, daß das Schnarchen kurz abbrach, um danach mit gesteigerter Heftigkeit wieder einzusetzen.

»Heilige Mutter Gottes, darf denn das wahr sein?« murmelte Léonie und hieb gegen einen der Bettpfosten. Ihre Handkante schmerzte, und mit dem Schmerz kam der Unwille. Männer! Bei Gott, welch eine Unverschämtheit! Der Tag war lang und aufregend genug gewesen; nun fehlte es ihr wahrhaftig an der Geduld und am Verständnis für eine derartige Brüskierung ihrer Person. Ihr Temperament, das sie normalerweise so gut im Zaum hatte, brach sich Bahn. Wutentbrannt trommelte sie mit ihren Fäusten auf die breiten, muskulösen Schultern ein.

Mathieu spürte in seiner Betrunkenheit diesen körperlichen Angriff und reagierte mit dem Instinkt des geborenen Soldaten darauf. Er warf sich herum, packte den Störenfried, der ihn nicht schlafen lassen wollte, und stieß ihn mit roher Kraft zur Seite. Léonie fiel zwischen die voluminösen Kissen und schnappte nach Luft.

In seinem Rausch sah Mathieu ein Bild, wie es vermutlich nur der Wein und die Einsamkeit einem Manne vorgaukeln konnten. Der Zorn hatte Léonies blasse Haut getönt, ihre Augen funkelten wie flüssiges Gold, und die schwere Flut der hellblonden Haare glitt wie Seide über ihre wundervoll gerundeten Brüste. Denn bei dem plötzlichen Angriff hatte sich der Hausmantel geöffnet, und nun lag Léonie nackt auf einem Bett aus feinstem, dunklen Marderfell.

»Eine Fee! Wahrhaftig … ich muß träumen …« murmelte Mathieu und versuchte vergeblich, das Bild festzuhalten. Doch dann siegte erneut die Erschöpfung im Verein mit dem schweren Wein. Mathieu sank zurück auf das Bett und begann von neuem zu schnarchen.

Léonie verzichtete darauf, ihn erneut zu wecken. Ihr blinder Jähzorn war ebenso schnell verflogen, wie er gekommen war. Der kurze Augenblick, in dem sie die Bewunderung in den Augen ihres Gemahls entdeckt hatte, ließ sie schwach und mit einer eigenartigen wunderlichen Sehnsucht im Herzen zurück.

Sie hatte wenig Erfahrung mit betrunkenen Männern, aber sie wußte, daß es nicht ratsam war, sie unnötig zu reizen. Sie strich sich mit einem Seufzer die Haare aus dem Gesicht und zog die Falten ihres Mantels unter seiner schweren Gestalt hervor.

Das also war ihre Hochzeitsnacht. Ein leises Lachen, das zwischen Resignation und dem Empfinden für die Komik der Situation schwankte, kam ihr über die Lippen. Was hatte sie erwartet – Liebesschwüre und Minnelieder? Sie wußte doch, weshalb sie geheiratet worden war, und der Spiegel im Gemach ihrer Mutter hatte ihr stets ein klares Bild ihrer Person gezeigt. Sie war keine jener verführerischen Frauen, die Männer in Poeten und Sänger verwandelte. Sie konnte von Glück sagen, daß sie überhaupt einen Gatten bekommen hatte, der ihr zusagte.

Einen Gatten, den sie selbst noch dann anziehend fand, wenn er betrunken schlafend im Bett lag. Die Röte auf ihren Wangen vertiefte sich, als sie sich daran erinnerte, wie fest sich seine Muskeln angefühlt hatten. Unwillkürlich beugte sie sich vor und strich über die Locken, die ihm in die Stirn fielen. Sie fühlten sich weich wie Samt an, während die Stoppeln des nachwachsenden Bartes auf seinen Wangen kratzig und rauh waren. Gleichmäßige Atemzüge hoben die Brust unter dem Brokatwams, das morgen früh mit Sicherheit verknittert sein würde. Verschwitzt war es jetzt schon.

Sie löschte alle Kerzen, ehe sie wieder zurück in das

Bett kletterte und sich, immer noch im Mantel, neben ihm zwischen die Kissen kuschelte. Sie ließ lediglich das Nachtlicht auf der anderen Seite brennen, damit sie ihren Gatten auch weiterhin betrachten konnte, was sie mit einem solchen konzentrierten Ernst tat, das sich eine steile Falte in ihre Stirn grub.

Endlich konnte sie dies tun, ohne für dreist gehalten zu werden und ohne jenes Interesse zu verraten, dessen leidenschaftliche Intensität ihr ohnehin niemand zugetraut hätte. Sie hatte gelernt, ihre Emotionen zu kontrollieren, aber in dieser einen, besonderen Nacht gönnte sie sich den Luxus der Ehrlichkeit.

»Ich liebe Euch, Mathieu d'Escoudry«, wisperte sie und legte ihre Hand über die seine. »Ich bin Eure Frau geworden, weil Ihr der Mann seid, auf den ich gewartet habe. Aber ich fürchte, ich werde einen hohen Preis für meine Liebe zahlen müssen.«

Sie erhielt keine Antwort auf dieses Geständnis, aber darauf konnte sie ohnehin verzichten. Sie hatte auch so genügend Angst vor der Zukunft.

3. Kapitel

»Dort ist Glain!«

Léonies Blick folgte der ausgestreckten Hand, dann schaute sie wieder ihren Gatten an. Er konnte doch nicht wirklich stolz sein auf dieses verfallene Gemäuer? Sie sah vier gedrungene, runde Türme, die sich wie massige, schäbige Wächter über den Mauern erhoben und alle restlichen Gebäude verdeckten, was den Schluß zuließ, daß diese sehr klein und niedrig sein mußten.

Unweit davon, am Fuße des Hügels, duckte sich um eine kleine schmucklose Kirche ein Dorf, das in seiner Verwahrlosung und Ärmlichkeit zu der heruntergekommenen Burg paßte. Léonie versuchte, sich ihre Enttäuschung nicht anmerken zu lassen und ein wenig Begeisterung zu zeigen.

»Ich nehme an, wenn es nicht gerade regnet und die Felder nicht abgeerntet sind, ist es ein hübscher Ort, an dem man sich wohlfühlen kann«, murmelte sie vor sich hin.

»Vorwärts!«

Sie war es bereits gewohnt, daß ihr Gatte zwar mit ihr sprach, aber keine ihrer leisen Bemerkungen in irgendeiner Weise zur Kenntnis nahm. Er behandelte sie wie eines der Gepäckstücke, die hinter ihnen die Wagen des Trosses füllten. Die Abreise am Morgen nach ihrer Hochzeitsnacht war so unvermittelt erfolgt, daß sie kaum Zeit genug gefunden hatte, sich von ihren Eltern zu verabschieden.

Offensichtlich hatte es Mathieu seinem Bruder überlassen, diese Reise zu organisieren, und sobald er sich von den Folgen seines Rausches halbwegs erholt hatte, hatte er den Befehl zum Aufbruch gegeben. Léonie, die es ihrerseits kaum erwarten konnte, ihr neues Leben zu beginnen, hatte keinen Einspruch dagegen erhoben.

Es mißfiel ihr jedoch, daß Mathieu am Morgen nach jener Nacht es nicht für nötig befunden hatte, auch nur ein Wort der Entschuldigung oder der Erklärung zu sagen. Ohnehin schien er ein wortkarger Mann zu sein, der keine Freude an unverbindlicher Plauderei fand. Seine Bemerkungen waren stets zweckgebunden, nüchtern und mit befehlendem Unterton. Er erwartete, daß man tat, was er sagte.

Léonie gehorchte ihm. Nicht weil er es forderte, sondern weil sie dafür auf ein Lächeln, ein persönliches Wort, ein wenig Zuneigung hoffte. Doch Mathieu d'Escoudry lächelte nur selten und nur dann, wenn er die Fuhrwerke musterte, die er nach Glain brachte, und sich vor Augen hielt, was diese Wagen enthielten.

Neben Léonies Mitgift, die aus stattlichen Truhen voller Gewänder, Wäsche, Stoffen und anderen Haushaltsgegenständen bestand, gab es auch wertvolle, schöne Möbel, kostbare Teppiche, Glaswaren und Silbergerät, wie man sie auf der Burg seines Vaters schon lange nicht mehr gesehen hatte. Wandbehänge und größere Möbel würden folgen, ebenso Glasfenster und nicht zuletzt Waffen für die Männer von Glain.

Aber auch die einfachen Karren trugen kostbare Last. Saatgut, Werkzeuge und Wintervorräte, die es ihnen erlauben würden, die kommenden Monate ohne das drohende Gespenst des Hungers zu überstehen. Auch hatte Mathieu Aufträge für Handwerker und Steinmetze in Domfront hinterlassen, und er hoffte inständig, daß das Wetter noch lange genug halten würde, damit noch vor Wintereinbruch wenigstens die nötigsten Ausbesserungsarbeiten an den Dächern in Angriff genommen werden konnten.

Der Zug der Reisenden hatte nun die schmale Straße erreicht, die sich durch das Dorf wand, dessen Bewohner sich jedoch vor dem ständig rieselnden Regen in ihre strohgedeckten Hütten geflüchtet hatten. Zwei streunende nasse Hunde und ein meckernder Ziegenbock waren die einzigen Geschöpfe, die ihrer neuen Herrin, die hinter den Ledervorhängen ihres Reisewagens hervorlugte, ein gewisses Interesse entgegenbrachten. Der Regen drückte die dünnen Rauchfahnen in die niedrigen Kamine zurück, und Léonie hatte Mühe, sich nicht von der trostlosen Atmosphäre dieses ärmlichen Ortes niederdrücken zu lassen. Er wirkte auf sie, als seien seine sämtlichen Einwohner von der Pest dahingerafft worden.

Sie warf einen Blick zu ihrem Gatten, der neben ihrem

Wagen ritt, scheinbar unempfindlich gegen den Regen, und den es auch nicht zu stören schien, daß man ihn und seine Braut nicht begrüßte. Er schrie den Ochsentreibern ein paar scharfe Befehle zu und wies Léonies Kutscher an, das Tempo für den Rest des Weges zu beschleunigen.

Léonie hielt sich an den Schlaufen des Wagens fest, dessen Schnitzwerk längst vom Schlamm bedeckt war und der bedenklich schwankte, als seine eisenbeschlagenen Räder sich durch den schweren Schlamm des Weges kämpften. Langsam kam sie zu der Ansicht, daß die Burg von Glain, und sei sie noch so düster und bescheiden, in jedem Fall einem weiteren Tag in diesem rollenden Marterwerkzeug vorzuziehen war. Sie fror, und sie sehnte sich inständig nach einem heißen Becher Gewürzwein und trockenen Kleidern.

Sie konnte nur hoffen, daß Bertheline ihre Truhen so gut verschlossen hatte, daß nicht auch in ihnen das Wasser schwamm und diese unerfreuliche Reise endgültig zu einer Katastrophe machte. Bei allen Heiligen, wo waren ihr guter Wille und ihre Zuversicht geblieben?

In diesem Moment rumpelte die Kutsche über die runden Bohlen der herabgelassenen Zugbrücke, dröhnte durch das Torhaus und kam im großen Hof von Glain zum Stehen. Léonie stieß einen tiefen Seufzer aus. Die Stille, die Ruhe waren herrlich.

Dann drangen die Stimmen der Männer in ihr Bewußtsein. Pferde wieherten, das nasse Sattelzeug knirschte, die Fuhrwerke, die an ihnen vorbei zu den baufälligen Vorratshäusern getrieben wurden, knarrten.

Léonie wagte einen weiteren Blick auf ihre Umgebung, doch es war alles so trostlos, daß sie schnell den Kopf wieder ins Innere des Wagens zurückzog. Der Regen hatte sich verstärkt und hing wie ein nasser Vorhang zwischen der Kutsche und dem zweistöckigen Steinhaus, das den Herren von Glain als Herberge diente.

Was hatte sie nur getan? Es konnte nur in einem Anfall närrischer Verwirrung gewesen sein, daß sie sich auf diese Ehe eingelassen hatte! Warum hatte sie sich für einen Traum verkauft?

»Ihr seid zu Hause!«

Léonie zuckte zusammen, als die Tür der Kutsche geöffnet wurde und sie die Stimme ihres Gemahls hörte. Die junge Frau zwang sich, seine ausgestreckte Hand zu nehmen. Sie wußte, daß sie sich nur lächerlich machte, wenn sie nicht ausstieg; und ohnehin war es zu spät, nun mit sich selbst wegen dieser Ehe zu hadern! Die Heirat mit Mathieu hatte sie zur Herrin dieses Hauses gemacht, und es lag nun an ihr, das Beste daraus zu machen.

Von seiner kräftigen Hand mehr gezogen als geleitet, legte sie die wenigen Schritte bis zur breiten Steintreppe zurück, die ins Innere der großen Halle führte, aber der Schaden war schon passiert. Durchnäßt, mit Rocksäumen, die der feuchte Schmutz schwer nach unten zog, und mit den traurig herabhängenden Flügeln ihrer sittsamen Haube trat sie unter das Dach und vor die wenigen Menschen, die sich in der Halle von Glain versammelt hatten.

Die Enttäuschung beruhte auf Gegenseitigkeit, während Mathieu d'Escoudry mit weithin hallender Stimme verkündete, daß er die Dame Léonie d'Aubigné geheiratet hätte und sie künftig diesem Haushalt vorstehen würde. Sie in seinem Haus willkommen zu heißen, kam ihm jedoch nicht in den Sinn.

Léonie wäre in diesem Moment am liebsten in Tränen ausgebrochen, obwohl sie sich nicht erinnern konnte, wann sie zum letzten Mal geweint hatte. Der Gestank nach feuchtem, altem, vermodertem Stroh beleidigte ihre Nase. Ein flüchtiger Blick in die Runde zeigte ihr die zahllosen Zeichen der Vernachlässigung, bewies, daß in Glain die Hand einer ordnenden Hausfrau schon seit langem fehlen mußte. Das Häufchen zerlumpter Dienstboten war verschwindend klein, und bis auf einen Mann, der sie alle überragte, waren die meisten von ihnen bereits grauhaarig und vom Leben gezeichnet.

Unwillkürlich hielt sich ihr Blick an der einzigen Gestalt fest, die halbwegs bei Kräften zu sein schien. Der fremdländisch wirkende, hagere Mann trug weite helle Pumphosen und eine enge, ärmellose, fellgefütterte Jacke über einer Art Bluse. Den Kopf hatte er mit einem Tuch umwickelt, so daß es wie eine Kappe seine Haare bedeckte, und in dem Gürtel um seine Hüften steckte ein beeindruckendes, gefährlich aussehendes Krummschwert.

Erst beim zweiten Hinschauen bemerkte Léonie das Kind, das sich halb hinter ihm versteckte. Ein Geschöpf, schmal und zierlich, in einem bescheidenen Pagengewand, dessen blasses Gesichtchen nur aus großen fragenden Augen zu bestehen schien. Das Gewand und die kurze Haartracht wiesen es als Knaben aus, aber das feine Antlitz gehörte einwandfrei zu einem Mädchen. Wie seltsam. Ihre Blicke trafen sich, und zu ihrer Überraschung las sie Mitgefühl in dem des Mädchens.

»Wollt Ihr mir Euer Gesinde nicht vorstellen?« fragte Léonie schließlich.

Aber nicht ihr Gemahl, sondern Rogier d'Escoudry übernahm die Vorstellung der wenigen Mägde und Knechte, der ältlichen Köchin, des mürrischen Haushofmeisters und jenes eigenartigen Paares, das er als letztes erwähnte.

»Der Mann dort ist Omar, wir haben ihn gemeinsam mit unserer Bastard-Schwester Roxana von unserem Vater geerbt. Sie sind alles, was er uns aus dem Morgenland nach Hause schickte: das Kind eines glutäugigen Hafenliebchens und dessen treuen Leibwächter. Am besten kümmert Ihr Euch nicht um die beiden. Sie sorgen für sich selbst und sind nicht gerade Gesellschaft, wie Ihr sie aus Domfort gewöhnt seid. Ich bin sicher, daß Euch Mathieu, wenn hier wieder Ordnung eingekehrt sein wird, mit einer Reihe von Damen umgibt, die eher Euer Geschmack sein werden.«

Léonies Blicke glitten zwischen dem Pagen, der ein Mädchen war, und ihrem Schwager hin und her. Bei Gott, er war ebenso gefühllos und hochfahrend wie ihr Gemahl! Für beide hatten die Menschen nur dann einen Wert, wenn sie ihren Zwecken nützlich waren. Es kümmerte sie nicht, ob sie sie mit ihren Worten verletzten.

»Mir wäre schon damit gedient, wenn es eine Magd gäbe, die mir zeigt, wo ich wohnen werde und wohin meine Truhen gebracht werden können«, entgegnete sie trotzdem sanft und sah sich nach der Zofe um, die sie aus Domfort mitgebracht hatte. Inzwischen mußten doch auch die Wagen mit dem zusätzlichen Gesinde angekommen sein.

»Bring Dame Léonie in das Herrschaftszimmer«, wies Rogier eine der jüngeren Mägde an und verneigte sich vor seiner Schwägerin.

Er beneidete seinen Bruder nicht um die farblose, stille Gemahlin, die von nun an sein Bett wärmen würde, aber er war Edelmann genug, um Léonie seine Geringschätzung nicht spüren zu lassen. Daß sie ihn trotzdem durchschaute, konnte er nicht ahnen.

Léonie folgte dem drallen Mädchen, das respektvoll vor ihr knickste und sie dann eine steinerne Treppe in den ersten Stock hinaufführte. Das Gemach, das sie schließlich betrat, war zwar eiskalt und offensichtlich seit geraumer Zeit unbewohnt, aber unerwartet komfortabel ausgestattet. Das mächtige geschnitzte Bett stand erhöht auf einer Balustrade, ein großer Kamin beherrschte die Stirnwand gegenüber, und die Wände boten genügend Platz für ihre Truhen, die gepolsterten Stühle und die Wandteppiche.

Im Moment befand sich außer dem riesigen Bett nur ein schmaler Betstuhl in dieser Kemenate. Die nassen Häute, die in Rahmen vor die Öffnungen gespannt waren, ließen nur spärliches Licht hindurch. Léonie wußte, daß sie sich in diesem Raum erst wohlfühlen würde, wenn er einer gründlichen Reinigung unterzogen worden war.

»Am besten bringst du ein paar Eimer heißes Wasser und Bürsten«, wies sie die überraschte Magd an. »Der Boden muß geschrubbt werden, dann müssen wir den Strohsack aus dem Bett entfernen und eine neue Matratze füllen. Was ist? Was starrst du mich so an? Es gibt Arbeit! Sieht es in der ganzen Burg so aus?«

Obwohl sie nicht ein einziges Mal die Stimme hob oder laut wurde, besaß sie genügend Autorität, um innerhalb kürzester Zeit dafür zu sorgen, daß wenigstens dieser eine Raum halbwegs wohnlich wurde. Dies bemerkte auch Mathieu d'Escoudry, der sie aufsuchte, weil sie nicht in die Halle kam, um das abendliche Mahl mit ihm und seinem Bruder zu teilen; zufrieden stellte er fest, daß die Kammer wieder so aussah wie zu Lebzeiten seiner Mutter. Daß Léonie selbst zugepackt hatte, um dieses Wunder zu vollbringen, entging ihm – und interessierte ihn auch nicht.

Er registrierte lediglich die angenehme Wärme im Gemach und den Duft des heißen Gewürzweins, der auf dem Kaminsims dampfte. Er ließ sich auf einer Truhe nieder, die an der Wand stand, und warf seiner Gemahlin einen jener gleichgültigen Blicke zu, die sie bereits fürchten gelernt hatte.

»Ihr habt Euch eingerichtet, das ist gut«, stellte er fest. »Normalerweise essen wir des Abends jedoch unten in der Halle. Ich erwarte, daß Ihr Euch um die Arbeit der Köchin kümmert, sie ist es nicht gewohnt, aus dem Überfluß zu schöpfen. Ihr werdet sie anleiten müssen. Ansonsten steht es Euch frei, im Haus zu verändern, was immer Ihr wollt. Das ist Frauensache. Der alte Cyril war bisher unser Haushofmeister, er wird Euch zur Hand gehen und Euch helfen, das neue Gesinde einzuführen. Wie Ihr wißt, sind die

Handwerker bereits beauftragt, und die Unbequemlichkeiten unseres Hauses werden in Kürze behoben sein. Wenn es Probleme gibt, so werdet Ihr sie mir bei den Mahlzeiten vortragen können.«

Er hatte bereits die Türklinke in der Hand, als Léonie den Mut fand, die Frage zu stellen, die ihr am meisten auf der Seele brannte.

»Werdet Ihr dieses Gemach mit mir teilen? Ich weiß nicht, wo Eure Truhen sind.«

»Ich wohne in dem Kabinett neben der großen Halle; es besteht kein Anlaß, daran etwas zu ändern«, erklärte Mathieu d'Escoudry und blickte auf das zerzauste, graue Wesen herab, das er geheiratet hatte. Man sah noch die Spuren der Arbeit, da sie noch keine Zeit gehabt hatte, Wasser für ein Bad zu fordern. Ein breiter Schmutzstrich lief über die Wange, und die Haube wirkte jetzt noch erbärmlicher.

Der Seigneur nahm es leidenschaftslos zur Kenntnis. Es ging schließlich nicht darum, sie irgendwann in sein Bett zu holen. Deswegen hatte er Léonie nicht geheiratet. Zwar gab es da eine verschwommene, unbefriedigende Erinnerung an seine Hochzeitsnacht, aber die schob er eher auf die Wirkung des reichlich genossenen Weines als auf tatsächlich gehabte Erlebnisse. Eine ärgerliche, lästige Erinnerung. War es möglich, daß es ihm noch immer nicht gelungen war, seine Wünsche unter Kontrolle zu bringen? Wann würde er es endlich lernen?

»Aber ...« Léonie brach ab.

Sie wußte nicht, was sie sagen sollte. Sie wußte nur, daß er ihr soeben einen Schlag versetzt hatte, der schmerzte, als wäre er mit einem eisernen Panzerhandschuh auf bloße Haut geführt worden. Aus welchem Grunde weigerte er sich, die Ehe mit ihr zu vollziehen? Denn darauf liefen seine Worte doch hinaus. Was ging unter dieser kühlen Stirn vor?

»Seid Gott befohlen, Dame Léonie«, grüßte er sie ebenso höflich wie lieblos und zog die geöffnete Tür hinter sich ins Schloß.

Léonie stand wie erstarrt. Sie fürchtete, wie ein gläsernes Gefäß in tausend Splitter zu zerbrechen, wenn sie sich rühren würde.

»Er hat Euch gekränkt, nicht wahr?« sagte in diesem Moment eine rauhe, seltsam kehlige Stimme. »Es ist ihm egal, was die Menschen von ihm denken. Er hat kein Herz. Zumindest keines, das irgendwelche Gefühle aufbringen könnte. Seines ist ein mechanisches Ding, das nur Blut in seine Adern pumpt und dafür sorgt, daß er des Morgens aufstehen kann. Warum habt Ihr diesen Eisenfresser geheiratet? Hat man es Euch befohlen?«

Léonie unterdrückte einen leisen Schreckensschrei, indem sie die Hand vor den Mund schlug.

Das kleine Pagen-Mädchen war in ihr Gemach geschlüpft und ging nun neugierig im Zimmer umher. Im Gegensatz zu Mathieu bemerkte es sehr wohl, welche Mühe sich Léonie gemacht hatte.

»Die Mutter des Grafen hat hier gewohnt«, fuhr es fort. »Die Frau des Falken! Wußtet Ihr, daß der Falke sie geliebt hat? Noch auf seinem Totenbett hat er von ihrer Schönheit gesprochen. Nun sind sie wieder vereint.«

»Woher willst du das wissen?« platzte Léonie heraus.

»Ich nehme an, daß sie beide im Paradies sind«, erklärte das Kind mit einer verblüffenden Mischung aus Naivität und festem Glauben. »Schade, daß der Falke seine Fähigkeit zu lieben nicht an seine Söhne vererbt hat. Sie sind bis auf eine Ausnahme eine Bande von eiskalten Flegeln, die nur an den eigenen Vorteil denken.«

Léonie verschlugen diese Worte die Sprache. Die Sprecherin stand nun mit verschränkten Armen vor ihr und wirkte in ihrem abgewetzten Pagenkostüm mehr wie ein Kobold als wie ein menschliches Wesen. Die glänzenden, ebenholzschwarzen Locken, die ihren Kopf umgaben, wurden vom Schein des Kaminfeuers rötlich überhaucht, und die großen Augen erinnerten Léonie an flüssiges Silber. Traurigkeit und Stolz spiegelten sich darin, Zuneigung und Vorsicht.

»Du bist ein seltsames Mädchen, Roxana.« Léonie erinnerte sich wieder an den Namen, den Rogier ihr vorhin genannt hatte. »Warum, bei allen Heiligen, trägst du die Kleider eines Knaben? Es gehört sich nicht, daß du so herumläufst, weißt du das nicht?«

»Die Verkleidung war nur für die Reise nach Glain gedacht«, erklärte Roxana ernsthaft. »Mein Vater sagte, es wäre besser, wenn niemand merken würde, daß ich ein Mädchen bin. Aber hier haben sie mir keine anderen Kleider gegeben. Wir konnten nicht viel Gepäck mitnehmen, als wir Damiette verlassen mußten. Wir waren in Gefahr, und Omar mußte sich beeilen. Es hat sich alles geändert. Seit mein Vater gestorben ist, sind wir ohne Schutz.«

Léonie blickte auf die Kleine, die einen knappen Kopf weniger maß als sie selbst, und legte ihr vorsichtig eine Hand auf die schmale Schulter. »Würdest du gerne die Kleider eines Mädchens tragen, Roxana?«

»Es ist mir egal«, antwortete diese, und ein spitzbübisches Lächeln erschien um ihre Mundwinkel. »Ihr werdet noch sehen, daß es in Glain gar nicht so schlecht ist, wie ein Mann gekleidet zu sein. Die Burg starrt vor Schmutz, der Hof versinkt in Schlamm. Seht doch Eure Rocksäume an! Vielleicht beneidet Ihr mich noch eher um mein Pagenwams als Ihr denkt!«

Léonie lachte leise auf, und in diesem Moment veränderte sich auf magische Weise ihr Gesicht. Das Lachen brachte ihre Augen zum Funkeln, zauberte zwei entzückende Grübchen in ihre Wangen, und es klang wie die perlende, melodiöse Tonfolge eines fröhlichen Liedes.

Roxana legte den Kopf schief und lauschte diesem

Klang nach, ehe sie Mathieus Gemahlin einer neuerlichen, noch gründlicheren Musterung unterzog. Offensichtlich hatte sie sich zunächst in ihr getäuscht.

»Ich habe den Eindruck, dieses Glain braucht die energische Hand einer Hausfrau ebenso wie du, mein Mädchen, die sorgende Hilfe einer Mutter. Was auch immer ich von diese Ehe erwartet haben mag, Langeweile und Nichtstun wird sie mir offensichtlich nicht bescheren«, erkläre Léonie. Sie hatte die Anwandlung von Melancholie und Trauer, die sie eben noch umfangen hatte, schon wieder überwunden.

»Hast du schon gegessen, oder möchtest du deine Abendmahlzeit bei mir einnehmen?« fuhr sie fort. »In diesem Korb dort ist noch Reiseproviant, denn was ich unten gesehen habe, scheint es mir nicht gerade wert zu sein, sich zwischen nasses Stroh und herumtollende Welpen zu setzen. Ehe diese Halle nicht gesäubert ist, werde ich dort keinen Bissen zu mir nehmen, soviel steht fest.«

Roxana ließ sich nicht lange bitten. In diesem einen Jahr auf Burg Glain hatte sie gelernt, daß sie sich keine Chance entgehen lassen durfte. Es war kein leichtes Leben, das sie hier führen mußte. Ohne Omars tatkräftige Unterstützung hätte es sicher den einen oder anderen Abend gegeben, an dem sie hungrig zu Bett gegangen wäre.

Roxana griff unbeschwert und mit höchst schmutzigen Fingern zu, während Léonie lediglich einen Becher Gewürzwein trank. Sie beobachtete das Kind, dem man anmerkte, daß es seinen Brüdern völlig egal war. Also wartete hier noch eine weitere Aufgabe auf sie: die Erziehung dieses reichlich verwilderten Bastard-Mädchens.

Doch sie begriff auch, daß Roxana für sie ein Geschenk des Himmels war. Ein Mensch, dem sie all die Fragen stellen konnte, die ihr Herz bewegten, ohne Angst haben zu müssen, sich zu blamieren.

»Erzähl mir von den Brüdern meines Gemahles«, bat

sie deshalb. »Ich weiß kaum etwas von meiner neuen Familie. Mein Gemahl ist nicht sehr gesprächig.«

»Er redet nur, wenn er Befehle erteilen kann«, bestätigte das Kind und griff nach einem Hühnerbein, um es mit perlweißen, kleinen Zähnen abzunagen. »Er platzt vor Stolz auf seinen Namen und diese Burg, die wahrhaftig eher eine Ruine ist. Es fällt mir schwer nachzuempfinden, warum er so an diesem Trümmerhaufen hängt.«

Léonie konnte ihr nur beipflichten.

»Ihm der nächste ist Simon d'Escoudry«, fuhr Roxana fort. »Ein muskulöser Haudegen, der Glain bereits im letzten Herbst verlassen hat, um sein Glück als fahrender Ritter zu versuchen. Ich nehme an, es wird ihm gelingen, denn er ist ein wahrer Hüne von Mann und äußerst mutig. Allerdings von einem Mut, der auf absolute Phantasielosigkeit zurückzuführen ist. Er kann sich nicht vorstellen zu verlieren, deswegen gewinnt er!«

Léonie ertappte sich schon wieder bei einem Kichern. Roxanas Worte waren geprägt von unbeschwerter Frechheit und einer höchst verblüffenden Fähigkeit zur genauen Charakterisierung. Sie hatte die Erscheinung eines Kindes, aber ihre Worte klangen erwachsen und sicher.

»Und Rogier?« erkundigte sich Léonie, denn obwohl sie ihren Gemahl – trotz allem – überaus anziehend fand, hatte sie durchaus erkannt, daß auch dieser Sohn des Falken über einen verhängnisvollen Charme verfügte.

»Der geborene Diplomat«, erwiderte Roxana ein wenig undeutlich, denn sie kaute weiter. »Aalglatt, klug und äußerst geschickt, wenn es darum geht, andere zu manipulieren. Ein Höfling, der mit Sicherheit in Kürze dem jungen König seine Dienste anbieten wird. Herzlos und deswegen auch skrupellos. Er war es, der Euch aus einer ganzen Reihe von betuchten Erbinnen als jene ausgesucht hat, bei der Mathieu vermutlich die meisten Chancen haben würde. Es scheint, daß er die richtige Nase gehabt hat.«

»Du machst dir wenig Illusionen über deine Brüder«, murmelte Léonie. »Du müßtest ihnen doch dankbar sein, daß sie dir und deinem Beschützer ein Heim bieten.«

»Meine Brüder?« Roxana prustete und griff nach einem Apfel, den sie sorgsam am Ärmel ihres leicht verschlissenen Wamses polierte. »Der Falke war mir ein Vater. Unter seiner harten Schale verbarg er ein mitfühlendes Herz, doch nur ein einziger seiner Söhne kommt in dieser Beziehung auf ihn.«

»So gibt es noch einen?« Léonie dachte unwillkürlich an den eigenen Vater, der seine Seligkeit für einen Sohn und Erben verkauft hätte, während der Falke mit vier gesunden Söhnen gesegnet war.

»Jaufré, der Jüngste.« Roxana nickte. »Sie wollten ihn zum Priester machen, aber er ist aus dem Kloster entflohen. So wie er auch dieser Burg den Rücken gekehrt hat. Er wollte sich von seinen Brüdern nichts befehlen lassen. Er will sich sein Glück selbst suchen …«

Die abgrundtiefe Traurigkeit, die aus den letzten Worten klang, bewies Léonie, wie einsam und verlassen sich das Kind in dieser Burg fühlen mußte. Gefühle, die sie nachempfinden konnte. Unwillkürlich rückte sie näher und legte einen Arm um Roxana. Das Mädchen schmiegte sich an sie, und so gaben sie einander schweigend Trost, während der Regen in den Abflußrinnen gurgelte und der Wind durch die Mauerritzen pfiff.

4. Kapitel

Durch die grün-weißen Rauten des neuen Glasfensters fielen bunte, gleißende Lichtpfeile auf die glänzend geschrubbten Steinfliesen, deren helle Farbe nach und nach unter mehreren Schichten von Staub und Schmutz wieder zum Vorschein gekommen war. An Stelle des üblichen Strohs, das die Kälte des Bodens mindern sollte, bedeckte ein großer Teppich einen Teil der steinernen Quadrate. Léonie ertappte sich dabei, daß sie ihren Weg stets um diese Kostbarkeit herum wählte, weil sie fürchtete, die wunderschönen Blütenranken, die sich in glühenden Farben über den Teppich zogen, zu zerstören.

Roxana kannte weniger Skrupel und lachte die Burgherrin wegen ihrer Ängste aus. »Die Völker der Wüste haben diese Teppiche als Boden in ihren Zelten. Sie sind nahezu unzerstörbar, es sei denn, man geht mit Schwert und Messer auf sie los.«

»Woher weißt du das, Kind?«

Léonie saß mit einer Näharbeit am Kamin ihrer Kemenate und warf dem kleinen Kobold, der bäuchlings und mit aufgestützten Armen vor ihr auf dem Teppich lag, einen verblüfften Blick zu.

»Ich bin schon am Fuße des hohen Atlas gewesen«, erzählte Roxana, und Léonie schüttelte unwillkürlich den Kopf. Was für ein fremdartiges Leben dieses Kind doch bisher geführt hatte!

Léonie fand es unerwartet schwierig, dieses Mädchen zu beeinflussen, und obwohl es ihr normalerweise mit unbeschwerter Freundlichkeit entgegenkam, konnte es verstockt und außergewöhnlich hochfahrend werden, wenn man es gegen seinen Willen zu etwas zwingen wollte. Zum Beispiel, wenn es um seine Kleidung ging.

Léonie wagte nicht zu erwähnen, daß sie das hübsche, magentarote Samtkleid, an dem sie stichelte, für Roxana änderte. Jeder Versuch, dieses Kind in Frauenkleider zu stecken, hatte bisher damit geendet, daß es für Stunden verschwand und nur gegen das Versprechen wieder auftauchte, tragen zu dürfen, was es wollte.

Der einzige Kompromiß, zu dem Roxana sich bereitfand, war, das abgenutzte Pagenkostüm gegen ein neues aus schönem braunen Wollstoff und die dazu passenden Hosen einzutauschen. Auch die weichen Lederschuhe und die kecke Kappe, unter der es seine widerspenstigen Locken versteckte, waren neu.

»Erzähl mir von diesen Wüstenvölkern und ihren Teppichen«, forderte sie Roxana auf, aber das Mädchen schüttelte nur seinen Kopf.

»Ein anderes Mal! Wißt Ihr, was Mathieu gesagt hat, als er entdeckte, daß Ihr auch die Fenster in der Halle mit kostbarem Glas verschlossen habt?«

Léonies Kopf flog hoch. Roxana wußte ganz genau, wie sie die Dame d'Escoudry im Nu auf andere Gedanken bringen konnte. »Ach, er hat es bemerkt? Er hat etwas gesagt?«

Ihr Herz klopfte wie närrisch, und der bloße Gedanke, daß es ihr endlich gelungen sein könnte, die Aufmerksamkeit, wenn nicht gar die Zustimmung ihres Gemahls zu finden, ließ ihre blassen Wangen erröten und ihre Augen funkeln.

Roxana bereute den Themenwechsel bereits. Sie mochte Léonie, und es mißfiel ihr, sie zu enttäuschen. Doch sie war stets bedingungslos ehrlich und ließ sich niemals zu einer Lüge herab.

»Er befahl, künftig solche Anordnungen der Herrin erst von ihm bestätigen zu lassen. Die Befestigung der Mauern und der Vorwerke sei im Augenblick wichtiger als die Bequemlichkeit der Bewohner dieses Hauses. Es scheint, er hält Hallen, in denen es nicht zieht wie auf der Brustwehr, für unnötigen Luxus.«

Die Röte in Léonies Antlitz wich neuerlicher Blässe. Was hatte sie erwartet? Was immer sie tat oder veranlaßte, nahm Mathieu entweder nicht zur Kenntnis, oder er tadelte es mit eisigen Worten. Zum Barbaratag waren es sechs Wochen, daß sie miteinander verheiratet waren, und in dieser Zeit hatte er höchstens ein halbes Dutzend Male ihre Kammer betreten oder das Wort an sie gerichtet.

Dabei hätte es sogar einem Blinden auffallen müssen, daß der Haushalt in Glain von einer kundigen Hand wieder in Schwung gebracht worden war. Statt mit modrigem Stroh waren die Böden jetzt mit frischen Binsen und duftenden Kräutern bedeckt, die Wände erstrahlten frisch gekalkt, und wo es an Bänken, Tischen und anderen Möbeln fehlte, hatte der Schreiner endlich für Abhilfe gesorgt.

Die Küche lieferte im Gegensatz zu früher ausreichende und schmackhafte Mahlzeiten, und auf den Herrn von Glain warteten stets heißer Gewürzwein und frische Pasteten, wenn er müde und hungrig nach der Arbeit eines anstrengenden Tages seine Halle betrat.

Mathieu d'Escoudry nahm es als selbstverständlich hin. Er hatte Dringenderes zu tun. Er hatte gleichzeitig dem einbrechenden Winter und den morschen Mauern den Kampf angesagt. Der wichtigste Mensch war für ihn der Baumeister, mit dem er seine Pläne besprach. Danach kamen die Steinmetze, die seine Befehle befolgten, und die Bewaffneten, deren Kampfkraft er täglich trainierte, als beabsichtigte er, in Kürze in einen verheerenden Krieg zu ziehen. Lediglich Rogier und dem jungen Pagen, Damien de Cholet, der zu Allerheiligen in seinen Dienst getreten war, gönnte er von Zeit zu Zeit ein nettes Wort. Daß er verheiratet war, schien er vergessen zu haben.

»Laßt Euch nicht davon kränken«, bat Roxana leise.

»Ihr habt Wunder vollbracht in diesem Haus, und der Falke wäre stolz darauf, Euch zur Tochter zu haben.«

Léonie preßte die Lippen zu einem schmalen Strich zusammen. Wie erregt sie war, sah man lediglich daran, mit welcher Heftigkeit sie die Nadel führte, denn ihre Gedanken behielt sie für sich. Roxana war ohnehin zu jung, um die stille Verzweiflung zu begreifen, die mehr und mehr von Léonie Besitz ergriff. Ihr Schicksal, als Ehefrau unterschied sich gewaltig von dem, was ihre Mutter befürchtet hatte, aber es machte sie dennoch so unglücklich, wie Madelon ihr prophezeit hatte.

»Hat man Euch befohlen, Mathieu d'Escoudry zum Manne zu nehmen?« Wieder stellte Roxana die Frage, auf die sie schon einmal keine Antwort bekommen hatte.

Sie setzte sich so hin, daß sie an Léonies Füßen lehnte und in das Feuer sehen konnte. Ein eisigkalter Wind pfiff um das Herrenhaus und heulte in den Kaminen. Das Mädchen litt unter der Kälte und beneidete die Hausherrin um das wärmende Feuer in ihrer Kemenate. Vorsichtig streckte es die Handflächen der Glut entgegen, um sie zu wärmen.

Léonie ließ ihre Arbeit wieder sinken und sah auf den dunklen Kopf hinab, der an ihrem Knie lehnte. Unwillkürlich strich sie mit der Hand über die seidig weichen Locken. Auch wenn sie die Kleine noch nicht dazu gebracht hatte, Kleider zu tragen, so achtete Roxana nun wenigstens auf ihre Sauberkeit.

Léonie seufzte. »Aber nein«, beantwortete sie endlich die neugierige Frage. »Ich wollte ihn, kaum daß ich ihn das erste Mal gesehen hatte. Ich war glücklich, als ich erfuhr, daß er gekommen war, um meine Hand zu erbitten. Er war die Verwirklichung aller Träume für mich!«

»Mathieu?«

Das abgrundtiefe, fassungslose Erstaunen in Roxanas Stimme entlockte Léonie ein melancholisches Lächeln.

»Ich weiß, daß er mich nur wegen meiner Mitgift geheiratet hat, dennoch hatte ich gehofft, daß er wenigstens das Lager mit mir teilt. Daß er es mir gegönnt hätte, seine Kinder zu bekommen und durch ihre Liebe Glück zu gewinnen. Daß er mich als Herrin seines Hauses in Ehren hält …« Léonies Stimme war immer leiser geworden, erstarb schließlich ganz.

»Ihr müßt verrückt sein, Euch nach den Aufmerksamkeiten dieses Eisblockes zu sehnen«, sagte das Mädchen mit ungeschminkter Deutlichkeit.

»Ich bin verrückt, daß ich solche Gespräche mit dir führe«, entgegnete Léonie schuldbewußt und nahm ihre Näharbeit wieder auf. »Du hast manchmal eine Art, die Dinge zu sehen, daß man dich für älter hält, als du bist, Kleines.«

»Ich bin kein Kind mehr«, erwiderte Roxana gelassen. »Im Frühling werde ich siebzehn!«

»Siebzehn!« Léonie fuhr hoch, und das Nähzeug rutschte ihr vom Schoß. »Ist das wahr?« Verblüfft sah sie Roxana an.

»Natürlich.« Das Mädchen nickte. »Ich wurde im Frühling des Jahres 1254 geboren, und meine Mutter starb wenige Tage, nachdem sie mir das Leben geschenkt hatte.«

»Heilige Mutter Gottes, ich habe dich allerhöchstens für zwölf gehalten. Ich dachte, ich könnte dir Zeit geben, bis …«

»Zeit wozu?« Roxana runzelte die Stirn, und Léonie bemerkte, wie sich plötzlich leises Mißtrauen in ihren Blick schlich.

»Um eine Dame aus dir zu machen«, erwiderte Léonie. »Es geht nicht, daß du wie ein Irrwisch durch das Haus fegst und keine Ahnung von weiblichen Pflichten und Arbeiten hast, wenn du irgendwann selbst einen Hausstand führen wirst. Du bist im heiratsfähigen Alter, auch wenn du mit deiner absurden Verkleidung bis jetzt jeden darüber hinweggetäuscht hast. Doch das kann nicht so weitergehen!«

Roxana hatte sich stocksteif aufgesetzt und sah Léonie aus gefährlich schmalen Augen an. Sie glich einer angriffslustigen kleinen Katze, die ihr bedrohtes Revier verteidigt.

»Ich denke nicht daran, diese törichten Dinge zu tun, und schon gar nicht will ich heiraten«, erklärte sie.

»Im Moment natürlich nicht«, räumte Léonie ein. »Wir reden ja auch erst mal nicht von einer möglichen Heirat, sondern davon, dich in ein respektables Edelfräulein zu verwandeln. Nein, schau mich nicht so an, dieses Mal werde ich nicht nachgeben. Wenn du nicht freiwillig nachgibst, muß ich mit meinem Gemahl über die Sache sprechen.«

Doch Roxana blieb störrisch. Ihre Augen sprühten Feuer, und ihre ganze Haltung drückte nichts als Widerstreben aus. »Spart Euch die Mühe, es wird ihn nicht interessieren.«

»Das werden wir sehen!« verkündete Léonie energisch.

Da Roxana merkte, daß Léonie sich nicht von ihrem Plan würde abbringen lassen, tat sie das nächstbeste, was ihr einfiel.

»Halt, wo läufst du hin, Roxana? Bleib hier, ich befehle dir …«

Aber die Tür fiel bereits hinter der kleinen Rebellin ins Schloß. Im Grunde hatte Léonie nichts anderes von ihr erwartet. Das Mädchen glich einem scheuen kleinen Tier, das bei jeder Gefahr sofort die Flucht ergriff. Glücklicherweise gab es Omar, der ihr stets folgte und zu ihrem Schatten geworden war. Um Roxanas persönliche Sicherheit brauchte Léonie sich deshalb keine Sorgen zu machen, um deren Zukunft jedoch sehr wohl.

Und deshalb nahm sie allen Mut zusammen und bat ihren Gemahl nach dem Abendessen um eine Unterredung unter vier Augen. Mathieu sah sie an, als müßte er sich erst erinnern, wer sie war. Dann nickte er knapp und bat sie in das Kabinett, in dem er arbeitete und schlief. Auf dem breiten Eichentisch lagen Pergamente und Pläne. Er schob das Tintenfaß, die Federn und die Streusandbüchse zur Seite, um Platz für den Weinbecher zu schaffen, den er aus der Halle mitgenommen hatte. Sein abweisender Gesichtsausdruck machte Léonie die Sache nicht leichter.

»Nun, was kann ich für Euch tun?« fragte er knapp. »Solltet Ihr beabsichtigen, weiteres Geld für Fenster und Stoffe auszugeben, dann muß ich Euch bitten, Eure Wünsche zu mäßigen. Ehe uns die Salzsümpfe nicht die ersten Erträge eingebracht haben, sollten wir uns ein wenig bescheiden.«

Léonie fuhr auf. Die Salzsümpfe in der Gegend von Avranches gehörten zu Léonies Mitgift, und im ersten Moment hätte sie ihn auch am liebsten darauf hingewiesen, aber dann bezähmte sie ihren unheilvollen Jähzorn. Ihre Mutter hatte diesen üblen Charakterzug stets am nachdrücklichsten bestraft, und Léonie hatte ihn längst überwunden geglaubt. Mathieu d'Escoudry jedoch hatte die verhängnisvolle Gabe, ihre schlechtesten Eigenschaften ans Tageslicht zu bringen.

»Mein Anliegen betrifft Eure Schwester Roxana«, begann sie, wurde aber sofort unterbrochen.

»Den Bastard unseres Vaters ...«

»Dennoch ist das Kind von Eurem edlen Blut ...«

»Zum Teil. Leider.«

»Seid Ihr Euch der Tatsache bewußt, daß Roxana im nächsten Frühling siebzehn Jahre alt wird? Sie ist im besten Heiratsalter, und man kann sie nicht weiter verwildern und in Knabenkleidern herumlaufen lassen. Ihr habt gegenüber dieser Tochter Eures Vaters eine Verantwortung zu tragen.«

Mathieu warf seiner Gattin einen erstaunten Blick zu.

Normalerweise beschränkte sie sich auf leise Bemerkungen. Noch nie hat sie soviel mit ihm geredet und dann auch noch auf eine so energische Art.

»Bei Gott, was verlangt Ihr?« erwiderte er unwillig, weil ihn sowohl das Thema ärgerte als auch die Gegenwart der Frau, die er geheiratet hatte.

Léonies blasses Gesicht, ihre bescheiden gefalteten Hände und die sittsame Haube erschienen ihm wie ein stiller Vorwurf, erinnerten ihn daran, daß sie ein Teil des Handels war, den er für Glains Zukunft geschlossen hatte, und daß er ihr gegenüber gewisse Verpflichtungen hatte, an die er erst recht nicht denken wollte.

»Soll ich das Kind einer Hafenschlampe zu Roxana d'Escoudry machen? Das ist zuviel verlangt. Ich gebe ihr ein Dach über dem Kopf, ich kleide und ernähre sie, und meinetwegen kann sie eine Mitgift bekommen, wenn ein Pächter oder Handwerker über den Makel ihrer Geburt hinwegsieht. Mehr kann nicht einmal mein Vater fordern.«

»Ihr habt das Mädchen noch nie richtig angeschaut«, hielt Léonie ihm sanft, aber nachdrücklich vor. Niemand hätte ihr angesehen, daß ihr das Herz bis in den Hals hinauf klopfte. »An ihr ist nicht Grobes, nichts Gewöhnliches oder Alltägliches; sie hat ein feines, edles Gesicht. Warum nehmt Ihr Roxana nicht als Schwester in Eure Arme? Sie kann nichts für ihre Geburt, aber Ihr könnt sehr wohl etwas an Eurer Zurückweisung ändern.«

»Ich will sie nicht sehen«, knurrte Mathieu d'Escoudry und wandte seiner Gemahlin den Rücken zu.

Seine braungoldenen Haare ringelten sich im Nacken über dem Kragen seines Wamses, und Léonie ertappte sich bei dem Gedanken, ihm anzubieten, diese Locken ordentlich zu schneiden.

»Ich tue meine Christenpflicht diesem Kind gegenüber, aber ich bin nicht bereit, die Sünden meines Vaters zu ehren«, sagte er in ihre Gedanken hinein. »Es war abscheulich genug von ihm, daß er unsere Mutter betrogen hat, während sie sittsam in Glain auf ihn wartete und seine Söhne großgezogen hat.«

Der deutliche Zorn, der in seinen Worten mitschwang, verriet Léonie zum ersten Mal etwas über seine Gefühle. Offensichtlich hatte Mathieu d'Escoudry seine Mutter verehrt und auch seinem Vater Respekt und Hochachtung entgegengebracht – bis Roxana aufgetaucht war. Er sah durch das Mädchen die Ehre seiner Mutter beschmutzt und nahm es seinem Vater übel, daß dieser offensichtlich nicht der strahlende Held gewesen war, für den er ihn gehalten hatte.

»Ihr werft Roxana die Fehler Eures Vaters vor«, widersprach Léonie. »Habt Ihr Euch schon einmal überlegt, daß sie Euch ebenfalls einige Fehler ankreiden könnte?«

»Sie ist eine Frau, ein Bastard und von zweifelhafter Herkunft. Es steht ihr nicht zu, Mathieu d'Escoudry zu kritisieren«, entgegnete er kalt.

Die Zurückweisung war deutlich. Léonie glaubte sicher zu sein, daß sie auch ihrer eigenen Person galt. Daß auch sie sich jede weitere Kritik gefälligst zu versagen hatte. Aber was hatte sie schon zu verlieren, in diesem ersten längeren Gespräch, das sie jemals mit ihrem Gatten geführt hatte?

»Und wie seht Ihr meine Aufgaben unter Eurem Dache, Seigneur?« fragte sie. »Werdet Ihr mich zu meinen Eltern zurückschicken, wenn meine Mitgift verbraucht ist, und diese Ehe annullieren lassen?«

»Was zum Teufel ...« Mathieu d'Escoudry fuhr so abrupt herum, daß Léonie unwillkürlich einen Schritt zurückwich. »Wollt Ihr Euch etwa beklagen? Dulde ich es nicht, daß Ihr das halbe Haus auf den Kopf stellt und mehr Dienstboten verpflichtet, als wir jemals hatten? Erhebe ich vielleicht Einspruch, wenn Ihr die Bauern im Dorf besucht und Ihnen zusagt, daß ihre Katen neu gedeckt werden? Beschwere ich mich, daß Ihr einen Pater ins Haus gebracht habt? Behandle ich Euch etwa schlecht?«

»Ihr behandelt mich gar nicht«, hätte Léonie gerne geantwortet, aber er stand so nah vor ihr, daß sie keinen Ton herausbrachte. Sie sah deutlich das goldgrüne Funkeln in seinen Raubtieraugen, den Schatten des nachwachsenden Bartes und die weißliche Spur einer vergessenen Narbe an seiner Schläfe. Seine Nähe machte sie ganz atemlos, und schnell senkte sie die Lider, damit er nicht die nackte Sehnsucht in ihrem Blick las und die Verzweiflung, die sie beherrschte.

Gereizt sah er seine Frau an. Léonie erinnerte Mathieu in diesem Moment an eine Märtyrerin, die ergeben darauf wartete, den Tod zu erleiden. Ihr bedingungsloser Gehorsam ärgerte ihn plötzlich, so angenehm er sonst für ihn war. Doch er versuchte, seine Gefühle unter Kontrolle zu bringen, und seine nächsten Worte bewiesen, daß es ihm einmal mehr gelungen war.

»Es kann keine Rede davon sein, daß ich unsere Ehe annullieren will«, erwiderte er beherrscht. »Daß Eure Mitgift in die Hände Eures Gemahls übergegangen ist und zu seiner Verfügung steht, ist Recht und Gesetz. Belaßt es dabei. Und wenn Ihr darauf anspielen wolltet, ob ich keinen Wert darauf lege, Euch regelmäßig beizuwohnen, so solltet Ihr dankbar sein, daß ich Euch die Mühen des Kindbetts und die Schmerzen der Geburt erspare. Ich bin erst vor kurzem das Familienoberhaupt der Escoudrys geworden, und es gibt wichtigere Aufgaben, als sogleich für einen neuen Erben zu sorgen. Meine Brüder sind bei bester Gesundheit, so daß unser Haus nicht in Gefahr ist, auch wenn ich vorerst keinen Sohn haben sollte. Habt Ihr deshalb meine Zeit mit lästigen Fragen verschwendet?«

Seine Worte trafen sie wie ein Peitschenhieb. Gab es denn nichts, was diesen Mann aus seiner unnatürlichen

Gelassenheit riß? Daß sie vorhin so etwas wie die Andeutung von Gefühlen verspürt zu haben glaubte, mußte ein Irrtum gewesen sein. Sie hatte ihre Liebe einem seelenlosen Ungeheuer geschenkt! Er durfte nie erfahren, was in ihr vorging! Was würde er erst zu ihr sagen, mit welchen Worten würde er sie verletzen, wenn er von ihren Gefühlen wüßte?

»Nun, ich danke Euch für Eure Offenheit«, murmelte sie und preßte die Hände so heftig zusammen, daß die Knöchel weiß hervortraten. »Erlaubt, daß ich mich zurückziehe!«

Er brummte etwas vor sich hin, und Léonie floh aus dem Gemach, als wären alle Teufel der Hölle hinter ihr her. Sie ahnte nicht, daß Mathieu d'Escoudry sich auf den Stuhl hinter seinem Tisch sinken ließ und den Kopf in den Händen barg. Sie hörte nicht den Seufzer, der tief aus seiner Brust kam. Mathieu hatte geglaubt, die Erinnerungen besiegt zu haben, aber Léonie hatte die Wunden unwissentlich wieder aufgerissen. Sie hatte die schmerzlichen Gespenster seiner Vergangenheit wieder zum Leben erweckt.

Es war einer der wenigen Sommer gewesen, die sein Vater auf Glain verbracht hatte. Er, Mathieu, war damals dreizehn gewesen und so wild und ehrgeizig darauf, sich das Lob dieses berühmten Kriegers zu verdienen, daß es keinen Kampf, kein Hindernis und kein Abenteuer gab, das er nicht gewagt hätte, um seinen Vater zu beeindrucken. Auch als er die Krankheit schon gespürt hatte, hatte er das Schwinden seiner Kräfte nicht wahrhaben wollen, und als sie ihn halb ohnmächtig in sein Bett trugen, hatte das bösartige Fieber ihn schon längst in den Klauen.

Er hatte wochenlang auf Leben und Tod gelegen, und erst, als der Herbst kam, hatten die Tinkturen und Kräutertees der alten Mahaut, die seine Mutter hinzugezogen hatte, endlich Wirkung gezeigt. Die Gefahr war gebannt, sein Leben gerettet.

Doch es hatte weitere Wochen gedauert, bis er wieder zu Kräften kam, und anfangs hatten Mahaut und seine Mutter nur schwer unterscheiden können, ob er schlief oder ob er wach lag. Deswegen hatte er auch jenes Gespräch belauschen können, das seine Zukunft so nachhaltig verändert und bestimmt hatte.

»Dankt dem Himmel, er wird wieder gesund werden«, hatte die weise Kräuterfrau gesagt und hinzugefügt: »Aber er hat einen hohen Preis dafür gezahlt. Nach dieser Krankheit kann ein Mann keine Kinder mehr zeugen. Niemals wird der Erbe Eures Geschlechts seinen Lenden entspringen. Wie gut, daß Euch der Herr mit drei weiteren kräftigen Söhnen gesegnet hat. Sie werden den Fortbestand der Familie sichern, so daß Ihr Euch keine Sorgen zu machen braucht.«

Mathieu griff nach dem Becher und stürzte ihn in einem Zug hinunter. Mahaut hatte recht behalten. Nicht eines der Dorfmädchen, auch keine der Mägde, die sich in seinem Bett getummelt hatten, war schwanger geworden. Was gingen ihn also Léonies Wünsche an – er vermochte ohnehin keine Kinder zu zeugen.

Er hatte es aufgegeben, mit einer Frau zu liegen. Die kurze Spanne des Vergessens entschädigte nicht für den schalen Geschmack, wenn man daraus erwachte. Das Geschehen im Alkoven war es nicht wert, ihm nachzutrauern. Was andere als Leidenschaft bezeichneten, war ihm nur lästig, und jenen Genuß, den es angeblich bereiten sollte, hatte er nie empfunden.

Das einzige, was er tun konnte, um seine Spuren in Glain zu hinterlassen, war, es in nie vorher gesehener Stärke und neuem Glanz erstehen zu lassen. Und bei Gott, das würde er tun!

5. Kapitel

»Komm heraus, Roxana! Es ist höchst albern und kindisch, was du hier veranstaltest!«

Wie üblich brauchte Léonie ihre Stimme nicht zu heben – dennoch drang sie bis in die hinterste Ecke der Ställe, dorthin, wo Roxana mit einem kleinen braungetigerten Kätzchen in den Armen auf einem Strohballen saß und trotzte.

»Willst du, daß die Mägde über dich lachen und dich eine heidnische Hexe nennen?« erkundigte sich die Dame d'Escoudry gelassen.

Roxana zuckte zusammen und hob den Kopf.

»Sie tuscheln darüber, daß es mir nicht gelingt, dich zur Ordnung zu rufen. Sie denken, daß du mich verhext hast und daß du vielleicht sogar Unglück über das Haus bringst. Natürlich ist das närrisch, aber du weißt ja, wie schwer es ist, Dienstbotengeschwätz zu ersticken, wenn es sich einmal selbständig gemacht hat ...«

Léonie war so klug, nicht zu lächeln, als Roxana mit trotzig gestrafften Schultern aus dem Dämmerlicht des Stalles auftauchte. In der Nacht hatte es geschneit, und ein blendend weißer Mantel verlieh der alten Burg Majestät und Stärke. Léonie in ihrem dunklen Wollumhang wirkte vor dieser Helligkeit wie ein schwarzer Schattenriß. Wie das Verhängnis, dem Roxana offensichtlich nicht länger ausweichen konnte.

»Ich habe das Feuer im Badehaus anfachen lassen. Komm bitte mit«, fuhr Léonie ruhig fort, als hätte das Mädchen sich niemals geweigert, endgültig die Kleider zu wechseln und wieder ein Mädchen zu werden. Léonie legte ihr den Arm um die schmalen Schultern.

»Ich bin keine Hexe«, murrte Roxana und setzte sich

zögernd in Bewegung. »Ich bin von edler Geburt, und diese albernen Gänse, die über mich tuscheln, haben kein Recht, das zu tun. Würde mein Vater noch leben, würden sie den Saum meines Rockes küssen ...«

»Dazu müßtest du erst einmal einen anhaben, mein Mädchen«, erinnerte die praktische Léonie sie.

Sie öffnete die Tür des steinernen Badehauses, das sich mit einem schrägen Pultdach gegen die westliche Umfassungsmauer der Burg lehnte und von den Steinmetzen vor wenigen Tagen fertiggestellt worden war. Es konnte sich durchaus mit den Badestuben in der Burg ihres Vaters messen, und Léonie überprüfte mit einem schnellen Blick, ob die Mägde auch alles zu ihrer Zufriedenheit vorbereitet hatten.

In einem riesigen, mit Eisenringen verstärkten Zuber, der mit Leintüchern ausgelegt war, dampfte heißes Wasser. Auch der Flakon mit dem kostbaren Veilchenöl stand bereit. Weitere Tücher, Kämme, Salben und Bürsten lagen auf einem Marmorsims, und über dem Feuer dampfte zusätzliches Wasser, während eine Reihe von Eimern mit kaltem Brunnenwasser zum Mischen neben der Tür stand.

Léonie entzündete die Kerzen in den schmiedeeisernen Leuchtern, legte den Riegel vor und schloß die Läden, damit sie keinen ungebetenen Zuschauer bei Roxanas Bad hatten. Das Mädchen stand einfach da und hatte noch nicht einmal die Schlingen seines Wamses geöffnet. Es rührte sich nicht vom Fleck.

»Komm schon«, mahnte Léonie. »Ich habe dir erklärt, daß du keine andere Wahl hast. Du hast dem Falken an seinem Sterbebett dein Wort gegeben, nach Glain zu gehen und das Leben zu führen, das er für dich vorgesehen hat. Du weißt, daß es nicht das Dasein eines Irrwisches in einer vernachlässigten Burg war. Es ist an der Zeit, daß wir die Edeldame aus dir machen, die du in Wirklichkeit ja auch bist.«

Roxana seufzte und schlüpfte aus ihren Schuhen, ehe sie sich auf der Marmorbank niederließ, um die Bänder der Hose zu öffnen und sie über die Beine zu streifen. Dann zog sie ein schmales, einfaches Band mit einem Medaillon über den Kopf und barg beides sorgsam in ihrem Wams, bevor sie auch das Hemd ablegte.

Léonie traute ihren Augen nicht, als die nackte Gestalt langsam in dem veilchenduftenden Wasser versank. Roxana war noch nicht ganz zur Frau erblüht, aber man sah jetzt schon die rassige Vollkommenheit ihres Körpers. Schlanke, ein wenig zu lange Beine, wohlgerundete Hüften und volle, schöne Brüste. Unwillkürlich kontrollierte Léonie ein zweites Mal, ob alle Läden geschlossen waren.

»Warum tut Ihr das?« erkundigte sich Roxana und schlug mit sichtlichem Behagen ein paar kleine Wellen in diesem luxuriösen Zuber.

Léonie, die mit einem Mörser Seifenkraut zerstampfte und mit anderen Ingredienzen mischte, um Roxanas Haar damit zu waschen, tat, als hätte sie die Frage nicht gehört. Roxana hatte die entnervende Angewohnheit, ihr Gegenüber in endlose Diskussionen zu verwickeln, bis man völlig verwirrt war und nicht mehr wußte, was man eigentlich hatte sagen wollen. Léonie hatte inzwischen gelernt, solche Unterhaltungen zu vermeiden.

»Es hat dir gefallen, deinem Bruder den Bastard vorzuspielen, den er gerne in dir sehen möchte«, sagte sie später, als sie die Paste in Roxanas kurzes Haar einmassierte. »Es war sozusagen deine Rache. Aber bei mir gelingt dir dieses Spiel nicht, mein liebes Kind. Du hast eine hervorragende Erziehung genossen, du kannst sogar lesen und schreiben, und Schach weißt du so gut zu spielen wie ein Meister. Es ist an der Zeit, daß wir aus dir wieder die Person machen, die du gewesen bist, findest du nicht auch? Das Abenteuer ist vorbei.«

Roxana verzog das Gesicht, aber nicht wegen des Seifenschaums, der ihr über die Stirn lief.

»Ich hätte wissen müssen, daß Ihr klüger seid, als es den Anschein hat«, gab sie sich geschlagen. »Ich habe es gleich befürchtet.«

Léonies vergnügtes Lachen drang bis hinaus in den Hof und irritierte Mathieu d'Escoudry, der im Windschutz des Badehauses stand und mit einem Steinmetz über ein Problem diskutierte. Der helle, fröhliche Ton rührte sein Herz auf ganz eigenartige Weise an. Wer wohl im Badehaus war? Eine der Mägde? Ob sie genauso schön war wie ihr Lachen? Dann schüttelte er über sich selbst den Kopf. Welch ein Unsinn, über so etwas nachzudenken; er hatte Wichtigeres zu tun!

Inzwischen hatte Léonie den Schaum aus Roxanas Haaren gespült und machte sich daran, tropfenweise Öl in die nassen Locken zu massieren, ehe sie den Kopf des Mädchens in ein Tuch hüllte.

»So, das bleibt einige Zeit im Haar«, erklärte sie. »Du hast nicht besonders viel Zeit darauf verschwendet, deine Schönheit zu pflegen, Kind!«

»Ich will ja auch gar nicht schön sein!« entgegnete Roxana ruhig.

Léonie glaubte sich verhört zu haben. »Du willst nicht schön sein? Jedes Mädchen will schön sein! Warum willst du es nicht?«

Roxana bedachte sie mit einem jener intensiven Blicke, die Léonie jedes Mal beunruhigten, weil soviel mehr Erfahrung darin lag, als einem Mädchen in ihrem Alter entsprach.

»Der Falke sagte, meine Mutter sei das schönste und wundervollste Mädchen von Damiette gewesen. Diese Schönheit hat ihr kein Glück gebracht, nur eine unglückliche Liebe und einen frühen Tod. Ich will nicht mit siebzehn sterben. Lieber will ich häßlich sein.«

Diese Logik konnte Léonie sogar nachvollziehen, doch sie dachte einen Schritt weiter als das junge Mädchen, und ihre eigene Sehnsucht diktierte ihr die Antwort.

»Ich weiß nicht, ob ich deiner Meinung bin, Kind. Vielleicht möchte ich lieber wunderschön sein und einmal die Liebe kennenlernen. Egal, ob es mich umbringen würde oder nicht.«

»Aber Ihr seid schön!« rief Roxana aufgebracht. »Was redet Ihr da?«

»Ich danke dir.« Léonie lächelte sanft. »Mit den Augen der Zuneigung betrachtet ist sicher jeder Mensch auf seine Art schön. Es ist nur schwierig, ohne hervorstechende Merkmale die Aufmerksamkeit jener zu fesseln, die einem mit Gleichgültigkeit begegnen.«

»Bah«, antwortete Roxana gar nicht so wohlerzogen. »Es liegt an diesen abscheulichen Nonnengewändern, die ihr tragt, und an den formlosen Hauben. Hat Euch Eure Mutter denn nicht gezeigt, wie man sich kleidet? Wie man seine Vorzüge ins rechte Licht rückt und seine kleinen Makel dezent versteckt? Jede Frau sollte das wissen.«

»Wahrhaftig, wer erzieht hier wen?« erwiderte Léonie lachend. »Willst du mir weismachen, daß du über solche Dinge Bescheid weißt?«

»Natürlich!« Roxana grinste. »Der Falke hat dafür gesorgt, daß meine Amme aus bestem Hause stammte, und meine Dienerinnen und Lehrer haben stets den höchsten Ansprüchen genügt.«

»So gab es also Geld«, dachte Léonie laut, die bisher den Namen Escoudry mit stolzer Armut verbunden hatte.

»Darum habe ich mich nie gekümmert«, erklärte Roxana nicht ganz wahrheitsgemäß und wechselte schnell wieder das Thema. »Ihr habt eine wunderschöne, seidige Haut. Wenn Ihr nicht ausschließlich dieses schmutzige Braun und das leblose Grau tragen würdet, käme dies viel besser zur Wirkung. Und warum versteckt Ihr Euer Haar ständig unter diesen fürchterlichen Hauben? Ihr solltet es offen tragen oder höchstens mit einem Schleier bedecken, wenn das Eure Sittsamkeit fordert. Auch gibt es durchaus Mittel, Eure Brauen und Wimpern ein wenig nachzudunkeln. Sie sind tatsächlich zu hell. Soll ich Euch …«

»Halt, halt, das genügt!« Léonie fiel dem jungen Mädchen ins Wort, das sich mehr und mehr für das Thema begeisterte. »Es geht um dich, Roxana! *Du* sollst in eine Frau verwandelt werden, ich bin bereits eine. Ich bin vermählt und somit versorgt.«

Roxana schob schmollend die Unterlippe vor. »Versorgt? Das klingt abscheulich. Ihr seid eine Frau, die von ihrem Gemahl nicht beachtet wird und sich in der Stille ihrer Kammer nach seinen Aufmerksamkeiten sehnt, weil sie diesen Eisklotz liebt. Obwohl ich immer noch nicht begreife, wieso.«

»Still, Kind!« Léonie griff mit zitternden Händen nach einem Tuch. Es gefiel ihr nicht, von der Jüngeren so leicht durchschaut zu werden. »Du redest von Dingen, die du nicht verstehst.«

»Bah, Ihr seid feige«, warf Roxana ihr vor. »Ihr solltet mehr Vertrauen in Euch selbst haben. Es geschähe ihm recht, wenn er sich so leidenschaftlich nach Eurer Zuneigung sehnen würde, daß Ihr die Gelegenheit zur Rache bekämt. Ihr könntet ihn zappeln lassen und ebenso mißachten, wie er es jetzt mit Euch tut. Wäre das nicht eine wundervolle Rache? Verspürt Ihr nicht an manchen Tagen geradezu mörderische Lust, ihm seine dumme Gleichgültigkeit heimzuzahlen? Ihn von seinem hohen Roß herunterzuholen, den Seigneur d'Escoudry?«

Das Tuch entglitt Léonies Händen. Sie bückte sich, um es aufzuheben, froh, so die Röte verbergen zu können, die ihr in die Wangen gestiegen war. Sie wußte nicht, was sie Roxana antworten sollte. Es gehörte sich nicht, solche Gespräche mit einem Mädchen zu führen, das fast noch ein Kind war, andererseits hatte Roxana so genau ihre Gefühle beschrieben, daß jedes Leugnen zwecklos schien.

»Und wie sollte sich dieses Wunder ereignen, Fräulein Naseweis?« erwiderte sie schließlich.

»Ich könnte Euch helfen«, bot Roxana an, die Gefallen an der Idee fand. »Aber nur, wenn Ihr mir eines versprecht …«

»Aber kein Pagenkostüm mehr!« fiel ihr Léonie, die Schlimmes ahnte, ins Wort.

»Gut«, gab Roxana nach. »Aber hört auf, mich in eine Prinzessin verwandeln zu wollen. Es ist niemandem damit gedient, wenn man mich für etwas anderes als einen unwichtigen Bastard hält. Es wird mein Leben bestimmt nicht erleichtern, wenn jemandem auffallen sollte, daß ich möglicherweise begehrenswert bin.«

»Aber …«

»Nein!« unterbrach das junge Mädchen sie sehr ernst. »Ich bin dem Falken im Wort, und Ihr müßt mir vertrauen, daß ich weiß, was ich tue. Um diesen Preis werde ich Euch helfen, den Gemahl zu erobern, nach dem Ihr Euch so sehnt. Laßt mich Eure Freundin sein. Ich glaube, Ihr hattet noch nie einen Menschen, dem Ihr vertrauen konntet.«

Léonie nickte widerstrebend. In Augenblicken wie diesem war ihr Roxana fast unheimlich. Wieso hatte ein so junges Mädchen bereits soviel Überzeugungskraft und Durchsetzungsvermögen? Es lag etwas in ihrer Haltung und ihrem Wesen, das jeden in seinen Bann ziehen konnte. Léonie ertappte sich dabei, daß sie Roxana unwillkürlich um diese Gabe beneidete.

Doch dann schüttelte sie die merkwürdigen Gedanken wie lästige Spinnweben ab und begann warmes und kühles Wasser zu mischen, damit sie Roxana noch einmal abspülen konnte, ehe diese ihr Bad verließ.

»Trotzdem muß es ein Ende mit der Männerkleidung haben«, beharrte Léonie. »Aber wenn du dir unauffällige, schmucklose Kleidung wünschst, dann werden sich in meinen Truhen genügend Gewänder nach deinem Geschmack finden.«

»Das fürchte ich auch«, entgegnete Roxana mit einer kleinen Grimasse. Auch wenn sie Léonie recht geben mußte, so fiel es ihr doch schwer, die Freiheit der Knabentracht aufzugeben. Ihr schien, als schnappte damit eine weitere Falle hinter ihr zu.

Wenig später schlüpfte sie unter Léonies Aufsicht mit Leidensmiene in ein blendend weißes Hemd aus dünnstem flandrischen Leinen, das sich so zart über ihre Haut legte, daß man die Figur darunter erahnen konnte. Darüber trug sie jedoch ein züchtig-praktisches Unterkleid aus dunkelbraunem Wollstoff und eine ärmellose Tunika im gleichen Ton. Flache, weiche Lederschuhe und eine bescheidene weiße Haube, die mit einem Band unter dem Kinn befestigt wurde, ließen sie – völlig ungewohnt – wie eine ordentliche Klosterschülerin wirken.

»Sind alle Eure Truhen so praktisch und bescheiden gefüllt?« erkundigte sie sich bei Léonie mit allen Anzeichen des Staunens. »Kein Samt, keine Seidenstoffe oder besticktes Tuch? Ihr seid eine Erbin, eine der reichsten Töchter des Königreiches!«

Léonie zuckte unter dieser Kritik zusammen, aber sie hielt Roxanas Blick dennoch stand.

»Ich habe frühzeitig eingesehen, daß man aus einer bescheidenen Pfauenhenne keinen prächtigen Vogel machen kann«, antwortete sie leise. »Falsche Federn passen nicht zu mir!«

»Aber keine Federn sind auch zu wenig«, antwortete Roxana in ihrer naseweisen Art und drehte sich einmal um sich selbst, daß ihre Röcke nur so flogen. »Nun gut. Gehen wir zu meinem Teil unserer Abmachung über. Jetzt seid Ihr mit Baden und Haarewaschen an der Reihe. Es ist genügend Wasser da, und dieser Zuber hat einen praktischen Ablauf, aus dem das Wasser sogleich in die Abflußrinne läuft, so daß wir keinen Diener brauchen, der ihn für uns leert.«

»O nein!« Léonie wich vor der Jüngeren zurück und hob abwehrend die Hände. »Ich habe meine Meinung geändert. Du wirst dich nicht in mein Leben mischen! Wir werden jetzt gemeinsam dieses Badehaus verlassen, und du wirst mir folgen, während ich mit der Köchin über den Speiseplan der nächsten Tage spreche. Es kann nicht schaden, wenn du bei dieser Gelegenheit lernst, wieviel Arbeit und Mühe es bedeutet, einen großen Haushalt zu führen.«

»Es wäre aber hübscher, uns mit Seidenstoffen und Wohlgerüchen zu beschäftigen«, widersprach Roxana, leistete schließlich aber keinen Widerstand mehr, als sie von ihrer neuen Ersatzmutter statt dessen mit Wintervorräten und eingelegten Früchten bekannt gemacht wurde.

Léonie hatte längst dafür gesorgt, daß die alte Köchin von einer tüchtigen Frau aus dem Dorf abgelöst wurde und der Müßiggang der Hausmägde ein plötzliches Ende gefunden hatte. Nach der anfänglichen Phase gegenseitigen Mißtrauens respektierte man die Herrin inzwischen ohne jegliche Einschränkung. Es war ein Respekt, der aus der Tatsache erwuchs, daß Léonie Autorität mit Freundlichkeit zu verbinden wußte und über jede Arbeit Bescheid wußte.

Roxana, die mit ihren neuen Kleidern also auch eine neue Verantwortlichkeit bekommen hatte, fand sich plötzlich in die Rolle einer Begleiterin versetzt, der keine Zeit mehr blieb, Tagträumen nachzuhängen. Léonie schleppte sie nicht nur zum Backhaus und in die Hühnerställe, sondern auch in der Kräuterkammer, und bei den Näherinnen fand sie genügend Arbeit, ein paar müßige Hände, so daß die Kleine ungewohnt erschöpft und still an der abendlichen Tafel saß, die sich ohnehin nicht durch besondere Lebhaftigkeit auszeichnete.

Seit Rogier vor wenigen Wochen Glain verlassen hatte, schien Mathieu endgültig in Schweigen versunken zu sein, das er nur brach, wenn es um den Neubau und die Angelegenheiten der Bewaffneten ging. Auch heute schaufelte er sein Essen in sich hinein, als wäre es Schweinefutter und nicht das wohlduftende Lammragout, das Léonie selbst gewürzt hatte.

Er brach große Brotstücke aus dem Laib, der vor ihm lag, und tunkte sie in die köstliche Soße, ehe er sie düsteren Blickes in den Mund schob. Er aß mit dem Appetit eines Bären.

Roxana schielte zu Léonie hinüber, die wie üblich den Blick auf ihren Napf gesenkt hielt und fast mit der braunen, prächtig geschnitzten Lehne ihres neuen Stuhles verschmolz. Roxana selbst hatte sich von Anfang an ihren Platz weiter unten an der Tafel gesucht. Von Omars breiter Gestalt geschützt, konnte sie alles sehen, ohne allzuviel Aufmerksamkeit zu erregen. Besonders jetzt, nachdem sie aussah wie alle anderen Mägde auch. Sie bezweifelte, daß Mathieu sie zwischen den Wäscherinnen, Näherinnen und Stallmägden überhaupt herausfinden würde.

Léonie bewegten ganz ähnliche Gedanken. Aus den Augenwinkeln beobachtete sie ihren Gatten, der mit entschlossener Konzentration seine Mahlzeit hinter sich brachte und noch abwesender als sonst wirkte. Sie hatte das Gefühl, als säße nur seine äußere Hülle in dieser Halle und als befände er sich mit seinen Gedanken und Gefühlen irgendwo in einer eisigen, einsamen Einöde. Er hatte weder Roxanas Verwandlung in ein christliches junges Mädchen zur Kenntnis genommen, noch fiel ihm auf, daß sein Mißmut auf den gesamten Haushalt abfärbte. Niemand fand den Mut, die Stimme zu heben oder gar zu lachen.

Plötzlich machte sich draußen auf dem Vorplatz Unruhe bemerkbar, schien wie eine Welle in die stille Halle zu schwappen, und alle Köpfe wandten sich dem Eingang zu.

Sogar Mathieu ließ den Becher wieder sinken, den er eben an den Mund gehoben hatte. Mit gerunzelter Stirn starrte er seinem Knappen entgegen, der mit allen Zeichen der Aufregung in die Halle gestürmt kam. Doch er flüsterte die schreckerregende Neuigkeit, was immer es auch sein mochte, nur dem Seigneur ins Ohr. Léonie jedoch, die nahe genug saß und ein außergewöhnlich gutes Hörvermögen hatte, schnappte Bruchstücke des alarmierenden Berichtes auf. Die wenigen Satzfetzen genügten, daß ihr der ohnehin geringe Appetit verging und ihr Herz heftig und angstvoll zu klopfen begann.

» ... Der Troß überfallen ... alle Männer bis auf einen getötet ... nur ein verletzter Bote ... das Wappen erkannt ... eine Streitaxt und eine Rose ...«

Léonie sah, daß ihr Gatte unter der ebenmäßigen Bräune erblaßte und sich seine Hände zu Fäusten ballten. Sie brachte es nicht fertig, ihre Fragen für sich zu behalten.

»Was ist passiert? So redet doch! Ihr seht aus, als sei Euch der Teufel persönlich begegnet!«

Als er tatsächlich antwortete, fragte Léonie sich unwillkürlich, ob er sich tatsächlich mit seinen Worten speziell an sie wandte oder die Burgbewohner allgemein informieren wollte, denn jeder schien begriffen zu haben, daß es schlimme Neuigkeiten gab und es auf Glain keinen Weihnachtsfrieden geben würde.

»Die Männer, die meinen Bruder zum König begleitet haben und die Waren nach Glain bringen sollten, die er in Paris für uns gekauft hat, sind überfallen und niedergemacht worden. Ein einziger Verwundeter konnte entkommen und uns die Nachricht bringen. Die feigen Schurken kamen im Dunkel der vergangenen Nacht, aber der Mond hat unserem Mann erlaubt, das Wappen der Angreifer zu sehen. Die Streitaxt, die von einer Rose gekreuzt wird!«

Ein unterdrücktes Stöhnen lief durch den großen Saal. Das Wappen der Familie von Tinténiac war jedem von ihnen bekannt, und jeder wußte, was es zu bedeuten hatte, wenn seine Männer Bewaffnete aus Glain angriffen. Jeder, bis auf Léonie.

6. Kapitel

»Der Waffenmeister hat erzählt, daß es eine alte Fehde zwischen den Herren von Glain und jenen von Tinténiac gibt.« Es war natürlich Roxana, die Léonie aufklärte. Obwohl sie längst in ihrer eigenen Kammer hätte sein müssen, die die Herrin von Glain sehr liebevoll für sie eingerichtet hatte, war Roxana zu ihr hineingeschlüpft, um die Neuigkeiten zu besprechen.

Da niemand außer Léonie das Bastard-Mädchen wirklich zur Kenntnis nahm, unterhielten sich die Leute ungeniert in ihrer Gegenwart. Und da Roxana wußte, daß Mathieu das Bett seiner Gemahlin mied, hatte das Mädchen es sich angewöhnt, wann immer ihr der Sinn danach stand, abends zum Plaudern zu Léonie zu kommen, und ihr Gesellschaft zu leisten.

»Wie es scheint, ist dieser Zwist neu angefacht worden durch den unerwarteten Reichtum, der Glain wieder stark und mächtig machen wird.

Solange in diesen Mauern bitterste Armut herrschte, hielten es die Herren von Tinténiac vermutlich für unter ihrer Würde, etwas gegen den Falken zu unternehmen«, fuhr Roxana fort.

»Der Falke!« Léonie hob die Hände. »Wahrhaftig, ich möchte diesem noblen Ritter nichts Übles nachsagen, aber wie es scheint, hat er seinen Erben außer Arger nichts hinterlassen!«

»Ihr tut ihm Unrecht«, verteidigte Roxana den toten Ritter sofort. »Er hat stets nur versucht, seinem König zu dienen.«

»Mir scheint, es wäre besser gewesen, er hätte sein Lehen in Ordnung gehalten und sich darum gekümmert, daß seiner Familie nicht das Dach über dem Kopf zusammenbricht«, entgegnete die praktisch denkende Léonie. »Ganz zu schweigen von irgendwelchen alten Fehden, die wir offensichtlich an Stelle von Gold und Juwelen zum Andenken an ihn geerbt haben.«

Roxana lachte und nahm sich eine weitere der Zuckermandeln aus der kleinen Silberschale, die neben Léonies Bett stand. Anders als Ihre Mutter schätzte die Burgherrin solches Naschwerk weniger, aber Roxana ließ sich gern verführen.

»Ihr redet wie eine Kaufmannstochter und nicht wie eine Edelfrau, Dame Léonie!« sagte sie dann.

»Grünschnabel!« rügte Léonie ihre kleine Schwägerin gutmütig und massierte sich mit den Fingerspitzen die pochenden Schläfen. »Wie ich Mathieu einschätze, wird er nichts Besseres zu tun haben, als seinen Harnisch zu polieren und dann zu einem Rachefeldzug gegen die Tinténiacs aufzubrechen. Er ist kein Mann, der es hinnimmt, daß man ihm einen Teil seines Vermögens im Handstreich raubt! Heilige Mutter Gottes, das hat uns gerade noch gefehlt!«

Léonie hatte Mühe, die Beherrschung zu wahren. Die Angst, die sie in ihren Klauen hielt, seit Mathieu sich vom Essen erhoben und seine Gefolgsmänner um sich versammelt hatte, lag wie eine eiserne Klammer um ihre Brust und erschwerte jeden Atemzug. Sie wurde von bedrückenden Vorahnungen geplagt.

»Es ist seine Pflicht, diese Schurken zur Rechenschaft zu ziehen«, erwiderte Roxana. »Wenn er diesen Überfall nicht rächt, wird ihn jeder Gauner in den normannischen und bretonischen Provinzen für einen Hanswurst halten, mit dem man alles machen kann, und versuchen, sich ebenfalls ein dickes Stück von dem Kuchen abzuschneiden. Er muß Stärke zeigen, und ich hoffe, er tut es!«

»Das mag ja alles stimmen, Roxana, aber trotzdem ...« Léonie seufzte tief auf. »Er könnte getötet werden! Gütiger Himmel, ich will nicht Witwe werden, ohne jemals Frau gewesen zu sein!«

Ihre Kopfschmerzen steigerten sich zu einem pochenden Dröhnen, und sie begann die Bänder der Haube zu lösen, die ihr mit einem Mal unerträglich schwer vorkam. Sie hatte von Anfang an auf die Hilfe einer Zofe am Abend verzichtet. Sie wollte nicht, das in der Burg darüber getratscht wurde, daß sie regelmäßig allein zu Bett ging, obwohl sie befürchtete, daß dieses Geheimnis schon längst keines mehr war.

»Setzt Euch!« Roxana drängte sie sanft auf den gepolsterten Hocker vor dem kleinen Tischchen, auf dem ein kostbarer Spiegel stand, dessen silbergerahmtes Oval das Bild von ihnen beiden zurückwarf. »Ich werde Euch behilflich sein.«

Sie zog die Nadeln aus der Haube und warf das steife Ding achtlos hinter sich auf das Bett, ehe sie die straffen Flechten löste, die Léonie jeden Morgen flocht und unter ihrer sittsamen Kopfbedeckung versteckte. Die Strähnen sprangen ihr förmlich entgegen und entwickelten ein eigenes Leben.

»Ihr solltet Euer Haar lose tragen«, murmelte sie, während sie mit den Fingern vorsichtig die blonden Strähnen lockerte, die im Licht der Kerzen in den verschiedensten Tönen hellen Herbstlaubes schimmerten, obwohl die Zöpfe stets dunkel und leblos wirkten. Wie schwere, kostbare Seide fiel Léonie das Haar bis auf die Hüften hinab.

»Wie ich Euch beneide«, seufzte Roxana. »Omar hat

mein Haar abgeschnitten, damit ich wie ein Knabe aussehe. Ich fürchte, es wird eine Ewigkeit dauern, ehe es wieder so lang ist wie Eures.«

Sie griff nach der Bürste mit dem silbernen Handgriff und begann Léonies Haar mit langsamen Strichen zu bearbeiten. Die sanften, gleichmäßigen Bewegungen hatten eine beruhigende Wirkung auf die erregte junge Frau. Léonie entspannte sich allmählich und betrachtete neugierig das eigene Bild im Spiegel. Von der Flut ihrer Haare umgeben, wirkte ihr Antlitz seltsam fremd. Schmaler, geheimnisvoller, lebendiger.

Auch die sanften braunen Augen schienen von goldenen Funken erhellt, und unwillkürlich beugte sich Roxana ein wenig vor, um diese wie durch ein Wunder veränderte Léonie im Spiegel zu betrachten. Sie faßte ihr in die Haare und hob ein paar Strähnen an, so daß sie sich gefälliger lockten.

»Wartet«, sagte Roxana und legte die Bürste aus der Hand. »Ich bin gleich wieder hier. Ich muß nur etwas aus meiner Kammer holen!«

Sie huschte nach draußen, bevor Léonie protestieren konnte, und wieder seufzte die junge Burgherrin auf. Es würde noch ein schweres Stück Arbeit sein, aus diesem eigenwilligen, liebenswerten Mädchen eine Edeldame zu machen. Roxana neigte dazu, jedem Augenblickseinfall sofort nachzugehen.

Doch sie hatte jetzt keine Zeit, über Roxana nachzugrübeln. Ihre Gedanken kehrten zu Mathieu zurück. Die Vorstellung, daß ihr Gemahl bei dieser blutigen Fehde sein Leben gefährden könnte, hatte sie aus der vermeintlichen Ruhe ihres Daseins gerissen. Sosehr sie auch versucht hatte, ihre Probleme, ihre Sehnsüchte und ihren Kummer mit alltäglicher Arbeit zu betäuben, in diesem Moment konnte sie ihre Gefühle nicht länger unterdrücken.

Wie auch hätte sie über Vorräte oder Stoffe, über Speisepläne oder gar Roxanas Erziehung nachdenken können, wenn die Gefahr bestand, daß alles hier in Rauch und Flammen aufging? Das brutale Gemetzel, dem so viele Männer Glains zum Opfer gefallen waren, bewies, daß es hier längst nicht mehr um harmlose Zwistigkeiten ging.

Léonie blickte auf, als Roxana zurückkehrte, ein Bündel und ein geschnitztes Kästchen in den Armen, worin sie offensichtlich ihre wenigen Besitztümer barg. Sie zog die Tür hinter sich ins Schloß und stellte sich wieder hinter Léonie.

»Du solltest lieber beten, statt zu tun, was immer du vorhast«, sagte Léonie aus ihren Gedanken heraus. »Vielleicht hat der Himmel ein Erbarmen mit uns, wenn er unsere Frömmigkeit sieht.«

»Der Himmel ist gnädig«, antwortete Roxana fromm, fügte aber sofort hinzu: »Auf Erden müssen wir jedoch für uns selbst sorgen. Gott hätte viel zu tun, wenn er jedes einzelne Problem für uns lösen würde. Bleibt sitzen!« befahl sie und öffnete das Kästchen.

Im Spiegel sah Léonie, daß Roxana zu einer Stickschere griff. Bewundernd betrachtete Léonie die fein ziselierten Griffe; dermaßen abgelenkt, achtete sie zunächst nicht auf das, was das Mädchen tat.

Roxana begann entschlossen, die Locken um Léonies Gesicht in mehreren Stufen zu kürzen, so daß sich plötzlich ein Gespinst feiner Löckchen um Stirn und Schläfen ringelte und bis auf die Schultern fiel. Während die junge Burgherrin noch fassungslos auf die abgeschnittenen Strähnen starrte, griff Roxana bereits nach einem kleinen Alabastertigel und öffnete vorsichtig den silbernen Verschluß. Mit einem winzigen Spachtel trug sie etwas von der bräunlichen Masse, die sich darin befand, auf Léonies Brauen auf.

»Schließt die Augen!« befahl sie, und die Ältere gehorchte unwillkürlich. Léonie spürte, daß auch ihre Wimpern bearbeitet wurden, schließlich trug Roxana noch eine Paste auf Léonies Lippen auf.

»Es hält nur ein paar Tage, dann muß man die Farbe an den Brauen und Wimpern erneuern, aber ich finde, es lohnt sich wirklich«, verkündete Roxana zufrieden.

»Seht Euch an!« fügte sie dann hinzu und trat einen Schritt zurück, begeistert von dem Wunder, das sie mit wenigen Kunstgriffen vollbracht hatte.

Léonie wollte im ersten Moment nicht glauben, daß sie selbst jene Person war, die ihr aus dem Spiegel entgegenblickte. Die sorgsam nachgedunkelten Brauen bildeten einen perfekten Bogen über den goldbraunen Augen, die durch die ebenfalls dunkler gefärbten Wimpern viel größer und geheimnisvoller wirkten. Der schön geschwungene Mund schimmerte wie Korallen. Nur das düstere, schlichte Gewand paßte nicht zu der verführerischen Fee, deren Lippen ein ungläubiges Lächeln umspielte.

Auch Roxana sah das, denn sie löste mit geschickten Fingern die Schnüre des Obergewandes und zog es über Léonies Schultern.

»Zieht es aus«, bat sie. »Laßt mich Euch zeigen, was ein wenig Farbe bewirken kann. Ihr braucht Euch wirklich nicht zu sträuben!«

Verzaubert von dem Anblick dieser schönen Fremden im Spiegel stand Léonie auf und ließ sich das schlichte Gewand und die Unterkleider ausziehen, bis sie schließlich nur noch ein zartes, weißes Leinenhemd trug. Doch Roxana war immer noch nicht zufrieden, sie zog den Bänderverschluß auseinander, so daß ein großzügiger Ausschnitt entstand.

Dann griff Roxana in ihr Bündel und entnahm ihm einen Seidenschal, der im Kerzenlicht in warmen Goldtönen schimmerte. Er war mit verschlungenen Arabesken bestickt und so breit, daß Léonie ihn wie einen Mantel um die Schultern legen konnte. Die glatte Seide wärmte und streichelte sie zugleich, und bewundernd berührte sie das schöne Stück, ehe sie es wagte, wieder in den Spiegel zu blicken, um zu prüfen, wie es ihr stand.

»Das bin ich nicht!« rief sie fassungslos.

Im Schein der Kerzen schimmerten die goldenen Seidenfäden mit dem matteren Goldton ihrer Haare um die Wette. Ein wenig heller leuchteten die feinen Löckchen rund um das zarte Gesicht mit dem verführerischen Mund und den goldbraunen Augen. Niemals hätte sie geglaubt, daß sie so aussehen könnte.

So verwirrend, so stolz und zugleich so verletzlich und zart. Und so unglaublich schön und verführerisch. Ihre Haut schimmerte wie Alabaster, und ihre vollen Brüste hoben und senkten sich unter ihren heftigen Atemzügen.

»Und ob Ihr das seid!« Roxana stellte den Kerzenleuchter wieder auf die Truhe und wirbelte zu Léonie um. »Ihr braucht keine fremden Federn, um schön zu sein! Ihr dürft nur nicht alle Schönheit unter diesen entsetzlichen Stoffen und Hauben verstecken. Jeder Mann, der Euch so sieht, muß in Liebe zu Euch entbrennen. Sogar ein solcher Holzklotz wie Mathieu d'Escoudry!«

Léonie spürte, wie sie errötete. Allein der Gedanke daran jagte ihr einen Schauer durch den Körper; sie mußte sich setzen, weil ihre Knie plötzlich nachgaben.

»Er wird mich nie so sehen. Er kommt nicht in mein Gemach. Er hat nur Kampf und Krieg im Sinn, nur die Macht seines Lehens, die Stärke seiner Burg und den Glanz seines Namens. Er ist ein Mann aus Stahl, der mich nur des Goldes wegen geheiratet und mich danach vergessen hat. Ihn interessiert nicht, wie ich bin und wonach ich mich sehne!«

Roxana warf ihr einen ihrer rätselhaften Blicke zu. »Das alles habt Ihr gewußt und Euch trotzdem in seine Hände begeben. Ihr wußtet, daß es nicht leicht werden würde. Also, was wollt Ihr tun?«

Sie hockte sich vor Léonie hin und griff nach deren Händen. »Aufgeben, ehe Ihr den Kampf begonnen habt? Euch zum Dasein einer ungeliebten, vergessenen Gemahlin verdammen lassen, die man nur zur Kenntnis nimmt, wenn es Ärger in der Küche oder mit den Mägden gibt? Zum Henker, ich hätte Euch nicht für so feige und kleinmütig gehalten!«

»Roxana, du weißt nicht, was du redest ...«, murmelte Léonie und versuchte, sich aus dem festen Griff des Mädchens zu befreien, doch es gelang ihr nicht.

»Ich weiß, daß Ihr Euch danach verzehrt, von diesem Eisenfresser in die Arme genommen zu werden«, fuhr Roxana fort. »Ich weiß, daß Ihr barfuß durch die glühende Wüste gehen würdet, wenn Ihr damit sein Herz gewinnen könntet. Warum zögert Ihr dann noch?«

Léonie lachte ein wenig hilflos. »Vielleicht, weil ich hier nirgendwo sengende heiße Wüste entdecke und weil dieser Eisenfresser, wie du ihn so treffend nennst, seine Arme lieber um Goldsäcke und Schwerter legt.«

»Dann beweist ihm, daß man auch anderes umarmen kann.« Beschwörend sah Roxana ihre Freundin an. »Geht zu ihm. Bringt ihm seinen Gewürzwein, stellt ihm irgendwelche Fragen. Erfindet meinethalben eine Angelegenheit des Haushalts, die Ihr ohne seinen Rat nicht lösen könnt. Aber sitzt nicht hier herum und träumt von Dingen, die Ihr nie bekommen werdet, weil Ihr zu ängstlich seid, danach zu greifen.«

Léonie ließ es zu, daß Roxana sie auf die Beine zog. Sie befand sich in einer merkwürdigen Stimmung. Was hatte sie denn schon zu verlieren? Ihr Gemahl empfand nichts für sie, also setzte sie keine Gefühle aufs Spiel. Im schlimmsten Falle würde er sie mit seiner eisigen, schroffen Art einmal mehr zurechtweisen und fortschicken.

Im anderen Falle jedoch ... sie wagte kaum daran zu denken. Ihr Herz raste, Hitze erfüllte ihren Körper, obwohl ihre Fingerspitzen in pures Eis getaucht zu sein schienen.

Roxana drapierte mit geschickten Händen den wunderbaren Schal um Léonies schlanke Figur und legte ihr einen dunklen, pelzgefütterten Umhang über, der sie vor der eisigen Zugluft in den Gängen der Burg schützen würde.

Obwohl nachts überall die Läden vor die Fenster geschlagen wurden, zog es in den Winternächten durch die Ritzen, und der Atem bildete weiße Wölkchen. Léonie kuschelte sich tiefer in das braune Marderfell, sich der Tatsache nicht bewußt, daß die warme Tönung dieses Pelzes der perfekte Hintergrund für die hellen Goldschattierungen war, die Roxana an ihr zum Vorschein gebracht hatte.

Léonie, erneut von Roxana gedrängt, nahm die Laterne, die das Mädchen ihr gereicht hatte, öffnete die Tür, die auf den Korridor führte, und trat hinaus.

Die Burg war von Stille erfüllt, die Bewohner hatten sich längst schlafen gelegt. Lediglich die Posten auf den Zinnen waren noch wach und blickten in die Finsternis der kalten Winternacht hinaus, während sie ihre Kameraden beneideten, die unten im Turm in der Wachstube am Kamin saßen.

Léonies Füße, die in flachen, dünnen Lederschuhen steckten, verursachten keinen Laut auf den kühlen Steinquadern des Ganges; nur das Rascheln ihres Umhangs klang wie ein fernes, leises Seufzen.

Als Léonie die Haupttreppe erreichte, dämpfte sie die Laterne bis auf einen schmalen Spalt. Noch immer schliefen viele der alten Dienstleute an solchen Abenden lieber im trockenen, frischen Stroh der Halle, wo die Glut im Kamin ein wenig Wärme abgab und man sich gegenseitig ebenfalls wärmte. Sie wollte nicht, daß jemand sie dabei beobachtete, wie sie ihren Gemahl aufsuchte.

Aber aus der Halle drang nur sonores Schnarchen und das leise Rascheln des Strohs, wenn sich einer der Schlafenden umdrehte. Als ein Scheit krachend im Kamin barst, zuckte Léonie erschrocken zusammen. Einer der Hunde, der zwischen den Menschen ruhte, hob schnuppernd den Kopf, senkte ihn aber sofort wieder, als ihm seine Witterung verriet, daß sich niemand Fremdes hier bewegte.

Vor der Tür zum Kabinett ihres Gatten zögerte Léonie einen Moment, doch die Furcht vor dem, was Roxana ihr sagen würde, wenn sie unverrichteterdinge zurückkehrte, trieb sie weiter. Dennoch zitterten ihr Finger, als sie sie um den kühlen Türknauf schloß.

7.
Kapitel

Mathieu d'Escoudry konnte nicht schlafen. Obwohl er den ganzen Tag auf den Wällen mitgeschuftet hatte und nach der Abendmahlzeit eine lange und anstrengende Besprechung mit seinem neuen Burgvogt und dem Anführer seiner Männer gehabt hatte, reichte seine körperliche Erschöpfung nicht, um ihm das gnädige Vergessen des Schlafs zu schenken. Die Gefahr, die über Glain schwebte, beunruhigte ihn sehr, denn noch war die Burg nicht so ausgerüstet, daß sie einem Angriff standgehalten hätte.

Sollte der Seigneur de Tinténiac auf den Gedanken kommen, daß bei den Escoudrys noch mehr zu holen sein würde, befänden sie sich in ernsten Schwierigkeiten. Deshalb blieb ihm nur eine Möglichkeit: selbst angreifen, ehe es der andere tat. Eine Alternative, die kaum den Beifall eines jungen Königs finden konnte, der von seinem Vater ein gefestigtes und friedliches Frankreich übernommen hatte.

Und was zum Teufel war in Tinténiac gefahren, um eine Fehde wieder aufzugreifen, an deren Ursprung sich eigentlich niemand mehr genau erinnern konnte? Soweit Mathieu sich entsann, war es einmal um Grenzstreitigkeiten gegangen, aber seit zwei Generationen hatte es keine bewaffneten Auseinandersetzungen mehr gegeben. Lediglich eine nachlässige Feindschaft, die dazu führte, daß sich die Familien aus dem Wege gingen. Tinténiac konnte doch unmöglich glauben, daß der Erbe des Falken diesen feigen Überfall ungestraft bleiben ließ!

Mathieu stieß einen Seufzer aus und erhob sich, um seinen Becher neu zu füllen. Er war dabei, sich einmal mehr das nötige Vergessen anzutrinken. Und obwohl er wußte, daß solche ›Medizin‹ ihm im Endeffekt nur schadete, sah er keine andere Möglichkeit, Schlaf zu finden.

Als er sich mit dem vollen Becher in der Hand umwandte und die Gestalt in der Tür sah, glaubte er einen Moment lang, der Teufel des Alkohols hätte seinen Verstand bereits vernebelt. Das Bild, das ihm dort vorgegaukelt wurde, war zu lieblich, um etwas anderes als ein Trugbild zu sein. Wie ein Tölpel stand er da und starrte die Vision mit offenem Mund an.

Von samtweichem braunen Pelz umrahmt, wirkte das zarte Antlitz wie das Bild eines begnadeten Künstlers. Große, fragende Augen mit goldenen Sprenkeln, makellos geschwungene Brauen, ein verführerisch roter Mund, der zum Küssen verlockte, eine schmale, weiße Hand die den Umhang zuhielt und nun herabsank, als hätte sie keine Kraft mehr.

Der Pelz klaffte auf, und im sanften Licht der wenigen Kerzen, die in Mathieus Gemach brannten, schimmerte helle Haut wie Alabaster; das Hemd gab den Ansatz üppiger Brüste frei, die sich verlockend unter dem dünnen Stoff abzeichneten.

Fragend, faßt ein wenig ängstlich blickte die schöne Fremde Mathieu an; nicht einmal, wenn er nüchtern gewesen wäre, hätte er diese Frau mit Léonie in Verbindung gebracht.

»Bei Gott, wer bist du …«, murmelte er und wischte sich mit der Hand über die Augen, als könne er so das Bild vertreiben, das ihn aus seiner Melancholie zu reißen drohte.

Ein Bild, das dennoch bereits tief in seiner Seele Wurzeln zu schlagen begann und das weiter vor seinem Auge stand, obwohl er sich abwandte. Ein Bild, das Ähnlichkeit mit einer Phantasie hatte, die er schon einmal gesehen haben mußte. Schimmernde Alabasterhaut auf Pelz, goldene, seidige Strähnen, die sie streichelten. Konnte es sein, daß er wußte, wie sie sich anfühlen würde? Wie flüssige, weiche Seide!

»Was willst du?« fragte er und stürzte den Inhalt seines Bechers mit einem Zug hinunter. Vielleicht kam er auf diese Weise wieder zur Besinnung.

»Ich will Euch!« flüsterte Léonie und schalt sich gleichzeitig für die Atemlosigkeit in ihrer Stimme und das wilde Pochen ihres Herzens.

So verführerisch, so menschlich hatte sie ihn noch nie erblickt. Nichts erinnerte in diesem Moment an den stets korrekten, stets distanzierten Herrn der Burg. Seine Haare waren zerzaust, sein Hemd stand offen, das Wams hatte er abgelegt. Doch immer noch wirkte er überwältigend männlich; eine ungezähmte Kraft ging von ihm aus.

Léonie seufzte unwillkürlich auf, als er nach ihren Schultern packte. Der Umhang rutschte ihr über die Schultern, und Mathieus Blick schien sie zu verbrennen, als er gierig jede Einzelheit ihrer Erscheinung in sich aufnahm.

Er sah die klopfende Ader an ihrem Hals, er sah, wie ihre Lippen zitterten, wie die Brüste sich heftig hoben und senkten. Ein feiner Duft nach Blumen und Frühling umgab sie und umschmeichelte seine Sinne.

»Willst du mir helfen, diese Nacht zu verbringen?« raunte er, und bevor sie antworten konnte, senkte er seinen Mund schon auf die einladenden, sanften Lippen.

Eine süße, hilflose Schwäche erfüllte ihren ganzen Körper, ließ sie zu Wachs in den Händen dieses Mannes werden. Willig überließ sie sich seiner Umarmung, und sie stöhnte auf, als er sie mit seinen hungrigen Zärtlichkeiten in Flammen versetzte.

Seine Lippen waren weich, verlockten sie, ihm nachzugeben, und seine Küsse waren so berauschend wie der Wein, den er getrunken hatte.

Ihre staunende Hingabe überraschte und entzückte Mathieu, vertrieb den letzten Rest an Vernunft aus seinem Kopf. Er war erfüllt von einem so heftigen, wilden Begehren, wie er es noch nie verspürt hatte, und er wollte nur noch eins: diese Frau ganz und gar besitzen.

Seine Hände glitten über ihren schlanken Körper, spürten die warme, weiche Haut unter dem dünnen Stoff.

Einen Moment lang schickte Léonie einen stummen Dank an Roxana, die dieses Wunder erst ermöglicht hatte. Denn es *war* ein Wunder, daß Mathieu sie einfach in die Arme nahm, sie küßte und liebkoste, sie mit einem solchen Entzücken und solcher Sehnsucht erfüllte. Daß er sie nun auf seine Arme hob und zum Alkoven trug, dessen Vorhänge einladend zurückgeschlagen waren. Der kostbare Schal glitt zu Boden, und Mathieu machte sich an den Bändern ihres Hemdes zu schaffen, streifte es ihr ungeduldig ab.

Kühle Luft streichelte Léonies bloße, erhitzte Haut, und andächtig ließ Mathieu seinen Blick über ihren schönen Körper schweifen. Es war erregend, wie er sie anschaute, und es genierte sie nicht im geringsten, daß sie seiner Betrachtung so vollkommen preisgegeben war. Es fachte ihr Verlangen nur noch mehr an, als sie das Begehren in seinen Augen sah, und sie stöhnte auf, als seine Finger von ihren Schultern zu ihrem Busen glitten.

»Warte einen Moment«, sagte Mathieu heiser und erhob sich, um hastig seine Kleider abzustreifen, dann kehrte er zu Léonie zurück.

Sie hatte sich halb aufgerichtet und betrachtete fasziniert seinen Körper. Sicher war es nicht sittsam, einen Mann so ungeniert anzuschauen, aber sie konnte den Blick einfach nicht abwenden.

Und hatte sie nicht jedes Recht dazu? Schließlich war Mathieu ihr Gatte. Unwillkürlich hielt sie den Atem an, als sie seine schmale Taille bewunderte, die breiten Schultern, den harten, kampfgestählten Körper.

Doch als ihr Blick tiefer glitt, senkte sie die Lider, und eine leichte Röte stieg ihr in die Wangen.

Dennoch konnte sie nicht widerstehen, und so schaute sie wieder hin, verstohlen zwar, aber voller Neugier und Faszination. Wäre sie unter dem Gesinde aufgewachsen, wäre der Anblick eines nackten Mannes nichts Neues für sie gewesen, aber ihre Mutter hatte stets darauf geachtet, daß sie nur ja keinen »Unschicklichkeiten« ausgesetzt war.

Ob alle Männer so groß waren? Wie mochte es sein, wenn sie Mathieu dort berührte? Seinen Körper ganz nah an ihren zu spüren? Ein Zittern überlief sie.

»Laß dich von mir wärmen«, flüsterte Mathieu, der glaubte, sie friere. »Ich werde mein Bestes tun, damit dir nicht länger kalt ist ...«

Er kam zu ihr, legte einen Arm um ihre Schultern und zog sie an sich heran. Er hauchte Küsse auf ihre Stirn, ihre Lider und ihre Wangen, dann spürte Léonie seinen Mund erneut auf ihrem, fordernd und drängend, und unwillkürlich öffnete sie die Lippen.

Ein wenig überraschte es sie, als sie seine Zunge spürte, doch dann begann sie, willig auf dieses leidenschaftliche

Spiel einzugehen, Mathieu in dem gleichen Maße zu reizen und zu locken, wie er es tat. Es war schön, unglaublich schön, was er sie lehrte, und sie war eine begierige, eifrige Schülerin.

Hitze durchflutete ihren Körper, konzentrierte sich tief in ihrem Leib, und als sie unwillkürlich aufstöhnte, zog Mathieu sich für einen Moment zurück. Doch als er diesen Ausdruck von Entzücken auf ihrem Gesicht sah, setzte er sogleich das süße Spiel fort.

Doch nun kehrten seine Lippen nicht zu ihrem Mund zurück, sondern glitten über ihren Hals, verweilten dort, während er sie mit seiner Zunge liebkoste.

Seine Hand wanderte zu ihrem Busen, und erstaunt registrierte Léonie, wie die rosigen Spitzen sich verhärteten. Welch eine Wonne löste es in ihr aus, Mathieus Zärtlichkeiten zu spüren, wie herrlich war es, als er seine Hand um eine Brust schloß und den Daumen um die Spitze kreisen ließ!

Unruhig begann Léonie sich zu bewegen, ihr Körper pochte, sehnte sich nach etwas, was sie nicht recht verstand. Sie wollte Mathieu nah, ganz nahe sein, und als sie ihren Leib an seinen Körper preßte, als sie spürte, wie hart und erregt er war, drückte Mathieu sie einen Moment ganz fest an sich, nur um sie dann ein Stück von sich wegzuschieben. Ihren Protest erstickte er mit einem wilden, leidenschaftlichen Kuß.

»Nicht so eilig, Kleines«, flüsterte er, obwohl er selbst Mühe hatte, seine Beherrschung zu wahren, denn Léonie in ihrer Unschuld und ihrem ungenierten Entzücken über das, was er mit ihr tat, machte es ihm schwer, sein Verlangen zu zügeln.

Wieder betrachtete er ihren schönen, verführerischen Körper, und er begann, sie zu streicheln. Seine Hände kreisten um ihre Brüste, glitten tiefer, zu ihrem flachen Bauch, ihren wohlgerundeten Hüften.

Aufstöhnend beugte er sich vor, schloß seine Lippen um eine der rosigen Brustspitzen und begann mit Zunge und Zähnen ein aufregendes, süßes Spiel. Léonie duftete nach Veilchen und etwas anderem, wunderbar Sinnlichem; es war ein Parfüm, das ihm noch mehr als der Wein in den Kopf stieg.

»Was macht Ihr nur mit mir?« flüsterte Léonie ganz atemlos und wölbte ihm ihren Körper entgegen, als könnte sie gar nicht genug von seinen Liebkosungen bekommen.

Für einen Augenblick löste Mathieu sich von ihr. »Ist es schön?« fragte er, bevor er sich der anderen Brust widmete und sie der gleichen zärtlich-lustvollen Behandlung unterzog.

»Unglaublich schön!« erwiderte Léonie atemlos. »Es ist himmlisch ... hört nicht auf ... macht weiter ...«

Und hatte sie gerade noch geglaubt, daß ihre Lust sich nicht mehr steigern könnte, so wurde sie eines Besseren belehrt, als seine Hände tiefer glitten, ihren Schoß streichelten und die zarte Haut an den Innenseiten ihrer Oberschenkel zärtlich berührten.

Dort, genau dort zwischen ihren Schenkeln pochte ihr Körper fast schmerzhaft heftig, schien sich all das Verlangen, das sie empfand, zu konzentrieren.

Wenn er sie dort berührte, würde er ihr Linderung verschaffen, dessen war Léonie sich ganz sicher, und so bog sie sich seiner Hand entgegen. Ein kleiner Aufschrei entrang sich ihren Lippen, als sie plötzlich seine Finger in sich spürte.

Die wilde, ungestüme Lust, die dabei in ihr aufstieg, traf sie wie ein Schock, und Léonie stöhnte unwillkürlich auf. Seine Finger kreisten, lockten und verführten sie auf eine so intime Weise, daß es ihr die Röte in die Wangen trieb, aber um nichts in der Welt hätte sie gewollt, daß Mathieu die süße Qual beendete.

Ein Zittern lief über ihren Körper, ein Schauder wilder Lust; wie eine Woge schienen ihre Gefühle über ihr zusammenzuschlagen.

Und ausgerechnet jetzt zog Mathieu seine Hand weg! Doch Léonies Protestschrei verwandelte sich in ein tiefes Aufstöhnen, als sie plötzlich dort seinen Mund spürte, wo eben noch seine Finger gewesen waren.

»Ich halte es nicht mehr aus, Mathieu!« wimmerte sie, spreizte die Beine noch weiter und bog ihm die Hüften entgegen. Sie klammerte sich an seine Schultern , als wäre sie ohne diesen Halt verloren.

Und sie war in der Tat verloren. Sie wußte, daß sie nicht mehr leben wollte ohne das, was er mit ihr tat; immer und immer wieder wollte sie seine aufreizenden Zärtlichkeiten spüren, wollte sie diese Lust, diese Sinnlichkeit empfinden, die er so kundig in ihr erweckt hatte. Sie vergrub die Hände in seinem Haar, drückte seinen Kopf fester an sich, murmelte wie im Fieber seinen Namen.

»Das ist noch lange nicht alles«, flüsterte Mathieu, als er sich von ihr löste. »Es wird noch viel, viel schöner, das verspreche ich dir.«

Er zögerte nicht, sein Versprechen in die Tat umzusetzen. Léonie schrie überrascht auf, als er in sie eindrang. Niemand hatte ihr vorher gesagt, daß ein Mann und eine Frau sich auf solche Weise vereinigten. Doch es war schön, Mathieu so in sich zu spüren. Der scharfe, heftige Schmerz, als er die Barriere durchbrach, riß Léonie für einen Augenblick aus ihrer Leidenschaft, doch als Mathieu sich zu bewegen begann, langsam und aufreizend, empfand Léonie nichts mehr als eine unglaubliche Lust. Erstaunt nahm sie die Reaktionen ihres Körpers wahr, registrierte sie, daß ihr Körper plötzlich in Flammen zu stehen schien.

»O nein!« rief sie empört, als Mathieu sich fast ganz aus ihr zurückzog, doch sie seufzte zufrieden auf, als er zurückkehrte und um so tiefer wieder in sie eindrang. Er bewegte sich nun schneller, und er lachte sinnlich auf, als Léonie die Beine um ihn schlang, als könnte sie nicht genug von ihm bekommen.

Mathieu konnte den Blick nicht von den braunen Augen lassen, die im Rausch der Leidenschaft wie dunkles, flüssiges Gold schimmerten; mit ihren süßen kleinen Seufzern, der Art, wie sie seinen Namen flüsterte, wie sie sich ihm ungestüm entgegenwarf, um ihn noch tiefer in sich aufzunehmen, brachte Mathieu fast um den Verstand.

Noch nie hatte er eine Frau dermaßen begehrt, sich so verführen und verlocken lassen wie von dieser wilden, goldenen Göttin, die in seinen Armen ein Temperament entwickelte, wie er es niemals für möglich gehalten hätte. Die ihm die gleiche Lust schenkte, wie er sie ihr gab.

Sie bäumte sich auf, als er noch einmal ganz tief in sie eindrang, sie schrie unbeherrscht seinen Namen heraus, als sie von einer Flutwelle der unglaublichsten Gefühle davongetragen wurde. Sie verbrannte, sie löste sich auf, wurde eins mit ihm, als auch er seine Erfüllung fand und sich in ihr verströmte.

Matt und zufrieden lag sie in seinen Armen, Mathieu hielt sie immer noch fest, war immer noch mit ihr verbunden. Schließlich rollte er sich zur Seite, stützte sich auf einen Arm und betrachtete staunend und überwältigt seine wunderschöne Geliebte, deren Busen sich immer noch heftig hob und senkte. Nur allmählich beruhigte sich ihr Atem, zu tief war sie von diesen neuen, herrlichen Empfindungen erschüttert worden.

Ihre weiche, glatte Haut lud geradezu zum Streicheln ein, und Mathieu konnte einfach nicht widerstehen. Spielerisch glitten seine Finger über ihre Brüste, neckten und streichelten. Konnte es sein, daß er sie schon wieder begehrte?

Léonie seufzte nur leise auf, als sie Mathieus zärtliche

Hand spürte, hielt aber weiterhin die Augen geschlossen. Ihr Körper war zwar momentan gesättigt worden, doch sie wußte, daß tief in ihr auch weiterhin ein unstillbarer Hunger brannte.

Sie reckte und streckte sich, dehnte wohlig ihre schlanken Glieder und bog sich Mathieus kundiger Hand entgegen. Ihr Körper war erfüllt von der trägen Mattigkeit des Liebesspiels, aber dennoch spürte sie, wie Mathieu mit seinen Liebkosungen von neuem das Feuer der Leidenschaft in ihr entfachte. Und Neugier. Vielleicht gab es noch andere, herrliche Sachen, die er ihr beibringen konnte – und wenn nicht, dann würde sie sich durchaus auch mit dem zufriedengeben, was er eben schon mit ihr gemacht hatte.

Sie mußte einfach träumen, denn wie sollte sie es sich sonst erklären, daß der sonst so mürrische, abweisende Seigneur d'Escoudry sich plötzlich in einen so leidenschaftlichen Mann verwandelt hatte, der sie so zärtlich und sinnlich in die Geheimnisse der Liebe eingeweiht hatte?

Als sie die Augen aufschlug und ihn ansah, stöhnte er auf und vergrub den Kopf an ihren Brüsten; mit einer Wildheit, wie er sie vorhin nicht gezeigt hatte, schloß er die Lippen um eine der rosigen Spitzen; seine Hände glitten wie im Fieber über ihren Körper.

Doch diesmal wollte Léonie Zärtlichkeit nicht nur nehmen, sondern auch geben. Sie wollte seinen Leib in gleicher Weise erkunden, wie er den ihren erforscht hatte. Vorsichtig zuerst, doch dann immer kühner strich sie über seinen harten, festen Körper, bewundernd stellte sie fest, wie stahlhart die Muskeln unter der weichen Haut waren. Sie lachte leise auf, als sie hörte, wie er scharf den Atem einsog, als sie eine seiner Brustwarzen liebkoste. Einen Moment lang ließ sie ihre Hände auf seinem flachen Bauch verweilen, dann glitten ihre Finger tiefer und umschlossen sein Glied. Sie seufzte zufrieden auf, als sie spürte, wie groß und erregt er war. Sie preßte ihren Busen an seine Brust, schmiegte ihren Schoß an ihn und führte ihn zu der Pforte, die sich so bereitwillig für ihn öffnete.

Doch noch drang er nicht in sie ein, und Léonie lernte, daß es noch andere Möglichkeiten gab, als sie mit Mund und Händen zu liebkosen. Er erregte sie, bis sie halb schluchzend um Erlösung bat, und als er endlich in sie eindrang, schrie sie heiser auf.

Es war Raserei, ungezügelte, wilde Leidenschaft, doch sie wollten es beide in diesem Moment nicht anders haben. Léonie schlang die Beine um seine Hüften, um ihn noch tiefer in sich zu spüren, unbeherrscht warf sie sich ihm entgegen. Sie schrie ihre Lust heraus, sie vergaß alles um sich herum außer diesem wunderbaren Mann, der ihr eine ganz neue Welt des Verlangens und der Leidenschaft zeigte.

Es war noch schöner als beim ersten Mal, als sie den Höhepunkt erreichte; es war so schön, daß sie wünschte, sie könnte sterben, denn wie sollte sie nach einem solchen Erlebnis noch weiterleben können?

8.
Kapitel

Es war kalt. So kalt, daß Léonie davon aufwachte. Als sie die Augen aufschlug, wußte sie im ersten Moment nicht, wo sie war, doch dann kehrte mit einem Schlag die Erinnerung an das zurück, was sich in dieser Nacht ereignet hatte.

Ihr war kalt, weil sie nichts anhatte und sie auch durch keine Decke geschützt war, obwohl sie noch immer in Mathieus Bett lag.

Sie faßte in der Dunkelheit neben sich, wo sie eine Bewegung gespürt hatte. Mathieu schlief neben ihr, eng in seine Decken gewickelt. Ein kleines Lächeln spielte um ihre Lippen. Offensichtlich hatte er ihr im Schlaf auch ihre Decke weggezogen.

Im Kamin glosten ein paar letzte Glutstückchen, doch gaben sie nicht Licht genug, das Léonie etwas hätte erkennen können.

Sie rutschte zu Mathieu hinüber, ergatterte einen Zipfel der Decke und schmiegte sich fröstelnd an ihren Gemahl. Sie spürte, wie ihr die Röte in die Wangen stieg, als sie daran dachte, was sie in seinen Armen erlebt hatte.

Wie war ihre Mutter nur darauf gekommen, daß diese Seite der Ehe zu fürchten sei? Unwillkürlich schüttelte Léonie den Kopf. Wie sollte aus etwas so Schönem nur Kummer entstehen?

Genausowenig verstand sie, weshalb Mathieu sich bisher geweigert hatte, sie in sein Bett zu nehmen. Denn es konnte keinen Zweifel daran geben, daß auch er die Stunden, die hinter ihnen lagen, genossen hatte. Soviel Leidenschaft konnte kein Mensch nur vortäuschen – oder etwa doch?

Plötzlich fühlte Léonie sich zutiefst verunsichert. Sie hatten beide die körperliche Liebe genossen. Zuerst hatten sie Wichtigeres zu tun gehabt, als miteinander über ihre Ehe zu reden, hinterher waren sie zu erschöpft gewesen und einfach eingeschlafen.

Was würde Mathieu sagen, wenn er sie, Léonie, am Morgen an seiner Seite fand? Würde er sich überhaupt an alles erinnern? Den beiden Krügen nach, die auf der Truhe standen, hatte er eine ordentliche Menge Wein zu sich genommen, und wenn sie sich recht entsann, hatte er sie nicht einmal in diesen Stunden bei ihrem Namen genannt. Merkwürdig!

Léonie traf eine jähe Entscheidung. Wenn diese Nacht

wirklich etwas zwischen ihnen geändert haben sollte, so mußte es an Mathieu sein, diese Änderung zu verkünden. Sie würde jetzt in ihre Kemenate gehen und ihn verlassen. Er wußte, wo er sie fand, falls er nach ihr suchte.

In dem finsteren Raum fand sie ihr Hemd nicht mehr. Lediglich das matte Glänzen der goldenen Seide nahe am Kamin erregte ihre Aufmerksamkeit, und als sie zum Feuer gehen wollte, fühlte sie unter ihren bloßen Sohlen den Marderpelz ihres Umhangs. Auch die weichen Lederschuhe entdeckte sie nicht mehr, deswegen huschte sie, den Umhang über der bloßen Haut gerafft und die kostbare Seide an die Brust gedrückt, lautlos wie ein Gespenst durch die Halle und dann zu den Wohnräumen hinauf.

Unter ihren Füßen fühlte sie Kälte, Stroh und vereinzelte Steinchen, und sie stieß sich die Zehe an einer Stufe, aber kein Laut kam über ihre Lippen, bis sie die Tür ihres Gemaches hinter sich schloß. Von jäher, bleierner Schwäche übermannt, rutschte sie an der Tür hinunter auf den Boden und schlang die Arme um die angezogenen Knie.

Die beginnende Morgendämmerung drang allmählich durch die grün-weißen Fensterscheiben, und das Licht weckte Léonie aus ihrer Erstarrung. Verwirrt blinzelnd rappelte sie sich auf und kroch unter die eiskalten Decken ihres Bettes, wo sie mit klappernden Zähnen liegenblieb und gegen den bestickten Betthimmel starrte.

Ein neuer Tag begann. Was würde er Léonie d'Escoudry, der Dame von Glain, bringen?

Das klagende Geläut der Totenglocke hallte durch die frostklare Luft. Vereinzelte Schneeflocken taumelten von einem tiefgrauen Himmel und legten sich auf die Umhänge, Helme, Hauben und Hüte der Menschen, die sich auf dem kleinen Dorffriedhof versammelt hatten. Die elf Männer, die beim Überfall der Tinténiacs getötet worden waren, wurden der geweihten Erde übergeben.

Léonie, die im Kreise der Frauen aus der Burg stand, bibberte trotz der vielen Unterröcke, die sie übereinander trug, und trotz des wärmenden Fells, mit dem Ihr Mantel gefüttert war. Im blassen Rahmen der weißen Leinenhaube, die ihr Gesicht fest umschloß, glich sie mehr denn je einem Phantom. Eine fast schlaflose Nacht und der Aufruhr der Gefühle hatten an ihren Kräften gezehrt.

Roxana drängte sich eng an sie, denn sie konnte sich überhaupt nicht mit den unwirtlichen Temperaturen ihrer neuen Heimat anfreunden. An gleißende Sonne und die Hitze Afrikas gewöhnt, fror sie in der kühlen Normandie, egal, was auch immer sie anzog. Sie sehnte sich so sehr nach Sonne und Wärme, daß es ihr manchmal schier den Atem abdrückte.

Die Segensworte des Burgkaplans beendeten die einfache Zeremonie, und die Gläubigen zerstreuten sich schnellstens. Die Männer, die getötet worden waren, hinterließen in Glain keine Familien, denn Mathieu hatte sie in Domfront angeworben, und so hielt sich die Trauer in Grenzen. Dafür überwog der Zorn über den feigen Angriff, zumindest bei den Bewohnern der Burg. Die Frauen und Männer des Dorfes zogen lediglich den Kopf ein und flüsterten besorgt über die Möglichkeit einer kriegerischen Auseinandersetzung zwischen Glain und Tinténiac. Der Tod des Falken hatte vieles geändert, und nicht alles zum Besten. Wer würde sie vor den Feinden beschützen?

Omar, Roxanas treuer Schatten, folgte den beiden Frauen in respektvollem Abstand. Er ignorierte wie stets die Blicke, die seiner fremdländischen Aufmachung und seinem gefährlichen Schwert galten. Ihn interessierte nur das Mädchen, das seiner Obhut anvertraut worden war.

Zwar bewunderte Léonie die Ergebenheit des hageren

Mannes, dennoch hatte sie in seiner Gegenwart stets mit einem abergläubischen Schauer zu kämpfen. Daß es Mägde gab, die sich bei seinem Anblick bekreuzigten, fand sie nur zu verständlich. Omar war fremd, und obwohl sie seine Treue respektierte, machte er einen bedrohlichen Eindruck auf sie.

»Auf ein Wort«, hielt ihr Gemahl sie auf, als sie mit Roxana aus dem Schatten des Torturmes trat und sich zum Wohngebäude wenden wollte. Ohne das Mädchen und den Mauren zu beachten, griff er nach Léonies Arm und zog sie zu einer Stelle, wo bereits begonnene Mauern und zurechtgeschlagene Steine davon kündeten, daß im Frühjahr auch die zerfallene Burgkapelle endlich renoviert werden würde. Der junge Kaplan wartete bereits ungeduldig auf Fortgang der Arbeiten.

Léonie hatte Mühe, den weit ausholenden Schritten ihres Gemahles zu folgen. Worüber wollte er mit ihr reden? Würde er nun endlich ein Wort über die Nacht verlieren, die sie in seinen Armen verbracht hatte? Seit zwei Tagen wartete sie darauf, daß er wenigstens in irgendeiner Art darauf einging, daß sie die Ehe vollzogen hatten. Daß er sie bei einem dieser leidenschaftlichen Kosenamen benannte, die ihm in der Hitze des Verlangens über die Lippen gekommen waren, war wohl zuviel verlangt.

»Ich werde morgen mit meinen Männern nach Tinténiac aufbrechen«, teilte er ihr schließlich mit. »In meiner Abwesenheit wird Jean Pernelle, der neue Burgvogt, für Eure Sicherheit sorgen. Ich habe Anweisung gegeben, daß die Zugbrücke geschlossen bleibt und nur auf ausdrücklichen Befehl geöffnet werden darf. Wenn Ihr ins Dorf wollt, müßt Ihr die kleine Ausfallpforte benutzen.«

Léonie versuchte, ihre Enttäuschung zu verbergen. Sie hatte mit anderen Worten gerechnet.

»Müßt Ihr wirklich so kurz vor dem Christfest in den Kampf ziehen?« fragte sie leise.

»Das versteht Ihr nicht!« erwiderte er mit männlicher Überheblichkeit. »Die Ehre von Glain und meiner Familie steht auf dem Spiel!«

»Reagiert Ihr nicht ein wenig zu überhastet?« widersprach Léonie. »Euer einziger Beweis ist die Aussage eines verletzten Mannes, der vor Schreck halb närrisch war. Wenn er sich nun getäuscht und das Banner falsch beschrieben hat?«

»Was erwartet Ihr von mir?« fuhr Mathieu sie an, der offensichtlich nicht mit Einsprüchen gerechnet hatte. »Soll ich wie ein Feigling in der Burg ausharren, bis Tinténiac hier auftaucht und mir dieses Banner selbst zeigt? Bis Glain in Mord und Blut ertrinkt? Ich habe alle Beweise, die ich brauche. Wendet Euch an Jean, wenn Ihr irgendwelche Probleme habt, und gehabt Euch wohl!«

Das durfte doch nicht wahr sein! Léonie ballte ihre Hände zu Fäusten und kämpfte gegen den Impuls, Mathieu einfach vor das Schienbein zu treten. Sie zwang sich zur Beherrschung.

»Habt Dank für Euren liebenswürdigen Abschied, mein Gemahl«, sagte sie spöttisch. »Ach ja – habt Ihr bezüglich Eures möglichen Todes irgendwelche Wünsche, die Beisetzung betreffend?«

Hätte sie Mathieu d'Escoudry ein Messer zwischen die Rippen gerammt, er hätte nicht verblüffter dreinschauen können. Für einen Moment blitzte in seinen Falkenaugen so etwas wie Anerkennung auf, dann hatte er wieder seine Maske aufgesetzt. »Wollt Ihr mir vielleicht erklären, was ich Euch getan habe, daß Ihr so mit mir redet?« erkundigte er sich und stemmte die Hände in die Hüften.

»Es geht weniger um das, was Ihr getan habt, als um das, was Ihr offensichtlich vergessen habt«, erwiderte Léonie wütend und trat einen Schritt auf ihn zu. »Was ist, wenn ich Euren Erben trage? Ist dafür auch der Burgvogt zuständig?«

»Was wollt Ihr damit ...«, begann Mathieu, doch dann verschlug es ihm die Sprache. Er setzte ein paarmal zum Sprechen an, bis er schließlich herausbrachte: »Das wart *Ihr*?«

Die völlige Fassungslosigkeit in seinen Zügen wäre komisch gewesen, hätte Léonie in diesem Moment einen Funken Humor aufgebracht. Daß er sie nicht einmal erkannt hatte, schlug dem Faß den Boden aus.

»Wofür habt Ihr mich denn gehalten?« fuhr sie ihn an. »Für die Schloßhure oder für den Geist einer verstorbenen Ahnfrau?«

»Bei Gott ...« Mathieu brach ab und runzelte die Stirn. Sein Gesichtsausdruck verfinsterte sich noch. »Ich war grauenvoll betrunken, ich wußte kaum, was ich tat. Ich wollte Euch nicht beleidigen, bei Gott, das ...«

»Beleidigen?« wiederholte Léonie entgeistert.

»Meine Erinnerung an die Ereignisse ist höchst verschwommen«, gab er verlegen zu. »Ich habe mir in den vergangenen Tagen sogar eingeredet, ich hätte einen närrischen Traum gehabt ...«

Das war sogar für Léonie zuviel. Sie hatte immer gedacht, sie könnte alles verzeihen und verstehen, aber offensichtlich war das nicht so. Er war einmal mehr betrunken gewesen!

Ehe sie wußte, was sie tat, hatte ihre Hand sich selbständig gemacht und landete hart und laut klatschend auf Mathieus Wange, wo sich nun deutlich sichtbar der rötliche Abdruck ihrer fünf Finger abzeichnete.

Im ersten Moment war sie selbst über diesen Ausbruch erschrocken, doch dann raffte sie ihren Umhang und reckte trotzig das Kinn vor.

»Das habt Ihr für diese Niedertracht verdient«, erklärte sie. »Ihr seid der abscheulichste Rüpel des ganzen Königreiches, Seigneur d'Escoudry! Ich kann nur hoffen, daß Monsieur de Tinténiac mir bei Eurem Scharmützel die

Mühe abnimmt, Euch eines Tages mit eigenen Händen erwürgen zu müssen!«

»Bei Gott, was habt Ihr nur? Ich …«

Léonie, die sich schon zum Gehen gewandt hatte, bedachte ihn über die Schulter mit einem langen, zornigen Blick. Der Zorn brachte ihre sanften Augen zum Funkeln, streute Feuer über ihre blassen Wangen.

»Falls Ihr Euren Kopf nicht nur dazu benötigt, einen Helm darüber zu stülpen, Seigneur, dann könntet Ihr mit ein wenig Nachdenken selbst herausfinden, was mich so wütend macht, daß ich die Ermahnungen meiner Mutter und meiner Kinderfrau vergessen habe. Gehabt Euch wohl!«

Die Schultern gestrafft, den Kopf hocherhoben, rauschte sie davon. Eine schmale Gestalt, gekrönt von dieser absurden weißen Haube, die sie in Mathieus Augen immer wie eine Klosterfrau aussehen ließ. Eine Klosterfrau, die herzlich wenig Ähnlichkeit mit der verführerischen, goldenen Göttin hatte, die durch seine Träume geisterte.

Er war an jenem Morgen mit hämmernden Schläfen erwacht und hatte seinen schmerzenden Schädel bereits im Morgengrauen beim Schwerttraining mit seinen Männern gelüftet. Bis er aus dem Badehaus zurückgekommen war, hatte eine Magd schon das Zimmer gelüftet, das Bett gemacht und jede Spur beseitigt, die ihm vielleicht Aufschluß über die nächtliche Besucherin hätte geben können.

Bei Gott, was von jener Nacht war eigentlich Wahrheit und was die Illusion eines Berauschten? Er konnte doch nicht wirklich eine solche Lust empfunden haben, wie seine Erinnerung sie ihm vorgaukelte, und schon gar nicht in den Armen dieser Nonne! Bereits der Gedanke daran kam ihm lächerlich vor. Und doch … dieser Blick eben … ihre funkelnden Augen … die geröteten Wangen … die Wildheit, mit der sie ihn geschlagen hatte …

Wenn er aus Tinténiac zurückkam, würde er es herausfinden müssen. Mit den Fingerspitzen betastete er seine Wange, die immer noch brannte, und verspürte eine höchst merkwürdige Mischung aus Wut, männlicher Empörung und verstohlener Vorfreude. Es gab ein Geheimnis um seine Gemahlin, das danach schrie, gelöst zu werden.

Léonie hingegen floh vor ihm, als sei der Teufel hinter ihr her, rannte in den Keller, wo die umfangreichen Vorräte an Wein, Schinken und Käse lagerten. Dorthin, wo sich höchstens noch die wenigen Ratten und Mäuse verirrten, die das stattliche Regiment der neuen Katzen bisher noch nicht in die Krallen bekommen hatte. Mit zitternden Knien ließ Léonie sich auf ein Faß mit Apfelwein sinken und schlug die Hände vor das Gesicht, das vor Scham brannte.

Bertheline hätte sie mit der Gerte geschlagen und zu drei Tagen Rosenkranzbeten bei Wasser und altbackenem Brot verdammt, damit sie ihre Unbeherrschtheit büßte und wieder zur Vernunft kam. Wie hatte sie es wagen können, Mathieu d'Escoudry ins Gesicht zu schlagen? Welcher Teufel hatte sie getrieben, sich so unbeherrscht aufzuführen, ihm zu zeigen wie beleidigt und gekränkt sie war?

Was war nur aus ihrer Ruhe und Gelassenheit geworden? Was hatte sie von diesem »Eisenfresser«, wie Roxana ihn so treffend nannte, eigentlich erwartet? Zärtlichkeit? Zuneigung? Güte?

»Du bist töricht«, schalt sie sich selbst. »Ein dummes, albernes Kind, das an ein unmögliches Wunder geglaubt hat. Hat dich nicht deine Mutter vor der Ehe und deren Folgen gewarnt? Es sind nicht die Schmerzen des Körpers, die einen umbringen, sondern jene des Herzens.«

Und dennoch konnte sie nicht vergessen, was zwischen Mathieu und ihr passiert war. Die zärtlichen, süßen Worte, die er ihr zugeflüstert hatte, schienen beständig in ihrem Kopf widerzuhallen; ihr Körper erinnerte sich immer noch in quälender Deutlichkeit an die Wonnen, die Mathieu ihr geschenkt hatte. Sie hatte in jener Nacht das Paradies kennengelernt und war nun endgültig daraus verstoßen worden.

Unwillkürlich legte sie eine Hand auf ihre Brüste. Ihr Körper, den sie bisher nie sonderlich beachtet hatte, solange er funktionierte, war seit jener Nacht zu einem verhängnisvollen Eigenleben erwacht. Er stellte Forderungen, hatte Wünsche und Sehnsüchte, die ihr den Schlaf und die Ruhe raubten. Und schon gar nicht würde sie Frieden finden, wenn die Ursache all dieser Qualen nach Tinténiac ritt, um sich dort von einem wildgewordenen Nachbarn in Stücke hacken zu lassen.

Mit einem müden Seufzer erhob sich Léonie und ging langsam wieder nach oben. Sie verschloß das schmiedeeiserne Tor sorgsam mit einem Schlüssel aus dem schweren Bund an ihrem Gürtel und griff nach der Fackel, die im Halter an der Wand steckte.

Was auch immer oben auf sie wartete, sie würde es ertragen müssen. Es machte wenig Sinn, davonzulaufen. Soviel hatte sie inzwischen gelernt.

9. Kapitel

Léonie stand unter dem neu gedeckten Dach des Wehrganges von Glain und sah dem Reitertrupp nach, der im Licht des ersten Morgens nach Norden ritt. Das gestickte Banner des Falkens wehte über ihnen. Der geharnischte Ritter auf dem schweren schwarzen Schlachtroß, der die Männer anführte, warf nicht einen Blick zurück. Hatte sie vielleicht etwas anderes erwartet?

Léonie beugte sich über eine der Zinnen vor, aber die Reiter waren schon zu weit entfernt, als daß sie noch hätte Einzelheiten unterscheiden können. Die Zugbrücke und das schwere Fallgitter waren längst geschlossen; nun konnte die Burg nur noch durch die kleine Ausfallpforte betreten oder verlassen werden. Mathieu hatte seit ihrer Unterhaltung nach der Beerdigung jede weitere Begegnung mit ihr gemieden. Er hatte die Mahlzeiten in seiner Kammer eingenommen und immer wieder mit dem Burgvogt und dem Hauptmann der Bewaffneten getagt, wonach er Pergament und Tinte verlangt hatte. Seinen Knappen hatte er darin unterwiesen, die schwere Rüstung zu ölen und vorzubereiten. Es war eine Männerwelt, in der Léonie keinen Platz fand und die sie nicht verlockte.

Wie üblich hatte ihr Roxana die Neuigkeiten zugetragen. »Damien wienert sich die Finger wund, um es ihm recht zu machen«, hatte sie erzählt. »Ich begreife es nicht«, hatte sie dann hinzugefügt.

»Es ist die Pflicht eines Knappen, seinem Herrn zu dienen. Wenn ein Sohn aus edler Familie Ritter werden will, so muß er zunächst einem anderen Ritter dienen. Damien kommt aus einer sehr guten Familie. Es wundert mich, daß er dir nicht gefällt.«

»Er ist dunkelhaarig!« Aus Roxanas Stimme hatte pure Verachtung geklungen. »Ich mag keine Männer mit dunklen Haaren.«

Das hörte sich ja ganz so an, als gäbe es einen anderen Schwarm, doch Léonie fragte nicht weiter nach. Wenn man Roxanas Situation bedachte, war es eh besser, wenn sie sich nicht in einen Edelmann verliebte. Seine Familie würde Himmel und Hölle in Bewegung setzen, um eine solche Ehe zu verhindern. Sogar mit einer Mitgift, für die Léonie natürlich sorgen würde, würde es bei dem Makel von Roxanas Geburt schwer sein, einen Gatten aus vornehmer Familie für sie zu finden.

Wo steckte das Mädchen eigentlich in diesem Moment? Léonie wandte sich vom Trupp endgültig ab und ging die Treppe zur Vorburg hinunter. Sie wollte überprüfen, ob das Wasser in der äußeren Zisterne gefroren war. Seit es aufgehört hatte zu schneien, schien es jeden Tag kälter zu werden, und Léonie fragte sich unwillkürlich, wie kalt es erst in einem eisernen Harnisch sein mußte.

Aber war das ihr Problem? Es war Mathieus Entscheidung gewesen, in den Kampf zu ziehen, also mußte er auch mit den Unannehmlichkeiten fertig werden. Und wenn sie sich recht erinnerte, dann konnte sein Körper auch eine unglaubliche Glut ausstrahlen! Heilige Mutter Gottes, warum konnte sie nicht aufhören, ausgerechnet *daran* zu denken?

»Ihr seht aus, als würdet Ihr jeden Moment selbst zum Schwert greifen und Euch in den Kampf stürzen wollen«, hörte sie plötzlich Roxanas dunkle Stimme. Die Kleine tauchte an ihrer Seite auf und schwenkte fröhlich einen flachen, mit Stroh ausgelegten Korb, in dem sie die Eierausbeute des Hühnerhofes trug.

»Halt die Eier ruhig«, rief Léonie, dankbar für die Ablenkung. »Es sind ohnehin nur wenige. Die Köchin wird dir die Ohren langziehen, wenn du welche davon zerbrichst.«

»Das macht sie nicht, denn sie hat Angst davor, daß Omar sie mit dem bösen Blick bedenkt, wenn sie mir etwas tut.« Roxana kicherte. Die braven Kleider und die sittsamen Hauben waren nur Fassade, dahinter steckte immer noch ein kleines Teufelchen.

»Wie lange kennst du Omar eigentlich?« Unwillkürlich sah Léonie sich um, ob sie Roxanas Schatten irgendwo entdeckte. Aber innerhalb der Burg nahm er glücklicherweise davon Abstand, dem Kind stets in zwei Fuß Entfernung zu folgen.

»Seit ich denken kann«, entgegnete Roxana. Sie war

wieder ernst geworden. »Er ist der einzige Freund, der mir geblieben ist. Meine Mutter hat mich seiner Obhut anvertraut, genau wie der Falke, ehe er starb. Solange Omar bei mir ist, kann mir nichts geschehen.«

Léonie sah sie fragend an. »Was soll dir in Glain schon geschehen? Hier ist deine Heimat, und deine Brüder werden immer für dich sorgen. Dir droht keine Gefahr, du bist jetzt hier zu Hause.«

»Gezwungenermaßen.« Roxana lächelte und legte den Kopf ein wenig schief. »Habt Ihr Eurem Gemahl ein Adieu zum Abschied nachgewinkt?«

»Nein«, erwiderte Léonie schroff. »Es wäre auch vergebene Liebesmüh gewesen, denn er hielt es nicht für nötig, auch nur einmal zurückzusehen. Er genügt sich selbst, er braucht niemanden, die ihm Trost schenkt oder ihm Segenswünsche auf den Weg mitgibt.«

»Bereut Ihr, daß Ihr in jener Nacht zu ihm gegangen seid?«

Léonie wurde feuerrot. Weder ihre Mutter noch Dame Bertheline hätten es geduldet, daß sie mit einem unverheirateten jungen Mädchen über solche Dinge sprach, doch eine andere Vertraute hatte sie nicht auf Glain.

»Ich habe mir abgewöhnt, Dinge zu bereuen, die nicht mehr zu ändern sind«, sagte sie leise. »Es scheint, als hätte es mir mehr bedeutet als ihm. Und es sieht nicht so aus, als läge ihm jemals an einer Wiederholung ...«

Der Schmerz, der in ihrer Stimme mitschwang, machte Roxana betroffen. Sie hatte geglaubt, Léonie einen Gefallen zu tun, doch offensichtlich hatte sie den Kummer der Freundin nur noch vertieft.

»Es tut mir leid«, flüsterte sie und senkte den Blick.

»Nein, das braucht es nicht«, widersprach Léonie und küßte sie schnell auf die weiche Wange. »Jeder ist für sich selbst und seine Handlungen verantwortlich. Du hättest an jenem Abend tun können, was du gewollt hättest, doch wenn es nicht auch mein Wunsch gewesen wäre, hättest du mich niemals überreden können, zu Mathieu zu gehen. Du brauchst also gar nicht so bedrückt dreinzuschauen. Wenn ich Kummer habe, dann liegt es allein an meinem Gemahl und nicht an dir.«

Roxana seufzte. »Ich bin mit den Geschichten über die leidenschaftliche Liebe meiner Eltern aufgewachsen, aber mittlerweile glaube ich, daß eine solche Liebe kein so erstrebenswerter Zustand ist. Vielleicht suche ich mir irgendwann einen steinreichen alten Edelmann, der schon so klapprig ist, daß er mich in Frieden läßt. Dann kann ich in den Tag hineinleben, ohne Kummer und ohne dummes Herzeleid ...«

Léonie lächelte. Das Mädchen hatte wirklich Flausen im Kopf! Aber wenigstens lenkte es sie, Léonie, ab. Sie deutete auf die Eier. »Du solltest deinen Korb in die Küche bringen; es ist so kalt, daß ich um die Eier fürchte, wenn du noch länger hier herumstehst!«

Sie sah dem Mädchen nach, das mit weit ausholenden Schritten zum Haus ging, und gestattete sich selbst einen tiefen Seufzer. Die Baugerüste und die überall bereitliegenden Steine, die von einer dünnen Schneeschicht überzuckert waren, ließen die Burg seltsam fremd und unwirklich erscheinen. Und obwohl sie für einen reibungslosen Tagesablauf sorgte, fühlte Léonie sich auf der Burg fast so heimatlos wie Roxana.

In Domfront hatte sie an solchen Tagen mit ihrer Mutter Kastanien im Feuer gebraten und dem Lautenspieler gelauscht, der ihnen die neuesten Lieder vom Hof vorsang. Ob sie jemals auch in Glain ein paar Frauen zur Gesellschaft haben würde? Im Moment sah es nicht so aus. An ihre Wünsche und Sehnsüchte, egal welcher Art, verschwendete ihr Gemahl keinen Gedanken. Lediglich die Burg und seine Ehre waren ihm wichtig.

War es denn nichts als närrischer Leichtsinn gewesen,

daß sie dieser spontanen Regung ihres Herzens nachgegeben und Mathieu d'Escoudry ihre Hand und ihr Leben anvertraut hatte? Zumindest war ihr diese eine Nacht der Leidenschaft und Liebe geschenkt worden, aber war das nicht ein bißchen wenig? Eine Nacht für ein ganzes Leben. Würde sie sich damit zufriedengeben können?

Aus den Augenwinkeln sah sie eine hochgewachsene Männergestalt mit dem unverwechselbaren Turban in der Nähe der alten Kapelle verschwinden. Roxanas Schatten. Seltsam, bisher hatte sie sich nie Gedanken darüber gemacht, ob dieser Mann ein Heide oder ein gläubiger Christ war. Er folgte dem Mädchen, wenn es zur Messe ging, aber ob der Gottesdienst ihm etwas bedeutete, das vermochte Léonie nicht zu beurteilen. Der einzige Mensch mit dem Omar freiwillig sprach, war Roxana.

Was dieser seltsame Mann wohl tat, wenn das Mädchen jenen Aufgaben nachging, die Léonie ihr anvertraut hatte? Ob er sich den Wachmannschaften der Burg zugesellte oder ob er sich für sich selbst hielt?

Ein plötzlicher scharfer Windstoß, der sich zwischen die Mauern der Burg verirrte, ließ Léonie frösteln.

Ob sich ihr Gemahl darum gekümmert hatte, daß Omar in den Alltag von Glain eingebunden wurde? Sicherlich nicht. Mathieu nahm Roxana nicht zur Kenntnis, weshalb sollte er sich dann um ihren Begleiter kümmern? Doch es war nicht ihre, Léonies Aufgabe, sich den Kopf darüber zu zerbrechen. Sollte Mathieu es tun, wenn er zurückkam.

Léonie hatte inzwischen die überdachte Zisterne erreicht und beugte sich über den neu aufgemauerten Rand. Sie konnte die Wasseroberfläche nicht sehen, doch als sie den Eimer herabließ, und den dumpfen Laut hörte, fand sie ihre Befürchtungen bestätigt: Eine Eisschicht bedeckte das Wasser. Wie gut, daß es noch einen zweiten Brunnen in der inneren Burg gab, der sich in einem Vorbau der großen Halle befand und daher nicht dem Winterfrost ausgesetzt war.

Mit einem Seufzer zog sie den Wassereimer wieder nach oben, schlang ihren pelzgefütterten Umhang enger um sich und folgte Roxana in die warme Küche. Es gab wahrhaftig genug zu tun, damit der Haushalt funktionierte; sie sollte sich lieber um ihre Aufgaben kümmern, statt ihre Zeit mit dummen Gedanken zu vergeuden!

Doch trotz ihrer vielen Pflichten verging dieser Tag nur mit quälender Langsamkeit, und als Léonie sich am Abend in ihre einsame Kemenate zurückzog, konnte auch das lodernde Kaminfeuer nicht die Kälte und Einsamkeit in ihrem Inneren vertreiben. In drei Tagen war der Heilige Abend. In Domfront hatten sie dieses Fest stets mit großer Frömmigkeit und Fröhlichkeit gefeiert.

Das schrille Konzert der Adventsbläser hatte die Burg und die Stadt erfüllt, und ihr Vater hatte persönlich den mächtigen Scheit im Kamin entzündet, der während der gesamten Festtage brennen mußte. Dienstboten, Pächter und Freunde wurden beschenkt und mit Stoffen für neue Gewänder oder einer Münze bedacht. Es gab die traditionellen Weihnachtsbrote, und zur Weihnachtsmesse versammelten sich alle in der kalten, festlich geschmückten Kapelle.

Die Kapelle in Glain war immer noch eine Baustelle, und der Burgvogt hatte sich an diesem Nachmittag geweigert, ein paar Männer in den Wald zu schicken, damit sie dort Tannenzweige schnitten und das Weihnachtsscheit schlugen, weil es zu gefährlich sei. Léonie hatte darauf verzichtet, sich gegen ihn durchzusetzen. Sie war zu müde dafür gewesen. Es war eine Lustlosigkeit, die auch jetzt wie Blei in ihren Gliedern hing. Zum ersten Mal, seit sie Mathieu d'Escoudry ihr Ja-Wort gegeben hatte, gestand sie sich ein, daß sie einer Illusion hinterhergejagt war.

Sie hatte sich getäuscht. Wie eine dumme, romantische Gans war sie einem Traum hinterhergelaufen und hatte versucht, den sich im Wasser spiegelnden Mond zu fangen. Sie hatte sich Mathieu mit Leib und Seele hingegeben, und er hatte noch nicht einmal bemerkt, daß er seine eigene Gemahlin im Arm gehalten hatte.

Und nun?

Ihre Wünsche und Hoffnungen waren in tausend Scherben zersplittert, über die der Seigneur d'Escoudry gleichgültig hinweggeschritten war. Und Léonie hatte nicht mehr die Kraft und auch nicht den Willen, die Scherben zu einem neuen Bild zu ordnen.

Sie hatte sich so sehr gewünscht, diesem Mann anzugehören, Teil seines Lebens zu sein, seine Kinder zur Welt zu bringen und sein Haus zu führen. Sie war in ihrer grenzenlosen Naivität gar nicht auf die Idee gekommen, daß er ihr all dies verweigern könnte. Daß er lediglich ihre Mitgift nehmen und sie selbst wie ein schartiges, unnütz gewordenes Schwert in die Ecke stellen würde. Ihre Augen brannten bei diesem Gedanken vor ungeweinten Tränen.

Léonie schlang fröstelnd die Arme um ihren Oberkörper und schloß die Augen, doch die Bilder, die sie sah, konnte sie damit nicht aussperren. In aller Deutlichkeit sah sie das harte kantige Gesicht des Mannes, der ihr Gemahl geworden war; es schien, als sei es in ihre Lider eingebrannt. Ob sie wachte oder träumte, stets begleitete sie das Bild des Mannes, den sie so verzweifelt und so vergeblich liebte.

Doch plötzlich veränderte sich Mathieus Gesicht. Es verzerrte sich, zeigte einen schmerzlich-erstaunten Ausdruck, und der Mund öffnete sich zu einem wilden Schrei. Der tiefe Schrecken, der Léonie durchfuhr, ließ sie die Augen wieder öffnen, und das Bild verschwand. Das Feuer war herabgebrannt, und Léonie beugte sich seufzend zum Korb, um neue Scheite aufzulegen. Erst dann wagte sie es, dem eigenen beschleunigten Herzschlag nachzulauschen.

Was war passiert? Hatte sie nur geträumt?

10. Kapitel

Das dünne Scheppern des kleinen Glöckchens erinnerte in nichts an das volltönende Weihnachtsgeläut von Domfront. Es erinnerte Léonie eher an eine Totenglocke, doch sie verbot sich selbst, am Weihnachtstag einem so dummen Gedanken Raum zu geben. Ein Wetterumschwung, begleitet von einem stürmischen Westwind, der den Geruch des nahen Meeres mit sich trug, hatte über Nacht das Eis tauen lassen und die ungepflasterten Straßen und Höfe in Schlamm und Matsch verwandelt.

Nun trieb der Sturm weiße Wolkenfetzen vor sich her über den Himmel, zwischen denen wie schwarze Scherenschnitte die Krähen segelten. Der Wind zerrte an Léonies Röcken, plusterte ihre Haube auf und trieb sie fast über den kahlen Friedhof, als sie mitsamt dem Gesinde aus dem kleinen Gotteshaus des Dorfes trat, wo sie die erste der Weihnachtsmessen gehört hatten. Das Wetter ließ eher an April als an Dezember denken.

»Was für eine Wetter«, rief Roxana, der der Wind die Worte fast vom Mund wegwehte. »Man könnte glauben, man fliegt auf und davon, wenn man nur die Arme ausbreitet! In Damiette war der Sturm stets voller Sand. Man konnte keinen Schritt auf die Dächer tun, und wenn man den Mund aufmachte, knirschte einem die Wüste zwischen den Zähnen.«

Léonie warf ihr einen neugierigen Blick zu. Es kam selten vor, daß Roxana von dem Leben sprach, das sie geführt hatte, bevor sie nach Glain kam. Und wenn sie es tat, dann klang vieles so wunderlich, daß Léonie sie unwillkürlich fragte, ob es auch tatsächlich der Wahrheit entsprach. Fast schien es ihr, als flüchte sich das Mädchen in eine Traumwelt, die nur ihr allein gehörte. Doch sicher war sie sich dessen nicht; was Roxana betraf, so war sie sich keiner Sache sicher, denn je näher sie das Mädchen kennenlernte, desto weniger verstand sie sie.

Doch ihre Gedanken wurden von ihrer Schwägerin abgelenkt. Während sie den schmalen Pfad zur Pforte in der Burgmauer hochliefen, bemerkte Léonie einen kleinen Trupp geharnischter Reiter, die auf das Dorf zuhielten. Sie waren noch zu weit entfernt, daß sie das Banner genauer hätte erkennen, sie sah nur, daß es nicht die Farben von Glain hatte.

Also waren es fremde Besucher, die nach Glain kamen, und offensichtlich nicht in feindlicher Absicht. Eine Mischung aus Neugier und Vorfreude ließ Léonie die Schritte beschleunigen. Als das Horn des Herolds vor der Burg die Ankunft der Reiter verkündete, eilte Léonie, gefolgt von Jean Pernelle, dem Burgvogt, in die große Halle, um die Gäste geziemend zu empfangen.

Für einen Moment hoffte sie auf eine Nachricht aus Domfront, eine Botschaft ihrer Mutter, einen Weihnachtsgruß des Vaters. Doch der Reiter, der in Begleitung von drei Bewaffneten über die herabgelassene Zugbrücke sprengte und sich kurze Zeit später in der Halle vor der Dame d'Escoudry verneigte, trug das Wappen des Königs von Frankreich und verlangte, ihren Gatten zu sprechen.

Etwas warnte Léonie davor, die Wahrheit zu sagen. Die kämpferische Auseinandersetzung, zu der ihr Gemahl aufgebrochen war, konnte kaum die Zustimmung des jungen Königs finden. Léonie ergriff das Wort, ehe der Burgvogt etwas sagen konnte, denn sie wußte, wie geschraubt er sich in der Gegenwart eines königlichen Boten ausdrücken würde.

»Ich erwarte meinen Gemahl zu jeder Stunde zurück, Seigneur«, sagte sie freundlich. Er hat es sich nicht nehmen lassen, meine bescheidenen Grüße für das Fest nach Domfront zu bringen, wo meine Eltern das erste Weihnachtsfest ohne ihr einziges Kind feiern werden. Ich denke, der plötzliche Wetterumschwung hat seinen Heimweg verzögert. Ihr könnt jedoch gern auf ihn warten, Seigneur ...«

»Benoit de Créqui, zu Euren Diensten, edle Dame«, entgegnete der Ritter höflich und öffnete die Tasche, die er an einem breiten Band um seine Schultern trug. »Ich habe lediglich den Auftrag, dieses Schreiben seiner allerchristlichsten Majestät, unseres Königs, unverzüglich Eurem Gemahl zu überbringen!«

Léonie streckte ohne zu zögern die Hand aus und nahm die mehrfach gefaltete Botschaft, die mit dem schweren roten Siegel des Königs geschlossen war, an sich. Sie schenkte dem Seigneur de Créqui eines ihrer seltenen Lächeln und winkte einer Magd.

»Nun, wenn Euer Auftrag hiermit erledigt ist, Seigneur de Créqui, so werdet Ihr uns sicher die Freude machen, an unserem Weihnachtsmahl teilzunehmen. Ihr seid herzlich eingeladen!«

Léonie sah dem Mann an, daß er überlegte, wie er reagieren sollte. Sie hatte ihn überrumpelt, indem sie die Botschaft einfach an sich genommen hatte, denn sein Auftrag war eigentlich, sie dem Empfänger persönlich zu überreichen. Doch er wollte eine Dame wie sie nicht schelten, und außerdem hätte nur ein Schuft Argwohn empfunden bei einer Edelfrau, die so sanft und freundlich lächeln konnte und ihn zudem noch zum Weihnachtsmahl einlud.

»Verzeiht, aber ich habe den Befehl, unverzüglich an

den Hof zurückzukehren«, sagte er schließlich und lehnte die freundliche Aufforderung mit sichtlichem Bedauern ab. Léonie unterdrückte ein erleichtertes Aufseufzen, denn sie hätte nicht gewußt, wie sie diesem Boten die Abwesenheit ihres Gatten über Tage hinweg hätte erklären sollen.

Immerhin sorgte sie dafür, daß man ihm und seinen Männern einen Satteltrunk anbot, sie mit frischen Pferden versah und mit dem nötigen Proviant wieder auf den Weg schickte. Dann betrachtete sie nachdenklich die königliche Botschaft in der Hand. Sie hatte das Gefühl, daß diese Botschaft Ärger bedeutete.

Roxana, die sie beobachtet hatte, sagte schließlich ungeduldig: »Macht es auf, ehe Ihr vor Neugier sterbt.«

Der Burgvogt schnappte so laut nach Luft, daß Léonie ein Lächeln nicht unterdrücken konnte, doch gleich wurde sie wieder ernst. Sollte sie wirklich dieses Sakrileg begehen?

»Eine königliche Botschaft? Du bist verrückt, Mädchen! Wir müssen auf die Rückkehr des Seigneurs warten, um zu erfahren, was der König von ihm will!«

»Und wenn es nun eilt?« Roxana war ebenso neugierig wie alle anderen. »Wenn es etwas so Dringendes ist, daß man ihm einen Boten nachschicken muß? Wollt Ihr wirklich das Risiko eingehen, daß er sich die Ungnade des Königs zuzieht?«

Léonie sah hilfesuchend zu Jean Pernelle, und auch der hatte plötzlich ein paar Falten mehr auf seiner Stirn. Der Seigneur hatte ihm die Verantwortung übertragen, deshalb mußte er nun eine Entscheidung treffen.

Léonie wußte, daß in Domfront niemand lange überlegt hätte. In Abwesenheit ihres Gatten hätte ihre Mutter das Schreiben geöffnet und in einem Notfall die entsprechenden Befehle gegeben. Aber in Domfront war die Herrin des Hauses eine Respektsperson, vom Gesindel und selbst von ihrem Gemahl ein wenig gefürchtet. Doch die Situation ihrer Tochter in Glain war ein wenig anders.

Léonie sah Roxanas herausfordernden Blick auf sich gerichtet und straffte unwillkürlich die Schultern. Von Sitte und Gesetz her gesehen, war Jean Pernelle ihr untertan, nicht umgekehrt. Sie hatte es nicht nötig, ihre Handlungen vor ihm zu rechtfertigen. Sie war die Herrin von Glain!

Léonie überkam eine seltsame Ruhe. Sie trat näher zum Kamin, in dem jetzt das Weihnachtsscheit brannte, und ließ sich in dem gepolsterten Lehnstuhl nieder, den sonst ihr Gatte benutzte. Dann begann sie vorsichtig, das Siegel der königlichen Botschaft zu brechen. Der getrocknete Lack war spröde und widerspenstig, und in gespanntem Schweigen schauten die Menschen in der Halle zu, wie sie das mehrfach gefaltete Pergament öffnete.

Es waren nicht viele, die hier standen: Dame Reinette, die schweigsame Gattin des Burgvogts, die das Amt einer Hausverwalterin versah; der hagere Sergeant, der die Burgwachen befehligte, und der fromme Kaplan, der vorhin die Messe gehalten hatte. Außerdem der alte Cyril, der sein Amt nur zu gerne an Jean Pernelle abgegeben hatte, und Léonies Zofe, die ohnehin von Dame Bertheline zu Diskretion und Verschwiegenheit erzogen worden war.

Sie alle beobachteten mit einer Mischung aus Bangen und Ehrfurcht die unscheinbare junge Edelfrau, bei der sich, während sie die verschnörkelten Buchstaben des königlichen Edikts las, eine Falte auf der Stirn gebildet hatte.

Obwohl Léonie gut lesen und schreiben konnte, las sie den Brief ein zweites Mal, um zu sehen, ob sie auch alles richtig verstanden hatte. Der königliche Sekretär hatte aus der nüchternen Mitteilung ein kalligraphisches Kunstwerk gemacht, unter dem sich die krakelige Unterschrift

Philipps von Frankreich seltsam unpassend und klein ausnahm.

Léonie ließ das Pergament sinken und sah den Burgvogt an. »Seine Majestät hat davon Kunde erhalten, daß die Fehde zwischen Glain und Tinténiac von neuem aufgeflammt sei. Er befiehlt meinem Gemahl, auf alle kämpferischen Handlungen zu verzichten und sich gemeinsam mit dem Seigneur de Tinténiac dem Richtspruch des Königs zu unterwerfen. Andernfalls droht ihnen beiden die volle Wucht des königlichen Zornes. Philipp wünscht nicht, daß sich seine Edelmänner in unsinnigen Grenz-Scharmützeln, wie er es nennt, gegenseitig dezimieren.«

Es kam ihr vor, als sei das Schweigen in der Halle noch tiefer geworden. Die Androhung der vollen Wucht des königlichen Zorns war ein Weihnachtsgeschenk, mit dem niemand auf Glain gerechnet hatte.

»Heilige Mutter Gottes«, seufzte Dame Reinette und bekreuzigte sich der Ordnung halber gleich noch. »Und das ausgerechnet jetzt, wo wir alle geglaubt haben, die Zeiten der Not seien vorbei.«

»Schwatz keinen Unsinn, Weib!« Der Burgvogt ließ sein Unbehagen nur zu gern an seiner Gattin aus. »Unser Herr wird klug genug sein, seinen Kopf auch aus dieser Schlinge zu ziehen. Außerdem hat er nicht angefangen! Die Schurken von Tinténiac waren es, die den Frieden gebrochen haben. Man muß es dem König nur sagen!«

»Ihr müßt auf jeden Fall meinem Gemahl einen vertrauenswürdigen Boten nachschicken«, befahl Léonie so energisch, daß sich alle erstaunt zu ihr umdrehten. »Er muß Kenntnis von diesem Brief erhalten; vielleicht ist es noch nicht zu spät, ihn aufzuhalten!«

Roxana hatte der Gruppe den Rücken zugewandt und war an eines der neuen Fenster getreten, wo sie durch eine milchig-weiße Raute hinunter in den Burghof spähte. Ihre Ohren hatten den Lärm schon vernommen, noch bevor die anderen darauf aufmerksam wurden. Nun wirbelte sie herum.

»Das ist nicht mehr nötig! Der Seigneur ist zurückgekommen, man läßt eben die Zugbrücke für ihn herab. Seht selbst!«

Léonie raffte ihre Röcke und lief hinaus, ehe die anderen reagieren konnten. In diesem Moment wollte sie nur eines: sich davon überzeugen, daß Mathieu d'Escoudry wohlbehalten und unbeschadet von diesem unsinnigen Ausflug zurückgekehrt war. Wie hatte sie jemals denken können, daß er ihr egal wäre? Daß sie ihn nicht mehr liebte? Das, was sie empfand, war keine Liebe, die man sich einfach aus dem Herzen riß. Es war eine Liebe, die untrennbar mit ihrem Sein verbunden war.

Der Trupp bewaffneter Reiter, der nun in der zunehmenden Dämmerung des Weihnachtstages hereintrabte, schien vollständig zu sein. Einige der Männer trugen provisorische Verbände, einer lag gar zwischen zwei Pferden in einer Art Sänfte. Und obwohl dieser Mann unter Fellen und Mänteln fast begraben war, wußte Léonie sofort, wer es war.

»Was ist passiert, wo ...«, begann sie, doch sie redete nicht weiter, als ein Mann vortrat, in dem sie Mathieus neuen Waffenmeister erkannte. Einen hünenhaften Krieger, der als einziger mit Omars Größe konkurrieren konnte.

»Wir haben Tinténiac im Handstreich genommen«, verkündete er mit unverhohlenem Stolz. »Sie waren nicht einmal so klug, vor uns auf der Hut zu sein. Wir hätten sie alle abschlachten können, aber ...«

»Aber ...?« flüsterte Léonie und preßte eine Hand auf ihr wild pochendes Herz, ohne auch nur eine Sekunde lang den Blick von der stillen Gestalt in der Sänfte zu wenden.

»Der Seigneur hat den Herrn von Tinténiac zum Zweikampf gefordert, um den Streit für immer zu entscheiden. Zu einem Kampf um Leben und Tod!«

Léonie kam es vor, als erstarrte ihr armes Herz. Alles Blut wich aus ihren Wangen, und wie in Trance schritt sie auf die beiden Pferde mit ihrer traurigen Last zu. Sie zitterte vor dem, was sie sehen würde, und brachte es doch nicht fertig stehenzubleiben.

»Tot?« hauchte sie. »Er ist tot?«

»Aber nein«, erwiderte der Waffenmeister. »Nicht er. Der Tinténiac ist auf dem Kampfplatz geblieben, aber es war ein schreckliches Duell. Unser Herr wurde verwundet, und nachdem sein Gegner zusammenbrach, blieb auch er nur noch für wenige Augenblicke auf den Beinen. Der Feldscher hat sein Möglichstes für ihn getan, aber wir dachten, es ist am besten, ihn so schnell wie möglich nach Hause zu schaffen, damit ...«

»Schweigt!« Léonie rief dieses eine Wort so laut, daß alle zusammenzuckten. Sie wollte es nicht hören. Sie wollte nicht, daß er es aussprach: daß sie Mathieu zum Sterben nach Hause gebracht hatten. Das durfte nicht sein! Das konnte ihr das launische Schicksal nicht antun! Das hatte sie einfach nicht verdient!

Sie trat an die Sänfte und zog vorsichtig die Decken zur Seite, die den Verletzten gegen den Wind geschützt hatten. Das starre, blasse Antlitz mit den geschlossenen Augen wirkte seltsam ruhig und fremd. Wie oft hatte sie sich gefragt, wie er wohl aussah, wenn er schlief? War das die Maske des Vergessens? Unwillkürlich beugte sie sich tiefer, um seinen Atem zu spüren, der kaum wahrzunehmen war.

Léonie merkte, wie alle Kraft sie zu verlassen drohte, und richtete sich auf. Sie mußte ihre Angst unter Kontrolle bekommen. Sie durfte nicht zeigen, wie sehr ihr der Schreck in die Glieder gefahren war.

»Tragt ihn in meine Kammer und legt ihn dort auf das

Bett!« befahl sie leise, aber energisch. »Was für Wunden hat er davongetragen?«

»Er hat einen schlimmen Schlag auf den Helm bekommen«, erwiderte der Waffenmeister. »Aber bedenklich ist nur die Wunde an seinem Oberschenkel; Tinténiac hat ihm einen Teil der Rüstung weggeschlagen. Die Riemen sind gerissen, eine Schlampigkeit erster Ordnung. Ich habe seinen Pagen unter Arrest gesetzt. Er sollte sich um die Rüstung kümmern und hat es nicht getan. Um ein Haar wäre dem Seigneur deswegen das Bein abgetrennt worden. Er hat so viel Blut verloren, daß es kaum ...«

»Wir werden sehen«, fiel ihm Léonie erneut ins Wort. Der Mann sprach zuviel. Sie wollte die Tatsachen wissen, nicht seine Meinung.

Um Damien de Cholet würde sie sich später kümmern. Er mußte warten, obwohl sie sich nicht vorstellen konnte, daß er wirklich Schuld an diesem schlimmen Unfall tragen sollte.

Er verehrte seinen Herrn und würde sich bestimmt lieber vierteilen lassen, als ihm zu schaden.

»Worauf wartet Ihr?« fragte sie. »Schnell, steht nicht herum und haltet Maulaffen feil! Dame Reinette, Ihr seid mir dafür verantwortlich, daß sofort frisches Leinen und heißes Wasser in meine Kammer gebracht werden. Und schickt sofort eine Magd nach ...«

Sie unterbrach sich. Himmel, sie war nicht in Domfront, wo es christliche und jüdische Ärzte gab, die sich um eine solche Wunde kümmern konnten. Sie war in Glain, und hier mußte sie wohl oder übel selbst zusehen, wie sie ihrem Gemahl helfen konnte.

»Gibt es hier eine Kräuterfrau?« Sie wandte sich an das Gesinde, das neugierig herumstand. »Eine Heilerin oder jemand, der sich auf Wunden versteht?«

Ihr Blick glitt über ratlose, verlegene Gesichter. Roxana war die einzige, die sich an einen Namen erinnerte.

»Die alte Mahaut! Der Falke hat von ihr gesprochen; sie muß in den Wäldern leben.«

»Die alte Mahaut ist längst tot.« Cyril trat vor die anderen und schüttelte bedauernd den Kopf. »Die Herrin hat die Kranken des Dorfes und der Burg versorgt, und seit ihrem Tod ist niemand sonst mehr da. Glain war bisher zu arm für einen Medicus ...«

Léonie spürte die Last der Verantwortung, die seine Worte auf ihre Schultern luden. Wenn sie jetzt etwas Falsches tat oder befahl, gefährdete sie das Leben ihres Gemahls! Aber bei allen Heiligen, was mochte das Richtige sein?

»Tragt den Herrn nach oben; ihr anderen kümmert euch um seine Männer!« ordnete sie an und ging hinter der Sänfte her, die nun von vier Bewaffneten ins Haupthaus gebracht wurde. Bildete sie es sich nur ein, oder hatte Mathieu gerade wirklich gestöhnt?

»Omar versteht etwas von der Heilkunde!« sagte Roxana, die an Léonies Seite geeilt war. »Soll ich ihn bitten, nach Eurem Seigneur zu sehen?«

»Er ist dein Bruder, nicht nur ›mein Seigneur‹«, wies sie das Mädchen zurecht. »Hast du denn keine Angst um sein Leben?«

»Nein!« Roxana blieb völlig gelassen. »Ich denke nicht, daß ihn ein Schwerthieb umbringt, aber wenn ihr Wert darauf legt, daß ihn keine Narbe verunstaltet, so solltet Ihr Omar um Hilfe bitten.«

Léonie warf ihr einen weiteren gereizten Blick zu. Dieses Mädchen würde es fertigbringen, selbst in dieser Situation eine ihrer geliebten Diskussionen vom Zaun zu brechen.

»So hol in Gottes Namen deinen Omar, aber halt mich nicht auf!« rief sie und lief weiter.

Dame Reinette, die sich trotz ihrer Leibesfülle behende bewegen konnte, war vorausgeeilt und schlug eben die nach Lavendel duftenden Laken zurück, damit der Verletzte ins Bett gelegt werden konnte. Erst jetzt sah Léonie, daß er noch das gepolsterte Wams trug, das unter die Rüstung gehörte, und daß man lediglich einen notdürftigen Verband über das verletzte Bein gelegt hatte, in den bereits wieder frisches Blut sickerte.

An seiner blassen Schläfe prangte ein großes, blutunterlaufenes Mal; dort mußte ihn der Hieb getroffen haben. Die Haare klebten schweißnaß an seiner Stirn, und die blassen Lippen waren schmal zusammengepreßt.

»Meine Stickschere«, wies Léonie die Haushälterin an und deutete auf den bespannten Rahmen, der neben dem Fenster stand und eine angefangene Arbeit enthielt. Im stoffgefütterten Weidenkorb darunter befanden sich die bunten Seidenstränge und die kostbare kleine Schere.

»Wir müssen diese Kleider aufschneiden, wenn wir ihm nicht zusätzliche Schmerzen verursachen wollten.«

Es war ein schweres Stück Arbeit, die gepolsterten, dicken Kleider mit der kleinen Stickschere aufzuschneiden, aber Léonie wagte es nicht, einen Dolch zu nehmen. Zu groß war ihre Angst, ihm eine zusätzliche Verletzung zuzufügen. Die wollene Strumpfhose war teilweise von Blut und Schmutz verklebt, und es blieb Léonie nichts anderes übrig, als sie rund um die Wunde mit nassen, heißen Tüchern aufzuweichen und vorsichtig abzuziehen.

Sie hatte die Stirn gefurcht, während sie ganz konzentriert arbeitete, und sie schenkte ihrer Umgebung keinen Blick. Sie nahm nichts anderes wahr als die leblose Gestalt des Verwundeten.

Doch sie brauchte Hilfe, um den Ohnmächtigen vollends von seinen Kleidern zu befreien und ihn in das weite weiße Nachtgewand zu hüllen, das Dame Reinette über dem Feuer angewärmt hatte.

Der schweigende Maure, den Roxana geholt hatte und der nun neben ihr stand, übernahm diese Arbeit, und während Léonie einen Aufschrei des Entsetzens nicht unterdrücken konnte, als sie die klaffende Wunde an Mathieus Oberschenkel sah, musterte er die Verletzung ohne erkennbare Gefühlsregung.

»Er hatte Glück«, stellte Omar schließlich fest. »Das Blut hat die Wunde ausgewaschen, und der Schnitt scheint glatt und ohne Risse zu verlaufen. Die Verletzung ist nicht lebensgefährlich.«

»Aber weshalb kommt er nicht zu sich?« flüsterte Léonie, die es ängstigte, daß man kein anderes Lebenszeichen an Mathieu wahrnehmen konnte als das leichte Heben und Senken der Brust.

»Ein schwerer Hieb auf den Kopf hat oftmals diese Folgen«, entgegnete der Maure ruhig. Er berührte mit seinen schlanken, braunen Fingern die Schwellung an der Schläfe. »Seid dankbar dafür; es hat ihm die Schmerzen des Transports erspart. Es kann Tage dauern, bis man nach einem solchen Schlag wieder zu sich kommt, und manchmal fehlt den Verletzten dann ein Teil ihrer Erinnerung.«

Léonie verschränkte die zitternden Finger. Sie beobachtete Omar dabei, wie er die Beinwunde zusammendrückte und dann eine scharf riechende Kräutersalbe darauf verteilte. Danach bedeckte er die Verletzung mit seltsamen, getrockneten Blättern und wickelte eine der weißen Leinenbinden, die Dame Reinette vorbereitet hatte, straff darum. Schließlich richtete er sich wieder auf und sah die junge Frau an.

»Der Verband muß einmal am Tag erneuert werden, Herrin. Ich werde genügend Salbe rühren und Roxana mit dem Topf zu Euch schicken.«

Er verschwand so unauffällig, wie er gekommen war. Nach und nach leerte sich das Gemach, bis nur noch Léonie an der Seite ihres Gemahls saß und mit brennenden Augen auf sein unbewegliches Antlitz starrte. Ein dunkler Bartschatten lag über Kinn und Wangen, die Haut war unnatürlich blaß, und die blutunterlaufene Schwellung an der Schläfe hob sich scharf davon ab.

So traurig der Anlaß auch war, so hatte Léonie nun genug Muße, um Mathieu ungestört und ohne Spott oder Unwillen fürchten zu müssen, betrachten zu können. Sie strich ihm das widerspenstige Haar aus der Stirn, das schmutzig und verschwitzt war. Seine Haut war warm, und Léonie richtete ein Stoßgebet an die Mutter Gottes, daß er kein Wundfieber bekommen möge.

Draußen war es schon lange Nacht geworden, die stürmische, regenfeuchte Nacht des Weihnachtsabends. Der Wind heulte um die Türme der Burg, klapperte in den Windfahnen, sauste in die Höfe und pfiff durch die Läden.

Léonie jedoch nahm sein Wüten kaum wahr. Sie saß da wie erstarrt. Dies war ein weiteres Weihnachtsgeschenk, auf das sie gern verzichtet hätte.

11. Kapitel

»Ihr müßt etwas zu Euch nehmen!«

Roxanas drängende Stimme ließ Léonie erschrocken zusammenfahren. Sie hatte nicht bemerkt, daß das Mädchen neben sie getreten war.

»Ihr haltet seit zwei Tagen und Nächten Wache neben ihm; nun müßt Ihr endlich an Euch selbst denken! Es ist niemandem geholfen, wenn Ihr vor Schwäche zusammenbrecht«, fügte das Mädchen hinzu.

»Ich habe keinen Hunger!«

Léonie fuhr sich über die Stirn, als könnte sie damit all ihre Gedanken und Gefühle fortwischen. Das Fieber hatte

Mathieu nicht verschont, er warf sich ruhelos herum und schien nicht zu wissen, wo er sich befand.

Er war nur einmal ganz kurz zu sich gekommen, doch seitdem gab er in seinem Fieberwahn nur unverständliche Worte von sich, stöhnte und leistete seiner Pflegerin Widerstand, wenn sie versuchte, die schmerzende Wunde an seinem Oberschenkel zu versorgen. Léonie fürchtete ständig, daß sie von neuem aufreißen könnte, wenn er sich so unruhig hin und her warf.

Er war ein schwieriger Mann, egal, ob verwundet oder fiebernd, ob gesund oder betrunken. Er brachte es immer wieder fertig, ihr mit seinem Verhalten Kummer zu bereiten.

»Er wird nicht schneller gesund, wenn Ihr an seiner Seite verhungert«, sagte Roxana in Léonies Gedanken hinein und deponierte das Tablett, das sie für die Freundin gebracht hatte, auf dem kleinen Tischchen neben dem Kamin. »Eßt, ich werde in dieser Zeit bei ihm wachen! Ihr könnt mir dabei zusehen, wenn Ihr meint, daß ich ihn sonst heimlich vergifte.«

»Du redest Unsinn«, erwiderte Léonie. Sie roch das würzige Aroma eines frischen Kaninchenragouts und das duftende weiße Brot, das extra zu Weihnachten gebacken wurde. Sie bemerkte, daß auch ein paar Apfeltörtchen mit frischer Sahne, ein Krug Wein und eine sorgsam abgedeckte Suppenschale für sie bereit standen. Und plötzlich verspürte sie einen so gewaltigen Hunger wie ein streunender Wolf.

Sie beugte sich ein weiteres Mal prüfend über ihren Gatten, aber der war vor Stundenfrist in einen bleiernen Schlaf gesunken. Sie wrang das feuchte Leinentuch in der Schüssel mit dem Lavendelwasser aus und legte es erneut auf seine Stirn. Der leichte Duft nach Sommer übte eine beruhigende Wirkung auf den Verletzten aus, und die Kühle milderte sein Fieber.

Dann erhob sie sich von der Bettkante und stemmte einen Arm in das schmerzende Kreuz. Sie fühlte sich wie zerschlagen und schenkte Roxana ein müdes Lächeln.

»Du bist wie die Schwester zu mir, die ich nie hatte, Roxana! Ich danke dir! Ich habe wirklich nicht gemerkt, wie die Zeit vergangen ist ...«

Dame Reinette, die Léonie bei der Pflege ihres Gemahls zur Hand gegangen war, neigte nicht zum Plaudern, und so hielt Roxana sie auf dem laufenden.

»Heute nachmittag hat es wieder zu schneien begonnen«, erzählte sie. »Ich möchte wetten, daß wir morgen bis zur Nasenspitze im Schnee stecken. Ein Glück, daß wir genug Vorräte haben; die Straßen sind unpassierbar ...«

»Die Straßen sind unpassierbar ...«, wiederholte Léonie nachdenklich und setzte sich an den Kamin. Sie nahm den Deckel von der Suppenschale und tauchte den geschnitzten Holzlöffel in den dicklichen Gemüseeintopf, der noch immer ein wenig dampfte. »Wir sind also von der Welt abgeschnitten, wie angenehm. Das bedeutet, auch die schlechten Nachrichten reisen langsam oder gar nicht. Es bedeutet eine Gnadenfrist.«

Léonie hatte am Bett ihres Gemahls Zeit genug gehabt, über die Ereignisse nachzudenken, doch ihre Gedanken konzentrierten sich stets auf dieselbe Frage: Wie lange würde es wohl dauern, bis der König von der bedauerlichen Tatsache erfuhr, daß der Herr von Tinténiac durch Mathieu d'Escoudrys Hand gefallen war?

Mathieu hatte gegen den ausdrücklichen Befehl des Königs gehandelt, wobei es völlig unerheblich war, daß die königliche Botschaft ihn nicht mehr erreicht hatte. Der Monarch würde dies nicht als Entschuldigung ansehen. Er würde argumentieren, daß Mathieu hätte wissen müssen, daß er einen Kampf nicht billigte.

»Eßt!« wiederholte Roxana ihre Aufforderung und kühlte das Tuch auf Mathieus Stirn von neuem. »Wer weiß, ob dieser Benoit de Créqui überhaupt schon wieder beim König eingetroffen ist. Vielleicht wurde er von Räubern überfallen oder von Wegelagerern massakriert, das würde alle unsere Probleme lösen ...«

»Roxana!« Léonie schüttelte den Kopf. »Es ist nicht christlich, sich so etwas zu wünschen. Das hat der Seigneur de Créqui nicht verdient. Wir werden uns beraten müssen, sobald mein Gemahl wieder gesund ist, und ich fürchte ...«

»Bis dahin werdet Ihr nur noch ein Schatten Eurer selbst sein, wenn Ihr nicht endlich etwas Vernünftiges eßt!« beharrte das junge Mädchen.

Léonie gab nach und begann zu essen. Nach den ersten beiden Löffeln hatte sie den richtigen Appetit bekommen, und sie machte sich nach der Suppe auch über das Ragout und die Apfeltörtchen her. Und als sie dann gesättigt war, merkte sie, wie Mattigkeit sie ergriff. Nun machte sich bemerkbar, daß sie in den vergangenen Nächten kaum geschlafen hatte.

Und es war ja nicht nur die körperliche Anstrengung, die an ihren Kräften zehrte. Zu all den Problemen, die sie in ihrer Ehe eh schon hatte, kam auch noch die Sorge um Mathieus Leben. Léonie hatte sich nicht gestattet zu weinen, obwohl in ihren Augen die Tränen brannten.

Eines indes hatte sie mit schwerem Herzen erkannt: Was immer Mathieu ihr antat, was immer er sagte und befahl, es änderte nichts an ihren Gefühlen für ihn. Sie liebte ihn, mit all seinen Fehlern, seinem starrsinnigen Stolz und seiner merkwürdigen Auffassung von Ehre. Sie wollte ihn nicht verlieren, sie wollte, daß er lebte!

»Warum legt Ihr Euch nicht nieder und schlaft ein paar Stunden?« schlug Roxana vor. »Ich werde währenddessen bei ihm wachen! Ihr könnt im Augenblick sowieso nichts für ihn tun.«

Das Angebot klang verführerisch. Léonie konnte kaum

noch die Augen aufhalten. Nur ein wenig ausstrecken, sich ein wenig ausruhen, dann konnte sie neue Kraft schöpfen.

»Aber wo soll ich mich denn hinlegen?« meinte sie.

Roxana deutete auf den großen Alkoven. »Dieses Bett ist breit genug für eine ganzes Dutzend Leute. Legt Euch an seine Seite, dann könnt Ihr sicher sein, daß es Euch nicht entgeht, falls sich sein Zustand verschlechtern sollte – was ich allerdings nicht glaube. Ich denke, das Fieber hat nachgelassen, und er wird vermutlich ebenso tief schlafen, wie Ihr es tut.«

Léonie war sogar zu müde, um das übliche Nachtgebet zu sprechen oder gar ein Nachtgewand anzuziehen. Sie bekreuzigte sich nur und ließ sich in ihren Kleidern auf die riesige Matratze sinken. Kaum daß ihr Kopf das Kissen berührt hatte, war sie schon eingeschlafen.

Sie merkte nicht mehr, daß Roxana ihr fürsorglich das Oberkleid und die Schuhe abstreifte, das Hemdband löste und die Haare entflocht. Dann breitete das Mädchen eine Decke über sie und löschte einige der Kerzen, um das Licht zu dämpfen.

Nachdem sie sich versichert hatte, daß Léonie es bequem hatte, wandte sie sich Mathieu zu. Sie sah sich in ihrer Einschätzung seines Zustandes bestätigt. Mathieu schwitzte nicht mehr und atmete ruhig und gleichmäßig.

Sie nahm das Tuch mit dem Kräutersud von seiner Stirn und legte es in die Schüssel zurück. Dann trat sie ans Fenster und sah hinaus in die Nacht.

Der Wind hatte sich schon gegen Mittag gelegt; die weißen Flocken fielen wie ein dichter Vorhang herab und hüllten die Burg in winterliches Schweigen. Roxana hatte sich immer noch nicht an dieses Wunder gewöhnt; die hauchzarten weißen Kristalle, die auf ihrer warmen Haut schmolzen und prickelten, wenn man ihnen das Gesicht entgegenhob, erfüllten sie jedesmal mit kindlicher Freude.

Am liebsten wäre sie hinausgelaufen in den Burghof, aber sie wollte die beiden Schlafenden nicht alleine lassen. Sie hatte ihr Wort gegeben, über sie zu wachen, und sie hielt stets ihre Versprechen.

Sie setzte sich mit angezogenen Beinen auf die Polster in der Fensternische, so daß sie ihre Aufmerksamkeit zwischen der Nacht und dem Paar aufteilen konnte. Was Léonie nur an diesem brummigen, eisenharten Krieger fand? Sie selbst hatte noch keinen liebenswerten Zug an ihm entdeckt, es sei denn, man fand übermenschliche Beherrschung und die eigensinnige Hingabe an ein kaum erreichbares Ziel bewundernswert.

Roxana setzte ihre Haube ab und fuhr sich mit allen zehn Fingern durch die dunklen Haare, die inzwischen Kinnlänge erreicht hatten. Dann schlang sie die Arme um ihre Beine und dachte über die Söhne des Falken nach.

Den Falken hatte sie geliebt, aber seine Söhne ... Mit einer Ausnahme vielleicht ... als sie an den Jüngsten dachte, stahl sich ein verträumtes Lächeln auf ihre Lippen.

Sie lehnte den Kopf zurück. Ihre Lider waren plötzlich so schwer, und ehe sie es verhindern konnte, waren ihr die Augen zugefallen.

Nur das leise Knistern des Feuers, das hinter dem breiten Kaminschirm zur Glut herabbrannte, erfüllte das stille Gemach.

»Was ...« Léonie fuhr aus ihrem Schlummer hoch, und im ersten Augenblick wußte sie nicht, was sie geweckt hatte. Sie strich sich mit einer Hand die Haare aus der Stirn und blinzelte gegen das klare Licht des Morgens, das vom Schnee verstärkt durch die Fensterflügel in das kühle Gemach fiel.

»Ihr?!«

Die Augen ihres Gemahls waren wieder klar; das Fieber schien endgültig von ihm gewichen zu sein. Mathieu d'Escoudry hatte sich auf einen Arm gestützt und hatte offensichtlich schon seit geraumer Zeit seine schlafende Gemahlin betrachtet. Ihre Wangen waren rosig überhaucht, ihre Haare waren wie ein goldfarbener Fächer auf dem Kissen ausgebreitet.

Mathieu entdeckte die Bilder wieder, die er für pure Einbildung gehalten hatte, für den Wahn eines Mannes, der Vergessen und Trost im Wein gesucht hatte.

»Ihr habt kein Fieber mehr«, sagte Léonie leise und wagte nicht, sich zu bewegen. »Schmerzt Euch die Wunde am Bein?«

»Was in Dreiteufelsnamen macht Ihr eigentlich mit Euren Haaren?« sagte er statt einer Antwort und nahm eine der goldenen Strähnen zwischen seine Finger, als müßte er sich selbst bestätigen, daß er nicht träumte und daß dies kein Trugbild war.

»Ich verstehe nicht, was Ihr meint«, erwiderte Léonie. »Ich mache nichts mit ihnen.«

»Doch, das tut Ihr wohl! Ihr versteckt sie und zerrt sie unter diese fürchterlichen Hauben! Man könnte meinen, Ihr habt eine Glatze.« Seine Stimme klang mürrisch, geradezu wütend, und Léonie fragte sich verwirrt, was ihn denn nun schon wieder so zornig gemacht haben mochte.

»Sitte und Anstand erfordern, daß eine verheiratete Frau ihr Haar hochsteckt«, verteidigte sie sich. Sie mochte es nicht, wenn er sie angriff, aber sie wurde damit immer noch besser fertig als mit diesem merkwürdigen Ausdruck, den er eben noch in den Augen gehabt hatte.

»Ich war mir sicher, ich hätte geträumt«, fuhr er fort, als hätte er nicht gehört, was sie gesagt hatte.

»Ich weiß nicht, wovon Ihr sprecht«, meinte Léonie. Doch ihr Herz klopfte so heftig, daß sie fürchtete, er würde es hören.

Doch er bemerkte nur die heftig pochende Ader an ihrem Hals, und als sein Blick tiefer glitt, dorthin, wo ihr

Hemd auseinander klaffte, sah er den Ansatz ihrer Brüste.

Wieder wurde in ihm die Erinnerung an Genüsse erweckt, die er ebenfalls für eine Illusion gehalten hatte. Für die Träume eines Betrunkenen.

»Ihr müßt Hunger haben.« Léonie versuchte, von sich abzulenken. Sie wollte aus diesem Bett heraus, wollte sich ankleiden und sich wieder züchtig bedecken. Dieser unerwarteten Nähe entkommen, die so plötzlich zwischen ihnen entstanden war. »Ich werde Euch sofort etwas zu essen holen. Ihr seid viel zu schwach, um ...«

Sie richtete sich auf, doch Mathieu drückte sie auf das Kissen zurück, hielt sie weiter an den Schultern gepackt. Vielleicht hätte Léonie sich aus seinem Griff befreien können, aber das letzte, wonach ihr im Moment der Sinn stand, war ein unwürdiges Gerangel. Merkwürdig, daß er nach der Verwundung und dem Fieber noch über solche Kräfte verfügte. Als wäre es nichts als eine lästige Erkältung gewesen, deren Folgen er abschüttelte, ehe sie noch den Schock über seine Verletzungen überwunden hatte.

»Was wollt Ihr?« rief sie und packte nach seinen Händen, um sie wegzuschieben. »Könnt Ihr nicht ...«

»Nein!« unterbrach er sie und verstärkte seinen Griff. »Nein, bei Gott, ich kann nicht.«

»Ihr tut mir weh«, murmelte Léonie. »Laßt mich los. Sie zwang sich zu einem ruhigen Ton. »Ihr seid nicht ganz bei Euch. Ihr habt eine schwere Verletzung erlitten und eben erst das Wundfieber überstanden. Ihr müßt Euch schonen. Bitte, laßt mich los!«

»Welch ein Mut!« entgegnete Mathieu. »Ihr zittert. Euer Herz flattert wie ein gefangener kleiner Vogel. Aber Ihr gebt nicht auf. Das ist eine Haltung, die ich Euch niemals zugetraut hätte. Ihr täuscht die Welt mit Euren Nonnenhauben und Eurem langweilig-braven Gehabe über Euer wahres Wesen hinweg.«

Léonie schluckte. Seine Nähe, seine Finger auf ihrer Haut, der Hauch seines Atems, der die feinen Haare an ihrer Schläfe bewegte, all das brachte sie um ihre Ruhe und Beherrschung. Aber sie durfte nicht schwach werden. Mathieu durfte nicht erfahren, wie groß die Macht war, die er über sie hatte.

»Entsinnt Euch, Ihr wart in Tinténiac ...« Erneut versuchte sie, seine Gedanken auf etwas anderes zu lenken. »Ihr habt gekämpft ...«

Aber entweder war es so, wie Omar gesagt hatte, daß der Hieb auf den Kopf sein Erinnerungsvermögen störte, oder Mathieu wollte nicht mit ihr über das sprechen, was passiert war. Jedenfalls ging er nicht auf ihre Wort ein – und unter seinem intensiven Blick vergaß sie auch ganz, was sie noch hatte sagen wollen. Sie konnte nicht anders, als ihn einfach nur ansehen.

Sie wußte nicht, wie lange sie einander angeblickt hatten. Die Zeit schien für sie beide aufgehört haben zu existieren.

Mathieu hatte sie in einem Moment erwischt, ehe sie sich mit ihren tristen Gewändern, den ordentlichen Hauben und jener ruhigen Maske wappnen konnte, mit denen sie normalerweise der Welt entgegentrat und hinter der sie ihre Gefühle und Gedanken verbarg. Nun war sie schutzlos seinen Blicken preisgegeben, zu schwach noch, um ihren Gefühlen, ihren Wünschen und Träumen ernsthaft Widerstand zu leisten. Zu leicht verführbar von der Sehnsucht nach jener Vertrautheit, die sie geteilt hatten, ehe er zu jenem schrecklichen Kampf aufgebrochen war.

Aber auch Mathieu war gleichsam schutzlos. Léonie entdeckte einen Mann, der seine Narben bisher sorgsam verborgen hatte, weil er Schwäche noch mehr verachtete als Verrat oder Feigheit. Der es nicht ertragen konnte, sich schwach zu finden und sich deshalb mit unmenschlicher Disziplin quälte.

»Warum habt Ihr Euch zu diesem unsinnigen Rachefeldzug verleiten lassen?« fragte sie leise. »Und dann noch diese Tollkühnheit, diesen Kampf zwischen Euch und Tinténiac über alles entscheiden zu lassen. Was wäre mit uns geschehen, wenn er gesiegt hätte? Keiner Eurer Brüder ist hier auf Glain, nur Eure Gemahlin und Eure Schwester ... bedeuten wir Euch so wenig, daß unsere Sicherheit Euch nicht gekümmert hat?«

»Ihr wart nie in Gefahr!« entgegnete er. »Wenn ich verloren hätte, hättet Ihr die Burg halten können, bis der König eingegriffen hätte. Jean Pernelle hatte seine Befehle. Glaubt Ihr wirklich, Glain und seine Bewohner wären mir egal? Nein, ich kenne meine Verantwortung durchaus.«

»Der König«, sagte Léonie und lachte dabei, aber es klang ganz und gar nicht fröhlich. Sie mußte Mathieu von der Botschaft erzählen. »Der König hat schon längst –«, begann sie, aber sie wurde unterbrochen.

»Oh, Ihr seid wach?«

Roxanas verschlafene Stimme brach den Bann zwischen Mathieu und Léonie.

Er gab ihre Schultern frei und sank erschöpft in seine Kissen zurück. Léonie entdeckte das Mädchen in der Fensternische, wo es sich dehnte und reckte wie eine Katze, die vor dem Feuer eingeschlafen und nun von der Köchin geweckt worden war.

Léonie schwang die Beine unter der Decke hervor und schlüpfte aus dem Bett. Ihre nackten Zehen sanken in dem weichen Teppich ein, als sie zu einer Truhe huschte, die neben der Fensternische stand, und deren Deckel zurückschlug. Für einen Augenblick sah Mathieu d'Escoudry, wie sich ihre schlanke Gestalt im Gegenlicht unter dem dünnen Hemd abzeichnete, dann verschwand Léonie mit Kopf und Schultern in einem Gewand, das dunkel und formlos an ihr nach unten glitt und sie wieder verhüllte.

Lediglich die Fülle der goldenen Haare, die auf dem

schlichten braunen Stoff lag, erinnerte daran, daß er nicht geträumt hatte. Ohne Roxana zu beachten, sah er seiner Gemahlin dabei zu, wie sie die alltäglichen Gesten ihrer Toilette vollführte, die Schlingen schloß, die Strümpfe überstreifte und ihm dabei kurz ein schlankes, wohlgeformtes Bein zeigte. Dann befestigte Léonie den Gürtel mit den Schlüsseln, dem Almosenbeutel und den anderen Insignien der Burgherrin um ihre schmale Taille und ließ sich vor dem kleinen Tischchen nieder, auf dem ihre Bürsten und Kämme lagen.

Währenddessen gab sie Roxana mit freundlicher, gelassener Stimme eine Anzahl von Befehlen, die ebenso die Bitte umfaßten, Damien de Cholet zu holen, wie eine genaue Aufzählung dessen, was Mathieu zum Frühstück bekommen sollte.

»Jean Pernelle und der Waffenmeister werden erst dann kommen, wenn mein Gemahl etwas gegessen hat und frisch verbunden ist. So, das war's fürs Erste, Roxana«, erklärte sie und schickte dann das Mädchen mit einer Handbewegung nach draußen.

Roxana, die diese praktisch-logische Seite an Léonie längst kannte, schenkte dem verblüfften Mathieu ein spitzbübisches Lächeln, setzte sich ihre Haube wieder auf und eilte dann davon. Sie fand seine Verwunderung geradezu komisch. Ihm war bisher offensichtlich noch niemals in den Sinn gekommen, daß er mit einer klugen, zupackenden Frau verheiratet war.

Léonie griff nun nach der silbernen Bürste und begann, ihre Haare zu entwirren. Eigentlich war dies die Aufgabe ihrer Zofe, aber sie hatte Roxana absichtlich nicht gebeten, nach dem Mädchen zu schicken. An diesem Morgen hätte sie keine verwunderten, neugierigen Blicke ertragen.

Es genügte, daß ihr Gemahl sie beobachtete, als hätte er sie noch nie gesehen. Es fiel ihr schwer, in alle Ruhe die gewohnten Bürstenstriche zu verrichten, aber es war immerhin eine Beschäftigung, die es ihr erlaubte, ihm den Rücken zuzuwenden und ihre nervösen Hände zu beschäftigen. Sie wagte nicht einmal, im Spiegel in seine Richtung zu schauen, und sie bürstete ihre Haare weit heftiger, als sie es normalerweise getan hätte. Mit dem ärgerlichen Ergebnis, daß die so gepflegte Pracht noch lebendiger und glänzender als sonst gegen jede Ordnung rebellierte.

Als sie die Bürste fortlegte und die eine Hälfte in den üblichen Zopf zu flechten begann, ergriff Mathieu d'Escoudry wieder das Wort.

»Nein!« befahl er. »Laßt es!«

Léonie drehte sich so abrupt um, daß der straffe, halb geflochtene Zopf aus ihren Händen glitt, und wieder auseinander sprang.

»Ich habe Euch nicht verstanden«, sagte sie mit jenem geschmeidigen Gehorsam, den sie bei ihrer Mutter und Dame Bertheline stets angewandt hatte, um den eigenen Willen schließlich doch durchzusetzen.

»Tragt Euer Haar offen, es gefällt mir so ...« sagte Mathieu. Seine Stimme klang so leise, als geniere er sich, einen solchen Wunsch zu haben.

Léonie schluckte. »Es schickt sich nicht«, antwortete sie seltsam heiser. »Eine verheiratete Frau sollte ihr Haar bedecken. Wollt Ihr, daß die Menschen in Glain über mich reden?«

Mathieu preßte die Lippen zu einem schmalen Strich zusammen. Der Schmerz tobte in seiner Wunde, und er fühlte sich so erschöpft, als hätte er die Strecke von Tinténiac nach Glain auf Händen und Füßen zurückgelegt. Was trieb ihn dazu, derartigen Unsinn zu sagen? War es nicht völlig egal, wie seine Gattin sich frisierte?

Und doch, als Léonie die strenge, weiße Haube über ihren aufgesteckten Flechten zurechtrückte und das schmucklose, braune Wollgewand vollkommen verbarg, wie wohlgeformt ihr schlanker Körper war, kam Mathieu sich vor, als sei er ungerechterweise um etwas Schönes betrogen worden.

12. Kapitel

Am Tage nach dem Dreikönigsfest verließ Mathieu d'Escoudry zum ersten Mal wieder sein Bett, und an diesem Tag ließen auch endlich die anhaltenden Schneefälle nach, die seit dem Weihnachtsfest das Land unter sich begraben hatten. Nur die Rauchfahnen, die sich über den Dächern von Burg und Dorf kräuselten, und die vereinzelten Gestalten, die sich auf dem Pfad vom Ort zur Festung durch den Schnee kämpften, bewiesen, daß auf Glain noch Leben herrschte.

In der Burg selbst hatte sich ein eigenartiger, unterschwelliger Machtwechsel angebahnt, seit der Herr durch seine Verletzungen geschwächt in der Kemenate lag. Das Gesinde, der Burgvogt, die Handwerker und der Dorfvorsteher, sie alle wandten sich an die Herrin, die ihre Tatkraft über die normale Führung des Haushalts hinaus unter Beweis gestellt hatte. Die Leute erzählten sich, daß sie sogar den Waffenmeister davon abgehalten hätte, Damien de Cholet in Schimpf und Schande zu seinen Eltern nach Hause zu schicken, weil er angeblich die Rüstung seines Herrn nicht gut genug in Ordnung gehalten hatte.

Léonie schien davon überzeugt zu sein, daß der Junge keine Schuld daran trug, daß die Riemen der Harnischplatten gerissen waren, und so verhinderte sie, daß der Knappe hart bestraft wurde. Mit dem Ergebnis, daß Damien ihr seine ganze Ergebenheit schenkte und bereit war, sich für sie in Stücke reißen zu lassen. Wann immer seine Zeit es zuließ, folgte er Léonie auf Schritt und Tritt.

Doch Léonie hoffte nur, daß der Junge nun, wo es Mathieu besser ging, genug zu tun bekam, um von seiner Schwärmerei abgelenkt zu werden. Sie war es nicht gewöhnt, so angehimmelt zu werden, und sie hatte den Verdacht, daß ihr mürrischer Gemahl derartigen Unsinn von seinem Knappen auch nicht dulden würde. Vermutlich gehörte auch Eifersucht zu den zahllosen Stacheln seines Charakters, selbst wenn sie ihm keine Veranlassung dazu gab.

An diesem Morgen war der Junge damit beschäftigt, seinem Herrn beim Ankleiden zu helfen und ihn zu stützen, als Mathieu die wenigen Schritte vom Alkoven zum Fenstersitz tat und dabei über seine eigene Schwäche hörbar mit den Zähnen knirschte. Léonie schob einen Hocker bereit, damit er das verwundete Bein hochlegen konnte, und überließ es Damien, dem Seigneur aufzuwarten, als dieser zum ersten Male sein Frühstück außerhalb des Bettes einnahm. Sie huschte hinaus, ehe ihr Gemahl sie aufhalten konnte.

Auf der Wendeltreppe zum großen Saal begegnete sie Roxana, die offensichtlich einmal mehr auf der Flucht vor Dame Reinette war. Zumindest hüpfte das Mädchen in unziemlicher Geschwindigkeit nach oben, und als sie Léonie entdeckte, stieg ihr eine verräterische Röte in die Wangen. Es gefiel ihr nicht, ertappt zu werden.

»Wieso habe ich nur das merkwürdige Gefühl, daß du soeben Dame Reinette entkommen bist, als sie dich darum bitten wollte, die neuen Leinenlaken zu säumen?« sagte Léonie aufs Geratewohl und wurde mit einer noch tieferen Röte belohnt.

»Ich hasse Näharbeiten«, erwiderte Roxana trotzig. »Warum können das nicht die Mägde tun?«

»Weil auch eine Dame von Stand über die einzelnen

Arbeiten Bescheid wissen muß, die sie anderen aufträgt«, antwortete Léonie geduldig. »Es wird dir nicht schaden, deinen unruhigen Geist zu zähmen. Komm mit mir hinunter, dann können wir uns gemeinsam ansehen, was zu tun ist ...«

Roxana stieß einen Seufzer aus, der Steine hätte erweichen können – aber nicht Léonie. Sie mochte Léonie sehr, aber es ließ sich nicht abstreiten, daß sie wesentlich mehr Freiheit genossen hatte, bevor Mathieu auf die Idee gekommen war, seine bankrotten Finanzen durch eine Ehe zu sanieren.

Doch Léonie rief im Stillen auch sich selbst zur Ordnung. Ihr ganzes Leben, ihre Gedanken und Gefühle waren durcheinandergeraten, seit Mathieu in ihrer Kemenate lag. Die Nähe, nach der sie sich vorher so sehr gesehnt hatte, jagte ihr nun fast ein wenig Angst ein.

Seit sie an jenem Morgen neben Mathieu aufgewacht war, hatte sie es vorgezogen, in Roxanas Kammer zu übernachten, doch jeden Morgen, wenn Mathieu aufwachte, fand er sie neben seinem Bett.

Und es war nicht zuletzt ihr zu verdanken, daß die Beinwunde ohne Komplikationen verheilte. Sie hatte Omars Wundsalbe durch heilende Kräuterkompressen verstärkt und dafür gesorgt, daß Mathieu gehaltvolle Nahrung zu sich nahm, die seinen Blutverlust ausglich. In ihrer ruhigen, bestimmten Art hatten weder seine Unruhe noch seine Anflüge von Melancholie sie von ihrer Entschlossenheit abbringen können. Sie überhörte seine gereizten Kommentare, ließ sich nicht von wütenden Ausbrüchen provozieren und behielt jedes Mal die Oberhand, wenn es darum ging, daß er seine Mahlzeiten aß oder einen Kräutertrank schluckte.

Wie um vor ihren eigenen Gedanken zu entfliehen, beschleunigte sie nun ihre Schritte und suchte Dame Reinette in der Wäschekammer auf, wo die Haushälterin vor den offenen Truhen stand und mit sichtlicher Befriedigung das neue Leinenzeug sortierte.

»Ah, das seid Ihr ja, Kind!« wandte sich die Haushofmeisterin Roxana zu, nachdem sie der Herrin ihre Reverenz erwiesen hatte. »Dort drüben liegt Euer Nähzeug; Ihr habt eine Menge Zeit vertrödelt.«

Von zwei Seiten bewacht, wagte Roxana nicht, ein weiteres Mal davonzuhuschen, und so kehrte sie an den Tisch zurück, vor dem sie vorhin geflohen war. Die Ballen feinsten Leinens, die zu Léonies Mitgift gehörten, waren nur zum Teil auseinandergeschnitten worden. Das übrige Tuch blieb, sorgsam mit minderen Stoffen umhüllt, für späteren Gebrauch in den Truhen. Sollte es zum Beispiel einmal Feste in Glain geben, wo riesige Platten auf Blöcke gelegt werden mußten, damit alle Platz fanden, und jedes Fleckchen Leinen zum Aufdecken benötigt wurde.

Léonie suchte sich einen Ballen mit besonders feinem Gewebe heraus und maß genügend ab, damit sie ein Hemd für Mathieu daraus nähen konnte. Sie hatte festgestellt, daß er ihre Mitgift zwar mit freudigen Händen angenommen, das wenigste davon aber für seine persönlichen Zwecke verwendet hatte. Bis auf wenige vorzeigbare Kleider herrschte in seinen Gewandtruhen gähnende Leere. Manche seiner Hemden wurden nur noch vom guten Willen zusammengehalten.

Während Léonie die einzelnen Teile zuschnitt und sorgfältig zusammenheftete, fiel kein Wort zwischen den drei so ungleichen Frauen. Jede arbeitete, in die eigenen Gedanken versunken, und keine war bereit, von sich aus eine Unterhaltung anzufangen.

Dame Reinette, die sonst so schweigsam war, war überraschenderweise die erste, die das Schweigen brach. Sie legte den Stapel Mundtücher, die mit dem Wappen der Escoudrys bestickt werden sollten, zur Seite und stemmte sich die Rechte ein wenig schwerfällig in die mollig gerundete Hüfte. »Wenn die Straßen wieder frei sind, werden auch die Neuigkeiten wieder reisen ...« begann sie.

»In der Tat.« Die junge Frau nickte. »Vielleicht findet dann auch ein fahrender Händler den Weg zu uns, denn diese Nadeln, die wir haben, sind für vernünftige Arbeit untauglich. Auch fehlt es dringend an Bändern und bunten Garnen, damit wir Borten besticken können, oder was meint Ihr? Ein paar neue Spindeln könnten auch nicht schaden.«

Dame Reinette hatte auf eine andere Antwort gehofft. Ihre kleinen Augen, die wie zwei schwarze Kirschen wirkten, glitzerten vor Neugier.

»Vielleicht könnt Ihr selbst Garne und Nadeln besorgen, Dame Léonie«, sagte sie gespielt unschuldig. »Ihr werdet doch sicher Euren Gemahl zum König begleiten, sobald er reisen kann. Wenn der Hof in Bourges oder Orleans ist, so werdet Ihr dort mehr bekommen, als jeder Hausierer in seinem Bündel anbietet.«

Léonie zog sorgsam einen dünnen Faden aus dem Stoff, um eine feine Nahtlinie zu markieren, ehe sie die beiden Teile aneinanderheftete. Erst dann bedachte sie die Haushofmeisterin mit einem abwesenden Lächeln.

»Wenn Ihr wißt, daß der Seigneur an den Hof reisen will, dann wißt Ihr an diesem Morgen mehr als ich, Dame Reinette.«

»Je nun, ich dachte nur ...«

Léonie entgegnete nichts. Sie senkte den Kopf über ihre Arbeit und blickte erst wieder auf, als Roxana aufschrie. Das Mädchen hatte sich gestochen; ein frischer Blutfleck prangte auf ihrem Tuch, was die Haushofmeisterin in sofortiges Gezeter ausbrechen ließ.

»Wascht es sofort mit kaltem Wasser aus«, wies Léonie sie an und sah dann Roxana skeptisch an. »Ich möchte wetten, du hast es mit Absicht getan!« sagte sie ihr auf den Kopf zu.

Roxana errötete und erwiderte Léonies Blick mit einer Mischung aus Mutwilligkeit und Trotz. »Ich hasse dieses Gestichel. Habe ich es Euch nicht gesagt?!«

Léonie jedoch ließ sich nicht provozieren und unterdrückte einen Seufzer. Wie sollte sie es nur schaffen, aus dieser kleinen Rebellin eine sittsame christliche Jungfer zu machen?

»Wenn dein Finger nicht mehr blutet, arbeitest du weiter«, antwortete sie schließlich und beugte sich wieder über ihren Stoff.

Sie hörte Roxanas unwilliges Schnauben und unterdrückte ein Lächeln. Was für eine schwierige, komplizierte Familie sie doch waren, diese Escoudrys.

Die Mißstimmung, die sich nach dem Zwischenspiel in der Nähstube zwischen Roxana und Léonie eingeschlichen hatte, hielt bis zum Abend an. Das Mädchen machte einen merklichen Bogen um die junge Frau, und Léonie verspürte keine Lust, den kleinen Dickkopf zu versöhnen. Roxana würde lernen müssen, ihre Launen unter Kontrolle zu halten.

Dabei litt sie selbst unter seltsamen Stimmungsschwankungen, die sie sich nicht zu erklären vermochte. Eigentlich hätte sie froh sein müssen, daß ihr Gemahl zusehends zu Kräften kam, statt dessen fühlte sie sich merkwürdig, leer und antriebslos. Mathieu würde sie bald nicht mehr nötig haben. Nur wenige Tage noch, dann würde er wieder sein einsames Kabinett neben der großen Halle beziehen, und sie, Léonie, würde wieder so einsam sein, wie sie es vorher gewesen war.

Vorher aber würde sie ihm noch die Botschaft des Königs zeigen müssen; sie hatte das Pergament in jene Truhe gelegt, die ihre kostbarsten Besitztümer enthielt. Einen Rosenkranz aus zierlichen Elfenbein- und Ebenholzperlen, einen Goldreif mit einem leuchtenden Mondstein, der dazu gedacht war, einen Schleier auf ihren Haaren zu halten, und einige kostbare Bücher, die von einem höfischen Leben berichteten, wie sie selbst es wahrscheinlich nie kennenlernen würde.

Es war nicht viel, was sie an persönlichem Besitz besaß, denn ihre Mutter hatte versucht, sie zu Bescheidenheit und Frömmigkeit zu erziehen, wie es einer künftigen Nonne ankam. In ihrem Ärger, daß Léonie die mütterlichen Pläne durchkreuzt und sich einem Mann anvermählt hatte, hatte Dame Madelon gar nicht daran gedacht, sie mit dem auszustatten, was sich für eine Edeldame ziemte. Daß sich Dame Reinette und die Zofe, die Léonie persönlich aufwartete, über diese Armut wunderten, nahm Léonie jedoch überhaupt nicht zur Kenntnis.

Léonie schalt sich, daß sie Mathieu das Pergament nicht früher gezeigt hatte. Es war an der Zeit, daß ihr Gemahl die Nachricht des Königs zur Kenntnis nahm und sich kluge Argumente überlegte. Sie jedoch würde ihm ihre Hilfe nicht anbieten, um dieses Problem zu lösen. Bisher hatte Mathieu es nämlich nicht einmal für nötig gehalten, Léonie über das zu informieren, was genau in Tinténiac passiert war. Wenn er der Meinung war, er brauchte seine Sorgen nicht mit ihr zu teilen, wenn er glaubte, er brauchte keinen Rat von ihr, dann konnte er sich auch allein den Kopf zerbrechen!

Und so kam es, daß Mathieu d'Escoudry an diesem Abend Besuch erhielt, nachdem sein Page das Tablett mit den Resten der Abendmahlzeit aus der Kemenate geholt hatte. Es war wenig genug, was dem Pagen zum Naschen blieb, denn die sorgfältig zusammengestellten Mahlzeiten des Seigneur wurden getrennt vom übrigen Essen zubereitet und von der Dame des Hauses selbst überwacht und manchmal sogar gekocht. Damien war bereit zu schwören, daß er noch nie ein so zartes und wunderbar gefülltes Täubchen gekostet hatte, von dem schneeig süßen Weinschaumdessert ganz zu schweigen.

»Wenn Ihr mir für einen Augenblick Euer Ohr schenken würdet«, begann Léonie und trat zu einer versilberten Truhe, die in einem der Schauschränke stand. Als sie den Deckel wieder schloß, hielt sie ein mehrfach gefaltetes Pergament in der Hand, dessen baumelndes Siegel in unheilvollem Purpurrot glänzte. Obwohl er noch nicht viele königliche Siegel gesehen hatte, wußte Mathieu sofort, worum es sich handelte. Die tiefen Furchen, die Krankheit und Sorgen um seine Stirn gezeichnet hatten, verstärkten sich, und er preßte die Lippen aufeinander.

»Dies kam am Tag Eurer Heimkehr nach Glain«, erklärte sie und legte ihm das Pergament in die ausgestreckte Hand. »Verzeiht, daß ich es geöffnet habe, aber es erschien mir notwendig, um herauszufinden, ob man Euch einen Boten nachsenden müsse oder nicht.«

Der Seigneur d'Escoudry ertappte sich dabei, daß er diese Botschaft am liebsten einfach in den Kamin geworfen hätte. Ohne sie gelesen zu haben, ahnte er, daß sie nichts Gutes enthielt. Rogier hatte ihm den jungen König als ehrgeizig und störrisch beschrieben. Ein Prinz, der seine neue Macht ehrgeizig an sich gerissen hatte, aber nicht klug genug war, um die subtilen Machenschaften seines königlichen Onkels zu durchschauen, und zur Zeit noch Wachs in den Händen der königlichen Ratgeber war, die seinem verstorbenen Vater zur Seite gestanden hatten, obwohl er dagegen zu opponieren versuchte.

Und dann gab es neben Karl von Anjou auch noch die Königinmutter Margarete von der Provence, die heimlich davon träumte, neben ihrem Sohne die politische Rolle zu spielen, die Blanca von Kastilien bei ihrem verstorbenen Sohn Ludwig inne gehabt hatte. Eine Königinmutter, die das fromme Andenken ihres verstorbenen Gatten ebenso eifersüchtig hütete, wie sie den eigenen Sohn gegen seinen Onkel aufzustacheln versuchte.

»Laßt sehen«, murmelte Mathieu und faltete das

schwere Pergament auseinander. Er vertiefte sich schweigend in das königliche Schreiben, und Léonie, die auf einem gepolsterten Stuhl neben dem Kamin Platz genommen hatte, wartete geduldig ab, bis er das Wort ergriff.

Sie beobachtete ihn unter halb gesenkten Lidern; Sehnsucht brannte in ihrem Blick. Mathieu sah inzwischen besser aus, war aber immer noch blaß und geschwächt. Er wirkte älter, als es seinen Jahren entsprach, und von einem eigenartigen Kummer niedergedrückt, der nichts mit seinen Verletzungen zu tun hatte. In schlichtes Braun gekleidet, das nur von dem schmalen weißen Leinenkragen des Hemdes aufgelockert wurde, das er unter seinem Wams trug, glich er in diesem Moment eher einem ordentlichen Schulmeister als dem strahlenden Ritter aus Léonies sehnsüchtigen Träumen.

Endlich ließ er das königliche Schreiben sinken und faltete es mit einem tiefen Seufzer wieder zusammen. Das leise Rascheln klang in Léonies Ohren überlaut, und sie verschränkte ihre Hände im Schoß. Sie sah, wie Mathieu sich ratlos durch die Haare fuhr, die ihm inzwischen fast bis auf die Schultern fielen.

»Es ist zu spät, das zu tun, was der König Euch befohlen hat«, hörte Mathieu seine Gemahlin leise sagen. »Was wollt Ihr tun? Euch der Gerechtigkeit des Königs unterstellen?«

»Ich?« Mathieu fuhr auf, als habe er sich aus Versehen in einen Bienenstock gesetzt. »Seid Ihr toll? Ich bin angegriffen worden! Wenn, dann muß die königliche Gerechtigkeit den Seigneur von Tinténiac mit voller Wucht treffen und nicht mich!«

»Dem seid Ihr ja wohl zuvorgekommen, indem ihr den Seigneur aller irdischen Rechtssprechung entzogen habt«, meinte Léonie trocken. »Ein Toter ist ein Argument, dem man nur schwer widersprechen kann!«

»Und der Überfall auf meine Männer?« fuhr der Seigneur d'Escoudry auf.

»Wollt Ihr mir weismachen, daß Ihr nicht wißt, welch ein Unterschied zwischen zehn toten Gemeinen und einem toten Seigneur besteht?« entgegnete die junge Frau, ohne den Blick von ihren Händen zu heben.

»Bei Gott!« Mathieu d'Escoudrys Stimme klang unwirsch und knurrig. »So weit bin ich schon gekommen, daß ich solche Dinge mit einer Frau bespreche!«

»Würdet Ihr lieber mit Jean Pernelle oder mit Damien reden?« Léonie erhob sich und schritt zur Tür, wobei sie hoffte, daß er sie aufhalten würde.

»Bleibt!« rief er in letzter Minute, und Léonie ließ den Türknauf wieder los.

Sie zwang sich zur Gelassenheit, aber in ihrer nächsten Frage schwang dennoch eine gehörige Portion Ungeduld und Zorn mit. »Wozu denkt Ihr, habt Ihr eine Frau genommen, wenn nicht um auch die Probleme dieses Hauses mit ihr zu besprechen?«

Mathieu gab ein neuerliches Brummen von sich.

»Mein Vater hat so etwas nie getan«, sagte er schließlich unwillig, als ihn ihr Schweigen nervös zu machen begann. »Schon in der Bibel steht geschrieben, daß das Weib sich dem Manne unterordnet, wie sich's gebührt vor dem Herrn.«

Léonie unterdrückte einen Widerspruch, aber sie hatte unter dem eisernen Regiment ihrer Mutter und Dame Berthelines eine stoische Beherrschung gelernt, die ihr nun zugute kam.

»In der Bibel steht auch geschrieben, daß eine kluge Ehefrau die Krone eines Mannes ist«, hielt sie Mathieu vor.

»Ihr überrascht mich.« Verblüfft stellte Mathieu fest, daß er am liebsten gelacht hätte. War es möglich, daß Léonie ihn amüsierte? »Und was rät mir in diesem besonderen Falle die Klugheit meines Weibes?«

Léonie reckte das Kinn vor. »Gebt dem König eine lückenlose Schilderung der Ereignisse, aber schickt diese Botschaft nicht an ihn direkt, sondern an Rogier. Bittet ihn, dafür zu sorgen, daß der König sie unbeeinflußt von anderen liest und sich seine eigene Meinung bilden kann, ehe er von anderen davon erfährt. Je eher Ihr das tut, um so besser wird es sein. Er wird es schätzen, daß Ihr seinem Urteil vertraut und weder seine Mutter noch seinen Onkel einzuschalten trachtet.«

Mathieu betrachtete seine Gattin, die mit ihren Worten nicht nur gesunden Menschenverstand bewies, sondern auch, daß sie über die Verhältnisse bei Hof bestens Bescheid wußte.

»Ich werde darüber nachdenken«, versprach er, obwohl er bereits wußte, daß er ihren Rat befolgen würde – obwohl ihn das irgendwie ärgerte. Wie kam sie dazu, sich in seine Angelegenheiten zu mischen und auch noch so kluge Ratschläge zu erteilen?

Deshalb sagte er barscher, als er es eigentlich wollte: »Ansonsten wäre ich Euch jedoch dankbar, wenn Ihr Euch wieder um die Angelegenheiten des Hauses kümmern würdet, wie es die Aufgabe einer Ehefrau ist.«

Es war weniger der Inhalt seiner Worte als der herablassende, arrogante Ton, der Léonie dieses Mal um ihre sonst so standhafte Beherrschung brachte.

»Wie Ihr befehlt«, erwiderte sie spöttisch und erinnerte sich plötzlich wieder an den demütigenden Abschied, den er ihr bereitet hatte, als er nach Tinténiac ritt. »Vielleicht wäre es ganz nützlich, wenn Ihr mir die Angelegenheiten des Hauses erklären würdet, damit ich nicht erneut den Fehler begehe, mir Euer Mißfallen zuzuziehen.«

»Ihr seid wütend«, stellte er so verblüfft fest, als wären ihr plötzlich zwei Köpfe und vier Beine gewachsen. »Weshalb eigentlich? Ich verlange doch nichts Ungebührliches von Euch ...«

Léonies Zorn sank wie ein Strohfeuer in sich zusammen. Zurück blieb nur Traurigkeit. Das Gefühl, elendiglich versagt zu haben.

»Ihr verlangt überhaupt nichts von mir«, flüsterte sie. »Nicht einmal das, was gemeinhin als das Wichtigste in einer Ehe gilt. Einen Erben. Weshalb verweigert Ihr mir meine Kinder?«

Sie hob endlich den Blick und fixierte die grünen, steinernen Augen, unter deren Blick sie sich fühlte, als hätte sie gerade ein Sakrileg begangen.

»Weil es nicht in meiner Macht liegt, Euch dies zu geben«, entgegnete Mathieu d'Escoudry, und daran, wie angespannt sein Gesicht plötzlich wirkte, konnte sie erkennen, wieviel ihn diese Worte kosteten, daß er sich zwingen mußte, ihr diese Antwort zu geben, die er lieber verweigert hätte: »Ich kann keine Kinder zeugen!«

»Nein!«

Léonie schlug sich die Hand einen Augenblick zu spät vor den Mund. Doch dieses Wort hatte sich wie von selbst von ihren Lippen gelöst.

Mathieu sah, wie sie leichenblaß wurde, wie sie schwankte, als hätte er sie geschlagen. Der dichte Vorhang ihrer Wimpern senkte sich und verbarg ihm den Ausdruck ihrer Augen.

»Es tut mir leid«, hörte er sich selbst kalt sagen. »Man munkelte, Ihr hättet noch keinen Gemahl, weil Eure Mutter Angst hätte, Ihr könntet im Kindbett sterben, und so nahm ich an, daß dies ein Abkommen in unser beider Sinn sein könnte. Seid Ihr auf Glain denn nicht zufrieden?«

»In unser beider Sinn«, wiederholte Léonie, als könnte sie diese Worte so besser begreifen. Dieser Mann bot ihr ein Leben ohne Wärme, Liebe, Zuneigung und Fröhlichkeit und hatte auch noch die Stirn, so zu tun, als sollte sie deswegen dankbar sein! »Bei Gott, gibt es nichts, was Ihr liebt?«

»Ich bin Glain und unserer Familie verpflichtet«, erwiderte Mathieu d'Escoudry kühl und abweisend. »Es ist meine Aufgabe, den Namen und den Glanz unserer Familie wiederherzustellen. Dafür gebe ich meine Kraft und mein Leben!«

Etwas in seinen Worten ließ Léonie plötzlich Mitleid empfinden, erstickte ihren Haß und ihre Wut und brachte wieder Klarheit in ihre Gedanken. Sie sah ihn nun mit ganz anderen Augen an.

Sie erkannte die Linien der selbstzerstörerischen Verachtung in seinen Mundwinkeln. Die ungewöhnliche Härte seiner Handlungen bekam einen Grund und auch die Kälte, mit der er sich wie mit einer Mauer umgab. Dieser Mann verbannte sich selbst in eine verzweifelte Einsamkeit, weil er sich für unvollkommen hielt. Weil er annahm, nicht dem Bild zu entsprechen, das der Erbe des Falken bieten sollte. Weil er sich selbst die Schuld an etwas gab, was niemals seine Schuld sein konnte. Soviel wagte sie blind zu sagen.

Mathieu d'Escoudry lebte nur für seinen Stolz und seine Ehre. Jedes andere, wärmere Gefühl hatte er aus seinem Dasein vertrieben, da er wohl schon in jungen Jahren zu der Einsicht gekommen sein mußte, daß er einer Frau ohnehin keine Liebe und Erfüllung schenken konnte. Weil er sich in falsch verstandenem männlichen Stolz für mangelhaft hielt.

Ohne sich selbst der Gründe bewußt zu sein, trat Léonie auf diesen harten Mann zu. Sie hätte nicht zu sagen gewußt, was sie dazu trieb. Ihre Hand hob sich wie von selbst. Sanft strich sie über die tief eingegrabenen Linien des Leids, die sich in seinem Gesicht eingegraben hatten, dann berührte sie seine Lippen.

»Dann laßt mich die Güte und die Wärme in diesem Leben sein, mein Seigneur«, sagte sie leise. »Laßt mich die Liebe sein, die nichts von Euch fordert, die nichts will und alles gibt. Ihr müßt nicht gegen mich kämpfen. Ihr müßt mir nichts geben.«

Mathieu konnte sich nicht rühren. Er stand wie erstarrt unter der Zärtlichkeit, die sie ihm zeigte. Es kam ihm vor, als webte Léonie damit ein Band um sie beide, das ihn rettungslos an sie fesselte.

»Pst!« murmelte sie und schmiegte sich an ihn, so daß er die weichen, weiblichen Konturen ihres Körpers spüren konnte. »Sagt nichts. Manchmal ist es besser zu schweigen.«

Und zu seiner eigenen Verblüffung schwieg Mathieu tatsächlich. Er sagte nicht einmal etwas, als sie sich behutsam von ihm löste und den Raum verließ. Innerhalb weniger Minuten war es ihr gelungen, ihn in ein völliges Chaos der Gefühle zu stürzen.

13. Kapitel

Noch einmal schaute Léonie sich in der Halle um. Die drei Kerzen in dem Leuchter, den sie trug, warfen ihren flackernden Schatten über die Mauern. Die große Tafel, die im Augenblick nicht benutzt wurde, stand als schwerer dunkler Schatten auf der Estrade. Vor dem Kamin war der schützende Schild aufgerichtet worden, damit kein verirrter Funke in der Nacht die Binsenstreu in Brand setzen konnte. In dieser Jahreszeit war es ratsam, das Feuer nicht ausgehen zu lassen, aber die Gefahr eines Brandes durfte ebenfalls nie unterschätzt werden.

Die Hunde hatten sich zwischen Kamin und dem Gang zur Küche im Stroh aneinandergedrückt und schliefen; aus der Ferne hörte Léonie das Kichern der letzten Mägde, die zum Gesindehaus hinüber liefen. Dame Reinette und ihr Gatte hatten sich bereits vor geraumer Zeit in ihre privaten Gemächer zurückgezogen, und auch der Wachwechsel auf dem Wehrgang war längst vollzogen.

Trotzdem konnte sich Léonie nicht entschließen, zu Bett zu gehen. Sie stand in der Halle, die trotz des Winters nach Sommer und Sonne roch, seit man auf ihre Anweisung hin getrocknete Kräuter unter die Binsen mischte, ehe man die wärmende Schicht auf den Steinboden legte. Kaum noch hörte man irgendwo Mäuse rascheln, denn die stattliche Anzahl jagdlustiger Katzen hatte dem lästigen Getier fast den Garaus gemacht.

Sie hörte nur ihre eigenen Schritte, als sie sich zur Wendeltreppe wandte, noch immer unsicher, ob sie die eigene Kemenate oder Roxanas Kammer aufsuchen sollte. Die Aussicht, einer immer noch schmollenden Roxana gegenüberzutreten, lockte sie ebensowenig wie die Möglichkeit, sich für die Nacht in das einsame Arbeitskabinett ihres Gemahls zurückzuziehen. Was suchte sie? Nach einer Ausrede, im eigenen Bett zu schlafen? Hatte sie Angst vor den Konsequenzen ihrer eigenen Handlungen?

»Plötzlich so feige, Léonie d'Escoudry?« verspottete sie sich selbst.

Seit sie vor zwei Stunden ihre Kemenate verlassen hatte, hatte eine eigenartige Scheu sie davon abgehalten, zu Mathieu zurückzukehren. Sie hatte ihrem Herzen erlaubt, die Vernunft zu besiegen, und ihre Zunge nicht im Zaum gehalten. Merkwürdigerweise hatte Mathieu sie nicht mit Spott überschüttet, aber vielleicht hatte ihr Verhalten ihm ja die Sprache verschlagen.

Aber war es denn wirklich nur dumm gewesen, Mitgefühl und Liebe zu zeigen? Nun, wo sie endlich die Erklärung für sein Verhalten gefunden hatte. Aber die Sicherheit, die Léonie vorhin empfunden hatte, war inzwischen wieder quälenden Zweifeln und der Angst, sich lächerlich zu machen, gewichen.

Doch weder Zweifel noch Angst änderten etwas an ihrer Liebe. Auch nicht an dem Wunsch, diesen Mann in die Arme zu nehmen und seinen tiefsitzenden Kummer zu lindern. Ihm Zuneigung zu schenken, die weder forderte noch befahl. Ihm all die Liebe zu geben, deren sie fähig war.

Léonie raffte mit der freien Hand ihre Röcke und lief so hastig die steinerne Treppe hinauf, daß eine der Kerzen im Zugwind flackerte und schließlich erlosch. Mit einem tiefen Atemzug stieß sie die Tür zu ihrer Kemenate auf und betrat sie mit einer Gelassenheit, die sie keineswegs empfand.

Mathieu d'Escoudry saß in einem fellgefütterten Hausmantel in der Fensternische und las einmal mehr den Brief des Königs. Er sah stirnrunzelnd auf, als seine Gattin hereinkam, aber er sagte kein Wort, als sie den Leuchter auf den Tisch stellte und die dritte Kerze wieder entfachte. Dann ließ sie sich auf dem gepolsterten Taburett vor dem Spiegeltisch nieder und begann, die Nadeln aus ihrer steifen Haube zu ziehen.

Eine nach der anderen legte sie sie in eine silberne Schale und löste endlich das steife, weiße Kinnband, das ihr Gesicht einrahmte. Ein schmaler roter Streifen blieb auf ihrer Haut sichtbar, dort, wo das Band eingeschnitten hatte. Weitere Nadeln aus den hochgesteckten Zöpfen folgten in die Silberschale, dann entwirrte sie die Strähnen erst mal mit den Händen, bevor sie sie sorgsam zu bürsten begann.

Der Mann in der Fensternische hatte das Pergament sinken lassen und sah ihr zu. Die Magie der Verwandlung von der keuschen Nonne zur verführerischen Fee nahm ihn wieder einmal gefangen.

Dann legte sie die Bürste fort und begann, die Schnüre

ihres Gewandes zu lösen. Langsam, ohne Hast, aber mit einem leisen Zittern der Finger, das ihm nicht verborgen blieb. Sie streifte das Obergewand über die Schultern und löste den breiten Gürtel mit den Schlüsseln und Utensilien, den sie darüber trug. Die wärmenden Unterröcke folgten sowie das enger anliegende Untergewand, das gegen die Kälte des Januartages noch zusätzlich gefüttert war. Nützliche, wenn auch nicht sonderlich verführerische Gewänder.

Unter all dem jedoch trug sie ein hauchdünnes, elfenbeinfarbenes Hemd, das einen Hang zum Luxus verriet, der nicht zu ihrer üblichen Kleidung paßte. Als Léonie sich über die Waschschüssel beugte und sich das Gesicht und die Hände wusch, nachdem sie aus einem Flakon ein paar Tropfen hineingegossen hatte, konnte Mathieu durch den hauchdünnen Stoff die Konturen ihres verlockenden Körpers sehen. Ein feines Aroma nach Frühling und frischem Gras erfüllte plötzlich das Gemach und ließ den Winter draußen vor den Fenstern in Vergessenheit geraten.

Léonie zwang sich, die üblichen abendlichen Verrichtungen durchzuführen, ohne sich ihre Verlegenheit anmerken zu lassen. Sie war sich der Tatsache bewußt, daß Mathieu sie keine Sekunde aus den Augen ließ und sie dabei beobachtete, wie sie ihre Kleider ausschüttelte und sie ordentlich über die Truhen legte, ehe sie die Decken im Bett zurückschlug.

»Kommt Ihr zu Bett oder soll ich die Kerzen brennen lassen?« fragte sie ruhig und versuchte, seinem Falkenblick gelassen standzuhalten. Noch hatte er kein Wort mit ihr gesprochen, und als sie ihn neugierig anschaute, konnte sie ihm nicht ansehen, was er dachte.

Er ließ sich solange Zeit mit seiner Antwort, daß Léonie unwillkürlich zusammenzuckte und die Bänder ihres Hemdes, die sie eben hatte lösen wollen, wieder zusammenknotete, als er erwiderte: »Ich komme zu Bett.«

Verlegen beugte sie sich vor, um die Kerzen auf dem Tisch zu löschen. Jetzt brannte nur noch der Leuchter am Fenster, und die Glut im Kamin warf rötlich flackernde Schatten über den Teppich und die zurückgehaltenen Samtvorhänge des großen Bettes.

Léonie konnte schließlich den Bänder-Wirrwarr lösen und streifte das Hemd über ihren Kopf. Für einen Augenblick stand sie wie eine blasse, vollendete Marmorstatue vor den dunklen Vorhängen. Das Werk eines göttlichen Bildhauers in lebendiger Vollkommenheit, schoß es Mathieu durch den Kopf. Doch dann schlüpfte sie schnell unter die Pelzdecken des Bettes und versuchte, das Zittern zu unterdrücken, das sowohl die kühle Luft als auch seine Blicke verursacht hatten.

Es war eine Sache, nackt zu schlafen, wie es alle taten, und eine andere, bloß wie am jüngsten Tag vor den Augen dieses Mannes in sein Bett zu schlüpfen. Sie hatte so etwas noch nie getan, aber das konnte sie nicht abhalten. Sie mußte ihm gefallen haben, als er sie in jener Nacht geliebt hatte, vielleicht war die Erinnerung daran noch nicht ganz in ihm erloschen. Sie selbst jedenfalls würde nichts von dem vergessen, was in jener Nacht passiert war. Niemals.

Mathieu d'Escoudry jedoch zeigte keine Gefühlsregung. Er saß in der Fensternische, und wäre da nicht das Pergament des Königs gewesen, das nun auf den Boden flatterte, weil es ihm aus den Fingern gerutscht war, so hätte Léonie meinen können, es sei kein Leben in seiner Gestalt.

Sie zwang sich, die Augen zu schließen und ruhig und gleichmäßig zu atmen. Das Schweigen im Raum schien fast greifbar zu sein. Sie versuchte sich vorzustellen, was in Mathieu vorging. Warum rührte er sich nicht? Warum sagte er nichts mehr? Hatte er etwa schon wieder seine Meinung geändert?

Dann hörte sie Stoff rascheln, hörte die ein wenig unbeholfenen Schritte, denn es bereitete ihm noch Schmerzen, das verwundete Bein zu belasten. Damien hatte ihm während des Tages seine Schulter als Stütze geboten, aber nun mußte Mathieu allein die wenigen Meter durchmessen. Der dumpfe Laut von Eisen auf Holz verriet, daß er den Leuchter abgestellt hatte, dann bewegte sich die Matratze auf der anderen Seite des Alkovens. Der Lufthauch, der Léonies Wangen traf, verriet ihr, daß er die Vorhänge um das Bett schloß bis auf jenen zum Kamin hin, damit die Wärme nicht ausgesperrt wurde.

Léonie öffnete vorsichtig die Lider und sah, daß das Gemach nur noch von dem rötlichen Widerschein des Feuers erleuchtet wurde, doch der Schein langte, daß sie das herrische Falkenprofil neben ihr auf dem Kissen erkennen konnte. Nun lag sie also neben ihm im Bett, und weder war er betrunken noch so schwer verwundet, daß man nur noch für ihn beten konnte.

Deutlich spürte sie die Anspannung, die ihn umfing. War es möglich, daß er diesmal tatsächlich nicht wußte, was er tun sollte? Daß er Skrupel hatte und nicht wagte, den ersten Schritt zu tun? Daß es ihr gelungen war, eine Bresche in seine Verteidigung aus Stolz und Abwehr zu schlagen?

In plötzlicher Ungeduld brachte es Léonie nicht länger fertig, weiter still und schweigend neben ihm liegenzubleiben. Dies war doch kein Duell, das sie mit ihm austragen wollte! Sie stützte sich auf den rechten Ellbogen und sah zu Mathieu hinüber, mit einer Hand die Haare zurückhaltend, die ihr immer wieder in die Stirn fielen.

Sie bot Mathieu das Bild einer sanften, vom Feuerschein beleuchteten Schönheit, die in nichts dem farblosen Geschöpf glich, das er im vergangenen Herbst geheiratet hatte. Der stummen Braut, deren einziger Reiz die Goldstücke ihrer Mitgift gewesen waren. In diesem Moment erschien ihm das lebendige Gold ihrer Haare bei weitem verführerischer und kostbarer als alle Reichtümer der Welt. Trotzdem war da ein Rest Widerstreben in ihm, eine Beherrschung, die er über Jahre hinweg kultiviert hatte und die nur sinnlose Wut oder die entsprechende Menge Alkohol zerstören konnte.

»Macht es Euch Spaß, wie eine Dirne in mein Bett zu kommen?« Absichtlich versuchte er sie zu beleidigen, in der Hoffnung, daß sie ihn von der Versuchung erlöste, indem sie sich zurückzog. Als wohlerzogene junge Frau würde sie sich solche groben Worte nicht gefallen lassen.

Léonie jedoch lächelte nur ein bißchen traurig. Es tat ihr weh, was er sagte, aber nicht, weil sie sich dadurch beleidigt fühlte, sondern weil er so wild entschlossen zu sein schien, jede freundliche Regung seines Herzens zu unterdrücken. Weil er es für Schwäche hielt, auch nur irgendeinem Verlangen nachzugeben.

»Gab es denn keinen Menschen in Eurem Leben, bei dem Ihr nicht stolz und männlich und hart sein mußtet?« fragte sie sanft. »Wenigstens Eure Mutter oder Eure Amme muß Euch doch in den Arm genommen und getröstet haben, wenn der kleine Junge, der Ihr einmal wart, Kummer hatte?«

»Mein Vater war der erste Ritter des Königs – denkt Ihr, ich hätte einen anderen Wunsch gehabt, außer ihm nachzueifern? Der Edelmann zu werden, den er sich als Erben und Sohn wünschte, der Erste unter den Brüdern und der Erste ...« Obwohl er sich unterbrach, konnte Léonie unschwer den Satz für sich vervollständigen.

Und der erste im Herzen dieses bewunderten Vaters, der wie ein Fixstern im Leben seiner Söhne auftauchte, um dann wieder in den nächsten Feldzug oder ins Heilige Land zu verschwinden, um an der Seite seines Königs zu kämpfen, ergänzte Léonie.

»Sobald Ihr auch nur mit einem Wort preisgebt, was Ihr denkt und empfindet, bereut ihr es sofort und wollt es wieder zurücknehmen«, stellte sie schließlich fest. »Ich bin nicht Euer Feind, habt Ihr das immer noch nicht begriffen? Wir haben uns vor Gott lebenslange Treue geschworen, daß wir in guten wie in schlechten Zeiten zusammenhalten. Warum weist Ihr mich ab?«

»Bei Gott, das tu' ich nicht!« fuhr Mathieu auf und packte sie so fest an den Schultern, daß sie fast auf ihn rollte. Seine Lippen schlossen sich um ihren Mund, wild und sehnsüchtig. Das jähe Feuer, das dieser Kuß in ihr aufflackern ließ, schien ihren ganzen Körper zu verzehren.

»Hexe!« sagte er aufstöhnend und warf sich herum, so daß Léonie unter ihm zu liegen kam. Erst in diesem Moment spürte sie, daß er ebenfalls kein Nachtgewand trug. Sie fühlte seine heiße Haut an ihrer, spürte seinen harten Körper an ihrem weichen.

Léonie hätte ohnehin nicht die Absicht gehabt, sich Mathieu zu widersetzen, aber die Tatsache, daß sie sowieso nicht in der Lage dazu gewesen wäre, erschütterte sie dennoch. Ihr Körper hungerte geradezu nach Mathieu, nach seiner Zärtlichkeit, seinen Liebkosungen, nach der Erfüllung, die nur er ihr schenken konnte.

Ein rauhes Stöhnen kam über ihre Lippen, als Mathieu die Hände um ihre Brüste schloß und er die Spitzen liebkoste, die hart geworden waren und sich aufgerichtet hatten.

»Welch süßen, verführerischen Leib Ihr doch unter Euren braven Nonnengewändern verbergt«, flüsterte Mathieu und küßte sie in die Mulde dort, wo Hals und Schultern aufeinandertrafen. »Bei Gott, noch keine Frau hat mich ein solches Begehren empfinden lassen. Hast du mich verzaubert? Du läßt mich die Kontrolle über mich selbst verlieren ...«

Dieses unwillige Eingeständnis zauberte ein zärtliches Lächeln auf Léonies Lippen. Nun gut, wenn sie imstande war, diesen stählernen Krieger mit ihrer Liebe zu verzaubern, so sollte es ein Zauber sein, aus dem er sich niemals mehr würde lösen können. Sie fuhr ihm durch die Haare und zog dann seinen Kopf zu einem leidenschaftlichen Kuß zu sich herab.

Mathieu spürte ihre Bereitwilligkeit, sich seiner Leidenschaft zu unterwerfen. Eine Mischung aus Triumph und Ärger durchströmte ihn. Warum war sie so arglos und vertrauensvoll? Weshalb kannte sie keine Angst, keine Scheu und kein kokettes Zurückweichen? Begriff sie eigentlich, daß er von ihr nahm, ohne ihr etwas zurückzugeben?

Zärtlich streichelte Léonie seinen Nacken, ließ ihre Hand über seinen Rücken wandern und hinunter zu seinem Po. Unter ihrer wilden, ungestümen Zärtlichkeit schmolzen seine letzten Bedenken dahin. Was blieb, war das brennende, unermeßliche Verlangen, sie zu besitzen. Die Sehnsucht, das Feuer zu löschen, das sie in ihm entfacht hatte.

Léonie öffnete sich bereitwillig seiner liebkosenden Hand; sie stöhnte heiser unter seinen intimen Zärtlichkeiten auf. Sie flüsterte seinen Namen, wand sich unter seinen Berührungen und Mathieu begriff, daß die Wonnen, an die er sich erinnerte, nicht nur seiner Einbildung entstammten. Und daß er dabei war, noch einmal das Paradies zu betreten.

Ein scharfer Schmerz schoß durch seine kaum verheilte Wunde, als er sich bereit machte, in Léonie einzudringen, aber er achtete nicht darauf. Er hatte gelernt, Schmerzen zu ertragen, und nichts auf der Welt würde ihn davon abhalten, diese wunderschöne, verführerische Frau zu lieben.

Léonie schrie auf, als sie ihn endlich in sich spürte, und drängte sich ihm voller Verlangen entgegen. Es war so schön, ihn so zu fühlen, erst zusammen mit ihm fühlte sie sich wirklich lebendig und vollkommen.

Mathieus Bewegungen wurden heftiger und schneller,

und es dauerte nicht lange, bis Léonie in der Woge der Gefühle, die sie überschwemmten, zu ertrinken drohte. Sie flehte Mathieu an, ihr endlich Erfüllung zu schenken, und sie schrie auf, als sie den Gipfel der Lust erreichte, gemeinsam mit Mathieu.

Niemals, solange er denken konnte, hatte er bei einer Frau derartige Erfüllung gefunden. Niemals hatte er auch nur geahnt, daß er zu solchen Gefühlen fähig war. Zum ersten Mal bekam er eine Ahnung davon, wie das Glück sein mochte.

14. Kapitel

Léonie spürte eine sanfte Berührung. Ein feuchtes Tuch wurde über ihre schweißfeuchte Stirn gelegt und kühlte die pochenden Schläfen, ehe es über ihren Hals und die Brüste glitt und eine Spur von Frische und Frühling auf ihrer Haut hinterließ. Bertheline hatte sie so sanft abgerieben, als sie noch ein Kind war. Aber die Stimme, die sie nun hörte, gehörte wahrlich nicht ihrer alten Kinderfrau.

»Bei Gott, was ist es, was Ihr in dieses Waschwasser tut, Frau?« knurrte er, doch Léonie wußte, daß seine Brummigkeit nur gespielt war.

Léonie hielt die Augen absichtlich weiter geschlossen, doch ein feines Lächeln legte sich um ihre Mundwinkel und zauberte in jede ihrer Wangen ein hinreißendes Grübchen.

»Es ist ein Destillat aus Waldmeister und Frühlingsblumen, mein Herr«, antwortete sie sanft. »Es erfrischt, findet ihr nicht auch?«

»Woher soll ich das wissen?« erwiderte er und warf das

Tuch, das er ausgewrungen hatte, unwillig in die Waschschüssel. Léonie hatte ihn zu Tode erschreckt, als sie so still dagelegen hatte, genau wie es ihn erschreckte, daß er Angst um eine Frau verspürte, für die er niemals etwas hatte empfinden wollen.

»Hauptsache, Ihr kommt endlich wieder zu Euch. Ihr habt mir einen gewaltigen Schrecken eingejagt, als Ihr plötzlich so still lagt. Habe ich Euch weh getan, petite?«

Er merkte gar nicht, daß er sich durch seine Worte und seinen Tonfall verriet. Léonie schlug die Augen auf und lächelte ihn an wie eine satte, zufriedene Katze, die gerade den Sahnetopf ausgeleckt hat. »Ihr habt mir nicht weh getan, im Gegenteil, Ihr habt mich sehr glücklich gemacht. Habt Ihr das nicht gemerkt?«

Mathieu wandte sich ab und ließ sich in die Kissen zurücksinken. Ihre Antwort schmeichelte ihm mehr, als er es zugeben wollte.

Doch auch er fühlte sich anders als die anderen Male, wenn er eine Frau besessen hatte. Nie hatte er mehr empfunden als körperliche Erleichterung. Niemals hatte er eine solche Erfüllung gefunden, niemals so sehr die Kontrolle über sich verloren. Und er wußte nicht, ob ihm das gefallen oder ihm Angst machen sollte.

Er wagte nicht, Léonie anzusehen, aber er spürte an der Bewegung der Matratze, daß sie aufgestanden war. Dann hörte er das leise Plätschern des Wassers, hörte, wie sie zu ihm zurückkehrte. Nun erwies sie ihm den gleichen Dienst, wie er ihn ihr eben erwiesen hatte. Der frische Duft des Waldmeisters umfing ihn, und das kühle Wasser verdunstete wie eine Frühlingsbrise auf seiner Stirn, seinen Wangen, seinen Schultern. Er vergaß zu denken und gab sich ganz der erfrischenden Massage hin. Er konnte sich nicht entsinnen, wann er jemals soviel Wohlbehagen empfunden hatte.

Im Kamin zerbarst mit lautem Knacken ein Scheit, und

dieses Geräusch zerriß den Schleier aus entspanntem Wohlbefinden, der ihn eingelullt hatte. Bei Gott, was machte sie mit ihm? Sein Arm schoß hoch, seine Hand umfing ihr schmales Handgelenk.

»Warum tut Ihr das?«

»Ich liebe Euch!« antwortete Léonie.

»Ihr liebt mich?«

Liebe? Es fehlte nicht viel, und er hätte gelacht. Im letzten Moment hielt ihn der Ernst in ihrem Blick davon ab. Dennoch konnte sie an seinem Gesicht ablesen, was er dachte.

»Ihr glaubt mir nicht?« fragte sie.

»Nun, es ist wichtig, daß Ihr glaubt, das Richtige zu tun, Madame«, antwortete er abweisend. »Es ist wohl Frauensache, dieses närrische Gerede von Liebe, die süßen, verlogenen Lieder und die Geschichten von Liebesleid und Glück. Mit dem richtigen Leben hat solcher Schnickschnack wenig zu tun.«

Léonie schluckte. Dann jedoch entschied sie, daß er es wert war, daß sie den Kampf aufnahm. Wenn sie jetzt umkehrte, wo sie so weit gegangen war, wäre alles umsonst gewesen. Wenn Mathieu die Liebe nicht kannte, dann mußte sie sie ihn eben lehren.

»Glaubt Ihr denn nicht, daß ein Mann und seine Frau sich lieben sollen?« sagte sie tapfer und sah ihn mit ihren schönen Augen eindringlich an.

»Ihr verwechselt Lust mit Liebe«, widersprach er. »Das Verlangen eines Mannes zu wecken ist nicht schwer. Männer sprechen schnell auf ein hübsches Gesicht und einen verlockenden Körper an.«

Léonie biß sich auf die Unterlippe. Sie kam sich vor, als hätte er mit seinen Worten das beschmutzt, was sie eben noch miteinander geteilt hatten. Und sie fürchtete, daß er sich selbst damit mindestens ebenso weh tat wie ihr.

»Ihr haltet nicht viel von Euch selbst, wenn Ihr Euch

selbst so herabwürdigt«, widersprach sie. »Ich glaube, Ihr braucht die Liebe einer Frau, um zu lernen, Euch selbst zu lieben, Seigneur.«

Mathieu d'Escoudry bemerkte erst jetzt, daß er immer noch ihr Handgelenk umspannt hielt. Hastig lockerte er seinen Griff und sah betroffen auf die Male, die er hinterlassen hatte.

»Verzeiht«, murmelte er. »Ihr müßt mich für einen Grobian halten. In Worten und in Taten. Glaubt mir, ich wollte Euch nicht verletzen, aber tut mir einen Gefallen: Verschont mich in Zukunft mit solchen Ideen. Mann und Frau sollten zusammenkommen, um ihre Verbindung mit Kindern zu krönen. Wenn das nicht der Fall sein kann, fehlt dieser Vereinigung der Segen. Wenn es nur unbeherrschte Begierde ist, hinterläßt sie einen schalen Geschmack ...«

»Ihr täuscht Euch«, widersprach Léonie und rieb sich mechanisch die Druckstellen an ihrem Handgelenk. »Ihr werdet noch sehen, daß Ihr Euch täuscht. Es gibt nicht nur Liebe um der Kinder willen. Ich würde Kinder lieben, aber sie sind eine Möglichkeit der Zukunft. Jetzt seid *Ihr* hier, und Ihr seid es, dem meine Zuneigung gilt.«

Er ließ es zu, daß sie das letzte Wort behielt. Bevor Léonie einschlief, betrachtete sie noch einmal sein schattenhaftes Profil. Er hatte nichts mehr gesagt, und an seinem Atem konnte sie nicht erkennen, ob er schon schlief oder noch wach war.

Léonie gab der Erschöpfung nach und ließ sich in den Schlaf gleiten. Mathieu wartete einige Zeit, bis er sicher sein konnte, daß sie tatsächlich schlief. Dann zog er sie in seine Arme und bettete ihren Kopf an seine Schulter. Sie war so leicht, schien kaum etwas zu wiegen. Sie duftete so gut, und es fühlte sich so gut an, sie so nahe bei sich zu halten.

Bei Gott, mit allem hatte er gerechnet, als er dieses

unscheinbare Ding in Domfront geheiratet hatte, aber nicht damit, daß er sie in einer Nacht wie dieser gleich einem Schatz in den Armen halten würde. Daß sie ihm Gefühle schenken würde, die ihm zwar fremd, aber doch schon so teuer waren, daß er fürchtete, nicht mehr auf sie verzichten zu können.

Ein Wunder? O nein, Wunder gab es nicht. Nur die Wirklichkeit, der er sich morgen stellen mußte, doch offensichtlich hatte ihm das Schicksal den Aufschub einer Nacht gewährt. Es war wohl die Stille vor dem großen Sturm, der sich bereits über ihm zusammenbraute.

»Und Ihr habt die Ballen gründlich durchsucht? Auch die Karren und Säcke?«

»Ja, Euer Gnaden!« Der bullige schottische Söldner, der vor dem reich gekleideten Edelmann buckelte, wagte kaum, sich aus seiner devoten Haltung aufzurichten. »Da waren nur Handelswaren, Gewürze, Tuche und Teppiche, Hausrat. Keine Juwelen, keine Gold- und Silbergefäße, auch keine verzierten Waffen oder unbearbeitete Edelsteine. Nichts dergleichen, ich schwöre es Euch!«

Charles von Anjou, der Bruder des verstorbenen Königs und Onkel des regierenden Monarchen, König von Neapel, Herrscher der Provence und nicht nur der mächtigste, sondern auch der ehrgeizigste Fürst Frankreichs, wenn nicht gar des gesamten Mittelmeerraumes, runzelte die Stirn und bedachte seinen Besucher mit einem langen, düsteren Blick.

Dieser war ihm als diskret, effektiv und verschlagen genug, um keine Spuren zu hinterlassen, empfohlen worden, doch inzwischen hatte Charles in jeder Beziehung seine Zweifel. Wie sonst wären die neuesten Nachrichten derart schnell bis an den Hof gereist?

»Ihr hattet Befehl, keine Zeugen zu hinterlassen. Wie

also konnte es passieren, daß einer der Männer Glain erreicht hat?«

Der Schotte wand sich sichtlich. »Es waren zu viele, Euer Gnaden. Auch wenn der Maskierte sein Schwert wie eine Sense gebrauchte, wir konnten nicht alle so schnell überwältigen. Der Kerl ist entkommen, ohne daß wir es bemerkt haben ...«

»Aufschlußreich«, sagte Charles von Anjou schneidend, mit einem Blick so eisig wie ein Wintersturm. »Euch scheint es an der rechten Aufmerksamkeit zu mangeln, mein Bester. Aber lassen wir das, immerhin wart Ihr klug genug, Euren Überfall unter einem falschen Banner durchzuführen, und es hat durchaus seine Vorteile, daß die alte Fehde zwischen den Tinténiacs und dem Haus Escoudry wieder zum Leben erweckt wurde. Es paßt gut zu meinen Plänen ...«

Der Schotte wußte nicht, ob er diese Sätze als Lob oder als Tadel verstehen sollte. Er hatte einen Auftrag durchgeführt, und wenn die Einzelheiten ein wenig blutiger ausgefallen waren, so lag dies nicht an ihm, sondern an jenem gefährlichen Helfer, der ihm zur Seite gestellt worden war und der mit stummer Präzision sein Werk verrichtet hatte. Im lag nichts daran, ein zweites Mal mit dem Maskierten arbeiten zu müssen.

»Stets zu Euren Diensten, Euer Gnaden«, antwortete er mehr der Form halber, als aus innerer Überzeugung. Er versuchte, die Furcht zu verbergen, die sich hartnäckig in ihm breitmachte.

»Schon gut.« Charles von Anjou winkte herrisch ab. »Ihr könnt gehen. Und meldet Euch beim Hauptmann meiner Leibwache. Sagt ihm, ich hätte Euch geschickt, Eure Belohnung einzufordern, dann weiß er schon Bescheid.«

»Habt Dank, Euer Gnaden.« Der Söldner versuchte, bei seinem Rückzug keine unziemliche Hast an den Tag zu legen, aber er war heilfroh, diese Unterredung unbeschadet überstanden zu haben.

Sogar noch mit der Aussicht auf eine Belohnung, dabei hatte er bei dem Überfall durchaus seine Schäfchen ins Trockene gebracht. Die zwei Dutzend Silberteller, die ihm in die Hände gefallen waren, befanden sich ebenso in einem sicheren Versteck wie das schwere, juwelenbesetzte Kreuz, das offensichtlich für die Kapelle des Herrn gedacht gewesen war. Der Maskierte hatte sich nicht darum gekümmert.

Charles von Anjou machte sich nicht die Mühe, dem Mann zu antworten. Er starrte auf einen Brief, den er unter zahllosen anderen Schriftstücken hervorgezogen hatte und den er schon längst auswendig konnte. Jene Zeilen, die ihn zornig machten, sobald er sie nur sah!

›...und bitte ich Euch, liebster Bruder, meinem Freund Mathieu d'Escoudry jede Unterstützung zukommen zu lassen, derer er bedarf. Er ist mir stets ein hochgeschätzter Gefährte und treuer Diener gewesen, und es schmerzt mich, daß ich es bisher versäumt habe, ihm für seine Dienste würdig zu danken. Ich habe ihm meinen kostbarsten Schatz anvertraut, und ich bitte Euch, lieber Bruder, ihn und seine Söhne mit jenen Ehren auszuzeichnen, die unsere treuesten Gefolgsleute wahrlich verdienen ...‹

Der Schatz des Königs in den Händen des Falken! Jener sagenhafte Hort, von dem alle Kreuzritter hinter vorgehaltener Hand tuschelten und der im Besitz des richtigen Mannes Macht und unendlichen Einfluß bedeutete. Es gab tausendundein Gerücht darüber, woraus er bestehen mochte. Berge von Juwelen, riesige Perlen oder pures Gold in Form von Gefäßen und Münzen? Prächtige Schwerter, Säbel und schwere goldene Figuren aus Zeiten, die längst im Dunkel der Vergangenheit versunken waren?

Wenn auch der König und einige wenige Ritter davon geträumt hatten, das Christentum nach Jerusalem und

Alexandria zurückzubringen, so war doch das Gros der Krieger nur wegen der angeblich zu gewinnenden sagenhaften Reichtümer zu diesem Kreuzzug aufgebrochen. Und nun hatte der König das Geheimnis auf seinem Totenbett dem Falken anvertraut! Ausgerechnet Mathieu d'Escoudry!

Aber ehe Charles von Anjou die entsprechenden Vorkehrungen hatte treffen können, war auch der Falke vor Tunis gestorben und hatte das königliche Geheimnis mit in den Tod genommen. Doch Charles hatte den Ritter gut genug gekannt, um zu wissen, daß er das Rätsel um diesen Schatz an seine Erben weitergegeben haben mußte.

Mathieu d'Escoudry war ein Mann gewesen, der das Wort ›Verantwortung‹ bis in die letzte Faser seines Wesens verkörperte. Der Bruder des verstorbenen Königs konnte ihn wahrlich gut genug einschätzen. Enttäuschte Freundschaft, glühender Haß und ein gemeinsames Geheimnis verbanden sie über den Tod hinaus.

Mathieu war tot, aber Charles empfand keine Befriedigung darüber. Zufrieden würde er erst sein, wenn der Name d'Escoudry nicht mehr existierte. Erst wenn er ausgelöscht war, würde die Schmach getilgt sein, die Charles von Anjou vor Damiette erlitten hatte. Die Jahre hatten nichts an seinem bitteren Zorn darüber geändert, und nur die Hand seines Bruders hatte den Falken bisher geschützt. Doch sein Bruder lebte nicht mehr.

»Geduld!« ermahnte sich Charles selbst. »Geduld, mein Lieber. Die Würfel sind bereits gefallen, und ich bin sicher, daß der junge Philipp sich diesen Affront nicht gefallen lassen wird. Ich werde dafür sorgen, daß er entsprechend reagiert.«

Er trug den Brief zu einer Kassette, die mit mehreren Schlössern gesichert und mit einem zusätzlichen doppelten Boden ausgestattet war. Darin barg er das Pergament, ehe er zum Fenster des Raums schritt und in den Innenhof des Palasts hinunterblickte. Auch hier hatte der Schnee alles mit einer weißen Decke überzogen, die jedoch an den Rändern zu tauen begann, seit der große Frost gebrochen war.

Die Sonne, die ab und zu zwischen den Wolken hindurchspitzte, blendete in den Augen. Charles von Anjou blinzelte, und als er wieder klar sah, entdeckte er den Schotten, der soeben hinüber zu den Wachstuben ging. Ein kaltes Lächeln huschte um die dünnen Lippen des königlichen Herrn. Die Belohnung, die er einforderte, würde kaum nach des Schotten Vorstellungen sein. Er, Charles, hatte seinem Hauptmann den Befehl gegeben, den Mann spurlos verschwinden zu lassen. Charles von Anjou ging nie das Risiko einer möglichen Erpressung ein.

Es war immer besser, keine überflüssigen Zeugen zu hinterlassen. Und es war auch besser, wenn weder der ehrgeizige junge König noch seine machthungrige Mutter zu bald herausfanden, daß er gar nicht daran dachte, das Knie vor einem Jungen zu beugen, der sein Neffe war.

Es war an der Zeit, das Spiel weiterzuführen, das nach dem gescheiterten Kreuzzug seines königlichen Bruders ein wenig ins Stocken geraten war.

15. Kapitel

Léonie zögerte beim Blick in ihre Kleidertruhe. Für einen flüchtigen Augenblick wünschte sie sich, nicht nur diese bescheidene Auswahl an feinen dunklen Wollstoffen und einfachem Barchent zu haben. Dies war ein Morgen für ein Seidenkleid, für Samt oder bestickten Atlas, für feinen

Voile oder hauchdünne Spitze. Auf jeden Fall für ein Gewebe, das wie Streicheln auf der Haut lag und ihr half, die Erinnerung an die Stunden der Liebe zu bewahren.

Doch, der einzige Luxus, den sie sich bei ihrer Kleidung immer gegönnt hatte, waren jene feinsten Hemden, die direkt auf dem Leib getragen wurden. Sie vertrug das Kratzen von gesponnener Wolle nicht auf der Haut. Ihr schlechtes Gewissen wegen dieser Verschwendung hatte sie stets damit beruhigt, daß ja niemand sah, was sie unter ihren sittsamen Gewändern trug.

Bisher hatte sie die Prozedur des Ankleidens auch stets sehr schnell und manchmal sogar ohne die Hilfe einer Zofe hinter sich gebracht, denn sie besaß keine raffinierte Robe, deren Ärmel festgesteckt werden mußten oder deren Schlaufen im Rücken so fern waren, daß man sie nur unter größten Verrenkungen erreichte. Weshalb also das dumme Bedauern über fehlende Eleganz und modische Kleidung? Weil sie schön sein wollte? Welch ein Unsinn!

Aus den Augenwinkeln registrierte sie, daß ihr Gemahl immer noch schlief, und so beeilte sie sich, mit ihrer Toilette fertig zu werden. Immerhin verzichtete sie an diesem Morgen auf die steife Leinenhaube und flocht ihre Haar lediglich zu zwei dicken Zöpfen, die sie mit einem Schleier bedeckte. Die vorwitzigen Löckchen, die seit Roxanas Eingriff mit der Schere in Stirn und Schläfen fielen, ließen sich nicht bändigen, und so gab Léonie schließlich auf. Sie befestigte den Schleier mit einem bestickten Band und lief nach draußen, um die Vorbereitungen für das Frühstück zu überwachen.

Normalerweise war das Dame Reinettes Aufgabe, aber heute wollte sich Léonie selbst darum kümmern, was der Herr zum Frühstück bekam. Das Brett mit den Speisen, das sie geraume Zeit danach in ihre Kemenate schleppte, war so üppig mit Köstlichkeiten bestückt, als gelte es etwas zu feiern. Aber sie sagte sich beschwichtigend, daß es schließlich darum ging, einen Kranken wieder zu Kräften zu bringen.

Nur deswegen hatte sie sich die Mühe gemacht, aus frischen Eiern ein duftiges Omelett zu zaubern und das warme Brot persönlich aus dem Backofen im Hof zu holen. Sie hatte ein Schälchen eingelegte Pflaumen hinzugefügt und die frischen Brotscheiben in weißes Leinen gehüllt. Ein Napf mit goldenem Honig und dicke Scheiben geräucherten Schinkens waren ebenso vorhanden wie ein Stück weißer Käse, ein Teller mit gelber, sahniger Butter und die kleinen Mandeltörtchen, deren Rezept Berthelines großes Geheimnis gewesen war. Frische Milch und ein Krug Apfelmost vervollständigten die morgendliche Völlerei.

Léonie stieß die Tür zu ihrer Kemenate auf, wo sie Damien de Cholet vorfand, der ihrem Gemahl soeben in das Wams half und sichtlich zwischen dem Wunsch, ihr zu helfen, und der Aufgabe, die Bänder seines Herrn zu schnüren, hin- und hergerissen war.

»Nun lauf schon und nimm der Herrin das Tablett ab«, brummte Mathieu und schloß selbst die letzten Bänder. Bisher hatte er sich nie darum gesorgt, ob Léonie eine Last trug, die zu schwer für sie war.

Léonie schenkte Damien ein dankbares Lächeln, aber er nahm ihr die Speisen nicht ab, sondern stand wie sein eigenes Denkmal mit offnem Mund vor ihr, als hätte er sie noch nie gesehen. Was ja schließlich auch zutraf, denn eine Dame Léonie, die nur einen duftigen Schleier über den Haaren trug und deren Gesicht nicht von der strengen Haube, sondern von gefälligen Locken eingerahmt wurde, war etwas völlig Neues für ihn.

»Zum Henker, was stehst du herum wie ein Tölpel?« schnauzte Mathieu ihn prompt an. »Worauf wartest du?«

Damiens Wangen wurden in tiefste Röte getaucht, dann kam endlich wieder Leben in seine Gestalt. Er griff nach dem Tablett und stellte das fürstliche Morgenmahl auf dem kleinen Tisch ab, der neben der Fensternische stand, die sein Herr in den letzten Tagen bevorzugte.

»Eigentlich wollte ich in der Halle essen«, erklärte der Seigneur, ohne darauf zu achten, welche Mühe seine Gemahlin sich mit dem Frühstück gegeben hatte. Er versuchte sogar einen Tadel anzubringen, wo ein Dank angebrachter gewesen wäre. In Léonies Gegenwart fühlte er sich seltsam gereizt und unsicher.

Léonies Blick streifte Damien, und sie sah das Mitleid in seinen Augen. Doch sie wollte nicht von diesem Jungen bedauert werden, der ohnehin eine Mischung aus Madonna und Engel in ihr sah.

Sie bemerkte das düstere Funkeln in Mathieus Augen, und sie war sicher, daß er so etwas wie Eifersucht empfand, auch wenn er dies wohl niemals zugeben würde. Denn er hatte es zur wahren Meisterschaft darin gebracht, seine Gefühle zu verleugnen.

Also straffte sie die Schultern und deutete auf die Truhe ihres Gatten, die sie vor kurzem neben ihre eigene hatte stellen lassen.

»Bring eines der Hemden meines Herrn zu Dame Reinette in der Nähstube, sie soll die Maße nehmen, damit wir neue schneidern können. Beeil dich, Junge, sie wartet darauf, damit sie mit der Arbeit beginnen kann!«

Der energische Befehl brachte Leben in den Pagen und Léonie konnte ihre Aufmerksamkeit ihrem Gemahl zuwenden. Die krankhafte Blässe war aus seinem Gesicht gewichen, und als er sich in den Fenstersitz begab, schien es ihr auch, als sei sein Hinken nicht mehr so ausgeprägt. Ihre Blicke trafen sich, und zu Léonies Erstaunen wandte Mathieu die Augen als erster ab.

Er griff sich eine der Brotscheiben und begann, sie mit Stücken des schaumigen Omelettes zu belegen, ehe er sich langsam und geradezu methodisch daran machte, die

Speisen der Reihe nach in sich hineinzuschaufeln. Zwischen den eingelegten Pflaumen und den Mandeltörtchen, die er sich bis zum Schluß aufgehoben hatte, hob er endlich den Blick und betrachtete seine Gemahlin, die mit sittsam gefalteten Händen auf dem Taburett vor ihrem Spiegeltisch saß und ihm beim Essen zusah. Ruhig und ohne den Anschein zu erwecken, sie warte auf etwas.

Der Eindruck trog auch nicht. Léonie war so tief in ihre Gedanken verloren, daß sie nicht einmal die normalen Geräusche der Burg wahrnahm. Sie befand sich in einer eigenartigen Zwischenwelt, in der es nur ihren Gemahl und sie selbst gab. Es faszinierte sie sogar, ihm beim Essen zuzusehen. Er verwendete das kleine silberne Speisenmesser, das er am Gürtel trug, und er vermied es sorgsam, zu große Stücke zu schneiden.

Zwischen den einzelnen Gerichten säuberte er seine Finger in der Wasserschale und trocknete sie an dem dazugehörigen Tuch ab. Sie sah, daß Damien Mathieus ungebärdige Haare gekämmt hatte, obwohl sie sich bereits wieder über dem Kragen lockten und seiner strengen Erscheinung in dem dunkelgrünem Samt eine verwegene Note verliehen.

»Nun, findet Ihr nicht, daß mein Anblick Euch nun mehr als vertraut ist?« fragte er schließlich.

Léonie schrak zusammen, und eine leichte Röte lief über ihre Wangen, doch dann lächelte sie Mathieu an.

»Es gefällt mir, Euch anzusehen. Wißt Ihr, daß ich Euch damals beobachtet habe, wie Ihr mit Eurem Bruder in die Burg von Domfront geritten seid? Ich stand auf dem Wehrgang, und die Sonne blitzte für einen Augenblick zwischen den Wolken hervor und ließ ihre Strahlen genau auf Euch fallen. Ich fragte mich, wer Ihr seid und mit welcher Absicht Ihr wohl gekommen wärt. Ich hätte nicht im Traum daran gedacht, daß Ihr auf der Suche nach einer Frau wart.«

»Und?« Mathieu d'Escoudry wirkte leicht unbehaglich.

Geplauder dieser Art lag ihm nicht. »Was wollt Ihr damit sagen?«

»Daß es mir damals Vergnügen bereitet hat, Euch anzusehen!« erwiderte Léonie ehrlich. »Habt Ihr noch nie das Gefühl gehabt, endlich einen Wunsch erfüllt zu bekommen, den Ihr schon lange gehegt habt? Ein Wunsch, dessen Erfüllung wie das fehlende Stück in dem komplizierten Muster einer Stickerei ist?«

»Hirngespinste«, brummte ihr Gemahl und verzichtete auf das letzte Mandeltörtchen. »Hexenkram. Paßt auf, daß Ihr derlei Unsinn nicht vor dem Gesinde von Euch gebt. Ich gehe in die Halle, mir scheint, es ist an der Zeit, daß ich mich wieder um die Angelegenheiten dieses Hauses kümmere.«

Léonie preßte unwillkürlich eine Hand auf ihr Herz. Mathieus Worte hatten ihr einen fürchterlichen Schrecken eingejagt. Offensichtlich waren die friedlichen Tage vorbei, in denen Mathieu sich in ihrer Kemenate aufgehalten hatte. Sie hatte ihn wieder an seine Männerwelt verloren, ehe sie ihre Position gefestigt hatte. Er würde sie verlassen, trotz all der verzweifelten Mühe, die sie sich gegeben hatte, ihn zu halten.

»Und Eure Truhe ...« flüsterte sie.

»Was ist mit meiner Truhe?«

»Soll Damien sie wieder in das Kabinett neben der Halle bringen?«

Jedes Wort dieser bangen Frage kostete Léonie die Kraft eines ganzen Lebens, und sie wappnete sich für die Antwort.

»Findet Ihr es erforderlich?« Wieder klang seine Stimme mürrisch.

»Ich?« Léonie schluckte und versuchte die Empörung zu unterdrücken, die in ihr aufstieg. »Ist es nicht Eure Entscheidung? Wie soll ich beurteilen, was Ihr für erforderlich haltet?«

Der Spott in ihren Worten fiel sogar Mathieu auf. Aber das stille, blasse Antlitz paßte so wenig zu diesem Ton, daß er sich fragte, ob ihr dieser bittere Sarkasmus tatsächlich bewußt war.

»Ich denke, es ist angenehm, hier zu wohnen«, erwiderte er hölzern. »Es war die Kemenate meiner Eltern, und mein Vater hat sie mit meiner Mutter geteilt. Wenn Ihr denkt, es trotz allem an meiner Seite aushalten zu können, so laßt uns versuchen, das Beste daraus zu machen, auch wenn ich Euch nicht geben kann, was Ihr von mir erwartet!«

Léonie wollte ihren Ohren kaum trauen. Für Mathieus Verhältnisse glich dieses Zugeständnis geradezu einer Liebeserklärung. Sie sprang auf und trat vor ihn, legte eine Hand auf seine Brust, dort, wo sein Herz schlug.

»Ihr werdet es nicht bereuen ...« flüsterte sie.

Mathieu starrte in ihr schönes, klares Gesicht mit den goldbraunen Augen. Wie hatte er sie jemals für reizlos halten können? Sie war vielleicht nicht eine jener strahlenden Schönheiten, die einen Mann auf den ersten Blick in einen Toren verwandelten; ihr Reiz war von einer so subtilen und feinen Art, daß er sich wie ein Gespinst aus Duft und Seide über sein Gemüt legte und ihn um so nachhaltiger fesselte.

Die Art, wie sie ihn anschaute, erinnerte ihn daran, mit welch feuriger Hingabe sie sich ihm in der Nacht geschenkt hatte, wie verführerisch sie sich ihm dargeboten, wie willig sie sich ihm geschenkt hatte. Der Himmel mochte ihm helfen, aber er begehrte sie selbst in diesem Moment. Mit einer so schmerzlichen Intensität, daß es ihm den Atem nahm.

Er konnte nicht anders, er schloß sie in die Arme und senkte seinen suchenden, hungrigen Mund auf ihre Lippen. Léonie erwiderte seinen leidenschaftlichen Kuß mit der ganzen Hingabe eines liebenden Herzens. Sie seufzte auf, als seine Hände zu ihren Brüsten glitten. Wenn es doch schon wieder Nacht wäre und sie sich ihm hingeben könnte! Ihr Körper brannte vor Sehnsucht. Sie würde von seinen stürmischen Zärtlichkeiten niemals genug bekommen können!

Die vergangene Nacht hatte eine Verbindung zwischen ihnen geschaffen, die so leicht nicht mehr zerstört werden konnte. Sie hatte ihr bestätigt, daß sie eine sinnliche, hingebungsvolle Frau war, die ihren Mann durchaus zu fesseln wußte.

»Bei Gott, Ihr macht mich verrückt«, seufzte Mathieu, als er sie an sich drückte. Ohne sich Rechenschaft darüber abzulegen, was er tat, drängte er sie gegen den Alkoven und hob sie auf die Matratze.

Léonie leistete keinen Widerstand, als er ihre dicken Röcke und Unterröcke hochschlug, bis er das Hemd über ihre Beine streifen konnte. Die dunklen Strümpfe wurden von Bändern gehalten, und ihre schlanken Schenkel öffneten sich wie von selbst seinem Drängen. Seine suchende Hand verriet ihm, daß sie bereit war, nur zu bereit, während er mit der anderen die Hose aufnestelte.

»Ihr seid wahnsinnig, närrisch und schamlos«, behauptete er und konnte selbst doch nicht aufhören.

Es war eine wilde, primitive Lust, die ihn ergriffen hatte, und er verschwendete keinen Gedanken an Zärtlichkeit, als er sich gegen sie drängte und in sie glitt.

Léonie schrie leise auf, bereits verloren an dieses berauschende Lustgefühl, das Mathieu in ihr entfachte. Es war aufregend, ihn so kraftvoll und mächtig in sich zu spüren. Und es erfüllte sie mit Genugtuung, daß sie ihn dermaßen verlocken, ihn so leicht verführen konnte. Daß er alles andere in seinem Begehren vergaß.

War es denn von solcher stürmischen Lust ein so schwieriger Schritt zu inniger Liebe? Sie würde ihm helfen, diesen Schritt zu tun, und in diesem Moment zweifelte sie nicht daran, daß es ihr gelingen würde. Gelingen mußte.

Bei Mathieu hingegen mischten sich Sinneslust und wütender Zorn. Er ärgerte sich über das eigene, brennende Verlangen. Wo blieb seine eiskalte Beherrschung, die Kontrolle über sich selbst? Warum konnte er nicht einmal am hellichten Tag die Hände von dieser Frau lassen, die er geheiratet hatte, um sie zu vergessen. Zu vergessen? Welch ein Hohn! Sie steckte ihm bereits im Blut, und der Ärger darüber stachelte ihn zu mehr Wildheit an.

Doch Léonie war genauso hemmungslos wie er. Sie warf sich seinen Stößen entgegen, und in dem Moment, als er seine Erlösung fand, spürte er, wie ein Zittern ihren Körper überlief und auch sie den Höhepunkt erreichte.

Er hielt sie fest, ganz in seinen Gefühlen verloren, und erst nach einer ganzen Weile brachte er es fertig, sich von ihr zu lösen. Dann sah er sie an. »Zieht Eure Röcke wieder herunter«, sagte er unwillkürlich.

Léonie ließ sich Zeit damit und lächelte Mathieu an. »Ich hatte nicht den Eindruck, daß Euch dies eben gestört hätte, mein Herr!«

Sie begann ihre Kleider zu ordnen und versuchte, ihren zerknitterten Schleier glattzustreichen, während ihr Gatte seine eigenen Gewänder schloß. Am liebsten hätte sie sich ihm in die Arme geworfen, aber vermutlich würde er sie dann nur tadeln.

Léonie gab auf, warf den zerdrückten Schleier in eine ihrer Truhen und ersetzte ihn durch einen anderen, nachdem sie ihe Zöpfe neu geflochten und sich hinter dem Wandschirm gewaschen hatte. Sie lächelte Mathieu noch einmal an, als sie schließlich das leere Tablett aufnahm, um es in die Küche zurückzutragen.

»Ich wünsche Euch einen guten Tag, mein Herr«, sagte sie. »Seid Gott befohlen.«

Die undeutlichen Worte, die sie zur Antwort bekam,

klangen fast wie ein lästerlicher Fluch, aber dies konnte ihre Freude trotzdem nicht zerstören. Sie mußte sehen, ob der Schreiner über die Wintertage einen gepolsterten Stuhl mit geschnitzten Armlehnen anfertigen konnte. Es würde Mathieu sicher gefallen, einen eigenen, prachtvollen Stuhl zu haben, wenn er sich erst in der Kemenate eingewöhnt hatte.

Damien, der endlich Dame Reinette entkommen war, fragte sich, welche Laus wohl seinem schweigsamen Herrn über die Leber gelaufen sein mochte, weil er gar so grimmig dreinblickte, als er in seinem Arbeitskabinett saß und versuchte, sich wieder seinen Aufgaben als Burgherr zu widmen.

16. Kapitel

Léonie fand Roxana in der Küche. Das Mädchen hatte sich gesetzt, ließ die Beine baumeln und kaute an einem Winterapfel. Einmal mehr trug sie keine Haube, und Léonie stellte zufrieden fest, wie hübsch sich Roxanas Haare lockten. Das Mädchen bemerkte Léonie nicht sofort, denn sie war in eine angeregte Unterhaltung mit Sophie Marbert vertieft.

Sophie, die dank Léonie von der tüchtigen Küchenmagd zu einer noch tüchtigeren Köchin aufgestiegen war, hatte die dicke Marie ersetzt, deren ungenießbares Essen Mathieu und seine Brüder so lange ungerügt hingenommen hatten. Léonie hatte Marie dafür zur Aufseherin über die Küchenmägde gemacht, und somit war der Wechsel von den beiden Frauen nur begrüßt worden. Lediglich die säumigen Mägde, die sich plötzlich unter einem eisernen

Regiment befanden, trugen der Herrin diese Eigenmächtigkeit nach.

»Bah«, sagte Roxana in diesem Moment wie ein Stallbursche und feuerte den abgenagten Apfelrest in die Flammen unter dem sich drehenden Mittagsbraten. »Du kannst nicht erwarten, daß der starke Robert von selbst auf die Idee kommt, um dich zu freien. Männer sind in dieser Hinsicht begriffsstutzig, stur und absolut unfähig.«

»Ach ja?« Sophie stemmte einen Arm in die molligen Hüften. Mit der anderen Hand zeigte sie auf Roxana. »Und du, mein Fräulein, weißt, was in Männern vorgeht? Noch nicht ganz trocken hinter den Ohren, und willst schon einer erwachsenen Frau Ratschläge geben. Na, kein Wunder, wenn man bedenkt, wo du aufgewachsen bist. Unter Heiden, wie bei diesem schrecklichen Kerl mit seinem Krummsäbel!«

»Omar ist kein schrecklicher Kerl, er ist ein Berber-Krieger, einer der besten! Mein Großvater hat nur den Besten genommen, um seine Familie zu schützen!«

Die Mischung aus kindlichem Stolz und Herausforderung brachte Léonie zum Lächeln. Sie blieb auf ihrem Lauschposten, obwohl das Tablett in ihrer Hand mit jedem Augenblick schwerer wurde.

»Ich schenk' ihn dir, deinen Berber-Krieger«, murrte Sophie und rührte wieder in dem Eintopf, der in einem großen Kupferkessel brodelte. »Wenn du mich fragst, brauchen wir Leute wie ihn nicht in Glain. Dies ist ein christliches Haus, und der Seigneur kann uns gut genug beschützen. Es ist nicht nötig, daß sich die Heiden bei uns herumtreiben. Dieser Kerl war bisher nicht ein einziges Mal in der Messe.«

»Doch. Er begleitet mich immer«, erwiderte Roxana, doch dann lachte sie. »Trotzdem glaubt er an Allah und Mohammed den Propheten!«

»Dann hat dein Großvater dich also doch in die Obhut

eines Ungläubigen gegeben«, entrüstete sich die Köchin. »Schöne Sitten sind das!«

»Omar hat meiner Mutter auf dem Sterbebett geschworen, daß er mein Diener und Beschützer sein wird«, verkündete Roxana stolz. »Ohne diesen Schwur wäre er nie in ein christliches Land gekommen. Er hält nämlich *uns* für die Ungläubigen, die den falschen Gott anbeten. Hast du das gewußt, Sophie?«

»Papperlapapp, das wäre ja noch schöner«, schnaubte Sophie und runzelte die Stirn. »Was ich weiß, ist, daß du schon wieder müßig herumsitzt, meine Kleine. Hat dir Dame Reinette nicht aufgetragen, die Äpfel auszusortieren, die verbraucht werden müssen? Verbraucht und nicht gegessen!«

Roxana grinste nur und hüpfte vom Tisch. Dann entdeckte sie Léonie und zögerte. Eigentlich hatte sie ihr immer noch böse sein wollen, aber als sie das strahlende Gesicht der jungen Frau sah, brachte sie es nicht fertig. Léonie wirkte völlig verwandelt, schien von einer großen Freude erfüllt zu sein, die sich in ihren glänzenden Augen widerspiegelte und ein Lächeln auf ihrem Mund sowie Grübchen in ihre Wangen gezaubert hatte.

»Guten Morgen, Kind!« sagte Léonie fröhlich und trug ihre Last in die Küche. »Wie ich gehört habe, hat Sophie dir schon einen Auftrag gegeben. Und vergiß bitte nicht, deine Haube aufzusetzen. Es gehört sich nicht, mit offenen Haaren herumzulaufen.«

»Bah«, sagte Roxana noch einmal und lief in die große Vorratskammer, ehe die Burgherrin wegen dieser Ungezogenheit mit ihr schimpfen konnte.

Sophie seufzte und schüttelte besorgt den Kopf. »Ein Irrwisch, dieses Kind«, meinte sie. »Munter wie ein Sonnenstrahl am hellen Morgen, aber störrisch wie der älteste Ziegenbock auf der Weide. Vielleicht ist's auch ganz gut so. Sie wird kein leichtes Leben haben bei ihrer Herkunft.«

»Bah!« meinte Léonie abwertend und machte Roxana nach. »Solange ich für sie sorge, wird es ihr an nichts mangeln. Und ich werde auch Sorge dafür tragen, daß mit ihrer Erziehung Fortschritte gemacht werden, ob sie nun will oder nicht!«

»Möge die Heilige Jungfrau Euch Kraft und Geduld dafür schenken«, erwiderte Sophie und beugte sich wieder über ihren Eintopf.

Léonie verzichtete darauf, dieses Gespräch fortzuführen. Sie war sich der neugierigen gespitzten Ohren der Mägde genau bewußt. Zudem gab es eine Menge Arbeit, die getan werden mußte, so daß ohnehin nicht viel Zeit zum Schwatzen blieb.

Sie war gerade dabei, in der Kräuterkammer die Vorräte zu überprüfen und getrocknete Minzestengel für einen Tee herauszusuchen, als sie das Horn des Turmwächters hörte. Nachdem die Burg so lange durch das Winterwetter von der Welt abgeschieden gewesen war, hatte nun der erste Besucher den Weg nach Glain gefunden.

Einen Moment lang hielt Léonie inne und legte eine Hand auf ihr plötzlich wild klopfendes Herz. Sie versuchte sich zu beruhigen, sagte sich, daß es keinen Grund gäbe, Angst zu empfinden, aber die Furcht, die sie so plötzlich angesprungen hatte, wollte nicht vergehen.

Sie trat aus dem Schatten des Hauses, als die Reiter ihre Pferde zügelten und aus dem Sattel stiegen. Die herbeigelaufenen Stallknechte griffen ehrfürchtig in die Zügel der prächtigen Rösser, und Léonie erkannte unter den Männern, die soeben angekommen waren, Benoit de Créqui, den Ritter des Königs.

Man hatte ihn also erneut ausgesandt, die Befehle des Königs nach Glain zu bringen, und Léonie wußte, daß ihre Ängste zu Recht bestanden. Daß eintrat, was sie heimlich längst befürchtet hatte.

»Herrin!«

Nun hatte der Edelmann sie entdeckt, und als er sich höflich vor ihr verneigte, klirrte sein glänzender Harnisch. »Seine Majestät der König schickt mich zu Eurem Gemahl.«

Léonie deutete auf das Haus. Sie fand keine Worte, um den Ritter willkommen zu heißen, denn sie ahnte, daß seine Botschaft ihr nicht gefallen würde. Glücklicherweise eilte in diesem Augenblick der Burgvogt heran, doch falls er die gleichen Befürchtungen wie Léonie hatte, so merkte man ihm dies doch nicht an.

Auch Mathieu d'Escoudry hatte das Horn gehört, und er wußte ganz genau, was ihn erwartete. Er hatte im geschnitzten Stuhl des Burgherrn vor dem großen Kamin Platz genommen und die Arme vor der Brust verschränkt, als Benoit de Créqui vor ihn trat, ohne zu grüßen.

»Seid Ihr der Seigneur von Glain? Mathieu d'Escoudry, Baron dieser Ländereien und Vasall seiner Majestät, König Philipps von Frankreich?«

»Das bin ich«, entgegnete Mathieu ruhig. Sein Gesicht war eine Maske der Gelassenheit; ihm war nicht anzumerken, was er dachte. Léonie hatte nervös die Finger verschränkt und ließ den Blick nicht von ihrem Gatten.

Benoit de Créqui hatte unter seinen weiten Umhang gegriffen und brachte nun ein Schriftstück mit königlichem Siegel zum Vorschein, das er Mathieu jedoch nicht überreichte, sondern selbst mit lauter Stimme vorlas.

»Wir, Philipp von Frankreich, Souverän dieses Königreiches, fordern Mathieu d'Escoudry auf, unverzüglich vor uns zu erscheinen. Er hat Rechenschaft abzulegen für seinen frevelhaften Angriff auf die Ländereien und die Burg des Herrn von Tinténiac. Der Ritter hat sich in die Obhut des Seigneur von Créqui zu begeben und jenem sein Schwert auszuliefern. Gegeben im Schloß von Angers im Januar. Philipp von Frankreich.«

Léonie trat unwillkürlich einen Schritt vor, als Mathieu schwieg und sich nicht zur Wehr setzte.

»Im Namen des Königs, Ihr seid verhaftet, Mathieu d'Escoudry! Übergebt mir Euer Schwert!« fügte Benoit de Créqui nun hinzu.

»Das könnt Ihr nicht tun!«

Léonie war sich selbst nicht bewußt, daß sie es war, die so laut und heftig Einspruch einlegte. Mit dem Mut der Verzweiflung trat sie dem Ritter in den Weg, als wollte sie ihren Gatten vor ihm schützen.

»Mein Gemahl hat sich nur verteidigt, als er angegriffen wurde! Man hat unsere Männer getötet und überfallen! Es gibt einen Zeugen dafür, er war dabei und hat das Banner der Tinténiacs erkannt! Er kann beschwören, was geschehen ist.«

Ein wenig verwirrt und leicht ungeduldig über ihre Einmischung sah Benoit de Créqui die junge Burgherrin an.

»Wenn es Zeugen gibt, die den Seigneur entlasten, so werden sie vom König gehört werden«, verkündete er. »Der Mann soll mit uns kommen und seine Aussage machen, doch an der Verhaftung Eures Gemahls ändert das nichts. Sie kann nur vom König selbst außer Kraft gesetzt werden, edle Dame!«

»Mein Gatte kann Euch nicht begleiten! Er ist verwundet, von einem schlimmen Schwerthieb getroffen und kann kaum laufen, geschweige denn reiten ...«

»Das genügt!« fuhr Mathieu d'Escoudry dazwischen. Er hatte sich endlich von der Verblüffung darüber erholt, daß Léonie sich wie eine besorgte Glucke verhielt und ihn gegen den Ritter des Königs verteidigte.

Créqui warf ihm einen dankbaren Blick zu. Die Dame d'Escoudry schien in der Tat eine Frau mit vielen Gesichtern zu sein. Nichts erinnerte in diesem Moment an die sanfte, wohlerzogene Edeldame, die ihn beim ersten Male so höflich empfangen hatte. Sie schien sogar anders auszusehen, wenngleich er nicht feststellen konnte, weshalb er diesen Eindruck hatte.

»Ich werde mit Euch reiten, Créqui«, fuhr Mathieu fort und erhob sich mühsam. Sein Blick glitt zu seinem Burgvogt. »Und Ihr sorgt dafür, daß Etienne uns begleitet, Jean! Er hat das Banner gesehen und wird dem König den Überfall schildern können.«

Aus den Augenwinkeln sah Léonie den Burgvogt davoneilen, um den jungen Armbrustschützen zu suchen, der den mörderischen Hinterhalt überlebt hatte. Welch ein Glück, daß dies so war!

»Wohin bringt Ihr mich?« erkundigte sich Mathieu dann und legte den pelzgefütterten Umhang um, den Damien mitsamt dem geforderten Schwert gebracht hatte.

»In die Burg von Angers«, teilte ihm der Seigneur de Créqui mit. »Der König hält dort Hof und Gericht bis zum Frühling.«

Léonie fröstelte, obwohl die Halle gut durchwärmt wurde und im Kamin ein mächtiger Buchenstamm glühte. Ein paar bange Herzschläge lang herrschte tiefes Schweigen unter den Anwesenden. Fast glaubte sie, die Menschen hier atmen hören zu können.

Léonie seufzte unwillkürlich und stellte sich die gleichen ängstlichen Fragen wie das Gesinde. Was mochte den Herrn von Glain in Angers erwarten? Wie sah die Gerechtigkeit des jungen Königs aus? Konnte man sich darauf verlassen, daß er das rechte Urteil fällte?

»Wir müssen reiten. Wo bleibt Euer Zeuge?« fragte Créqui ungeduldig. Der Weg durch das winterliche Land über Laval nach Angers war lang genug; er hatte keine Lust, Zeit zu vertrödeln. Die Gastfreundschaft einer Burgherrin anzunehmen, der er den Gemahl entführte, schien ihm ebenfalls nicht ratsam. Der König war wütend auf Escoudry; es stand nicht gut für dessen Sache.

Léonie strich ihre Röcke glatt und wandte sich erneut an den Boten des Königs. »Ich werde nachsehen, wo die Männer bleiben«, sagte sie leise und lief dann schnell hinaus.

Die Reiter von Créquis Eskorte, die im Burghof warteten, hatten lediglich einen Trunk Gewürzwein angenommen sowie Wasser und Hafer für ihre Pferde. Sie standen dicht beisammen neben dem Ziehbrunnen und wirkten seltsam bedrohlich auf Léonie. Die gleiche Wirkung hatten sie offensichtlich auch auf das Gesinde, denn man machte einen großen Bogen um die Gruppe.

Léonie raffte ihre Röcke und schritt durch den Schneematsch hinüber zum Mannschafts-Quartier. Sie hatte eben das Tor erreicht, als sie Jean Pernelle entdeckte, der schreckensbleich aus der Schießkammer taumelte. Er wirkte, als hätte er gerade den Leibhaftigen persönlich gesehen.

Léonie änderte ihre Richtung und packte den Burgvogt am Arm. »Was ist passiert?«

»Etienne, dort ...« Jean Pernelle deutete auf die Rüstkammer, und Léonie sparte sich weitere Fragen. Sie eilte in den Raum, in dem die Waffen und Kriegsgeräte der Burg aufbewahrt wurden. Normalerweise war er versperrt, und nur der Seigneur, der Burgvogt und der Hauptmann der Wache besaßen einen Schlüssel dafür.

Im ersten Moment konnte Léonie kaum etwas sehen, denn in den Ringen an der Wand steckten um diese Zeit keine Fackeln. Dann jedoch hatten sich ihre Augen an das Dämmerlicht gewöhnt, und sie entdeckte eine Gestalt, die seltsam verkrümmt neben einem Faß mit Armbrustbolzen lag. Als Léonie nähertrat, stieg ein Schrei in ihrer Kehle auf. Etienne war von seinem feigen Mörder regelrecht hingerichtet worden – man hatte ihn enthauptet! Nun drang auch der süßliche Gestank des Blutes in ihre Nase; sie taumelte keuchend nach draußen und rang nach Luft.

Der Burgvogt stand noch genau dort, wo sie ihn verlassen hatte, blaß und zitternd.

»Wie ist das möglich?« fragte Léonie heiser. »Wer mag ihn getötet haben?«

»Ich weiß es nicht, Herrin«, seufzte der Burgvogt. »Ich weiß nur, daß Etienne der einzige Zeuge war, der unseren Seigneur hätte entlasten können.«

»Herr des Himmels!« Léonie faltete unwillkürlich die Hände. Zu der Angst um Mathieu kam nun noch der Schock über diesen hinterhältigen Mord. »Jemand hat diesen Zeugen absichtlich getötet, um dem Seigneur zu schaden«, sagte sie dann. »Doch wer hätte Interesse daran? Ist es möglich, daß wir einen Verräter im Haus haben?«

Nun, der Tote in der Rüstkammer schien keine andere Antwort zuzulassen. Schaudernd sah Léonie zu den Rittern hinüber, die wie ein fester stahlschimmernder bedrohlicher Block wirkten. Was sollte sie nun tun? Jean folgte ihr, als sie in die Halle zurückeilte, wo Mathieu sich bereits zum Aufbruch fertig machte. Sie wich seinem fragenden Blick aus. »Man kann Etienne nicht finden«, log sie ungeniert. »Wir werden ihn suchen und dafür sorgen, daß er so schnell wie möglich nach Angers kommt. Werdet Ihr darum bitten, daß der König auf diesen Zeugen wartet, Monsieur de Créqui?«

Benoit de Créqui nickte. »Selbstverständlich, edle Dame. Der König ist gerecht, er wird kein Urteil über einen Unschuldigen fällen. Aber seine Geduld ist begrenzt, seht also zu, daß dieser Mann bald erscheint, sonst wird er Eurem Gatten wenig nutzen.«

Mathieu d'Escoudry unterdrückte einen Fluch und schickte sich in das Unvermeidliche. »Das kommt davon, wenn man verletzt herumliegt und sich nicht um seine Männer kümmern kann«, sagte er dem Burgvogt, der bleich und fassungslos den Lügen seiner Herrin gelauscht hatte.

Was sollte er tun? Sie eine Lügnerin nennen? Nein, das wäre unklug, denn welche Gründe sie auch immer haben mochte, so hatte sie durch ihre Lüge ihrem Gemahl einen Aufschub verschafft. Zeit, in der man nachdenken, nach dem Mörder und nach seinen Motiven forschen konnte.

»Ihr könnt Euch auf uns verlassen, Seigneur«, erklärte er deshalb nur und verneigte sich.

Léonie folgte den Männern in den Hof, wo auf Créquis Veranlassung bereits das mächtige schwarze Streitroß gesattelt worden war, das Mathieu normalerweise ritt. Wie würde er mit seiner kaum verheilten Wunde den anstrengenden Ritt durch das winterliche Land nach Angers ertragen?

Léonie verschränkte die Hände und sah den königlichen Ritter flehend an. »Die Escoudrys haben dem König von Frankreich stets mit Treue und Hingabe gedient, Seigneur. Mein Schwiegervater hat vor Tunis im Dienste seines Königs den Tod gefunden. Ich hoffe, Ludwigs Sohn vergißt nicht, daß er es mit einer loyalen und aufrechten Familie zu tun hat, die aus unerfindlichen Gründen ins Unrecht gesetzt wurde.«

Mathieu warf seiner Gemahlin einen verblüfften Blick zu. Nie hätte er erwartet, daß sie mit solcher Vehemenz die Familie verteidigte, in die man sie nur ihres Geldes wegen aufgenommen hatte. Er seufzte. Noch eine weitere überraschende Seite an dieser verblüffenden jungen Frau. Vielleicht war sie sogar stark genug, Glain zu halten, bis Simon von dem Desaster erfuhr und nach Hause kam. Er hatte das dumpfe Gefühl, daß dies nötig sein würde, aber er fand keine Worte, um Léonie den Abschied zu erleichtern.

Er neigte sich im Sattel vor ihr und sah sie an, als wollte er sich ihr Gesicht für immer einprägen. War es wirklich erst ein paar Stunden her, daß er sie in leidenschaftlicher Raserei in den Armen gehalten hatte? Zum letzten Male vermutlich. Bei Gott, er mußte seine Gedanken auf andere Dinge richten! Es ging um sein Leben, um seine Ehre.

Aber vielleicht kam letzten Endes doch noch etwas Gutes für seine junge Gemahlin dabei heraus. Wußte er nicht selbst, daß sie etwas Besseres verdiente als einen Mann, der im Grunde keiner war? Vielleicht öffnete es ihr den Weg in ein Leben, in dem sie all das bekommen konnte, wonach sie sich sehnte, wenn er sich dem befürchteten schlimmen Urteil des Königs unterwarf.

»Mathieu ...«

Er sah, wie ihre Lippen seinen Namen formten, doch sie sprach ihn nicht laut aus. Nichts anderes als das Klirren des Zaumzeugs und die klappernden Hufe der Pferde, die sich langsam entfernten, war zu hören.

Léonie kam es vor, als zöge ihr Herz mit Mathieu davon, als bliebe lediglich die leere Hülle ihres Körpers in Glain zurück. Als gäbe es nichts mehr außer der schwarzen Verzweiflung, die sich wie eine Wolke auf sie legte.

Sie hatte Mathieu und den Boten des Königs belogen? Welches Rätsel hatte der Tote in der Rüstkammer mit sich genommen? Würde es ihr gelingen, einen Ausweg zur Rettung Mathieus zu finden?

17. Kapitel

»Keine Macht der Erde kann Etienne wieder lebendig machen, Herrin«, seufzte der Burgvogt und wich dem Blick Léonies aus, die seltsam verloren in dem Sessel des Burgherren wirkte und sich den Kopf zermarterte, um eine Lösung zu finden.

»Wer kann etwas so Entsetzliches getan haben? Wer

wußte, daß Etienne der einzige Zeuge war?« fragte Léonie.

»Jemand, der bei dem Hinterhalt dabei war. Der dafür sorgen wollte, daß der unliebsame Zeuge, der Euren Gemahl hätte entlasten können, zum Schweigen gebracht wurde.«

»Nein, Roxana.« Léonie schüttelte den Kopf. »Es gibt keine Fremden in der Burg. Und außerdem, wer sollte ein Interesse daran haben, Mathieu zu schaden?«

»Das stimmt«, bestätigte der Vogt. »Der Herr ist beliebt bei seinen Männern, niemand würde ihm Böses wünschen. Und schon gar nicht eine solche Teufelsklemme. Wenn der König nicht an seiner Unschuld glaubt, hat dies auch Folgen für uns ...«

»Er wird ihm glauben«, behauptete Léonie mit wesentlich mehr Sicherheit, als sie empfand.

Doch Roxana spann ihre Vermutungen weiter. »Vermutlich will ihm derselbe Mensch schaden, der die Handelskarawane überfallen und dafür gesorgt hat, daß die Riemen seiner Rüstung unter der Belastung eines Kampfes reißen«, folgerte das Mädchen. »Ich glaube genau wie Ihr, Léonie, daß letzteres nicht Damiens Schuld war – aber wenn er es nicht war, muß es ein anderer gewesen sein. Jemand, der sich sehr gut in Glain auskennt.«

»Jemand, der die Axt oder ein Schwert so tödlich führt, daß ein unliebsamer Kopf nicht auf den dazugehörigen Schultern bleibt«, vollendete der Burgvogt. Es waren Gedanken, die sie alle drei erschütterten. Zu häßlich war das, was diese Vermutungen implizierten.

»Ihr müßt Euch täuschen!« Léonie rieb sich fröstelnd die Hände. »Es kann auch ein Streit unter den Männern gewesen sein. Der Ärger um einen Spielgewinn, ein Mädchen, ein falsches Wort.«

»Dann hätte es einen lautstarken Streit gegeben«, wandte der Burgvogt ein. »Eine Auseinandersetzung, von der auch ich oder der Hauptmann Kenntnis gehabt hätten. Aber seit zwei Tagen hat niemand mehr Etienne gesehen, und keiner weiß, wie er in die Rüstkammer gelangen konnte. Normalerweise ist sie abgeschlossen, und während der Herr krank lag, hat sie auch niemand betreten.«

»Bis auf Etienne und seinen Mörder«, wandte Roxana ein und knabberte nachdenklich an einem Daumennagel. »Und wenn wir einen anderen Etienne nach Angers schicken?« fuhr sie fort. »Einen Bewaffneten, der seine Rolle spielt und aussagt, was Etienne ausgesagt hätte? Es muß doch einen halbwegs intelligenten Burschen geben, den man mit einer solchen Aufgabe betrauen kann?«

»Gütiger Himmel, Mädchen, das wäre Betrug!« Léonie schüttelte den Kopf. »Willst du den König an der Nase herumführen? Du denkst doch nicht, daß mein Gemahl jemals eine solche Posse billigen würde?«

»Es wäre nur menschlich von ihm, auch einen Betrug zu akzeptieren, wenn dieser ihm das Leben rettet«, entgegnete Roxana und betrachtete ihre Hände, die deutliche Spuren der Küchenarbeit trugen. »Aber vermutlich ist er tatsächlich zu stur dafür!«

»Seine Ehre würde das nie zulassen«, bestätigte Léonie, obwohl sie selbst Roxanas Vorschlag immer verlockender fand. »Er neigt ohnehin dazu, zu streng mit sich zu sein und selbst für solche Ereignisse die Schuld auf sich zu nehmen, die außerhalb seines Einflusses liegen.«

»Wir sind machtlos.« Der Vogt schüttelte verzweifelt den Kopf. »Bei Gott, es gibt nichts, was wir tun können. Wir können nur darauf vertrauen, daß der Herr seine Sache vor dem König so vertreten kann, daß dieser ihm Glauben schenkt.«

»Und wenn nicht?« wandte Roxana ein.

Léonie stieß ein tiefes Seufzen aus.

»Mein Gemahl hat gegen einen ausdrücklichen Befehl

des Königs verstoßen, aus welchen Gründen auch immer. Wenn man es streng auslegt, ist das Hochverrat. Zudem hat er einen anderen Lehnsmann des Königs getötet. Anklagepunkte genug, um ein Exempel an ihm zu statuieren, das allen anderen rebellischen Edelleuten ein für alle Mal deutlich macht, daß mit dem jungen König nicht zu spaßen ist. Das heißt Kerker, wenn nicht gar das Schwert des Henkers.«

Sie hatte in Domfront an der Seite ihres Vaters genügend über die Rechtsprechung gelernt, um zu wissen, welche Macht der König in seinen Händen hielt. Eine Macht über Leben und Tod.

»Ihr meint, er wird ihn hinrichten lassen?« Nun war es um Roxanas Ruhe geschehen. Sie sprang von ihrem Sitz auf und packte Léonie an den Schultern. »Das kann nicht sein! Das dürft Ihr nicht zulassen.«

Léonie schaute in die silberfarbenen Augen und sah darin das gleiche fassungslose Entsetzen, das sie selbst auch empfand. Nun begriff sie, warum Mathieu nach der Lektüre der königlichen Botschaft so resigniert gewirkt hatte. Er hatte gleich gewußt, welche Konsequenzen seine Handlungen haben würden.

»Was kann ich tun?« murmelte sie vor sich hin.

»Nichts«, meinte der Burgvogt nur. »Niemand kann Etienne wieder lebendig machen. Er war die einzige Rettung für unseren Herrn.«

Roxana schüttelte den Kopf. Sie war überzeugt, daß sie mit ihren Vermutungen recht hatte. Aber je mehr sie darüber nachdachte, desto verwirrender fand sie dies alles. »Es macht keinen Sinn«, sagte sie. »Wer könnte schon vom Tod Mathieus profitieren? Sein Erbe ist Simon, und keiner der Brüder würde dem anderen schaden wollen. Wen kann Mathieu so verärgert haben, daß er ihn Schimpf und Schande ausliefern und ihn zudem noch tot sehen möchte? Ich fürchte, daß dies alles, angefangen bei dem heimtückischen Überfall, eine sorgfältig gesponnene Intrige gegen Mathieu ist.«

»Du bist länger auf Glain als ich«, murmelte Léonie. »Im Grunde weiß ich nichts von meinem Gemahl und seiner Familie. Vielleicht hat jemand von Tinténiac Etienne umgebracht? Das würde auch erklären, woher der Mörder wußte, wer der Zeuge war, der das Banner der Familie gesehen hatte. Denn sie hatten auf Tinténiac doch die gleiche Aufforderung erhalten wie Mathieu, vor dem König zu erscheinen, und sicher glaubten sie, den Kopf aus der Schlinge ziehen zu können, wenn sie Mathieu die alleinige Schuld für den Überfall auf ihre Burg zuschoben! Deshalb mußte Etienne sterben. Dann konnte Mathieu nicht mehr beweisen, daß er Grund hatte, sie anzugreifen!«

»Nein. Das hört sich zwar alles recht wahrscheinlich an«, erwiderte Roxana, »aber ich werde das Gefühl nicht los, daß etwas anderes dahintersteckt! Wie hätte einer der Tinténiacs ungesehen in die Burg eindringen und Etienne umbringen können? Nein, Léonie, es gibt nur eine Möglichkeit für uns: Wir müssen selbst nach Angers!«

Der Burgvogt erschrak. »Zum König? Du bist albern, Kind!«

»Nein, ich bin vernünftig und klug!«

Léonie massierte sich mit den Fingerspitzen die schmerzenden Schläfen. Es war alles so verwirrend. Sie fand ihre eigenen Argumente durchaus logisch, doch ihr Instinkt widersprach ihrem Verstand und wollte Roxana rechtgeben. Doch Roxanas Vermutungen stürzten sie nur in noch tiefere Ungewißheit.

Wie sollte das alles nur enden?

Der Tag neigte sich bereits seinem Ende zu, und über Glain hatte sich lähmende Verzweiflung gelegt. Nachdem Jean Pernelle alle Männer verhört und befragt hatte, der

Priester den bedauernswerten Etienne in seinem Sarg gesegnet hatte und Léonie sich bemüht hatte, den aufgeschreckten Haushalt zu beruhigen, blieb ihnen nun nur noch das Warten. Aber das Warten worauf? Auf die nächste Schreckensmeldung?

»Was ich nicht begreife, ist, weshalb wir nichts von Rogier d'Escoudry gehört haben«, sagte Roxana in Léonies triste Gedanken hinein. »Sollte man nicht annehmen, daß ihn der König befragt hätte, wenn sich Rogier unter seinem Hofstaat befindet und der Bruder eines Mannes ist, der unter schwerstem Verdacht steht. Wieso hat Rogier uns nicht rechtzeitig gewarnt?«

»Woher soll ich das wissen?« murmelte Léonie.

»Ihr seht selbst, wir müssen nach Angers!« Wieder versuchte Roxana, ihren abenteuerlichen Plan durchzusetzen. »Wir können nicht in dieser Baustelle von Burg sitzenbleiben und darauf hoffen, daß ein Wunder geschieht. Wir würden alle verrückt dabei werden. Ihr seid von edler Geburt, Léonie, und Ihr habt ein verbrieftes Recht darauf, vom König angehört zu werden. Er darf Euch nicht abweisen.«

Léonie nickte. Auch wenn sie mit der Reise an den Hof sonst vielleicht nichts erreichen würde, so würde dies sie wenigstens aus dieser lähmenden Untätigkeit reißen. Dennoch hatte sie immer noch Bedenken.

Die einzige Reise ihres Lebens war die von Domfront nach Glain gewesen. Aber wer sonst sollte Mathieu helfen, wenn sie es nicht tat? Seine Brüder? Sie hatte keine Ahnung, wo sie sich befanden. Ihr Vater? Das bezweifelte sie noch mehr. Mit Sicherheit würde ihn Dame Madelon beeinflussen, von der Hoffnung getragen, daß ihre so tragisch verwitwete Tochter wieder nach Hause käme und für immer an ihrer Seite bliebe.

»Ja. Du hast recht«, sagte sie plötzlich zur größten Überraschung von Roxana wie auch Jean Pernelles. »Ich muß an den Hof nach Angers. Mathieu braucht jemanden, der für ihn spricht und versucht, Licht in dieses schreckliche Dunkel zu bringen. Es ist unsere einzige Möglichkeit. Jean, kümmert Euch um ein paar Bewaffnete, die mich begleiten können.«

»Und natürlich müßt Ihr eine Kammerfrau und eine Zofe mitnehmen«, fügte Roxana hinzu. »Ihr geht an den Hof, da ist Eure persönliche Erscheinung sehr wichtig. Am besten komme ich als Eure Kammerzofe mit.« Lachend sah sie den verdatterten Burgvogt an. »Ihr braucht dann einen Bewaffneten weniger, weil Omar mich begleitet. Er ist gut genug für zwei Kämpfer, und unter seiner Obhut sind wir sicher.«

»Das kommt nicht in Frage«, erwiderte Léonie. »Du bleibst in Glain! Keine Widerrede! Das ist kein Vergnügungsausflug, Roxana! Deshalb brauche ich auch weder Kammerfrau noch Zofe.«

»Deshalb braucht Ihr mich noch dringender«, wandte Roxana ein. »Ihr müßt vor dem König entsprechend auftreten und angemessen gekleidet sein. Wie wollt Ihr das ohne weibliche Hilfe bewerkstelligen?«

»Nein!« Léonie hob die Hand. »Ich komme als Bittstellerin an den Hof. Bittsteller putzen sich nicht heraus. Du bleibst in Glain, aber ich breche morgen in aller Frühe auf. Sorgt dafür, daß alles bereit ist, Jean, und gebt Anweisung, daß mein Zelter gesattelt wird.«

»Ihr wollt reiten?« Dem Burgvogt blieb fast der Mund offen stehen.

»Seht Ihr mich in einer Sänfte mit Kohlebecken in quälender Langsamkeit dahinziehen?« fragte Léonie zurück. »Ich habe keine Zeit für derlei Unsinn. Ich werde reiten, und wenn es mich umbringen sollte. Komm, Roxana, du kannst mir helfen, ein paar Sachen zu packen.«

Roxana hatte die Lippen zu einem schmalen Strich zusammengepreßt, und wäre Léonie nicht so mit ihren eigenen Gedanken befaßt gewesen, so hätte sie die Rebellion in den Augen des Mädchens bemerkt. Statt dessen versuchte sie, die eigene Verzweiflung halbwegs unter Kontrolle zu halten und sich einzureden, daß es ein Leichtes wäre, nach Angers zu reiten und den König von der Unschuld ihres Gatten zu überzeugen.

Während sie mit fliegenden Fingern in ihren Truhen nach einem Gewand suchte, das ihrem Vorhaben angepaßt war, sie aber dennoch nicht wie eine ärmliche Bettlerin wirken ließ, drehte sich alles in ihrem Kopf. Sie konnte sich nicht konzentrieren, nahm lediglich ein Kleid nach dem anderen in die Hand und legte es wieder zurück, bis Roxana einschritt.

»Setzt Euch!« befahl das Mädchen energisch. »Ich werde bei Sophie etwas zu essen und zu trinken für Euch besorgen, denn ihr werdet Eurem Gemahl keinen Gefallen erweisen, wenn Ihr jetzt zusammenbrecht. Dann geht Ihr zu Bett und ruht Euch aus für die Reise morgen. Ich werde mich auch um Euer Gepäck kümmern und alles fertigmachen.«

»Ich bin entsetzlich feige«, flüsterte Léonie. »Ich dürfte keine Angst haben. Ich müßte mutig wie ein Mann sein!«

»Unsinn«, wehrte Roxana ab. »Ich denke, Männer sind nur mutig, weil sie zu phantasielos sind, um sich die Folgen ihrer Taten ausmalen zu können. Ich halte es für wesentlich tapferer, wenn man eine Mission wagt, obwohl man weiß, wie gefährlich sie ist. Ihr habt Angst, weil Ihr Euren Eisenfresser liebt, aber Ihr werdet für seine Ehre eintreten wie eine wahre Edeldame. Macht Euch keine Sorgen um das, was in Angers passieren wird; es liegt eh in Gottes Hand.«

Léonie schenkte ihr ein zittriges Lächeln und beschloß, ihrer kleinen Schwägerin ausnahmsweise zu gehorchen. Mathieu und seine Brüder hatten wirklich keine Ahnung, welch ein Juwel ihnen ihr Vater ins Haus geschickt hatte, auch wenn das Mädchen dazu neigte, altklug und störrisch zu sein. Aber ihre anderen Eigenschaften wogen dies tausendmal wieder auf.

»Vergiß nicht, den Stirnreif mit dem Mondstein einzupacken«, erinnerte sie Roxana und schloß die Augen. »Es ist mein kostbarster Schmuck. Und ich werde Geld brauchen. Ob Jean daran denkt?«

»Ich werde ihn um eine ausreichend gefüllte Geldkatze bitten, keine Angst«, versprach Roxana und schob die schmucklosen Gewänder, die Léonie ausgesucht hatte, in die Truhen zurück. Lediglich das Hochzeitsgewand, das Léonie sorgsam in Leinen gehüllt aufbewahrt hatte, fand Gnade vor Roxanas kritischen Augen. Sie fand es zwar nicht schön, aber wenigstens prächtig, deshalb würden sie es mitnehmen. Und um alles weitere konnten sie sich in Angers kümmern.

In einer Stadt, in der Philipp von Frankreich Hof hielt, würde es genug Schneider und Stoffhändler geben, und Léonie hatte ohnehin eine Aufbesserung ihrer Garderobe nötig. Ein Grund mehr, sie nicht alleine zu lassen. Roxana hatte nicht eine Sekunde lang beabsichtigt, dem Befehl ihrer Herrin zu folgen. Omar würde ihr dabei helfen, Léonies Gebot zu umgehen. Er hatte ihr schließlich immer geholfen.

Obwohl die Morgenluft kalt und frostklirrend war, als Léonie und ihr Gefolge sich im Burghof von Glain versammelten, versprach der Tag klar und sonnig zu werden. Irgendwie wäre es Léonie jedoch passender erschienen, wenn sie diese Reise in düsterem Nebel angetreten hätte. Daß die Welt bald in hellen Sonnenschein getaucht sein würde, kam ihr wie eine Verspottung ihres Kummers und ihrer Angst vor.

»Gott befohlen, edle Dame!« grüßte der Burgvogt zum

Abschied und gab dem Anführer der Männer, die die Herrin begleiten sollten, das Zeichen zum Aufbruch.

»Lebt wohl, Jean, und bittet Dame Reinette, ein Auge auf Roxana zu haben. Das Mädchen ist nirgends zu sehen. Ich nehme an, sie schmollt, weil sie zu Hause bleiben muß. Laßt nicht zu, daß sie Euch auf der Nase herumtanzt.«

»Keine Sorge«, beruhigte Jean Pernelle sie. »Unsere Gebete begleiten Euch!«

Léonie gab dem kleinen braunen Zelter, den sie aus Domfront mitgebracht hatte, die Zügel und setzte sich neben dem bärtigen Soldaten im Harnisch an die Spitze des kleinen Zuges. Es hatte keinen Sinn, länger zu zögern.

Unter den Hufen ihres Pferdes knirschte das Eis, und der Atem des Tieres stand in kleinen weißen Wolken in der Luft. Léonie fröstelte trotz des dicken, pelzgefütterten Mantels, den sie trug. Sie trieb den Zelter an und hoffte, daß sie diesen Ritt halbwegs gut überstehen würde. Sie ritt ungern, und die letzte Jagd, die sie in Domfront mitgemacht hatte, lag mehr als ein halbes Jahr zurück. Niemals hatte sie länger als ein paar Stunden im Sattel gesessen. Doch die Unbehaglichkeiten eines Rittes sollten sie nicht von ihrer Reise abhalten.

Sie hatten das Dorf und die nahen Gemeindewälder von Glain längst hinter sich gelassen, als der Trupp von zwei Reitern eingeholt wurde, die am Waldsaum auf sie gewartet hatten. Léonie nahm sie erst wahr, als der kleinere von beiden einen hübschen braunen Fuchs an ihrer Seite parierte und ihr ein glühendes, begeistertes Gesicht zuwandte.

»Roxana!«

»Habt Ihr wirklich gedacht, ich würde Euch alleine lassen?« Das Mädchen, das einmal mehr wie ein Junge gekleidet war und nach Männerart im Sattel saß, lächelte verschmitzt.

»Du bist unmöglich!« Léonie schwankte zwischen Tadel und Freude. Sie freute sich tatsächlich, das naseweise Ding zu sehen, das keinen Befehl befolgte, wenn es ihn für falsch hielt, und das stets seinen Kopf durchsetzen wollte.

»Ich habe Omar mitgebracht«, verkündete Roxana, als sei das etwas Ungewöhnliches. »Er wird unsere Begleitung verstärken und dafür sorgen, daß wir Angers in Sicherheit erreichen.« Sie machte eine kleine Pause. »Seid Ihr mir böse?«

Léonie brachte es nicht über das Herz, diesem flehenden Blick zu widerstehen. Sie schenkte Roxana ein schiefes kleines Lächeln.

»Ich sollte es sein!« antwortete sie. »Ich sollte dich eigentlich nach Glain zurückschicken, wie meine Vernunft es mir rät. Aber ...« Sie schwieg einen Moment, bevor sie weitersprach. »Lieber Himmel, ich bin froh, dich zu sehen!«

18.
Kapitel

Die schwarze Stadt, wie Angers von den einfachen Leuten der dunklen Schieferdächer wegen genannt wurde, tauchte am Nachmittag eines endlosen, ermüdenden und feuchtkalten Tages vor Léonie auf. Die junge Frau hatte schon damit gerechnet, eine weitere Nacht in einer jener stickigen, bescheidenen Herbergen verbringen zu müssen, die ihnen bisher Obdach geboten hatten.

Mit einer einzigen Ausnahme, dem ›Goldenen Horn‹ in Laval, hatten sie auf klumpigen Strohmatratzen geschlafen, seltsam schmeckende Eintöpfe gegessen und einmal sogar ganz auf das Abendessen verzichtet, weil die Wassersuppe, die ihnen der Herbergswirt anbot, Léonie derart widerlich war, daß sie keinen einzigen Löffel davon zu sich nehmen konnte.

Jetzt brachte sie ihr Pferd unwillkürlich zum Stehen und betrachtete die steil aufragenden Giebel und Türme von Angers, die gleich einem düsteren Scherenschnitt vor ihnen aus dem Dunst wuchsen. Ein unwirkliches Gewirr aus Bollwerken und schwarzen Spitzhauben, aus Mauern und mächtigen Gebäuden, die davon kündeten, daß in der Stadt der Herzöge von Anjou Reichtum und Wohlstand herrschten.

Erst jetzt fragte sich Léonie, ob es wohl eine bestimmte Bedeutung hatte, daß der junge König ausgerechnet in der Hauptstadt derer von Anjou seine Residenz aufgeschlagen hatte. Sein Onkel war ein ehrgeiziger Mann. So ehrgeizig, daß er sogar den König zu beeinflussen versuchte?

»Eine unheimliche Stadt.« Roxana sprach das aus, was auch Léonie dachte. »So viel Schwarz und Düsternis, man könnte meinen, daß dort nie die Sonne scheint. Ist das die Festung, da oben?«

»Vermutlich«, entgegnete Léonie.

Sie erinnerte sich nur daran, daß ihr Vater ihr einmal erzählt hatte, daß der verstorbene König Ludwig bereits im Jahre 1238 den Befehl gegeben hatte, das zweihundert Jahre alte Schloß neu zu befestigen und mit jener gewaltigen Wallmauer und mehr als einem Dutzend Türme zu versehen, die es zu einer so uneinnehmbaren und wehrhaften Festung machten. Im Dreieck zwischen der Maine und der Loire gelegen, breitete sich die Stadt wie eine behäbige, mürrische Matrone vor ihnen aus.

»Werden wir in der Festung wohnen?« fragte Roxana weiter. Während der Reise war sie förmlich aufgelebt und hatte mit funkelnden Augen und so unbeschwert im Sattel gesessen, als machte ihr die Anstrengung des Ritts nicht das Geringste aus, doch nun wirkte sie plötzlich eigenartig bedrückt und befangen.

»Ich weiß es nicht ...« antwortete Léonie müde.

»Wir sollten es nicht tun!« Da Léonie sich so ratlos zeigte, gewann Roxana wieder etwas von ihrer Energie zurück. »Wir sollten in einem guten Gasthof Quartier nehmen und erst einmal dafür sorgen, daß Ihr präsentabel seid, ehe Ihr vor den König tretet. So könnt Ihr ihm nicht vor die Augen kommen. Bleich wie eine Wand, todmüde und mit diesen dunklen Schatten unter den Augen. Man könnte ja meinen, Euer Gemahl hätte Euch wie eine Gefangene gehalten, so, wie Ihr ausseht.«

Mit sicherem Instinkt hatte Roxana das einzige Argument gefunden, daß Léonie dazu bringen konnte, ihr zuzustimmen. An sich hatte die junge Herrin vorgehabt, sich geradewegs vor den König zu begeben, aber Roxana hatte nicht unrecht. Sie, Léonie, mußte alles vermeiden, was Mathieu zusätzlich belasten konnte.

Sie sah zu dem Anführer ihres kleinen Trupps und stellte fest, daß er auf ihre Befehle wartete.

»Erkundigt Euch bei der Torwache nach der besten Herberge in der Stadt und führt uns dorthin«, ordnete sie an.

Man würde seiner Majestät Philipp von Frankreich beweisen, daß die Escoudrys beileibe kein Haufen von marodierenden Räubern waren, wie er es anzunehmen schien. Léonie versuchte, in ihrem Damensattel eine Haltung zu finden, die es ihr erlaubte, in halbwegs graziöser und ungezwungen wirkender Pose in die Stadt zu reiten.

Fast beneidete sie Roxana um die Freiheit, die die Männerkleidung ihr bot. Wenigstens brauchte das Mädchen beim Reiten nicht so unbequem zu sitzen! Zudem bot ihr diese Kleidung offensichtlich einen besseren Schutz gegen das Wetter, denn seit dem vergangenen Tag waren sie Sturmböen ausgesetzt, die immer wieder Regen über ihnen ausschütteten, der die anfangs gefrorenen Straßen aufweichte und sie in tiefem Schlamm versinken ließ.

Léonie hatte die Reise so strapaziös gefunden, wie sie befürchtet hatte. Abends taten ihr alle Glieder weh, und auch in den Nächten fand sie nicht die ersehnte Ruhe. Morgens kämpfte sie sich durch Wellen der Übelkeit durch, nur um sich von neuem wieder der Qual des Rittes auszusetzen. Tag für Tag waren ihr zuerst die Kälte, dann Feuchtigkeit und der Wind unter alle Umhänge und durch alle Unterröcke gekrochen. Sie hatte an sich halten müssen, um nicht mit den Zähnen zu klappern, und sie hatte sich inständig nach einem Kaminfeuer und einem gepolsterten Stuhl gesehnt. Vielleicht bot ihr ja die Herberge in Angers diesen Luxus. Unwillkürlich ließ sie ihrem Zelter die Zügel lockerer, damit er schneller wurde.

Sie erreichten die Stadt in Stundenfrist und reihten sich hinter einer Kolonne von Fuhrwerken ein, die Holz, Getreide und andere Waren in die Stadt brachten. Offenbar nahm die Torwache ihre Pflichten sehr ernst und kontrollierte jeden Karren gründlich. Bis Léonie und ihr Trupp vor dem Hauptmann standen, hatte sie das Warten und die Behinderungen so gründlich satt, daß Roxana ihren Ohren kaum traute, als Léonie den Mann herrisch in seine Schranken verwies, weil jener mit dem Anführer ihrer Gruppe eine Diskussion darüber vom Zaun brechen wollte, welche Herberge für ihn und seine Herrin geeignet war oder nicht.

»Zerbrecht Euch nicht unseren Kopf, Hauptmann«, sagte sie so hochnäsig, wie noch niemand auf Glain sie je erlebt hatte. »Nennt uns die beste Herberge, und wir sind's zufrieden!«

Der Mann erwies ihr daraufhin eine respektvolle Reverenz und revidierte umgehend sein Urteil über die Dame in dem bescheidenen Reitmantel und ihre zwar zweckmäßige, aber nicht unbedingt prächtig ausstaffierten Begleiter. Es war offensichtlich doch keine Frage des Goldes, ob sie sich die Herberge zu den ›Drei Königen‹ leisten konnte, die sich gegenüber der Kathedrale des Heiligen Maurice in der Rue St. Aubin befand.

»Folgt dem Fluß bis zur Brücke vor dem Schloß«, erklärte er. »Von dort reitet Ihr zur Kathedrale, und wenn Ihr deren größtes Portal genau im Rücken habt, könnt Ihr die ›Drei Könige‹ genau vor Euch sehen. Ein neues Fachwerkgebäude mit großem Zunftschild. Maître Mamet führt die beste Küche der Stadt, und Dame Ghislaine hat die weichsten Federbetten in der ganzen Gegend. Sag Ihnen, daß Hauptmann Craquet Euch geschickt hat, dann werdet Ihr bestens bedient.«

»Vermutlich verlangt er von dem alten Mamet die Hälfte unserer Logis-Kosten«, lästerte Roxana, als sie ihr Pferd neben Léonie lenkte und sie unter dem Torbogen hindurch in die Stadt ritten.

»Ich frage mich, woher du solche Dinge weißt«, meinte Léonie ein wenig verwundert, die bei ihrer kleinen Schwägerin eine Lebenserfahrung entdeckte, die ihr selbst in vieler Beziehung abging.

»Ich habe Augen im Kopf« Roxana grinste. »Die Leute sprechen unbefangener, wenn ›nur‹ ein Page in ihrer Nähe ist. Bei hochwohlgeborenen Damen achten sie auf das, was sie sagen, denn sie fürchten, dafür zur Rechenschaft gezogen zu werden. Eigentlich ist es sehr langweilig, eine Edelfrau zu sein. Ich bin froh, daß ich im Augenblick keine bin.«

Léonie schwieg darauf. Es tat ihr jedes Mal weh für das junge Mädchen, wenn Roxana von ihrer edlen Geburt sprach und ganz selbstverständlich eine Rolle für sich in Anspruch nahm, die ihr Mathieus junge Frau zwar von Herzen gönnte, die ihr aber aufgrund der Umstände ihrer Geburt nicht zustand. Wer auch immer ihre Mutter gewesen sein mochte, die Tatsache, daß der Falke sie geschwängert hatte, machte Roxana zum Bastard, aber nicht zu einer Nobeldame. Doch dies war nicht der Zeitpunkt, um diese Tatsache zu erwähnen.

Sie ritten die steingepflasterten Gassen entlang, ohne daß ihnen die Bewohner der Stadt besondere Aufmerksamkeit geschenkt hätten. In Angers war man Reisende gewohnt, und seit die Standarte des Königs über der Burg wehte, ging es hier ohnehin zu wie in einem Taubenstall.

Léonie und ihr Trupp fanden ohne Probleme den Fluß, der sich gemächlich unterhalb der Mauern dahinschlängelte. Das dunkle Schloß mit seinen runden Türmen, das, wie man nun aus der Nähe sah, durch Querlinien aus weißem Sandstein unterteilt war, blieb hinter ihnen, als sie endlich den großen Platz vor der Kirche des heiligen Maurice erreichten.

Das prächtige Gotteshaus mit seinen hoch aufragenden Glockentürmen und den reichen Verzierungen um Portale und Fenster glich in Léonies Augen eher einem Palast als einer Kirche. Sollte sie erst ein Gebet für Mathieu sprechen? Aber Roxana hatte schon das schmiedeeiserne Zeichen entdeckt, das an einer starken Stange im Wind baumelte und das beeindruckende Haus als jene Herberge kennzeichnete, die sie suchten.

Die drei Kronen leuchteten in frischer, glänzender Goldfarbe. Im böigen Wind schwangen sie leise knarzend hin und her und lockten mit blitzendem Funkeln in das Innere des großen Anwesens. Das doppelflügelige Tor, das in den Hof führte, stand weit offen, und eine Schar von beflissenen Reitknechten eilte herbei, um die müden Reisenden in Empfang zu nehmen. Diese Herberge war zweifellos bestens geführt und von einem gediegenen Luxus, wie ihn Léonie nicht einmal in Domfront gekannt hatte.

Der Name des Hauptmanns und seine Empfehlung taten ein Übriges, so daß sich Roxana und Léonie binnen kürzester Zeit in einem behaglich eingerichteten Gemach befanden und auch der Hauptmann, seine Männer und die Pferde gut untergebracht waren. Roxana schlenderte neugierig umher.

Sie berührte die gedrechselten Bettpfosten, welche die dick gefütterten Vorhänge des mächtigen Alkovens trugen. Sie strich mit den Fingerspitzen über die glänzenden Holzwände und bewunderte die zugleich zweckmäßige wie luxuriöse Einrichtung der Kammer, deren Fenster auf die Rue St. Aubin hinausgingen und mit milchigen, bleigefaßten Glasscheibchen dafür sorgten, daß das Feuer im Kamin den Raum und nicht die Straße heizte.

In dem Stuhl davor saß Léonie und seufzte zufrieden aus. Die hohe, gepolsterte Lehne stützte ihren Rücken, und die Wärme, die das Feuer ausstrahlte, drang allmählich in ihre froststarren Glieder.

Schließlich, als sie sich wieder halbwegs normal fühlte, schaute sie sich nach Roxana um, die durch die Scheiben auf die Straße starrte, als wollte sie jeden einzelnen Bürger von Angers wie durch eine jener Linsen betrachten, mit denen man Buchstaben und Bilder vergrößern konnte. Ein arabischer Gast ihres Vaters hatte sie einmal durch ein solches bizarres Glas sehen lassen, und sie hatte nie ihr Erstaunen darüber vergessen.

»Du mußt dich umziehen«, sagte sie zu dem Mädchen. »Es gehört sich nicht, daß du auch weiterhin in diesen Knabenkleidern herumläufst. Wir müssen sehen, ob dir eines meiner Gewänder paßt, oder hast du etwa selbst daran gedacht, ein Kleid mitzunehmen?«

»Nein!« Roxana wirbelte auf den Fersen herum und stemmte die Arme in die Hüften. »Aber wir werden die Dame dieses Hauses bitten, uns umgehend einen tüchtigen Tuchhändler, einen Schneider, einen Schuhmacher, einen Kürschner und eine Weißnäherin zu schicken. Ihr benötigt eine Garderobe, die der Dame von Glain würdig ist, und auch ich als Eure Begleiterin brauche etwas Passendes. So armselig können wir uns beide nicht ins Schloß wagen.«

»Halt!« Léonie hob die Hand, um das Mädchen am

Weiterreden zu hindern. »Das kostet viel zu viel Zeit, von dem Gold ganz zu schweigen.«

»Bah!« meinte Roxana nur. »Habt Ihr eigentlich eine Ahnung, wie hoch Eure Mitgift war? Sogar in Anbetracht der Tatsache, daß Mathieu auf Glain ein kleines Vermögen verbaut, bleibt noch genug übrig, um Euch standesgemäß zu kleiden. Oder wollt Ihr, daß man Euch für die arme vernachlässigte Erbin hält, die nur des Goldes wegen geheiratet wurde?«

Léonie kapitulierte, wenn auch unter Protest. »Ich durchschaue deine Taktik, Roxana, auch wenn du nicht unrecht hast. Wir werden tun, was du vorgeschlagen hast, aber es ändert nichts daran, daß du wieder Röcke tragen wirst. Und nun sieh nach, ob es hier eine Magd gibt, die uns beiden ein Bad besorgen kann. Danach werde ich mit der Wirtin sprechen und sie bitten, uns die entsprechenden Händler und Handwerker zu empfehlen. Auch müssen wir in Erfahrung bringen, wie es möglich ist, zu einer Audienz ins Schloß zu gelangen, und ob bekannt ist, wo sich mein Gemahl befindet.«

Léonies Befehle verwandelten die behagliche Kammer bereits am nächsten Tag in eine Mischung aus Warenlager und Bienenkorb. Doch es war Roxana, inzwischen wieder sittsam in Haube und Kleid, die das Kommando übernommen hatte.

Sie wies den Tuchhändler an, der ein gutes Geschäft witterte, die erlesensten Samtstoffe, die feinsten Seiden und den glänzendsten Atlas zur Auswahl zu bringen, und auch bei der Weißnäherin, dem Schuhmacher und dem Kürschner ließ sie mit kritischen Auge nur die schönsten und edelsten Materialien zu. Noch fachkundiger erwies sich sie, als es um die Farben ging, und sie lehnte alles rundweg ab, was Léonies feine Haut blasser oder farbloser hätte erscheinen lassen.

»Vertraut mir«, bat sie die junge Frau, die ein wenig

hilflos und verwirrt ihren Anordnungen lauschte und sich um die entstehenden Kosten Sorgen machte. »Wollt Ihr nicht schön sein für Euren Gatten?«

»Wenn er mich überhaupt je in diesen unglaublichen Gewändern zu Gesicht bekommen wird«, erwiderte Léonie.

Später, als alle Maße genommen, alle Stoffe bestellt und alle Borten ausgewählt waren, fühlte Léonie sich wie erschlagen. Obwohl sie tief und traumlos geschlafen hatte, hielt eine eigenartige Mattigkeit sie umfangen. Es fiel ihr schwer, sich auf das Wesentliche zu konzentrieren und Pläne zu schmieden, wie sie Mathieu helfen könnte.

Ein herrisches Klopfen an der Kammertür riß sie aus ihren Gedanken. Roxana öffnete und ließ Omar herein, der erst drinnen die Kapuze seines Umhanges von seinem Turban streifte und sich zu seiner ganzen Höhe reckte, so daß man Angst haben mußte, daß er gegen die Deckenbalken stieß. Er verneigte sich vor Léonie, dann jedoch wandte er sich sogleich Roxana zu, die ihrer Schwägerin eine hastige Erklärung gab.

»Ich habe Omar zum Schloß geschickt. Er weiß, wie man die Leute ausfragt und Neuigkeiten erfährt. Nun, wo steckt unser Eisenkopf, Seigneur Mathieu, und wo zum Teufel ist Rogier abgeblieben?«

»Roxana!« mahnte Léonie matt und warf dem Mauren einen argwöhnischen Blick zu.

In seiner Gegenwart fühlte sie sich stets befangen, und während des Ritts hatte sie sich nach Kräften bemüht, ihn einfach zu übersehen. Sie hatte ein schlechtes Gewissen deswegen, aber sie konnte nicht über ihren Schatten springen. Roxana liebte diesen Krieger, und er sorgte mit Argusaugen für ihre Sicherheit; dafür hätte Léonie ihn schätzen statt ihm mißtrauen sollen, aber sie konnte nicht gegen ihre Gefühle an.

»Reiß dich zusammen, Tollkopf!« mahnte auch Omar,

der viel besser als Léonie wußte, welches Vergnügen dieses Abenteuer seiner kleinen Herrin bereitete. Roxana genoß die Abwechslung, die die Reise ihr bot, viel mehr, als sie sich um den Herrn von Burg Glain sorgte, obwohl die ganze mysteriöse Angelegenheit sie immer noch faszinierte.

»Bah!« Wieder einmal gebrauchte das Mädchen sein Lieblingswort, doch dann besänftigte sie Léonie mit einem Lächeln. »Erzähl endlich!«

Omar neigte gehorsam das Haupt. »Rogier d'Escoudry ist nicht in der Stadt. Der König hat ihn nach Paris geschickt, um seine Befehle zum Umbau des königlichen Palastes dem dortigen Profoß zu überbringen.«

»Kein sehr dringlicher Auftrag«, meinte Roxana sofort. »Man könnte die Papiere jedem Boten übergeben, es sei denn, jemand hätte ein spezielles Interesse daran, daß sich kein Escoudry am Hof befindet, wenn Mathieus Anklage zur Sprache kommt ...«

»Der Seigneur d'Escoudry ist im Turm der Gefangenen festgesetzt«, fuhr Omar fort, ohne die Unterbrechung zu beachten. »Bisher wurde er weder der Folter unterzogen noch vom König befragt. Ihm ist bisher kein Leid geschehen, aber er soll höllisch wütend sein.«

»Das paßt zu ihm«, ließ Roxana sich vernehmen.

»Und seine Wunde?« fragte Léonie besorgt. »Wißt Ihr, wie es um seine Verletzung steht?«

Omar zögerte, und es hatte den Anschein, als wollte er nichts sagen, aber dann berührte der flehende Blick aus goldenen Augen doch seine Seele.

»Niemand hat etwas von einer Wunde erwähnt. Ich hätte es gehört, wenn er erneut verletzt wäre. Ich habe mit seinem Kerkermeister gesprochen, und dieser hatte keine Veranlassung, einen Neugierigen anzulügen.«

»Dem Himmel sei gedankt«, flüsterte Léonie und erhob sich.

Sie trat ans Fenster und schaute auf die Gasse hinunter, ohne irgendwelche Einzelheiten wahrzunehmen. Ihre Gedanken waren bei Mathieu, und auf eine merkwürdige Weise fühlte sie sich in diesem Moment mit ihm verbunden. Mit ein wenig Phantasie konnte sie dort hinten die dunkle Masse des Schlosses ausmachen.

Er war dort, und er mußte einfach wissen, wie sehr sie ihm zugetan war. Wie sehr sie darauf hoffte, jenes zarte Pflänzchen der Zuneigung, das sich allen Hindernissen zum Trotz zwischen ihnen entwickelte, weiter wachsen und gedeihen zu sehen. Sie sehnte sich so sehr nach ihm, daß sie das Gefühl hatte, ihr Herz laufe hinaus in den Winternachmittag, um ihn zu finden und ihrer Liebe zu versichern.

»Und hat jener Kerkermeister auch verraten, welche Anweisungen bezüglich des Gefangenen getroffen worden sind?« wollte Roxana wissen. »Warum es bisher kein Verhör, keine Anklage gab? Ist das Absicht? Möchte der König ihn zermürben.

»Das kann ich nicht beurteilen«, antwortete Omar.

Roxana lief zu Léonie und legte der jungen Frau einen Arm um die Taille.

»Dann bleibt nur der König!« verkündete sie. »Sobald Ihr eine halbwegs präsentable Garderobe besitzt, werdet Ihr ihn aufsuchen und ihn bitten, Euch zu erklären, was Eurem Gatten vorgeworfen wird.«

»Ich wünschte, ich könnte dieselbe Zuversicht wie du empfinden.« Léonie seufzte und starrte wieder in den Wintertag hinaus.

19.
Kapitel

Irgendwann im Laufe der vergangenen Tage – oder waren es bereits Wochen? – hatte sein Zeitgefühl nachgelassen. Durch den schmalen Fensterspalt drang kaum Helligkeit herein, so daß Mathieu Mühe hatte zu unterscheiden, ob es Tag oder Nacht war. Es gab nur allzu viele Stunden, in denen alles grau blieb, matt und dunkel wie Nacht und Dämmerung, obwohl der Wachwechsel draußen vor der dicken Bohlentür davon kündete, daß es Tag sein mußte.

Dazu kam die Erschöpfung und die brennenden Schmerzen in seinem Bein, dessen Wunde wieder aufgebrochen war. In der ersten Zeit hatte der Seigneur von Glain wie betäubt auf dem Stroh gelegen, nur darauf konzentriert, die Qual wieder unter seine Kontrolle zu bekommen und sich nicht die Blöße zu geben, um Hilfe bitten zu müssen. Lieber in diesem feuchten Kerkerloch krepieren, als ein Zeichen der Schwäche zu verraten.

Léonie hielte dies sicher für dumm und würde ihn deswegen schelten. Seltsam, er war überzeugt gewesen, sie nie richtig beachtet zu haben und doch stand ihre schmale Erscheinung wie gemalt vor seinen Augen.

Diese grauenvollen, formlosen Wollgewänder, gekrönt von der straffen weißen Haube mit den weißen Flügeln und dem breiten Band unter dem Kinn. Sie hatte ihn stets an eine Möwe erinnert, die mit gespreizten Flügeln am Meeresufer landete. An eine emsige, vielbeschäftigte Möwe, die ständig pickte, ständig zu einem dringenden Geschäft unterwegs war und doch eine wunderbare Ruhe verströmte.

Verrückt. Er mußte dabei sein, den Verstand zu verlieren. Wie konnte jemand zur selben Zeit ruhig und beschäftigt sein, emsig und gelassen? Doch bei Léonie schien all dies kein Widerspruch zu sein. Sie war schließlich auch farblos und gleichzeitig eine goldene Göttin. Fromm und keusch genau wie leidenschaftlich und hemmungslos.

Bei Gott, es fehlte nicht mehr viel, und er würde wahrhaftig närrisch werden! Doch an Léonie zu denken, war der einzige Luxus, der ihm in diesem Kerker blieb. Die Flucht in Erinnerungen, die ihm gestatteten, seine bedrückende Umgebung für eine Weile zu vergessen.

Mit Ausnahme des mürrischen Mannes, der ihm morgens und abends zu essen und zu trinken brachte, kümmerte sich keine Menschenseele um ihn. Keine Anklage wurde erhoben, kein Verhör geführt. Wollte man ihn in diesem elenden Loch vergessen? Verrotten lassen, ohne ihm die Möglichkeit zu geben, seine Sache zu vertreten?

Natürlich hatte er schon längst dieses Loch einer genauen Prüfung unterzogen. Die Quadern der Mauern waren aus massivem, dunklem Stein, fugenlos aneinandergefügt, und der winzige Fensterspalt befand sich hoch über seinem Kopf. Die Tür bestand aus dicken Holzbohlen, und die äußeren Riegel konnten nur von der Kraft eines ausgewachsenen Mannes bewegt werden. Mathieu blieb nur die Möglichkeit, sich den Schädel an diesen Mauern einzurennen oder wie ein feiger Schwächling um Hilfe zu rufen, bis ihm die Stimme fortblieb oder seine Wächter ihn auslachten.

Von beiden Möglichkeiten hatte er bisher Abstand genommen. Er hatte zwar bislang nie viel auf sein Leben gegeben, dennoch war es ihm zu kostbar, um es sinnlos fortzuwerfen. Und Schwäche zeigen? Undenkbar für den Sohn des Falken! Er hatte kein Verbrechen begangen und keine Schuld auf sich geladen!

Was seine Gemahlin wohl tat? Erneut hatten seine Gedanken jenen seltsamen Kreis geschlagen, der ihn immer wieder zu Léonie zurückbrachte. Er hatte angenommen, daß sie prüde, humorlos, fromm und ängstlich wäre, als er sie in Domfront erblickt hatte. Er hatte mit einer Gattin gerechnet, die seinen Haushalt führen und sich ansonsten auf ihre Stickarbeiten und ihre Gebete beschränken würde. Mit einer Frau, der es nichts ausmachte, daß sie nur einen halben Mann an ihrer Seite hatte und die dankbar für jede Nacht war, in der sie allein gelassen wurde.

Die altjüngferliche Erbin, für deren Mitgift er die Ehe auf sich nahm, hatte sich jedoch als faszinierende Hexe mit den vielfältigsten Talenten entpuppt. Als jene Art von Frau, die einen Mann sowohl in einen Narren wie in einen Helden verwandeln konnte. Würde er je den Ausdruck in ihren Augen vergessen, als sie unter dem Tor von Glain Abschied von ihm genommen hatte? Eine aufrechte, schmale, trotzige Gestalt, in deren Augen ungeweinte Tränen glänzten und die dennoch nicht gewankt hatte.

Was gäbe er darum, sie noch einmal in den Armen zu halten! Die seidenweichen goldenen Haare unter seinen Fingern zu spüren und ihre süßen Lippen zu küssen, die stets nach Frühling schmeckten.

Was gäbe er darum, Léonie für den Rest eines langen Lebens an seiner Seite zu haben und gemeinsam mit ihr alt zu werden, auf Glain, das neu erstarkt war und ihnen Schutz und Heimat bot. Seine Sehnsucht nach ihr war endlich frei von dem Schmerz, daß es seine Brüder sein würden, die für den Fortbestand der Escoudrys sorgten. Möglicherweise erwies sich nun jene verdammte Krankheit, die ihn in einen halben Mann verwandelt hatte, sogar als Segen. Hatte sie doch die Gefahr gebannt, daß er Léonie jemals im Kindbett verlieren könnte …

Doch welchen unsinnigen Gedanken gab er sich in seiner Einsamkeit hin! Was nutzte es, von einem langen, gemeinsamen Leben mit Léonie zu träumen, wenn es viel wahrscheinlicher war, daß er sie und Glain niemals wiedersah? Er konnte doch förmlich spüren, wie sich das Verhängnis über ihm zusammenbraute. Mathieu fuhr sich resigniert durch die verfilzten, schmutzigen Haare.

Bisher war Glain der alleinige Sinn und Zweck seines Lebens gewesen. Konnte es möglich sein, daß er nun, vor die Wahl gestellt, ob er Léonie oder seine Heimat wiedersehen wollte, ohne zu zögern die goldenen Augensterne einer Frau wählen würde, die er eigentlich nur ihres Geldes wegen geheiratet hatte?

»Sehr gut!« Roxana hob eine letzte Rockfalte, um sie zu richten, und trat einen Schritt zurück, um Léonie zu betrachten, ehe sie ein zweites Mal zufrieden nickte. Das Ergebnis entsprach ganz ihren Wünschen. »Ich wußte, daß Euch dieser Rotton stehen würde.«

Léonie bedauerte, keinen großen Spiegel zu haben, denn schon das wenige, was sie von der glänzenden Robe sah, die der Schneider als erstes Stück geliefert hatte, gefiel ihr ungemein. Das karmesinrote Samtgewand, das relativ schlicht gehalten war, wurde über einem zarten Untergewand getragen, das in feinen Goldtönen schimmerte.

Der weite Rock, der von einem versteiften Unterrock gebauscht wurde, endete in einer kleinen Schleppe. Das Oberteil war eng wie ein Mieder geschnürt und hatte einen tiefen V-förmigen Ausschnitt, der nicht viel von ihren Brüsten verbarg. Aus den vielen Ärmelschlitzen hatte Roxana das Untergewand ein wenig herausgezogen, so daß es sich golden bauschte. Ein Gürtel aus offenen Goldgliedern lag um Léonies schmale Taille, und um den Hals trug sie eine feine Goldschnur, in deren Mitte ein sprühender, birnenförmiger großer Rubin hing, der den Blick auf den Ansatz ihrer Brüste lenkte.

Die Haare hatte Roxana zu lockeren Zöpfen geflochten, sie in einer Art Schaukel festgesteckt, so daß die Enden unter dem spitzen Hennin verschwanden, von dessen

Spitze ein hauchfeiner, rötlicher Musselinschleier duftig herabfiel.

Das warme Rot des Stoffes betonte die Zartheit von Léonies alabasterweißer Haut, und der Rubin auf ihren Brüsten war pure Herausforderung. Kein Mann konnte sie ansehen, ohne die Kurve dieser Wölbungen zu bewundern und sich zu fragen, welchem Wunder sie es verdankte, eine so zerbrechlich schmale Taille zu haben.

»Dieser Ausschnitt ist viel zu tief«, beschwerte Léonie sich in diesem Moment. »Ich bin fast nackt; das gehört sich nicht!«

»Es ist das Vorrecht der Edeldamen bei Hofe, Dekolleté zu tragen, wußtet Ihr das etwa nicht?« erwiderte Roxana im Plauderton und zog den Ausschnitt wieder nach unten, den Léonie hochgezogen hatte. »Seid doch nicht so prüde!«

»Du bist unmöglich«, protestierte Léonie, doch sie mußte lachen und ließ dem Mädchen schließlich seinen Willen. »Obwohl ich gestehen muß, daß ich mich zum ersten Mal in meinem Leben schön fühle.«

»Ihr *seid* schön!« entgegnete Roxana überzeugt. »Ich möchte den Mann sehen, der Euch eine Bitte abschlägt. Das bringt nicht einmal der König fertig, es sei denn, er wäre blind oder hätte ein Herz aus Stein.«

»Wir werden es sehen!« Léonie wurde wieder ernst und griff nach ihrem Mantel. »Bist du bereit? Unsere Eskorte wartet unten, wir dürfen nicht länger säumen. Wer weiß, wie lange diese große Audienz dauert, die König Philipp heute für seine werten Untertanen angesetzt hat. Ich möchte nicht zu spät kommen.«

Auch Roxana griff nach einem neuen, pelzgefütterten Umhang, aber ihr bescheidenes, dunkelgrünes Gewand war das einer Zofe oder Dienerin aus gutem Hause. Auch die ordentliche Haube und das Fehlen jeglichen Schmuckes sorgte dafür, daß man sie lediglich als schickliche Begleiterin einer hohen Dame einstufte. Als Magd, die keine Aufmerksamkeit erregte. Genau das war ja auch ihre Absicht.

Sie schloß die Schlingen des Umhangs und nickte Léonie zu. »Gehen wir!«

Léonie bekreuzigte sich noch einmal und schickte ein kurzes Gebet um Beistand zum Himmel. Sie kam sich auf einmal so mutlos vor. Am liebsten hätte sie sich in ihr Bett gelegt und die Decke über den Kopf gezogen.

Aber sie mußte sich zusammenreißen; sie zog in den Kampf. In den Kampf um den Mann, der ihr Leben bedeutete.

Sechs bewaffnete Krieger und ein Sergeant im blank polierten Harnisch erwarteten die beiden Frauen im Hof des Gasthauses. Sie teilten sich auf, so daß drei der Soldaten vorausgingen und die anderen drei die Nachhut bildeten.

Dieses Mal folgten ihnen eine ganze Menge neugieriger Blicke, als sie durch die Straßen schritten und dem Schloß immer näher kamen.

Die schöne Nobeldame mit dem wehenden Schleier, das zarte junge Mädchen, das sie begleitete, und die Soldaten bildeten eine Gruppe, die zu allerlei Vermutungen Anlaß gab. Aber niemand kannte die Dame, und Léonie eilte so schnell und zielstrebig durch die Gassen, daß niemand Fragen zu stellen wagte.

An der mächtigen Porte du Chateau zögerte sie unmerklich, denn der Wachhauptmann hatte seine Befehle. Er wollte von jedem, der das Schloß betrat, wissen, welches Begehr er hatte.

Der Sergeant übernahm es, Léonies Wünsche offiziell zu verkünden.

»Die hochedle Dame von Glain, Léonie d'Escoudry, bittet seine Majestät um eine Audienz«, erklärte er.

Léonie und die Ihren bekamen einen Bewaffneten

zugeteilt, der sie ins Schloß führen sollte, und die beiden Frauen entdeckten überrascht, daß sich hinter den trutzigen Mauern der Festung eine unerwartet freundliche Palastanlage verbarg. Ein Gewirr aus Gebäuden und Gärten, aus lichten Höfen und Kapellen, aus Ställen, Gesindehäusern und Kasernen. Eine kleine Stadt in der Stadt, die ihnen vorkam, als betraten sie eine andere Welt, einen Wald aus spitzen Dächern, vergoldeten Wetterfahnen, Standarten und Steinmetz-Kunstwerken, die wie Spitzen wirkten.

Wären da nicht die bedrohlichen, schwarzen Türme gewesen, die dieses Paradies in regelmäßigen Abständen bewachten, die bewaffneten Soldaten in den Wehrgängen, hätte Léonie sich tatsächlich wohlgefühlt und ihre Wachsamkeit aufgegeben. So jedoch spürte sie die Warnung dieser gedrungenen Riesen, auch wenn sie Roxana ein beruhigendes Lächeln schenkte, die sich mit großen Augen umschaute.

Vor dem eigentlichen Schloß jedoch, das von einem mächtigen Wehrturm überragt wurde, mußten sie sich von ihrer Eskorte trennen. Ein steifer Hofbeamter, der ein Wams in den königlichen Farben trug, nahm sich nun der beiden Frauen an und führte sie an zahllosen weiteren Wachen vorbei in einen Saal des Schlosses, dessen hohe Fensternischen einen ungehinderten Blick über Flüsse und Stadt erlaubten.

»Wartet hier, edle Dame, ich werde sehen, was ich für Euch tun kann«, bat der Mann und verschwand durch eine niedrige Pforte, die von zwei Männern mit gefährlich wirkenden Hellebarden bewacht wurde.

Während Roxana der Versuchung nicht widerstehen konnte, diese spektakuläre Aussicht zu bewundern, fehlte Léonie die Ruhe, sich auf die samtbezogene Bank zu setzen, die einladend bereitstand. Mit gestrafften Schultern und den Kopf stolz erhoben, blieb sie zwischen den Säulen stehen. Sie löste nur die Verschnürung ihres Umhangs und legte ihn über die Bank.

Ihr Instinkt riet ihr, daß sie den bestmöglichen Eindruck auf denjenigen machen sollte – wer auch immer er sein mochte –, der durch diese Pforte in den Saal trat. Sie versuchte, sich den Anschein gelassenen Stolzes zu geben.

Und so bot sie dem Mann, der wenig später durch eine geschickt verborgene Tür kam, die weder Roxana noch Léonie entdeckt hatten, das Bild einer höchst eleganten, anmutigen Schönheit. Der durchsichtige Musselin warf einen rosigen Schimmer auf ihre zarte Haut, ihr sanftes, edles Antlitz wirkte wie eine blasse Gemme.

Bei Gott, war das die unscheinbare Erbin, die Escoudry in Domfront geheiratet hatte? Es wurde erzählt, sie sei eine ältliche Jungfer gewesen, doch diese Frau war weder ältlich noch unauffällig oder langweilig. Er konnte sich keinen Mann vorstellen, der bei ihrem Anblick nicht das Bedürfnis verspürt hätte, sie in den Arm zu nehmen und vor allen Unbilden des Lebens zu beschützen. Das Kleid, das sie trug, betonte ihren wohlgerundeten, verführerischen Körper, und der funkelnde, kostbare Rubin lenkte unwillkürlich den Blick des Betrachters auf die Fülle der cremeweißen, üppigen Brüste.

»Willkommen im Schloß meiner Väter, Madame d'Escoudry!« Eine tiefe, befehlsgewohnte Stimme riß Léonie aus ihren Gedanken.

Sie drehte den Kopf und versank in eine leichtfüßige Reverenz, während sie blitzschnell ihre Schlüsse aus diesen Grußworten zog. Der König stand in seinem sechsundzwanzigsten Lebensjahr, also konnte er es nicht sein. Dieser Mann dort ging sicher auf die Fünfzig zu, doch seine wendige, drahtige Gestalt und die breiten Schultern bewiesen, daß er noch in guter körperlicher Form war. Da er indes vom Schloß seiner Väter gesprochen hatte, konnte es sich nur um Charles von Anjou handeln, den Bruder des verstorbenen Königs und den Onkel des jetzigen Monarchen.

»Euer Gnaden«, erwiderte Léonie denn auch respektvoll, ehe sie nach der Hand griff, die sich ihr entgegen streckte, um ihr beim Aufstehen zu helfen.

Ihr blieb nicht verborgen, mit welchem Blick er sie betrachtete – vornehmlich ihren Busen –, und daß er sich in typisch männlicher Arroganz erlaubte, sie einer solchen Musterung zu unterziehen.

Doch er strömte auch eine solche Macht aus, daß alle Sinne Léonies mit Alarm und Vorsicht reagierten.

»Was kann ich für Euch tun, Madame?« fragte Charles von Anjou und zog sie zu einer der Fensternischen, damit er sie im hellen Tageslicht besser betrachten konnte.

Léonie vergaß alle Angst. Sie begriff instinktiv, daß dieser Mann nicht unterschätzt werden durfte, daß Vorsicht und Behutsamkeit angebracht waren, bis sie herausgefunden hatte, auf welcher Seite er stand.

»Ich bitte um eine Audienz beim König, Euer Gnaden«, antwortete sie mit einer wohlbedachten Mischung aus Demut und Noblesse. »Man hat mir mitgeteilt, daß er heute öffentlich Hof hält und jedermann die Möglichkeit hat, ihm seine Sorgen und Nöte vorzutragen.«

»Sorgen und Nöte, bei einer so schönen Frau?« entgegnete der Seigneur von Anjou geschmeidig. »Sprecht, ich werde sehen, ob ich Euch helfen kann!«

Roxana versuchte, Léonie mit ihren Blicken zu warnen, doch die junge Burgherrin hatte ihre ganze Aufmerksamkeit auf den mächtigen Fürsten konzentriert. Sie war im Spiel zwischen Mann und Frau relativ unerfahren, aber sie wußte, daß sie ihm gefiel. Ohne Skrupel setzte sie diese neue und so überraschende Waffe ein, sie seufzte leise auf, wobei ihr Busen sich hob und senkte, und ließ ein wenig die Lider zittern, als sie Charles von Anjou einen flehenden Blick zuwarf.

»Mein Gemahl ist kurz nach dem Dreikönigstag verhaftet worden, Euer Gnaden. Auf Befehl seiner Majestät des Königs hat ihn der Seigneur de Créqui in unserer Burg festgenommen und dann nach Angers gebracht. Könnt Ihr mir verraten, was man ihm vorwirft und wann der König gedenkt, sich mit seiner Sache zu befassen?«

Léonie verstand es, so viel Bangen in ihre Stimme zu legen und damit an seinen männlichen Beschützerinstinkt zu appellieren,daß er die zarte Hand nicht mehr loslassen wollte, die in der seinen fast verschwand. Doch hinter seiner Stirn jagten sich die Gedanken, und es bereitete ihm keine Probleme, scheinbares Mitgefühl in seine Entgegnung zu legen.

»Ich fürchte, meine Antwort wird Euch nicht gefallen, arme Dame«, sagte er leise. »Soweit mir bekannt ist, hat der Seigneur d'Escoudry das Mißfallen des Königs erregt, indem er einen brutalen und unerwarteten Raubzug gegen die Tinténiacs geführt hat. Wenn Ihr es wünscht, kann ich jedoch versuchen, mehr darüber zu erfahren. Es erscheint mir nicht ratsam, daß Ihr persönlich um die Aufmerksamkeit des Königs bittet. Er ist Eurem Gatten im Augenblick nicht sonderlich gewogen, und er schätzt es auch nicht, von weiblichen Tränen bedrängt zu werden.«

»Gütiger Himmel!« Léonie hatte Mühe, ihren Schrecken zu meistern. »Was soll ich tun? Mein Gemahl ist unschuldig, er hat diese Fehde nicht vom Zaun gebrochen. Hätte er warten sollen, bis unsere Burg angegriffen wird, um die Niedertracht der anderen zu beweisen?«

»Ich maße mir nicht an, darüber zu urteilen«, entgegnete der Fürst diplomatisch. »Aber ich bin sicher, es ist nicht im Sinne des Königs, eine Dame wie Euch in solchen Kummer zu versetzen. Unser Monarch ist wahrhaft gewillt, das Königreich mit derselben Gerechtigkeit zu verwalten, wie es sein Vater, mein verstorbener Bruder, getan hat. Doch er ist jung und neigt dazu, die Dinge in Schwarz und Weiß, in Gut und Böse zu unterteilen. Er hört auf mein Wort, und ich werde versuchen, für Euch zu tun, was ich kann. Ich muß Euch jedoch um Geduld bitten. Wo seid Ihr abgestiegen?«

»In den ›Drei Kronen‹ des Maître Mamet, Euer Gnaden!« antwortete Léonie und schenkte ihm einen Blick, der Steine hätte schmelzen können. »Könnt Ihr in Erfahrung bringen, wie es meinem Gemahl ergeht? Er litt noch unter einer schweren Verwundung, als Monsieur de Créqui ihn mitnahm, und ich fürchte um sein Wohlergehen. Er ist ein Edelmann von höchster Geburt und kein gewöhnlicher Halunke, den man in irgendein Loch werfen kann.«

»Ich werde Euch einen Boten schicken, sobald ich mehr weiß«, versprach Charles von Anjou und küßte Léonies Hand. »Vertraut mir und begebt Euch nur zurück in die Herberge. Ihr werdet nicht lange warten müssen, darauf gebe ich Euch mein Wort.«

Léonie öffnete den Mund zum Widerspruch, doch der Fürst hatte bereits einem Bewaffneten gewinkt, der aus dem Hintergrund des Raumes auftauchte.

»Ihr seid mir dafür verantwortlich, daß die Dame d'Escoudry unangefochten ihre Herberge erreicht, Sergeant. Sie steht unter meinem persönlichen Schutz! Gehabt Euch wohl, Madame!«

Léonie blieb nichts anderes übrig, als die Verabschiedung zu akzeptieren. Sie konnte schlecht dem zweitwichtigsten Mann im Königreich widersprechen, auch wenn sie enttäuscht darüber war, daß sie nicht bis zum König selbst vorgedrungen war. Wohl oder übel mußte sie es dulden, daß er ihr den schweren Umhang überlegte und den Schleier ihres Kopfputzes darüber drapierte. Dann zog sie sich mit einer respektvollen Reverenz zurück.

20. Kapitel

»Dieser Mann ist eine Schlange«, erklärte Roxana ohne Umschweife, als sie wieder in ihrem Zimmer waren und sicher sein konnten, daß niemand sie belauschte. »Ihr dürft ihm nicht vertrauen! Er kennt nur den eigenen Vorteil, die eigenen Ziele.«

Léonie, der sie eben die Nadeln aus dem Kopfputz gezogen hatte, nahm den Hennin ab und stellte ihn vorsichtig zur Seite. Aber der Druck an ihren Schläfen ließ dennoch nicht nach.

»Ich fürchte, du hast recht«, gab sie zu. »Aber er ist im Augenblick unsere einzige Hoffnung. Ich kann mich schlecht solange vor dem Schloßtor herumtreiben, bis der König auf mich aufmerksam wird. Wir können von Glück sagen, daß es uns gelungen ist, wenigstens mit seinem Onkel zu sprechen.«

»Aber wird er das Nötige tun, damit Mathieu seine Freiheit wiedererlangt?« fragte Roxana mißtrauisch. »Mir schien er eher an Eurem Busen interessiert als an Eurem Gemahl!«

»Roxana! Hüte deine Zunge«, mahnte Léonie, doch sie spürte, wie ihr verlegene Röte in die Wangen stieg, denn sie wußte, daß das Mädchen recht hatte. »Ich bin eine verheiratete Frau, du mußt dich täuschen. Der Herr von Anjou ist der zweitmächtigste Mann dieses Königreiches; sicher ist er ohne Fehl und Tadel!«

Roxana schnaubte verächtlich. »Daß Ihr verheiratet seid, wird ihn nicht stören, und ohne Fehl und Tadel wäre er nur, wenn Machtgier seit neuestem unter die christlichen Tugenden gerechnet wird. Seid vorsichtig mit diesem Mann, er ist gefährlich.«

»Und wenn er der Teufel persönlich wäre!« sagte Léonie. »Wenn er meinem Gemahl helfen kann, werde ich mich mit ihm verbünden!«

Überraschenderweise äußerte sich Roxana nicht dazu. Einmal, weil sie viel skrupelloser als Léonie war, wenn es die Situation erforderte, zum anderen, weil ein solches Bündnis sie vielleicht davor bewahrte, zu jenem letzten Mittel zu greifen, vor dessen Anwendung sie selbst Furcht empfand.

»Ich werde sehen, was unser tüchtiger Wirt als Mittagsmahl anbietet«, sagte sie schließlich, um das Thema zu wechseln, und sie ließ sich durch Léonies Protest nicht beeindrucken. »Ihr müßt etwas essen«, beharrte sie. »Ihr habt schon heute morgen kaum etwas zu Euch genommen, das ist nicht gesund.«

»Mir war übel, und ich hatte keinen Appetit«, verteidigte sich die junge Frau.

»Um so wichtiger ist es, daß Ihr jetzt etwas eßt!« erklärte Roxana und verschwand, ehe ein neuerlicher Widerspruch sie aufhalten konnte.

Léonie konnte nur hoffen, daß Roxana keinen jener winterlichen Kohleintöpfe mitbringen würde, die zu den Spezialitäten dieser Gegend gehörten. Sie ekelte sich seit einiger Zeit vor den Fettstücken in diesen Suppen und vor dem Kohlgeruch. Jedesmal fing ihr Magen dann unweigerlich an zu rumoren. Seltsam eigentlich, denn bisher hatte sie einen wahren Pferdemagen gehabt. Die Ehe macht mich wohl empfindlich, dachte sie, und mußte unwillkürlich bei diesem Gedanken lächeln.

Aber war es ein Wunder? Niemals hätte sie geglaubt, daß die Verbindung mit Mathieu ihre Gedanken und Gefühle in einen solches Wirrwarr verwandeln könnte. Sagte man nicht immer, daß die Seele den Körper beeinflußte? Kein Wunder, daß auch ihr Magen plötzlich durcheinander war und Altvertrautes nicht mehr vertrug. Nun, alles Grübeln über das Schicksal half nichts, sie mußte geduldig auf die Botschaft des Herren von Anjou warten – und warten, das hatte sie wahrhaftig gelernt!

Als der Bote endlich eintraf, hatte sich bereits die Dämmerung eines feuchtkalten Wintertages über die Stadt gesenkt. Der Nebel vom Fluß schien bis in die Gassen gestiegen zu sein und die wenigen Menschen, die noch unterwegs waren, wirkten seltsam verschwommen in dem Licht, das aus den Fenstern der Herberge auf die Straße fiel.

Léonie wußte nicht, wie lange sie schon in die wirbelnden Schwaden gestarrt hatte, als ein höfliches Kratzen an der Tür verkündete, daß jemand um Einlaß bat.

Roxana, die müßig in die Flammen des Feuers hineinträumte, zuckte ebenso zusammen wie die Dame von Glain, Léonie hatte plötzlich das Gefühl, eine eisige Hand griffe nach ihrem Herzen.

Der kleine Mann mit dem verschlagenen Wieselgesicht, der die Farben des Hauses Anjou trug, verneigte sich mit einer Spur von Arroganz und ließ seine Augen blitzartig durch das gemütliche Zimmer streifen, das den beiden Frauen zwar bequem und nützlich erschien, seiner Meinung nach jedoch erheblich an Luxus und Pracht mangelte.

Dennoch war sein Ton respektvoll, als er in wohlgesetzten Worten die Botschaft seines Herrn überbrachte.

»Ihre Gnaden bitten Euch dringend zu einem Gespräch, edle Dame!« sagte er. »Er hat eine Reihe von Neuigkeiten für Euch, die dazu angetan sein werden, Eure Sorgen zu zerstreuen. Wenn es euch genehm ist, werde ich Euch begleiten und Euch unverzüglich zu ihm bringen. Es ist nicht nötig, daß Ihr eine Eskorte oder Eure Kammerfrau mitnehmt. Je weniger Aufmerksamkeit Ihr erregt, um so besser wird es sein.«

»Jetzt?« Léonie wunderte sich über den Zeitpunkt. »Es geht auf den Abend zu, und die Stadttore sind bereits geschlossen.«

»Mein Herr ist viel beschäftigt«, erklärte das Wiesel. »Er kann sich die Zeit nicht aussuchen.«

»Gut.« Léonie nickte. »Bitte, wartet einen Moment draußen. Ich bin sofort fertig.«

»Kommt zum Hintereingang, der auf den Hof hinausführt. Ich warte dort mit einer Laterne.« Er verabschiedete sich und huschte hinaus.

»Das gefällt mir nicht«, meinte Roxana, nachdem sich hinter ihm die Tür geschlossen hatte. »Das gefällt mir ganz und gar nicht. Warum sollt Ihr mit diesem Individuum durch die Nacht ziehen? Woher sollen wir wissen, daß dieser Mann die Wahrheit spricht?«

»Unsinn«, erwiderte Léonie. »Niemand würde es hier wagen, in der Livree der Anjous durch die Stadt zu laufen, wenn er nicht das Recht dazu hat. Zweitens, was sollte mir schon geschehen? Der Onkel des Königs ist der ranghöchste Adlige nach dem Monarchen; wenn er mir Sicherheit verspricht, dann bin ich in Sicherheit. Komm, hilf mir schnell, das rote Kleid wieder anzulegen, es hat ihm gefallen.«

Léonie hatte nach der Rückkehr aus dem Palast das Staatsgewand wieder abgelegt, und nun nestelte sie mit fliegenden Fingern an den Verschnürungen ihres Hauskleides, damit sie möglichst wenig Zeit beim Umziehen verlor. Roxana half ihr, obwohl sie weiterhin protestierte.

»Ihr solltet erlauben, daß wenigstens ich mitgehe. Es gehört sich nicht, ohne Begleitung einer Kammerfrau oder Zofe unterwegs zu sein.«

»Wie schön, daß meine Lehren, was sich gehört und was nicht, sich doch deiner Erinnerung eingeprägt haben«, erwiderte Léonie mit gutmütigem Spott. Sie lächelte das Mädchen an, während sie das Untergewand zurechtstrich. »Ich hatte so manches Mal befürchtet, ein Selbstgespräch zu führen.«

Roxana seufzte und zog das komplizierte Netz der Schnüre in Form, das Léonies rotes Übergewand eng um ihren Oberkörper schloß.

»Ich fürchte diesen Mann«, erklärte sie dabei. »Er ist nicht wie sein verstorbener Bruder. Er ist rücksichtslos, ehrgeizig, und er geht über Leichen, um seine Ziele zu erreichen.«

»Vielleicht sind die Mächtigen so, Kleines.« Léonie zuckte mit den Schultern. »Wir beide können uns kein Urteil über sie erlauben, weder über den Seigneur von Anjou noch über seinen königlichen Bruder. Wobei über letzteren alle Welt nur mit größter Verehrung spricht. Man könnte meinen, er sei zu seinen Lebzeiten ein wahrer Heiliger gewesen, ein Mann ganz ohne Fehler.«

Roxana errötete leicht und ging in die Knie, um die Röcke in die richtigen Falten zu legen.

»Er war ein tapferer und ehrlicher Mann, aber ich würde ihn nicht unbedingt als Heiligen bezeichnen«, erwiderte sie leise, erhob sich wieder und trat einen Schritt zurück, um ihr Werk zu überprüfen. »Ihr könnt den Hennin nicht aufsetzen«, fügte sie dann mit einem Stirnrunzeln hinzu. »Es stürmt, und es sieht nach Regen aus. Der Kopfputz würde kaum halten, und außerdem verträgt der Samt keine Feuchtigkeit. Ihr werdet die Kapuze Eures Umhanges überschlagen müssen, deswegen müßt Ihr den Schleier nehmen und ihn mit einem Stirnreif befestigen.«

Léonie nickte und erinnerte sich daran, wie sehr es ihrem Gemahl gefiel, wenn sie ihr Haar offen trug. Vielleicht war dies ohnehin die klügere Wahl. »Löse schnell die Zöpfe und bürste mein Haar; ich trage es offen, nur mit dem roten Schleier und dem goldenen Stirnreif dazu.«

Sogar Roxana war von der Wirkung dieses Arrangements überrascht. Mit dem offenen Haar und dem

Schleier war Léonie nicht länger die stolze Nobeldame, sondern ein bezauberndes Feengeschöpf mit großen, goldfarbenen Augen, die der Hauch von Bangen, der darin zu lesen war, noch riesiger wirken ließ.

»Ihr solltet nicht allein zu diesem Manne gehen«, sagte das Mädchen noch einmal. Nicht, wenn Léonie aussah wie die Verführung in Person.

»Bitte, erspar mir eine weitere Diskussion!« Léonie seufzte und hüllte sich in ihren Umhang. »Du weißt, daß ich gar keine andere Wahl habe!«

Sie umarmte die Kleine, ermahnte sie noch einmal, sich nicht aus der Kammer zu rühren, und eilte die breite Holztreppe des Gasthofes hinunter. Die Tür zum Hof stand offen, weil soeben ein Knecht einen riesigen Korb geschlagenes Holz für den Kamin in der Gaststube hereinschleppte, und sie schlüpfte schnell nach draußen. Das Wiesel trat aus dem Nebel auf sie zu, und gerade noch konnte Léonie einen erschreckten Aufschrei unterdrücken. Sie hatte zweifellos zu schwache Nerven für ein derartiges Abenteuer.

»Kommt«, sagte der Mann und ging voraus, ohne sich darum zu kümmern, ob sie folgte.

Léonie raffte ihre Röcke und griff nach der kleinen Schlaufe, die der geschickte Schneider eingearbeitet hatte, damit sie auch die Schleppe anheben konnte und die Pracht ihrer Robe nicht über staubige Böden oder schlammige Straßen zog. Durch die dünnen Sohlen der flachen roten Lederschuhe, die zu ihrem Kleid gehörten, spürte sie die feuchten, rutschigen Pflastersteine, und sie achtete sorgfältig darauf, einen Bogen um die Rinne in der Mitte der Straße zu machen, in der sich Unrat und Abfall sammelte, bis ihn der nächste Regen in den Fluß spülte.

Vor den meisten Fenstern lagen bereits die Läden, und nur ab und zu fiel ein schmaler Lichtstreifen auf die Straße. Es roch nach Essen; in den vielfältigen Essensdunst mischte sich der Geruch nach den Materialien der Handwerker, deren verschlossene Werkstätten sie passierten, denn hier um die Kathedrale, im Zentrum der Stadt, drängten sich die Läden.

Léonie und Roxana hatten das vielfältige Angebot bestaunt, als sie vom Schloß zurückgekehrt waren, doch irgendwie kam es Léonie vor, als wäre dies in einem anderen Leben und nicht erst an diesem Tag gewesen. Im Moment konnte sie nur daran denken, was Charles von Anjou herausgefunden haben mochte, und welche Möglichkeiten er sah, Mathieus Leben, seinen Ruf, sein Lehen und seine Ehre zu retten.

Der Weg, der ihr am Morgen so lang vorgekommen war, wirkte im Nebel seltsam fremd und ganz anders. Es dauerte eine Weile, bis Léonie begriffen hatte, daß sie sich das nicht nur einbildete, sondern daß das Wiesel sie tatsächlich einen anderen Weg führte. Aufgebracht packte sie den Livrierten am Ärmel seines Wamses. »Ihr bringt mich nicht zum Schloß?«

»Nein, Dame!« entgegnete der Mann in aller Ruhe. »Ihre Gnaden erwarten Euch in seinem Stadthaus am Ufer der Maine. Es erscheint ihm sicherer, dort mit Euch zu reden. Im Schloß gibt es zu viele neugierige Ohren.«

Léonie konnte sich der Logik dieses Argumentes nicht verschließen, doch sie hatte Mühe, ihr Unbehagen zu unterdrücken. Es war etwas anderes, um diese Tageszeit in das königliche Schloß zu gehen als in das Stadthaus eines Mannes, den sie nicht kannte, da konnte er zehnmal Charles von Anjou sein. Unsinn! Roxana hatte sie mit ihren dummen Grillen bereits angesteckt. Sie durfte sich nicht verrückt machen lassen.

Sie bogen aus einer Gasse, in der es geradezu niederschmetternd nach Fisch gestunken hatte, in einen noch kleineren Weg, der ihre Nase jedoch nicht länger beleidigte. Hier roch es nach dem aromatischen Rauch aus

Kaminen, die mit Birken und Fichtenholz beheizt wurden, nach feuchter Erde, nach winterlichen Gärten und unbearbeiteten Beeten. Auch standen die Häuser nicht mehr so eng beieinander, daß sich ihre vorkragenden Giebel fast berührten. Hier waren die großen Anwesen und ihre Gärten von mannshohen Mauern umgeben.

Das Wiesel öffnete plötzlich eine schmale Pforte in einer dieser Mauern und bedeutete Léonie, ihm zu folgen. Sie mußte ihre Röcke eng raffen, damit sie die Steine nicht berührten. Sie hörte, wie hinter ihr ein Riegel vorgelegt wurde, und versuchte im zunehmenden Nebel die dunkle Masse eines großen Hauses einzuschätzen, das sie mehr ahnte als sah.

Unter ihren Füßen knirschte nun Kies, dann kamen quadratische Steinplatten, und sie traten in den Schein zweier Fackeln, die in Eisenringe gesteckt ein Tor beleuchteten, das sich umgehend vor ihnen öffnete. Beim Eintreten fand sich Léonie in dem prächtigen Palais eines Mannes, der weder Kosten noch Mühen gescheut hatte, sich ein Refugium nach seinem Geschmack zu schaffen. Im schwarzweißen Schachbrettmuster des glänzenden Marmorbodens spiegelten sich die Kandelaber mit den brennenden Kerzen, und die geschnitzten Kassetten der Türen gaben Motive aus dem Alten Testament wider.

Eine jener Türen, die sinnigerweise die Vertreibung aus dem Paradies zum Thema hatte, öffnete sich nun, und Charles von Anjou kam selbst, um Léonie in Empfang zu nehmen. Er küßte ihre Hand und half ihr aus dem Umhang, ehe er ihr einen anerkennenden Blick schenkte, der wiederum eine Spur zu lange auf ihrem Ausschnitt ruhte.

»Meine Erinnerung hat mich also nicht getrogen, Ihr seid wirklich so schön«, sagte er voll Bewunderung. »Vielleicht sogar noch schöner.«

Er berührte den Schleier an ihrer Schulter, jedoch so

flüchtig nur, daß Léonie nicht zu protestieren wagte. Sie hatte keine vertraulichen Gesten erwartet, und sie wußte nicht, wie sie darauf reagieren sollte.

»Setzt Euch!« Er führte sie durch die Tür und deutete auf ein breites Taburett vor dem Kamin, neben dem ein silberner Tisch stand, auf dem sich Flakons und venezianische Gläser befanden.

Léonie registrierte, daß alle vier Wände dieses Raumes mit kostbaren Tapisserien bespannt waren und daß auch der Boden unter mehreren Lagen von Teppichen fast verschwand. Eine Art Diwan, wie Charles sie im Morgenland kennengelernt hatte, stand in einer Ecke des Raumes, üppig mit seidenen Kissen bedeckt, und in goldenen Töpfen wuchsen grüne Pflanzen, die seltsame, schmale Blätter trugen, obwohl es Winter war.

»Ich danke Euch, daß Ihr so schnell nach mir gesandt habt, Euer Gnaden«, sagte Léonie leise und breitete im Sitzen ihre Röcke um sich aus. »Bitte, spannt mich nicht länger auf die Folter, verratet mir, was mit meinem Gemahl ist. Wann kommt er frei?«

Der Seigneur goß aus einem der Flakons roten Wein in ein Glas und reichte es Léonie.

»Trinkt, meine Liebe, Ihr seht ein wenig durchfroren aus. Es ist eine abscheuliche Nacht und beileibe kein Wetter, um eine Dame auf die Straße zu jagen. Verzeiht, daß ich so unhöflich war.

Léonie nippte an dem Wein und fand ihn ölig und sehr schwer. Wie Samt glitt er die Kehle hinunter und hinterließ tatsächlich eine Spur von Wärme und Wohlbehagen. Dennoch verweigerte sie sich der Verführung, die er ausströmte.

»Mein Gemahl, Euer Gnaden«, mahnte sie.

Charles tat, als gäbe er sich fürs Erste damit zufrieden, daß Léonie gehorsam den Wein trank, wie er es befohlen hatte. »Nun, was Euren Gatten betrifft«, begann er und schüttelte den Kopf, »ich fürchte, um seine Sache steht es schlecht. Der Seigneur von Tinténiac scheint dem König eine Botschaft geschickt zu haben mit dem Inhalt, daß er sich von Eurem Gemahl bedroht fühle. Daß jener ihn im Streit um irgendwelche Ländereien übervorteilt habe und nun drauf und dran sei, ihn erneut unrechtmäßig anzugreifen.«

»Aber das stimmt nicht«, fuhr Léonie auf. »Dieser Mann hat gelogen. Warum? Wir haben erst im Oktober geheiratet. Denkt Ihr, ein Mann, der eben eine Frau genommen hat, plant Nachbarschaftskriege? Wir haben genügend Arbeit auf Glain, die Burg muß erneuert werden, und das Lehen ist in desolatem Zustand. Mein Gemahl wäre nie auf den Gedanken gekommen, in einer solchen Situation auf Raubzug zu gehen. Zudem ist er ein Mann von Ehre und kein gesetzverachtender Räuber. So helft mir doch, den König davon zu überzeugen! Ihr vermögt es, ich weiß es!«

»Möglicherweise besitze ich einen gewissen Einfluß ...« Charles von Anjou lächelte geschmeichelt und sah schon wieder auf ihre Brüste. »Und Ihr besitzt die Münze, diesen Einfluß zu bezahlen!«

Léonie blinzelte verwirrt. Wollte der König etwa Gold von ihr? Oder der Seigneur von Anjou selbst?

»Verzeiht, ich verstehe Euch nicht ...« entgegnete sie und stellte ihr Glas wieder ab.

Ehe sie wußte, was geschah, hatte sich der Seigneur zu ihr auf das Taburett gesetzt und griff nach ihren Händen, um sie an seine Brust zu ziehen. Sie spürte den steifen Brokat seines Wamses an den Knöcheln, die harten Glieder der Goldkette mit dem Wappenschild der Anjous, die er darüber trug.

Aus der Nähe sah sie die scharfen Falten, die das Leben und das Alter in sein Gesicht gegraben hatten; sie bemerkte, wie bezwingend sein Blick war. Sie hatte Mühe, einen ängstlichen Schauer zu unterdrücken. Es gefiel ihr nicht, so eng bei ihm zu sitzen.

»Ihr seid eine wunderschöne Frau, Léonie d'Escoudry!« raunte er heiser. »Viel zu schade für einen Tölpel wie den jungen Falken. Ihr gehört in einen Raum wie diesen und nicht auf eine öde Burg in der Provinz. Schenkt mir Eure Freundschaft, ich bitte Euch!«

»Meine Freundschaft?« Léonie wiederholte dieses Wort, als hätte sie es noch nie gehört und wüßte nicht, was es bedeutete. »Wie meint Ihr das, Seigneur?«

»Vergeßt Euren Gemahl, er ist ohnehin schon so gut wie zum Tode verurteilt. Freut Euch, daß Ihr Witwe werdet, und genießt Euer Leben. An meiner Seite liegt Euch das Königreich zu Füßen ...«

Léonie traute ihren Ohren nicht. Sie war so fassungslos, daß sie keinen Versuch der Gegenwehr machte, als Charles von Anjou sie an sich riß und ihr seine Küsse aufzwang. Zärtliche, leidenschaftliche, routinierte Küsse, die Léonie auf eine seltsame Weise unberührt ließen, während ihr Herz noch unter dem Schock bebte, den er ihr eben versetzt hatte.

Für einen Augenblick lang kam es ihr so vor, als schwebe sie über diesem eng umschlungenen Paar. Über der Frau im roten Gewand, die reglos in den Armen des Mannes lag, der fieberhaft ihre Wangen, ihren Mund, ihre Stirn und ihren Hals küßte. Dessen Hände zu ihrem Dekolleté glitten und sich zwischen die Schichten aus Seide und feinem Leinen schoben, um die cremeweißen Brüste zu berühren, die ihn so verlockten, und die empfindsamen Spitzen zu liebkosen.

Das passiert nicht mir, sagte sich Léonie. Unmöglich. Denn sie empfand ja nichts. Sicher, die Berührung, die Belästigung, die Demütigung, aber nichts war von jener überwältigenden Lust zu spüren, die sie bei Mathieu empfunden hatte. Unwillkürlich erinnerte sie sich an ihre wilde Raserei an jenem Morgen, bevor er verhaftet worden war.

Sie beide hatten sich ebenfalls hemmungslos ihre Lust und Begierde hingegeben, aber dennoch, welch ein Unterschied war es! Ekstase hatte sie, Léonie, dabei erfüllt, kein Widerwillen! Gütiger Himmel, Mathieu würde sie umbringen, wenn er jemals erfuhr, daß sie diesem Manne gestattet hatte, sie so zu berühren!

Der Gedanke an ihren Gatten verlieh Léonie endlich die Energie, sich gegen die unverschämten Liebkosungen dieses Mannes zu wehren, der augenscheinlich der Meinung war, daß ihm seine Macht und sein edler Name das Recht gaben, über sie zu verfügen. Sie hörte eine Naht reißen, als er den Stoff tiefer herunterschob, um ihre Brüste betrachten zu können und seinen gierigen Mund um eine der rosigen Spitzen zu schließen. Und obwohl sie diese Zärtlichkeit verabscheute, spürte sie, daß ihre Brustwarzen sich verhärteten.

»Ich bitte Euch, laßt mich ... *Euer Gnaden*! Ihr wißt nicht, was Ihr tut! Eure Gemahlin ...«

Der unverhoffte und ein wenig verspätete Widerstand Léonies ernüchterte Charles von Anjou ebenso wie der unpassende Hinweis auf seine edle Gemahlin, die ihm zwar nicht unbedingt in Leidenschaft verbunden war, aber keine Skandale schätzte.

»Keine Angst, meine Schöne«, schmeichelte er und ließ zu, daß sie von ihm abrückte. Der Schleier war ihr von den Haaren geglitten, und neben dem Taburett blitzte der Stirnreif, der ihn gehalten hatte. Wie entzückend prüde sie doch reagierte!

Doch als sie versuchte, ihr Kleid hochzuziehen, erhob er sich, um sie an den Schultern zu packen und zu verhindern, daß sie ihre Brüste bedeckte, die ihn nach der ersten Kostprobe nur noch mehr verlockten.

»Man arrangiert derlei Dinge bei Hof mit großem Takt

und sehr viel Feingefühl. Niemand wird es wagen, Euch zu beleidigen.«

»Aber Ihr beleidigt mich!« Im unpassendsten aller unpassenden Momente verlor Léonie ihre normalerweise so eiserne Beherrschung. Eine feine Röte färbte ihre Züge, und ihre Augen blitzten empört, weil er erneut nach ihrem Busen langte und die harten Knospen mit den Fingern massierte. »Haltet Ihr mich für eine Dirne, die sich auf dem Jahrmarkt feilbietet? Laßt mich!«

Sie riß sich so heftig los, daß das Silbertischchen mit den Gläsern und Flakons klirrend umstürzte.

»Aber, aber ...« Charles schwankte sichtlich zwischen Ärger und Belustigung. Es gefiel ihm, daß sie noch mehr Temperament zeigte, als er gedacht hatte, aber sein Verlangen duldete keine weiteren Spielchen. »Ihr seid ein wenig verwirrt, meine Liebe. Ihr achtet nicht auf Eure Worte, also will ich es auch nicht tun.«

Er behandelte sie, als wäre sie ein ungezogenes Kind, das er mit einer Mischung aus Güte und Strenge zur Ordnung rufen müßte. Sie versuchte die maßlose Wut, die sie erfüllte, wieder unter Kontrolle zu bekommen.

Aber das maliziöse Lächeln um seinen Mund machte jede Anstrengung zunichte.

Sie hatte es von jeher gehaßt, wenn über ihren Kopf hinweg entschieden wurde, und es fehlte ihr mehr denn je an der nötigen Demut, eine solche Haltung hinzunehmen. Sie raffte den zerrissenen Stoff über den nackten Brüsten.

»Dann will ich dafür die Beleidigung vergessen, die Ihr mir angetan habt. Laßt uns zum Beginn unseres Gespräch zurückkommen«, sagte sie. »Wir sprachen über meinen Gemahl. Ihr hattet mir versprochen, sein Schicksal zu klären und sich für seine Freiheit einzusetzen.«

Der Onkel des Königs verschränkte die Arme vor der Brust, und das Glitzern in seinen Augen warnte Léonie davor, seine Liebenswürdigkeit für etwas anderes als ein politisches Manöver zu halten.

»Unser neuer König ist ein frommer und gerechter Mann, meine Liebe. Ihr solltet auf sein Urteil vertrauen und es hinnehmen, wie es einer gehorsamen Untertanin und Christin geziemt. Aber Ihr müßt Euch keine Sorgen machen, daß Ihr in den Untergang des Hauses Escoudry hineingerissen werdet. Niemand macht Euch Vorwürfe, und wenn Ihr unter meinem Schutz steht, kann Euch nichts passieren.«

»Der Untergang des Hauses Escoudry?« Die Röte auf Léonies Wangen wich marmorner Blässe. »Wie könnte das sein? Mein Gemahl hat sich nichts zuschulden kommen lassen, und seine Brüder sind ebenfalls treue Diener seiner Majestät. Rogier d'Escoudry ist sogar hier bei Hofe! Ich begreife nicht, was Ihr mir sagen wollt!«

Charles von Anjou bekämpfte einen gereizten Anflug von Ungeduld. Er hatte nicht damit gerechnet, auf Widerstand zu treffen.

Léonie war ihm so sanft, so liebenswürdig und weich erschienen, daß ihm die Idee, sie könnte sich dem entgegenstellen, was er im Sinn hatte, nicht einmal gestreift hatte.

»Gebt Euch in meine Hände, und es wird Euch nichts geschehen.« Es war eine mehr oder wenige unverhüllte Drohung. Einer Frau Schrecken einzujagen, war ihm bislang immer noch als der beste Weg erschienen, sie zum Gehorsam zu zwingen. »Verweigert Euch, und das Urteil des Königs wird Euch mit voller Gewalt treffen. Das Lehen von Glain geht an den König zurück, wenn Euer Gemahl wegen Hochverrat unter das Schwert kommt. Sein Vermögen und damit auch Eure Mitgift werden eingezogen. Euch bleibt die Wahl, zu Euren Eltern zurückzukehren oder in ein Kloster zu gehen! Ist das eine Zukunft, die Euch erstrebenswert erscheint?«

Léonie hatte längst begriffen, daß sie wie eine törichte Närrin auf diesen Mann hereingefallen war. Roxana hatte sie zu Recht gewarnt! Der Seigneur von Anjou hatte nie im Sinn gehabt, sich für Mathieu einzusetzen. Wenn ihm nach etwas der Sinn stand, dann höchstens danach, dessen Gemahlin Gewalt anzutun!

»Sogar eine Zukunft als Bettlerin erschiene mir freundlicher, als eine Hure in Eurem Bett zu sein!« erwiderte sie laut und empört. »Ich gehöre meinem Gemahl und niemandem sonst!«

»Dann geht mit Eurem Gemahl zugrunde!« erwiderte Charles von Anjou kalt. Ihre Beleidigung hatte ihn schlagartig ernüchtert und seine Begierde erlöschen lassen.

Der Haß in seinen Augen traf Léonie wie das eisige Metall eines scharfen Schwertes. Von diesem Mann Erbarmen zu erwarten war mehr als eine Dummheit gewesen!

»Laßt mich gehen!« forderte sie, das Kinn trotzig vorgereckt, die Schultern gestrafft.

»Ihr werdet es bereuen«, antwortete Charles. »Ich mache meine Angebote stets nur einmal!«

»Das hoffe ich in der Tat, für Euch und für mich«, sagte Léonie hitzig. »Denn ich kann mir nicht vorstellen, daß ein Mann Eures Standes und Eurer Erziehung die Gattin eines anderen begehrt. Es ist gegen Sitte und Anstand. Es ist eine Sünde!«

Mit einer Hand hielt sie den zerrissenen Stoff, mit der anderen raffte sie ihre Röcke und rauschte aus dem Raum. Sie zuckte zusammen, als überraschend ein Lakai auftauchte und ihr den Umhang hinhielt. Doch Léonie wartete nicht ab, bis er ihr das Kleidungsstück umgelegt hatte. Sie riß es ihm aus der Hand und fuhr ihn an: »Öffnet die Tür!«

Der Mann warf einen Blick an ihr vorbei auf seinen Herrn, der düster nickte und keine Anstalten machte, seine entrüstete Besucherin aufzuhalten. Sollte sie doch selbst sehen, wie sie in einer fremden Stadt, ohne Führer und ohne Laterne, in ihre Herberge zurückfand. Sollte sie doch eine Beute jenes lichtscheuen Gesindels werden, das die Gassen von Angers zu diesen Stunden bevölkerte, wenn er sie schon nicht haben konnte.

Es war ohnehin noch ein milderes Schicksal, als er allen übrigen Escoudrys zugedacht hatte! Er hätte sich denken können, daß ein Sohn des Falken keine gewöhnliche Frau zum Weib genommen hatte. Mit ihrem übertriebenen Ehrbegriff und ihrem dummen Starrsinn paßte sie haargenau in diese ärgerliche Sippe, und sie sollte mit ihr untergehen.

Als sie schon in der kleinen Pforte stand, die der Lakai innerhalb des großen Portals aufgestoßen hatte, drehte Léonie sich noch einmal um und blickte Charles von Anjou an. Sie wußte nicht, weshalb er dem Falken und seinen Söhnen zürnte, aber sie wußte, daß sie endlich den Feind der Escoudrys gesehen und er ihr sein wahres Gesicht gezeigt hatte.

21. Kapitel

Léonie hielt ihren Umhang fest um sich geschlungen und zog sich die Kapuze tief in die Stirn. Dabei versuchte sie die Furcht in Schach zu halten, die sie zu überwältigen drohte, die mit Spinnenfingern aus dem Nebel nach ihr griff und ihren Atem zu lähmen drohte. Sie wagte einen schnellen Blick in die Runde. Dunkelheit und Feuchtigkeit umgaben sie wie ein zweiter Mantel, während sie sich mit schnellen Schritten in die Richtung wandte, aus der sie gekommen zu sein glaubte.

Als unvermittelt eine Hand nach ihr griff, schrie sie in

Panik auf und versuchte sich loszureißen. Sie sah nur eine hochgewachsene Gestalt, und es dauerte einen Moment, bis sie die Umrisse erkannte, und da hörte sie auch schon die fremdländische, leicht gutturale Stimme von Roxanas treuem Wächter.

»Ihr braucht keine Angst zu haben, ich bringe Euch in die Herberge!«

»Omar!« stieß Léonie keuchend hervor und legte eine Hand auf ihr wild pochendes Herz. »Wo kommst du her?«

»Meine Herrin hat verlangt, daß ich Euch folge und auf Euch achte. Sie hat mich bei Allah schwören lassen, daß ich Euch sicher wieder heim geleite.«

Roxana! Gütiger Himmel, dieses Mädchen entwickelte sich nachgerade zu ihrem Schutzengel! Léonie stieß einen erleichterten Seufzer aus und nickte.

»Dann laß uns gehen! Schnell, ehe man mir folgt!«

Sie konnte es immer noch nicht fassen, daß Charles von Anjou sie so ohne weiteres hatte gehen lassen. Welch ein rätselhafter Mann! Erst versuchte er, sie zu verführen, dann beschimpfte er ihren Gatten und ließ sie gehen, ohne ihr Hilfe anzubieten, obwohl ihm bewußt sein mußte, welche Gefahren einer anständigen Frau nachts in den dunklen Gassen drohte. Warum verhielt er sich so? Welche Motive lagen seiner Feindschaft zugrunde? Sicher hatte er auch aus Begierde gehandelt, aber wie tödlich hätte er Mathieu verletzten können, hätte er ihm gesagt, daß er seine Frau besessen hätte!

Erst als sich Roxana erleichtert in ihre Arme stürzte und die beiden Frauen sich für einen Moment tröstend festhielten, wußte Léonie endgültig, daß sie in Sicherheit war, und ein Teil der unnatürlichen Ruhe, die sie aufrecht erhalten hatte, löste sich. Zitternd sank sie auf das breite Bett, das sie mit Roxana teilte, und schlug die Hände vors Gesicht. In ihren Augen brannten Tränen, aber sie konnte nicht weinen. Sie wußte zu gut, daß Weinen nichts ändern würde.

»Was ist geschehen?« Roxana hatte sofort bemerkt, daß Léonies Schleier und der Haarschmuck fehlten, und ihren scharfen Augen war auch nicht entgangen, daß Léonies schönes Kleid zerrissen war. »Was hat dieses Schwein Euch angetan?« Léonie ließ die Hände sinken und hob den Kopf. Sie sah diesmal keine Veranlassung, Roxana für ihre drastische Ausdrucksweise zu rügen.

»Der Seigneur denkt gar nicht daran, etwas für meinen Gemahl zu tun. Aus mir rätselhaften Gründen empfindet er sogar tiefe Befriedigung darüber, daß Mathieu der Tod droht. Er hat davon gesprochen, daß das Geschlecht der Escoudrys ausgelöscht würde; daß, wird Mathieu verurteilt, Glain an die Krone zurückfällt. Er haßt alles, was den Namen des Falken trägt. Mir jedoch hat er angeboten, mich unter seinen Schutz zu begeben. Mit anderen Worten, er wollte mich zu seiner Hure machen …«

»Er muß verrückt sein!« platzte Roxana heraus.

Léonie schüttelte den Kopf. »Das dachte ich zuerst auch, aber nun bin ich mir dessen nicht mehr so sicher. Er ist kalt bis in die Tiefen seiner Seele. Er hatte nie die Absicht, mir zu helfen, er dachte lediglich, daß ich dumm genug wäre, auf sein Angebot hereinzufallen und mich ihm hinzugeben. Es war falsch, von seinem Namen und seinem Rang auf seine Ehre zu schließen. Er besitzt keine Ehre! Wir sind so weit wie zuvor. Ich habe einen Tag verschwendet, ohne meinem Gemahl zu helfen. Vielleicht habe ich ihm sogar noch mehr geschadet …«

Ihre Schultern sanken herab, als sie begriff, daß all ihre Hoffnungen zerstört zu sein schienen. Die Sehnsucht nach Mathieu mischte sich mit der Angst um ihn und einem tieferen, noch schmerzlicherem Gefühl. Er war ihr Leben! Wenn ihm der Tod drohte, wollte auch sie nicht mehr leben! Nichts hielt sie auf dieser Welt, wenn er sie verlassen mußte.

»Ihr dürft den Mut nicht verlieren«, beschwor Roxana

sie, der das Verhalten der Freundin plötzlich Angst einjagte. »Gut, wir haben einen Rückschlag erlitten, aber wir werden noch einmal von Neuem beginnen. Der König! Erinnert Euch, daß Ihr dem König Euer Anliegen vortragen wolltet und von Anjou daran gehindert worden seid. Wir werden es morgen erneut versuchen.«

»Es wird mißlingen«, murmelte Léonie düster. »Ich spüre es …«

Roxana schnaubte undamenhaft. »Wo bleibt Euer Mut? Ihr seid Léonie d'Escoudry, die Gattin des Erben des Falken. Er ist der Sohn des tapfersten Ritters des Königs. Einen solchen Mann verurteilt nicht einmal der Philipp von Frankreich, ohne ihn anzuhören.«

»Der Falke *war* der tapferste Ritter des Königs«, verbesserte Léonie sie. »Und der König ist vor Tunis an der Pest oder Ruhr oder einer anderen schrecklichen Krankheit gestorben. Die Escoudrys haben keine Freunde mehr bei Hofe! Wir sind allein.«

Daß dies die unheilvolle Wirklichkeit war, zeigte sich am nächsten Tag, als sich die Hellebarden der Wachsoldaten vor Léonie und Roxana senkten, und sie am Betreten des Schlosses von Angers behinderten. »Ihr seid nicht erwünscht im Schloß des Königs, Dame d'Escoudry!«

Léonies Wangen brannten vor Scham, und am liebsten hätte sie die Hellebarde mit ihren Händen gepackt und zur Seite geschleudert. Ihre Gnaden, der Herzog von Anjou, hatte sich unschwer ausrechnen können, daß sie dort weitermachen wollte, wo er sie am Tag zuvor unterbrochen hatte – vorausgesetzt, sie hatte den Weg durch die Gassen der Stadt überlebt. Vorsichtshalber hatte er seine Macht eingesetzt, um eine Audienz beim König zu verhindern.

Roxana verhinderte, daß Léonie den Wachmann in eine

Debatte verwickelte, die für beide Teile nur peinlich geworden wäre.

»Kommt, laßt uns gehen! Es hat keinen Sinn!« flüsterte sie Léonie ins Ohr und ließ die Freundin nicht los, bis diese ihren inständigen Bitten folgte.

Aber Léonie kehrte nicht in die Herberge zurück, sie trat in den Schatten der großen Kathedrale. Da sie selbst sich keinen Rat mehr wußte, wollte sie eine höhere Macht um Hilfe bitten. Sie sank im Schatten der mächtigen Säulen auf die Knie und versuchte, die Worte eines Gebetes zu finden. Die feuchtklamme Stille des Gotteshauses, in dem es nach Kerzenrauch, abgestandenem Weihrauch und den Bratäpfeln roch, die ein Händler draußen vor dem Tor verkaufte, brachte ihr indes nur noch deutlicher zu Bewußtsein, wie hilflos sie war.

Um was sollte sie beten? Um Gerechtigkeit? Mathieu hatte den Seigneur de Tinténiac getötet; es konnte nicht im Sinne Gottes sein, wenn ein Mann einem anderen das Leben nahm. Andererseits, war dies nicht die Welt, wie sie Gott geschaffen hatte? Mitsamt den Menschen, die sich ihre eigenen Gesetze machten und einander mißtrauten? Die einander verrieten und um der Macht und des Einflusses willen mit Leben spielten?

»Heilige Mutter Gottes, du weißt, wie sehr ich Mathieu d'Escoudry liebe«, flüsterte sie schließlich in der Bedrängnis ihres Herzens, und dann fügte sie verzweifelt hinzu: »Bitte, laß nicht zu, daß er mir genommen wird! Beschütze sein Leben und verhindere, daß man ihm Böses antut!«

Roxana kniete neben ihr und versuchte die Kälte und Härte des steinernen Bodens zu ertragen. Sie hatte die Hände fromm gefaltet, aber im Gegensatz zu Léonie betete sie nicht. Sie versuchte, zu einem Entschluß zu kommen. Es lag in ihrer Macht, Léonie und Mathieu zu helfen, aber hatte ihr der Falke nicht dringend geraten, dieses Mittel nur im äußersten Notfall anzuwenden? Es bestand die Gefahr, daß sie die Aufmerksamkeit der falschen Menschen erregte. Aber hatte sie eine andere Wahl? Konnte sie zusehen, wie Léonie unglücklich wurde? Sie hatte nur Gutes von ihr erfahren, es war an der Zeit, ihr dies zurückzuzahlen.

Sie sah, wie Léonies Schultern bebten, sie hörte das verzweifelte Flüstern ihrer Freundin. Sie wußte, wem ihre Gebete galten und wofür sie ohne zu zögern alles opfern würde. War es nicht kleinlich und dumm von ihr, Roxana, überhaupt zu zögern? Worauf wartete sie noch? Darauf, daß der König das Urteil über Mathieu d'Escoudry öffentlich machte?

Mit einem unterdrückten Schluchzen erhob sich Léonie. Einen Moment lang schwankte sie, und dankbar ergriff sie Roxanas Arm. Die schreckliche Übelkeit, die sie überwunden geglaubt hatte, war an diesem Morgen zurückgekommen, und die Ereignisse hatten nichts dazu beigetragen, ihr Befinden zu bessern. Ihr war fürchterlich schlecht, und sie ballte die Hände zu Fäusten, während sie darauf wartete, daß ihr Magen sich wieder beruhigte.

»Ihr müßt Euch niederlegen«, riet Roxana und drängte Léonie zum Ausgang. »Niemandem ist damit gedient, wenn Ihr krank werdet. Ihr dürft Euch nicht so aufregen; glaubt mir, es wird alles wieder in Ordnung kommen.«

»Vermutlich«, stimmte Léonie mit bitterem Spott zu. »In die Ordnung des Seigneur von Anjou. Dies hier ist seine Stadt, sein Herzogtum, der König und sein Hof sind bei ihm zu Gast. Niemand in diesen Mauern wird es wagen, gegen sein Wort zu handeln. Wenn doch wenigstens Rogier noch hier wäre, er könnte mir raten, was ich tun soll!«

»Das kann ich auch«, erklärte Roxana energisch und schob ihren Arm unter den Léonies. »Ihr dürft weder verzweifeln noch den Mut verlieren. Gott ist auf seiten der

Tüchtigen, die ihr Schicksal selbst in die Hand nehmen; wißt Ihr das nicht?«

Léonie zwang sich zu einem Lächeln, das nicht gelingen wollte, und trat mit Roxana hinaus auf den Platz vor der Kathedrale. Auf dem morgendlichen Markt hatte sich die übliche Mischung aus ehrsamen Hausfrauen, fleißigen Mägden, Neugierigen und Noblen versammelt, die kauften, feilschten, über den Platz schlenderten oder eine der zahlreichen Leckereien kosteten, die überall angeboten wurden. Normalerweise hätte Léonie das bunte Treiben genossen und alles voller Neugier betrachtet, doch heute vertieften der Lärm, die verschiedenen Gerüche, die Menschenmenge und das Gedränge nur ihre Verzweiflung.

Die Anspannung, die ihr Gesicht kennzeichnete, verriet Roxana, daß Léonie die Grenze ihrer Kraft und Beherrschung erreicht hatte, und so bemühte sie sich, die Freundin so schnell wie möglich aus dem Marktgewimmel zu führen. Die hochgewachsene, fremdländische Gestalt Omars, der vor dem Gotteshaus auf sie gewartet hatte, half ihr dabei. Die Menschen wichen in abergläubischer Furcht vor dem Mann mit dem Turban zurück, der die schöne blasse Edeldame und ihre Zofe begleitete.

Männer wie er waren es, die den christlichen Rittern und ihrem Anführer Ludwig von Frankreich vor Tunis im Verein mit der Hitze und den Krankheiten den Tod gebracht hatten! Die Neugier wich unheilvollem Murren, und Roxana atmete erleichtert auf, als sich die Tür des Gasthauses zu den ›Drei Königen‹ hinter ihnen schloß, ehe der erste Stein geworfen wurde.

Der verstorbene König war binnen Jahresfrist fast zu einem Heiligen geworden, zu einem Märtyrer, dessen Tod seine Untertanen immer noch betrauerten. Roxana hatte davon gehört, aber was dies für Omar bedeuten könnte, war ihr erst in diesem Moment klargeworden. Ob es seinem Sohn gefiel, stets daran erinnert zu werden, daß sein

Vater fromm, edelmütig, tapfer, aber gleichwohl auch ein Mann mit allen Fehlern und Schwächen gewesen war?

»Der Weg zu Mathieus Freiheit führt nur über König Philipp«, erklärte sie, als Léonie sich nach einer Weile wieder erholt hatte. »Wenn es nicht möglich ist, ihn in einer offiziellen Audienz zu sprechen, so müssen wir uns eben bemühen, seine Aufmerksamkeit auf andere Weise zu gewinnen.«

»Das klingt vernünftig.« Léonie seufzte und zog die Nadeln aus dem Hennin, damit sie den Kopfputz los wurde, der auf ihre Schläfen drückte. »Aber dennoch frage ich mich, wie wir das bewerkstelligen sollen, wenn schon die Wachen am Tor dafür sorgen, daß wir keinen Fuß in das Schloß setzen können.«

»Der Herzog von Anjou kann vielleicht die Dame von Glain und ihre Zofe so beschreiben, daß die Wachen sie erkennen und abweisen, aber er wird sich wohl kaum die Mühe machen, dies auch auf Mägde und Dienstboten auszudehnen.« Roxana lächelte. »Ich nehme an, daß die Königinmutter und ihre Damen die Stoffhändler, Schuster, Apotheker und Schneider von Angers ständig mit Aufträgen eindecken. Es wird also genug Mägde geben, die Anweisungen weitergeben oder irgendwelche Lieferungen ins Schloß bringen ...«

»Du meinst ...« Léonie hatte eigentlich sagen wollen, daß eine solche Idee völlig absurd sei, aber sie begriff sehr schnell, daß Roxanas Vorschlag durchführbar war. Und sie hatten endlich wieder die Möglichkeit zu handeln, was tausendmal besser war, als die Zeit mit ängstlichen Gedanken zu verschwenden und sich zu fragen, wie schnell der Herzog von Anjou seine Rache gegen Mathieu ausführen mochte.

»Und wie stellst du dir das vor?« wollte Léonie wissen.

»Es ist ganz einfach.« Roxana hielt es nicht mehr auf ihrem Beobachtungsplatz am Fenster, sie trat an den Tisch, an dem die Freundin saß, stemmte die flachen Hände auf die Platte, beugte sich zu Léonie vor. »Omar hat beobachtet, daß an einer Nebenpforte ein ständiges Kommen und Gehen von Mägden und Lakaien herrscht. Bei irgendwelchen Lieferungen kümmern sich die Bewaffneten offensichtlich mehr um den Inhalt der Bündel und Körbe, als um die Personen, die sie tragen. Man braucht also nur eine solche Besorgung für die Hofdamen der Königin abzugeben, dann ist man bereits im Schloß! Dort ist es ein Leichtes, nach den königlichen Gemächern zu fragen und auf eine Gelegenheit zu warten, bei der Ihr Euch dem König zu Füßen werfen könnt.«

Léonie schwieg. Auch wenn sie durchschaute, daß Roxana mögliche Gefahren herunterzuspielen versuchte, änderte dies dennoch nichts an der Tatsache, daß dies die einzige Möglichkeit war, ihr Ziel zu erreichen. Und je schneller sie diesen Plan in die Tat umsetzen konnten, um so besser würde es sein.

»Und was wünscht die Königinmutter von uns gebracht zu haben?« erkundigte sie sich.

»Ich nehme an, sie hat von den bezaubernden Arbeiten der netten Weißnäherin gehört, die gestern die Proben ihrer Arbeiten bei uns abgegeben hat. Wenn Ihr bereit seid, die Hemden für diesen Zweck zu opfern ...« Roxana sah die Freundin fragend an.

»Natürlich!« Léonie fühlte plötzlich, wie alle Anspannung von ihr abfiel. »Welch dumme Frage! Aber woher nehmen wir die Hauben und Röcke, wie sie die einfachen Frauen in dieser Stadt tragen?«

Roxana lächelte triumphierend. »Ich habe mich mit ein paar Mägden hier im Haus angefreundet. Ich nehme an, daß sie mir gerne für einige Stunden ein paar Kleider ausleihen werden, wenn ich mich dafür erkenntlich zeige!«

»Und was für einen Grund willst du ihnen angeben?«

Roxana hob die Schultern. »Vielleicht habe ich mich in

einen hübschen Soldaten verliebt und will ihm verschweigen, daß ich nicht aus Angers komme?«

»Gütiger Himmel, du überraschst mich stets aufs Neue, Mädchen!« rief Léonie.

Es war kurz vor dem Vesperläuten, als Léonie an Roxanas Seite über den Hof des Gasthauses huschte. Sie trug einen feinen Henkelkorb, der sorgsam mit bestem weißen Leinen ausgelegt war und in dem zwei der hübschesten bestickten Hemden lagen, die sie jemals zu Gesicht bekommen hatte. Hemden, die wirklich einer Königin wert waren. Das war sogar dem Wachposten klar, der die feinen Werke bestaunte, die Roxana unter dem Leinen zeigte, während Léonie ihm den Korb zur Begutachtung hinhielt.

»Potzdonner«, rief der Mann und kratzte sich im Nacken. »So was trägt man bei Hof unter den Kleidern? Da möcht' ich gern' mal eine von euch zwei Hübschen drin sehen und ohne Kleid drüber! Haha!«

Roxana kicherte kokett, und Léonie errötete, weil sie nicht wußte, was sie sagen oder tun sollte. Beide Reaktionen paßten indes zu ihrer Rolle, und der Mann ließ sie gutmütig passieren, und gab ihnen dazu noch eine genaue Wegbeschreibung.

»Ihr müßt nach der königlichen Haushofmeisterin fragen«, fügte er hinzu. »Das ist ein richtiger Drachen, aber sie hat nun mal den Befehl im Haushalt der Königinmutter und ihrer Damen.«

»Danke.« Roxana knickste keck und zwinkerte ihm zu. »Habt Ihr nachher noch Dienst, wenn wir wiederkommen?«

»Ich fürchte nein, denn ich werde zum Vesperläuten abgelöst«, bedauerte der Mann. »Aber wenn du morgen Zeit hast, Täubchen ...«

»Wir werden sehen«, zwitscherte das Mädchen und zog Léonie energisch hinter sich her ins Schloß.

»Bist du töricht!« wisperte die Dame von Glain empört. »Du hast diesem Kerl schöne Augen gemacht! Wo bleibt dein Benehmen?«

»Für ein Weißnähermädchen ist das ganz in Ordnung«, behauptete Roxana. »Außerdem ist es gut, wenn die Wache wechselt, dann fällt so schnell niemandem auf, wieviel Zeit wir im Schloß zugebracht haben.«

Léonie wirkte ein wenig hilflos. Roxanas Talent zum Abenteuer entwaffnete sie. Das Mädchen dachte an Dinge, die Léonie selbst niemals eingefallen wären. Hoffentlich hielt sie ihren Verstand besser beieinander, wenn sie dem König gegenüberstand!

Im Bereich der mächtigen Mauern brannten bereits die Pechfackeln in den Eisenringen, und hinter den ersten Fenstern des Schlosses tauchte Licht auf. Wie üblich verdichtete sich der Abendnebel, der vom Fluß aufstieg, und die beiden jungen Frauen eilten zielstrebig auf den großen Palast zu. Léonies Herz klopfte bis in den Hals hinauf. Würde sie dieses Mal mehr Glück haben, wenn es darum ging, die Sache ihres unglücklichen Gemahls zu vertreten?

Anfangs zweifelte sie daran, denn der hochnäsige Lakai, der sie bereits in der Eingangshalle aufhielt, schien große Lust zu haben, sie einfach hinauszuwerfen. Er betrachtete sie, als wären sie ekliges Ungeziefer. Léonie merkte, wie sie wütend wurde. So ein Lackaffe! »Dann werdet Ihr aber Schwierigkeiten mit ihrer Majestät der Königinmutter bekommen«, sagte sie hochnäsig. »Sie hat verlangt, daß diese Hemden unverzüglich geliefert werden, sobald sie fertiggestellt sind, egal zu welcher Tageszeit. Sie wartet darauf! Unsere Meisterin wird ihr schon sagen, daß Ihr uns hinausgeworfen habt, und dann dürft Ihr Euch freuen!«

»Zur Königin? Jetzt?« Der Mann hob den Stoff und ließ ihn wieder fallen, als er entdeckte, daß die zarten Leinengebilde tatsächlich von Meisterhand gefertigt und bestickt waren. »Soweit ich weiß, ist die Königinmutter im Rat des Königs. Die *›gens de roi‹* tagen im Arbeitskabinett, und niemand darf dort stören.«

»Aber es wird doch in diesem riesigen Schloß einen Raum geben können, wo wir warten dürfen, bis ihre Majestät Zeit hat, sich damit zu beschäftigen ...« Léonie neigte den Kopf zur Seite, und diesmal probierte sie es mit einem strahlenden Lächeln, das ihn prompt unsicher werden ließ.

»Also gut, kommt mit mir!« sagte er brummig, nachdem er noch einmal überlegt hatte, und lief vor ihnen her einen Gang entlang, der im Neunzig-Grad-Winkel von der großen Eingangshalle abzweigte und zu einer schmucklosen Steintreppe führte, die allem Anschein nach für das Gesinde gedacht war. Sie stiegen ein Stockwerk hinauf und eilten eine weitere, wesentlich prächtigere Galerie mit Wandbehängen und kerzenbestückten Kandelabern entlang.

Die Ehrenwache vor einer doppelflügeligen Tür verriet Léonie, daß es sich dabei um die Räume des Königs handeln mußte, doch der Lakai ging weiter und führte sie schließlich in ein Vorzimmer, das lediglich eine rohe Holzbank enthielt. Kein Feuer brannte im Kamin, und man hatte sich auch nicht die Mühe gemacht, den kalten Steinboden mit wärmenden Binsen zu bedecken.

»Wartet hier, bis man Euch holt!« befahl er und verschwand wieder. Falls sich seine Entscheidung als falsch erweisen sollte, wollte er nicht mit den Mägden in Verbindung gebracht werden.

»Welch ein Laffe!« rief Roxana und eilte zum Fenster, um sich zu orientieren. »Dort sind die Gärten«, verriet sie Léonie, ehe sie wieder zur Tür ging, sie vorsichtig einen Spalt öffnete und hinauslugte. »Die Frage ist, wie wir an den Posten vorbei in die Gemächer des Königs kommen?«

Léonie umklammerte den Korb so fest, daß ihre Fingerknöchel weiß hervortraten. Durch den Türspalt, den Roxana offen gelassen hatte, klangen Männerstimmen und Schritte, Gelächter, Rufe und ein paar Abschiedsworte. Offensichtlich hatten die Männer des Königs, wie sich der Rat nannte, der schon König Ludwig zur Seite gestanden hatte, schneller ein Ende gefunden als erwartet.

»Auf ein Wort, mein Onkel ...« sagte in diesem Moment eine ruhige Stimme direkt vor ihrer Tür, dann bewegte sich der Knauf, und der Sprecher trat als Erster ein. »Ich wollte mit Euch ...«

In diesem Moment entdeckte der Mann die beiden jungen Frauen am Fenster, die ihn beide in völliger Verblüffung anstarrten.

22. Kapitel

König Philipp, der Dritte seines Namens, der Frankreich seit dem tragischen Tod seines Vaters regierte, sah zwei sauber gekleidete Mägde, die beide weder eine Reverenz machten noch die Verlegenheit zeigten, wie sie für Mädchen ihres Standes typisch war, wenn sie plötzlich ihrem König gegenüberstanden. Sie wirkten auch nicht furchtsam, eher so, als seien sie gerade bei etwas ertappt worden.

Unwillkürlich glitt sein Blick durch den schmucklosen Raum, der nur mit einer einzigen unbequemen Bank möbliert war und normalerweise dazu diente, unliebsame Besucher warten zu lassen. Er hatte diese Kammer betreten, weil er glaubte, hier vor unwillkommenen Lauschern sicher zu sein, da sich normalerweise um diese Zeit niemand mehr hier aufhielt.

Léonie hatte sofort gewußt, wem sie gegenüberstand. Es lag etwas in der majestätischen Haltung des jungen Mannes mit dem schmalen Goldreif im Haar, etwas, das keinen Zweifel an seinem Rang ließ. Es war der König. Der Herrscher, der über Mathieus Leben und seine Freiheit entscheiden würde!

Auch Roxana wußte sofort, wer vor ihr stand. Ein merkwürdiger, fast schmerzlicher Ausdruck huschte über ihr Gesicht, denn sie erkannte vertraute Linien in einem jüngeren, sanfteren und weicheren Gesicht, den Blick heller Augen, die sie so gut gekannt hatte, daß ihr nun Tränen in die Augen traten, weil Erinnerungen in ihr geweckt wurden, die sie ganz tief in ihrem Herzen vergraben und nie wieder anzurühren geschworen hatte. Es sollte nicht erlaubt sein, daß sich zwei Menschen so ähnlich sahen. Es tat zu weh.

»Nun, wie es scheint, gibt es Dringlicheres zu erledigen«, sagte der König trocken, als keine von beiden einen Laut von sich gab oder auch nur eine Bewegung machte, die bewiesen hätte, daß sie lebten und keine Statuen waren. Sein Interesse, geweckt von einem scharfen Auge, das mehr entdeckte, als die einfachen Gewänder, veranlaßte ihn dazu, sich zu seinem unsichtbaren Begleiter umzuwenden.

»Laßt es gut sein, ich sehe, daß noch jemand auf mich wartet. Wir können morgen darüber sprechen. Ihr hört von mir!«

»Wie Ihr befehlt, Majestät!« antwortete eine nur zu bekannte, herablassende Stimme, die Léonie zusätzlich erblassen ließ.

Wenn Charles von Anjou diesen Raum betrat, würde sie erneut mit ihrer Mission scheitern. Aber der König zog die Tür hinter sich ins Schloß und sperrte die Gefahr aus. Er bemerkte das verstohlene Aufatmen Léonies, aber noch neugieriger machte ihn das feine, edle Antlitz, das unter der zweiten Haube steckte und das ihm auf seltsame Weise vertraut vorkam. Diese Züge gehörten unter Samt und Seide und nicht unter die Haube einer einfachen Magd, soviel wagte er zu behaupten.

»Was hat Euch hierhergeführt?« Er verschränkte die Arme vor der Brust. In seinem Samtwams mit den prächtigen Goldstickereien bot er den beiden die Erscheinung eines ausgesprochen ansehnlichen jungen Ritters. Eingedenk der Mahnungen seines Vaters, die jener ihm hinterlassen hatte, versuchte er erst einmal in Erfahrung zu bringen, warum zwei Edeldamen sich als Mägde verkleideten, bevor er etwas unternahm. Denn daß sie hohen Standes waren, daran bestand für ihn inzwischen kein Zweifel mehr.

Léonie faßte sich ein Herz und versank endlich in die anmutige Reverenz, die eigentlich schon längst fällig gewesen wäre. Der unerwartete Zufall, genau dem Manne gegenüberzustehen, wegen dem sie dieses tollkühne Abenteuer gewagt hatte, ließ ihr Herz so heftig klopfen, daß sie schon fürchtete, es würde sich nie wieder beruhigen.

»Wir bitten um Eure Gnade, Majestät«, begann sie und ihrer Stimme konnte man anhören, wie nervös sie war. »Ihr seht in mir Léonie d'Escoudry, die Dame von Glain, Gattin Mathieu d'Escoudrys, der sich Eurem Richtspruch zu unterwerfen hat, obwohl ich Euch bei meiner ewigen Seligkeit zu schwören bereit bin, daß er nichts getan hat, was die Autorität des Königs und die Rechte des Königreiches verletzt.«

Das angenehme, freundliche Antlitz des Königs hatte sich mehr und mehr verfinstert. Man brauchte nicht viel Phantasie, um zu begreifen, daß ihm dieser Appell keineswegs gefiel.

»Eine kühne Behauptung, Dame Léonie«, antwortete er denn auch nach einem Moment. »Euer Gemahl hat einen meiner Lehnsmänner ungerechtfertigt angegriffen und ihn getötet. Was verletzt die Autorität des Königs mehr als die Tatsache, daß seine Männer sich zu Richtern über Leben und Tod aufschwingen?«

»Dann bestraft den, welcher den Anfang mit dem Morden und Töten gemacht hat«, rief Léonie leidenschaftlich. »Unsere Männer wurden überfallen, als sie Waren und Vorräte nach Glain brachten. Ich selbst habe ihre massakrierten Körper gesehen und an ihren Gräbern gebetet. Nur ein einziger Verletzter überlebte und brachte die Nachricht nach Glain, daß die feigen Angreifer unter dem Banner des Seigneurs de Tinténiac ihr schreckliches Werk an den Unseren verübt hatten! Verübelt Ihr es meinem Gemahl, daß er danach auf Rache sann?«

Der König löste die verschränkten Arme und kratzte sich nachdenklich hinter dem Ohr. Roxana biß sich auf die Lippen, ohne das Blut zu schmecken, das aus der kleinen Wunde floß. Diese Geste! Bei Gott, sie sollte den Blick abwenden, aber sie konnte es nicht tun.

»Sprecht weiter ...« befahl der König Léonie.

»Mathieu d'Escoudry hat nicht einem Unschuldigen den Tod gebracht, sondern dem Mann, der die Befehle zu feigem Mord gab. Mag sein, daß er auf Euren Richtspruch hätte warten sollen, aber ich weiß, daß ihn die Angst trieb, Glain könne noch mehr verlieren als diese Männer. Seht ihm dies nach, denn er verdient es nicht, in Schimpf und Schande im Kerker zu sitzen! Schenkt ihm Eure Gnade, und er wird es Euch mit hundertfachem Gehorsam lohnen. Er ist der Sohn eines Vaters, der Eurem Vater bis in den Tod hinein stets treu war!«

Der König schwieg erneut. »Und jener Zeuge?« fragte er schließlich. Habt Ihr ihn mitgebracht, damit er Eure Aussage bestätigen kann?«

Léonie atmete tief durch. »Es war mir nicht möglich, Man fand ihn in der Waffenkammer von Glain, von feiger

Hand enthauptet, als wir ihn suchten, damit er meinen Gatten und den Seigneur de Créqui begleitete. Wer immer den hinterhältigen Mord begangen hat, er tat es, um Mathieu d'Escoudry jede Rechtfertigung zu nehmen. Aber ich schwöre Euch bei meinem Leben, daß sich alles so zugetragen hat, wie ich es gesagt habe!«

Der König betrachtete sie nachdenklich, dann richtete er seinen Blick auf Roxana.

»Und jenes Mädchen dort, wer ist es? Eure Schwester?«

Léonie sah verwirrt zu Roxana, die den Blick gesenkt hatte, als könne sie damit das glühende Feuer in ihren ungewöhnlichen silbernen Augen auslöschen. Weshalb sich der König ausgerechnet jetzt nach ihrer Begleiterin erkundigte, begriff Léonie nicht.

»Das ist Roxana, eine Bastardtochter des Falken«, erwiderte sie dennoch. »Sie kam nach dem Tod ihres Vaters nach Glain und hat dort bei ihren Halbbrüdern eine neue Heimat gefunden. Sie ist mir eine liebe Gefährtin und Schwägerin.«

Roxana war dankbar dafür, daß sie die Lider rechtzeitig gesenkt hatte. So verriet kein Aufblitzen jene Gefühle, die Léonies Worte in ihr hervorriefen. Sie war ihr dankbar dafür, daß keine Spur jener Verachtung darin mitschwang, die Mathieu und seine Brüder ihr gegenüber stets an den Tag legten. Daß Léonie für sie eintrat und sie als Schwägerin bezeichnete.

Gleichzeitig mußte sie jedoch den heißen Wunsch bekämpfen, ausgerechnet in diesem Moment die Wahrheit zu sagen. Aber nein, sie hatte geschworen, sie zu hüten, und sie würde es tun, denn es war ein Dienst, den sie dem Manne schuldete, dem sie diesen Eid geleistet hatte. Es war alles, was sie noch für ihn tun konnte, und sie würde ihn nicht verraten. Niemals. Außer in einem ungewöhnlichen Notfall.

»Roxana, welch ungewöhnlicher Name. Wie die Prinzessin, die Alexander der Große zur Frau nahm«, fügte der König hinzu. Dann sah er wieder zu Léonie hin, und in seinem Blick mischten sich Verständnis und Strenge. »Mathieu d'Escoudry ist ein Ritter, der für seine eigenen Taten verantwortlich ist. Er würde es nicht schätzen, daß Ihr im Namen seines Vaters Gnade für ihn fordert, Dame Léonie. Doch wenn Eure Angaben stimmen sollten ...«

»Sie tun es!« unterbrach Léonie ihn stürmisch und ohne die Etikette zu beachten. »Mein Gatte hat Feinde an Eurem Hof, die seine Vernichtung wünschen! Sie haben dafür gesorgt, daß Euch seine Angelegenheit falsch dargestellt wurde. Sire, ich bitte um Gnade, um königliche Gerechtigkeit!«

»Königliche Gerechtigkeit?« Philipp verzog ungeduldig den Mund. »Eine schöne Meinung habt Ihr von der Gerechtigkeit, wenn Ihr den Tod eines Menschen billigt. Habt Ihr die christliche Lehre vergessen, Dame Léonie?«

»Die Bibel sagt auch Auge um Auge, Zahn um Zahn! Mein Gemahl hat ein Leben für zwölf genommen!«

Roxana bewunderte Léonie für ihren Mut, aber sie sah auch, daß der König deren Unterbrechungen nicht sonderlich schätzte. Er schien sehr auf seinen Rang und seine Majestät bedacht zu sein, deshalb gefiel es ihm nicht, von der Gattin eines einfachen Edelmannes Widerspruch zu erhalten.

Er übte seine Macht im Schatten seines Vaters aus, und er hatte es schwer, ein eigenes Profil zu finden. Er reagierte offensichtlich höchst empfindlich, wenn er den Eindruck bekam, nicht genügend respektiert zu werden.

Léonie, in ihrem Eifer, um das Leben ihres Gatten zu kämpfen, achtete nicht darauf. Sie sah ganz so aus, als wollte sie gleich den jungen Mann an seinem Wams packen und schütteln, bis er zur Vernunft kam und ihre Argumente bedachte.

»Bei Gott«, brauste Philipp nun auf. »Ist nicht ein Leben

kostbar genug? Wollt Ihr mit mir rechnen, Madame? Ich fürchte, ich kann …«

»Sagt nichts, was Ihr nicht mehr zurücknehmen könnt«, fiel ihm Roxana in diesem Moment ins Wort.

Ihre ungewöhnlich dunkle Stimme hatte den vollen Ton einer Glocke und ließ den König mitten im Satz verstummen. Er wandte den Kopf zu Roxana, die nun auf ihn zutrat und zu ihm aufsah. Sie hielt ihm die geballte Rechte entgegen und öffnete langsam die verkrampften Finger.

Léonie sah, daß sie das Medaillon auf der Handfläche liegen hatte, das sie normalerweise um den Hals trug und hütete wie ein kostbares Kleinod. Das rötliche Gold schimmerte im Schein der Kerzen, die auf dem Kaminsims brannten, und der klare Edelstein, der das Muster schmückte, warf sprühendes Feuer.

»Woher …« Der König brach erneut ab, und Léonie sah, daß er unter seiner gesunden Gesichtsfarbe blaß geworden war. »Was …«

»Nichts, was Ihr nicht geben könnt.« Roxana hatte die Stimme gedämpft, und Léonie fiel einmal mehr auf, daß sie überhaupt nichts Kindliches oder Unreifes an sich hatte, wenn sie den Kobold bezähmte, der in ihr steckte. »Das Leben und die Ehre meines Halbbruders Mathieu d'Escoudry. Er ist unschuldig, mein Herr und König, ich schwöre es beim Namen meines Vaters!«

Nur zwei Menschen in diesem Raum fiel die seltsame Betonung auf, die Roxana den einzelnen Familienbezeichnungen schenkte. Und beide wußten ohne Worte, was es zu bedeuten hatte. Das Geheimnis würde gewahrt bleiben, aber nur, wenn die Bitte erfüllt wurde. Eine Erpressung?

Die feinen, ernsten Züge des Mädchens unter der einfachen Haube verschwammen vor dem Auge des Königs und bekamen andere Konturen. Dann riß er sich zusammen und schloß Roxanas Hand wieder über dem Medaillon. Einen Herzschlag lang verharrten sie voreinander und sahen sich an, verbunden, ohne daß es einer näheren Erklärung bedurfte. So etwas wie anerkennender Respekt keimte in den Augen des Mannes auf, und Roxana errötete.

»Es sei so.« König Philipp nickte und zog seine Hand vorsichtig zurück. »Allerdings kann ich nicht dulden, daß meine Edelmänner untereinander Privatfehden führen. Wenn zwischen Glain und Tinténiac Krieg herrscht, muß er ein Ende haben. Ich werde darüber nachdenken müssen, was ich dafür tun kann.«

»Heißt das, Mathieu ist frei?« Léonie begriff nicht, was diese eigenartige Szene, der sie eben beigewohnt hatte, zu bedeuten hatte.

Verwirrt sah sie von einem zum anderen und stutzte, als ihr auffiel, daß Roxana und der König auf einmal zu vermeiden schienen, einander anzusehen. Dann nickte Philipp.

»Ich glaube einem Schwur, der bei einem so teuren Namen getan wurde«, sagte er rauh. »Wenn Ihr noch ein wenig wartet, Dame Léonie, wird ein Schreiber unverzüglich den Befehl ausfertigen, daß der Ritter auf freien Fuß gesetzt wird. Geht mit Eurem Gatten nach Glain und schenkt ihm Erben, die des Falken würdig sind. Er besitzt eine Gemahlin, um deren Mut und Liebe ich ihn beneide, und eine teure Schwester, die den Edelmut eines großen Herzens bewahrt.«

Ehe Léonie oder Roxana ihm antworten konnten, drehte er sich auf dem Absatz um und verließ den Raum. Durch die Türen hörten sie, wie er einen Wachsoldaten herbeirief.

»Niemand darf dieses Zimmer ohne meinen ausdrücklichen Befehl betreten!«

Léonies Knie zitterten so sehr, daß sie sich auf die Holzbank setzen mußte. Sie schlug die Hände vors Gesicht; Erleichterung und Schwäche, Freude und Verwirrung, Unglauben und Fassungslosigkeit erfüllten sie.

So sah sie nicht, daß Roxana das Band des Medaillons wieder um ihren Hals befestigte und das Schmuckstück unter ihrem Hemd barg, ehe sie sich zu ihr auf die Bank setzte und Léonies Arm vorsichtig berührte.

»Es gibt keinen Grund zum Weinen, Dame Léonie«, sagte sie sanft. »Alles ist gut!«

»Gütige Madonna!« Léonies Stimme klang heiser. »Was war das? Was hat dieses Schmuckstück bedeutet, das du ihm gezeigt hast? Bis zu diesem Augenblick hätte ich geschworen, daß er uns kein Wort glaubt und Mathieus Leben verwirkt ist. Unser junger König zählt nicht zu jenen, die Ungehorsam dulden.«

»Vergeßt, was ich getan habe«, beschwor Roxana sie und verstärkte den Druck ihrer Hand. »Ihr habt Euch dem König zu Füßen geworfen und für Euren Gatten einen Schwur getan. Philipp, der König, hat Euch geglaubt; das ist alles, was heute hier passiert ist.«

»Aber nein ...«

»Doch!« fiel Roxana ihr ins Wort. »Schwört mir bei Mathieus Leben, daß Ihr nie darüber sprechen werdet.«

»Auch nicht mit ihm?«

Roxana lächelte fein. »Schon gar nicht mit ihm. Überlegt doch, was er empfinden wird, wenn er erfährt, daß er Euch sein Leben verdankt. Sollte das nicht ein wundervoller Grund sein, auch den härtesten Eisenschädel von Eurer treuen Liebe zu überzeugen?«

»Aber es ist eine Lüge!«

»Nein.« Roxana schüttelte den Kopf. »Ihr hättet Euer Leben für ihn hingegeben, das ist keine Lüge. Ihr hättet jedes Mittel angewendet, um Euer Ziel zu erreichen. Weshalb wollt Ihr dann ausgerechnet meine Hilfe nicht annehmen? Schwört!«

Léonie gab sich geschlagen.

»Es soll unser Geheimnis bleiben, ich gebe dir mein Wort«, erklärte sie. »Aber eines laß mich tun: Ich möchte, daß wir ab heute wirklich Schwestern sind. Sei meine kleine Schwester und erlaube mir, daß ich für dich sorge.«

Roxana verzog den Mund zu einem schiefen Grinsen. »Das bedeutet doch nur, daß du dich noch mehr in mein Leben einmischen wirst, Léonie«, erwiderte sie halb widerstrebend, halb gerührt. »Das bedeutet lästige Gewänder, regelmäßige Kirchgänge und tadelloses Benehmen – und da behauptest du, das wäre ein besonderer Lohn für mich?«

Doch die tausend Teufelchen, die in ihrem Blick tanzten, verrieten, daß sie sich nur lustig machte, und sie erwiderte innig die Umarmung, in die Léonie sie zog. Konnte es sein, daß ihr der Falke am Ende doch noch eine richtige Familie geschenkt hatte?

Der dunkel gewandete königliche Beamte, der wenig später eintrat und Léonie ein gewichtiges Pergament mit dem großen Staatssiegel überreichte, fand die beiden Frauen in vertrautem Schweigen und eng aneinander geschmiegt, denn das Gemach war kalt.

»Folgt mir, Mesdames«, forderte er sie knapp, aber dennoch respektvoll auf. »Seine Majestät hat Anweisung gegeben, daß Ihr selbst Zeugen der Freilassung des Seigneurs d'Escoudry werden sollt. Es ist sein Wunsch und Wille, daß Ihr mit einer königlichen Eskorte auf Eure Güter zurückkehrt und daß der Bann, der Euren Gemahl und seine Ländereien getroffen hat, in aller Form aufgehoben wird.«

Léonie erfuhr zum ersten Male, wie weit die königliche Ungnade tatsächlich gegangen war, und wieder begannen ihre Beine zu zittern. Sie mußte alle Kraft aufwenden, nur um sich erheben zu können. Gott sei Dank half Roxana ihr dabei, denn zusätzlich überfiel sie wieder jene inzwischen schon vertraute Übelkeit, legte sich jedoch bald wieder. Schließlich sah Léonie den Mann an.

»Ich bin bereit!«

Sie griff nach dem kostbaren Dokument und preßte es an ihr Herz. Mathieus Freiheit! Alles würde gut werden!

23. Kapitel

Ein weiteres Mal war es so dunkel in der Zelle geworden, daß der Gefangene kaum noch die Hand vor Augen erkennen konnte. Das leise Rascheln und Fiepen, das die vierbeinigen Begleiter seiner Haft von sich gaben, steigerte sein Unbehagen zusätzlich.

Inzwischen schmerzte auch seine Verwundung kaum noch. Sie war schließlich verheilt, und wenn er aufstand und die wenigen Schritte machte, die ihm das enge Verlies erlaubte, merkte er, daß er von Tag zu Tag mehr Stärke zurückgewann. Doch dafür verlor er auf anderem Gebiet um so mehr Sicherheit.

Auf die Gerechtigkeit des Königs zu vertrauen, erwies sich als ermüdend und langwierig. Konnte es sein, daß irgend jemand daran interessiert war, ihn in diesem Loch schlicht verrotten zu lassen? Daß man darauf wartete, bis der karge Fraß, die Kälte und die Einsamkeit seine Stärke und seinen Mut unterhöhlten und er den Verstand verlor?

Jede Forderung, jede Bitte traf bei seinem Kerkermeister auf taube Ohren. Er hätte ebensogut mit den feuchten, nackten Wänden reden können. Die einzige Änderung seiner Situation war die, daß er nun auch noch mit einer schweren eisernen Kette am linken Knöchel gefesselt war, die ihm nur auf einen Radius von wenigen Schritten um sein erbärmliches Lager erlaubte.

Mehr und mehr war es ihm zur tröstlichen Gewohnheit geworden, seine aufkommende Hoffnungslosigkeit mit den Erinnerungen an die wenigen harmonischen Situationen zu vertreiben, die ihm das Leben bislang gegönnt hatte. An die mütterliche Wärme und liebevollen Gesten, die jedoch stets mit den anderen Brüdern geteilt werden mußten. Die strahlenden Tage, wenn sein Vater anwesend war, der ihn gelehrt hatte, Glain zu lieben und für seine Ehre zu kämpfen. Und nicht zuletzt die Wärme einer leidenschaftlichen, goldenen Fee, deren Waffen seine Rüstung aus Stolz und Hochmut durchdrungen hatten, als sei sie nicht vorhanden.

Wann hatte er begriffen, daß er Léonie mit aller Kraft seines einsamen Herzens liebte? Daß er freudig in den Tod gehen würde für die Gewißheit, daß sie lebte und glücklich war? Daß er ohne zu zögern ein Leben lang dafür gesorgt hätte, daß es ihr gut ging? Daß sie dieses Lachen nicht verlor, das sie selten zeigte und das so entzückende Grübchen auf ihre Wangen zauberte und goldene Funken in ihren Augen entzündete? Ein Diamant mit vielen Facetten, den er besessen und, Tor, der er gewesen war, nicht zu würdigen gewußt hatte.

Manchmal kam es ihm vor, als sei alles, was er jetzt erlitt, nur die gerechte Strafe dafür, daß er Léonie gekränkt, verletzt und verachtet hatte. Wer so töricht war, konnte nicht erwarten, daß er auf anderem Gebiet plötzlich Klugheit besaß. Wen mochte er verärgert haben, daß er ihm jene teuflische Falle gestellt hatte, in der er nun saß? Was war der Grund für jene Fehde, die der Seigneur von Tinténiac vom Zaun gebrochen hatte, ehe er unter seinem Schwert starb?

Er würde es nie erfahren! Ebensowenig, wie er jemals wieder sein Weib in die Arme schließen oder die Sonne sehen würde. Auf die Sonne hätte er sogar verzichtet, wenn er dafür noch einmal jenes Leuchten in Léonies Augen sehen könnte. Bei Gott, in ihren Armen hatte sogar der Kummer um seine verlorene Zeugungskraft an Schärfe verloren. Léonie war das Leben, die Liebe, die Zukunft, das Wunder, das sein Dasein berührt und erhellt hatte.

Der schwere Tritt von Füßen, die in Stiefeln stecken, das dumpfe Gemurmel von Männerstimmen und das Klirren von Waffen oder Schlüsseln riß ihn einmal mehr aus seinen Gedanken. Doch er hatte längst gelernt, daß solche Geräusche nie ihm selbst galten. Daß man vorbeiging. Daß diese verdammte Tür geschlossen blieb und sich nur öffnete, wenn sich sein Wächter selten genug die Mühe machte, den stinkenden Eimer zu leeren, der in einer Ecke des Verlieses für seine Notdurft bereit stand. Oder sollte er sich gar darüber freuen, daß man ihm diesen Eimer tatsächlich gegönnt hatte?

Trotzdem stemmte er sich unwillkürlich an der feuchten Mauer hoch, auf die Füße, als die Schritte verharrten. Er hielt den Atem an, als er den Schlüssel im Schloß hörte, und er mußte blinzeln, weil ihn das grelle Licht der vielen Fackeln blendete, das durch die Tür in sein Verlies fiel.

Er sah nicht, wie Léonie entsetzt die Hände vor den Mund schlug, damit kein Laut über ihre Lippen kam. Mathieu trug offensichtlich noch das grüne Wams, das er an jenem Tage angehabt hatte, als man ihn in Haft nahm. Inzwischen hing es in schmutzigen Fetzen von seinem Leib, der schmal und hager geworden war. Nichts erinnerte mehr an den straffen Körper eines kampferprobten Kriegers; Mathieus Anblick war zum Erbarmen.

Mager, verdreckt, mit wirren Haaren, schmutzbedeckten Händen und ausgemergelten Zügen glich er einem Gespenst. Einem armen Wesen, das vom Licht geblendet das Dunkel suchte, um dem grellen Schein zu entkommen, der in seinen Augen schmerzte, die nur noch Dunkelheit oder Dämmerung kannten.

»Nehmt ihm die Ketten ab! Beeilt Euch!« hörte Mathieu die befehlsgewohnte Stimme eines jungen Mannes sagen. Aber erst, als er auf den gebückten Rücken seines Kerkermeisters hinunterstarrte, der den eisernen Ring mit der Gliederkette aufsperrte, begriff er, daß dieser Befehl tatsächlich ihm selbst galt.

»Bei Gott, will mich der König endlich anhören?« krächzte er mit einer Stimme, der man anhörte, wie wenig sie gebraucht worden war.

»Der König schenkt Euch die Freiheit«, sagte dieselbe Stimme wie zuvor. »Ihr sollt Euch auf seinen Befehl nach Glain zurückziehen und Euch um Euer Lehen kümmern, bis er darüber entschieden hat, wie der Konflikt mit den Tinténiacs beendet werden kann! Eure Gemahlin besitzt die erforderlichen Urkunden, und sie bürgt dafür, daß Ihr diesen Befehl buchstabengetreu befolgen werdet!«

»Meine Gemahlin ...«

Mathieu blinzelte und entdeckte endlich im flackernden Schein der Pechfackeln ihr Gesicht. Es gelang ihr nicht, das Entsetzen, das sie immer noch empfand, zu verbergen. Léonie! Solange hatte er von ihr geträumt, sich mit ihrem Bild getröstet, daß er nicht glauben konnte, daß sie wirklich vor ihm stand!

Was auch immer sie in seinem Blick las, es veranlaßte sie, seinen Kerker zu betreten. Ohne den stinkenden Eimer, die davonhuschenden Ratten oder das faulige Stroh zu beachten, auch nicht seine übelriechenden Kleider und den Schmutz, der ihn bedeckte, schmiß sie sich an seine Brust und warf ihn dabei fast um.

»Ihr lebt!« hörte er ihre erstickte Stimme und fühlte, wie sie ihm Halt gab und ihn stützte. Tief atmete er den Hauch von Frühling ein, der sie wie stets umgab; er hatte das Gefühl, er könnte gar nicht genug davon bekommen.

»Gott sei Dank, daß Ihr lebt und daß es Euch gut geht!« stieß Mathieu hervor.

Roxana blinzelte gegen ihre plötzliche Rührung an, als sie den Blick sah, den Léonie und Mathieu tauschten. Einen so ausschließlichen, intensiven Blick voller Leidenschaft und tiefer Liebe, daß es sie befangen machte und eine seltsame Sehnsucht in ihr weckte. Eine Sehnsucht, die auch sie manchmal heimsuchte und die sie damit bekämpfte, daß sie sich an eine Erinnerung klammerte, die tief in ihrem Herzen saß.

»Der König hat eine Eskorte ...« setzte der Hauptmann an, doch Léonie hörte nur mit halbem Ohr hin. Sie versuchte immer noch, ihre Fassung zurückzugewinnen. Für Rührung und Geständnisse war dies nicht der rechte Ort. Je schneller sie dieses Loch hinter sich ließen, um so besser.

Sanft machte sich von Mathieu frei und bedachte den königlichen Hauptmann mit einem jener Blicke, die so gar nicht zu ihrer bescheidenen Aufmachung und ihrer sanften Wesensart zu passen schienen.

»Sagt Ihrer Majestät unseren Dank, aber eine Eskorte ist nicht nötig. Meine Männer warten in ihrem Quartier in der Herberge zu den ›Drei Königen‹ auf meine Rückkehr. Sobald mein Gemahl reisebereit ist, werden wir Angers verlassen und nach Glain zurückkehren. Es scheint mir angebracht, Hauptmann, meinem Gatten zuvor eine ungestörte Nacht unter angenehmeren Umständen, eine ausgiebige Mahlzeit und ein reinigendes Bad zu gönnen. An all dem scheint es hier in beklagenswerter Weise gefehlt zu haben ...«

Mathieu traute seinen Augen und Ohren nicht, und auf seinen Lippen, die hinter dem wüsten Gestrüpp eines wilden Bartes verschwunden waren, erschien der Anflug eines Lächelns, als er die Verlegenheit des königlichen Hauptmannes bemerkte. Es fehlte nicht viel, und er würde sich bei Léonie für den Zustand der königlichen Kerker entschuldigen.

Was in Dreiteufelsnamen hatte sie getan, um dieses Wunder zu bewirken? Wie kam sie überhaupt nach Angers und in das königliche Schloß? Er hatte sie sicher hinter den festen Mauern von Glain geglaubt!

»Seine Majestät hat mir befohlen, Euch und Eurer Begleiterin in jeder Weise zu Diensten zu sein«, erklärte der Hauptmann und verbeugte sich tief. Erst jetzt entdeckte Mathieu nun die zweite Frauengestalt, die sich bisher bewußt im Hintergrund gehalten hatte.

Roxana! Wieder mußte er unwillkürlich lächeln, als er den Mutwillen in ihrem Blick las, und zum ersten Male fiel ihm auf, daß sie ein ausgesprochen hübsches Mädchen war – wenn sie wollte und ihre Knabenkleider ablegte. Hatte Léonie auch dieses Wunder bewirkt, oder hatte er bisher einfach nicht genau genug hingesehen?

»Könnt Ihr gehen?« flüsterte Léonie und deutete besorgt auf das Bein, an dem er verletzt worden war. Durch den Schmutz auf seiner Haut konnte sie nicht erkennen, in welchem Zustand die Wunde war, obwohl Léonie vermutete, daß sie verheilt sein mußte, denn sonst hätte sie sich durch den Dreck längst infiziert.

»Die erzwungene Ruhe hat mir gutgetan«, meinte Mathieu mit leichtem Spott und versuchte, sich zu straffen. »Laßt uns gehen, ich brenne darauf, dieses unfreundliche Quartier zu verlassen.«

Er weigerte sich standhaft, Léonies stützenden Arm zu ergreifen. Er hatte so oft davon geträumt, dieses elende Loch auf seinen eigenen Beinen zu verlassen, daß er nun jeden Schritt allein tun wollte. Allein sein Wille ließ ihn durchhalten, bis sie mitsamt der königlichen Eskorte den Gasthof erreicht hatten, in dem Léonie Quartier bezogen hatte. Der Schweiß lief ihm über die Stirn, und er konnte sich kaum noch aufrecht halten.

Es gelang ihm nur unter größter Kraftanstrengung, dem Hauptmann seinen Gruß zu entbieten und seiner besorgten Gemahlin in die Kammer hinauf zu folgen. Dort brach er, von demütigender Schwäche überwältigt, auf dem breiten Bett zusammen. Léonie, die jeden seiner Schritte mit Beben und Bangen verfolgt hatte, ließ sich auf die Knie sinken.

»Keine Sorge. Er benötigt leichte Nahrung und ungestörte Ruhe«, beruhigte Roxana die völlig aufgelöste Léonie, die bereits das Schlimmste fürchtete. »Laß ihn schlafen. In der Zwischenzeit werden wir Wasser für ein Bad ordern und etwas für ihn zu essen richten lassen. Er ist am Ende seiner Kräfte, halb verhungert und dreckig wie ein ganzer Schweinestall auf einmal, aber soweit ich sehe, fehlt ihm nichts Gravierendes.«

Léonie mußte ihr zustimmen, nachdem sie Mathieu noch einmal genauestens betrachtet hatte. Zwar stachen die Rippen und die Schultern erbärmlich hervor, doch mit ausreichender und kräftigender Nahrung würde sich dieser Mangel bald wieder beheben lassen.

Doch die Tränen standen ihr schon wieder in den Augen, als ihr Blick auf seine geschundenen Hände fiel, die verdreckt waren, rissig und mit kleinen Schürfwunden bedeckt, die Nägel gebrochen, als hätte er in seiner Verzweiflung versucht, die groben Steine seines Verlieses mit den bloßen Fingern zu lockern.

Sie legte sanft ihre Hände auf seine und spürte überrascht, wie er sie mit einem unerwartet kräftigen Griff umfing. Seine Augen blieben jedoch weiter geschlossen. Sie wußte nicht, ob er wach war oder schlief; wie auch immer, offensichtlich wollte er sie nicht mehr loslassen. Tränen liefen ihr über die Wangen, während sie nicht wagte, sich zu befreien.

»Bleib bei ihm.« Roxana begriff, wie aufgewühlt die Freundin war. »Ich werde mich um alles kümmern.«

Léonie nickte nur und setzte sich vorsichtig auf die Kante des Bettes. Endlich war sie erlöst von ihrer Angst, die sie so tapfer bekämpft hatte, seit sie sich dem Seigneur von Anjou widersetzt hatte.

Es war ausgestanden und vorbei. Sie konnte wieder an die Zukunft denken!

»Weißt du, was mich in diesen Mauern getröstet hat?« hörte sie plötzlich Mathieus schwache Stimme. »Die Erinnerung an deine Wärme, an deine Zärtlichkeiten, deine Hände, deinen Mund …«

»Oh …« Léonie versuchte, die aufkeimende Hoffnung zu unterdrücken. Bestimmt war Mathieu noch nicht ganz bei sich. Er wußte nicht, was er sagte, er redete in einer Art Fiebertraum. Die Aufregungen waren zuviel für ihn gewesen. Sie durfte nicht zuviel in seine Worte hinein interpretieren.

»Das Schlimmste war die Angst, dich nie wiederzusehen«, fuhr er fort. »Dir nicht mehr sagen zu können, wieviel du mir bedeutest. Ich habe dich zur Frau genommen, weil du im Umkreis von fünfhundert Meilen die reichste Mitgift hattest, aber ich mußte entdecken, daß ich ein Opfer meiner eigenen Habgier geworden bin …«

Léonie schüttelte verwirrt den Kopf. »Was meint Ihr damit, mein Herr? Ich bitte Euch, bleibt …«

»Nein, laß mich ausreden. Wer weiß, ob ich jemals wieder den Mut finden werde, all dies auszusprechen. Es scheint, daß ich dir mein Leben und meine Ehre verdanke, aber das ist ebenso unwichtig wie diese verdammenswerte Mitgift, die zwischen uns steht. Du hast keinen Anlaß mir zu glauben, Léonie, aber ich muß es dir trotzdem sagen. Ich wußte nicht, daß ich jemals so etwas empfinden könnte. Aber hier in diesen verdammten Mauern ist mir klar geworden, daß ich alles, meinen Namen, meinen Stolz, meine Ehre und meine Zukunft dafür geben würde, dich nur noch ein einziges Mal in meinen Armen zu halten. Wenn das Liebe ist, so wird es wohl Liebe sein, die ich für dich empfinde.«

Léonie machte sich nicht mehr die Mühe, ihre Tränen vor ihm zu verbergen. Noch vor wenigen Augenblicken hatte sie gedacht, daß sie noch nie so glücklich gewesen wäre, aber nun mußte sie entdecken, daß sie sich getäuscht hatte.

Nichts konnte wundervoller sein, als dieses leidenschaftliche Geständnis dieses Mannes, der geglaubt hatte, die Liebe leugnen zu können, und nun eines Besseren belehrt worden war.

»Es ist die gleiche Liebe, die ich für dich empfinde, Mathieu«, flüsterte sie erstickt. »Es ist unsere Liebe. Sie ist wahr, innig und aufrichtig.«

Léonie beugte sich vor, und Mathieu umfing ihr Gesicht mit beiden Händen, dann löste er die Bänder ihrer Haube und schob sie ihr von den Haaren. Andächtig schaute er sie an, wischte ihr die Tränen von den Wangen. »Ich möchte sie nie wieder missen, diese Liebe!«

Léonie bot ihm die Lippen zum Kuß. Struppiges Barthaar zerkratzte ihre Haut, und die Gerüche, die aus Mathieus Kleidern aufstiegen, schienen geradewegs aus der Mittelrinne einer Gosse zu stammen, in welche die halbe Stadt ihr Nachtgeschirr ausgeleert hatte, aber keinen der beiden Liebenden störte es. Sie waren ganz in das Entzücken verloren, einander wiedergefunden zu haben.

Ein kräftiges Räuspern, gefolgt von ersticktem Lachen, holte sie in die Wirklichkeit zurück. Roxana dirigierte drei Wirtsknechte mit einem großen Zuber ins Zimmer. Einer von ihnen trug bereits einen dampfenden Eimer Wasser, den er eingoß, kaum daß sie die rauhen Wände der Wanne mit Leinen bedeckt hatte.

»Sputet euch«, befahl sie in einem Ton, als habe sie nie etwas anderes getan, als säumige Dienstboten herumzuscheuchen. »Der Seigneur benötigt dringend ein Bad, und es wäre auch gut, wenn einer von euch einen Barbier auftreiben könnte. Sagt dem Mann, er bekommt eine Münze extra, wenn er schnell erscheint und ordentliche Arbeit leistet. Es gibt mehr als genug für ihn zu tun.«

»Verzeiht«, sagte sie dann in Richtung Bett, als die Männer wieder die Treppe hinunter polterten. »Bei aller Wiedersehensfreude erscheint es mir doch nicht angemessen, daß Ihr Eurer Gemahlin Eure Aufmerksamkeiten schenkt, ohne Euch zuvor gesäubert zu haben.«

Ein weiteres Klopfen an der Tür erklang, ehe Mathieu antworten konnte. Der Duft nach frischer Brühe, duftendem Brot und warmen Pasteten zog einladend durchs Zimmer. Mathieu schnupperte und richtete sich auf. Allein diese Speisen zu riechen, brachte etwas Farbe in seine Wangen.

Léonies Wangen waren rot übergossen, als sie sich aufrichtete. Sie strich sich die halb gelösten Haare aus der Stirn, doch sie verzichtete darauf, wieder nach ihrer Haube zu greifen.

»Dieser Naseweis hat recht, mein Herr«, sagte sie sanft und half ihm aufzustehen. »Eßt, es ist alles für Euch bereit!«

Sie führte ihn zum Tisch und ließ sich dann in den großen Stuhl vor dem Kamin sinken. Sie faltete sittsam die Hände, als könnte ihr das dabei helfen, ihre aufgewühlten Gefühle unter Kontrolle zu bringen. Inzwischen wartete Roxana Mathieu auf und füllte seinen Becher mit stark verdünntem Wein.

Mathieu sah sie lächelnd an und dachte dabei, daß er ihr wohl manches abzubitten habe. »Ich danke dir, daß du meine Gemahlin nicht im Stich gelassen hast, kleine Schwester.«

Roxana, die eben eine Schüssel für ihn abdeckte, erstarrte für einen Moment. Doch dann fuhr sie herum.

Hätte Mathieu sie geschlagen, er hätte sie nicht mehr überraschen können. Eindringlich sah sie ihn an, doch sie las in seinen Augen nur Selbstironie und Klugheit, eine Mischung, die sie fatal an den Falken erinnerte.

»So habt Ihr noch nie mit mir geredet«, meinte sie heiser.

»Es gibt so manches, was ich noch nie gesagt habe«, gab Mathieu zu. »Ich hatte eine Menge Zeit zum Nachdenken, mehr, als mir lieb war. Es tut mir leid, Roxana, ich fürchte, wir haben dir auf Glain keinen schönen Empfang bereitet – und du vergiltst es uns dennoch mit Treue und Loyalität. Ich bin in deiner Schuld, Kind.«

»Bezahlt sie an Léonie«, antwortete Roxana spontan. »Sie hat es verdient.«

»Damit hast du wohl recht.« Mathieu d'Escoudry nickte. »Ich werde mein Möglichstes tun, doch nun solltest du mir diesen Teller geben, ehe die Pasteten kalt werden. Oder wolltest du sie selbst essen?«

Roxana grinste und reichte ihm die geforderte Platte. Mathieu grinste zurück, und in diesem Moment glaubte Léonie zum ersten Male, eine Familienähnlichkeit zwischen den beiden zu entdecken.

Der Eintritt eines eilfertigen Barbiers und der Wasserknechte machte dem persönlichen Gespräch ein Ende. Während sich die beiden Frauen in den Schatten des Alkovens zurückzogen, stieg Mathieu in die Wanne. Der Barbier kümmerte sich um das Haar und den Bart des Seigneurs, schließlich löste er den verklebten Verband von Mathieus Wunde, der sich in dem warmen Wasser zusammen mit Schichten von Schmutz und Ungeziefer lockerte. Zum Vorschein kam der rötliche Strich einer frischen Narbe; Gott sei Dank hatte sich die Wunde ohne Komplikationen geschlossen – was unter diesen Umständen wie ein Wunder war –, nur die Haut spannte noch ein wenig.

»Eine saubere Wunde«, lobte der Bader. »Gut versorgt und bestens verheilt. Ihr müßt einen vortrefflichen Medicus besitzen, Seigneur.«

»Es scheint so«, antwortete Mathieu ein wenig gepreßt, denn gleichzeitig schabte ihm der Mann mit einem scharfen Messer die Bartstoppeln aus dem Gesicht.

Roxana und Léonie, die hinter dem Vorhang dem Anstand Genüge taten, hörten das Wasser plätschern, das Schaben und das eher einseitige Gespräch. Und sie hörten Mathieu immer wieder gähnen. Als er endlich, in ein weites, weiches Nachthemd gehüllt, das Roxana beim Wirt geliehen hatte, zwischen den Kissen des Alkovens lag, war er so erschöpft, daß ihm die Augen wie von selbst zufielen.

Léonie strich ihm die Haare aus der Stirn, überzeugte sich wieder, ob die Decke auch wirklich festgesteckt war; überhaupt benahm sie sich wie eine Glucke. Die Knechte entfernten die Wanne, während Roxana die Haare auf dem Boden zusammenkehrte und in das Kaminfeuer warf. Sie entlohnte den Barbier großzügig und hielt das Gesinde zur Eile an, so daß sie bereits kurze Zeit später mit dem Schlafenden allein waren. Léonie konnte die Augen immer noch nicht von ihm wenden. Mathieu sah so fremd aus mit dem ungewöhnlich kurzen Haar, und doch auf eine neue Art nicht mehr so hart und so abweisend, wie sie ihn kennengelernt hatte.

»Wie schön er ist«, flüsterte sie andächtig.

Roxana lächelte. »Erinnere dich an das erste Gebot, du sollst keinen anderen Gott ...«

»Also wirklich«, entrüstete sich Léonie und mußte dann selbst lachen, weil Roxana sie offensichtlich nur geneckt hatte.

»Ich liebe ihn, das kann keine Sünde sein!« sagte sie schließlich mit einem Seufzer.

»Es ist keine!« bestätigte das Mädchen. »Und nun leg

dich ebenfalls hin. Du kannst kaum noch die Augen aufhalten, hier neben ihm ist genügend Platz!«

»Und du?« protestierte Léonie halbherzig. »Wo willst du schlafen?«

»Ich bin nicht müde«, behauptete Roxana. »Und wenn, werde ich es mir dort im Stuhl bequem machen. Keine Bange. Ruh dich aus, morgen reiten wir nach Hause. Alles ist gut ...«

»Ja, nach Hause ...« murmelte Léonie und streckte sich mit einem weiteren Seufzer neben ihrem Gemahl aus, nachdem sie ihr Gewand abgestreift hatte.

Sie war so entsetzlich müde, bis in den Grund ihres Herzens erschöpft. Aber doch nicht so ermattet, daß sie vergessen hätte, ihre Hand in seine zu legen. Ihre Finger verschlangen sich wie von selbst miteinander, ehe sie einschlief.

Roxana hatte die Füße unter den Rock gezogen und die lästige Haube abgelegt. Sie starrte in die Glut des allmählich kleiner werdenden Feuers. Sie war nicht müde, ganz im Gegensatz zu Léonie. Sie war hellwach, und immer wieder lief die Szene im Palast vor ihrem geistigen Augen ab, immer wieder dachte sie daran, wie der junge König sie gemustert hatte.

Hatte er begriffen? Wußte er, warum sie handelte, wie sie es getan hatte? Lieber Gott, sie konnte es nur hoffen!

24. Kapitel

Der Tag, an dem der Seigneur von Glain und seine Gemahlin Angers verließen, zeigte bereits eine erste Ahnung vom Frühling. Die Vögel zwitscherten, stiegen hinauf in den wolkenlosen blauen Himmel, und die Sonne schien schon ein wenig mehr Wärme zu spenden.

Doch Léonie warf keinen Blick zurück. Im Gegenteil, sie verließ die augenblickliche Residenz des Königs ohne Bedauern. In Glain würde sie sich besser fühlen, dort würde sicher auch die unendliche Müdigkeit von ihr weichen, die sie mehr und mehr bedrückte, und wenn sie erst wieder ihren eigenen Speisezettel bestimmen konnte, verflog vermutlich auch diese lästige morgendliche Übelkeit.

Aber die Reise verstärkte nur Léonies Beschwerden, und als sie in Glain eintrafen, machte sich Mathieu ernsthafte Sorgen um sie. In dem Maße, wie er selbst seine Kräfte wiederfand, schienen ihre zu schwinden. Violette Schatten der Erschöpfung standen unter ihren Augen, und sie nahm kaum noch Nahrung zu sich, die sie behalten konnte. In seiner Ratlosigkeit hatte er bereits von unterwegs einen seiner Männer nach Domfront geschickt, um ihre Eltern zu bitten, ihm einen Medicus zu nennen, der nach seiner Gemahlin sehen konnte.

Doch er war bei weitem nicht darauf gefaßt, welcher Wirbel zwei Tage später über Glain hereinbrach. Die Dame d'Aubigné in höchsteigener voluminöser Person, ihr Gatte und Bertheline trafen ein, gefolgt von Begleitern, und als Léonies Mutter in die Halle von Glain segelte, machte sie ein Gesicht, als beträte sie feindliches Territorium. Doch ihre Kampfbereitschaft schien schnell erschöpft, schnaufend sank Dame Madelon auf den Sitz des Burgherren am Kamin und ließ sich von Bertheline einen Schemel unter die Füße schieben.

Der Seigneur d'Aubigné klopfte seinem Schwiegersohn auf den knochigen Rücken, daß dieser fast in die Knie ging, und warf ihm einen kritischen Blick zu. »Ihr seht nicht gut aus, Junge! Was führt Ihr für ein Leben? Meine Tochter ist krank, Ihr seht aus wie eine Vogelscheuche, und diese Burg ist eine Baustelle!«

Mathieu, der sich gar nicht mehr daran erinnern konnte, wann Glain jemals so luxuriös möbliert und so ordentlich verwaltet worden war, fühlte sich von der Kritik des Seigneurs getroffen. Was erwartete dieser Mann von ihm? Noch mehr Wunder, als ohnehin schon vollbracht worden waren?

»Bertheline!«

Léonie, die soeben mit Roxana aus der Küche kam und von dem ganzen Aufruhr nichts gemerkt hatte, stürzte sich in die Arme ihrer alten Kinderfrau, die sie nach vielen Küssen ein wenig auf Abstand schob und kritisch betrachtete.

Sie sah neben den Anzeichen der Erschöpfung auch die seidige Haut, den tiefen Glanz der Augen, das verträumte Lächeln. Und auch Léonies Busen schien an Umfang gewonnen zu haben.

»Wie gut du aussiehst, mein Täubchen«, stellte sie gerührt fest. »Wie schön du geworden bist. Eine blühende junge Frau!«

»Mutter! Herr Vater ... wo kommt Ihr denn her?« Léonie begrüßte pflichtschuldigst ihre Eltern und wechselte einen ratlosen Blick mit ihrem Gemahl, ehe sie an seine Seite trat. »Ich meine ... wie schön, daß Ihr uns besucht!« verbesserte sie sich, denn sie hatte selbst gemerkt, daß ein leichter Vorwurf in ihrer Stimme mitgeklungen hatte.

»Dein Gemahl hat um einen Medicus nach Domfront gesandt, weil du angeblich krank bist«, polterte der

Seigneur d'Aubigné, der seine Tochter verblüfft betrachtete.

Fast konnte er nicht glauben, daß sie es war. Sicher, sie sah zart aus, angegriffen, erschöpft, aber er konnte sich nicht entsinnen, sie jemals auch nur andeutungsweise hübsch gefunden zu haben. Als angenehm, liebenswürdig, tüchtig, ja … aber eine Schönheit war sie nie gewesen.

Léonie d'Escoudry hingegen, die ihr offenes Haar mit einem zarten hellblauen Schleier bedeckt hatte und deren Taille man mit zwei Händen hätte umspannen können, war eine hübsche und reizvolle Frau. Man mußte nur ihren entzückten Gemahl betrachten, der sie mit seinen Blicken verschlang und jenes Gehabe närrischer Anbetung an den Tag legte, das typisch für junge Ehemänner war. Dabei waren dic beiden doch schon seit Monaten verheiratet!

»Meine Güte, ich bin nicht krank«, protestierte Léonie errötend und warf Mathieu einen vorwurfsvollen Blick zu. »Es geht mir gut, ab und an ist mir ein wenig übel, aber das ist …«

»Ab und an? Jeden Morgen«, unterbrach Mathieu sie aufgebracht. »Ich werde nicht länger untätig zusehen, wie du immer weniger wirst. Habt Ihr einen kundigen Medicus mitgebracht?«

»Natürlich«, mischte sich nun Dame Madelon ein. »Ludovic du Burginon hat in Padua und Paris studiert. Er war in Florenz und Venedig, in Rom und Konstantinopel. Ich habe ihn vor zwei Monaten zu meinem Leibarzt ernannt, und ich bin sicher, daß er dir helfen kann, wenn du Beschwerden hast.«

»Beschwerden?« Dame Bertheline lachte plötzlich los, und alle schauten sie erstaunt und ein wenig befremdet an. »Ich möchte wetten, daß sich diese Beschwerden bis zum Sommer von selbst legen. Dann nämlich, wenn es einen Erben für den Herrn von Glain gibt und Léonie mit einem Kindchen niederkommt.«

»Schwanger?« Dame Madelon nickte düster. »Natürlich, das paßt! Ach, mein armes, armes Kind! Wie gut, daß ich dich noch einmal sehen konnte ...«

Ihr schmerzlicher Ausruf drang nur ganz von fern an Léonies Ohr. Ein Kind? Sie bekam ein Kind? Wie war das möglich? Mathieu hatte doch gesagt, daß er keine Kinder zeugen konnte. O Gott, er würde ihr nicht glauben! Er konnte ihr gar nicht glauben! Er mußte doch geradezu annehmen, daß sie ihn betrogen hatte! Sie wagte nicht, seinem Blick zu begegnen. Sie raffte ihre Röcke und lief aus der Halle. Nur hinaus. Fort von all den Blicken und Fragen, von all den Rätseln und Unmöglichkeiten.

»Bei Gott, was hat sie?« rief Mathieus Schwiegervater empört. Zwar war er bei seiner Gemahlin wahrhaftig an merkwürdiges Verhalten gewöhnt, aber daß nun auch seine sonst so gelassene und ruhige Tochter sich so benahm, empörte ihn. »Sie müßte doch glücklich sein!«

»Glücklich?« Dame Madelon schrie auf. »Wie sollte sie, das arme Ding? Sie wird im Kindbett sterben, und wenn sie nicht stirbt, so wird sie leiden. Das nennt Ihr glücklich?«

Roxana schenkte dem Ehestreit von Léonies Eltern wenig Aufmerksamkeit. Dafür beobachtete sie um so intensiver Mathieu. Er sah aus, als habe er einen Morgenstern direkt vor die Stirn bekommen. Getroffen, fassungslos und schrecklich verstört. Warum? Sollte er nicht froh sein, eine so simple Erklärung für Léonies Beschwerden erhalten zu haben? Müßte er nicht vor Glück außer sich sein, daß sie ein Kind bekam? Weshalb dann diese Bestürzung?

Aber ehe sie etwas sagen konnte, machte er schon auf dem Absatz kehrt und marschierte in sein Arbeitskabinett, dessen Tür er donnernd hinter sich ins Schloß warf. Es blieb Roxana überlassen, sich um die Gäste zu kümmern, die glücklicherweise in ihren Gepäckkarren auch Betten und Truhen dabei hatten.

Raum gab es auf Glain genügend, nur an der Einrichtung fehlte es, aber so konnte sie mit Dame Bertheline und Dame Reinette im Nu dafür sorgen, daß die Gäste bequem untergebracht wurden, ehe sie daran ging, sich um Léonie zu kümmern.

Sie fand sie wie erwartet auf der Wehrmauer, wo sie, in einen Umhang gehüllt, regungslos dastand und in die Ferne starrte.

»Was ist passiert?« wollte Roxana wissen. »Was ist schlimm daran, daß du ein Kind erwartest? Ich hätte gewettet, du wärest vor Freude ganz närrisch.«

»Mathieu kann keine Kinder zeugen«, flüsterte Léonie. Sie wußte überhaupt nicht mehr, was sie denken sollte, wie man dieses Rätsel lösen konnte.

»Das ist ja wohl ein Irrtum«, meinte Roxana trocken.

Léonie lachte bitter auf.

»Denkst du, er wird mir glauben, daß es nie einen anderen Mann gegeben hat, der mich berührt hat? Bis auf den Anjou natürlich ...«

»Du hast dich ihm nicht hingegeben, und von erzwungenen Küssen bekommt man keine Kinder«, erwiderte Roxana sachlich. »Das Kind, das du erwartest, kann demzufolge nur von Mathieu sein, oder täuscht sich Bertheline?«

»Nein.« Léonie schüttelte den Kopf. »Es muß in jener Nacht passiert sein, als ich zu ihm gegangen bin, seitdem hatte ich keinen Mondfluß mehr.«

Sie schwieg und schlug die Hände vors Gesicht. »Ich könnte nie einen anderen Mann lieben! Es gibt nur ihn für mich!«

Jemand griff nach ihren Händen und zog sie sanft herab. Léonie sah in Mathieus ernstes Gesicht. Kaum bemerkte sie, daß Roxana um die nächste Ecke lief, um sie allein zu lassen.

»Ich habe es nicht verdient«, sagte Mathieu d'Escoudry rauh und zog die widerstrebende junge Frau in seine Arme. »Weder dich noch das Wunder deines Kindes. Aber ich bin demütig genug, beides hinzunehmen und dem Himmel dafür zu danken, auch wenn ich nicht verstehe, warum es mir geschenkt wurde.«

»Du glaubst mir?«

Léonie haßte sich für diese Frage, aber sie mußte sie einfach stellen. Mit großen ängstlichen Augen blickte sie ihn an, gefaßt darauf, Mißtrauen und Verachtung zu sehen. Aber da war nur Wärme, Glut, Liebe, Zuneigung und ein Gefühl, so intensiv, daß es sich jeder Beschreibung entzog.

»Ich glaube dir! Und das ist das letzte Mal, daß du diese Frage stellen wirst und ich sie dir beantworte! Ich vertraue dir, und ich hoffe, daß du mir vertraust! Wem soll ich vertrauen, wenn nicht dir?«

Léonie gab einen Laut von sich, halb Schluchzen, halb Lachen, und lehnte die Stirn an seine Schulter. Lange Zeit standen sie einfach so da. Mathieu hatte seine Arme um ihre Schultern gelegt und seinen Mantel zusätzlich um sie geschlungen, damit sie nicht wieder fror. Léonie war sicher, sie würde nie wieder frieren.

In den Nächten der Leidenschaft hatte sie den Rausch und die Hemmungslosigkeit kennengelernt, das totale Verlieren ineinander und die Erfüllung aller Wünsche. Doch nun kam etwas Neues in ihre Beziehung. Vertrauen und das Wissen, daß nichts sich zwischen sie schieben konnte. Es machte Léonie fast ein wenig Angst, so bedingungslos zu lieben. Es brachte Verantwortung mit sich. Die Verpflichtung, mit einem solchen Schatz sorgsam umzugehen, ihn nicht aus Leichtsinn zu verspielen.

»Ich liebe dich«, raunte Mathieu. »Ich danke dir für das Licht, das du in mein Leben gebracht hast.«

Léonie rieb ihre Wange an seiner und bot ihm dann ihre Lippen zum Kuß. Es war ein sanfter, zärtlicher, unendlich liebevoller Kuß, der ihr Herz zutiefst anrührte. Der die Freude in ihr verstärkte, daß Mathieu und sie gemeinsam neues Leben geschaffen hatten.

»Ich bleibe! Wer weiß, ob es nicht das letzte Mal ist, daß ich mein Kind in die Arme schließen kann«, verkündete Dame Madelon und griff in die üppig gefüllte Konfektschale, die neben ihrem Taburett stand. »Léonie ist schwanger!«

Es fehlte nicht viel, und sie wäre in Tränen ausgebrochen, aber ihr Gemahl hatte in den langen Jahren ihrer Ehe gelernt, immun gegen diese Waffe zu werden. Er schnaubte nur verächtlich.

»Léonie ist gesund, wie Euer hochgelehrter Medicus selbst festgestellt hat«, wies er sie zurecht. »Wenn Ihr Eurer Tochter einen Gefallen tun wollt, dann laßt den gelehrten Mann in Glain, damit er zur Hand ist, falls wirklich Komplikationen auftauchen sollten. Ansonsten werdet Ihr Bertheline anweisen zu packen. Wir haben unseren Besuch über Gebühr ausgedehnt, ich muß nach Hause.«

Roxana, die eben die steinerne Wendeltreppe aus Léonies Gemach herunterkam, wurde unfreiwillige Zeugin des Tränenausbruchs von Dame Madelon. Zu ihrem Erstaunen fügte diese sich jedoch am Ende ihrem Gemahl und folgte seinem Befehl. Roxana machte auf dem Absatz kehrt und lief zurück.

»Sie reisen ab!« verkündete sie Léonie, die mit einer Näharbeit in der Fensternische saß und von Tag zu Tag mehr aufblühte. Der Kräutertee, den ihr Dame Madelons Medicus verordnet hatte, bekam ihr hervorragend, und auch die morgendliche Übelkeit war endlich vorüber.

»Wer reist ab?«

»Deine Eltern! Dein Vater hat ein Machtwort gesprochen, und Dame Madelon hat beschlossen, sich in Domfront den Vorbereitungen für deine Beerdigung zu widmen. Ich weiß, es ist unhöflich, aber ich bin froh, sie loszuwerden. Sie strahlt einen solchen Pessimismus aus, daß einen in ihrer Gegenwart stets das Verlangen überkommt, sich in den nächstbesten Mühlteich zu stürzen!«

»Hör ihr einfach nicht zu«, riet ihr Léonie. »Sie meint es nicht so. Sie will mir damit nur sagen, wie sehr sie mich vermissen würde.«

»Bah!« Roxana warf den Kopf zurück. »Auf eine Liebe, die mich in ausweglose Hoffnungslosigkeit treibt, kann ich verzichten. Hast du Omar irgendwo gesehen?«

»In meiner Kammer?« fragte Léonie belustigt. »Keine Ahnung, wo sich dein Schatten herumtreibt, wenn er auf Glain ist. Kann es sein, daß er sich ein Liebchen im Dorf genommen hat?«

Roxana runzelte die Stirn. Sie hatte Omar stets als Freund, als Diener, als Krieger, aber nie als Mann gesehen. Daß er männliche Bedürfnisse haben könnte, verwirrte sie plötzlich. Léonie las ihr die Gedanken an der Nasenspitze ab. Wie seltsam, seit sie wieder in Glain waren, kam ihr Roxana wieder jünger und unreifer vor. Mehr Kind als Frau. Sie liebte sie zärtlich, aber sie wurde nie klug aus ihr. Weniger denn je.

»Mach dir keine Gedanken über Omar«, riet sie schließlich. »Wenn du ihn brauchst, wird er zur Stelle sein, wie immer. Vielleicht ist ihm nur die kriegerische Befehlsgewalt meiner Mutter auf die Nerven gegangen, und daß Bertheline sich stets ein halbes Dutzend Male bekreuzigt, wenn sie ihn sieht, trägt sicher auch nicht zu seinem Wohlbefinden bei. Er wird wieder auftauchen, sobald sie fort sind.«

»Das kann sein.« Roxana lächelte erleichtert.

»Wolltest du nicht im Stall nachsehen, ob die rote Tigerkatze ihre Jungen schon ausführt?« fuhr Léonie fort und erinnerte Roxana damit an das, was sie eigentlich hatte tun wollen, bevor sie das Gespräch von Léonies Eltern belauscht hatte.

»Natürlich, das hätte ich fast vergessen!« Roxana stürmte nach draußen, und die junge Herrin von Glain ließ ihre Arbeit müßig in den Schoß sinken. Sie kam auf der leichten Wölbung ihres Leibes zu liegen, die sich dort abzeichnete, und versonnen legte sie die Handflächen darauf. Mathieus Kind. Das Wunder ihrer Liebe.

In dieser selbstversunkenen Haltung einer werdenden Mutter traf Mathieu sie an, als er die Tür öffnete, weil er auf sein Klopfen keine Antwort erhalten hatte. Wie üblich verharrte er beim Eintreten, um das Bild in sich aufzunehmen. Die neuen Kleider, zu denen Roxana sie in Angers überredet hatte, mußten bereits in den Nähten ausgelassen werden, aber die kräftigen, leuchtenden Farben schmeichelten ihr ungemein.

Am liebsten sah er sie in Rot, und das Samtkleid, das sie heute trug, leuchtete in kräftigem Zyklam, nur gedämpft von dem hellbraunen Besatz, der Ärmel und Ausschnitt umfaßte. Die cremefarbenen Perlen seiner Mutter, der einzige Schmuck, den es auf Glain je gegeben hatte, lagen in doppelter Reihe um ihren Nacken.

Nun bemerkte sie ihn und schenkte ihm jenes erfreute Lächeln, das er benötigte wie die Luft zum Atmen. »Mathieu! Habt Ihr schon gehört? Meine Eltern haben sich zur Abreise entschlossen!«

»Ihr werdet traurig sein?«

»Ich?« Léonie lachte und stand auf. »Sehe ich so aus? Ich bringe meiner Mutter den schuldigen Respekt entgegen, aber ich weiß sehr wohl, daß sie gleich nach der schwarzen Pest kommt. Und Ihr könnt sicher auch darauf verzichten, daß Euch mein Vater ständig Ratschläge gibt, wie Ihr Euer Lehen zu führen habt.«

Mathieu verzog das Gesicht und bemühte sich, schuldbewußt zu erscheinen.

»Ich bekenne mich schuldig«, gab er zu. »Wenn es Euch keinen Kummer bereitet – ich sehe sie gerne ziehen, obwohl ich ihnen in vielerlei Hinsicht zu Dank verpflichtet bin.«

Léonie legte den Kopf schief. »Gibt es etwas, was ich wissen sollte?!«

»Nichts Besonderes.« Mathieu tat, als handelte es sich um nichts besonders Wichtiges. »Aber ich habe mit Messer Ludovic, dem Medicus, den Eure Mutter angeschleppt hat, ein Gespräch geführt und ihn gefragt, ob er sich das Wunder erklären kann, das uns zugestoßen ist.«

»Vermutlich kann er es.« Léonie nickte.

»Ihr habt es gewußt?« Jetzt war es an Mathieu, verblüfft zu sein.

Sie lächelte. »Meine Mutter hat Fehler, aber sie besitzt die Fähigkeit, stets die besten Leute einer Zunft um sich zu versammeln. Wenn es eine Erklärung gibt, dann muß Messer Ludovic sie kennen.«

»In der Tat. Ich habe ihm meine Krankheit geschildert, und er kennt sie und ihre Folgen. Der verhängnisvolle Verlust der Zeugungsfähigkeit tritt offensichtlich nicht immer zwangsläufig ein. Es kann lediglich eine Schwächung zurückbleiben, so daß die Möglichkeit, ein Kind zu zeugen, stark eingeschränkt, aber nicht vollends auszuschließen ist.«

Léonie schmiegte sich in seine Umarmung. »War Euch diese Erklärung wichtig?« erkundigte sie sich.

»Sie hat meine Neugier befriedigt«, gab er zu. »Aber ich hatte sie nicht nötig, um zufrieden und glücklich zu sein.

Er spürte ihre geschmeidige Gestalt unter dem Samt und konnte nicht widerstehen, sie auf die zarte Wölbung ihres verlockenden Busens zu küssen, den der spitze Ausschnitt freigab. Er barg sein Gesicht an ihrer Haut und versuchte das Begehren unter Kontrolle zu bringen, das ihn erbeben ließ.

Léonie atmete heftig ein. Ob es jemals enden würde, dieses wilde Verlangen nach ihm und seiner leidenschaftlichen Berührung? Es war heller Vormittag, nicht die Zeit, sich in Liebe zu vereinigen.

Obwohl, einmal hatten sie es getan, getrieben von dem überwältigenden Wunsch beieinander zu sein. Der bloße Gedanke daran verursachte ihr einen wollüstigen Schauer. Unwillkürlich rieb sie ihre Hüften an ihm.

»Ist es möglich, daß …« Mathieu brach ab und betrachtete die zart geröteten Wangen seiner Gemahlin, bemerkte ihre Verlegenheit.

Ihr Blick war halb schuldbewußt, halb kokett; halb auffordernd, dann wieder scheu – und wie hätte er dem widerstehen können? Er küßte sie erneut und streifte ihr dabei das weit ausgeschnittene Hauskleid über die Schultern.

Léonie stöhnte auf, als er die Hände um ihre Brüste legte und die Knospen liebkoste, die sich verhärtet hatten. Sie half ihm willig, die Schlingen und Häkchen ihres Gewandes zu lösen und auch ihn zu entkleiden. Samt und Leinen, Pelz und Leder fielen achtlos zu Boden, und das junge Paar liebte sich. Verloren in seine Leidenschaft und dem Hunger nacheinander.

Sie flüsterten sich närrische Worte der Liebe zu, Léonie wimmerte und stöhnte auf, als er seine Lippen über ihren Leib gleiten ließ. Sie konnte nie genug von ihm bekommen, und als er sie über sich zog, sah sie ihn ein wenig verdutzt an, doch als er sie leicht anhob und sie ihn dann hart und fest in sich spürte, seufzte sie zufrieden auf.

»Wir dürfen doch unseren Sohn nicht zerdrücken«, hörte sie ihn ein wenig atemlos sagen, als sie den Kopf in den Nacken warf und sich an seinen Schultern festklammerte, weil sie nicht mehr denken konnte, wenn er sich so bewegte. Es gab nichts, was mit den Gefühlen zu vergleichen war, die Mathieu ihr schenkte, und sie lieferte sich willig dem uralten leidenschaftlichen Spiel aus, auf das er sich so vortrefflich verstand.

Mathieu küßte ihre Brüste, was Léonie ein weiteres Aufstöhnen entlockte, und als er sah, wie wild sie sich bewegte und wie heftig sie atmete, wußte er, daß sie kurz vor dem Höhepunkt stand.

Als sie spürte, wie sie erschauerte, wurde auch er von seiner Leidenschaft überwältigt, und sie schrien beide lustvoll auf.

Roxana, die eben wieder die Treppe heraufkam, hörte sie und verharrte. Sie errötete, als sei sie unrechtmäßige Zeugin eines verbotenen Vorfalls geworden. Dann jedoch zuckte sie mit den Schultern, trällerte eines ihrer Lieblingslieder und sprang in umgekehrte Richtung davon. Der Seigneur und die Dame von Glain wollten nicht gestört werden, schau an! Der strenge Mathieu und die tugendsame Léonie – was die Liebe aus den Menschen machte!

Ob sie selbst auch einmal eine solche Leidenschaft kennenlernen würde? Dieses Gefühl, das einen aus der Welt heraus zu tragen schien? Das Wunder Wirklichkeit werden ließ und Berge versetzte?

Die einzige Antwort, die Roxana d'Escoudry darauf einfiel, war ein aus tiefstem Herzen kommendes »Bah!«

Angers

Im März des Jahres 1272

Charles von Anjou warf das eng beschriebene Papier mit allen Anzeichen von Ungeduld auf den Schreibtisch zurück. Ärgerlich furchte er die Stirn, ballte die Hände zu Fäusten.

Wie hatte das passieren können? Er hatte alles so wunderbar geplant, bis ins letzte Detail. Was hatte den König überkommen, diese Freilassung zu befehlen? Welcher Teufel hatte ihm einen Strich durch die Rechnung gemacht?

Ein ruhiges Antlitz mit goldenen Augen tauchte vor seinem Blick auf und wurde mit einem weiteren Fluch bedacht. Die Dame von Glain hatte sich seinen Avancen widersetzt und war auf ihre Ländereien zurückgekehrt. Ländereien, die er bereits als die seinen betrachtet hatte und die nun empörenderweise noch immer von der Brut des Falken besetzt waren. Verdammt!

Aber so leicht würde er nicht aufgeben! Noch waren nicht alle Mittel ausgeschöpft und alle Möglichkeiten verplant. Aber es galt vorsichtig zu sein, der junge König war mißtrauisch, und seine Mutter, Margarete von der Provence, ohnehin eine Feindin des Fürsten von Anjou. Sie durchschaute seinen Ehrgeiz, und sie behütete ihren Sohn wie eine Glucke ihr Küken.

Der mürrische Mann griff wieder nach dem Blatt, glättete es und begann von neuem zu lesen. Dann erschien ein hämisches Lächeln auf seinem Gesicht, und seine leise Stimme klang durch das Gemach. »Das Erbe des Falken! Nun, wir werden sehen, wer am Ende den Schatz in seinen Händen hält, mein lieber Bruder! Dieses Mal wirst du keine Macht mehr über mich haben. Du bist tot, und ich lebe!«

»Was ist mit dir?« Léonie sah zu Roxana hinüber, die mitten in ihrer Näharbeit verharrte und sichtlich blaß geworden war.

Roxana schrak zusammen. »Nichts, nichts«, beruhigte sie ihre Schwägerin. »Nur so ein komisches Gefühl. Als ob mich ein schwarzes Gespenst berührt hätte ...«

»Unsinn«, meinte Léonie lachend und sah zu Mathieu hinüber, der am großen Tisch saß und mit Jean Pernelle eine Partie Schach austrug. »Auf Glain gibt es keine Gespenster. Nur Wirklichkeit ...«

Sie glaubte fest daran, auch wenn noch nicht alle Probleme gelöst waren und der Spruch des Königs noch ausstand. Die Wirklichkeit und Liebe, fügte sie in Gedanken hinzu, während sie eine federleichte Bewegung in ihrem Leib spürte. Ihr Kind hatte sich bewegt!

Der Erbe des Falken.

ENDE

MARIE CORDONNIER

Die geraubte Rose

Roman

Weltbild

Normandie – August 1272

Ein Zweig aus wilden Rosen schmückte das steinerne Wappenschild mit dem Falken. Der Steinmetz hatte sein Möglichstes getan, dem Ritter, der sich auf Schild und Schwert stützte, die Züge Mathieu d'Escoudrys zu verleihen, aber das Mädchen, das die Rosen gebracht hatte, verließ sich lieber auf seine Erinnerungen als auf die entfernte Ähnlichkeit.

Das letzte Mal, als sie dieses Antlitz mit den harten, schroffen Zügen gesehen hatte, hatte der Krieger auf dem Sterbebett gelegen. Ausgezehrt und bereits vom nahenden Tod gezeichnet, während er mit letzter Kraft darum kämpfte, das Wort zu halten, das er einem anderen gegeben hatte. Es war ein Eid, der auch sie mit ewigem Schweigen band und dazu führte, daß sie an einem Tag wie diesem heimlich zweier Toter gedachte und für sie betete.

Das steinerne Maßwerk der neuen Kapelle vereinte sich über ihrem gesenkten Kopf wie die zierlichen Zweige eines frommen Waldes. Die geschnitzte Holztür mit den eisernen Zierbändern sperrte die Wärme des Sommertages und den Lärm des betriebsamen Innenhofes von Glain aus. Sie war allein mit ihren Erinnerungen, die mehr und mehr den reizenden Bildern eines Stundenbuches glichen als einmal gelebter Wirklichkeit.

Die Liebenden von Damiette, die ihre Eltern gewesen waren, kamen ihr fast schon vor wie Gestalten aus einer Legende, und Dinge, die sie nur aus Erzählungen kannte, mischten sich mit denen, die sie selbst erlebt hatte. Je mehr Zeit verging, um so weniger vermochte sie zu sagen, wo die Wirklichkeit endete und der Traum begann. Und sie hatte keinen Menschen, mit dem sie darüber sprechen konnte, niemanden, der ihre Fragen beantwortete.

Diese Machtlosigkeit verstärkte die seltsame Unruhe, die sie bereits seit Tagen empfand. Dieses Unbehagen verdichtete sich zu jener Art von Angst, die zu fürchten sie gelernt hatte, zu einer sicheren Gewißheit kommenden Unheils, dem man nicht entweichen konnte.

Die letzten Worte ihres sterbenden Vaters klangen in ihren Gedanken nach. »Gehorche dem Falken. Er hat mir mit seinem Leben für das deine garantiert. Er wird dich in Sicherheit bringen und dafür sorgen, daß du jenes Glück und jenen Frieden findest, die deiner armen Mutter durch meine Schuld nicht gegönnt waren. Wenn ich vor meinen Schöpfer trete, werde ich für dich bitten!«

Doch Mathieu d'Escoudry, der stolze Kreuzritter und Lehnsherr von Glain, hatte die ihm zugedachte Aufgabe nicht mehr erfüllen können. Auch er war ein Opfer der gnadenlosen Seuche geworden, die vor Tunis das Kreuzfahrerheer des Königs von Frankreich in der sengenden Sommersonne des Jahres 1270 vernichtet hatte. Seine Gebeine ruhten in einem der schrecklichen Massengräber, die das Ende des königlichen Traumes von einem eroberten, christlichen Morgenland kennzeichneten.

Nichts war geblieben, nur jener finstere Racheschwur, der vor Damiette getan worden war. Ein verzweifelter, wilder Fluch, der das stille Mädchen in der Kapelle von Glain auch nun wieder wie mit Eisesfingern streifte. Denn jener, der ihn ausgestoßen hatte, war mächtig und einflußreich. Wenn er jemals erfuhr, wessen Blut in ihren Adern floß, wenn er Kenntnis davon bekam, daß es sie gab, würde ihr nicht einmal Zeit für ein letztes Gebet bleiben.

Der Falke hatte sie dem Schutz seiner vier Söhne anbefohlen. Sie war das Erbe, das er ihnen von seinem letzten Kreuzzug geschickt hatte. Ein Erbe, das Gefahr, Blut und Tod bedeuten konnte und nur wenig Ruhm einbrachte. Und doch, es war das Erbe des Falken, dem sich keiner von ihnen entziehen konnte.

1. Kapitel

Normandie – September 1272

Das gepflegte Viereck des kleinen Kräutergartens lag im Windschatten der mächtigen Burgmauer, und um die Zeit des Vesperläutens wärmte die Sonne nur noch eine Ecke der Beete. Unter den Ranken des rotflammenden wilden Weines saß eine junge Frau auf einer alten Steinbank. Mit flinken Fingern band sie Lavendelrispen zu Büschen, die sie, einen nach dem anderen, sorgsam in einen flachen Korb zu ihren Füßen legte.

Der Duft der trockenen Zweige hüllte sie in den Wohlgeruch des scheidenden Sommers. Er haftete an ihren Fingern, legte sich zwischen die Falten ihres schlichten, braunen Barchentrockes und zog in die dicken, rötlich-blonden Zöpfe, die unter dem weißen Schleier bis weit über die Taille hinabhingen.

Trotz der einfachen Gewänder war es unzweifelhaft eine Edeldame, die sich der Kräuter annahm. Ihre edle Haltung, die Grazie ihrer Bewegungen verriet sie. Hinzu kam, daß die Farben der St. Lubins unverkennbar waren: die rötlichen Haare und das kräftige Blau der Augen.

Der stille Beobachter lächelte. Das Schicksal schien ihm eindeutig geneigt zu sein.

Der Anblick der ehrenwerten Demoiselle von Tinténiac, Charis de St. Lubin, brachte seinen flinken Verstand auf eine hervorragende Idee, die in Windeseile Konturen bekam. Dieser Einfall gefiel ihm wesentlich besser als die Vorstellung einer kriegerischen Belagerung, wie er sie ursprünglich im Sinn gehabt hatte. Weshalb sollte er seine Männer unnötig in Gefahr bringen, wenn es eine andere Möglichkeit gab?

Charis de St. Lubin griff gerade nach den letzten Lavendelzweigen, als sich plötzlich eine dicke, erstickende, dunkle Wolke um ihren Kopf und ihre Schultern legte. Sie rang in panischem Schrecken nach Luft, kämpfte verzweifelt gegen das Hindernis.

Irgend jemand packte sie mit roher Gewalt und hob sie hoch, während ihre wütende Gegenwehr in dem Maße geringer wurde, als sie das Gefühl hatte zu ersticken, bis sie schließlich in einer Mischung aus Luftmangel und Schock die Besinnung verlor.

Sie hatte keine Ahnung, wieviel Zeit vergangen war, bis sie wieder zu sich kam. Eines stand jedoch unzweifelhaft fest: In ihrem ganzen Leben hatte sie sich noch nie so gräßlich und so unbehaglich gefühlt. Wie es schien, hatte man sie in einen riesigen, schweren Reiterumhang gewickelt, dessen ehemaliger Träger dem Geruch nach dieses Kleidungsstück wohl einen langen Feldzug Tag und Nacht getragen haben mußte. Man hatte ihr die Kapuze weit über das Gesicht gezogen, damit sie nichts sehen konnte, und als sie unwillkürlich versuchte, sich zu befreien, mußte sie feststellen, daß sie an Händen und Füßen gefesselt war.

Charis lag wieder still und versuchte mehr darüber herauszufinden, wo sie war und in wessen Gewalt sie sich befand. Ihr Rücken verriet ihr auf unangenehme Weise, daß sie auf harter Erde lag und sich die Wurzeln eines knorrigen Baumes in ihre Hüfte drückten. Die Feuchtigkeit und die Kühle, die unter die Falten ihres leichten Rockes krochen und sie frösteln ließen, sagten ihr, daß der Abend hereingebrochen sein mußte.

Die junge Frau schauderte, diesmal nicht nur vor Kälte, sondern vor Angst. Bei allen Heiligen, was war geschehen?

Der dicke Stoff des Umhangs dämpfte die Männerstimmen, die sie vernahm, aber nicht genug. Sie verstand, worum es bei diesem Streit ging, und ihr Zittern verstärkte sich. Unzweifelhaft wurde da über ihr eigenes Schicksal verhandelt.

»Verschont mich mit derlei Unsinn, mein Junge!« brummte ein mürrischer Kerl, der sich anhörte, als besäße er eine gewisse Autorität über den anderen. »Unsere Aufgabe ist es, die Salztransporte zu sichern und nicht die Burg von Tinténiac zu schleifen. Ganz davon abgesehen, daß diese Mauern jeder Belagerung standhalten werden und der Fluß zusätzlichen Schutz bietet.«

»Wie es scheint, wird der große Bec Noir alt und feige«, erwiderte eine andere Stimme, die jünger klang, gereizter und rauher. »Wir sichern die Salztransporte meines verehrten Herrn Bruders am besten, indem wir ein für alle Mal dafür sorgen, daß sich kein St. Lubin mehr an unserem Hab und Gut vergreift. Und was diese Burg betrifft, so mag sie zwar über beachtliche Bollwerke verfügen, aber an der Flußseite hat sich Eustache de St. Lubin zu sehr darauf verlassen, daß niemand die gefährlichen Stromschnellen überwindet. Seht dorthin, da liegt mein Beweis dafür, daß man an jener Stelle in die Burg gelangen und wieder herauskommen kann, ohne daß auch nur ein Wachposten Verdacht schöpft.«

»Beweis? Der Beweis wofür? Daß Weiberröcke Euch wieder einmal von allem anderen abgelenkt haben? Zur Hölle, wenn Ihr nicht der wagemutigste Kämpfer dieses Königreiches wärt, dann hätte ich Euch den Dienst schon längst gekündigt.«

Charis war eben zu der Überzeugung gekommen, daß sie in die Hände einer Räuberbande gefallen sein mußte, als sie plötzlich am Arm gepackt und unsanft auf die Füße gestellt wurde. Jemand riß ihr die Kapuze zurück. Daß sie dabei an den Haaren gezogen wurde, entlockte ihr einen empörten Aufschrei.

»Hier, Bec Noir!« fuhr der Sprecher fort und packte sie am Kinn, um ihr Gesicht zum Feuer zu drehen. »Seht Euch diesen ›Weiberrock‹ näher an, den ich Euch gebracht habe. Ich möchte mein Schwert gegen Euren rostigen, alten Dolch wetten, daß wir die Dame de St. Lubin persönlich vor uns haben. Eine niedliche, wutschnaubende, hochgeborene Furie!«

»Oh, Ihr ... Ihr Grobian! Ihr niederträchtiger, abscheulicher Lümmel! Ihr ...« Charis wußte, daß sie keifte, aber ihr Zorn war stärker als ihre Erziehung.

Eine Hand legte sich auf ihren Mund und unterband den Strom ihrer Beleidigungen, noch ehe sie richtig in Fahrt gekommen war. Ein Arm legte sich um ihre Taille, drückte sie gegen eine Männergestalt, deren Waffengehänge und Küraß sie dabei leise klirren hörte.

»Eine echte Dame«, stellte der Mann belustigt fest, während Charis hilflos in seinem rohen Griff zappelte. »Eine Geisel, die uns das Wohlverhalten der Brüder St. Lubin garantieren wird. Nun, mein Freund, bin ich immer noch ein Nichtsnutz, der seine Aufgabe über einem Techtelmechtel vergißt?«

Charis starrte aus weit aufgerissenen Augen auf den Krieger, der seinen Namen Bec Noir unzweifelhaft verdiente. Er war größer und breiter als jeder andere Mann, den sie kannte; die untere Hälfte seines Gesichtes wurde von einem wüsten, schwarzen Bart bedeckt, der ihm das Aussehen eines mißgelaunten Bären verlieh. Alles an seiner Haltung, seiner Kleidung und seinen Waffen verriet den rücksichtslosen Söldner, der sich dem Meistbietenden verkaufte und ohne Rücksicht tötete, wenn es verlangt wurde.

Gegen diesen Riesen hätte sogar die grobschlächtige Gestalt ihres Bruders Eustache unbedeutend gewirkt. Ihre jüngeren Brüder Paul und Richard würde er vermutlich mit einem einzigen Schlag zu Boden strecken.

Unter seinem finsteren Blick stellte sie ihr unwürdiges Gezappel ein und zwang sich, seinem Blick standzuhalten, obwohl ihr der stechende Ausdruck seiner kleinen, schwarzen Augen einen neuerlichen Schauer über den Rücken jagte.

In einiger Entfernung lagerte ein Trupp schwer bewaffneter Krieger, doch das verwunderte Charis nicht. Männer wie dieser zogen Abenteurer und Glücksritter an wie das Licht einer Kerze die Motten.

»Was erwartet Ihr?« sagte Bec Noir nun zu jenem Unbekannten hinter Charis, den sie immer noch nicht gesehen hatte, nur spüren konnte. »Daß Eustache de St. Lubin Lösegeld für sie zahlt? Man erzählt sich, daß er ihre Verlobung mit dem Seigneur von Blois gelöst hat und jener dem Schöpfer dafür gedankt hat, daß er sie nicht heiraten mußte. Sie soll irgendeinen Makel haben. Vielleicht habt Ihr St. Lubin sogar einen Gefallen getan, indem Ihr ihn von der Sorge für dieses Frauenzimmer befreit habt.«

Charis biß die Zähne zusammen, daß ihre Kieferknochen schmerzten. So war also ihre Schande bereits Gesprächsthema des halben Königreiches. Sie würde eine alte Jungfer bleiben. Eine gehorsame, demütige Haushofmeisterin für ihre Brüder, die in der Burg ihrer Väter Weiberarbeit tat und deren Folgsamkeit man als selbstverständlich voraussetzte. Eine Gefangene der eigenen Familie, die auf Tinténiac alt und grau werden würde. Denn wer nahm schon eine Edeldame zur Frau, über die bereits die Söldnerhorden überall im Königreich spotteten?

Bis zu jenem schmachvollen Tag hatte sie Eustache zwar keine Liebe entgegengebracht, aber wenigstens eine gewisse geschwisterliche Zuneigung und den nötigen Respekt. Doch dann hatte sie lernen müssen, daß all die Sanftmut und Freundlichkeit, die Gelehrsamkeit und die weiblichen Tugenden, um die sie sich so sehr bemüht hatte, nichts zählten gegen die Macht der Männer.

Daß er das Familienoberhaupt war, gab Eustache St. Lubin das Recht, über seine Schwester zu bestimmen wie über einen Sack Mehl. Es gab keine Instanz auf dieser Welt, bei der eine verratene Schwester Gerechtigkeit oder gar eine verschwendete Mitgift einfordern konnte.

»Wir werden diesem heuchlerischen Schurken beweisen, daß man sich nicht ungestraft mit den Söhnen des Falken anlegt. Wie auch immer er ihr gegenüber eingestellt sein mag, sie trägt seinen Namen, und er ist als christlicher Ritter verpflichtet, sie zu schützen. Er wird tun müssen, was wir verlangen, und wir werden ihm eine so deutliche Warnung hinterlassen, daß er keine Zweifel am Ernst unserer Drohung haben kann.«

»Ihr seid närrisch«, platzte Charis mitten in diese energische Rede und lachte nervös auf. »Eustache hat an der

Leiche unseres Vaters einen Racheschwur getan, und er gehört nicht zu den Männern, die einen solchen Eid zurücknehmen. Er wird alles vernichten, was den Namen Escoudry trägt. Wenn Euch die Brut des Falken zu diesem Zweck angeheuert hat, dann solltet Ihr Euren Sold nehmen und das Weite suchen. Euer Leben ist keinen Pfifferling mehr wert, wenn meine Brüder Euch und Eure Männer entdecken!«

Der Ratschlag entlockte Bec Noir dröhnendes Gelächter. Charis, die zwischen Empörung und Panik schwankte, verspürte plötzlich den wilden Wunsch, diesen Giganten zu schütteln, den weder ihre Warnungen noch ihr Zorn beeindruckten. Und obwohl der Unbekannte hinter ihr nicht das wütende Funkeln ihrer Augen sehen konnte, schien er doch zu spüren, was in ihr vorging, und es amüsant zu finden.

»Ihr habt eine spitze Zunge, Dame St. Lubin«, meinte er lachend und drehte sie so plötzlich zu sich herum, daß sie Mühe hatte, das Gleichgewicht zu wahren. »Vielleicht sollten wir den Stricken einen Knebel hinzufügen. Es mißfällt mir, wenn es eine junge Frau am Respekt fehlen läßt und Drohungen ausstößt.«

Charis hatte schon den Mund geöffnet, um ihrer Empörung erneut Luft zu machen, aber es kam kein Laut über ihre Lippen. Aus weit aufgerissenen Augen starrte sie ihren Entführer an. Dieser Schurke war schön, das Idealbild eines kriegerischen Mannes schlechthin! Noch nie hatte sie jemanden wie ihn gesehen!

Er war mindestens genauso groß wie dieser Bec Noir, aber seine athletische Gestalt wirkte besser proportioniert. Er hatte beachtlich breite Schultern und einen mächtigen Brustkorb; die Hüften waren schmal. Die engen Lederhosen, die er zu einem ärmellosen Lederwams und einem lässig verschnürten Hemd trug, schmiegten sich um lange muskulöse Beine.

Spott funkelte in seinen grünen Augen, und nun legte er den Kopf schief und betrachtete sie wie jemand, der gerade eine Ware erstanden hat und zu befürchten beginnt, daß er sie vielleicht doch ein wenig übereilt gekauft hat.

Sein Antlitz war von absoluter Perfektion, wie die in Marmor gemeißelten Züge eines antiken Kriegsgottes. Seine Nase war gerade, die Brauen leicht gewölbt, der volle, sinnliche Mund schien ebenso Lebenslust wie Grausamkeit zu verraten.

Aufmerksam betrachtete Charis sein Gesicht. Es wurde ausdruckslos unter ihrer Musterung, sie konnte nicht erkennen, was er dachte. Doch dann verdüsterte ein kaum sichtbarer Schatten seinen Blick, so als ob eine vorüberziehende Wolke das Grün einer Meeresbucht für einen Moment in trübes Grau verwandelt hätte.

Doch nicht nur sein Aussehen und seine Kraft faszinierten Charis so sehr. Er strahlte noch etwas anderes aus, etwas, was sie nicht hätte benennen können, was sie jedoch mitten in die Seele traf. Ihr Herzschlag setzte einen Moment lang aus, ehe er stolpernd und unregelmäßig wieder in Gang kam.

Charis begriff nicht, was mit ihr geschah, weshalb sie ganz atemlos wurde und wieso sie das Gefühl hatte, daß ihre Knie sie plötzlich nicht mehr tragen wollten. Wie verzaubert stand sie da und konnte ihn nur anschauen.

Doch auch Simon d'Escoudry reagierte auf ungewohnte Art, als er Charis so nah vor sich stehen sah. Er hatte sie eine Weile auf ihrer Gartenbank beobachtet, aber er hatte dabei überlegt, wie er die Umstände zu seinen Gunsten nutzen konnte, und sie als Person eigentlich nicht wahrgenommen. Doch nun unterzog er sie einer interessierten Musterung.

Sie war zu groß für eine normale Frau, mindestens so hochgewachsen wie die meisten Männer seines Gefolges, ihm jedoch reichte sie knapp bis ans Kinn.

Der letzte, rötliche Strahl der untergehenden Sonne warf kupferne Reflexe auf ihre Haare, die unbedeckt waren, da ihr Schleier bei diesem Abenteuer verrutscht war. In dem sanften Abendlicht schimmerte ihre Haut wie Samt; die vollen, schöngeschwungenen Lippen waren ein wenig geöffnet und schienen förmlich zu einem Kuß einzuladen.

Lange Wimpern, viel dunkler als ihr Haar, umrahmten ihre klaren Augen von ungewöhnlichem Blau; Augen, die wie Edelsteine funkelten. Sie wirkte ruhig und beherrscht, doch das trotzig vorgeschobene Kinn und das wütende Blitzen ihrer Augen verrieten, daß sie ein ungestümes Temperament und einen Mut besaß, der einem Mann wohl angestanden hätte. Einen Stolz, der sie auch in ausweglosen Situationen aufrecht hielt, und ein ausgeprägtes Gefühl für Recht und Ehre.

Er wußte dies, obwohl er sie nicht kannte. Irgend etwas tief in ihm schien alles über Charis de St. Lubin zu wissen. Etwas, was ihn dazu drängte, sie in die Arme zu schließen und sich zu ihrem Ritter zu erklären. Sie mit jedem Atemzug zu beschützen und den Rest seines Lebens damit zuzubringen, das Verfliegen eines jeden einzelnen Tages in ihren Augen zu beobachten.

»Wer seid Ihr?« hörte er ihre Stimme, der plötzlich jeder Zorn abhanden gekommen war. Jetzt klang sie wie weicher Samt, wie das melodische Murmeln eines kleinen Baches, der unter Moospolstern in der Sonne dahinhüpft. Sehr weiblich und sehr sinnlich.

»Simon d'Escoudry, zu Euren Diensten, schönste Dame«, antwortete er und zwang sich in die Wirklichkeit zurück. »Zweitältester Sohn des Falken und Bruder des Seigneur von Glain. Gehorsamer Ritter des Königs von Frankreich und ...«

»Mörder!«

Simon stutzte und stellte fest, daß das blaue Feuer ihres Blickes kaltem Eis gewichen war. Er spürte, wie ihr Körper sich versteifte.

»Mörder«, wiederholte sie tonlos. »Bruder eines Mörders und Mörder unserer Männer. Wir haben von Euch gehört, Simon d'Escoudry. Ihr seid ein gottloser Haudegen, noch abscheulicher als Euer Bruder, an dessen Händen das Blut unseres Vaters klebt. Verzeiht meinen Irrtum, ich hätte wissen müssen, daß man einen Schurken Eures Kalibers nicht anheuern kann. Männer wie Ihr sind nur in eigenen Diensten und zum eigenen Vorteil unterwegs!«

»Beim Beil des Henkers, habt Ihr den Verstand verloren, Weib?«

Simon d'Escoudry hatte es noch nie sehr gut vertragen, beschimpft zu werden, und schon gar nicht von einer Frau wie dieser. Irgendwie erschien es ihm wie ein persönlicher Verrat. Wie kam sie dazu, ihm derartige Unverschämtheiten an den Kopf zu werfen? Steckte hinter dieser klaren Stirn etwa ein beschränkter Verstand?

»Mathieu hat Euren Vater im fairen ritterlichen Zweikampf getötet! Und auch das erst, nachdem Euer sauberer Vater zwölf Männer seines Gefolges niedergemetzelt hatte! Nennt Ihr das keinen Mord, meine Dame? Und was ist mit den Salztransporten, die Euer Bruder seit Monaten immer wieder überfällt?«

»Ihr besitzt kein Recht zum Salzhandel!« Charis erinnerte sich an eine Bemerkung, die sie bei einem Gespräch ihrer Brüder aufgeschnappt hatte. Zufällig nur, denn normalerweise vermieden sie es, in ihrer Gegenwart Pläne zu schmieden.

»Die Salzsümpfe sind Bestandteil der Mitgift meiner Schwägerin, Léonie d'Escoudry!« fuhr Simon sie an. Seine Stirn hatte sich zornig gerötet, und er packte die rebellische Gefangene wütend an den Oberarmen und schüttelte sie. »Und sogar wenn dem nicht so wäre, würde es Eurem verdammten Bruder nicht das Recht geben, unsere Handelszüge zu überfallen und unsre Männer zu massakrieren! Ich schwöre Euch, dies wird ein Ende haben, ehe die Sonne morgen über Eurer Burg aufgegangen ist!«

Seine Worte ließen sie zittern, genau wie die bedrohliche, männliche Ausstrahlung, die von ihm ausging. Und es empörte sie zudem, daß er sie so gepackt hatte. Noch nie hatte es ein Mitglied ihrer Familie gewagt, Hand an sie zu legen. Selbst Eustache war davor zurückgeschreckt, sie mit purer körperlicher Gewalt zum Gehorsam zu zwingen.

Dennoch brachte sie es nicht fertig, den Blick abzuwenden. Sie ertrank fast im Sturm der grünen Augen, und Bec Noirs Stimme drang wie aus weiter Ferne in ihr aufgestörtes Bewußtsein, ohne daß sie zunächst den Sinn seiner Worte begriffen hätte.

»Frauen wie sie bedeuten Ärger, mein Junge«, warnte der Schwarze, Böses ahnend. »Weiß der Teufel, aber es wäre mir lieber gewesen, Ihr hättet darauf verzichtet, sie zur Geisel zu nehmen.«

»Sie gehört mir«, antwortete Simon d'Escoudry, und Charis spürte, daß er seinen Griff noch verstärkte, als steckte sie in einem Schraubstock. Ihr leiser Schmerzenslaut ging in seiner kühlen Antwort unter. »Sie ist meine Gefangene, und ich schätze, Eustache de St. Lubin wird sich etwas einfallen lassen müssen, wenn er sie zurückhaben will. Vielleicht behalte ich sie sogar ...«

»Lieber schmore ich den Rest meines Lebens in der Hölle«, hörte sie sich erstickt antworten, während sie empört an ihren Fesseln zerrte, die sich dadurch nur noch tiefer eingruben.

Simon d'Escoudry antwortete mit einem Lachen darauf. Einem so fröhlichen, unbeschwerten Lachen, daß Charis erneut erbebte, diesmal vor Haß und Zorn.

»Wir werden sehen, was wir für Euch und Eure Wünsche tun können, Dame St. Lubin«, erklärte er. Er lockerte plötzlich seinen Griff, doch er ließ sie nicht los. Seine Hände wanderten über ihre Arme und Schultern nach oben, legten sich dann um ihren Hals.

Seine Daumen lagen auf ihrem Kehlkopf, und Charis war hin- und hergerissen zwischen gegensätzlichen Gefühlen. Was er tat, jagte ihr Angst ein, doch nicht nur Bedrohung lag in seiner Berührung, sondern auch eine merkwürdige Zärtlichkeit, die ihr einen Schauder über den Körper jagte.

»Bec Noir! Ruf die Männer zusammen und kümmert Euch um die Boote. Wir werden Tinténiac heute nacht noch einen Besuch abstatten, ehe wir nach Hause reiten!«

Charis wußte, was dies bedeutete, und wieder lehnte sie sich gegen ihre Fesseln auf, obwohl ihr klar war, daß dies sinnlos war. Dies und ihre heftig pochende Halsschlagader verriet ihm, wie wütend sie ihre Freiheit begehrte.

»Es hat keinen Sinn, meine Schöne.« Er lächelte auf sie herab und sie sah, daß er noch alle Zähne hatte, und makellose dazu. »Findet Euch damit ab, daß Ihr Simon d'Escoudry gehört!«

»Eher gehöre ich dem Satan und seinen Heerscharen!« rief sie widerspenstig.

»Wer weiß ...« Seine Finger glitten nach oben und fuhren federleicht die Konturen ihrer Lippen nach. »Wer weiß, vielleicht werdet Ihr eines Tages dahinterkommen, daß Simon d'Escoudry und der Teufel ein- und derselbe sind.«

Charis war geneigt, ihm beizupflichten. Sie sank hilflos in die Knie, als er sie endlich losließ und mit Bec Noir zu seinen Männern hinüberschlenderte. Gelassen und beherrscht, jeder Zoll ein Mann, der sich seiner Kraft und seiner Aufgabe bewußt war. Ein Mann, dem Eustache nie und nimmer gewachsen sein würde. So wenig wie ihr Vater seinem Bruder gewachsen gewesen war.

Charis unterdrückte ein Schluchzen und grub die Zähne so fest in die Unterlippe, daß sie Blut schmeckte. Sie versuchte zu beten, die Unterstützung des Himmels für ihre Brüder und die Menschen von Tinténiac herbeizuflehen. Aber es war ihr nicht möglich, gleichzeitig um die Vernichtung Simon d'Escoudrys zu beten.

Sie war zum hilflosen Opfer der eigenen wirren Gefühle geworden. Ungeweinte Tränen brannten in ihren Augen. Die hereinbrechende Dämmerung hüllte das Waldversteck in immer dichtere Schleier. Über dem typischen Geruch nach Moos, Feuchtigkeit, verrotteten Blättern und reifenden Pilzen lag der schwere Duft von blühendem Lavendel, der aus ihren Röcken aufstieg.

Es schien in einem anderen Leben gewesen zu sein, als sie keine anderen Probleme hatte, als sich um die Wintervorräte an Kräutern kümmern zu müssen. Ob man sie bereits in Tinténiac vermißte? Das heißt, falls überhaupt jemand sie vermißte, dann höchstens das Gesinde, ihre Brüder sicher nicht. Daß sie nicht da war, würden sie erst dann merken, wenn sich kein Essen auf dem Tisch fand und keine neuen Kerzen gezogen wurden.

Sie konnte die Blicke nicht von der hünenhaften Gestalt des Mannes lösen, die sich so geschmeidig bewegte. Simon d'Escoudry glich einem goldenen Löwen, der sich seiner Beute und seines Jagderfolges sicher ist, noch ehe er richtig zum Sprung angesetzt hat. Es war ein Fehler, Raubtieren zu nahe zu kommen. Aber hatte ihr das Schicksal denn eine Wahl gelassen?

2. Kapitel

Tinténiac brannte! Charis sah den feurigen Schein, der den Herbsthimmel erleuchtete und die Nacht zum Tage machte. Die Ställe, die Scheunen und Vorratslager, die mit Schindeln und Binsen gedeckt waren, boten eine willkommene Nahrung für die Flammen. Die Ernte, die bis auf ein paar letzte Felder fast eingebracht war und einen Winter ohne Hunger versprochen hatte, war nun dabei, sich in Glut und Asche aufzulösen.

Die junge Frau war so weit vom Ort des Geschehens entfernt, daß sie das Brausen nicht hören konnte, das dieses Inferno begleitete. Hier war es still, lediglich das Rauschen des Flusses war zu hören; ab und zu klirrte das Zaumzeug eines der Pferde, die hinter ihr, unter den Bäumen, auf ihre Reiter warteten. Zwei halbwüchsige Knappen bewachten die Tiere und warfen von Zeit zu Zeit scheue Blicke auf die hochgewachsene, schlanke Gestalt, die an den Stamm einer Weide gebunden war und hilflos mit ansehen mußte, wie ihre Heimat in Flammen aufging.

Charis starrte reglos auf die brennenden Dächer, ohne sich ihre Gefühle anmerken zu lassen. Diese Fehde, die ihr Vater mit den Escoudrys vom Zaun gebrochen hatte, erschien ihr ebenso sinnlos wie rätselhaft. Eustache führte sie nun weiter, und Charis kannte den Bruder gut genug, um zu wissen, daß nicht allein ritterliche Ehre, sondern auch der primitive Wunsch zu zeigen, wer der Stärkere war, seine Entscheidung bestimmt hatte. Doch wie es schien, war er ebenso wie sein Vater an den Falschen geraten.

Die Söhne des Falken gehörten nicht zu jenen Männern, deren Eigentum man ungestraft angriff. Die beiden Salztransporte, die Eustache mit seinen Brüdern überfallen hatte, waren es nicht wert gewesen, daß Tinténiac dafür zerstört wurde. Charis erinnerte sich an die sorgsam zusammengetragenen Wintervorräte, an die Stoffballen und Krüge, an die Früchte und Gewürze, die ihrer Aufsicht unterstanden hatten. Alle Sorge und alle Arbeit umsonst! Nur Männer vermochten mit soviel sinnloser Gewalt und Zerstörungswut ihre Fehden auszutragen! Wovon würden die Menschen in Tinténiac im Winter leben?

Das leise Scharren eines anlegenden Bootes riß sie aus ihren Gedanken. Sie erkannte die Umrisse der flachen Kähne, die auf Tinténiac dazu verwendet wurden, die Ernte von der anderen Seite des Flusses zu holen, und sie begriff, daß sich Simon d'Escoudry auf jenem kühnen Streifzug, der sie ihre Freiheit gekostet hatte, genau umgesehen haben mußte. Und er hatte nicht nur das Boot geraubt, sondern auch noch ein gutes Dutzend mürrischer Männer gefangengenommen, die nun hinter seinen Söldnern herstolperten.

Ihre Flüche und vereinzeltes Stöhnen verrieten, daß ein Teil von ihnen verletzt sein mußte, und Charis nahm an, daß es sich in erster Linie um die fremden Soldaten handelte, die Eustache mit ihrer Mitgift angeheuert hatte und die im Mannschaftsquartier neben den Ställen hausten. Wie es schien, hatten sich Escoudry und Bec Noir nicht die Mühe gemacht, den Palas der Burg zu stürmen, auf dessen Verteidigungsanlagen Eustache so stolz war.

Ein paar gedämpfte, scharfe Befehle flogen durch die

Nacht, und ehe Charis auch nur einen Schritt gehört hätte, wußte sie, daß Simon d'Escoudry hinter ihr stand. Entweder bewegte sich dieser Mann mit der Lautlosigkeit eines Nachtschattens, oder sie hatte sich durch die Ankunft der anderen zu sehr ablenken lassen.

Nun spürte sie wieder jenes seltsame Prickeln im Nacken, das ihr unweigerlich seine Gegenwart verriet. Die feinen Härchen richteten sich auf. Ein Ruck ging durch ihre Gestalt, als Charis plötzlich begriff, wie es ihm gelungen war, ohne großen Widerstand mit seinen Männern in den Vorhof der Burg zu gelangen. Sie, Charis, war nicht ins Haus zurückgekehrt, und deswegen war auch die schwere Ausfallpforte zu den Gärten offen geblieben. Es kam öfter vor, daß sie sich in ihre Gemächer zurückzog und die abendliche Tafel mied. Die alte Jeanne, die seit ihrer Geburt das Amt einer Kinder- und Kammerfrau bei ihr versah, kam abends die steile Treppe zur Kemenate nicht mehr hinauf.

Vor dem nächsten Morgen würde niemand ihr Verschwinden entdecken, also hatte sich auch niemand die Mühe gemacht, eine Tür zu kontrollieren, die normalerweise ohnedies verschlossen war. Sie hatte also selbst dazu beigetragen, daß Tinténiac gefallen war.

»Der Himmel wird Euch strafen«, sagte sie aus diesen bitteren Gedanken heraus, ohne auch nur den Kopf zu wenden. »Und ich werde jeden Tag meines Lebens darum beten, daß es so bald als möglich geschieht.«

Sie sah nicht, daß Simon d'Escoudry die Stirn runzelte und sich fragte, wie in Dreiteufelsnamen dieses große Mädchen ihn gehört haben konnte. Sie mußte über die Ohren eines Luchses verfügen und die Nacht wie eine Katze durchdringen können. Normalerweise bemerkte ihn nicht einmal Bec Noir, wenn er nicht wollte, daß er gehört wurde.

»Es wäre sicher besser gewesen, Ihr hättet Euren Bruder in Eure Frömmigkeit miteinbezogen«, riet er ihr gelassen. »Konntet Ihr ihn nicht davon überzeugen, daß das fünfte Gebot ›Du sollst nicht stehlen‹ lautet?«

»Bastard!« rutschte es Charis heraus, und sie erschrak über sich selbst. Das war kein Wort, das sich für eine Edeldame ziemte.

»Hütet Eure Zunge, Dame!« murmelte er nach einer Weile des Schweigens, das sich unheilvoll und bedrohlich zwischen ihnen dehnte. »Mein Vater war der erste Ritter des Königs, und niemand beleidigt ungestraft den Namen der Escoudrys!«

»Dann benehmt Euch wie ein christlicher Ritter und nicht wie ein räuberischer Strauchdieb«, riet ihm Charis spöttisch.

»Noch ein Wort, und ich lasse Euch hier zurück, wenn wir reiten«, sagte er gereizt und hob den Dolch, mit dem er eben ihre Fesseln hatte durchschneiden wollen. »Es könnte einige Zeit dauern, bis man Euch in diesem Sumpf findet. Ihr könntet bedauerlicherweise längst verhungert und verdurstet sein bis dahin. Aber wenigstens würdet Ihr schweigen ...«

»Pah, wenn Ihr Euren Krieg gegen wehrlose Frauen führen wollt, dann tut Euch keinen Zwang an!« fuhr sie ihn an, und ließ sich nicht anmerken, daß seine Drohung ihren Herzschlag aus dem Takt gebracht hatte. Diesem unverschämten Kerl, der in dieser von Wolken und Nebelfetzen durchzogenen Nacht kein Gesicht besaß, traute sie alles zu.

»Hexe!« antwortete er lediglich und durchschnitt die Fesseln. »Ich nehme Euch vor mich auf das Pferd. Ich warne Euch jedoch, wenn Ihr Ärger macht, werde ich Euch fesseln und wie einen Getreidesack vor meinen Sattel hängen. Bezähmt also Euer zänkisches Temperament und Eure Freude an Beleidigungen.«

Charis massierte sich unwillkürlich die schmerzenden Handgelenke und machte einen Schritt vom Baum weg. Dabei übersah sie jedoch eine Wurzel und stolperte prompt in die Arme, die Simon d'Escoudry hilfreich ausgestreckt hatte, noch bevor er sich selbst dessen bewußt geworden war.

Der Duft von Lavendel hüllte ihn ein, und erstaunt

stellte er fest, wie weich und schmiegsam sie in seinen Armen lag. Nein, dieses Mädchen gehörte nicht hierher, nicht unter diese rauhe Kriegerschar, in deren Kleidern der üble Geruch von Blut und Tod hing. Nicht in die Arme eines Mannes wie ihn selbst.

Charis fühlte instinktiv den Moment der Schwäche, die den geharnischten Ritter mindestens ebenso überraschte wie sie, und geschickt versuchte sie, Kapital daraus zu schlagen. Sie befreite sich nicht aus seinem Griff, wich nur ein Stück zurück, daß sie ihn besser ansehen konnte, und hob ihr Gesicht zu ihm empor.

»Laßt mich gehen, Seigneur!« bat sie mit weicher Stimme. »Ihr habt Eure Vergeltung gehabt. Gebt mir Eure Botschaft an meine Brüder mit, und ich werde tun, was in meiner Macht steht, damit es endlich Frieden gibt zwischen Euch und ihnen.«

Was hatte sie nur an sich, welchen Zauber warf ihre sanfte Stimme, daß er jedesmal das Gefühl hatte, er käme nach einem langen Ritt nach Hause, sobald er diesen Klang hörte? Die Stimme, die ihn umfing wie mit Spinnenfäden und ihn alles andere vergessen ließ.

»Genügt Euch das Zerstörungswerk nicht, das Ihr hinterlassen habt?« setzte sie eine Spur vorwurfsvoller hinzu und zerstörte damit selbst den Bann, den sie über den Ritter geworfen hatte.

Weibliche Vorwürfe waren etwas, was Simon d'Escoudry niemals akzeptierte. Er schüttelte sich einen Moment, als hätte sich der nächtliche Nebel über seine Schultern gelegt und müßte mit dieser Bewegung abgestreift werden.

»Überlaßt es mir, zu entscheiden, was ich für nützlich halte und was nicht. Im Moment liegt mir daran, dieses Flußufer zu verlassen und meine Gefangenen in Sicherheit zu bringen«, erklärte er und hob sie ohne Mühe auf seine Arme.

Ehe Charis wußte, wie ihr geschah, saß sie auf dem Rücken eines mächtigen, schnaubenden Streitrosses, und Simon d'Escoudry schwang sich hinter ihr in den Sattel.

Ein knapper Befehl, und der Trupp setzte sich in Bewegung. In seiner Mitte die stolpernden Gefangenen, hinter sich den brennenden Feuerschein von Tinténiac und …

Charis sah über Simons Schulter zurück und fand ihre Befürchtungen bestätigt.

»Die Boote? Mußtet Ihr auch die Boote in Flammen setzen? Es sind weit und breit die einzigen Fahrzeuge, die über den Fluß führen. Weshalb …«

»Aus eben diesem Grund«, fiel er ihr ins Wort. »Eure verehrten Brüder werden einen anderen Weg finden müssen, über die Rance zu kommen, und bis dahin sind wir längst hinter den Mauern von Glain in Sicherheit.«

Glain. Charis hatte Eustaches Wutanfall erlebt, als die Botschaft nach Tinténiac kam, daß der junge König das Lehen von Glain für Mathieu d'Escoudry bestätigt hatte. Anstatt den ältesten Sohn des Falken für den Mord an ihrem Vater zur Rechenschaft zu ziehen, hatte Philipp von Frankreich den Lehnseid des Ritters akzeptiert und seine Kerkerhaft aufgehoben. Die Botschaft seiner Majestät hatte keine Zweifel gelassen; er befahl Ruhe zwischen Tinténiac und Glain.

Charis hatte nie begriffen, weshalb Eustache diesen königlichen Befehl mißachtet und die Salztransporte trotzdem überfallen hatte. Er tat vieles, was sie nicht verstand. So hatte er ihr auch nie erklärt, wieso er ihre Mitgift für seine Zwecke verbraucht hatte. Eustache dachte nicht daran, einer Frau etwas zu erklären, nicht einmal der eigenen Schwester.

»Wollt Ihr Lösegeld für mich erpressen?« fragte sie und schrie leise auf, als sie ins Schwanken geriet, als der Hengst sich in Bewegung setzte.

Sie war keine besonders geschickte Reiterin, und der gutmütige Zelter, auf dem sie sonst ritt, unterschied sich beträchtlich von dem feurigen Streitroß, das sein zusätzliches Gewicht ohne merkliche Beeinträchtigung trug.

»Schwätzt nicht, haltet Euch lieber fest«, war die barsche Antwort, und Charis verstummte schon aus reinem Selbsterhaltungstrieb.

Schlagartig wurde ihr bewußt, daß sie entsetzlich müde war, daß sie seit dem vergangenen Vormittag nichts mehr gegessen hatte und daß sie auf rüdeste Weise vom ärgsten Feind ihrer Brüder entführt wurde.

Zwischen Erschöpfung, Hunger, Zorn und mühsam verborgener Furcht schwankend, schien es nur einen einzigen fixen Punkt in ihrer aus den Fugen geratenen Welt zu geben. Jene breite Brust, an die sie von einem starken Arm gedrückt wurde, während die andere Hand die Zügel zwischen den Fingern hielt.

Mit klammen Fingern suchte sie Halt am breiten Sattelhorn und zwang sich mit zusammengebissenen Zähnen, die Mühsal des nächtlichen Rittes zu ertragen. Immerhin ging es ihr noch besser als dem Trupp der gefangenen Männer, die im Dunkeln dahinstolperten und grob weitergetrieben wurden, wenn sie Schwäche zeigten.

Charis vermochte nicht zu sagen, wieviel Zeit schließlich vergangen war, bis sie das Lager erreichten, in dem sich die Männer des Salztransports versteckt hielten, die Simon d'Escoudry und Bec Noir nicht begleitet hatten bei ihrem Überfall auf Tinténiac.

Sie vernahm die Parolen, das Gelächter, die Berichte und die rauhen Stimmen der Männer wie aus weiter Ferne. In den dicken Umhang Simon d'Escoudrys gehüllt, war sie neben dem Feuer vor Erschöpfung auf die Knie gesunken und hielt die starren Finger der Wärme entgegen. Ihre ordentlichen Zöpfe hatten sich gelöst, und in den Rocksäumen trockneten die Schlammreste vom Flußufer. Sie hätte ihre Seligkeit für einen Kanten Brot und einen Schluck Wasser verkauft, aber sie war zu erschöpft, um darum zu bitten. War es so, wenn man starb? Dieses Abgleiten in Gleichgültigkeit und Vergessen?

»Die Frau ist am Ende!« Bec Noirs brummige Stimme übertönte den Lärm, und während Charis sich noch fragte, ob diese mitleidige Feststellung tatsächlich ihr galt, hörte sie Simon d'Escoudrys typisch männliche, rücksichtslose Antwort. »Sie wird es überstehen. Bis morgen abend sind wir in Glain.«

»Und was soll sie dort?« fragte Bec Noir aufsässig. »Euer Bett wärmen? Eurer verrückten Bastard-Schwester die Katze nachtragen? Seid ehrlich, Ihr habt Euch von ihrer hübschen Larve zu einer Dummheit verführen lassen. Es war nicht nötig, Eustache de St. Lubin durch die Entführung seiner Schwester noch weiter zu reizen. Ihr handelt Euch mehr Ärger ein, als Ihr vertragen könnt, Seigneur!«

»Und Ihr könnt endlich aufhören, mich wie einen unmündigen Pagen zu behandeln, Alter!« vernahm sie Simons unwillige Erwiderung. »Ich weiß, was ich tue! Verlaßt Euch darauf!«

»Da habe ich so meine Zweifel ...« Offensichtlich war Bec Noir gewillt, das letzte Wort zu behalten, Charis wartete vergeblich auf den Wutanfall d'Escoudrys.

Bec Noir durfte seinem Herrn und Waffengefährten Dinge sagen, für die er einen anderen längst niedergestreckt hätte. Warum? Weil sie eine Art Freundschaft verband oder weil beide gleich stark waren und eine ständige Herausforderung in allem mitschwang? Oh, sie würde niemals im Stande sein zu begreifen, was im Kopf eines Mannes vorging!

Sie spürte nicht mehr, daß Simon ihre verkrampfte Gestalt auf eine Decke in der Nähe des Feuers legte und eine weitere über sie breitete. Und sie bemerkte auch nicht, daß er sich neben ihr auf die Fersen hockte und nachdenklich das blasse, schöne Antlitz betrachtete, das von der letzten Glut des Feuers mit rötlichen Reflexen überhaucht wurde.

Charis war nicht die erste schöne Frau, die ihn interessierte, aber bisher hatte sich sein Interesse stets auf sehr eindeutige Dinge beschränkt. Weitergehende Gefühle hatte er niemals empfunden, und schon gar nicht das Bedürfnis, für eine Frau zu sorgen, über ihr Wohlergehen zu wachen. Wie dumm, daß er ständig den Wunsch verspürte, sie anzuschauen, daß er alle Kraft brauchte, um seinen Blick abzuwenden.

War es das, was sein Bruder Mathieu empfand, wenn er

seine Frau Léonie ansah? Oder war er, Simon, durch den wilden Streich gegen Tinténiac so von Triumph erfüllt, daß er alles im Überschwang sah? Er war geneigt, letzteres zu glauben, denn im Grunde hielt er Mathieu für närrisch. Im Gegensatz zu seinem Bruder hatte er keine Lust, sich an eine Frau zu ketten, und schon gar nicht an eine, die St. Lubin hieß.

Dennoch verleugnete er nicht, daß sie Lust in ihm weckte. Er wollte sie berühren, ihre Lippen schmecken, ihre weiche Haut berühren und ihren schlanken Körper spüren. Sie war eine Frau, die einen Mann um den Verstand bringen konnte. Eine Verlockung, das war nicht zu leugnen.

Schweigen hatte sich über das Lager gesenkt, und jeder der Männer nutzte die wenigen Stunden bis Tagesanbruch, um noch ein bißchen Ruhe zu finden. Bis auf die Wachposten hatte jeder die Augen geschlossen, auch Simon d'Escoudry, obwohl er als einziger nicht schlief.

Dabei gab es eigentlich keinen vernünftigen Grund für die nervöse Spannung, die ihn wachhielt. Der Handstreich in Tinténiac hatte von seinen Männern keine Verluste gefordert, und wenn ihn nicht alles täuschte, würde sich Eustache de St. Lubin jetzt für einige Zeit ruhig verhalten.

Um so mehr, als er eine Geisel in seiner Macht hatte, die dies garantieren würde. Eine Geisel, die ihn auf eine Art und Weise beunruhigte, die er nicht recht verstand. Immer wieder mußte er sie anschauen. Es war nicht das gesunde, ungestüme Begehren, das er sonst empfand, wenn er ein hübsches Frauenzimmer sah. Von Charis de St. Lubin ging eine andere, viel faszinierendere Anziehung aus. Ein gefährlicher Reiz …

3. Kapitel

»Simon kommt zurück! Er trägt das Banner offen!«

Mathieu d'Escoudry, der Seigneur von Glain, ließ das mächtige Langschwert sinken, mit dem er gekämpft hatte, und gab damit seinem erschöpften Gegner die Gelegenheit, ebenfalls Atem zu holen. Die Heftigkeit, mit welcher der Herr der Burg seine Kampfeskraft übte, verriet viel von seiner Unruhe. Um so erleichterter war er nun, als Roxana ihm die gute Neuigkeit mitgeteilt hatte.

Normalerweise bekam er seine fremdartige Bastard-Schwester kaum zu Gesicht, denn sie gehörte zu den Damen seiner Gattin Léonie. Heute jedoch schien sie ihrer Herrin und Freundin einmal mehr entkommen zu sein, um sich auf den Wällen und Festungsanlagen von Glain herumzutreiben.

Sie hatte einen Hang, sich den Wind um die Nase wehen zu lassen, der besser zu einem Krieger als zu einem jungen Mädchen paßte. Und von Zeit zu Zeit floh sie von den Spinnrädern, den Sticknadeln und den Kochtöpfen, zu denen Léonie sie schickte, um in irgendeinem Versteck ihren ganz eigenen und verborgenen Träumen nachzuhängen.

Daß sie das auch diesmal wieder getan hatte, erkannte Mathieu daran, daß der zarte weiße Schleier, der ihr schmales Gesicht umgab, von Spinnweben verziert war und sie den klösterlich strengen Halsausschnitt ihres schlichten braunen Barchentkleides eine Handbreit geöffnet hatte, als könnte sie nur so richtig atmen. In der Eile hatte sie offensichtlich vergessen, diese Nachlässigkeiten zu beheben, und die frische Röte, die ihre Wangen färbte, veranlaßte ihn, Roxana ein wenig genauer zu betrachten. In den ungewöhnlichen, silberhellen Augen stand die gleiche Erleichterung, die auch ihn erfüllte.

Erst in diesem Moment gestand er sich ein, daß er sich trotz allem Sorgen um Simon gemacht hatte. Sein hitzköpfiger Bruder neigte dazu, erst zu handeln und dann zu denken. Hätte nicht die Geburt seines Sohnes unmittelbar bevorgestanden, Mathieu hätte sich selbst aufgemacht, den fälligen Salztransport zu begleiten, damit es keinen Ärger gab. Nun jedoch schien es, als hätte Simon in den vergangenen zwei Jahren nicht nur seine Kampfkraft, sondern auch seine Geduld vervollkommnet.

Aus diesen Gedanken heraus schenkte er Roxana ein Lächeln, das ihr mehr von seinen Gefühlen verriet als seine Worte. »Hab Dank für die Nachricht, Kind, aber du solltest sehen, daß du deine Kleider ordnest, ehe du Dame Léonie unter die Augen trittst. Sie wird dich schelten, daß du auf den Wällen warst und nicht bei der Arbeit, die sie dir gegeben hat!«

Roxana rümpfte die Nase und senkte in gespielter Bescheidenheit die Lider, um ihren rebellischen Blick zu verbergen. Sosehr sie Léonie d'Escoudry auch liebte und gelernt hatte, deren wortkargen Gatten zu respektieren, so benötigte sie doch an manchen Tagen ihre ganze Selbstbeherrschung, um die ihr zugedachte Rolle zu spielen. Vielleicht war die Gefahr längst vorüber, und sie bemühte sich umsonst, in Vergessenheit zu geraten?

Aber nein, sie war zu klug, um sich Illusionen zu machen. Was waren diese Überfälle schon anderes, als der Versuch, die Erben des Falken aus ihrem Hort zu locken? Sollte es Simon d'Escoudry wirklich gelungen sein, diesen Vorstoß zu vereiteln, war sie sogar bereit, ihm seine selbstherrliche Arroganz und die ständige Mißachtung ihrer Person zu verzeihen.

Seit er zu Beginn dieses Sommers nach Hause zurückgekehrt war, hatte sie keine drei Worte mit ihm gewechselt. Zwar wußte sie, daß keine böse Absicht dahintersteckte, weil Simon andere Dinge im Kopf hatte, als sich um eine aufgezwungene Bastard-Schwester zu kümmern, aber sie ärgerte sich trotzdem darüber. Normalerweise hätte Simon vor ihr das Knie beugen müssen!

»Worauf wartest du? Husch ins Haus! Kinder haben auf dem Kampfplatz nichts verloren!«

Mathieu d'Escoudry griff nach seinem Hemd und zog

es über den nackten, muskulösen Oberkörper. Wieder einmal stellte Roxana fest, daß Mathieu nicht verleugnen konnte, der Sohn des Falken zu sein. Seine Ähnlichkeit mit ihrem verstorbenen Beschützer und Freund besänftigte ihre Empörung ein wenig. Sie wußten es eben nicht besser, die Söhne des Falken.

Auch für Mathieu rangierte sie in der Wichtigkeit irgendwo zwischen einem liebenswerten Haustier und einem Gegenstand, auf den zu achten er geschworen hatte. Wenn er ihr darüberhinaus ein wenig mehr Aufmerksamkeit schenkte, dann nur, weil Léonie, seine Gemahlin, sie so liebte.

»Simons Gefolge ist größer als bei seiner Abreise!« setzte sie aus wohlberechneter Bosheit hinzu, ehe sie die Röcke raffte und zum Haus lief.

Sie wußte sehr wohl, daß sie ihm damit die Möglichkeit nahm, ihr weitere Fragen zu stellen. Denn daß er sich genau wie sie fragen würde, woher plötzlich die zusätzlichen Leute kamen, lag auf der Hand. Diese kleine Rache tat ihr gut, und als sie zu Léonie d'Escoudry in die geräumige Kemenate trat, lag ein freundliches Lächeln um ihre Lippen.

Die Herrin von Glain hatte vor zwei Monaten einem strammen Erben das Leben geschenkt. Die Wiege mit dem fröhlich glucksenden Kind stand auch jetzt an ihrer Seite, während sie mit Dame Reinette, der Haushofmeisterin von Glain, die Mahlzeiten des nächsten Tages besprach. Sie hob den Kopf mit der kleinen Perlenhaube, die ihre goldbraunen Flechten mehr zierte als bedeckte, und sah sehr wohl, daß die Farbe auf Roxanas Wangen von der frischen Luft stammte und daß der sittsame Schleier wesentlich lockerer als zuvor saß.

Sie machte jedoch keine Bemerkung darüber, denn sie hatte gelernt, Roxana ein gewisses Maß an Einsamkeit zu gestatten. Es schadete nichts, denn sie würde ohnehin aufgrund ihrer Herkunft nie an den hohen Maßstäben gemessen werden, denen sich eine Edeldame unterwerfen mußte. Da Roxanas Mutter offensichtlich eine heidnische

Schöne gewesen war, die während eines Kreuzzuges die Geliebte des Falken geworden war, würde für immer ein Makel auf ihrer Herkunft lasten.*

»Simon kommt nach Hause«, erzählte Roxana sofort. »Wie es scheint, hat er wie durch ein Wunder die Zahl seiner Männer verdoppelt.«

»Noch mehr Geld für einen Krieg, der besser nicht geführt werden würde«, stellte Léonie d'Escoudry, die sonst stets so gelassen blieb, erbost fest und runzelte die Stirn. »Hattest du den Eindruck, daß er in Kämpfe verwickelt wurde?«

»Er trägt das Banner offen«, verriet Roxana. »Das bedeutet in jedem Fall, daß er Erfolg gehabt hat und keine Verluste zu beklagen sind. Vielleicht hat er endlich die Räuberbande gefunden, die unsere Salztransporte überfallen hat. Im Kämpfen und Dreinschlagen ist er wahrhaftig ein Meister!«

Bei dieser spitzen Bemerkung mußte Léonie d'Escoudry ein kleines Lächeln unterdrücken. Wann würde Roxana es Simon wohl endlich verzeihen, daß er sie als ›dürres kleines Heidenkind‹ bezeichnet hatte, als er nach Hause gekommen war? Simon meinte solche Worte nicht böse, er hatte nur absolut kein Gefühl dafür, was ein empfindsames junges Mädchen zu hören wünschte.

»Ich bete zur Jungfrau Maria, daß er wenigstens nicht mit den Brüdern St. Lubin aneinander geraten ist«, sagte die junge Gräfin trocken und wandte sich Dame Reinette zu. »Ihr begebt Euch am besten gleich in die Küche. Ich nehme an, daß es möglich ist, die Abendmahlzeit für alle rechtzeitig fertig zu bekommen. Welch ein Glück, daß gestern geschlachtet wurde ...«

»Verlaßt Euch auf mich«, versprach die Haushofmeisterin und lief hinaus, so schnell dies bei ihrem stattlichen Leibesumfang möglich war. Sie war Léonie treu ergeben, und daß jene mit ihrer Mitgift und ihrer Gegenwart aus der alten, vernachlässigten Burg einen Ort gemacht hatte,

*siehe Teil 1 „Die goldene Braut"

an dem es sich zu leben lohnte, konnte sie ihr gar nicht hoch genug anrechnen.

Roxana beugte sich über den Erben von Glain, der sie aus Léonies goldbraunen Augen ansah und fröhlich lachte, als sie ihn unter dem Kinn kitzelte. Der kleine Philippe, wie er zu Ehren des Königs genannt worden war, war für seine zwei Monate ein kräftiges, stimmgewaltiges Kerlchen, und nicht nur Mathieu fragte sich bei seinem Anblick immer wieder, wie die zarte Léonie ihn ohne Schaden hatte auf die Welt bringen können. Roxana liebte den Säugling ebenso leidenschaftlich wie seine Mutter und ohne den geringsten Vorbehalt.

Es würde glücklicherweise noch viel Zeit vergehen, ehe er erwachsen war und wie jene rätselhaften Männer wurde, die nur im Sinn hatten, einander die Köpfe einzuschlagen. Zu einem unsensiblen, rücksichtslosen Kämpfer, wie es Simon in Roxanas Augen war. Dieser Gedanke erinnerte sie wieder an ihre Befürchtungen, denn eine innere Stimme, die sie schon seit Tagen plagte, sagte ihr, daß ihre gutgemeinten Gebete vermutlich umsonst gewesen waren.

»Glaubt Ihr, daß ein Haudegen wie Simon tatsächlich einem verlockenden Zank ausweichen könnte?« fragte sie mit ihrer dunklen Stimme, die manchmal so überraschend erwachsen klang und nicht zu ihrem zierlichen Körper passen wollte, der wie der einer Vierzehnjährigen wirkte.

Léonie hatte nie begriffen, weshalb Roxana soviel Wert darauf legte, dies auch noch mit ihren schmucklosen, kindlichen Gewändern zu betonen. Aber es war ein Geheimnis um das Mädchen, das sie respektierte, und sei es auch nur deswegen, weil sie Roxana das Glück ihres Lebens verdankte.

»Nein«, gab sie nun seufzend zu und verabschiedete sich von ihren Illusionen. »Du hast recht. Rechnen wir also mit dem Schlimmsten, auch wenn der Bruder meines Gemahls als Sieger kommt.«

Léonies Befürchtungen bestätigten sich, als der Trupp durch die Vorburg in den inneren Hof ritt. Aus einer Fensternische des oberen Palas konnte man hinunter in das mauerumsäumte, mit Granitsteinen gepflasterte Rechteck sehen, wo im vergangenen Sommer eine große, schattenspendende Linde gepflanzt worden war. Bec Noir, Simons furchterregender Hauptmann, dirigierte seine Männer in die Quartiere der Burgwachen, während Simon vor den breiten Stufen des Eingangs die Zügel seines Streitrosses einem herbeigeeilten Pagen zuwarf.

Sie entdeckte ihren Gatten, der mit weit ausholenden Schritten auf Simon zulief, und fuhr zurück, als sie entdeckte, daß jener nicht allein war. Im ersten Moment war ihr die Gestalt nicht aufgefallen, die im Schutz seines weiten, dunklen Umhanges vor ihm auf dem Pferd saß. Aber nun, als diese Gestalt vor Schwäche taumelte, sah Léonie, daß es eine Frau sein mußte.

Eine ungewöhnlich große, schlanke Frau, die allem Anschein nach am Ende ihrer Kräfte war! Was hatte das zu bedeuten?

Sie würde es nie erfahren, solange sie nur von hier oben heimliche Blicke riskierte. Also raffte Léonie die Röcke ihres apfelgrünen Seidenkleides und eilte in die große Halle hinunter, die zugleich als Speisesaal und Aufenthaltsraum der Burg diente. Zum größten Teil deckten wohlduftende Kräuter und dämmendes Stroh die schweren Steinquader des Bodens, aber dort, wo Léonie abends am Kamin saß und die Frauen spannen und stickten, hatte man im Sommer einen Holzboden verlegt, auf dem zusätzlich wärmende Felle und weiche Teppiche lagen.

Charis de St. Lubin betrachtete ungläubig diese glänzenden Felle, die bestickten Polster der Stühle und Bänke, die leuchtenden Herbstblumen in einer schweren Silberkanne und revidierte schlagartig ihr Urteil über die Burg von Glain.

Das war nicht die vernachlässigte Ruine, von der ihre Brüder immer gesprochen hatten. War also doch etwas an den Gerüchten, daß der Falke seinen Söhnen ein märchenhaftes Vermögen vermacht hatte? Daß er im Morgenland einen Schatz gefunden und daß ihm der König erlaubt hätte, diese Reichtümer zu behalten?

Nach diesem Wohlstand zu schließen, hatte es der Seigneur von Glain wahrhaftig nicht nötig, sich mit den Herren von Tinténiac anzulegen. Im Grunde hätte er sogar den Verlust von mehreren Salztransporten problemlos verschmerzen können, dachte sie, als sie die bunten Fenster betrachtete, wie sie sie bisher nur in der Kathedrale von Angers gesehen hatte.

»Willkommen zu Hause, Simon!« hörte Charis eine freundliche, höfliche Frauenstimme sagen und versuchte, durch die Schleier ihrer Erschöpfung die Gestalt zu erkennen, zu der diese Stimme gehörte. »Kann es sein, daß Ihr uns einen Gast mitgebracht habt?«

Mathieu antwortete an Stelle seines Bruders, und sein schroffer Ton ließ keinen Zweifel daran, was er von Simons eigenmächtigem Handeln hielt.

»Er hat Tinténiac überfallen und gebrandschatzt!« sagte er aufgebracht.»Er hat zudem Eustache St. Lubin des größten Teils seiner Männer beraubt und – um den Torheiten die Krone aufzusetzen – seine einzige Schwester als Geisel genommen. Weiß der Teufel, ob in diesem Kopf unter all dem Stahl des Helmes auch nur der Funke Vernunft zu finden ist.«

Léonie unterdrückte einen entsetzten Aufschrei und handelte, wie es ihre Art war. Sie trat neben Simon und klopfte auffordernd auf seine Hand, die wie ein Schraubstock Charis Arm umfaßt hielt.

»Gebt sie frei, Simon!« forderte sie energisch. »Seht Ihr nicht, daß das arme Mädchen am Ende seiner Kräfte ist? Was habt Ihr mit ihr getan? Sie von Tinténiac nach Glain hinter Euch hergeschleift?«

»Wofür haltet Ihr mich!« brauste der Ritter auf, und in seiner Stimme spiegelte sich eine Mischung aus Wut und Schuldbewußtsein wider. »Ich habe persönlich dafür gesorgt, daß ihr nichts geschieht. Und glaubt mir, es ist verteufelt lästig, mit einem Frauenzimmer vor sich auf dem Sattel drei Tagesritte hinter sich zu bringen.«

»Sprecht nicht weiter, mir kommen gleich die Tränen«, antwortete Léonie ihm ungewohnt sarkastisch. Es gab Momente, da konnte sie Roxanas Abneigung gegen Simon sehr gut verstehen. Dieser Mann hatte nicht nur keinen Verstand, es schien ihm auch jede Art von Gefühl abzugehen. »Denkt Ihr, eine Edeldame aus vornehmem Haus sei solche Ausflüge besser gewohnt?«

Der Streit ging über Charis Kopf und ihr Verständnis hinweg. Sie sah nur die Felle und hätte sich am liebsten darauf zusammengerollt, um ihren schmerzenden Körper zu vergessen. Um nie wieder aufzuwachen. Die zurückliegenden Tage waren ein einziger Alptraum für sie gewesen.

Simon hatte sich erst vor den Toren von St. Malo von dem Salztransport getrennt, nachdem die Ware sicher den Händler erreicht hatte, der in der Hafenstadt die Interessen der Escoudrys vertrat. Danach hatte er sich, seine Männer und seine Gefangenen zu einem Gewaltritt nach Glain gezwungen.

Nächte und Tage waren für Charis ineinander übergegangen und hatten ihre Konturen verloren. Niemals in ihrem ganzen Leben war sie dermaßen erschöpft und schmutzig gewesen, noch nie so gedemütigt und wie ein Bündel Stroh behandelt worden. Unwillkürlich rieb sie sich die Stelle an ihrem Arm, wo Simon sie gepackt hatte und die nun ebenso schmerzte wie jeder andere Knochen in ihrem geschundenen Körper.

»Nun, jetzt sind wir da«, brummte Simon, und Léonie glaubte zu ihrer Überraschung so etwas wie Besorgnis in dem Blick zu entdecken, der Charis galt. »Kümmert Euch um sie. Ihr habt doch sicher Frauen, die dazu im Stande sind. Aber beachtet, daß sie eine Gefangene ist. Sie darf ohne Erlaubnis ihre Kammer nicht verlassen.«

»Was habt Ihr vor, Simon?« Mathieu stellte die Frage, die Léonie auf der Zunge lag. »Habt Ihr vergessen, daß der König uns befohlen hat, Tinténiac in Frieden zu lassen? Ihr solltet unsere Transporte schützen und nicht zusätzliche Probleme verursachen. Ich habe dem König meinen Lehnseid und Gehorsam geschworen!«

»Pah!« Simon wischte all diese vernünftigen Argumente einfach vom Tisch. »Eustache de St. Lubin ist ein Schurke! Er wird nie von uns ablassen, solange er glaubt, daß er einen Gewinn aus seinen Überfällen schlagen kann. Daß wir seine Schwester haben, ist jedoch ein Druckmittel, dem sogar er sich beugen muß. Solange sie in unseren Händen ist, wird er Ruhe geben müssen, und war's nicht das, was Ihr wolltet? Frieden?«

»Du lieber Himmel«, erklärte Léonie ärgerlich, ehe ihr Gatte das Wort ergreifen konnte. »Wenn Ihr annehmt, Ihr schafft Frieden, indem Ihr wehrlose Edeldamen entführt, dann seid Ihr wahrhaftig noch einfältiger, als mein Gemahl annimmt! Ah, Dame Reinette, da seid Ihr ja. Helft mir, dieses bedauernswerte Kind in die Kammer neben Roxana zu bringen. Wir werden Dame Charis ein Lager und eine Mahlzeit geben, bevor wir uns um andere Dinge kümmern.«

Simon sah mit gerunzelter Stirn hinter den beiden Frauen her, die Charis de St. Lubin die Treppe hinauf in die gräflichen Wohnräume führten. Seine erschöpfte Geisel schien kaum einen Fuß vor den anderen setzen zu können, und die beiden schleppten sie mehr, als daß sie ging. Am liebsten hätte er sie getragen, aber er wußte, daß er damit nur noch mehr Fragen heraufbeschworen hätte. Es genügte schon, daß Mathieu ihn mit einem mörderischen Blick musterte, der ihn fatal an seinen Vater erinnerte, wenn dieser wütend war.

»Zum Henker«, sagte sein Bruder dann auch prompt. »Ich habe dich an die Rance geschickt, um Schwierigkeiten zu vermeiden und nicht, um neue zu machen! Dank deiner Dummheit stecken wir jetzt bis zum Hals in weiteren Schwierigkeiten!«

»Bist du zum Weib geworden, seit Léonie dein Bett teilt?« sagte Simon, der fand, daß der Angriff die beste Verteidigung wäre. »Willst du warten, bis St. Lubin *unsere* Schwester in seine Gewalt bringt, damit wir erpreßbar werden?«

»Seit wann kümmerst du dich um Roxana?« fragte

Mathieu unwillig. »Und außerdem kannst du die Situation wohl kaum vergleichen! Eine hochgeborene Dame ist etwas ganz anderes als das Kind einer morgenländischen Dirne, und das weißt du sehr gut!«

»Ich weiß nur, daß wir mit Charis de St. Lubin einen Trumpf in der Hand haben«, beharrte Simon d'Escoudry. »Sie wird ihren Brüdern eine Botschaft schicken, und danach können wir verhandeln – aber aus einer Position der Stärke heraus!«

»Der König wird sich keinen Deut um deine Stärke kümmern«, erwiderte Mathieu unwillig. »Du hast mich mit deinem unsinnigen Handeln in Teufels Küche gebracht. Man könnte meinen, ich hätte keine Feinde mehr nötig bei einem solchen Bruder! Was hat dich nur dazu getrieben, uns derart in die Klemme zu bringen?«

Simon d'Escoudry gab dem Älteren keine Antwort. Auch er sah sich in der Halle um und begriff zum ersten Mal, daß es wohl nicht nur Léonies Mitgift, sondern auch Léonies Persönlichkeit gewesen sein mußte, die all diese Änderungen bewirkt hatte. Eine Persönlichkeit, in der Charis ihr ähnelte, wenn er daran dachte, wie diese junge Frau ihn beeindruckt hatte.

Eine Ausgeglichenheit und Ruhe, die einen Mann dazu brachten, ihr die Sorge für sein Heim zu überlassen; eine Frau, zu der ein Mann nach einem Kampf eilte, um sich an Körper und Geist zu erholen und nicht nur, um die kurzweiligen Freuden des Fleisches zu genießen. Eine Frau, die einen Mann in ihre Arme zog, in denen er Liebe und Zufriedenheit fand.

»Ich möchte wissen, was in deinem Kopf vorgeht ...« sagte Mathieu in diesem Moment, wie er es so oft in ihrer Kindheit getan hatte. Und genau wie damals antwortete Simon auch nun:

»Besser, du weißt es nicht!«

4. Kapitel

»Sie ist total erschöpft, schmutzig wie eine Landstreicherin und lang wie eine Hopfenstange!« So faßte Roxana respektlos ihren ersten Eindruck von Charis de St. Lubin zusammen. Sie hatte Léonie geholfen, die Fremde in eine Decke zu hüllen, nachdem sie sich gemeinsam davon überzeugt hatten, daß sie keine Verletzungen hatte oder Spuren von Mißhandlungen zeigte. »Ich vermute, es fehlt ihr nichts, was viel Schlaf, eine gute Mahlzeit und ein Bad nicht beheben könnten!«

»Ich denke, du hast recht«, stimmte Léonie zu und dämpfte ihre Stimme, damit die Schlafende nicht gestört wurde. Charis war auf das Kissen geglitten und in einen tiefen Schlummer gesunken, noch ehe Roxana ihr die Schuhe ausgezogen und das Mieder gelöst hatte. »Wenn sie aufrecht steht, ist sie fast so groß wie Mathieu. Ich fürchte, wir werden nicht ein Gewand haben, das ihr paßt. Willst du dich mit Dame Reinette darum kümmern?«

Roxana verzog den Mund. Sie haßte jegliche Näharbeit, was Léonie genau wußte, worauf sie jedoch keine Rücksicht nahm. Léonie ließ niemals zu, daß Roxana sich davor drückte. Eine Dame tat ihre Pflicht, ob es ihr nun gefiel oder nicht. Das Mädchen unterdrückte einen Seufzer, der ihr ohnehin nur einen Tadel eingetragen hätte.

Da sie jedoch in modischen Fragen ein instinktives Gespür besaß, genügte ihr ein zweiter Blick, um die Maße der ›Bohnenstange‹ auf eine Handbreit genau festzuhalten. Unwillkürlich beugte sie sich vor und schob die wirren Haarsträhnen aus der klaren Stirn.

»Sie wird schön sein, wenn sie erst gewaschen und richtig gekleidet ist«, murmelte sie, erstaunt darüber, daß sie dies erst jetzt bemerkte.

»Zu groß«, seufzte Léonie, die sich neben Charis de St. Lubin sogar dann wie eine Zwergin vorkam, wenn jene im Bett lag. »Welcher Mann wird eine Frau zur Gemahlin nehmen, die ihn um einen halben Kopf überragt?«

»Simon ist größer als sie«, erinnerte Roxana und wunderte sich selbst über ihre Worte. Wieso war sie plötzlich so sicher, daß etwas zwischen den beiden sein könnte? »Gemeinsam bilden sie ein beeindruckendes Paar. Der Gott des Krieges und die schlanke Amazone an seiner Seite.«

Léonie sah ihre Schwägerin an. Sie konnte verstehen, daß Roxana eine ganz private Fehde mit Simon austrug, aber sie würde darauf achten, daß diese junge Frau nicht darin hineingezogen wurde.

»Welchen Unsinn du redest, Kind! Dieses unglückliche Geschöpf ist eine Geisel, und in unseren Zeiten gibt es für eine junge Frau nichts Schlimmeres, als zum Streitobjekt zweier rivalisierender Parteien zu werden. Wie auch immer dieses Dilemma ausgeht, ihr Ruf ist ruiniert, und es wird ihr nichts anderes übrigbleiben, als sich in ein Kloster zurückzuziehen, sobald alles vorbei ist. Sie tut mir aufrichtig leid ...«

Léonie erschauerte unwillkürlich. War es wirklich erst ein gutes Jahr her, daß auch sie sich dem Wunsch ihrer Mutter widersetzt hatte, daß sie, Léonie, ins Kloster ging? Sie hatte mehr Glück gehabt als diese arme junge Frau. Der Ritter, der gekommen war, sie aus der Burg ihres Vaters zu holen, hatte ihr die Ehe angetragen und schließlich diesen Bund mit seinem Herzen besiegelt. Aber wie würde es Charis de St. Lubin ergehen?

Die Schlafende spürte weder das Mitleid, noch vernahm sie die gedämpfte Unterhaltung. Die ungewohnte körperliche Anstrengung zusammen mit dem Schock, unter dem sie stand, forderten ihren Tribut. Als Charis gegen Ende des nächsten Tages aus den Tiefen des Schlummers allmählich wieder erwachte, hatte sie Mühe, sich zu orientieren, ja sich an ihren Namen zu erinnern.

Es war nicht ihr Bett, in dem sie lag, aber der Alkoven hatte gedrechselte Säulen und dichte Samtvorhänge, die sie auf drei Seiten wie ein grüner, beschützender Wald umgaben. Ein Grün, das eine Erinnerung in ihr weckte, die sich ihr jedoch noch entzog.

Die offene Seite zeigte zu einem mächtigen Steinkamin,

in dem, geschützt hinter einem schmiedeeisernen Wandschirm, Glut zu sehen war. Ein Stuhl, auf dessen kunstvoll geschnitzter Lehne Ährengarben und Sicheln zu erkennen waren, stand davor.

Charis stützte sich auf den Unterarm und wartete, bis sich nicht mehr alles in ihrem Kopf drehte. Ihr Körper war steif, und sie fühlte sich, als sei sie aus Versehen zwischen zwei Mühlräder geraten.

Ihre Bewegung hatte Aufmerksamkeit geweckt, und plötzlich fand Charis sich einem jungen Mädchen gegenüber, das sie aufmerksam aus silberfarbenen Augen betrachtete und keinen Ton sagte. Das fein gezeichnete Gesicht kam ihr irgendwie vertraut und dennoch ganz fremdartig vor. Wo hatte sie die Kleine schon einmal gesehen?

»Wo ...« Sie erkannte die eigene Stimme nicht, und erst, als sich das Mädchen abwandte und sie eine Flüssigkeit gluckern hörte, wurde ihr klar, daß sie unendlichen Durst hatte. In diesem Moment wurde ihr bereits ein ziselierter Silberbecher hingehalten, in dem sich mit Wasser verdünnter Wein befand. Charis stürzte den Inhalt in einem Zug hinunter.

»Danke.« Sie seufzte und ließ sich aufatmend wieder in das Kissen sinken. »Wo bin ich? Ich habe keine Ahnung, wie ...«

Sie brach ab, als die Erinnerung sie mit der Plötzlichkeit eines unerwarteten Axthiebes traf. Die Flammen über Tinténiac. Der Alptraum einer aufgezwungenen Flucht durch die Nacht. Der endlose Ritt und der Arm eines Mannes, der sie hielt, egal, ob sie wachte oder schlief. Der Schock der Gefangenschaft und der körperlichen Nähe zu ihrem Entführer.

»Ihr seid auf Glain, der Stammburg der Escoudrys«, erklärte Roxana freundlich. »Simon d'Escoudry hat Euch als Geisel hierher gebracht, um Eure Brüder zum Friedensschluß zu zwingen.«

»Er war es, der den Frieden gebrochen hat«, fuhr Charis auf, doch sofort wurde sie wieder von Schwindel gepackt. Sie hielt sich den Kopf und ließ sich langsam und vorsichtig zurücksinken. »Er hat ... O mein Gott, warum bin ich nicht gestorben?«

»Versündigt Euch nicht!« Roxana machte es Spaß, einen von Dame Reinettes Lieblings-Ratschlägen zu zitieren. »Ein jeder muß das Schicksal tragen, das ihm vorbestimmt ist. Eures war es, in Simon d'Escoudrys Pläne zu passen.«

»Der Satan soll ihn und seine schurkischen Pläne holen«, antwortete Charis ungeniert. »Was hat er mit mir vor?«

»Ich weiß es nicht«, antwortete Roxana wahrheitsgemäß. »Aber ich habe Auftrag, Bescheid zu geben, sobald Ihr aufwacht.«

»Bist du Magd in diesem Haus?«

Charis bemerkte den Ruck, der durch das Mädchen ging, und registrierte den Stolz, mit dem die Fremde das Kinn hob. »Ich bin Roxana, die morgenländische Tochter des Falken. Habt Ihr Hunger?«

Wie aufs Stichwort begann ihr Magen zu knurren, und der nagende Hunger lenkte Charis von ihrer Neugier ab.

»Ich komme fast um. Aber fast noch mehr sehne ich mich danach, mich zu waschen«, gab sie zu. »Ich komme mir vor, als hätte ich den Schmutz des ganzen Königreichs an mir kleben. Meint Ihr ...?«

Roxana, die in den Annehmlichkeiten eines morgenländischen Haushaltes groß geworden war, verstand uneingeschränkt den Wunsch nach Sauberkeit und Wasser. Ein Segen, daß der Falke in seiner Heimat auf diese Sitte ebenfalls nicht hatte verzichten mögen.

»Das Feuer im Badehaus ist angeheizt. Wenn Ihr wollt, kann ich Euch helfen und Euch einen Imbiß dorthin bringen«, bot sie Charis an, und die zögerte nun keinen Augenblick mehr, endlich die sichere Insel des fremden Bettes zu verlassen. Wenn sie erst sauber und satt war, würde sie imstande sein, den Kampf gegen Simon d'Escoudry aufzunehmen. Darauf konnte er wetten!

Mit wenigen Handgriffen ordnete sie ihre Kleidung und schlüpfte in ihre Schuhe. Der Schwindel ließ nach, und sie vermutete, daß es sich nur um die Folgen des überlangen Schlafes und des Hungers handelte. Vor ihrer Tür stand jedoch ein Wachposten, bei dessen Anblick sie unwillkürlich stehenblieb.

Der braunhäutige Mann mit dem fremdartigen Turban eines Heiden auf dem Kopf trug verblichene blaue Narben auf den Wangen, und sein beeindruckender Krummsäbel verschaffte ihm auch dann Respekt, wenn er in der Scheide ruhte. Charis trat unwillkürlich wieder in die Kemenate zurück.

Roxana hingegen richtete den Blick ihrer Silberaugen auf den Mann. »Ich führe die Dame ins Badehaus«, sagte sie. »Ich werde auf sie achten und sie sicher wieder zurückbringen.«

Der Mann nickte schweigend und trat zur Seite, doch Charis bemerkte bei einem unbehaglichen Blick über ihre Schulter, daß er ihnen folgte, als sei es seine Aufgabe, auf sie zu achten.

»Das ist Omar«, beantwortete Roxana ihre unausgesprochene Frage. »Er gehört zu mir. Habt keine Furcht vor ihm, beachtet ihn nicht.«

Charis fragte sich, wie sie das fertigbringen sollte. Die Escoudrys schienen wahrhaftig das Talent zu haben, sich mit erschreckenden Männern zu umgeben, wie zum Beispiel dieser gräßliche Bec Noir. Und nun auch noch ein Mann aus dem hohen Atlas, der einem halbwüchsigen Mädchen wie ein gut abgerichteter Jagdhund folgte.

Das zweckmäßig eingerichtete Badehaus fand erst ihren Beifall, als Charis bis zur Nasenspitze in einer Art Wanne saß, die es ihr sogar erlaubte, ihre schmerzenden Beine auszustrecken und bis zum Hals in das dampfende Wasser einzutauchen, das nach Sommerkräutern und Rosen duftete. Roxana hatte eine geheimnisvolle Seifenpaste in ihre verklebten Haare massiert und war verschwunden, um den versprochenen Imbiß zu holen.

Erst als sie fort war, fiel Charis auf, daß sie die Tür von innen nicht verschließen konnte. Hatte Roxana ihren Wächter davor aufgestellt, oder würde jeden Moment irgendein anderer Bewohner von Glain hereinplatzen und sie im Bad belästigen? Sie hatte den Gedanken noch nicht zu Ende gebracht, als die Tür tatsächlich aufschwang.

Mit einem unterdrückten Aufschrei versuchte sie, noch tiefer im Wasser zu verschwinden, aber es war glücklicherweise nur Roxana, die ein mächtiges Brett herbeischleppte, das viel zu groß für ihre schmale Figur zu sein schien. Mit der Ferse schubste sie die Tür wieder zu und legte dann das Brett quer über Charis' Zuber. Als sie das weiße Leinentuch abnahm, das es bedeckte, fand sich die junge Frau vor einer reichhaltigen, appetitlichen Mahlzeit, die ihr augenblicklich das Wasser im Mund zusammenlaufen ließ.

Neben einem Napf Suppe, in die ein Ei gequirlt worden war, fand sie duftendes Hühnerragout, eine Scheibe Hammelbraten und eingelegten Fisch. Einen kleinen weißen Käse, mehrere Scheiben helles Brot und ein Schälchen reife, violett schimmernde Brombeeren. Ein kleines, schaumiges Omelett, winzige, noch halbwarme Mandelkekse und eine Kanne mit weißem Wein aus Sancerre vervollständigten das wunderbare Mahl. Ohne sich lange zu zieren, griff Charis zu und begann ihren Hunger zu stillen.

»Wer bist du?« fragte sie zwischen zwei Bissen das junge Mädchen, das ihr so viele Rätsel aufgab. Zwar hatte Roxana behauptet, die Tochter des Falken zu sein, und obwohl sie sich tatsächlich mit der Ungezwungenheit einer wohlgeborenen Dame benahm, war sie wie eine einfache Zofe gekleidet.

»Ein Bastard«, bekam sie ruhig und stolz zur Antwort. »Man sagt, daß der Falke mein Vater war. Meine Mutter war die Tochter eines reichen Handelsmannes in Damiette. Sie ist tot.«

Ein uneheliches Kind, das erklärt vieles, sagte sich Charis und schenkte Roxana ein mitfühlendes Lächeln. Vermutlich konnte die Kleine von Glück sagen, daß ihr Vater sie wenigstens anerkannt hatte. Ob sich Simon und seine Brüder um dieses arme Geschöpf kümmerten? Vermutlich nicht. Sogar Charis' leibliche Brüder hatten ihre Existenz nur zur Kenntnis genommen, als es darum ging, ihre Mitgift auszugeben.

»Und Ihr seid Charis de St. Lubin, die Dame von Tinténiac«, stellte Roxana fest und stibitzte einen Mandelkeks vom Brett. »Ich habe noch nie eine Frau gesehen, die so groß ist wie Ihr!«

Charis errötete, weil Roxana so ungeniert auf jenen Makel anspielte, der ihr Kummer machte, seit sie denken konnte. Ihre Größe war auch der eigentliche Grund dafür gewesen, daß der Seigneur von Blois ihre Verlobung mit soviel Bereitwilligkeit wieder gelöst hatte. Wer wollte schon mit einer Riesin verheiratet sein, die fast jeden Mann überragte? Unwillkürlich betrachtete sie die zierliche kleine Person vor sich, die auf einer Marmorbank saß und sie mit soviel ehrlicher Neugier ansah, daß sie ihr nicht böse sein konnte.

»Ich auch nicht«, gab sie mit einer Grimasse zu und tunkte das Brot in die Schüssel mit dem Ragout. »Als ich so alt war wie du, habe ich immer versucht, im Schutz meiner Röcke die Knie einzuknicken, damit ich kleiner wirkte. Es hat wenig geholfen.«

»An Simons Seite könnt Ihr sogar den Kopf heben, ohne daß es auffällt«, antwortete Roxana, und Charis spürte, wie ihr die Röte in die Wangen stieg.

»Denkst du, ich würde zum Mörder meines Vaters aufsehen?« sagte sie schroff und beendete ihre Mahlzeit, weil sie plötzlich keinen Hunger mehr hatte.

»Das war Mathieu«, verbesserte Roxana sie ungerührt. »Obwohl ich den Sieger eines ritterlichen Zweikampfes nicht als Mörder bezeichnen würde. Sogar der König hat das eingesehen!«

»Natürlich.« Charis nickte bitter. »Wer siegt, kann seine Sache immer besser verteidigen als der andere, den die Erde längst deckt. Wäre mein Vater noch am Leben, Simon d'Escoudry hätte nie gewagt, den Frieden von Tinténiac zu brechen.«

»Täuscht Euch nicht«, warnte Roxana. »Simon ist tollkühn genug, es mit allen Rittern des Königreiches aufzunehmen, wenn er sich etwas in seinen Dickschädel gesetzt hat. Und wenn es überhaupt ein Gefühl in ihm gibt, so ist es die Verbundenheit mit Glain und seinen Brüdern!«

Charis stieß einen Seufzer aus, als sich wider ihren Willen das harte, männlich-schöne Gesicht Simon d'Escoudrys mit allen seinen Einzelheiten vor ihr inneres Auge schob. Es hatte sich in ihren Geist gegraben und machte es ihr unmöglich, ihn aus ihren Gedanken zu verbannen.

»Sind sie alle wie er, diese Söhne des Falken?« fragte sie resigniert.

»Nein!« Roxana nahm das Brett vom Zuber und begann Charis' Haare zu massieren, während sie versuchte, die Männer zu schildern, die durch das Wort des Falken zu ihren Halbbrüdern geworden waren.

»Simon ist der Krieger der Familie, Mars und Ares in einer Person. Er steht in seinem achtundzwanzigsten Jahr, ist tollkühn, kampfbereit und hat nichts von jener ruhigen, kalten Tüchtigkeit, mit der Mathieu seine Probleme löst. Mathieu sieht dem verstorbenen Falken am ähnlichsten, er ist kein Riese wie Simon und kein eleganter Höfling wie Rogier. Rogier würde Euch gefallen. Er ist intelligent, wohlerzogen, diplomatisch und mit einem Verstand gesegnet, der seinesgleichen sucht.«

»Vermutlich ist er kleiner als ich«, seufzte Charis mit einer Mischung aus Selbstironie und Verzweiflung. »Alle Männer, die mir je hätten gefallen können, haben diesen unverzeihlichen Fehler. Ganz abgesehen davon, daß ich mich eher mit dem Fürsten der Hölle verbinden würde als mit einem Sohn des Falken. Gab es nicht noch einen Vierten? Ich erinnere mich, daß mein Vater stets vom streitsüchtigen Quartett des Falken sprach.«

»Joffrey.« Roxana nickte, doch Charis konnte nicht sehen, daß ihre Augen dabei einen verträumten Ausdruck annahmen. »Der Jüngste. Er hat das Haus verlassen, um auf eigene Faust sein Glück zu suchen. Er war nicht bereit, eine kirchliche Laufbahn ins Auge zu fassen, wie es Mathieu geplant hatte. Es hätte auch keinen wilderen Geist als Priester geben können, denn ihn …«

Ein Kaufmann, ein Krieger, ein Diplomat und ein Rebell, zählte Charis stumm ihre Gegner und fröstelte im kühler werdenden Wasser. Wer von ihnen würde am Ende über ihr Schicksal entscheiden?

Roxana hatte ihr leichtes Zittern bemerkt und richtig interpretiert.

»Wenn Ihr Simon merken laßt, daß Ihr Angst habt, seid Ihr verloren«, riet sie ihr ungefragt. »Wenn Ihr Macht über ihn erlangen wollt, müßt Ihr ihm Widerstand entgegensetzen.«

Charis ahnte, daß das Mädchen recht hatte. Instinktiv wußte sie, daß Simon d'Escoudry Feiglinge verachtete und nur einem gleichwertigen Gegner die nötige Aufmerksamkeit schenkte.

»Warum konnte er mich nicht in Frieden lassen?« rief sie aus. »Ich wünschte, ich hätte nie auch nur einen Lavendelzweig in den Händen gehalten!«

Roxanas Antwort bestand in Sturzbächen von Wasser, die sie über die Haare der jungen Frau spülte, bis sie durch das ausgeklügelte Rinnensystem in den Burggraben plätscherten und all den Schmutz mit sich forttrugen. Charis begriff, daß die Kleine ihr Lamentieren überging, und sie fühlte beschämt, daß Roxana damit recht hatte.

Was half es schon, über Geschehenes zu weinen; es war vernünftiger, sich auf die Zukunft zu konzentrieren. Je besser sie sich für die bevorstehenden Auseinandersetzungen wappnete, um so größere Chancen hatte sie.

»Ich habe versucht, eines von Dame Léonies Gewändern für Euch zu verlängern.« Die Stimme des Mädchens riß sie aus ihren Gedanken, und Charis stand schnell auf, um sich in das Leinentuch zu hüllen, das Roxana ihr hinhielt.

Dennoch hatte Roxana Gelegenheit gehabt, Charis mit abschätzendem Blick zu betrachten. Sie sah eine schlanke, hochgewachsene, langbeinige junge Frau mit vollen, hoch angesetzten Brüsten und einer mädchenhaft schmalen Taille. Hoffentlich spannte das Kleid nicht über dem Busen; wie es schien, hatte Roxana die Fülle ein wenig unterschätzt.

Charis zog denn auch ein wenig unbehaglich an dem eckigen Ausschnitt des königsblauen Wollkleides, unter dem sie ein duftiges, cremefarbenes Hemd trug, das an Ausschnitt und Ärmeln mit glänzendem, hellblauem Seidenband gefaßt war. Während die bauschigen Hemdärmel bis auf die Handrücken fielen, zupfte Roxana mit einer Nadel und den Fingerspitzen die knisternde Stoff-Hülle durch die geschlitzten Wollärmel. Eine ebenso aufwendige wie hübsche neue Modeidee, von der Charis auf Tinténiac noch nie gehört hatte. Die wenigen Kleider, die in ihren Truhen lagen, waren eher unter praktischen als unter modischen Gesichtspunkten angefertigt worden.

Das weich fließende Gewand wurde an den Seiten durch eine gleichfarbige Schnürung auf Figur gebracht und fiel bis knapp unter Charis Knie. Zuvor hatte ihr Roxana jedoch einen ersten Rock über das Hemd gezogen, der nur aus einem breiten, glockigen Rund bestand und nun in einem eine Nuance tieferen Blau unter dem geschlitzten Obergewand hervorfiel und sich vorschriftsmäßig züchtig um ihre Füße legte.

Es war ein hübsches Gewand, das Charis' makellose Haut ebenso betonte wie die rötlichen Lichter in ihren Haaren. Doch es war um den Busen tatsächlich zu eng. Hoch gewölbt und zur Hälfte entblößt zogen ihre Brüste in ihrer schimmernden Pracht jeden Blick auf sich.

»Das ist anstößig«, sagte Charis denn auch, als sie ihre Versuche, sich mehr zu bedecken, aufgeben mußte. »Ich kann doch nicht halbnackt gehen.«

Roxana trat einen prüfenden Schritt zurück, mehr denn je davon überzeugt, daß kein Fingerbreit dieser Pracht verborgen werden sollte. Sie wollte Simon d'Escoudrys Augen sehen, wenn er entdeckte, was aus der schmutzigen Landstreicherin geworden war, die er so rücksichtslos nach Glain geschleppt hatte.

»Es ist so Mode bei Hofe«, widersprach sie Charis. »Zu Beginn dieses Jahres war ich mit Dame Léonie in Angers, und dort tragen die Damen ihre Roben noch viel tiefer ausgeschnitten. Wollt Ihr, daß Euch Simon für eine Landpomeranze hält?«

Instinktiv hatte sie das einzige Argument gefunden, das Charis dazu bringen konnte, dieses in ihren Augen so anstößige Gewand mit der Haltung einer regierenden Fürstin zu tragen. Unwillkürlich drückte sie die Schultern durch und hob das Kinn eine Spur höher. Roxana lächelte nur, denn diese Haltung betonte die verlockende Fülle nur noch mehr.

»Setzt Euch vor das Feuer, damit ich Eure Haare entwirren kann«, bat sie und deutete auf die gepolsterte Bank, die zu diesem Zweck bereitstand.

Charis sank auf die Bank und versuchte ihre wirren Gefühle so zu ordnen, wie es Roxana mit ihren Haaren tat. Sie hatte das unbehagliche Gefühl, auf einer glitschigen Fläche in einen unbekannten Abgrund zu rutschen. Was auch immer sie unternahm, sie schien nichts tun zu können, um die Richtung zu ändern.

5. Kapitel

»Was höre ich? Sie ist wach? Warum erfahre ich das erst jetzt?«

Simon d'Escoudrys Stimme dröhnte durch die große Halle und hallte von den frisch gekalkten Wänden wider. Er schien sich in einer heftigen Auseinandersetzung mit seinem Bruder zu befinden, denn Mathieu versuchte, merklich leiser, ihn zu beruhigen. Man verstand seine Worte nicht in der Nische beim Kamin, nur Simons unwirsche Antwort.

»Du weißt genau, daß wir Eustache St. Lubin eine Nachricht schicken müssen, sonst denkt er noch, er kommt ungeschoren davon! Durch diese lächerlichen Samariteranwandlungen deiner Gemahlin haben wir ...«

Simon brach mitten im Satz ab, als er das Mädchen sah,

das hoch aufgerichtet und stolz neben Léonies Stuhl stand und jener dabei half, die Garne einer Stickerei zu sortieren. Auf dem Blau ihres Gewandes schien das offene, schimmernde Haar alle Reflexe des Feuers einzufangen, und das schmale, azurfarbene Seidenband, das die Fülle bändigte, war mitten über der Stirn mit einem klaren Kristall verziert, der sprühende Funken warf. Eine Prinzessin, eine Fee, eine Göttin …

Eine Frau, so ganz anders als das Mädchen, das er geraubt hatte. Zwar hatte sie ihn von Anfang an in ihren Bann gezogen, aber die einfache Kleidung, die sie getragen hatte, und dann der Schmutz und die Erschöpfung hatten ihre Schönheit gedämpft. Doch nun …

Nun fielen ihm fast die Augen aus dem Kopf, als er sie betrachtete. Wie schön ihr Gesicht war, ihr Haar, wie verführerisch ihr Körper. Die vollen Brüste, die schmale Taille, die er unschwer mit beiden Händen hätte umfassen können.

Doch der gelassene, kühle Blick, mit dem sie ihn bedachte, führte eine solche Idee von vornherein ad absurdum. Sich dieser Edeldame zu nähern bedeutete, sich geradewegs in Gefahr zu begeben, das spürte er mit allen Sinnen.

»Wie reizend Ihr doch von mir sprecht, wenn Ihr der Meinung seid, daß ich Euch nicht höre«, ergriff nun Léonie das Wort, die sonst so sanftmütige und friedliche Burgherrin, die eine Auseinandersetzung lieber vermied als suchte, obwohl sie sich stets durchzusetzen wußte. Waren denn plötzlich alle verhext worden?

Charis war der Gemahlin Mathieu d'Escoudrys zutiefst dankbar für ihre Bemerkung, denn unter diesem merkwürdigen, verlangenden Blick ihres Entführers fühlte sie sich so hilflos, daß sie vermutlich keine Silbe über die Lippen gebracht hätte. Am liebsten hätte sie sich auf einen Stuhl sinken lassen, so schwach fühlte sie sich, doch sie riß sich zusammen. Vielleicht war es die schmale Gestalt Roxanas, deren Gegenwart sie spürte und die ihr wortlos befahl, keine Schwäche zu zeigen.

Auch Simon d'Escoudry hatte die vergangenen Tage dazu genutzt, sich aus einem ledergekleideten, geharnischten und verstaubten Krieger in einen Edelmann zu verwandeln. Über den engen Leinenhosen trug er ein smaragdgrünes, langes Gewand mit seitlichen Gehschlitzen und breiten, offenen Ärmeln, die das bestickte Hemd aus hellem Leinen freigaben, dessen fein gebogterKragen frisch gestärkt über dem Samt auf seinen breiten Schultern lag.

Ein prächtiges Waffengehänge mit einem juwelenbesetzten Dolch und dem passenden Zierschwert bewies, daß er es durch seine Kampfeskraft zu merklichem Wohlstand gebracht hatte und in nichts mehr dem fahrenden Ritter glich, der vor zwei Jahren Glain verlassen hatte, um dem König zu dienen.

Simons Schritte knirschten auf dem Stroh, das den Boden bedeckte, und Charis konnte erkennen, daß er entgegen der herrschenden Mode unter dem Gewand keine Schnabelschuhe, sondern weiche, kniehohe Stiefel aus glänzendem spanischen Leder trug. Ihr Blick blieb jedoch auf den männlich-schönen Zügen haften, deren Härte verhinderte, daß ihm die glänzenden, schulterlangen blonden Locken ein weibisches Aussehen verliehen.

Heilige Mutter Gottes, sie hatte schon den Krieger wider Willen bewundert, aber der elegante Edelmann war schlichtweg unwiderstehlich. Seine Größe, sein Aussehen, seine Ausstrahlung überwältigten sie und ließen ihr die Röte in die Wangen steigen, was Roxana mit scharfen Augen wahrnahm und ihr bestätigte, was sie längst ahnte.

»Verzeiht, Frau Schwägerin!« Simon d'Escoudry hatte sich endlich von seinem ersten Schock erholt, und wenn seine Worte sich auch wohlerzogen anhörten, so schwang doch ein so deutlicher Anflug von Ärger in seiner Stimme mit, daß Léonie unwillkürlich hilfesuchend zu ihrem Gatten blickte.

Simon achtete jedoch nicht darauf, daß Mathieu an die Seite seiner Gattin trat, er konzentrierte seine volle Aufmerksamkeit auf die Geisel, die gelassen vor ihm stand. Er suchte vergeblich nach einem Anflug von Angst oder Sorge in ihren Zügen. Man hätte meinen können, sie sei eine Königin, die ihm eine Audienz gewähren würde, mit der sie nicht ganz einverstanden zu sein schien. Sie machte ganz bestimmt nicht den Eindruck, als machte diese Situation ihr angst. Nichts erinnerte mehr an die Strapazen, die hinter ihr lagen. Das zitternde Mädchen, das sich während des Rittes an ihn geklammert hatte, war auf Nimmerwiedersehen verschwunden.

Kein Zweifel, Charis de St. Lubin war auf ihre Art genauso widerspenstig und kampfeslustig wie ihre Brüder. Ihre stolze Haltung ärgerte Simon so sehr, daß er nicht mehr vernünftig denken konnte. In diesem Moment war er so wütend über ihren Hochmut, daß er jede Erziehung und Zurückhaltung vergaß.

Er wußte nicht genau, was er erwartet hatte, wenn er sie wiedersah. Mit Sicherheit jedoch nicht diesen stummen Vorwurf, diese Blicke, die auszudrücken schienen, daß er für sie nur irgendeine niedere Kreatur war, jemand, der höchstens Verachtung verdiente. Simon vergaß zudem jede Höflichkeit und trat so nahe auf Charis zu, daß ihre Rocksäume seine Stiefel berührten.

Es war eine völlig neue Erfahrung für Charis, zu einem Mann aufsehen zu müssen. Aus dieser befremdlichen Perspektive bemerkte sie den kleinen Schnitt unter seinem Kinn, der die Hast verriet, mit der er seine Rasur hinter sich gebracht hatte. Sie sah eine Ader an seinem Hals pochen, und auf einmal wurden ihre Knie ganz schwach, denn seine männliche Ausstrahlung schien sie zu überwältigen.

»Wie es scheint, seid Ihr sehr wohl imstande, Eurem törichten Bruder eine Botschaft zu schicken!« sagte er gereizt. »Und Ihr werdet zum Henker darauf verzichten, ihm mitzuteilen, daß Euch meine närrische Familie wie eine Fürstin empfangen und ausstaffiert hat.«

»Was hattet Ihr geplant?« fragte Mathieu spöttisch. »Ein Verlies im Burgturm? Moderndes Stroh und den Besuch von hungrigen Ratten? Ist Euch denn jede ritterliche Ehre abhanden gekommen, Bruder? Ich führe keinen Krieg gegen Frauen und Kinder. Wenn Ihr es schon anders haltet, dann tut es wenigstens dem Ritterkodex entsprechend. Ihr wißt, was unser verstorbener König gefordert hat!«

»Ludwig mag ein Heiliger gewesen sein, wie man allenthalben behauptet«, erwiderte Simon bissig. »Aber er ist vor Tunis gestorben. Wahre Heilige scheinen wenig Talent zum Überleben zu haben.«

Die Blasphemie dieser Worte entlockte Léonie einen Laut der Empörung, doch ihnen allen entging der mörderische Blick, den Roxana ihrem Stiefbruder zuwarf. Lediglich Omar, der Maure, der wie ein Schatten in ihrer Nähe stand, hob in einer beruhigenden Geste die Hand. Roxana atmete tief durch und schwieg.

»Habt Dank für Euren Respekt, Seigneur«, sagte Charis kühl und beherrscht zu Mathieu und deutete eine knappe Reverenz an, ehe sie wieder Simon fixierte. »Aber auf Tinténiac haben wir es uns abgewöhnt, auf die ritterlichen Tugenden der Escoudrys zu vertrauen. Der schmähliche Tod meines Vaters, die Brandschatzung der Burg und die Gefangennahme zahlloser Männer sprechen ihre eigene Sprache. Ich weiß, daß ich mich in der Hand von Feinden befinde und mit dem Schlimmsten rechnen muß!«

Die letzten Worte stieß sie zwischen zusammengepreßten Zähnen hervor, denn Simon hatte ihre Schultern gepackt. Es tat nicht weh, doch etwas anderes durchzuckte ihren Körper: eine Hitzewelle, merkwürdige Gefühle, die sich tief in ihrem Körper konzentrierten. Heißes Feuer loderte aus ihrem eisblauen Blick, denn sie dachte gar nicht daran, die Lider vor Simon zu senken.

»Simon, Ihr seid närrisch, laßt sie los! Seht Ihr nicht, daß Ihr Charis weh tut?«

Wie aus weiter Ferne hörte sie Dame Léonies Protest, während sie ihr Duell der Blicke mit Simon d'Escoudry ausfocht. Sie fühlte die verräterische Schwäche, die sie zu überwältigen drohte. Schon schien ihr die Kraft zum Atmen zu fehlen, und nur sein roher Griff hielt sie noch auf den Beinen. Schon stockte ihr der Herzschlag …

Auch der hochgewachsene Ritter hatte alles um sich herum vergessen. Er konzentrierte sich ganz darauf, Charis seinem Willen zu unterwerfen. Aber gleichzeitig freute sich ein anderer Teil seines Wesens darüber, daß sie ihm so hartnäckig und erfolgreich Widerstand leistete, daß sie sich nicht von purer Stärke einschüchtern ließ und weiterkämpfte.

»Was habt Ihr vor, Simon?« Ohne daß Mathieu d'Escoudry die Stimme hatte anzuheben brauchen, drangen seine Worte durch den wütenden Nebel, der seinen Bruder umfangen hielt. »Wollt Ihr mit Euren Pranken beenden, was Eure Waffen nicht geschafft haben? Laßt sie los!«

Simon befolgte den Befehl so abrupt, daß Charis taumelte und ihre Röcke in gefährliche Nähe des prasselnden Kaminfeuers gerieten. Sie verlor die Seidenfäden, die sie unbewußt die ganze Zeit in der Hand gehalten hatte, und der scharfe Gestank verbrannter Seide stieg aus den Flammen auf. Im selben Moment wurde sie erneut von Simon gepackt und aus der Gefahrenzone gezogen.

»Welches Talent Ihr doch habt, stets zur falschen Zeit am falschen Ort zu sein!« fuhr er sie an, als trüge sie die Schuld daran, daß sie um ein Haar in Flammen aufgegangen wäre.

Charis schwankte zwischen Tränen und heftigem Zorn über seine Ungerechtigkeit. Bisher war sie stets stolz auf ihre Gelassenheit gewesen, aber auf Glain kam sie sich vor wie ein Blatt im Wind, den wechselnden Launen eines Grobians ausgeliefert, der weder Manieren noch ein Herz hatte.

Glücklicherweise siegte der Zorn. Sie hätte sich selbst dafür verachtet, hätte sie sich vor ihm die Blöße gegeben zu weinen. Sie warf den Kopf in den Nacken, so daß die seidige Flut ihrer Haare sich über seine Arme ergoß, und sagte provozierend: »Warum macht Ihr Euch die Mühe, mich zu retten? Bringt doch gleich alles um, was St. Lubin heißt, dann seid Ihr Euer Problem los und könnt Euch dem nächsten unsinnigen Scharmützel zuwenden!«

Sie sah den gleichen Zorn, der auch ihr Blut in flüssiges

Feuer verwandelte, aus seinen Augen lo
atemlosen Augenblick lang boten sie de
Augen, die sie beobachteten, ein Bild glü
schaft.

Ein Bild, das von den Beteiligten sehr
aufgenommen wurde. Roxana lächelte zu
wandte errötend den Blick ab, und Mathi
Stirn.

»Ihr solltet vorsichtiger mit Euren Worten sein«, sagte in diesem Moment Simon. »Es könnte sonst sein, daß Ihr mich so reizt, daß ich Euch bei nächster Gelegenheit diesen schwanenweißen kleinen Hals umdrehe!«

Charis sah ihn nur mit weitaufgerissenen Augen an, doch ehe sie ein Wort sagen konnte, gab er sie frei und stürmte wutschnaubend aus der Halle von Glain.

In dem Schweigen, das sich nach seinem stürmischen Abgang über die Anwesenden legte, klang das Knacken eines Scheites so laut, daß alle zusammenfuhren. Mathieu bückte sich und reichte seiner Gemahlin die Stickerei, die ihr vom Schoß geglitten war.

»Ein höchst interessantes Gespräch«, sagte er in seiner knappen, nüchternen Art, die Roxana anfangs dazu verleitet hatte zu glauben, er besäße keine Gefühle. »Ich werde über die Möglichkeiten, die sich daraus ergeben, nachdenken müssen.«

»Was hat er damit gemeint?« fragte Léonie, als die drei Frauen wieder allein waren, dann winkte sie Charis. »Setzt Euch, meine Liebe! Ihr seht ganz danach aus, als brauchten Eure zitternden Knie ein wenig Halt.«

Roxana warf einen Blick auf das hochgewachsene Edelfräulein, dessen zornige Röte inzwischen marmorner Blässe gewichen war. Man sah ihr an, daß der Zusammenstoß mit Simon sie bis in die Grundfesten erschüttert hatte.

»Hier, trinkt!« sagte sie und reichte ihr einen Becher von dem Gewürzwein, der in einem Krug am Rand des Feuers warmgehalten wurde, und Charis umklammerte dankbar mit ihren eisigen Fingern das Silbergefäß, während sie in den Dampf blies, der aus dem Becher emporstieg.

…t keine Angst«, fuhr Léonie fort und stach mit neu…onnener Energie in den steifen Leinenstoff, der einmal …e blütenumrankte Rückseite eines Polsterstuhles werden sollte. »Simon darf Euch nichts tun. Mein Gemahl bürgt für Eure Sicherheit, auch wenn Ihr den Escoudrys mißtraut. Glaubt mir, das braucht Ihr nicht. Wir wollten nie den Kampf mit Tinténiac. Hätte Euer Vater nicht vor gut einem Jahr diesen dummen Handelstransport überfallen und alle Männer getötet, der schreckliche Konflikt wäre nie derart eskaliert!«

Charis fuhr so heftig auf, daß der Wein in ihrem Becher schwappte. »Mein Vater hat so etwas nie getan! Wie kommt Ihr darauf?«

»Zwölf Männer unseres Gefolges wurden getötet, aber einer von ihnen hat lange genug überlebt, um zu berichten, daß die Angreifer das Wappen der Tinténiacs trugen. Die Streitaxt mit der gekreuzten Rose. Wollt Ihr leugnen, daß dies das Wappen Eures Vaters ist?«

Charis betrachtete die Dame d'Escoudry und versuchte herauszufinden, ob sie selbst glaubte, was sie da erzählte. Offensichtlich tat sie es. Die goldbraunen, schönen Augen enthielten soviel Freundlichkeit und Arglosigkeit, daß es keinen Zweifel daran geben konnte. Wer hatte ihr diese Lügen erzählt? Ihr Gatte? Simon?

»Es ist unser Wappen«, gab Charis zu und trank ihren Wein in kleinen Schlucken. »Aber ich schwöre Euch bei meiner ewigen Seligkeit, daß mein Vater nie als erster das Schwert gegen Euch erhoben hat. Als Euer Gatte im vergangenen Winter vor Tinténiac mit seinen Männern auftauchte, hat er nur in das Duell eingewilligt, weil er dadurch die Burg und ihre Bewohner retten konnte. Es hat ihn das Leben gekostet.«

»Auch mein Gatte hat sein Blut vergossen«, erklärte Léonie merklich kühler. Wenn es um Mathieu ging, den sie mit der Ausschließlichkeit eines treuen Herzens liebte, war sie zu keinem Kompromiß bereit. »Wenn wir uns jedoch einig sind, daß es an der Zeit ist, dieses sinnlose Blutvergießen zu beenden, so solltet Ihr Simons Forderung erfüllen und Euren Brüdern die gewünschte Botschaft schicken. Vielleicht sind auch sie den Kampf leid.«

Charis stellte den Becher ab und zupfte nervös an den bauschigen Ärmeln ihres hübschen Gewandes.

»Ihr täuscht Euch in Eustache«, murmelte sie und wich dabei Léonies Blick aus. »Er ist kein liebender Bruder, der sich um mich sorgt. Es könnte sogar sein, daß er froh ist, meinen vorwurfsvollen Blicken entkommen zu sein. Wir ... wir verstehen uns nicht sonderlich. Er hat mir stets die Liebe unseres Vaters mißgönnt.«

»Weshalb sollte er das tun? Ein Vater kann viele Kinder lieben ...« Léonie klang so sanft, als sie dies sagte, daß Charis beschloß, die Wahrheit zu sagen.

»Er hat meine Verlobung gelöst und meine Mitgift für Waffen und Kriegsgerät verwendet. Ich bin ihm lästig, und wenn ein Kloster nicht ebenfalls Geld kosten würde, so hätte er mich schon längst bei lebendigem Leib hinter den Mauern eines frommen Konvents begraben. Er liebt den Krieg und die Gewalt mehr als alles andere. Er ist zornig darüber, daß der junge König die Pläne seines Onkels mißbilligt, in den Kampf gegen Aragon zu ziehen. Er hofft auf Kriegsglück, Ruhm und große Beute.«

Roxana hatte sich ein Polster neben den Kamin gezogen und saß mit unter dem Rock gekreuzten Beinen zu Füßen der beiden Frauen. Charis fiel auf, daß Dame Léonie die Kleine wie eine jüngere Schwester behandelte. Roxana legte den Kopf schief und zog eine Grimasse.

»Er wäre vermutlich ein Mann nach dem Herzen des Anjou. Rücksichtslos, gewalttätig und dumm. Solche Krieger sind gut einsetzbar und leicht zu manipulieren.«

Diese Einschätzung Eustaches entlockte Charis einen leisen Seufzer. Sie hatte sich so sehr danach gesehnt, nach dem Tod ihres Vaters Tinténiac verlassen zu können, wenn auch unter ganz anderen Umständen.

Sie hatte gehofft, mit einer wohlgefüllten Aussteuertruhe und ein paar ausgewählten Dienstboten ein neues Leben als Dame de Blois beginnen zu können. Nun hatte der Seigneur längst eine andere zur Frau genommen, und sie, Charis, saß als Geisel ihres ärgsten Feindes in einer fremden Burg, ohne zu wissen, was aus ihr werden würde.

»Dennoch müßt Ihr die Botschaft schreiben«, beschloß Roxana zu Charis' Überraschung. »Ihr seid eine Edeldame und habt ein Recht auf den Schutz Eurer Familie. Ihr müßt ihn einfordern, sonst denkt man noch, Ihr seid Simon d'Escoudry aus eigenem Willen gefolgt.«

»Diesem Grobian?« fuhr Charis auf, empört allein bei dem Gedanken an eine solche Möglichkeit. »Heilige Mutter Gottes! Lieber würde ich für den Rest meines Lebens als alte Jungfer in einer Waldklause leben, als auch nur einen einzigen freiwilligen Schritt auf diesen Grobian zuzugehen!«

Sie spürte, daß ihr die Röte wieder in die Wangen stieg und ihr Herz wie rasend schlug. Unwillkürlich legte sie die Handflächen ans Gesicht und versuchte, ihre Fassung wiederzugewinnen.

»Je nun, beruhigt Euch«, sagte Léonie sanft. »Ich weiß, daß Simon erschreckend ist, aber was erwartet Ihr von einem Mann, der den ersten Ritter seines Königs zum Vater hat? Entweder wird er ein Schwächling, weil er aufgibt, oder er tut sein Bestes, diesen Kämpen noch zu übertreffen. Simon ist kein Schwächling, das habt Ihr sicher selbst schon festgestellt.«

»Verzeiht«, murmelte Charis. »Ihr habt recht, ich sollte diese Botschaft schreiben. Am besten sofort. Wo finde ich den Chevalier?«

»In seinem Quartier vermutlich«, gab Roxana fröhlich Auskunft und hüpfte auf die Beine. »Er hat sich wie ein Falke im Torturm eingenistet. Kommt, ich begleite Euch zu ihm!«

»Es eilt doch nicht«, warf Léonie ein, die keinesfalls beabsichtigt hatte, Simon in seinen Wohngemächern aufzusuchen.

»Sagt Ihr nicht immer, daß man gute Vorsätze sofort in die Tat umsetzen soll?« erkundigte sich Roxana spitzbübisch und schüttelte ihre bescheidenen Röcke aus. »Kommt, Dame Charis, überwältigt unseren Kämpen mit

Eurer *Anmut* und Eurem Liebreiz, solange er sich noch nicht von dem Schock erholt hat, daß Ihr ihm Widerstand geleistet habt.«

Charis verzichtete auf eine Antwort, registrierte aber erstaunt an der Art, wie Roxana das Wort ›Anmut‹ betonte, daß die Bastard-Tochter des Falken des Griechischen mächtig sein mußte, denn dies war die Bedeutung von ›Charis‹, ihrem Vornamen, in jener Sprache. Ein wahrlich erstaunliches Kind.

6. Kapitel

Als Simon d'Escoudry nach Glain zurückgekehrt war und feststellte, wie grundlegend sich die Burg verändert hatte, zog er es vor, sein Quartier im Torturm aufzuschlagen. So sehr er seinem Bruder den wohlgeordneten Haushalt gönnte, den seine Gemahlin führte, so wenig verspürte er selbst Lust, wie ein gesetzter Familienvater zwischen Gobelins und bestickten Stühlen zu leben und zu verweichlichen.

Er war ein Kämpfer, führte das Dasein eines Kriegers, und so sah auch der Raum aus, den er bewohnte – halb Waffenkammer, halb Feldlager. Selbst der Alkoven mit dem abgeschabten Ledervorhang erinnerte daran, daß es sich um die Behausung eines Mannes handelte, der weder auf Luxus noch auf Bequemlichkeit Wert legte. Eine schlichte Truhe enthielt Simons Gewänder, eine zweite seine persönlichen Besitztümer, und beide dienten sie als Sitzgelegenheiten, wenn die Bank und der einzige Lehnstuhl von Umhängen, Besuchern oder der Schloßkatze belegt waren.

Weshalb sich ausgerechnet Doucette, die von allen verwöhnte rundliche Stammutter der meisten Schloßkatzen, dem rauhen Krieger angeschlossen hatte, blieb ihr beiderseitiges Geheimnis. Die schwarz-weiß gefleckte Katzendame hatte sich jedenfalls bei Simon einquartiert, mit einer Selbstverständlichkeit, die alle anderen erstaunte. Als nun an diesem Abend die beiden Frauen in die Tür traten, nahm Doucette sie lediglich mit einem müde-gelangweilten Blick zur Kenntnis, ehe ihre Lider langsam wieder über die grünen Augenschlitze sanken.

Simon d'Escoudry sah auf, als das halbe Dutzend dicker Honigwachskerzen in dem schmiedeeisernen Leuchter zu flackern begann und ihm verriet, daß die Tür geöffnet worden war. Er saß an einem rechteckigen Tisch und studierte ein Pergament, das er mit beiden Händen glattgestrichen hatte, damit er es besser lesen konnte. Das Haar fiel ihm widerspenstig in die Stirn, und für einen Moment konnte Charis sich vorstellen, wie er als kleiner Junge ausgesehen haben mochte.

»Ihr?«

Er bemerkte kaum, daß Roxana Charis begleitete und die Tür hinter ihnen schloß, ehe sie sich neben Doucette auf die Fersen niederließ und die dicke, seidenweiche Katze streichelte. Charis de St. Lubin trat zum Tisch. Sie betrachtete die verschiedenen Schriftrollen, das Tintenfaß, die gespitzten Federn, den Streusand sowie die Weinkaraffe und den einfachen Zinnbecher.

Sie erkannte die schlichte Zeichnung einer Burg oder eines massiven Hauses, halb eingerollt, während das Blatt, dem Simon seine ganze Aufmerksamkeit geschenkt hatte, mit langen Zahlenkolonnen bedeckt war.

»Heckt Ihr den nächsten Plan aus, eine Burg zu überfallen und die Bewohner zu massakrieren?« Obwohl sie eigentlich mit guten Vorsätzen gekommen war, war ihr die spöttische Frage einfach so herausgerutscht.

Simon runzelte die Stirn und verschränkte die Arme vor dem mächtigen Brustkorb. Er hatte das Übergewand ausgezogen und trug nur seine Leinenhosen und ein einfaches Hemd. Er sieht aus, als wäre er gerade erst aufgestanden, dachte Charis, während ihr Blick unwillkürlich zu dem zerwühlten Bett glitt.

»Würde es an Eurer Einschätzung meiner Person etwas

ändern, wenn ich Euch mitteilte, daß ich dieses Haus ganz legal zu gewinnen hoffe?« antwortete er in dem gleichen spöttischen Ton, wie sie ihre Frage gestellt hatte.

Charis preßte die Lippen aufeinander und straffte die Schultern. Er machte sich lustig über sie. Sollte er doch! Was glaubte dieser Raufbold und Strauchritter eigentlich, wer er war? Sie, Charis, war ihm haushoch überlegen; ihre ganze Haltung und ihr Gesichtsausdruck verrieten ohne Worte, was sie von ihm hielt.

Simon d'Escoudry gönnte ihr ein müdes Lächeln. Die wenigen Male, die er in der Gesellschaft seines eleganten Bruders Rogier bei Hof gewesen war, hatten gereicht, um ihm zu zeigen, daß es besser war, um hochmütige Edeldamen einen weiten Bogen zu machen. Erstaunlich, daß Charis auch zu diesem Typus gehörte. Eigentlich hatte er sie ganz anders eingeschätzt, aber wahrscheinlich hatte er sich von ihrer bescheidenen Aufmachung täuschen lassen.

Und da sie außerdem das Talent besaß, einen vernünftigen Mann in Rage zu bringen – wie er ja selbst schon mehrfach erfahren hatte –, galt es, doppelt vorsichtig zu sein.

»Wollt Ihr Euch setzen?« Er machte eine vage Geste, und Charis fand auf seiner Kleidertruhe ein freies Eck, wo sie sich niederließ.

»Was ist mit der Botschaft, die Ihr an Eustache schicken wollt?« Sie kam ohne große Umschweife zur Sache. »Soll ich sie schreiben, oder genügt es, wenn ich meinen Namen darunter setze?«

Simon nahm die Tatsache, daß sie nicht nur schön, sondern auch ungewohnt gebildet für eine Frau ihres Standes war, kaum noch überrascht zur Kenntnis. Charis de St. Lubin war voller verblüffender Eigenschaften – das war das einzige, was er sicher über sie wußte. Und daß sie ihn durch ihre Anziehungskraft in einen begehrlichen Narren verwandelte, sobald er in ihre eisblauen Augen blickte.

»Setzt Euch und schreibt!« sagte er. Er stand auf, wischte mit einer Handbewegung die Papiere zur Seite, die er bearbeitet hatte, legte frisches Pergament zurecht, schob ihr Federn und Tinte hin, dann bedeutete er ihr, sich an seinen Platz zu setzen.

Er stand ihr jedoch im Weg, und da er nicht zurückwich, mußte Charis sich an ihm vorbeidrängen. Daß dies ein Fehler war, erkannte sie erst, als sie so eng vor ihm stand, daß ihre Körper sich fast berührten. Unwillkürlich blieb sie stehen, den Kopf leicht schräg gelegt und wartend. Worauf, hätte sie selbst nicht genau sagen können.

Simon lächelte unwillkürlich, als er merkte, wie eigensinnig sie seinem Blick standhielt, obwohl er in ihren Augen scheues Zurückweichen und mühsam unterdrückte Furcht las. Aber da war gleichzeitig auch etwas anderes. Neugier, Herausforderung und etwas, was er nicht benennen konnte, etwas Fremdes, Wildes. Wie viele Gesichter hatte diese Frau? Was ging hinter der glatten Stirn vor?

»Laßt mich!« stieß Charis hervor und versuchte sich mit diesen Worten gegen den magischen Zauber zu wehren, der sie willenlos und schwach auf den Fleck bannte.

Simon antwortete nicht darauf, nahm ihre Worte kaum wahr. Heftig rauschte das Blut in seinen Adern, wild schlug sein Herz. Ob ihres auch so ungestüm pochte? Unwillkürlich fiel sein Blick auf ihren Busen, der sich unter ihren schnellen Atemzügen hob und senkte.

Es war ein Fehler, diesen aufreizenden Rundungen so viel Aufmerksamkeit zu schenken. Das Begehren, das ihn längst gefangen hielt, raubte ihm auch den letzten Rest seiner ohnehin nicht sehr ausgeprägten Beherrschung.

Ehe Charis begriff, was geschah, fand sie sich in einer heftigen Umarmung gefangen und gegen einen starken Männerkörper gepreßt, dessen Wärme und Konturen sie durch die leichte Bekleidung so deutlich spürte, als hätte die Hitze zwischen ihnen allen Stoff versengt.

»Hexe!« hörte sie ihn murmeln, dann senkten sich die ärgerlichen Lippen auf ihren Mund und erstickten jede Antwort.

Doch Charis hätte gar nicht antworten können, selbst wenn sie gewollt hätte. Seine Umarmung, seine Nähe lösten eine merkwürdige Reaktion in ihr aus, dumme Gedanken – wie zum Beispiel das Gefühl, daß sie zwei Hälften eines Ganzen wären, die endlich zusammengefunden hatten.

Sie hatte das Gefühl, in seinen Armen dahinzuschmelzen, und die Berührung des hungrigen, harten Mundes leitete ihre Unterwerfung ein. Wie von selbst hoben sich ihre Arme, umfingen seinen Hals.

Die unerwartete scheue Leidenschaft, mit der sich Charis diesem Landsknechts-Überfall auslieferte, betäubte Simon d'Escoudrys Vernunft endgültig. Er verlor sich in diesem Kuß mindestens ebenso sehr wie die unschuldige junge Frau. Die Welt um sie herum versank, und keiner von beiden nahm wahr, daß Roxana aus dem Raum schlüpfte und die Katze mit sich nahm. Léonie hätte vermutlich etwas dagegen gehabt, wenn ihre kleine Schwester, wie sie Roxana gerne nannte, Zeugin der weiteren Ereignisse geworden wäre.

Wahrscheinlich hätte sie sogar etwas gegen die Ereignisse selbst gehabt, denn trotz aller Leidenschaft, die sie für ihren Gatten empfand, vertrat sie energisch die Gebote der Schicklichkeit und war weit davon entfernt, den Dingen so pragmatisch ihren Lauf zu lassen, wie Roxana es tat. Und Roxana fand, je eher Simon d'Escoudry und Charis de St. Lubin begriffen, daß sie füreinander bestimmt waren, um so besser würde es für beide sein.

Doch Roxana hatte längst gelernt, daß die Dinge niemals einfach waren. Und schon gar nicht, wenn es sich um die Söhne des Falken handelte.

Der Mann, der im selben Augenblick dem Bericht über die Brandschatzung in Tinténiac lauschte, hätte ihr sofort zugestimmt. Ein schmales Lächeln umspielte seine Lippen, und sein flinker Verstand war der Wirklichkeit bereits um Längen voraus.

Dieses Mal war die Brut des Falken zu weit gegangen. Ein solches Verbrechen konnte nicht einmal mehr ein gutwilliger König dulden. Escoudry hatte den Bogen überspannt, was immer sein Bruder Rogier auch zu seiner Verteidigung anbringen würde. Die Falle war zugeschnappt, die er mit so mühsamer, versteckter Raffinesse aufgebaut hatte.

Mit einem Ruck wandte er sich Richard de St. Lubin zu, der für seinen Bruder Eustache den Boten spielte. Richard stand mit respektvoll gesenktem Kopf neben dem großen Kamin und wartete auf die Antwort des Seigneur, der ihn aus schmalen, nachdenklichen Augen musterte.

»Ihr nehmt also an, daß sich Eure Schwester in den Händen Simons befindet«, sagte er nüchtern.

»Wir warten stündlich auf eine Lösegeldforderung, Euer Gnaden«, antwortete Richard nervös und knetete den Rand seiner Kappe zwischen den Fingern, die er aus lauter Befangenheit abgenommen hatte, obwohl er als Edelmann von Rang seinen Kopf hätte bedeckt lassen dürfen.

»Man sollte in jedem Fall auf Sicherheit gehen«, murmelte der Höhergestellte. »Ich habe einen Rat an Euren Bruder, den ich jedoch keinem Pergament anvertrauen werde. Wenn er vernünftig ist, wird er auf mich hören. Eure Schwester war doch ohnehin nur noch für das Kloster bestimmt, entsinne ich mich da recht?«

Richard, der nicht nur nervös, sondern auch von beträchtlicher Einfalt war, erzählte stammelnd die Geschichte der gelösten Verlobung und des hartnäckigen Grolls zwischen Eustache und Charis und erntete erstaunlicherweise ein zufriedenes Lächeln.

»Dann wird sich Euer Bruder um so mehr für meinen Vorschlag erwärmen. Hört zu!«

Etwas in Richards schlichtem Gemüt bäumte sich gegen die Worte auf, aber dennoch wiederholte er sie, um jedem Irrtum vorzubeugen. Es war Eustaches Sache, darüber zu entscheiden, ob man dem hohen Herrn gehorchen sollte oder nicht. Aber wer sorgte sich schon um so etwas Unwichtiges und Nutzloses wie eine Frau? Ohne Mitgift und nur mit einer spitzen Zunge gesegnet und so groß, wie sie war, war sie ohnehin nur allen eine Last. Man mußte es von diesem Standpunkt sehen, dann verlor der Befehl seinen Schrecken.

»Was zum Henker macht Ihr da?«

Die knurrige Stimme Bec Noirs hatte auf die beiden, die sich so leidenschaftlich und selbstvergessen küßten, die gleiche Wirkung wie ein Eimer eiskalten Wassers.

Im ersten Moment taumelte Charis, als sie so plötzlich freigegeben wurde, und hielt sich am nächstbesten Gegenstand fest, der ihr Halt versprach. Es war Simons Oberarm, und als sie ihn berührte, lief ihr unwillkürlich ein Schauder über den Rücken.

»Was wollt Ihr?« fragte Simon mindestens ebenso unfreundlich zurück. Es machte ihn wütend, daß sein alter Waffengefährte ihn bei diesem Kuß ertappt hatte; aber er war mindestens genauso wütend darüber, daß eben dieser Kuß unterbrochen worden war.

»Euch Bescheid geben, daß der Bote nach Tinténiac unterwegs ist, wie Ihr es befohlen habt«, erwiderte Bec Noir und tat nun so, als würde er Charis überhaupt nicht sehen.

»Danke, Ihr könnt gehen!«

Für einen Moment sah es so aus, als würde sich Bec Noir weigern, dem Befehl zu folgen. Dann zuckte er nur resigniert mit den Schultern und polterte wieder nach draußen.

Charis und Simon schwiegen, und als sie sich ansahen, stieg immer tiefere Röte in die Wangen der jungen Frau. Als sie merkte, wo ihre Hand lag, zog sie sie so schnell zurück, als hätte sie sich verbrannt.

Simon jedoch packte sie am Handgelenk zu sich heran.

»Du gehst erst, wenn ich es dir erlaube!« fuhr er sie an.

»Ihr habt mir weder etwas zu befehlen noch zu erlauben«, entgegnete sie kühl, aber ihre flammenden Wangen und das Blitzen ihrer Augen verrieten sie.

»Du befindest dich in meiner Gewalt, Mädchen«, erwiderte Simon grinsend. »Und ich beginne gerade zu glauben, daß mir dieser Zustand viel besser gefällt, als ich anfangs annahm.«

Mit der freien Hand hob er die seidige Fülle ihrer Haare an und umfaßte ihren Nacken. Es gefiel ihm, die warme, glatte Haut zu berühren, das leichte Beben ihres Körpers zu spüren.

»Laßt mich!« forderte Charis, während sie sich bemühte, sich ihre Verwirrung nicht anmerken zu lassen. So sehr es sie ärgerte, sie konnte nichts dagegen machen, daß ihr Körper sie verriet, schwach und sehnsüchtig reagierte auf diesen Mann, den sie verabscheute.

Sie sog scharf den Atem ein, als Simon spielerisch die Linie ihres verlockenden Dekolletés nachzeichnete. Es gefiel ihr, wie er ihre Brüste dabei berührte, und unwillkürlich seufzte sie auf.

»Es hat dir gefallen, mich zu küssen«, erinnerte Simon sie erbarmungslos. »Du hast dich mir nicht verweigert, im Gegenteil. So verhält sich keine Frau, die sich von der Leidenschaft eines Mannes abgestoßen fühlt.«

Charis errötete wütend. Sie wollte nicht zugeben, daß es ihr Vergnügen bereitet hatte, wie er sie geküßt hatte – und immer noch berührte.

»Untersteht Euch, mich mit Euren Lagerdirnen zu vergleichen!« fauchte sie und versuchte, seine Hand wegzuschieben. Ohne Erfolg.

Es verschlug ihm die Sprache, und sie rang heftig nach Luft, als seine Hand kühner wurde. Entsetzt registrierte sie, wie ihre Brustwarzen sich aufrichteten, was unter dem Stoff ihres Kleides deutlich zu sehen war. Ein flüchtiges Lächeln spielte um Simons Lippen, als auch er ihre Reaktion bemerkte.

»O ja, es gefällt dir«, sagte er zufrieden. »Du hast Temperament und Leidenschaft, und das gefällt mir!«

Charis keuchte auf, als seine Hand zwischen Hemd und Haut fuhr und sich um eine Brust legte. Mit dem Daumen rieb er fordernd über die empfindsame Spitze, und heißes Feuer schoß durch Charis' Körper, schien sich zwischen ihren Schenkeln zu konzentrieren.

»Wie wunderbar du dich anfühlst!« raunte er ihr zu, und ihr kehliges Stöhnen erstickte in einem hungrigen, fordernden Kuß, dem sie hilflos ausgeliefert war.

Charis ging unter in einem Strudel unbekannter Gefühle. Sie begriff nicht, was mit ihrem Körper passierte. Noch weniger verstand sie, was sie dazu trieb, die Hüften an seiner Gestalt zu reiben, sich an ihn zu schmiegen und seinen Kuß auf jene aufregende Art zu erwidern. Sie war zum ersten Mal in ihrem Leben mit wilder, ungezügelter Sinnlichkeit konfrontiert, und es verblüffte sie, wie sie darauf reagierte.

Charis spürte, daß Simon ihr das Kleid über die Schultern zog und die Schnüre des Übergewandes lockerte, damit ihre Brüste frei wurden. Ein kühler Schauder flog über ihre Haut, die gleichzeitig unter Simons Berührung zu brennen schien.

Irgendwo fiel ein Tor zu, und dieser Laut brachte Charis endlich wieder zur Vernunft. Was war, wenn erneut jemand einfach in die Kammer kam? Sie so ertappte, mit nackten Brüsten?

Sie wich zurück, und es geschah so überraschend, daß es ihr tatsächlich gelang, sich aus der Reichweite seiner Arme, seiner Hände und seiner Lippen zu bringen.

Mit fliegenden Fingern richtete sie ihre Kleidung, und ehe Simon begriffen hatte, was passiert war, stürzte Charis aus dem Gemach und in die Nacht hinaus. Die Kerzenflammen standen im Luftzug quer, und zwei Kerzen erloschen, während Simon d'Escoudry einen lästerlichen Fluch ausstieß und sich mit allen zehn Fingern durch die wirren, blonden Locken fuhr.

Was in Dreiteufelsnamen war nur in ihn gefahren? Er konnte sich nicht erinnern, daß er jemals in den Armen einer Frau derart den Kopf verloren hatte.

Charis hatte noch niemals in den Armen eines Mannes gelegen, aber auch sie wußte instinktiv, daß sie einen Fehler gemacht hatte. Sie hatte sich Gefühle erlaubt, die eine Dame nicht zu empfinden hatte, und schon gar nicht in einer Situation wie der ihren. Weshalb war sie nicht vorsichtiger gewesen? Hatte sie nicht bereits gelernt, daß sie Simon d'Escoudry niemals zu nahe kommen durfte? Hatte ihr Verstand sich verflüchtigt, daß sie wie eine dumme Gans auf sein hübsches Gesicht und die zärtlichen, verführerischen Hände hereinfiel?

Hastig raffte sie ihre Röcke, während sie im Schein der Fackeln in den inneren Burghof lief. Wo Roxana nur steckte? Sie war doch mit ihr zum Torturm gegangen. Als ihr wieder einfiel, warum sie eigentlich mit Roxana zu Simon gegangen war, mußte sie plötzlich auch wieder an das denken, was Bec Noir vorhin gesagt hatte.

Simon hatte bereits eine Botschaft nach Tinténiac geschickt! Was stand in diesem Schreiben? Wieso hatte er ihr kein Wort davon gesagt? Hatte er sie mit seinem leidenschaftlichen Überfall nur von Fragen abhalten wollen?

7. Kapitel

»Du weißt, wie empfindlich der junge König ist.« Léonie d'Escoudry seufzte und warf ihrem Gatten einen besorgten Blick zu. »Er wird Simons Eigenmächtigkeit als Rebellion auffassen, als Ungehorsam gegenüber seinen ausdrücklichen Befehlen. Er will nicht, daß die Söhne des Falken Privatkriege führen.«

»Ich weiß.« Auch ihr Gemahl seufzte und nahm seine Wanderung wieder auf. Léonie, die ihren Sohn stillte, und Roxana folgten ihm mit ihren Blicken. Nur vor diesen dreien wagte er, seine Gedanken unverblümt auszusprechen. »Simon ist ein Hitzkopf. Ich hatte gleich Bedenken, als er mir seine Hilfe anbot, nachdem er von unseren Problemen bei den Salztransporten erfahren hatte. Andererseits ist es ihm gelungen, vorerst für Ruhe zu sorgen. Wir haben nach wie vor keine Beweise für die Schurkereien der Tinténiacs. Es steht Wort gegen Wort, und es scheint mir immer noch ein Wunder, daß seine Majestät uns geglaubt hat. Ein neuerlicher Zweifelsfall wird dies jedoch in Frage stellen.«

Léonie hatte den gesättigten Säugling nun gegen ihre Schulter gelegt und rieb sanft den kleinen Rücken.

»Man müßte aus einem Zweifelsfall eine klare Angelegenheit machen«, meinte sie nachdenklich und sah unwillkürlich zu Roxana hinüber.

»Vielleicht ist der König eher geneigt, einem leidenschaftlich Liebenden zu verzeihen.« Die Kleine lächelte spitzbübisch und dachte an den höchst interessanten Kuß, den sie beobachtet hatte.

»Simon?« Mathieu unterdrückte ein Lachen. »Wie das, Kind? Simon liebt den Kampf, den Ruhm, sein Schwert und wenn es hoch kommt, sein Pferd.«

»Ihr habt gesehen, wie sich die beiden anschauen«, erklärte Roxana. »Ein Zunderbausch dazwischen, und alles steht in Flammen. Eustache de St. Lubin hat die Verlobung seiner Schwester gelöst und ihre Mitgift für eigene Zwecke verwendet. Er hat jede weitere Ehe für sie abgelehnt, und ein Escoudry hätte auch im besten Fall keine Chance gehabt, ihr Gemahl zu werden ...«

Sie brach ab, aber sowohl der Seigneur von Glain wie auch seine Gemahlin konnten den Gedanken selbst zu Ende führen, den sie begonnen hatte.

»Es gibt Tage, an denen du mir unheimlich bist, kleine Schwester«, entgegnete Mathieu und gebrauchte dieselbe Anrede wie seine Gattin. Es fiel ihm nicht auf, daß er Roxana zum ersten Mal so nannte, und noch weniger sah er die Freude, die ihr dies bereitete. Er war ganz in die Möglichkeiten und Aspekte ihrer Idee vertieft. Einer so unglaublichen Idee, daß sie schon fast wieder erfolgversprechend war.

Auch Léonies Gedanken enteilten bereits in die Zukunft. »Du meinst, man könnte behaupten, er habe Charis absichtlich entführt, um die Einwilligung Eustaches zu einer Heirat zu erzwingen?«

»Halt! halt!« Mathieu hob die Hände. »Laßt uns langsam vorangehen. »Wir können einen solchen Plan nicht ohne Simon fassen.«

»Stellt ihn vor vollendete Tatsachen, und er wird es Euch danken«, entgegnete Roxana trocken. »Natürlich wird er seine Gefühle leugnen, solange ein Funken Leben in ihm ist. Aber schließlich war er es, der die Familie in diesen Schlamassel gebracht hat, also soll er es auch ausbaden!«

»Roxana!« Einmal mehr kritisierte Léonie die ungenierte Ausdrucksweise Roxanas, doch Mathieu störte sich nicht daran.

»Aber man wird sich fragen, warum er sie ausgerechnet nach Glain gebracht hat«, wandte er ein.

»Wo sonst hätte er ein Dach über dem Kopf?« Wieder war es Roxana, welche die Argumente lieferte. »Und obwohl er Charis allein durch die Entführung entehrt hat, hat er immerhin soviel Rücksicht gezeigt, sie der Obhut seiner Familie anzuvertrauen, damit jeder weiß, daß ihre Tugend unangetastet geblieben ist.« Sie lachte auf. »Unser Simon als wahrer Kavalier!« Doch sie wurde schnell wieder ernst und fuhr fort: »Und bei einer Heirat hätte er zudem Anspruch auf Charis' Mitgift!«

»Der Gedanke, daß Eustache de St. Lubin zu einem Geldverleiher gehen müßte, um meinen Bruder zu versorgen, gefällt mir«, meinte Mathieu lachend.

»Dann handelt unverzüglich«, riet nun auch Léonie. »So leid es mir für Charis de St. Lubin tut, aber hier geht es um Menschenleben. Schickt dem König Eure Version der Ereignisse und bittet ihn, das unglückliche Liebespaar unter seinen Schutz zu nehmen. Seid der gehorsame Seigneur, der alles in die Hände seines Souveräns legt, damit kein weiterer Fehler passiert. Diese Ehe ist wahrhaftig das Beste, was aus diesem Chaos entstehen kann. Ganz davon abgesehen, daß das Mädchen nie wieder einen Mann finden wird, der größer ist als sie selbst.«

Philipp d'Escoudry beendete mit seinem Protestgeschrei den Kriegsrat. Ihm war eingefallen, daß er doch noch Hunger hatte, und Léonie gab ihm, was er forderte.

Über ihren Kopf hinweg trafen sich Mathieus und Roxanas Blicke.

Einmal mehr fiel dem Herrn von Glain auf, daß das Mädchen so gar keine äußere Ähnlichkeit mit dem verstorbenen Falken hatte. Nun, für eine Frau mochte das eher von Vorteil sein. Aber wenigstens hatte er ihr seinen brillanten Verstand, seinen Scharfsinn und seine Logik vererbt. Eigenartig, diese Eigenschaften bei einem Mädchen zu finden, das äußerlich noch so kindlich wirkte.

»Sprecht nicht mit Simon über die Sache«, sagte sie in seine Gedanken hinein. »Sein Stolz wird es besser ertragen, wenn er den Befehl zu dieser Heirat vom König bekommt als von seinem Bruder.«

Charis sah den Boten, der in der ersten Morgendämmerung über die Zugbrücke von Glain ritt, durch das kleine Dorf trabte, das sich um die Kirche scharte, und auf die Landstraße zuhielt. Er trug die Farben der Escoudrys, und das schnelle Pferd wies ihn als Boten aus. Ein weiterer Bote nach Tinténiac?

Die Ungewißheit zerrte nach einer fast schlaflosen Nacht an ihren Nerven. Nach dem förmlichen Mahl, das sie mit der Familie in der Halle eingenommen hatte, war sie völlig erschöpft in ihr Bett gesunken, aber der Schlaf hatte sie gemieden. Sie hatte mit weit offenen Augen in die Dunkelheit gestarrt und schien mit jedem Atemzug wacher und verzweifelter zu werden.

Immer wieder wanderten ihre Gedanken zu dem zurück, was zwischen ihr und Simon passiert war. Wieso hatte sie so genau gewußt, wie sie auf Simons Zärtlichkeiten zu reagieren hatte? Hatte ihr Körper ein geheimes Wissen, das sich nun offenbarte? Hatte er Wünsche und Sehnsüchte, die ihr nur bis dahin niemals bewußt geworden waren? Kannten auch andere Frauen die Erfahrung, daß ihr Körper etwas ganz anderes wollte als ihr Verstand?

Noch jetzt, in der Stille der Nacht, schlug ihr Herz heftiger. Immer noch glaubte sie Simons Hände auf ihrer

Haut zu spüren und fühlte sie tief in ihrem Inneren das Sehnen, noch ganz anders von ihm berührt und geküßt zu werden. Sündige Wollust! Sie würde es beichten müssen. Aber niemand hatte ihr gesagt, was man tun sollte, wenn Geist und Fleisch so uneins waren, wenn jeglicher Stolz dahinschmolz und jede Einsicht unwichtig wurde.

Simon hatte sie während des abendlichen Mahls nicht aus den Augen gelassen. Jede Geste, jeder Bissen, jeder Schluck war von ihm registriert worden. Aber auch ihr war es schwer gefallen, ihre Blicke von dem Mann abzuwenden, der am Ende der Tafel im Kreis der Hauptleute saß und dessen Lachen sie unschwer aus dem allgemeinen Lärm heraushören konnte. Wie immer saß Bec Noir an seiner Seite. Massig, schwarz, düster wie eine Krähe. Mußte sie diesem Kerl vielleicht noch dankbar sein, daß er zuvor das Schlimmste verhindert hatte?

Charis hätte nicht mehr zu sagen gewußt, was sie an diesem Abend gegessen hatte. Dankbar war auch sie aufgestanden und in ihre Kammer geflohen, als Dame Léonie sich erhoben hatte. Sie hatte keine Lust verspürt, sich zur Familie zu gesellen, die sich am Kamin versammelte. Sie war viel zu verwirrt für höfliche Plaudereien.

Merkwürdig überhaupt, wie man sie hier behandelte. Sie schien weder Gefangene noch Gast zu sein, und der Gedanke, daß sie lediglich das Spielzeug für Simon d'Escoudrys Launen sein könnte, gefiel ihr noch viel weniger. Sie haßte sie alle. Auch die, die ihr nichts getan hatten. Charis suchte die Stille ihrer Kammer, wollte nur noch den Riegel vorlegen und mit ihren wirren Gedanken allein sein.

Doch es war ihr nicht gelungen, ihre Gedanken zu klären. Sie war nun, am Morgen, müder, verzweifelter, ratloser und um keinen Deut gescheiter. Das einzige, dessen sie sich sicher war, war, daß sie keine Schwäche mehr zeigen durfte. Sie war Charis de St. Lubin, die Dame von Tinténiac, das durfte sie niemals vergessen. Die Menschen auf Glain hatten das Leben ihres Vaters auf dem Gewissen, die Zerstörung ihrer Heimat, und sie hatten damit auch ihre persönliche Zukunft ruiniert.

Hätte Mathieu d'Escoudry ihren Vater nicht getötet, wäre sie inzwischen längst verheiratet, trüge vielleicht schon den Erben der Blois'. Wenn sie an Léonie d'Escoudry dachte, wie jene mit ihrem Sohn scherzte und sich in die Arme ihres Gatten schmiegte, dann packte sie der nackte Neid. Dann vergaß sie, daß der Seigneur von Blois einen Kopf kleiner als sie gewesen war und diese beschämende Tatsache nur wegen ihrer beträchtlichen Mitgift in Kauf genommen hatte.

Dann träumte sie sich in eine naive Wunschvorstellung, in der es einen liebenden Gatten und eine Anzahl fröhlicher Kinder in einem eigenen Haus gab. Doch als ihr klar wurde, daß dieser Gatte viel eher Simon d'Escoudry glich als dem unbeholfenen Seigneur von Blois, schüttelte sie unwillig den Kopf.

Verzweifelt versuchte sie Trost im Gebet zu finden, als das ferne Läuten der ›hora prima‹ aus dem Dorf klang und den Sonnenaufgang verkündete. Doch die Worte ihres Gebetes wurden zu einem wirren Flehen, das sie an die Muttergottes richtete, von der sie annahm, daß sie das Chaos ihrer Gefühle vielleicht besser begreifen konnte.

Roxana fand sie noch immer im Gebet, als sie nach ihr sah, und als das Mädchen ihr dann beim Ankleiden half, entzog sich Charis allen Versuchen, eine Unterhaltung zu beginnen. Also plauderte Roxana einfach drauflos, wie es ihre Art war, und unterhielt Charis mit tausend Nichtigkeiten über Glain.

Zumindest schien es so, aber Charis hatte dennoch den Eindruck, daß alle diese Informationen in irgendeiner Art auf Simon d'Escoudry zielten. Oder lag es doch an ihr selbst, daß sie alles, was sie hörte, sofort auf ihn bezog?

Roxana flocht mit geschickten Fingern ein grünblau schimmerndes Band durch Charis' Locken, das die Haare an Stirn und Schläfen aus dem Gesicht hielt, während sie wie ein rotgoldener Wasserfall den Rücken hinabflossen. Wider Willen beeindruckt, machte ihr die junge Frau ein Kompliment für ihre Fertigkeit, während sie in den polierten Spiegel blickte, den ihr Roxana vorhielt.

»Meine alte Jeanne zu Hause hat schon steife Finger, sie flicht mir die Haare morgens stets zu einem schmucklosen Zopf, der ihr keine Mühe bereitet«, gab sie mit einem kleinen Lächeln zu. »Ich muß sagen, so gefällt es mir besser! Wenngleich es mein Bruder wahrscheinlich für weibliche Torheit halten würde.«

»Er ist also wie Simon, der eine Frau im besten Fall für unwichtig, in der Regel für lästig und nur ganz selten für nötig erachtet«, meinte Roxana und erwiderte Charis' Lächeln, die bei Roxanas Worten unwillkürlich zu lachen anfing.

»Tun das nicht die meisten Männer?«

»Für meinen Vater war meine Mutter sehr wichtig«, erwiderte Roxana unerwartet ernsthaft. »Sie haben einander geliebt. So sehr, daß alles andere unwichtig wurde.

»Derartige Leidenschaft existiert höchstens in den Liedern.« Charis winkte ab und amüsierte sich über die romantische Verklärung der Kleinen. Sie wußte es besser. »Das wirkliche Leben ist nüchterner, und das ist gut so. So ausschließliche Gefühle würden nur alles durcheinander bringen.«

Man konnte Roxana ansehen, daß sie sich nur mühsam einen Widerspruch versagte. Charis betrachtete sie im Spiegel hinter sich, während das Mädchen letzte Hand an ihre Frisur legte und den Schleier feststeckte, der ebenfalls von dem Band gehalten wurde.

Welch seltsame Mischung dieses Mädchen war. Unbeschwert und zugleich seiner selbst und dessen, was es sagte, völlig sicher. Noch keine Frau, und doch mit allen Zeichen künftiger Schönheit versehen. Ein Kobold und eine Fee zugleich.

»Wie alt bist du, Roxana?« fragte sie aus diesen Gedanken heraus.

Wenn Roxana stutzte, so verbarg sie es geschickt. Ihre Stimme klang gleichgültig, als sie antwortete. »Ich weiß es nicht genau. Meine Mutter starb kurz nach meiner Geburt. Ich nehme an, daß ich vierzehn oder fünfzehn bin.«

Charis nickte. Vielleicht lag es an Roxanas maurischem

Blut, daß sie älter wirkte. Ihre Mutter mußte dem Falken viel bedeutet haben, wenn er die Tochter in seine christliche Familie aufgenommen hatte. Normalerweise kümmerten sich die hohen Herren selten um ihre Bastarde. Es war Sache der Frauen, die Kinder aufzuziehen. Ob Simon wohl schon Kinder gezeugt hatte? Kleine raufiustige, blondlockige Jungen und kleine Mädchen, jedes ein richtiger Wildfang?

O nein! Sie hatte es wieder getan! Wie sollte sie die Tage ihrer Gefangenschaft herumbringen, wenn sie ständig vom Gespenst dieses allzu anziehenden, allzu rücksichtslosen Mannes verfolgt wurde? Sie mußte sich ablenken, etwas tun!

»Gibt es irgendeine Arbeit, bei der ich helfen kann?« fragte sie deshalb. »Es liegt mir nicht, die ganze Zeit über die Hände in den Schoß zu legen. Ich bin kein untätiger Mensch.«

Roxana hatte keine Skrupel, sich helfen zu lassen. Sie ging bei Dame Léonie in eine harte Schule, was Haushaltsführung und Benehmen betraf, und stets versuchte sie ohne die geringste Reue, sich zu drücken, wo immer es möglich war.

»Die letzten Äpfel müssen geerntet werden; Ihr könnt mich gerne begleiten, wenn Ihr wollt. Aber Omar wird in der Nähe sein ...« Der letzte Satz klang warnend.

Charis seufzte. »Du mußt mir nicht mit deinem maurischen Schatten drohen, Kind. Ich werde nicht fliehen. Ich habe das dumme Gefühl, ich wüßte noch nicht mal, wohin ich gehen sollte.«

»Ihr täuscht Euch«, sagte Roxana rätselhaft. »Ein jeder von uns hat seinen Platz, der ihm vorbestimmt ist; auch für Euch gibt es einen solchen Ort. Es hat wenig Sinn, sich dagegen aufzubäumen.«

»Was ist das, eine morgenländische Lebensweisheit?« Charis versuchte sich in Spott zu retten. »Ich fürchte, sie ist in meinem Fall nicht angebracht. Laß uns gehen. Liest ein Priester morgens die Messe in der Burg?«

»Natürlich!« Roxana nickte. »Dies ist ein christliches

Haus, und ich bin in diesem Glauben getauft. Ihr habt keine Heidin vor Euch, mein Vater ...«

Sie brach ab, und so erfuhr Charis nicht, was Roxana hatte sagen wollen. Irgendwie hatte sie jedoch das Gefühl, das Mädchen, ohne es zu wollen, gekränkt zu haben. Es tat ihr leid, denn Roxana war die einzige, zu der sie ein wenig Vertrauen gefaßt hatte, da auch diese schon aufgrund ihrer Herkunft eine Außenseiterin in diesem Haus war.

»Wenn ich dir zu nahe getreten bin, so tut es mir leid«, entschuldigte sie sich. »Ich habe dich nicht für ein Heidenkind gehalten!«

»Wie angenehm.« Roxana lächelte. »Darin unterscheidet Ihr Euch von Simon.«

»Ich unterscheide mich in vielem von diesem Herrn«, erwiderte Charis steif.

8. Kapitel

Das fröhliche Lied der Apfelpflückerinnen drang über die Mauer des Gartens bis zur Pferdekoppel hinaus, und unwillkürlich ertappte sich Simon d'Escoudry dabei, daß er die Melodie mitpfiff. Der milde Glanz der Herbstsonne verlieh dem Tag einen Schimmer, der sogar die trutzigen Steine von Glain mit einer goldenen Patina überzog. Eine sanfte Brise trug den Geruch des Meeres mit sich, und das Laub der Bäume prangte in allen Gelb- und Brauntönen.

Wenn Simon sich umsah, so erblickte er, soweit sein Auge reichte, das Lehen von Glain in neuer Ordnung und solidem Wohlstand. Er bezweifelte, ob die Burg jemals so wehrhaft und sicher gewesen war, und für einen schwachen Augenblick lang beneidete er Mathieu um das Heim, das er und seine Familie hier hatten. Mit welcher göttlichen Gerechtigkeit gehörte eigentlich alles dem ältesten Sohn, während alle anderen sehen mußten, wo sie blieben?

Ein sanftes Stupsen an seiner Schulter machte ihm klar,

daß er sich in dummen Träumen verloren hatte. Er tätschelte Orion den Hals, als der mächtige dunkle Hengst sich damit bei seinem Herrn in Erinnerung brachte.

»Schon gut, Alter. Ich habe dich verstanden, wir werden uns unser eigenes Lehen erstreiten, nicht wahr? Man sagt, der König sei klug und gerecht, und Rogier hat mir versprochen, sich für mich zu verwenden.«

Im Grunde trug nur Charis de St. Lubin daran Schuld, daß ihm der Gedanke, sein Wanderleben aufzugeben, kam. Sie war eine Frau, die wie geschaffen dazu war, die Herrin einer Burg zu sein. Mutig, stolz, tapfer und von einem Feuer erfüllt, das einen Mann verbrennen konnte – so wie er es in dem Augenblick erfahren hatte, als er sie in seinen Armen hielt.

Wenn sie sich ihm nicht doch noch entzogen hätte, wer weiß, wie es geendet hätte ... Er hatte sich danach gesehnt, Charis zu nehmen, sich in ihr zu verlieren. Diese Mischung aus Hingabe und Abwehr machte sie um so verführerischer.

Es würde Spaß machen, sie in die Freuden der Liebe einzuführen. Simon war sicher, daß Charis noch Jungfrau war. Obwohl, wenn ihr ehemaliger Verlobter kein Tor gewesen war, dann hatte er den Versuch unternommen, die Ware zu prüfen, die man ihm ins Brautbett legen wollte. Jeder vernünftige Mann würde das tun.

Das Lied hinter der Mauer brach ab; statt dessen hörte Simon nun Stimmen und Gelächter. Er verspürte ein verräterisches Ziehen in seinen Lenden, wie neuerdings stets, wenn er an Charis de St. Lubin dachte. Der Gedanke, sich bei einer der fröhlichen Mägde Erleichterung zu verschaffen, hatte etwas Verführerisches.

Es gab da eine dralle kleine Blonde, die als Küchenmagd arbeitete und ihm die Mahlzeiten in den Torturm brachte, wenn er es befahl. Odette hieß sie, soweit er sich erinnerte, und ihre Bereitwilligkeit kannte keine Grenzen, wenn der Seigneur ihr winkte. Ihre Taille war üppiger als die der Dame Charis, aber ihre runden Brüste waren ihm in erfreulicher Erinnerung.

Er gab Orion einen letzten Klaps und setzte mit einem mächtigen Sprung über den Koppelzaun. Von dort waren es nur ein paar Schritte zur Ausfallpforte, die auf die Wälle und in den Obstgarten führte. Am Pfad zur Küche standen bereits mehrere gefüllte Körbe, und das Gelächter kam nun aus dem hinteren Teil, wo die Äste der alten Bäume fast bis zum Boden reichten und man nicht einmal eine Leiter benötigte, um in die erste Astgabel zu steigen.

Roxana kam ihm mit einem weiteren vollen Korb entgegen und stutzte kurz.

»Wollt Ihr uns beim Äpfelpflücken helfen?« fragte sie keck, und Simon kam sich vor, als könnte sie ihm seine Absichten von der Nasenspitze ablesen. Er suchte nach Worten, aber sie winkte fröhlich ab.

»Geht nur weiter, ich denke, Ihr werdet erwartet!« rief sie, und er hielt es für die Bestätigung dafür, daß es tatsächlich Odette war, die dort mit ihr die letzte Ernte einbrachte.

»Laß dir Zeit mit dem Wiederkommen«, erwiderte er barscher als beabsichtigt. Die Tatsache, daß Roxana von seinem Bruder als zur Familie gehörig betrachtet wurde, forderte, daß Simon sie mit einem gewissen Maß von Höflichkeit behandelte, was ihm jedoch immer noch schwerfiel.

Roxana schleppte ihren Korb weiter und wünschte sich, sie könne Mäuschen bei jener Szene spielen, die sich gerade an der Gartenmauer abspielen mochte. Hätte sie Charis warnen sollen? Nun, es war ohnehin zu spät.

Simon hatte sich in der Absicht, die Pflückerin zu überraschen, so leise wie möglich angeschlichen, und nun sah er zwischen Ästen und Blättern nur ein paar Unterröcke, die der Einfachheit halber in den Gürtel gesteckt waren, damit ihre Trägerin mehr Bewegungsfreiheit bekam.

Sie trug wie eine Magd keine Strümpfe, und daß die langen schlanken Beine, die bis zum Knie entblößt waren, viel zu hell und zu wohlgeformt waren, um zur drallen Odette zu gehören, fiel Simon gar nicht auf. Er umfaßte lediglich die zierlichen Knöchel mit seinen Händen, und während ein empörter Schrei aus den Blättern kam, ließ er flink seine Finger nach oben zwischen die Schenkel gleiten. Sie war so weich und warm dort, und Simon nützte den Vorteil, wie ein dreister Räuber einzufallen.

Charis begriff im ersten Augenblick überhaupt nicht, was geschah. Sie war erschrocken, als jemand sie plötzlich um die Knöchel gepackt hatte, aber diese Dreistigkeit, die dann folgte! Sie verlor das Gleichgewicht, und in einem Regen aus Blättern, Ästchen und Äpfeln stürzte sie in die ausgebreiteten Arme des Lüstlings, der sie beleidigt hatte.

Hellblaue Augen starrten wütend in überraschte grüne, aber Simon faßte sich wesentlich schneller. Die Magd, die er da im einfachen Barchentrock, Bluse und Mieder im Arm hatte, verlor das Kopftuch, das ihre Haare geschützt hatte. Wie ein Wasserfall aus rötlichem Gold fielen sie über seine Arme auf den Rücken. Es kam ihm vor, als habe ein gütiges Geschick seine Wünsche erraten.

»Ihr ...« hauchte Charis entsetzt.

»Bei Gott, wie schön Ihr seid!« murmelte Simon und küßte sie, als sei es die selbstverständlichste Sache der Welt. »Ihr bringt mich um den Verstand, wißt Ihr das? Ich muß Euch besitzen, ich kann an nichts anderes mehr denken. Ihr habt mich verhext!«

Seine rauhe, tiefe Stimme schrammte wie eine Feile über Charis' Nerven. Sie zitterte – und nicht nur aus Empörung, wie sie fürchtete –, ihr Atem ging heftig. Und wieder spürte sie diese Hitze, diesen wilden Rausch, als Simon sie küßte. Er hatte sie dermaßen mit seinem Überfall überrascht, daß sie keine Chance mehr gehabt hatte, sich hinter ihre Mauer aus Stolz und Hochmut zurückzuziehen, mit der sie sich sonst schützte.

Simon, der sie eindringlich betrachtete, nahm jede Einzelheit wahr, die heftig klopfende Ader an ihrem Hals, die Röte, die ihr in die Wange stieg, den halb geöffneten Mund. Ein solcher Hunger, eine solche Sehnsucht lag in seinem Blick, daß Charis unwillkürlich aufseufzte und eine Hand an seine Wange legte. Er wandte leicht den Kopf, so daß er einen Kuß auf die Innenfläche hauchen konnte, dann kehrten seine Lippen zu ihrem Mund zurück und setzten ihr süßes, leidenschaftliches Spiel fort.

Charis hörte auf zu denken. Simons Sinnlichkeit, sein Geschick beim Küssen und sein wildes Begehren machten sie hilflos. Es war zu schön, was er mit ihr machte, und sie wünschte sich, er würde niemals aufhören.

»Kommt, meine Schöne, laßt mich Euch ein Bett aus Blättern bereiten, damit wir uns lieben!«

Es waren verführerische Worte, Worte, denen sie nicht widerstehen konnte. Würde Simon ihr noch andere, viel aufregendere Dinge zeigen? So wie am Tag zuvor, als er ihre Brust gestreichelt hatte? Allein bei diesem Gedanken verhärteten sich die zarten Spitzen; vergessen waren alle Moral und Anstand.

Simon hatte genügend Frauen besessen, um zu wissen, wann eine Frau sich nach ihm sehnte, und Charis bot ein süßes Bild der Hingabe. Er würde sie nehmen, denn er begehrte sie über alle Maßen, doch es überraschte ihn, daß er sich selbst versprach, sanft und freundlich zu ihr zu sein. Vorsichtig legte er sie an einer Stelle ab, wo dickes, saftiges Gras wuchs, dann kam er an ihre Seite.

Ihre Küsse schmeckten nach den Früchten, die sie genascht hatte, und willig hieß sie ihn willkommen. Forschend und streichelnd glitten seine Hände über ihren geschmeidigen Körper, dessen Wärme er durch den Stoff fühlen konnte.

Das einfache Kleid, das im Grunde nur aus einem langen Hemd, einem kräftigen Unterrock, dem Barchentrock und dem geschnürten Mieder bestand, bot den geschickten Fingern eines erfahrenen Mannes keinerlei Widerstand. Schon hatte Simon das Blusenband geöffnet und zog das Rund des Stoffes über die makellosen Schultern herunter, damit er die verführerischen Brüste betrachten und berühren konnte.

Charis spürte die Wärme der Sonne auf ihrer bloßen Haut und das sanfte Kitzeln des Grases.

Einen Moment lang betrachtete er ihre makellosen Brüste, und während er erneut seine Lippen auf ihren

Mund senkte, schloß er die Hände um die stolzen Hügel.

Sein Körper reagierte hart und heftig, als er spürte, wie Charis sich ihm entgegendrängte. Einen Moment löste er sich von ihr, dann ließ er seine Lippen über ihren Hals, ihre Schultern zu ihren Brüsten gleiten, schloß sie um eine der harten Spitzen, während er die andere sanft mit seinen Fingern verwöhnte. Ein tiefer Seufzer entrang sich Charis, die noch nie etwas so Wildes und Ungezügeltes empfunden hatte wie unter diesen Liebkosungen.

Er saugte an den vorwitzigen Spitzen und reizte sie mit Küssen und leichten Bissen. Charis warf hilflos den Kopf von einer Seite zur anderen, der Lust ausgeliefert, die seine Liebkosungen in ihr entfachten.

Nichts in ihrem Leben hatte sie darauf vorbereitet, daß es so etwas geben könnte. Charis hatte das Empfinden, in eine Welle geraten zu sein, die sie einfach mit sich forttrug. Es hatte keinen Sinn, Widerstand entgegenzusetzen; sie wollte die Schlacht ja verlieren!

»Wie bezaubernd du bist, meine Schöne!« hörte sie Simons verführerische Stimme. Sie zuckte unwillkürlich zusammen, als er versuchte, sie wieder zwischen den Schenkeln zu berühren, doch seine Hand zeigte sich sanft und beharrlich, bis Charis nachgab und ihm Einlaß gewährte. Sie schrie leise auf, als sie spürte, wie er mit den Fingern in sie drang, vor Überraschung, aber auch, weil seine Zärtlichkeit ihr so viel Lust schenkte.

Unwillkürlich drängte sie sich ihm entgegen; eine lustvolle Sehnsucht, wie sie sie noch nie empfunden hatte, erfüllte sie mit brennender Hitze, bat um Erlösung.

Hilflos schaute sie in das fremde und doch so vertraute schöne Gesicht, das sich über sie beugte; er hatte für einen Moment die Augen geschlossen, schien das, was er tat, genauso zu genießen wie sie.

»O bitte, so hilf mir doch ...« flehte Charis unwillkürlich, denn sie spürte, wie ihre Gefühle sie wie eine Woge zu überschwemmen drohten.

Ein Lächeln löste die Anspannung für einen Moment,

und ein sanfter, so liebevoller Kuß, wie sie ihn noch nie erhalten hatte, besänftigte ihre Furcht.

»Ich fürchte, ich werde dir weh tun müssen, um dir zu helfen, meine Schöne«, raunte er an ihren Lippen und nestelte an seiner Kleidung. Noch ehe Charis begriffen hatte, wie er das meinte, drängte sich etwas Hartes und Großes gegen ihren Schoß.

Der leise Laut der Verblüffung darüber endete in einem unterdrückten Aufschrei, als Simon sich mit einem einzigen mächtigen Stoß über das Hindernis hinwegsetzte und sie erfüllte.

»Schscht ... es ist vorbei«, flüsterte er ihr zu und küßte die Tränen fort, die ihr unwillkürlich gekommen waren. »Es tut nur einmal weh; ich dachte, du weißt das. Danach nie wieder, ich verspreche es dir ...«

Abgelenkt von der unerwarteten Zärtlichkeit und Sanftheit, mit der er sie tröstete, bewegte sich Charis, um dem Druck zu entkommen, der immer noch in ihr lastete. Eine Bewegung, die Simon aufstöhnen ließ und in ihr selbst ein Entzücken weckte, das sie ganz und gar erfüllte.

»Oh ... es ist ... ich kann das nicht länger ...« hörte sie Simon sagen.

Er zog sich zurück, um mit einer neuen fließenden Bewegung noch tiefer in sie einzudringen, stärker und mächtiger als zuvor. Es war unglaublich. Charis spürte den machtvollen Sog in ihrem Inneren, der sie mit ihm davontrieb. Es war schön, Simon so groß und fest in sich zu spüren, und je schneller er sich bewegte, um so größer wurde ihr eigenes Verlangen. Ein Schauer unglaublichster Lust ließ sie erzittern, und sie spürte das Echo davon auch in Simon.

Sie waren eins. Verbunden auf ewig und unauslöschlich vereint. Ihre Körper, ihre Herzen waren verschmolzen. Nichts konnte vollkommener und wunderbarer sein. Danach konnte es kein Mittelmaß mehr geben.

Simon d'Escoudry sah mit einem Ausdruck völliger Ratlosigkeit und grenzenloser Bestürzung auf Charis herab. Sie hatte die Lider geschlossen, und die langen, dunklen Wimpern zeichneten zitternde Schatten auf ihre blasse Haut. Sie war schön, verführerisch, reizend, anmutig. Er hätte diese Liste endlos fortsetzen können, und doch konnte dies allein nicht der Grund für diese Erregung und ungeheure Befriedigung sein, wie er sie in ihren Armen empfunden hatte.

Noch nie hatte eine Frau eine solche Leidenschaft in ihm ausgelöst. Ob es daran lag, daß er sich so sehr danach verzehrt hatte, sie zu besitzen? Bestimmt. Ja, das mußte die Erklärung dafür sein.

Charis schlug die Augen auf und hatte Mühe, sich zurechtzufinden. Irgend etwas war geschehen, nie mehr würde sie die Gleiche sein wie noch kurze Zeit zuvor. Gegen das Licht der Sonne sah sie auf Simon d'Escoudry, der auf seinen Arm gestützt auf sie herabblickte und im Gegensatz zu ihr seine Kleidung schon wieder geordnet hatte. Er sah aus wie immer, doch ein nachdenklicher Zug lag um seinen Mund. Er wirkte zufrieden. Unglaublich zufrieden. Befriedigt.

»Ihr seht aus wie ein satter Kater!« platzte sie heraus und stellte plötzlich voller Entsetzen fest, daß sie auf ihren Kleidern lag und keinen Faden am Leib trug. Die langen schlanken Glieder, die sanfte Wölbung der Hüften und das lockige, rötliche Haar zwischen ihren Schenkeln waren ebenso seinen Blicken preisgegeben wie ihre Brüste, die sie unwillkürlich mit den Händen bedeckte.

»Tut das nicht«, bat Simon und hinderte sie sanft daran. »Gönnt mir den Anblick von so viel Schönheit, damit ihn meine Augen nicht vergessen.«

»Ihr ... ihr seid verrückt«, stammelte Charis und begriff endlich, daß dies alles kein Traum, sondern Wirklichkeit war. Es war schön gewesen, sie hatte es genossen, auch wenn sie jetzt erkannte, daß es falsch gewesen war. Sie hatte sich in einer närrischen Anwandlung der Leidenschaft hingegeben. Ohne jegliche Gegenwehr, so bereitwillig wie die billigste Schloßhure!

Fieberhaft überlegte Charis. Wenn man einen Fehler beging, eine gräßliche Dummheit sogar, dann mußte man versuchen, den Schaden zu begrenzen. Am besten sofort und ohne unnötige Worte darüber zu verlieren.

Sie griff nach ihren geliehenen Kleidern und verbarg ihre paradiesische Nacktheit flink vor Simons Blicken. Hastig befestigte sie die einfachen Bänder und Haken. Simon sagte nichts dazu, er war immer noch damit beschäftigt, ihr angespanntes, blasses Gesicht zu betrachten. Was ging hinter der glatten Stirn vor?

War das alles, was sie an Vorwürfen für ihn hatte? Jenes »Ihr seid verrückt?« Was kam danach? Tränen? Fromme Verwünschungen?

Sollte er sie allein lassen? Einfach gehen? Oder ihr seine Hilfe anbieten? Noch nie war er derart unwillig gewesen, eine Frau zu verlassen. Normalerweise befestigte er seine Hose, zog die Schnüre fest, stieg wieder in seine Stiefel und vergaß die Bettgenossin. Aber dieses Mal war es anders.

»Geht!« hörte er sie in diesem Augenblick zu seiner grenzenlosen Verblüffung sagen. »Geht! Oder wollt Ihr an die große Glocke hängen, was geschehen ist? Wenn Ihr auch nur einen Funken von Ritterlichkeit besitzt, dann geht und schweigt.«

Sie schickte ihn fort. Sie schickte ihn wie einen dummen Jungen davon, mit ruhiger, gelassener Stimme. Und Simon d'Escoudry war so verdattert, daß er tatsächlich ging. Um ein Haar wäre er über seine eigenen Füße gestolpert, als er aus dem Obstgarten floh, als sei ihm der Leibhaftige persönlich begegnet.

Charis sah ihm nach und lehnte die Stirn gegen die rauhe Rinde eines alten Apfelbaumes. Wahrhaftig, dies hatte ihr in all der Wirrnis des Herzens und des Geistes noch gefehlt. Die eigene unübertroffene Dummheit!

9. Kapitel

Das dampfend heiße Wasser spülte den Schweiß und die Erinnerungen fort. Es rann an Charis' Körper herab, und sie genoß das Gefühl. Sie bat Roxana mit einer Geste, noch einen weiteren Eimer Wasser über sie zu gießen, und das Mädchen tat es. Roxana war so tief in die eigenen Gedanken vertieft, daß Charis' Schweigen sie nicht störte.

Sie konnte lediglich vermuten, was geschehen war. Als sie zu den Apfelbäumen hatte zurückgehen wollen, hatte ihr Omar den Weg vertreten und ihr befohlen zu warten, und der Ausdruck in seinen Augen hatte sie bewogen, ihm zu folgen. So war sie lediglich Zeugin geworden, wie Simon aus dem Garten stolperte, als hätte ihm Charis seine Komplimente mit dem nächstbesten dicken Ast heimgezahlt.

Danach war Charis selbst gekommen. Beherrscht, abwesend, seltsam fremd und noch schweigsamer als sonst. Das dunkle Mägdekopftuch umrahmte ihr stilles Gesicht mit klösterlicher Strenge. Vielleicht wirkten deswegen ihre natürlichen Farben noch intensiver als sonst. Auch wenn sie die Lippen noch so beharrlich zusammenpreßte, sie waren von frischem Rot; die Wangen glühten sanft, und in den Augen stand ein Glanz, der Roxana bei aller Unschuld sagte, daß etwas passiert sein mußte, was die beiden zutiefst erschüttert hatte.

Charis streifte die Wassertropfen von ihren Gliedern und stellte dabei fest, daß ihr Körper genauso wie sonst wirkte, obwohl etwas so Unglaubliches mit ihm passiert war. Sie hüllte sich hastig in das feine Tuch, das Roxana ihr hinhielt, denn sie hatte trotz der vorgelegten Läden das unbehagliche Gefühl, heimlich beobachtet zu werden.

»Die Balken sind dicht«, sagte Roxana beruhigend. »Das Badehaus wurde erst vor einem Jahr errichtet. Zuvor gab es kaum einen Zuber auf Glain! Bei Eurer Leidenschaft für fließendes Wasser wäre Euer Aufenthalt in Glain zu jener Zeit sehr unangenehm geworden.«

»Du machst dich lustig über mich«, murmelte Charis

und kleidete sich wieder in das blaue Gewand, das sie bereits als das ihre betrachtete.

»Nein«, widersprach Roxana heiter. »Ihr würdet Euch wundern, wie es um Glain bestellt war, ehe der Seigneur Dame Léonie geheiratet hat. Was Ihr hier seht, ist das Werk ihrer Mitgift. Es gab selten eine Morgengabe, die vernünftiger und sinnvoller angewendet wurde. Ihr Vater besitzt mehr Geld, als er Zeit seines Lebens ausgeben kann, und Mathieu hatte kaum einen roten Heller in den Truhen des Schlosses!«

Charis lauschte dankbar dem Geplauder, das sie zumindest vorübergehend von ihren Problemen ablenkte. Dann jedoch fiel ihr etwas ein.

»Aber man sagt, der Falke habe seinen Söhnen das Geheimnis um einen sagenhaften Schatz vermacht«, platzte sie heraus. »Es heißt, er sei im Morgenland zu Reichtum und Ansehen gekommen, und der verstorbene König habe ihm aus Dank für diese Dienste erlaubt, diesen Schatz für sich zu behalten.«

Roxana lachte ihr spöttisches, dunkles Koboldlachen und zuckte mit den Schultern. »Ich weiß nichts davon! Ich denke, es wird viel Unsinn geredet über die Dinge, die sich auf den Kreuzzügen des Königs ereignet haben.«

»Das ist nur natürlich.« Charis nickte. »Die Männer teilen ihre Geheimnisse nie mit den Frauen. Für sie sind wir nicht mehr als ein nützlicher Gegenstand, den sie gebrauchen, wenn ihnen der Sinn danach steht, der für sie die Kinder zur Welt bringt und das Hauswesen führt. Wir sind ihrem Wort unterworfen und müssen jeden noch so albernen Befehl gehorsam ausführen. Der Mann ist der Herr und die Frau die Dienerin, und es ist eine Sünde, wenn ich mich frage, ob das weise ist.«

Roxana zog eine Grimasse; doch Charis mochte nicht zu sagen, was das Mädchen damit ausdrücken wollte, ob sie viel oder gar nichts von Charis' Bemerkung hielt. Auf jeden Fall war das Mädchen noch zu jung und zu unschuldig, um die tiefe Bitterkeit zu begreifen, die Charis in dieser Stunde empfand.

Charis war zornig auf sich selbst, und es war ein kalter Zorn. Das, was sie getan hatte, hatte ihre Sicht von sich selbst völlig durcheinandergebracht. Bis zu diesem Nachmittag hatte sie sich den meisten Menschen überlegen gefühlt, hatte sie geglaubt, ungerecht behandelt und zu Unrecht in die Position der gehorsamen Befehlsempfängerin gedrängt zu werden.

Eustache war ein beschränkter Ritter, der seine Probleme meistens dadurch zu lösen versuchte, daß er mit dem Schwert für Ordnung sorgte. Ihr Vater war zwar ein leidlich kluger, aber schwacher Mann gewesen, dessen Loyalität einem Schilfrohr im wechselnden Spiel der Winde glich.

Auch wenn sie ihren Vater respektiert hatte, war ihr nicht entgangen, daß er Fehler machte. Eustache hatte sie anfangs noch Respekt entgegengebracht, aber schließlich nicht mehr die Augen davor verschließen können, daß er ein Dummkopf war, rücksichtslos gegenüber allem, was nicht seinen Interessen entsprach. Da er kaum seinen eigenen Namen zu Pergament zu bringen vermochte, hatte Charis die Bücher von Tinténiac geführt, das Lehen, die Pachthöfe und die Burg beaufsichtigt und organisiert, während ihre Brüder Schwertkämpfe ausfochten und sich in dumme Scharmützel verstrickten.

Doch eine einzige schwache Stunde hatte genügt, um ihr klarzumachen, daß es auch mit ihrer eigenen Klugheit und Stärke nicht weit her sein konnte. Auch wenn sie Geisel, Gefangene oder Beute für Simon d'Escoudry war, zweifelte sie nicht daran, daß es ihr gelungen wäre, diese Dummheit zu verhindern, wenn sie es nur gewollt hätte! Wenn sie die Kraft aufgebracht hätte, der körperlichen Versuchung zu widerstehen.

Aber sie hatte es nicht getan, sie hatte sich freiwillig und voller Verlangen in seine Arme geschmiegt und jeden einzelnen Augenblick davon genossen.

Es gab nur eine Erklärung für ihr Handeln: Sie war willfährig, charakterschwach und einfältig, und sie haßte sich selbst dafür!

Charis de St. Lubin ballte die Hände so fest zusammen, daß sich die Fingernägel tief in die Handballen gruben. Hochmut war eine schwere Sünde. Noch eine auf der Liste, die sie zu beichten hatte. Sie würde nicht mehr aus der Kirche herauskommen, wenn sie so weitermachte, und sie hatte jede Strafe verdient, die ihr der Geistliche auferlegen würde.

Roxana, die Charis beobachtet hatte, schüttelte den Kopf. Sie erkannte nur, daß die junge Frau, die das Badehaus verließ, eine andere war, als jene, die hineingegangen war. Charis hatte den Schmutz eines Erntetages abgewaschen und dafür eine Rüstung aus Stolz und Härte angelegt, die sie wie ein neues Bollwerk umgab.

Auch Simon d'Escoudry bekam diese Veränderung zu spüren. Obwohl er an diesem Abend seine Hauptleute allein ließ und sich zu seiner Familie an das Kopfende der großen Tafel setzte, gelang es ihm nicht, auch nur eine Silbe mit Charis de St. Lubin zu wechseln. Er teilte mit ihr den Teller, wie es die Höflichkeit verlangte, aber sie schnitt sich nur winzige Stücke von den Leckerbissen ab, die er ihr beflissen vorlegte.

Sie handhabte das zierliche kleine Messer mit einer seltsamen Mischung aus Eleganz und tödlicher Präzision, und Simon konnte sich des Eindrucks nicht erwehren, daß sie an Stelle des Bratens am liebsten seine Person zerlegt hätte. Dennoch mied sie selbst die kleinste Anspielung auf die Geschehnisse. Nicht einmal ein vorwurfsvoller Blick traf ihn.

Er hätte froh sein können, und doch war genau das Gegenteil der Fall. Simon wurde zunehmend unsicherer, und die Gründe, die ihm für ihr Schweigen einfielen, kamen ihm nicht besonders schmeichelhaft für ihn vor.

Sie hatte unzweifelhaft das erste Mal bei einem Mann gelegen. Sie müßte ihm doch Vorwürfe machen, daß er ihr etwas Unersetzliches geraubt hatte, etwas, was ihrem künftigen Gatten hätte gehören sollen. Oder war sie doch nicht so unschuldig, wie er dachte, und raffiniert entschlossen, diesen Makel, wenn es nötig war, durch geschicktes Theaterspiel überdecken zu können?

Oder hatte ihr die Leidenschaft, die sie miteinander verbunden hatte, so wenig bedeutet, daß ihr das Ganze nicht einmal einen Vorwurf wert war?

Simon griff gereizt nach seinem Becher und stürzte den Wein in einem Zug hinab. Ihm war der Appetit vergangen, und er trank mehr, als ihm gut tat.

Mathieu d'Escoudry warf seinem Bruder einen mißtrauischen Blick zu und wollte eben den Mund zu einer Bemerkung öffnen, als er das kaum sichtbare Kopfschütteln seiner Gemahlin bemerkte. Sie wollte nicht, daß er sich in Simons Angelegenheiten mischte, und er hatte gelernt, ihrem Urteil und ihrer Intuition zu vertrauen. Er konnte nur hoffen, daß sein Bote den König in Angers erreichte, wo dieser sich die vergangenen Monate aufgehalten hatte.

Sollte der Hof bereits nach Tours oder Orleans aufgebrochen sein, zu Residenzen, die der König seit neuestem bevorzugte, stünden ihnen allen noch höchst ungemütliche Wochen bevor. Ganz zu schweigen davon, was geschehen würde, wenn Philipp der diplomatisch geschönten Version der Ereignisse in Tinténiac nicht glauben würde.

Nach und nach erstarb jede Unterhaltung am Kopfende des Tisches, und man erhob sich in allgemeiner Erleichterung, als Dame Reinette, die Haushofmeisterin, das Zeichen zum Ende des Mahles gab. An diesem Abend verspürte auch niemand den Wunsch, länger am Kamin zu sitzen.

Mathieu und Dame Léonie zogen sich in ihre Gemächer zurück. Charis und Roxana folgten ihnen, und am Ende fand sich Simon allein mit Bec Noir, während der schweigsame Maure seinen üblichen Schlafplatz am Fuße der Herrschaftstreppe belegte.

Niemand würde diese Treppe hinauf oder hinab gehen können, ohne daß er es wußte. Simon hatte sich noch immer nicht daran gewöhnt, auf welch merkwürdige Art der Mann über den kleinen Bastard Roxana wachte. Er mißtraute dem tätowierten Krieger, der weder in die grüne Landschaft der Normandie noch in die Burg eines christlichen Ritters passen wollte. Wäre es nach ihm gegangen, hätte er den Mauren längst in seine Heimat geschickt.

Doch er hatte kein Recht, ihm die Gastfreundschaft zu verweigern, solange Mathieu Omars Anwesenheit duldete. Was ging es ihn auch an? Er war ohnehin die längste Zeit in Glain gewesen. Sobald Eustache de St. Lubin die Bedingungen des Friedensschlusses unterzeichnet hatte, würde er, Simon, sich wieder seinen eigenen Zielen widmen. Doch zuvor galt es, das Kapitel Charis de St. Lubin abzuschließen.

»Überlaßt es Eurem Herrn Bruder, die Verhandlungen über das Lösegeld dieser Person zu führen«, brummte Bec Noir, und Simon schrak zusammen, weil es schien, als hätte sein Waffenkamerad seine Gedanken gelesen. »Ich spüre es förmlich in den Knochen, daß nichts Gutes aus dieser lästigen Sache entsteht!«

»Zum Henker, kannst du nicht aufhören, die schwarze Pest auf uns herabzureden?« antwortete Simon mindestens ebenso unfreundlich. »Die Babylonier haben das ganze Volk Israel entführt – willst du dich wegen eines einzigen Weibes aufregen?«

Bec Noir war nicht so bibelfest, und ihm fiel kein Gegenargument ein. Er wußte nur, daß in diesem speziellen Punkt mit seinem Anführer nicht zu reden war, und so leistete er ihm schweigend Gesellschaft bei dem Versuch, sich nach besten Kräften zu betrinken. Während jedoch Bec Noir wesentlich erfolgreicher war und weit nach Mitternacht zu seinem Strohsack torkelte, blieb Simon neben der letzten Glut im Kamin sitzen.

Er hätte nicht zu sagen gewußt, ob er wachte oder schlief, döste oder albernen Illusionen nachhing. Doch die ganze Zeit über lief noch einmal vor seinem inneren Auge ab, was an diesem Nachmittag passiert war – mit dem Ergebnis, daß sein Begehren nach Charis aufs neue angefacht wurde.

Er wollte sie in seinen Armen spüren, sich in ihr verlieren und seine Finger über die weiche, glatte Haut ihres Leibes gleiten lassen. Er wollte sein Gesicht in ihren Haaren vergraben und spüren, wie sie die Hände um seinen Nacken schlang. Er wollte fühlen, wie ihre strengen Lippen unter seinen Küssen weich und süß und willig wurden. Er wollte die empfindsamen Spitzen ihrer Brüste mit seiner Zunge necken und ihr süße Lust schenken.

Der Morgen überraschte ihn mit müdem Kreuz und brummendem Schädel. Sein Mund schien wie mit altem Stroh gefüllt, und sein Magen rebellierte gegen den überreichlich genossenen Alkohol. Simon krächzte einen Fluch und taumelte nach draußen, um den Kopf in den nächstbesten Eimer Wasser zu stecken. Bei Gott! Fiel ihm nichts Gescheiteres ein, als sich zu betrinken? Und das alles wegen einer Frau, die vermutlich selig und ruhig zwischen ihren lavendelduftenden Kissen geschlafen hatte!

Er konnte nicht ahnen, daß Charis von denselben Gespenstern heimgesucht worden war wie er. Doch im Gegensatz zu ihm machte sie sich Vorwürfe – als wollte sie sich dafür bestrafen, daß sie so viel Vergnügen dabei empfunden hatte. Dies schien ihr sündiger, als wenn sie Simons ›Aufmerksamkeiten‹ nur so hätte über sich ergehen lassen.

Und Sünde forderte Buße und Strafe. Doch all die zerknirschten Gebete verschafften ihr keine Erleichterung. Im Gegenteil, ihr Körper war erfüllt vor Sehnsucht und erinnerte sich an die Liebkosungen, die er genossen hatte.

Die demütigende Erkenntnis, daß sie in Simons Armen sogar das eigene Seelenheil vergessen hatte, peinigte Charis. Sie hatte sich stets für fromm und gottesfürchtig gehalten, für eine gehorsame Tochter der Kirche. Ein weiterer der vielen Irrtümer, die sie über ihre eigene Person gepflegt hatte. Zu was für einer erschreckenden Fremden war sie geworden, seit sie aus ihrer gewohnten Umgebung herausgerissen und entführt worden war?

Der neue Tag fand sie ratloser und verwirrter denn je. Es kostete alle Kraft, das Bett zu verlassen und aus der Sicherheit der einfachen Kemenate hinauszutreten. Aber sie unterdrückte jede Schwäche. Sie war es ihrem Namen und ihrem Stolz schuldig, ihre Gefühle zu verbergen. Auf Glain war sie eine Geisel, eine Gefangene, das durfte sie nicht einen Herzschlag lang vergessen.

Die schmale, hohe Gestalt, die mit gestrafften Schultern und trotzig vorgerecktem Kinn am Morgen in die Halle trat, wirkte, als wäre sie aus einem der Wandteppiche gestiegen, die neben dem Kamin die Wände bedeckten. Mathieu d'Escoudry, der eben das Kabinett verließ, das ihm als Arbeitsraum und Rückzugsmöglichkeit diente, gönnte ihr eine steife, respektvolle Reverenz.

Charis bedankte sich mit einem leichten Nicken des Kopfes und verbarg ihre Befangenheit vor dem respekteinflößenden Herrn des Hauses. Sie wollte nicht, daß er mit seinen scharfen Falkenaugen ihre Gedanken las, ihr bis in die Seele blickte und ihre Geheimnisse aufdeckte. Welch ein Segen, daß es sich für eine wohlerzogene Dame ohnehin gehörte, die Lider zu senken.

»Setzt Euch, Dame Charis!« hörte sie in diesem Moment mit freundlicher Stimme Léonie d'Escoudry sagen, die mit Roxana und Dame Reinette den Mägden die vielfältigen Arbeiten des Tages zuteilte. »Es gibt neuen Apfelwein und frisches weißes Brot; Ihr seid gerade rechtzeitig gekommen, um eine Probe zu nehmen!«

Charis verspürte weder Hunger noch Durst, aber sie bedankte sich und gesellte sich zu den drei Frauen. Erst dabei entdeckte sie den Säugling in seinem Körbchen, von dem sich Dame Léonie nie mehr als zehn Schritte entfernte.

Roxana neckte ihn mit einer kleinen silbernen Rassel, und Charis war für einen Moment von dem bezaubernden Bild abgelenkt, das die beiden boten. Das glucksende, fröhliche Kerlchen griff mit beiden Händen nach dem Spielzeug, und Roxanas Gesicht unter der strengen Haube hatte einen Anflug unbeschwerter Heiterkeit, der ihm sonst fehlte. Wie schade, daß dieses ungewöhnliche Mädchen durch den Makel seiner Bastard-Geburt nie einen Mann von Stand heiraten konnte. Sie war schön wie ein Tautropfen, in dem das Sonnenlicht glitzerte.

»Wir müssen Salz vorbereiten und die Beize ansetzen!« Charis hörte die Anweisungen der Hausherrin nur mit halbem Ohr, doch die nächsten Worte sicherten Léonie d'Escoudry Charis' volle Aufmerksamkeit. »Mein Gemahl hat mir mitgeteilt, daß Simon und seine Männer auf die Jagd gegangen sind, um unsere Vorräte zu ergänzen. Er erwartet sie in drei bis vier Tagen zurück!«

Die unerwartete Nachricht belebte Charis auf wundersame Weise. Sie konnte sich auf Glain bewegen, ohne fürchten zu müssen, daß sie Simon d'Escoudry in die Hände lief! Was für eine großartige, unerwartete Neuigkeit!

Die Einzelheiten des Escoudryschen Küchenzettels plätscherten an ihrem Ohr vorbei, während Charis das angebotene, duftende Brot aß und einen Becher Apfelwein trank. Er gärte bereits und prickelte angenehm auf der Zunge, aber das Aroma brachte Charis die Erinnerung an die Geschehnisse unter den Apfelbäumen zurück, und sie stellte den Becher hastig auf den Tisch zurück.

Würde sie Zeit ihres Lebens an diesen Nachmittag denken müssen, wenn sie den Duft von reifen Äpfeln roch? Was konnte sie tun, um den peinlichen Erinnerungen zu entfliehen?

»Wollt Ihr mich begleiten?« riß Léonie sie in diesem Moment aus ihren Grübeleien. »Ich besuche unsere Pächter im Dorf, und ich könnte mir vorstellen, daß Ihr vielleicht gerne ein paar Schritte mit mir geht.«

Charis verengte mißtrauisch die Augen. Gestand man ihr plötzlich größere Freiheiten zu? »Habt Ihr keine Angst, daß ich entfliehe?«

Léonie d'Escoudry lachte amüsiert auf, und als Charis den Blick bemerkte, den die Hausherrin ihr zuwarf, begriff sie, daß sie Léonie nicht unterschätzen durfte.

»Ich halte Euch nicht für eine dumme Gans, die mit

gerafften Röcken durch unsere Grafschaft läuft und auf ein Wunder hofft. Ihr wißt wie ich, daß Euer Aufenthalt in Glain ein Politikum ist und daß es gilt, so vorsichtig wie möglich abzuwägen, auf welche Weise Ihr nach Hause kehrt. Es wurde genug gekämpft zwischen Tinténiac und Glain. Meint Ihr nicht auch, daß es an der Zeit ist, daß Vernunft zwischen unseren Familien einkehrt und die Schwerter schweigen?«

Ihre Stimme war zunehmend ernster und eindringlicher geworden, und Charis konnte sich dem Wahrheitsgehalt ihrer Worte nicht entziehen. Dennoch wagte sie einen Widerspruch. »Euer Gatte hat meinen Vater getötet, und ich möchte nicht wissen, wie viele Tote Euer Schwager in Tinténiac bei seinem letzten Überfall hinterlassen hat. Wie sollte da die Bereitschaft zum Frieden bei meinen Brüdern vorhanden sein?«

»Ich sprach mit Euch und nicht mit Euren Brüdern«, entgegnete die Herrin von Glain ein wenig gereizt. »Kommt Ihr?

Charis nickte schweigend. Sie ahnte, weshalb die andere nicht mehr lächelte. Sie hatte ihr ein verstecktes Angebot gemacht, und Charis hatte abgelehnt. Nicht weil sie den Frieden nicht wollte, sondern weil sie zwischen sich und allen Escoudrys eine Grenze ziehen mußte. Schon um des eigenen Seelenfriedens willen!

10. Kapitel

»Warum weicht Ihr mir aus?«

Charis erblaßte und wich bis an die Wand des breiten Ganges zurück. Sie spürte die kühlen Steine an ihrem Rücken und sah sich hastig nach einem Fluchtweg um. Vergeblich.

Simon d'Escoudry war ein Hindernis, das ihr unüberwindbar den Weg versperrte. Unwillkürlich bewunderte sie seine breiten Schultern, registrierte, daß er in weiches braunes Wildleder gekleidet war, das lediglich vom Weiß des spitzenbesetzten Hemdkragens aufgelockert wurde. Er sah so gut aus, daß sie Mühe hatte zu atmen.

Charis umklammerte den Strang Seidengarn, den ihr Dame Reinette für Léonie d'Escoudry gegeben hatte, und versuchte, ihren Atem wieder unter Kontrolle zu bringen. Röte zeigte sich auf ihren Wangen, und die heftig pochende Ader am Hals verriet, was sie empfand. Simon d'Escoudry sah auf sie herab und fand die Wirklichkeit noch verlockender als seine Erinnerungen an Charis de St. Lubin. Noch nie hatte ihn das Bild einer Frau mit solcher Hartnäckigkeit bis in seine Träume verfolgt.

Charis hatte nicht damit gerechnet, daß er die Wohnräume im Obergeschoß des Palas aufsuchen würde. Seit er von der Jagd zurückgekommen war, hielt er sich bei seinen Männern oder im Torturm auf. Deshalb war hier einer der wenigen Orte, wo Charis sich in Sicherheit geglaubt hatte.

»Ihr weigert Euch, mit mir zu sprechen«, warf er ihr weiter vor. »Ihr geht mir aus dem Weg, als hätte ich die Pest. Weshalb?«

»Weshalb nicht?« antwortete Charis und ahmte dabei seinen mürrisch-vorwurfsvollen Ton nach. »Bin ich Euch Freundlichkeit und Aufmerksamkeit schuldig? Ihr habt mich entführt und haltet mich gefangen. Es ist das Recht eines jeden Menschen, dem Unrecht getan wird, seinen Peiniger zu hassen!«

»Ihr haßt mich?« Die Verständnislosigkeit, die aus dieser Frage klang, erboste Charis zusätzlich. Dieser Kerl hatte weder Verstand noch Herz, er bestand nur aus Muskeln und männlicher Arroganz. Natürlich haßte sie ihn!

»In der Tat!« entgegnete sie mit allem Hochmut, zu dem sie fähig war, und versuchte ihr Herz zu ignorieren, das wild in ihrer Brust pochte und wie ein ängstlicher Vogel flatterte. Die kraftvolle Ausstrahlung Simons bannte sie hilflos an ihren Platz.

Simon d'Escoudry zuckte bei ihren Worten wie unter

einem Schwerthieb zusammen. Nicht einmal die Anstrengungen der wilden Jagd hatten vermocht, die Wünsche seines Körpers zu dämpfen. Charis de St. Lubin steckte ihm wie Fieber im Blut. Die eisblauen Augen der stolzen Dame vor Augen, war er nach Glain zurückgeprescht, um ihr ein für alle Male klarzumachen, daß sie ihm gehörte. Er würde sie nicht zu ihren Brüdern zurückschicken! Er dachte nicht daran, sie jemals wieder fortzulassen.

Der Anblick von Léonie und Mathieu, die sich gemeinsam über die Wiege ihres Erben beugten, hatte ihn auf eine Idee gebracht, mit der er alle Probleme zu lösen gedachte. Einem Gedanken, der ihm garantiert den Beifall aller Beteiligten einbringen würde, das dachte er zumindest. Es war eine Vorstellung, die er bisher stets weit von sich gewiesen hatte, doch je länger er darüber nachdachte, desto besser erschien ihm diese Lösung. Früher oder später würde er es ja doch tun müssen, und weshalb nicht mit Charis?

»Ihr habt keinen Grund, mich zu hassen«, erklärte er mit wiederhergestelltem Selbstvertrauen. »Schenkt mir ein wenig von Eurer Zeit, und ich verrate Euch mehr über meine Pläne, was Eure Zukunft betrifft.«

Charis schluckte und versuchte sich gegen das Lächeln zu wappnen, das seine Mundwinkel umspielte und eine verheerende Wirkung auf ihre Sinne zeigte. Noch einen Herzschlag länger, und sie hätte alle ihre guten Vorsätze vergessen. Simon durfte nicht erfahren, wie sehr sie sich nach ihm sehnte.

»Gebt mir sicheres Geleit nach Tinténiac, und ich werde versuchen, meine Brüder davon zu überzeugen, daß Frieden sein muß zwischen uns und Euch! Das wäre die beste Zukunft, die ich mir vorstellen kann«, erwiderte sie und heftete ihren Blick auf eine Stelle, die hinter Simons Schulter lag. Es erschien ihr sicherer, ihm nicht in die Augen zu schauen.

»Vergeßt Tinténiac.« Simon d'Escoudry winkte leicht verächtlich ab. »Wollt Ihr mir wirklich weismachen, daß Ihr Euch nach dem alten Gemäuer und der Gesellschaft Eurer rauflustigen Brüder sehnt? Eine Dame wie Ihr sollte einem eigenen Haushalt vorstehen und über ein reiches, wohlgeordnetes Lehen herrschen.«

Nun sah Charis ihn doch an, verblüfft von seinen Worten. Weshalb sagte er so etwas? Wollte er sie verspotten? Wollte er sie erneut demütigen? Selbst einem Mann wie ihm mußte klar sein, daß sie schon vor ihrer Entführung, seit ihrer gelösten Verlobung, keine Aussicht mehr auf eine standesgemäße Ehe gehabt hatte. Und nun, nachdem sie auch noch ihre Unschuld an ihn verloren hatte, gehörte schon die Rücksichtslosigkeit eines hirnlosen Tölpels dazu, solche unerfüllbaren Träume zu erwähnen.

»Kümmert Euch nicht um meine Zukunft, gebt mich frei!« forderte sie heftig, während sich die Röte auf ihren Wangen vertiefte.

»Nie!« erwiderte Simon d'Escoudry knapp, und ehe Charis reagieren konnte, fand sie sich in seinen Armen wieder. »Eure Zukunft ist auch meine. Ich habe beschlossen, daß Ihr meine Gemahlin werdet!«

Charis schnappte nach Luft, und die Röte auf ihren Wangen wich marmorner Blässe. Sie blickte fassungslos in Simons stolzes, selbstgefälliges Gesicht. Er mußte verrückt geworden sein, eindeutig. Eine andere Erklärung fand sie nicht für seine Worte.

»Wir werden heiraten!« wiederholte er nun. »Vorerst werdet Ihr auf Glain bleiben müssen, aber ich versichere Euch, daß mir der König früher oder später ein eigenes Lehen anvertrauen wird. Ihr werdet es nicht bereuen, Euch mit mir zu verbinden.«

Charis schüttelte den Kopf, als könne sie damit die Benommenheit vertreiben, die sie ergriffen hatte, und gleichzeitig auch die Versuchung, die leise ihre Stimme erhob.

»Ihr habt den Verstand verloren«, erwiderte sie heiser. »Diese Ehe ist ebenso absurd wie der Gedanke, daß der König Euch für Eure räuberischen Überfälle auch noch belohnen wird.«

Simons Lachen dröhnte durch den Gang und hallte von den gekalkten Wänden wider. Charis ertappte sich bei dem heißen Wunsch, diesen Kerl mit ihren Fäusten zu bearbeiten. Aber vermutlich hätte ihn das nicht mehr gestört als der Stich einer übermütigen Mücke.

»Ihr seid wundervoll, wenn Feuer aus Euren Augen sprüht und Ihr faucht wie ein kleines Kätzchen, das man von seinem Futternapf vertreiben will«, sagte er lachend. »Wir werden sicher viel Spaß miteinander haben.«

Charis sah rot. Kleines Kätzchen! Und das bei ihrer Größe! Sie hob den Fuß und trat mit aller Gewalt auf seine Zehen, die durch die weichen Lederschuhe kaum geschützt waren. Doch Simon nahm es nicht einmal zur Kenntnis, jedenfalls ließ nichts in seiner Miene darauf schließen. Wenn überhaupt, wirkte er höchstens noch eine Spur vergnügter.

Oh, dieser Kerl war unerträglich! Absolut provozierend und von einer geradezu ochsenhaften Sturheit. Dachte er wirklich, sie wäre geehrt von seinem arroganten, unerträglichen Angebot?

»Ihr werdet mich heiraten, meine kleine Furie!« verkündete er, und dann küßte er Charis, als wollte er seine Worte damit besiegeln. Und wie immer, wenn Simon sie küßte, vergaß Charis alles um sich herum, jeden Widerstand, jeden Protest. Hilflos lag sie in seinen Armen, seiner und ihrer Leidenschaft ausgeliefert. Welche Macht hatten diese Küsse nur über sie?

Als Simon sie freigab, taumelte Charis und sank auf die gemauerte Bank einer tiefen Fensternische. Ihre Beine wollten sie einfach nicht tragen. Ihre Brust hob und senkte sich heftig unter ihren Atemzügen.

»Also ist es beschlossen!« verkündete Simon. »Ihr werdet die Meine!«

Es war diese Selbstzufriedenheit, die Charis aus ihrer Trauer riß, ihren Widerstandsgeist mobilisierte und ihren Zorn schürte.

»Ihr mögt beschließen, was Ihr wollt, Seigneur«, erwiderte sie hochmütig und kühl. »Aber ich schwöre Euch, eher stürze ich mich von der höchsten Zinne von Glain, als daß ich mich freiwillig in Eure Hände begebe!«

Verblüfft sah Simon die erregte junge Frau an, die fast den Eindruck machte, als wollte sie ihre Ankündigung unverzüglich in die Tat umsetzen.

»Aber warum?« fragte er. »Ihr rettet Eure Ehre, wenn Ihr meine Frau werdet. Muß ich Euch daran erinnern, daß Ihr mir geschenkt habt, was eigentlich allein einem Ehemann gehören sollte? Daß Ihr von Glück sagen könnt, daß mir dieser Gedanke gekommen ist?«

»Tut Euch keinen Zwang an!« Mit blitzenden Augen sah sie zu ihm auf. Es war tausendmal besser, mit ihm zu streiten, als in seinen Armen schwach zu werden. »Ich weiß ohnehin, daß es Euch an feinerer Lebensart fehlt«, fügte sie boshaft hinzu.

»Zum Donner«, brauste Simon auf. »Ich bin ein Krieger und kein Höfling, aber ich weiß sehr wohl, was von einer Edeldame erwartet wird. Ihr habt gar keine andere Wahl, als mich zu nehmen.«

Charis lächelte zuckersüß. Es gefiel ihr, ihn wütend zu machen, und sie goß genüßlich weiteres Öl in das aufflammende Feuer. »Meine Wahl ist der Tod. Er ist mir lieber, als das Leben mit einem Schurken. Glaubt nicht, daß ich zögern werde, es zu tun ...«

Simon blickte sie nachdenklich an. Ihre Ruhe, ihre Entschlossenheit, die Art, wie sie das Kinn vorschob – kein Zweifel, diese kleine Wildkatze war imstande, das eigene Leben fortzuwerfen, nur damit sie am Ende recht behielt. Und um ihn zu ärgern.

»Ihr seid töricht«, stellte er fest. »Wollt Ihr außerhalb des Gottesackers beerdigt werden? Eine Sünderin, die das eigene Leben weggeworfen hat?«

»Besser als in Eurem Bett zu landen!« erwiderte Charis. Je mehr sie ihn reizte, um so ruhiger wurde sie selbst.

»Aber es hat Euch gefallen, daß ich Euch geliebt habe!« verkündete Simon. Wenn sie ihn ärgerte, konnte er mit gleicher Münze zurückzahlen.

»Ihr habt mich genommen wie ein Landsknecht«, behauptete Charis, wohl wissend, daß sie damit von der Wahrheit abwich. Aber es war einfacher, Simon die ganze

Schuld in die Schuhe zu schieben. »Ich hatte keine Hilfe und keine Möglichkeit, Euch zu entkommen. Nennt man das in Euren Kreisen Liebe?«

»Ihr weigert Euch also, meine Frau zu werden?«

»In der Tat«, erklärte Charis und stand auf. Doch der Versuch, Simon mit ihrer Größe zu beeindrucken, endete kläglich; für einen Moment hatte Charis vergessen, daß er ein Mann war, auf den sie nicht hinabschauen konnte.

»Dann werde ich Euch zwingen!« drohte er.

»Das könnt Ihr nicht!«

Wie zwei Kämpfer standen sie voreinander, keiner bereit, dem anderen auch nur einen Fingerbreit nachzugeben.

Roxana, die gekommen war, um zu sehen, wo Charis mit dem Stickgarn blieb, lugte um die Ecke und betrachtete das erboste Paar. Man konnte förmlich sehen, wie die Funken zwischen ihnen sprühten.

»Wir werden sehen«, sagte Simon stur. »Ich denke nicht daran, mich von den Launen eines Weibes in meinen Plänen hindern zu lassen. Ihr könnt Léonie schon einmal bitten, Euch ein Hochzeitskleid zu schneidern, Ihr werdet es benötigen!«

Ehe Charis antworten konnte, marschierte er pfeifend davon. Erbost blickte sie ihm hinterher. Was für ein dummer, eingebildeter Kerl!

»Ich hasse dich, Simon d'Escoudry!« murmelte Charis. »Gott ist mein Zeuge, es gibt niemanden auf der ganzen Welt, den ich so hasse wie dich!«

Sie lehnte sich gegen die Wand und schloß die Augen, als könne sie so den Aufruhr ihrer Gefühle besser unter Kontrolle bekommen. Denn irgendwie hatte die Vorstellung, Simons Frau zu werden, auch etwas Verlockendes für sie.

Aber so etwas durfte sie überhaupt nicht denken. Eine Ehe mit Simon d'Escoudry! Lächerlich! Eine Verbindung mit der Familie, die den Tod ihres Vaters verschuldet hatte! Unerträglich! Das ließen weder ihr Stolz noch ihre Ehre zu.

»Was mißfällt Euch daran, Simon zu heiraten?« Die dunkle, unverwechselbare Stimme riß sie aus ihren Gedanken.

Charis schlug die Augen auf und sah in Roxanas neugieriges Gesicht. »War der Seigneur von Blois so viel schöner? Ich finde, daß Simon durchaus seine Vorzüge hat, wenn man seine überzogene Meinung von sich selbst einmal außer acht läßt.«

Charis dachte nicht daran, Roxana zu sagen, daß sie sich an die Züge des Seigneur von Blois kaum noch erinnern konnte. Bei der Verlobung war sie elf Jahre alt gewesen, und damals war er ihr mindestens so alt wie ihr Vater erschienen, obwohl sie nur fünfzehn Jahre trennten. Damals hatte sie natürlich auch noch nicht die Größe erreicht, die sie nun hatte, und nichts hatte darauf hingewiesen, daß sie einmal auf ihn würde herabschauen können.

Doch schon mit fünfzehn hatte sie ihn überragt, wie faßt jeden anderen Mann auch. Jeden, mit Ausnahme von Simon d'Escoudry, diesem arroganten Riesen, der annahm, daß sich die Welt ausschließlich um ihn und seine Person drehte.

»Alles mißfällt mir daran«, entgegnete sie. »Laß uns gehen, ich möchte nicht weiter über dieses Thema sprechen.«

Roxana zog ihre übliche Koboldgrimasse, und wie so oft schon dachte Charis auch jetzt, daß sich das Mädchen insgeheim über sie amüsierte. Dies ärgerte Charis, und einen Moment lang fragte sie sich, wie dieses kleine Maurenmädchen von zweifelhafter Herkunft so frech sein konnte. Doch Charis war viel zu ehrlich, um nicht zuzugeben, wie freundlich Roxana sich um sie kümmerte; deshalb konnte sie ihr auch gar nicht böse sein.

Überhaupt flößte ihr die Familie, die auf Glain herrschte und wohnte, längst nicht mehr den Abscheu ein, den die Feindschaft zwischen ihnen eigentlich erfordert hätte. Charis mußte sich zwingen, sich an die Verbrechen zu erinnern, die sie trennten. Sie versuchte, sich das Bild ihres aufgebahrten Vaters vor Augen zu halten, aber statt dessen sah sie nur immer wieder die männlich-schönen Züge Simon d'Escoudrys.

Es gehörte sich nicht für einen Mann, so gut auszusehen. Es war Teufelsspuk, und sie würde sich nicht davon beeinflussen lassen! Schließlich hatte sie es noch einmal schmerzhaft erfahren müssen, daß man auf seinen Verstand und nicht auf sein Herz hören mußte, wenn man sich Kummer und Unglück ersparen wollte. Dies war keine Welt, in der eine Frau tun und lassen konnte, was sie wollte und für richtig hielt.

»Schade«, erklärte Roxana in diesem Moment. »Ich finde, Ihr gebt ein schönes Paar ab, Simon und Ihr. Ein stolzes. Er braucht eine Gemahlin, die ihm Widerstand leistet und nicht in dümmlicher Anbetung verharrt, damit er nicht vollends überschnappt. Ihr wärt genau die Richtige für ihn!«

Charis preßte die vollen Lippen zu einem schmalen Strich aufeinander. Ein schönes, stolzes Paar, pah! Sie verkniff sich eine Antwort und rauschte mit wehendem Schleier an Roxana vorbei. Dieses Kind urteilte nur nach Äußerlichkeiten, es verstand nichts ...

11. Kapitel

Charis versuchte sich zusammenzureißen, aber es fiel ihr schwer. Am liebsten hätte sie die Röcke gerafft und wäre wie ein Wildfang aus der Burg gestürmt. Ersteres verbot sich aus Gründen der Schicklichkeit, und letzteres würden die Wachen verhindern.

Also blieb ihr nichts anderes übrig, als sich auf die Wiese des leeren Zwingers zurückzuziehen, wo sie ihrem Zorn ungehindert Luft machen konnte.

Im Gegensatz zu anderen Festungen gab es auf Glain keine wilden Tiere, die dort gefangen gehalten wurden.

Charis hatte das versteckte Fleckchen neulich erst entdeckt, und nun lenkte sie unwillkürlich ihre Schritte in diese Richtung.

Das Gespräch mit Mathieu d'Escoudry, um das sie gebeten hatte, war nicht so verlaufen, wie sie es sich vorgestellt hatte. Der Seigneur von Glain hatte sich sogar glatt geweigert, Einfluß auf seinen Bruder zu nehmen, damit er endlich das Lösegeld für sie festlegte und ihre Heimkehr in die Wege leitete. Er fand sich nicht einmal bereit, an Stelle von Simon Kontakt mit Eustache aufzunehmen.

»Habt Ihr denn Grund, über unsere Gastfreundschaft zu klagen?« hatte er sich erkundigt. »Es würde meine Gemahlin betrüben, erführe sie, daß es Euch an irgend etwas fehlt.«

»Es fehlt mir an nichts außer an der Freiheit!« war Charis Antwort gewesen.

Das sparsame Lächeln, das Mathieu ihr daraufhin gegönnt hatte, erinnerte sie fatal an ihre eigenen Brüder. Männer lächelten so, wenn sie Frauen für närrisch hielten und es noch närrischer fanden, ihre Wünsche zu erfüllen. Wenn sie insgeheim nur darauf warteten, daß man den Raum verließ und sie mit weiteren albernen Bitten verschonte.

»Wollt Ihr denn, daß meine Brüder Glain angreifen?« hatte sie gefragt, obwohl das selbst ihr unwahrscheinlich erschien. »Es kann doch nicht Euer Wunsch sein, daß Eure Gemahlin und Euer Sohn in Gefahr geraten, weil Euer Bruder mich entführt hat! Haltet die Männer der St. Lubins nicht für Feiglinge, Ihr würdet sie damit unterschätzen!«

»Ihr könnt versichert sein, daß ich bei allem, was ich tue, das Wohlergehen meiner Familie im Auge habe«, hatte Mathieu d'Escoudry darauf erklärt. »Und solange Ihr unter meinem Dach lebt, auch Euer Wohlergehen. Weshalb lehnt Ihr es ab, die Gemahlin meines Bruders zu werden? Es würde alle Probleme auf einen Schlag lösen!«

Seine vielleicht, aber nicht die ihren! Charis stieß wütend mit der Fußspitze ein kleines Steinchen aus dem Weg. Sie verstand, weshalb den Söhnen des Falken an einer Eheschließung lag, aber sie dachte nicht daran, sich selbst zum Teil ihrer Pläne zu machen. Man konnte sie gefangen halten, aber es würde niemandem gelingen, ihren Stolz zu brechen. Sie war kein Preis, den der Sieger bekam! Und Simon d'Escoudry schon gar nicht!

Ein seltsames Geräusch veranlaßte sie, über die Schulter zu blicken, und unwillkürlich stockte ihr der Atem. Nicht weit von ihr entfernt, den Kopf angriffslustig gesenkt, stand ein bulliger Stier, der wie die verkörperte Bösartigkeit wirkte.

Und weit und breit war kein Knecht zu sehen, der ihn hielt. Offensichtlich hatte man das Tier von den anderen Rindern abgesondert, und Charis brauchte nicht lange zu fragen, weshalb. Dieser Stier war gereizt und gefährlich. Tödlich gefährlich.

»O nein ...« Sie hörte ihre eigene Stimme und begriff im selben Moment, daß das tiefe Rot des hübschen Gewandes, das sie trug, die Bestie anzog wie ein kühler Brunnen einen durstigen Wanderer.

Sie wagte keine Bewegung. Sie wußte genug über Bullen seiner Art, um zu begreifen, das jedes Wehen des Stoffes ihn zusätzlich reizen mußte. Doch wie sollte sie sich in Sicherheit bringen, wenn sie sich nicht rühren durfte? Charis erstarrte noch mehr. Das mächtige Haupt mit den leicht gebogenen Hörnern zur Erde gesenkt, trottete er schnaubend näher.

»Heilige Mutter Gottes!« Charis schickte ein stummes Stoßgebet zum Himmel. »So hilf mir doch! Ich will nicht sterben! Warum ist hier niemand? Wer hat dieses Scheusal von der Kette gelassen?«

»Bleibt stehen! Keine Bewegung!« erklang in diesem Moment eine tiefe Stimme über ihr, und ehe sie begriff, was geschah, sprang die mächtige Gestalt Simon d'Escoudrys die letzten sechs Stufen des Turmes in einem Satz herab und stand mit gezücktem Messer vor dem Stier.

Er trug lediglich ein Hemd über den ledernen Beinlingen und wirkte, ungeachtet des blitzenden Messers mit der langen Klinge, auf einmal seltsam klein und wehrlos.

»O bitte ...« stammelte Charis und vergaß beinahe zu atmen. Wollte er tatsächlich mit dieser lächerlichen Waffe auf einen wütenden Stier losgehen? Er würde von dessen Hörnern aufgespießt werden! Niemand konnte ein solches Ungeheuer wie diesen ungezähmten Bullen nur mit einer so lächerlichen Klinge niederstrecken. Es war Selbstmord, es überhaupt zu versuchen! Wieso brachte Simon sich nicht in Sicherheit?

»Zur Treppe!« kommandierte Simon, doch er ließ dabei kein Auge von dem unruhigen Tier. »Bringt Euch auf der Treppe in Sicherheit! Verdammt, nun macht schon! Bewegt Euch, dies ist keines jener kindischen Spiele, die Ihr bevor ...«

Er kam nicht dazu, den beleidigenden Satz zu beenden. Der bedrohliche Stier, erregt von noch einem Eindringling in seinem Gebiet, gereizt von den Stimmen, brüllte, daß es von den Wänden widerhallte. Dann setzte er sich mit zunehmender Schnelligkeit in Bewegung. Ein todbringender Rammbock, der mit gesenktem Kopf auf den Mann zurollte!

Charis schrie verzweifelt auf, und die Dinge folgten einander mit so rasender Geschwindigkeit, daß keine Zeit mehr blieb, Einzelheiten zu erkennen. Simon sprang im letzten Moment mit tänzerischer Geschicklichkeit zur Seite. Gleichzeitig senkte sich der Stahl seiner Waffe bis zum Heft in den Hals des Bullen, der trotz der tödlichen Wunden von seiner eigenen Schnelligkeit und seinem beträchtlichen Gewicht weitergetragen wurde.

Blut befleckte Simons Hemd, rann über das struppige Fell des brüllenden, verwundeten Tieres, das blindlings in Charis' Richtung weiterstürzte. Sie hatte versäumt, sich in Sicherheit zu bringen.

Hinter ihr war die Mauer, vor ihr das Verderben. Ihre Knie versagten. Sie spürte eine so würgende Angst, daß sie halb ohnmächtig gegen die Steine sank und den ersten schrecklichen Hörnerstoß erwartete, den Schmerz und den Tod.

Doch nichts geschah. Es wurde unheimlich ruhig, und

schließlich wagte Charis es, die Augen wieder zu öffnen. Keine zwei Schritte vor ihr brach der verletzte Koloß in die Knie und kippte mit einem gequältem Ächzen zur Seite. Ein letztes Zittern lief über seinen mächtigen Rumpf, dann war es vorbei.

Charis rutschte völlig kraftlos an der Mauer hinab auf die Erde. Wie gelähmt starrte sie auf den Kadaver. Sie war nicht fähig, eine einzige Bewegung zu tun. Sie spürte, daß ein Schauer über ihren Körper lief, aber sie hatte noch immer nicht vollends begriffen, daß sie gerettet war. Ihre Augen nahmen wahr, was passiert war, aber ihr Verstand hatte ausgesetzt, war nicht imstande, die Geschehnisse zu begreifen. Hilflos und wie in Trance saß Charis da.

Simon d'Escoudry überzeugte sich davon, daß der Stier tatsächlich tot war, ehe er sein Messer aus dem Fell zog und es im Gras abwischte. Danach steckte er es wieder in die bestickte Lederscheide, die er am Gürtel trug. Erst dann wandte er sich Charis zu. Er hatte schon den Mund aufgemacht, um ihr eine Standpauke zu halten, doch als er ihr blasses Gesicht sah, die weitaufgerissenen Augen, verdrängte Mitleid seinen Zorn.

Und dennoch, was zum Teufel hatte sie auf die Idee gebracht, im Zwinger spazieren zu gehen, während man dort einen Stier separiert hatte? Simon mochte nicht daran denken, was geschehen wäre, hätte nicht das Brüllen des Tieres seine Aufmerksamkeit erregt, als er aus dem Badehaus gekommen war und eben den Torturm hatte betreten wollen.

Als er sich vorstellte, was passiert wäre, wenn er nicht eingegriffen hätte, verspürte er noch im Nachhinein eine solche Angst, wie er sie noch nie empfunden hatte – und das weckte seinen Zorn von neuem.

Nicht gerade sanft packte er Charis an den Armen und zog sie zu sich hoch.

»Welcher Teufel hat Euch geritten, den Weg dieses Bullen zu kreuzen!« fuhr er sie an und schüttelte sie so heftig, daß ein paar Nadeln aus ihren hochgesteckten Zöpfen rutschten.

Charis starrte in die wütend funkelnden grünen Augen und brach, zu ihrer eigenen Überraschung, in heftige Tränen aus. Ihr Zittern verstärkte sich, und sie konnte nicht anders, als sich wild schluchzend an Simon zu klammern. So lange hatte sie sich verboten zu weinen, hatte sie alle Tränen unterdrückt, daß sie nun, wo der Damm gebrochen war, einfach nicht mehr aufhören konnte.

Simon d'Escoudry hatte mit allem gerechnet, aber nicht mit dieser typisch weiblichen Reaktion. Ein wenig unbeholfen, denn Trost war etwas, was er normalerweise nicht zu schenken pflegte, streichelte er Charis' Rücken. Die junge Frau klammerte sich an ihn, als sei er ihre letzte Rettung auf dieser Welt, und das stürzte ihn in eine Mischung aus Verblüffung und Hilflosigkeit. Charis weckte den Wunsch in ihm, sie vor allem Bösen zu beschützen, dafür zu sorgen, daß dies die letzten Tränen waren, die diese schönen Augen vergießen mußten.

Als er jedoch begriff, daß der Anblick des leblosen Stieres, dessen Blut in den Boden sickerte, nicht gerade dazu beitrug, ihre Ruhe wieder herzustellen, hob er Charis kurzentschlossen auf seine Arme und trug sie die Treppe des Torturmes hinauf, fort vom Schauplatz des Geschehens.

Charis konnte sich nicht erinnern, jemals so getragen worden zu sein. Die Leichtigkeit, mit der Simon d'Escoudry sie über die Stufen nach oben brachte, ließ sie zum ersten Mal den vollen Umfang der Kräfte erkennen, über die er verfügte.

Und auch Simon empfand sie nur als süße Last. Ihm stieg der zarte Duft in die Nase, der Charis umgab; sie so zu spüren, rief ihm in Erinnerung, wie nah sie einander schon einmal gewesen waren, und das Verlangen nach ihr, das er eh nie ganz unterdrücken konnte, loderte erneut in ihm auf.

Sein Herzschlag beschleunigte sich, und es schien ihm ganz natürlich und folgerichtig, daß seine Lippen sich zu einem zärtlichen Kuß auf ihre senkten, kaum daß er die Tür seines Gemachs mit dem Fuß hinter sich zugestoßen hatte und sie beide vor neugierigen Blicken geschützt waren.

Charis nahm den Knall, mit dem die Tür ins Schloß fiel, kaum wahr. Simons Kuß war so süß, so köstlich, schien ihr neue Kraft zu geben, um das Chaos an Empfindungen zu besänftigen, in dem sie sich befand. Seine breiten Schultern schienen ihr einziger Halt zu sein, seine Lippen waren so weich und zärtlich ... Sie wollte gehalten, beschützt und besessen werden.

Und ohne daß Charis es bemerkte, veränderten sich ihre Gefühle, wurde sie in einen Aufruhr ganz anderer Art gestürzt.

»Kannst du nicht besser auf dich aufpassen, du närrisches Ding!« schalt er sie, doch seine Stimme klang liebevoll, und bevor er fortfuhr, gab er ihr schnell noch einen weiteren Kuß. »Hat man dir nicht beigebracht, daß der Zwinger kein Ort ist, an dem eine Dame spazierengeht? Aber nein, du bist ja keine Dame. Du bist ein dickköpfiges, leichtsinniges, aufbrausendes und viel zu eigenwilliges kleines Ding, das tut, was ihm in den Sinn kommt, auch wenn du dabei dein Leben riskierst. Du hättest getötet werden können!«

Das einzige, was Charis an seinen Vorwürfen ärgerte, war der Ausdruck »kleines Ding«. Sie mochte vieles sein, aber das ganz bestimmt nicht. »Nein, ich bin nicht klein«, protestierte sie, immer noch ganz atemlos von seinen Küssen. »Ich überrage jede Frau, und die meisten Männer leider auch!«

Simons Anspannung löste sich in einem schallenden Lachen. Er hatte es geschafft. Der Schock, unter dem sie gestanden hatte, war gewichen, und sie kehrte zu ihrer alten Widerborstigkeit zurück. Übermütig faßte er Charis um die Taille und wirbelte sie durch den kahlen Raum, den er bewohnte, so daß die Pergamente auf dem großen Tisch im Luftzug raschelten.

»Wie reizbar und eingebildet du doch bist, meine Kleine!« rief er fröhlich. »Aber es gefällt mir, wenn du deine Krallen wetzt!«

»Ich bi ...« Charis erneuter Protest erstickte unter dem nächsten wilden Kuß, und ihr Widerstand löste sich in nichts auf.

»Laßt mich!« Nach Atem ringend, versuchte sie Widerstand zu leisten. »Euer Hemd ist noch blutig ...«

Eine dumme Ausrede, und wieder einmal gelang es Simon, Charis zu verblüffen. Er zog das Hemd über den Kopf und warf es achtlos in den Raum. Nun trug er nur noch die Beinlinge, und wieder einmal betrachtete Charis entzückt seinen prächtigen Oberkörper, die breiten Schultern, die festen Muskeln.

Simon lächelte und zog sie an sich, und Charis lehnte ihre Wange an seine Schulter. Sie stieß einen Seufzer aus, und sie wußte, daß sie kapituliert hatte. Welchen Zauber auch immer Simon d'Escoudry um sie wob, er tat seine verhängnisvolle Wirkung, sobald sie Simon so nahe war, daß er sie berühren konnte.

Wie von selbst legten sich ihre Arme um seinen Hals, sie schmiegte sich enger in die besitzergreifende Umarmung. Unter ihren Fingerspitzen lockte sich das widerspenstige blonde Haar, und sie spürte die Wärme seines kraftvollen Körpers.

Simon spürte die Veränderung, die in ihr vorging, sehr genau. Ihr Widerstand war verschwunden, ihr schöner Körper weich und hingebungsvoll. Leidenschaftlich erwiderte sie seine heftigen Küsse.

Er hatte gesiegt, ohne überhaupt in die Schlacht gezogen zu sein. Welches Wunder hatte diese Wandlung bewirkt?

Einen Moment lang löste Simon sich von ihren Lippen, lehnte seine Stirn gegen ihre und hielt Charis einfach nur fest. Er war so froh, daß ihr nichts passiert war. Er hätte es nicht ertragen, sie verletzt zu sehen, niedergetrampelt von einem wilden Tier. Und so, wie er ihr eben geholfen hatte, würde er ihr von nun an immer zu Hilfe eilen. Nichts und niemand sollte ihr je wieder Leid zufügen, dafür wollte er sich verbürgen, und wenn nötig, selbst mit seinem eigenen Leben.

Mit unendlicher Zärtlichkeit drückte er sie an sich und begann sie von neuem zu küssen und zu streicheln.

Und Charis wiederstrebte nicht, als Simon sie in Richtung Bett schob. Die Röte, die ihr plötzlich in die Wangen stieg, verriet, daß sie wußte, was geschehen würde, und plötzlich wurde Charis von einer wilden Ungeduld erfüllt. Sie wollte noch einmal diese wunderbaren Gefühle erleben, die sie in seinen Armen entdeckt hatte.

Simon war stehengeblieben, hatte sein Gesicht in der seidigen Fülle ihrer Locken vergraben und die Augen geschlossen. Sein heftiger Atem verriet, daß er versuchte, sich zu beherrschen, doch längst nicht mehr dazu in der Lage war.

Er hob den Kopf und löste sich ein Stück von Charis, dann schloß er die Hände um ihre Brüste und begann die Spitzen zu liebkosen, die sich seinen Zärtlichkeiten entgegen drängten.

Charis schmiegte sich an ihn, und als sie den untrüglichen Beweis seines Begehrens spürte, ließ ein Schauer der Lust sie erbeben. Wie im Fieber glitten ihre Hände über seinen Rücken und zogen Simon enger an sich. Sie schmeichelte, lockte und drängte mit ihrem Körper, während ihre Lippen sich in einem wilden, sinnlichen Kuß fanden.

Sie seufzte auf, als sein Mund tiefer glitt, über ihren Hals und zu ihren Schultern, während Simon geschickt die Schnüre ihres Gewandes löste. Er zog ihr den Stoff über die Schultern, und seine Hand glitt unter das zarte Hemd. Ja, genauso wollte sie ihn spüren, ohne jedes Hindernis dazwischen.

Charis schrie leise auf, als sein Mund sich um eine der empfindlichen Spitzen schloß und er mit Lippen und Zunge ein erregendes Spiel begann. Sie drängte sich ihm noch mehr entgegen, als er schließlich eine Hand unter ihre Röcke schob, um die Sehnsucht zu lindern, die ihr den Verstand zu rauben drohte.

Er streichelte und verführte sie, dann glitt sein Finger in die lockende Tiefe ihres Schoßes. Lustvoll stöhnte Charis auf, sie konnte gar nicht genug von dieser aufregenden, so intimen Liebkosung bekommen.

»Ja, meine wilde Schöne, laß mich zu dir!« hörte sie ihn flüstern. »Das gefällt dir, nicht wahr? Ich habe noch nie ein Mädchen gesehen, dem es so sehr gefallen hat, geliebt zu werden!«

Charis hatte nicht die Kraft, es abzustreiten. Sie stand in Flammen. Sie wollte mehr, wollte ihn tiefer spüren; sie verbrannte vor Lust, während seine Zunge eine ihrer Brustwarzen umspielte und er die andere aufregend streichelte.

»Warte, ich komme zu dir ...«

Unwillkürlich legte sie die Hände auf ihre Brüste, als Simon sie freigab, um seine Beinkleider abzulegen. Der Nachhall der Gefühle, die Simon in ihr geweckt hatte, war noch so heftig, der Wunsch nach Zärtlichkeit so stark, daß sie sich unbewußt zu streicheln begann.

»Ja, meine Hexe, streichle dich ... So ist es schön! Sieh her, wie sehr es mich erregt, dir dabei zuzusehen ...«

Sie wagte einen flüchtigen Blick, doch das genügte, daß es sie heiß und kalt überlief, als sie daran dachte, daß sie ihn gleich so groß und fest in sich spüren würde. Ungeduldig wartete sie, als Simon ihre Röcke hochlegte, willig spreizte sie die Beine, als er sich über sie legte und sie ihn hart und heiß an ihrem Schoß fühlte.

Sie stöhnte auf, bog sich ihm willig entgegen und nahm ihn auf, als er langsam in sie eindrang. Er war hart und so gewaltig, daß sie lustvoll aufschrie. Es war schön, ihn so zu spüren, so tief in sich, und unwillkürlich umspannte sie ihn, als wollte sie ihn niemals mehr loslassen. Leise lachte er auf und zog sich zurück, um dann erneut vorzustoßen. Charis wölbte sich ihm instinktiv entgegen und schlang die langen Beine um seine Hüften. Lustvoll nahm sie seinen Rhythmus auf und wurde mit einem so intensiven Glücksgefühl belohnt, daß sie glaubte, es nicht ertragen zu können.

Mit einem kehligen Laut des Entzückens gab Charis alle Kontrolle über sich und ihre Gefühle auf. Es war, als befände sie sich in einer unbekannten, sternenfernen Weite, wo sie in einem wilden Aufflammen verbrannte und sich in pure Lust auflöste, während sich ihr Geliebter in sie verströmte.

Es dauerte lange, bis Charis wieder zu Atem kam und in die Wirklichkeit zurückkehrte. Simon hielt sie immer noch fest, seine Wange an ihre geschmiegt, und immer noch waren sie auf das Innigste miteinander vereint.

Irgendwann versuchte sie, sich von ihm zu lösen, doch noch war Simon nicht bereit, sie aus seinen Armen zu entlassen.

»Gütiger Himmel, was habe ich getan?« murmelte Charis vor sich hin. Es war schön gewesen, sie hatte es genossen, doch sie begriff einfach nicht, welche Macht Simon über sie hatte. Was geschah mit ihr, sobald sie seinen Mund und seine Hände spürte? Das konnte doch nicht mit rechten Dingen zugehen? Das war Zauberei, Magie, Höllenfeuer …

»Hör auf, dir wegen dummer Moralvorstellungen das Herz schwer zu machen«, sagte Simon in diesem Moment und stützte sich auf einen Arm. Mit dem Zeigefinger der anderen Hand fuhr er die Linien ihrer Lippen nach, denen man ansah, wie leidenschaftlich sie geküßt worden waren. »Der Himmel hat den Menschen den Wunsch nach Vereinigung in die Wiege gelegt, es kann nichts Schlechtes daran sein, meine Schöne.«

»Laß mich«, wiederholte Charis heiser und drehte das Gesicht zur Seite. »Ich verstehe das alles nicht. Wieso fehlt mir jede Kraft, mich zu beherrschen, wenn ich bei dir bin?«

Sie stöhnte auf, konnte nicht mehr weiterreden, denn Simon hatte eine ihrer Brüste umfaßt und saugte sanft an deren Spitze. Sie spürte dieses inzwischen schon vertraute Sehnen in ihrem Schoß, wo Simon sie noch ausfüllte. Sicher hatte er bemerkt, welche Reaktion er mit seiner Liebkosung hervorrief.

»Du wirst mir eine wundervolle Ehefrau sein«, entgegnete er und beendete seine Neckerei mit einem spielerischen Biß. Charis biß sich auf die Lippen, um einen Seufzer der Enttäuschung zu unterdrücken, weil er sich ausgerechnet jetzt aus ihr zurückzog.

»Ich werde dir keine Ehefrau sein«, flüsterte sie und schloß die Augen. »Ich habe dir schon gesagt …«

»Pst, meine Kleine! Du bist erschöpft von der Liebe, und außerdem ist es ohnehin nicht Sache der Frauen, Entscheidungen zu treffen. Gehorch mir, und alles wird zu einem guten Ende kommen!«

Empört stieß Charis ihn von sich fort, doch Simon lachte nur, als er sich aufrichtete, um seine Beinkleider wieder anzulegen. Dabei betrachtete er ihren schönen Körper ungeniert, und während sie ihn wütend anfunkelte, beugte er sich vor und liebkoste sie noch einmal zwischen den Schenkeln. Charis schob seine Hand fort, dann stand sie eilig auf und schüttelte ihre Röcke zurecht.

»Ich denke nicht daran, dir zu gehorchen!« fuhr sie ihn an. Aber sie wußte selbst, daß er ihr kein Wort glauben würde, solange sie noch so vor ihm stand, mit wirren Haaren, feuchten Lippen, das Gewand über die Taille herabgezogen, die Brüste nackt und unbedeckt. Sie glich einer heidnischen Liebesgöttin, einem lebendig gewordenen Bild aus heimlichen Träumen.

Simon konnte nicht anders, er mußte sie in den Arm nehmen und erneut küssen, auch wenn sie versuchte, sich gegen ihn zu wehren. Nie würde er sie gehen lassen! Nie! Denn noch nie hatte er eine Frau so begehrt!

12. Kapitel

Die goldenen Strahlen der Herbstsonne erleuchteten den Burghof von Glain und blinkten auf den Goldstickereien der Standarte und dem Zaumzeug der prächtig aufgeputzten Pferde ebenso wie auf den Ketten und Juwelen, die der Anführer des Trupps über seinem Wams trug, um die Wichtigkeit seiner Erscheinung und seiner Mission zu betonen. Es schien Léonie d'Escoudry, als seien sowohl der persönliche Gesandte seiner Majestät, König Philipps von Frankreich, der ehrenwerte Seigneur Benoît de Créqui, wie auch sein Begleiter darum bemüht gewesen, mit allem Glanz und allem Pomp in ihrer Festung zu erscheinen.

Sie vermochte einen Schauer des Unbehagens nicht ganz zu unterdrücken. Nur zu gut erinnerte sie sich an das letzte Zusammentreffen mit Créqui. Hatte er doch im zurückliegenden Januar dieses Jahres den persönlichen Haftbefehl des Königs vollstreckt und ihren Gatten in die Festung von Angers gebracht. Nur Roxana war es zu verdanken, daß Mathieu begnadigt worden war, und immer noch hatte er nichts von den näheren Umständen erfahren.*

Unwillkürlich glitt ihr Blick zu Roxana, die sich wie üblich halb hinter der respekteinflößenden Gestalt von Dame Reinette verbarg und von ihrem treuen Schatten Omar im Auge behalten wurde.

Doch was stand sie hier und ließ sich von ihren Gedanken ablenken? Der Seigneur de Créqui wartete mit Recht bereits darauf, daß sie ihm einen Begrüßungstrank kredenzte und ihn auf Glain willkommen hieß, wie es Sitte und Anstand von der Herrin einer Burg erforderten.

Der zweite Chevalier, der bei diesem Begrüßungstrank höflicherweise zurückstand, konnte seine Überraschung über die Veränderung, die er auf der Burg vorfand, nicht ganz verbergen. Rogier d'Escoudry, der jüngere Bruder des Hausherrn, hatte die Gelegenheit ergriffen, der väterlichen Burg einen Besuch abzustatten. Er wollte selbst sehen, weshalb sich sein ältester Bruder in einen so erbitterten Zwist mit den Brüdern St. Lubin verwickelt fand.

Es war an der Zeit, Mathieu eine Warnung zukommen zu lassen, denn der König gehörte bei aller Gerechtigkeit nicht zu jenen, die es schätzten, wenn man klare Befehle mißachtete und ungehorsam war. Er war der Sohn seines

*siehe Teil 1 „Die goldene Braut"

Vaters, der ein ebenso gerechter wie gewissenhafter Monarch gewesen war.

»Es weht ein neuer Wind in diesen alten Mauern, Gott sei Dank«, sagte Rogier zu seinem Bruder, als sich die Gelegenheit zu einem kurzen Gespräch mit Mathieu ergab, weil Créqui seine Begleiter ins Quartier befahl und selbst der Einladung Dame Léonies folgte, in die Halle zu treten. »Wieso konntest du keine Ruhe geben und hast dich erneut mit den Tinténiacs angelegt?«

»Das stimmt nicht«, widersprach Mathieu. »Es war Simon, der uns die Sache eingebrockt hat. Anstatt sich darauf zu beschränken, die Salztransporte zu beschützen, hat er die Dummheit begangen, Tinténiac zu überfallen und die einzige Tochter des verstorbenen Seigneur zur Geisel zu nehmen. Du kennst sein verteufeltes Temperament und seinen reizbaren Stolz. Als ich davon erfuhr, war der Schaden bereits passiert. Ich habe versucht zu retten, was zu retten ist.«

»Wo steckt er? Und was hast *du* getan, daß sich seine Majestät höchstpersönlich der merkwürdigen Liebeshändel annimmt, in die Simon angeblich verwickelt ist? Ehrlich gesagt, ich glaube kein Wort davon. Simon liebt ausschließlich den ritterlichen Kampf und sein Schwert. Eine Frau bedeutet ihm nicht mehr als ein Becher Wein oder ein gutes, sättigendes Essen. Weshalb die Bitte um die Hilfe des Königs für einen Mann, der weder das Wort Liebe kennt noch das Wort Ehe?«

»Weil es die einzige Möglichkeit ist, eine Entschuldigung für die Dummheit zu finden, die Simon begangen hat, denn ich stimme dir zu, was die Einschätzung seiner Person betrifft.« Mathieu d'Escoudry nickte. »Aber damals ...« Er lächelte leicht. »Vielleicht hat er sich endlich in der eigenen Falle gefangen. Er reagiert höchst merkwürdig auf Charis de St. Lubin, auf völlig untypische Art. Und er hat bisher noch keine Anstalten getroffen, bei ihren Brüdern Lösegeld einzufordern oder ernsthaft über die Bedingungen ihrer Freilassung zu verhandeln. Man könnte meinen, er hätte tatsächlich vor, die Dame für immer zu behalten. Und wenn das so ist, wäre es die Lösung aller unserer Probleme.«

Benoît de Créqui machte keinen Hehl aus der Tatsache, daß es ihm gefiel, die liebenswürdige Léonie d'Escoudry wiederzusehen. Erst der finstere Blick ihres Gatten, den er im Gespräch mit seinem Bruder versunken geglaubt hatte, erinnerte ihn an seinen Auftrag und die Botschaft, deren Überbringer er war. Ein Wink, und der gehorsame Page, der ihm wie ein Schatten folgte, reichte ihm das wichtige Bündel, dessentwegen er den langen Ritt von Angers nach Glain erneut auf sich genommen hatte.

Mathieu nahm mit Respekt das königliche Pergament an und küßte das Siegel seines Souveräns, wie es der Anstand gebot.

»Seine Majestät wünscht, daß die Befehle, die ich überbringe, unverzüglich befolgt werden«, erklärte Benoît de Créqui. »Ich bin zum Zeugen berufen, seiner Majestät von ihrer Ausführung zu berichten.«

Mathieu d'Escoudry war sich der fragenden Blicke bewußt, die auf ihm lagen, als er das Siegel löste und das mit steifen, offiziellen Schriftzügen bedeckte kostbare Pergament auseinanderfaltete.

Wie Rogier fragte er sich, wo zum Teufel sein Herr Bruder eigentlich stecken mochte, daß ihm sogar die Ankunft der königlichen Delegation entgangen war? Auch von Dame Charis war nicht der kleinste Gewandzipfel zu sehen. Ausgerechnet die beiden Hauptpersonen glänzten durch Abwesenheit. Es würde sicher nicht lange dauern, bis der Seigneur de Créqui nach ihnen fragte.

Simon d'Escoudrys Aufmerksamkeit war zur selben Zeit mit einer geradezu eifersüchtigen Ausschließlichkeit auf Charis de St. Lubin gerichtet. Das leuchtend rote, schlichte Wollgewand, das sie jetzt wieder trug, war wie geschaffen dazu, ihre schlanke, wohlgerundete Figur zu betonen. Sie wirkte darin wie eine rote Flamme, die einen Mann verbrennen konnte.

Sie kämpfte gerade mit der Fülle ihrer goldenen Haare, um sie erneut zu jenen braven Zöpfen zu flechten, die dem Schleier und dem Stirnband Halt gaben. Die sanfte Röte ihrer Wangen war geisterhafter Blässe gewichen, und die eigenwillige Art, wie sie die vollen, schön geschwungenen Lippen zusammenpreßte, verriet Simon, daß sie einmal mehr bereute, was zwischen ihnen geschehen war.

»Warum werdet Ihr nicht vernünftig?« sagte er aus diesen Gedanken heraus. »Ihr könnt nicht länger leugnen, daß Ihr Vergnügen an unserer Vereinigung findet. Gebt nach und werdet meine Gemahlin! Es liegt an Euch, die Sünde zu legalisieren, die Euch bedrückt.«

»Nie!« fuhr Charis auf und versuchte, seinem Blick standzuhalten.

Sie wußte, daß sie keine Schwäche erkennen lassen durfte. Simon durfte nicht erfahren, daß sie sich am liebsten erneut in seine Arme geflüchtet hätte. Sie war längst nicht so stark, wie es den Anschein hatte, und ihr Stolz war der einzige Halt, an den sie sich klammern konnte.

»Denkt nicht, daß Ihr gewonnen hättet, nur weil ich töricht genug war, einer weiblichen Schwäche nachzugeben«, erklärte sie kalt. »Meine Hand ist mehr wert als ein beflecktes Schwert, das an den Meistbietenden verkauft wird. Ehe ich eine Verbindung mit der Familie eingehe, die meinen Vater auf dem Gewissen hat, werde ich …«

»Ein beflecktes Schwert, das an den Meistbietenden verkauft wird!« wiederholte Simon, und die Röte auf seiner Stirn bewies, wie tief ihn diese Beleidigung getroffen hatte.

»Seid Ihr des Teufels, Weib?« Er hob die Stimme und stemmte die Hände in die Hüften. »Wenn Ihr ein Mann wärt, würde ich Euch für diese Beleidigung in die Schranken weisen und Euch zum Duell fordern!«

»Damit Ihr mich abschlachten könnt, wie es Euer Bruder mit meinem Vater getan hat? Nur zu, das scheint bei den Söhnen des Falken das übliche Vorgehen zu sein!«

Je mehr sich Simon erregte, um so ruhiger wurde Charis. Wenn er zu toben begann, fühlte sie sich sicher. Der liebenswürdige, der freundliche, der zärtliche Simon war gefährlich. Der wütende Kämpfer konnte ihr nicht imponieren. Sie hatte bei Eustache und ihren anderen Brüdern gelernt, mit solchen Männern umzugehen.

»Hört auf, auch noch meine Familie zu beleidigen«, brauste Simon auf und ballte die Hände zu Fäusten. »Hütet Eure spitze Zunge, sonst werde ich Euch über das Knie legen und Euch mit der Rute Zucht und Anstand beibringen.«

Für einen Moment lang wirkte er so gefährlich und einschüchternd, daß Charis die wilde Drohung tatsächlich ernst nahm. Sie wich zur Pforte zurück und versuchte mit fliegenden Fingern, den Riegel zu öffnen, der sich ihr jedoch widersetzte.

»Benehmt Euch nur wie der Flegel, der Ihr seid«, schimpfte sie weiter. Je größer der Abstand zwischen ihnen wurde, desto sicherer fühlte sie sich. Ja, sie entdeckte sogar mit zunehmender Schadenfreude, daß sie die Macht hatte, Simon zur Weißglut zu treiben.

»Um so besser passen wir zusammen«, erwiderte er spöttisch. »Eine zänkische Hopfenstange und ein ehrloser Grobian. Welch hervorragende Verbindung das sein wird und welch reizende Kinder wir haben werden! Vermutlich eine Reihe der entzückendsten Scheusale, welche die Menschheit je terrorisiert hat!«

Charis runzelte die Stirn und gab es auf, den Mechanismus des Riegels zu erkunden, der sie in dem Raum festhielt, den sie so gern verlassen wollte.

»Ihr seid albern!« entgegnete sie kühl. »Öffnet diese Tür und laßt mich gehen. Ich will nach Tinténiac!«

»Vergeßt Tinténiac!«

Himmel, würde sie denn niemals Vernunft annehmen? Irgendwann mußte sie es doch einsehen, daß es das Beste für sie war, das Rattennest ihrer Brüder zu verlassen. Auch wenn sie mehr unangenehme Eigenschaften besaß, als eine Heckenrose Dornen hatte, würde er sie nicht dorthin zurückkehren lassen. Er ahnte nur zu gut, wie Eustache de St. Lubin sie empfangen würde. Er kannte Männer wie ihren Bruder. Männer, gegen die Bec Noir geradezu die Manieren einer Klosterschwester hatte und die ohne Bedenken ihren Zorn an jedem Opfer ausließen, das die Dummheit besaß, ihnen in den Weg zu treten.

»Nie!«

Empört funkelte sie ihn an. Wieso war sie nur diesem Mann begegnet? Einem Sturkopf, der mit niederschmetternder Hartnäckigkeit auf seinen Plänen beharrte. Wann würde er endlich einsehen, daß sie nicht eine von jenen dummen Gänsen war, die ihre Meinung wie das Wetter änderten? Wann würde er endlich ihr »Nie!« akzeptieren?

Als Simon sich ihr nun unerbittlich näherte, hatte er beängstigende Ähnlichkeit mit dem gereizten Stier, dem sie vorhin entkommen war. Doch mehr als das nahm ihr etwas anderes den Atem: sein immer noch bloßer Oberkörper, sein kräftiger, machtvoller Körper, den sie inzwischen so gut kannte und dessen Anblick sie immer wieder schwach machte.

Doch dann straffte Charis die Schultern und schob trotzig das Kinn vor. Sie würde nicht nachgeben, sondern Widerstand leisten. Sie wußte ganz sicher, daß er ihr nicht weh tun, sie nicht schlagen würde, so wie es Eustache mit den Frauen tat, die er in sein Bett nahm. Simon mochte seine Fehler haben, aber er demonstrierte seine Stärke nie an Schwächeren, soviel hatte sie bereits erkannt.

»Ich schwöre bei Gott, daß ich nie zuvor ein so halsstarriges, arglistiges Geschöpf wie Euch kennengelernt habe«, stieß Simon d'Escoudry hervor, während er sich bemühte, sein Temperament unter Kontrolle zu bringen.

Sie standen voreinander und starrten sich an, keiner bereit und willens nachzugeben, als es plötzlich an der Tür klopfte.

Ehe Charis reagieren konnte, wurde sie um die Taille gepackt und wie ein Sack Mehl auf die Seite gestellt. Bis sie sich von ihrem Schreck erholt hatte, stand Simon bereits in der offenen Tür und sah auf Roxana herab, die ihn wiederum neugierig betrachtete.

»Was willst du?« fuhr er sie an, unwillig über die Störung, aber Roxana schenkte ihm ein so fröhliches Lächeln, daß er nicht länger böse sein konnte.

»Man sucht Euch! Und Dame Charis ebenfalls«, hörte Charis, durch die offene Tür vor neugierigen Blicken geschützt, die Stimme ihrer jungen Freundin. Woher wußte Roxana, daß sie bei Simon war?

»Weshalb?« Wieder klang seine Stimme barsch.

»Der Seigneur de Créqui ist eingetroffen«, berichtete Roxana gutmütig. »Und Euer Bruder Rogier begleitet ihn. Wie es scheint, gibt es Befehle des Königs, welche die Söhne des Falken betreffen. Es wäre sicher angebracht, wenn Ihr Euch in der Halle zeigt. Ein wenig achtbarer gekleidet vielleicht ...«

Wie es Roxanas Art war, hängte sie eine jener Bemerkungen an, die in Charis stets das Gefühl auslösten, das Mädchen wäre viel älter, als es vorgab zu sein. Roxana fehlte jede Ungeschicklichkeit, jede Einfältigkeit und jede jugendliche Gedankenlosigkeit. Wenn sie etwas sagte, hatte sie es sich wohl überlegt und verfolgte einen bestimmten Zweck damit.

»Nun gut«, knurrte Simon. »Ich habe mit Mathieu ohnehin ein Wort zu reden. Ich möchte zu gerne von ihm wissen, wer den idiotischen Befehl dazu gegeben hat, den reizbarsten Stier ausgerechnet dann in den Zwinger zu treiben, wenn Dame Charis dort einen Spaziergang macht ...«

Roxana versuchte um die breitschultrige Gestalt Simons herum einen Blick in den Raum zu werfen. »Was ist passiert? Was ist das für eine Geschichte mit diesem Stier?«

»Nichts, was Schaden verursacht hätte.« Simon winkte ab. »Nur wird man in der Burgküche vielleicht Mühe haben, das zähe Fleisch dieses wilden Bullen genießbar zu machen. Dame Charis ist in Sicherheit. Am besten begleitest du sie in den Palas und ...«

»Ich werde zu niemandem ein Sterbenswörtchen sagen, wo ich sie gefunden habe«, unterbrach Roxana ihn und sah ihn tadelnd an. »Haltet Ihr mich für eine Klatschbase, Simon d'Escoudry?«

»Nein!«, antwortete Simon zu seiner eigenen Überraschung und schenkte ihr ein erstes bewußtes Lächeln. »Ich halte dich für ein äußerst vernünftiges Mädchen, und ich entdecke, daß du dich sogar sehr wohltuend von allen Klatschbasen unterscheidest, *petite*!«

Es war das ersten Mal, das ihm so etwas wie ein Kosename und anerkennende Worte für Roxana über die Lippen kamen. Wie seltsam, daß er diesem kleinen, fremdartigen Floh, den ihnen ihr Vater so unverhofft vermacht hatte, sein Vertrauen schenken konnte. Er nahm Charis' Arm und zog sie aus ihrem Versteck, ehe sie dagegen protestieren konnte. »Geht mit Roxana. Es ist besser, wir geben keinen Anlaß zu dummem Getuschel!«

Charis ergriff ihre Chance. Sie huschte so schnell hinaus, daß Simon d'Escoudry nicht mehr als einen roten Schatten sah, der die steile Treppe des Torturmes hinunter eilte. Roxana folgte ihr so lautlos, daß Simon sich fragte, ob sie barfuß lief. Auch Charis sah sich unwillkürlich nach dem Mädchen um. Gerade noch rechtzeitig, um zu bemerken, daß sie nicht den Ausgang wählte, sondern eine kleine Tür öffnete, die hinaus auf die Außentreppe führte.

Charis verhielt unsicher den Schritt. Zwar hatte sie kaum noch eine klare Erinnerung daran, wie sie in das Gemach Simons gekommen war, aber sie begriff, daß es etwas mit jener Treppe zu tun gehabt haben mußte. Roxana kehrte um und zog Charis ungeduldig am Ärmel weiter, ehe sie die Pforte sorgsam hinter ihnen schloß.

Sie traten ins Freie und sahen unter sich das Grasgeviert des Zwingers liegen. Roxana stutzte, als sie den massigen Kadaver des Stieres entdeckte, der davon kündete, daß sich dort fast eine Tragödie ereignet hätte. Doch dann schob sie Charis weiter, um den großen Turm herum, bis zu einer zweiten Pforte, hinter der sich ein Eingang verbarg, von dem aus sie über eine weitere Treppe die Sakristei der Burgkirche erreichten.

Glücklicherweise war das kleine Gemach um diese Zeit leer, und auch die fromme Stille des schönen Gotteshauses wurde nur vom leisen Raunen ihrer Röcke durchbrochen, die über die quadratischen Steinfliesen wischten. Der

Kaplan war, wie alle anderen Bewohner von Glain, in den Innenhof gelaufen, um die Ankunft der hohen Herren nicht zu versäumen.

Charis hielt inne und bekreuzigte sich pflichtbewußt. Sie wußte, daß auch ein Gebet angebracht gewesen wäre, aber ihr wollten die richtigen Worte nicht einfallen. Rechts von ihr lag die kleine Altarnische, in der sich das Grabmal des Falken befand, und unwillkürlich warf sie einen Blick auf die graue, enorme Granitgestalt, die sich dort auf ihren Schild stützte. Simons Vater. Ein Held, von dem die Troubadoure Geschichten von Edelmut und Kampfkraft, von Treue und Loyalität sangen.

»Hast du ihn gekannt?« fragte sie Roxana, und das Mädchen wußte sofort, von wem sie sprach.

»Den Falken? Natürlich!«

»Haben seine Söhne Ähnlichkeit mit ihm?«

Eine Frage, die sich Roxana selbst schon so oft gestellt hatte.

»Sie alle sind Teile von ihm«, entgegnete sie nachdenklich, und eine winzige steile Falte zeigte sich auf ihrer Stirn. »Mathieu besitzt seine uneingeschränkte Fähigkeit zur Treue, seine Liebe zu Glain und zu seiner Heimat. Simon seinen wilden Mut, seinen Stolz, seine Kampfkraft, aber auch sein Beharrungsvermögen. Rogier hingegen seine Intelligenz und seine Zähigkeit, seine instinktive Klugheit. Und Joffrey ...« Roxana brach ab und biß sich auf die Lippe. »Von Joffrey weiß ich nicht viel. Er ist verschwunden, ehe ich ihn kennenlernen konnte. Aber mir schien, er besitzt das Wichtigste von ihm. Sein Herz.«

Das Mädchen und die junge Frau sahen zu den steinernen, willensstarken, harten Zügen auf. Hätte Charis Simon nicht kennengelernt, sie hätte bezweifelt, daß es einen solchen Riesen gab. Sie hätte dem Steinmetz zum Vorwurf gemacht, daß er wegen des guten Andenkens an einen Toten übertrieben hatte.

»Hier seid Ihr! So sehr auch von Zeit zu Zeit Frömmigkeit angebracht ist, wißt Ihr denn nicht, daß man überall nach Euch sucht?«

Dame Reinette eilte mit gerafften Röcken den Gang entlang, und ihre respektvolle Verneigung vor dem Altar fiel ein wenig flüchtiger als üblich aus. Man sah ihr die Neugier an der Nasenspitze an, aber Charis verbarg ihre Gedanken hinter einer derart unnahbaren Miene, daß jede Frage im Keim erstickt wurde.

»Wir wollten eben kommen«, erwiderte Roxana, als hätte sie Charis nur wenige Momente vor der aufgeregten Haushofmeisterin im frommen Gebet gestört. »Ihr könnt in der Halle Bescheid geben, daß Dame Charis bereits unterwegs ist.«

Die Art, wie Roxana von Fall zu Fall Befehle erteilte, hatte etwas wahrhaft Fürstliches. Charis unterdrückte ein flüchtiges Lächeln, als sie die Verblüffung auf Dame Reinettes gutmütigen Zügen sah.

Deren beflissene Eile brachte ihr jedoch endlich die Erinnerung an Roxanas erste Worte zurück. Befehle des Königs? Gütiger Himmel, welche Befehle konnte seine Majestät der König geben, die auch sie, die Dame von Tinténiac, betrafen?

13. Kapitel

Charis de St. Lubin hatte ihr Leben hinter den Mauern von Tinténiac verbracht, und die Prachtentfaltung, die der Seigneur Benoît de Créqui in seiner Kleidung an den Tag legte, verblüffte sie und schüchterte sie ärgerlicherweise einen Augenblick lang ein. Der burgunderfarbene Samtumhang, der seine Gestalt bis zu den Stiefeln umwehte, war mit einer breiten, perlenbestickten Goldborte gesäumt, und das Wams darunter war prächtig mit Gold- und Silberfäden bestickt. Als er sich zu ihr wandte, schien er wie die Sonne selbst zu funkeln und übertrumpfte damit mühelos den Herrn von Glain und seinen Bruder.

»Dame Charis!« Der goldglitzernde Paradiesvogel verneigte sich und entbot ihr den Respekt, den sie bei Simon so schmerzlich vermißte. »Erlaubt mir, Euch meine Bewunderung zu Füßen zu legen. Nun begreife ich, weshalb Euer stürmischer Ritter bereit ist, Euretwegen einen Krieg vom Zaun zu brechen.«

Charis vernahm nur das Wort »Krieg«, und die sanfte Röte, die in die Wangen gestiegen war, machte schlagartig marmorner Blässe Platz.

»Habt Dank für Eure freundlichen Worte«, erwiderte sie höflich. »Aber ich verstehe nicht ganz, weshalb ...«

»Nein, wie solltet Ihr auch«, fiel ihr der Seigneur de Créqui ins Wort und reichte ihr die ausgestreckte Faust, damit sie ihre Hand darauf legen konnte. »Setzt Euch und hört selbst, welch unerwartete Gunst und Gnade Euch durch die Befehle seiner Majestät zuteil wird ...«

So verwirrt sie auch war, so fiel Charis doch auf, welch großen Wert der Seigneur darauf legte, daß sie sich setzte, und sie unterdrückte ein spöttisches Lächeln. Auch er gehörte zu den Männern, die es als persönliche Kränkung empfanden, daß sie auf seinen Scheitel herabblicken konnte. Selbst wenn dieser mit einer höchst modischen Samtkappe bedeckt war, die eine Diamant-Agraffe mit einer prächtigen Feder schmückte.

Mathieu d'Escoudry sah, auf welch beschützende Art Léonie hinter den Stuhl der jungen Frau trat und ihr beruhigend eine Hand auf die Schulter legte. Er hielt es jedoch für übertrieben, daß sich seine Gemahlin sorgte. In seinen Augen konnte Charis de St. Lubin nur dankbar dafür sein, daß ihr ein so nobler und ehrenhafter Ausweg aus allen Schwierigkeiten geboten wurde.

»Erlaubt, daß ich die Euch betreffenden Passagen der königlichen Botschaft vorlese«, sagte er und ersparte ihr und sich damit die Höflichkeitsfloskeln und gewundenen Beamtenformulierungen, die jeder Nachricht des Königs vorangestellt werden mußten.

Charis kam es vor, als schimmerte so etwas wie Befriedigung in Mathieus Blick, und sie zwang sich, vorsichtig zu sein. Egal wie aufgeregt, verwirrt oder ratlos sie sich in

Wirklichkeit auch fühlen mochte, es war angebracht, genau hinzuhören und sich keine Silbe der königlichen Beschlüsse entgehen zu lassen.

»... *Verfügen Wir, daß künftig keinerlei Feindseligkeiten mehr zwischen Unseren Lehen Glain und Tinténiac geduldet werden. Wer diesem Befehl zuwider handelt, macht sich des Hochverrats an Unserer Majestät schuldig und wird mit dem Verlust von Leib und Leben, von Lehen und Vermögen bestraft. Zur Bestätigung des neuen Bundes zwischen beiden Grafschaften verfügen Wir zudem, daß die Dame Charis de St. Lubin umgehend die Gattin Simon d'Escoudrys wird. Die Ehe soll in Anwesenheit des Seigneurs von Créqui geschlossen werden, der als königlicher Zeuge dem Gelübde beiwohnen wird. Gegeben und beschlossen zu Angers, am neunten dieses Monats im Jahre des Herrn ...*«

Einen Moment lang blieb Charis tatsächlich der Mund offenstehen, und fassungslos sah sie Mathieu an. Sie hatte doch wohl nicht richtig gehört, oder? Das war doch bestimmt nur ein Scherz? Sie nahm kaum wahr, wie Léonie beruhigend ihre Schulter drückte, und unwillkürlich stieß sie jenes Wort hervor, das Simon jedes Mal zur Weißglut brachte.

»Nie!«

Benoît de Créqui sah irritiert in das ovale, aufgebrachte Antlitz, in dem die blauen Augen wie zwei Flammen loderten.

»Vielleicht habt Ihr den Inhalt nicht richtig verstanden, Dame Charis«, bot er an, sobald er seine Sprache wiedergefunden hatte. Da sie saß, konnte er sich zuvorkommend zu ihr hinabbeugen und kam somit in den Genuß, das cremige Stück Haut zu betrachten, das ihr rechteckiger Ausschnitt so betörend freigab. »Wenn Ihr es wünscht, werde ich Euch die königliche Botschaft noch einmal vorlesen ...«

»Ich bin nicht töricht, Seigneur«, fiel ihm Charis heftig ins Wort und preßte die Handflächen aneinander. »Ich habe sehr wohl begriffen, daß ich wie ein Ballen Stoff zur Besiegelung eines zwielichtigen Geschäftes verhökert werden soll.«

Hätte sie dem königlichen Boten der Majestätsbeleidigung bezichtigt, er hätte nicht fassungsloser dreinschauen können. Benoît de Créqui war an die wohlerzogenen Edeldamen des Hofes gewöhnt, die unter der strengen Hand der Königinwitwe ohnehin zu äußerster Zucht und Sitte angehalten wurden. Eine Frau, die mit Entschlossenheit und Nachdruck ihre eigene Sache vertrat, war etwas so Unglaubliches und Neues für ihn, daß er wie ein hilfloser Karpfen an Land nach Luft schnappte.

Ausgerechnet diesen Augenblick wählte Simon d'Escoudry für sein Erscheinen. In ein schlichtes Wams aus moosgrünem Damast gekleidet, die langen Beine bis zum Oberschenkel in kriegerischen Stiefeln und das blonde Haar in Locken auf die Schultern fallend, wirkte er mehr als beeindruckend. Der suchende Blick seiner grünen Augen blieb an Charis de St. Lubin haften, die sichtlich empört war und so aussah, als wollte sie jeden Moment aufspringen und davonlaufen. Wer hatte es gewagt, sie zu ärgern?

»Simon!«

Rogier konnte weder seine Erleichterung noch seine Freude darüber, den Bruder wohlbehalten wiederzusehen, verbergen. Er hatte stets das bessere Verhältnis zu Simon gehabt, denn ihm fehlten die kalte Distanz und die finstere Leidenschaft, die Mathieu manchmal so unnahbar wirken ließen. Wie dessen Gattin mit diesen Eigenschaften Mathieus zu leben vermochte, war Rogier ohnehin ein Rätsel. Doch Dame Léonie wirkte so zufrieden und so unbestritten glücklich, daß sie wohl einen Weg zu Mathieus strengem Herzen gefunden haben mußte.

Rogier wiederum bevorzugte Simons Gesellschaft, weil jener stets sagte, was er dachte, und sich nicht um das Morgen und tausend andere Dinge sorgte. Simon war so fröhlich wie Mathieu ernst.

»Bei Gott, Kleiner! Der Hof hat seine Spuren an dir hinterlassen! Kann es sein, daß du ein Geck geworden bist?« begrüßte Simon gutmütig seinen Bruder und spielte auf das modische Gewand an, das sich zwar nicht mit Créquis

Pracht messen ließ, aber doch wesentlich eleganter war als alles, was Rogier früher zu tragen pflegte. Neben dem blonden Hünen wirkte Rogier schmal und zierlich und erheblich jünger, als es seine fünfundzwanzig Jahre vermuten ließen.

Benoît de Créqui registrierte sowohl die brüderliche Zuneigung als auch die unbestreitbare Familienähnlichkeit. Er hatte von Simon d'Escoudry gehört, ohne ihm bisher persönlich begegnet zu sein. Man sprach lobend von seinen Turniersiegen und seiner Kampfkraft, aber er hatte nicht erwartet, einen derartigen Riesen vorzufinden. Immerhin hatte er damit wenigstens die richtige Körpergröße, um jenes Geschöpf zu bändigen, das sich so trotzig den königlichen Anordnungen zu widersetzen versuchte.

»Spar dir deine Scherze für später.« Rogier versuchte seinem Bruder mit diesen Worten einen vorsichtigen Wink zu geben, und deutete auf seinen Begleiter. »Der Seigneur de Créqui ist mit Befehlen seiner Majestät des Königs unterwegs, die dein Leben unmittelbar betreffen.«

Benoît de Créqui kämpfte mannhaft gegen die Versuchung, sich auf die erste Stufe der Steintreppe zu stellen, die in die Wohnräume der Burg führte. Er wäre damit wenigstens einigermaßen auf Augenhöhe des blonden Riesen gewesen, gleichzeitig aber hätte er damit zugegeben, daß er sich unterlegen fühlte, und das kam nicht in Frage. Er repräsentierte in dieser prächtigen, reich ausgeschmückten Halle die Macht des Königs, und jene hing nicht von etwas so Simplem wie der Körpergröße ab.

»Der König befiehlt Eure Eheschließung mit der ehrenwerten Dame Charis de St. Lubin.« Créqui ergriff das Wort und faßte die Befehle des Königs noch knapper zusammen als vorhin Mathieu. »Es ist sein dringlicher Wunsch, daß mit dieser Ehe der Frieden zwischen Tinténiac und Glain besiegelt wird, und er hat mich angewiesen, Euer Trauzeuge zu sein!«

Charis spürte den Blick Simons wie eine Berührung auf sich. Sie hatte die Hände zusammengepreßt und hielt den Kopf gesenkt. Wie mußte es ihn befriedigen, sie von einer höheren Macht unter seinen Willen gezwungen zu sehen!

Simon bemerkte jenen ihm nun schon vertrauten eigensinnigen Zug um ihren Mund. Kein Zweifel, sie wollte sich immer noch widersetzen. Und das, nachdem sie eben noch so hingebungsvoll in seinen Armen gelegen hatte. Er begriff nicht, warum sie sich so verhielt, was sie dazu trieb. Aber wie sollte ein normaler Mann auch verstehen können, was eine Frau dazu brachte, sich in kürzester Zeit aus einer der wundervollsten Geliebten in einen störrischen Maulesel zu verwandeln?

Charis biß sich auf die Lippen, damit ihr nicht schon wieder eine unbedachte Bemerkung herausrutschte. Sie hatte schon ein Wort zuviel gesagt, das spürte sie an der Stimmung in der Halle. Unter diesem Dach brachte niemand Verständnis für ihre Ablehnung auf.

»Ich schlage vor, Ihr sagt dem Priester Bescheid, Mathieu«, wandte sich Simon nun an seinen Bruder. Der satte Unterton von Genugtuung in seiner Stimme raspelte wie eine Metallfeile über Charis Nerven. »Wir sollten nicht zögern, die Befehle seiner Majestät zu befolgen. Ich bin jederzeit bereit dazu.«

Charis' unterdrücktes Aufstöhnen wurde nur von Léonie und Roxana bemerkt.

»Es besteht sicher kein Grund, die Dinge zu überstürzen«, hörte Charis die Gemahlin Mathieus überraschend einwenden. »Wollt Ihr nicht die Gastfreundschaft dieser Burg annehmen, Seigneur de Créqui? Gönnt uns die Freude, die Hochzeit von Dame Charis in allen Ehren zu feiern, oder sieht Euer Befehl Eile und Hast vor?«

»Mitnichten!« Benoît de Créqui verneigte sich vor der zierlichen Hausherrin. »Ich nehme Eure Einladung gerne an. Es ist auch im Sinne seiner Majestät, wenn Sitte und Anstand Genüge getan wird.«

»Dann ist für den Augenblick alles Wichtige besprochen.« Dame Léonie lächelte, und Charis mußte ihre Diplomatie wider Willen bewundern.

Léonie hatte verhindert, daß eine neuerliche Ablehnung den Skandal vergrößerte, und allen Beteiligten die Möglichkeit gegeben, weiterhin auf das störrische Opfer einzureden. An diesem Punkt endete Charis' Bewunderung für Mathieus Gattin schlagartig. Das »störrische Opfer« war schließlich sie selbst!

Bei Gott, hatte sie nicht genügend Aufregungen für einen einzigen Tag erlebt? Sie hatte dem Tod ins Auge gesehen, glühende Leidenschaft erlebt, und nun sah sie sich vor die Wahl gestellt, entweder ihren Stolz zu opfern oder dem König zu trotzen. Und wie sie sich entscheiden mußte, war ja wohl klar.

Charis schloß die Augen. Sie wünschte sich brennend, die Zeit zurückdrehen zu können bis zu jenem Tag im Garten von Tinténiac. Sie hätte den Lavendel Lavendel sein lassen und sich in Sicherheit bringen sollen. Vielleicht wäre sie bei dem nächtlichen Überfall ums Leben gekommen, auf jeden Fall aber wäre es ihr erspart geblieben, gefangen genommen und gedemütigt zu werden.

So aber konnte sie nichts anderes tun, als Dame Léonie wie eine gehorsame Magd zu folgen und die Herren ihrem Wein, ihren Gesprächen und ihrem Sieg zu überlassen. Sie bedachte Simon mit einem mörderischen Blick, aber der scherzte mit seinem jüngeren Bruder und wirkte, als wäre er mit sich und der Welt vollkommen zufrieden. Er sah ihr nicht einmal nach, als sie die Treppe hinaufschritt.

»Setzt Euch und trinkt einen Becher Gewürzwein; Ihr seht aus, als hättet Ihr ihn nötig«, rief Dame Léonie, als Charis in ihrem Gemach auf ein Taburett sank und auf den Boden starrte, als könnte sie dort einen Ausweg aus ihrer Zwangslage finden.

»Danke«, murmelte Charis und verbrannte sich prompt die Lippen an dem glühend heißen Gebräu.

Sie zuckte zusammen und verschüttete ein wenig Wein auf das neue Kleid. Auch das noch! Sie rieb wütend an den Flecken herum und sah erst auf, als ihr Roxana ein wassergetränktes Leinentuch reichte. Dame Léonie hatte auf ihrem Lieblingsplatz in der Fensternische Platz genommen und betrachtete ihre künftige Schwägerin mit einer Mischung aus Nachsicht und vorsichtigem Mißtrauen.

»Ihr müßt Euch natürlich dem königlichen Befehl unterwerfen«, sagte sie ohne große Umschweife. »Das Wort des Königs gilt mehr als das Eures Vaters und das Eurer Brüder, das wißt Ihr doch.«

»Mein Vater ist tot«, antwortete Charis anklagend und ließ den feuchten Lappen sinken. »Gestorben von der Hand Eures Gatten!«

Weshalb zwang man sie, diese Tatsache ständig zu wiederholen? Wenn man auf Glain die Toten vergessen hatte, bedeutete es nicht, daß sie, Charis, das auch tat!

»Genau darum geht es auch bei dieser Ehe«, erwiderte die Burgherrin. »Die Fehde zwischen unseren Familien muß endlich ein Ende haben, und was wäre besser dazu geeignet als ein Ehebund? Vergeßt die Vergangenheit und erfreut Euch an der Zukunft. Ich habe den Eindruck, daß Simon sehr wohl Euer Wohlgefallen besitzt!«

»Dieser zu groß geratene Rüpel?«

Charis fuhr auf und widerstand nur mühsam der Versuchung, einen der Flüche hinterherzuschicken, die Eustache so bildhaft und anstößig zu formulieren verstand. »Und wenn er der letzte Mann auf Erden wäre, ich würde mich nicht mit ihm verbinden.«

»Tatsächlich?«

Es kam ihr vor, als würde in der Frage eine sehr merkwürdige Mischung aus Spott und Vergnügen mitschwingen. Konnte Léonie mehr wissen? Nein, woher auch? Roxana war zwar im Obstgarten und im Torturm gewesen, aber sie würde sie nie verraten.

»Simon d'Escoudry ist unerträglich, brutal, starrköpfig und beileibe kein Edelmann, dessen Aufmerksamkeiten mir schmeicheln würden«, erwiderte Charis heftig.

»Dummerweise schenkt Ihre Majestät Euren Gefühlen in diesem speziellen Fall keine Beachtung«, antwortete Dame d'Escoudry ungerührt. »Dies ist eine politische Entscheidung, der Ihr Euch beugen müßt, so wie Ihr Euch auch dem Befehl Eures Vaters gebeugt habt, den Seigneur von Blois zum Gemahl zu nehmen. Oder wurdet Ihr damals um Eure Meinung befragt?«

Charis errötete. Sie war ein Kind gewesen, als die Verlobung besiegelt worden war. Niemand hatte sich auch nur im Geringsten darum gekümmert, ob sie das wollte oder nicht.

»Seht ihr«, meinte die Burgherrin. »Und nun laßt uns beratschlagen, wie wir in dieser unziemlichen Eile so etwas wie ein Brautkleid für Euch anfertigen können.«

»Ich brauche kein Brautkleid!« Charis haßte es, vor vollendete Tatsachen gestellt zu werden. Was sollte sie tun, wenn nicht einmal Léonie und Roxana ihre Ablehnung ernstnahmen? »Verzeiht, aber ich werde Simon nicht heiraten. Ich kann es nicht!«

Sie stürzte aus der Kemenate und lief blindlings den Gang hinunter. Sie wollte nichts hören und nichts sehen. Wie von Furien gejagt, rannte sie durch die Burg nach draußen, bis sie sich halbwegs in Sicherheit glaubte. Die Kirche bot ihr das gesuchte Asyl.

Atemlos sank sie auf einen geschnitzten Betstuhl, der vor einer Marienstatue stand, und begann wie zum Selbstschutz die endlose Litanei der frommen Rosenkranzgebete aufzusagen. Wieder und wieder. Es hinderte sie am Denken, denn die vertrauten Verse flossen ganz von selbst über ihre Lippen.

Es dauerte geraume Zeit, bis Charis, von Scham überwältigt, diese Gebete wieder einstellte. Sie konnte vermutlich nicht auf die Hilfe der Mutter Gottes rechnen, wenn sie ihre Andacht aus so eigensüchtigen und verwerflichen Gründen abhielt. Wenn sie nicht die Heilige, sondern die unheiligen Züge des Seigneur d'Escoudry vor ihrem inneren Auge sah. Wenn ihr dummer Körper noch unter dem Nachhall seiner leidenschaftlichen Liebkosungen erzitterte.

Nein, sie kniete hier nicht aus Frömmigkeit, sondern in dem egoistischen Wunsch, den eigenen Stolz zu bewahren. Sie betete für die Bewahrung ihrer Würde. Einer Selbstachtung, die ohnehin auf tönernen Füßen stand, seit dieser Mann sie das erste Mal berührt hatte. Sie kämpfte gegen ihn und gegen sich selbst!

»Hilf mir, gütige Mutter«, flehte sie die heilige Jungfrau an. »Hilf mir, diesem Mann zu entfliehen. Er ist des Teufels, und ich vermag mich aus eigener Kraft seiner Versuchung nicht zu entziehen! Leite mich, daß ich seinen Anblick meide und mich nicht von seinen Worten verführen lasse.«

Das hölzerne, bemalte Antlitz der lächelnden Madonna schaute traumverloren über sie hinweg. Charis senkte beschämt die Stirn auf die gefalteten Hände. Was erwartete sie? Natürlich durchschauten die himmlischen Mächte ihr heuchlerisches Flehen. Ihr ging es nicht darum, der Sünde zu entfliehen, sie wollte nur verhindern, daß Simon d'Escoudry für seine empörenden Taten auch noch mit ihrer Person belohnt wurde. Sie weigerte sich zu gehorchen!

Schon das bloße Wort »Gehorsam« riß sie aus ihrer Verzagtheit. Sie hieß nicht umsonst Charis de St. Lubin! Sie hatte den Mut und den Kampfgeist ihres Vaters geerbt, und sie würde ihm keine Schande machen! Sie hatte an seinem Totenbett geschworen, nie zu vergessen, daß die Escoudrys sein Leben auf dem Gewissen hatten!

Es gab keinen Weg, der zu einer Versöhnung mit ihnen führen konnte. Wußten ihre Brüder von der geplanten Verbindung? Hatte auch sie eine königliche Botschaft erreicht? Würden sie zu dieser Hochzeit erscheinen, sie gar billigen? Charis vermochte es nicht zu glauben. Eustache würde sich eher in der Rance ertränken, als seine Rache aufzugeben. Und sie würde ihm nicht in den Rücken fallen, auch wenn keine große Zuneigung zwischen ihnen existierte.

Was immer der König befehlen mochte, er konnte sie nicht zwingen, vor dem Altar »ja« zu sagen. Und wenn man sie an den Haaren vor den Priester schleifte, sie würde schweigen!

Sie öffnete die Augen und sah erneut zur Muttergottes auf. Das entrückte, heilige Antlitz paßte nicht zu den wilden Verwünschungen, die Charis durch den Kopf schossen. Aber was paßte in diesen Tagen schon in ihr armes Leben?

14. Kapitel

»Roxana!«

Das junge Mädchen, das sich über das Lager einer Stallkatze beugte und den kuscheligen Nachwuchs, der sich dort um die Milch der Mutter balgte, streichelte, wandte sich um und sah auf. Im matten Dämmerlicht des Heuschobers glänzten nur vereinzelte Funken auf den Goldborten von Rogiers feinem Gewand. Er lehnte an einem Stützbalken und kaute auf einem Strohhalm, während er seiner Halbschwester zusah.

Seltsam befangen richtete Roxana sich auf und strich mit den Händen die Haarsträhnen zurück, die dem Gefängnis ihrer sittsamen Haube entkommen waren. Unwillkürlich schaute sie sich um und stellte fest, daß sie beide allein waren. Nicht einmal der vertraute Schatten Omars war irgendwo im Hintergrund zu entdecken.

»Ihr wünscht?« erwiderte sie spröde.

»Ich habe dir eine seltsame Botschaft zu überbringen«, begann Rogier und runzelte dabei die Stirn. Es war ein Auftrag, der ihn äußerst befremdet hatte.

»Eine Botschaft?« Auf Roxanas Stirn erschien eine steile Falte, und ihre hellen, silberfarbenen Augen verdunkelten sich argwöhnisch. »Wer sollte mir eine Botschaft schicken?«

»Der Mann, dem du das Medaillon gezeigt hast«, erwiderte Rogier und hielt sich genau an die Worte, die ihm aufgetragen worden waren. Er griff in den Ausschnitt seines Wamses und zog ein mehrfach gefaltetes Pergament heraus, das mit einem einfachen Siegel verschlossen war. Ein Siegel ohne jedes Wappen, obwohl ihm der König selbst diese Botschaft überreicht hatte.

»Du sollst dies lesen und es in meiner Gegenwart vernichten! Kannst du es lesen?«

»Natürlich kann ich lesen«, erwiderte Roxana in einer Mischung aus Empörung und Stolz. »Der Falke persönlich hat für meine Lehrer gesorgt. Ich bin auch in Mathematik, Sternenkunde, Religion, Philosophie und Dichtkunst unterwiesen worden!«

Sie schlug die Finger vor den Mund, als ihr klar wurde, daß sie gerade Dinge gesagt hatte, die Rogier verblüffen mußten. Man gab einem kleinen Bastard-Mädchen normalerweise nicht die Erziehung einer gebildeten Dame.

Aber wenn er sie so ansah, mit ihren großen Augen und dem schelmischen Lächeln, dann konnte er begreifen, daß sie eine Saite im Herzen seines Vaters berührt haben mußte, die er vor anderen sorgfältig verborgen hatte.

»So lies!« sagte er nur und sah ihr dabei zu, wie sie das Siegel brach und näher an die Laterne trat, die vom Querbalken hing und einen matten Schein verbreitete. Ihr ebenmäßiges Gesicht verriet nichts von den Gefühlen, die sie empfand, als sie die Zeilen entzifferte.

»Dies schickt Dir der, dem Du Dein Medaillon gezeigt hast. Achte darauf, daß Du es verborgen hältst. Der Schatz des Falken hat seine Feinde an den Tag gebracht. Mächtige Feinde, denen ich nur schwer Einhalt gebieten kann, denn sie handeln ohne mein Wissen! Wenn Du meiner Hilfe bedarfst, vertraue dich Rogier d'Escoudry an. Er versteht zu schweigen.«

Roxana hatte ihr Medaillon dem jungen König von Frankreich gezeigt, als es nötig geworden war, Mathieu d'Escoudry zu helfen. Sie faltete das Schreiben sorgsam zusammen und begegnete dem fragenden Blick Rogiers. »Ich danke Euch. Ihr bleibt länger in Glain?‹

»Mit Sicherheit, bis Simon seinen Kopf in die Schlinge dieser Ehe gelegt hat«, entgegnete Rogier und stieß sich von dem Balken ab. »Du wirst mir vermutlich nicht sagen, was es mit dieser geheimnisvollen Botschaft auf sich hat und weshalb ich sie dir geben sollte? Weshalb es Seine Majestät für nötig hält, mich zum Boten für meine Schwester zur linken Hand zu machen?«

»Das seht Ihr richtig«, antwortete sie und nickte ernsthaft.

Rogier trat auf sie zu, packte sie um ihr Kinn und drehte ihr Gesicht dem Licht zu. »Du bist kein Kind mehr, Roxana!«

»Wollt Ihr darüber befinden?« entgegnete sie keck und verbarg den Schrecken, den ihr seine Bemerkung eingejagt hatte.

»Hat Dame Léonie schon über deine Zukunft entschieden?« Rogier entdeckte, daß ihn das Mädchen faszinierte, von dem er so wenig wußte.

»Natürlich.« Roxana befreite sich aus dem lockeren Griff und lief wie ein Blitz in Richtung Stalltür. »Sie erwartet mich in der Nähstube; ich soll dabei helfen, das Brautgewand für Dame Charis zu säumen.«

Ehe Rogier antworten konnte, war sie bereits verschwunden, und der leichte Tritt ihre schnellen Schritte verlor sich über den Hof. Rogier zog eine Grimasse und griff nach unten, um ein tiefschwarzes Kätzchen zu bergen, das über den Rand der Kinderstube auf den Boden gepurzelt war. Es maunzte und biß ihn mit winzig kleinen Zähnen in den Finger.

»Psst! Wirst du wohl!« mahnte er ein wenig unwillig, doch im Grunde meinte er nicht das Kätzchen damit, sondern das junge Mädchen, das sich so geschickt seinem Verhör entzogen hatte. Ganz zu schweigen davon, daß es auch den wichtigen Brief nicht vernichtet hatte. Weshalb schickte der König von Frankreich seiner kleinen Bastard-Schwester heimliche Billetts und ließ sich auch noch absolute Geheimhaltung schwören? Je mehr er darüber nachdachte, um so dringender wollte er eine Antwort auf all diese Fragen erhalten.

Das abendliche Festmahl wurde mit großem Gepränge in der Halle von Glain abgehalten. Mathieu d'Escoudry schien zudem Boten in alle Himmelsrichtungen gesandt zu haben, denn an der Tafel fanden sich Freunde und Nachbarn des verstorbenen Falken ein, die sich über die

Wandlung nicht zu fassen wußten, die mit der alten Burg vorgegangen war. Ein bunter Trupp fahrender Gaukler, der aus Fougères kam und zum Herbstmarkt nach Domfront wollte, sorgte für Kurzweil und Unterhaltung, und die Küche der Burg hatte sich selbst übertroffen.

Benoît de Créqui, der den festlichen Abend für eine Art Verlobungsfeier hielt, thronte auf dem Ehrenplatz, den er an diesem Abend zusammen mit Charis de St. Lubin innehatte. Charis, die ein weiteres der hastig geänderten Gewänder der Hausherrin trug, teilte den silbernen Teller mit dem Gast und wirkte erstaunlicherweise fast wie eine glückliche Braut. Die Standpauke, die ihr Roxana beim Ankleiden gehalten hatte, hatte dafür gesorgt, daß sie ihre Rolle spielte und den besorgten Seigneur nicht erneut durch eine strikte Ablehnung in Verlegenheit brachte.

»Was wollt Ihr erreichen?« hatte Roxana gefragt und die Schnüre des Untergewandes so gnadenlos angezogen, daß Charis fürchtete, keine Luft mehr zu bekommen. »Einen Aufschub Eurer Heirat? Das erreicht Ihr am ehesten, wenn Ihr gute Miene zum bösen Spiel macht. Jeder Widerstand führt nur dazu, daß man Euch sofort vor den Altar schleift, um der lästigen Angelegenheit ein Ende zu machen. Wenn Ihr schon sonst nichts erreicht, so spielt wenigstens auf Zeit!«

Zeit, natürlich! Roxana hatte recht, um so mehr, als Charis zu ihrer Überraschung entdeckt hatte, daß sie in dem grimmigen Bec Noir einen unerwarteten Verbündeten besaß. Ausgerechnet Simons Hauptmann entpuppte sich als Helfer in der Not.

Der schwarzbärtige Krieger hatte auf sie gewartet, als sie aus der Kapelle trat, und aus seinen mürrischen Worten hatte sie unschwer entnommen, daß er weder mit den Taten seines Herrn noch mit dessen Plänen einverstanden war. Seit Simon d'Escoudry seine Geisel nach Glain gebracht hatte, gab es weder Kämpfe noch Siege oder gar Beute für Bec Noir und die anderen Männer. Der Schwarze war kein Freund von Müßiggang, und Frauen mißtraute er ohnehin grundsätzlich.

»Es ist an der Zeit, daß Ihr heimkehrt«, hatte er gesagt, und als Charis ihre Bereitschaft verkündete, eben das zu tun, waren sie unverhofft zu Verbündeten geworden. Bec Noir bot sich an, eine Nachricht nach Tinténiac zu bringen. Er würde Eustache nach Glain führen und ihr helfen, die Burg ungesehen zu verlassen, so daß sie sich wieder in die Obhut ihres Bruders begeben konnte.

Es war die Lösung aller Probleme. Charis hatte in Windeseile einen Brief geschrieben. Nun konnte sie nur hoffen, daß Bec Noir sein Versprechen hielt und Eustache kam, ehe man sie dazu zwang, die Gattin Simon d'Escoudrys zu werden.

Aus diesem Grunde hob sie den Becher und trank auf das Wohl des Mannes, der auf ihrer anderen Seite saß und sie mit einer Mischung aus Mißtrauen und zunehmender Begeisterung beobachtete. Simon d'Escoudry hatte sich die Mühe gemacht, für diesen Anlaß seine besten Gewänder herauszusuchen, und seine blonden Haare glänzten frischgewaschen. Charis mußte zugeben, daß sie ihn noch nie so schmuck erblickt hatte.

Über engen dunklen Leinenhosen trug er ein leuchtend grünes Übergewand, das bis auf seine Schuhspitzen reichte und mit prächtig verzierten Gehschlitzen an der Seite versehen war. Durch die geschlitzten Ärmel sowie am halbrunden Halsausschnitt blitzte das weiße Seidenhemd mit den silbernen Stickereien, das er darunter trug, und ein winziger Schnitt an seinem rechten Jochbein bewies, daß er sich gründlicher als sonst rasiert hatte.

Freilich, auch Simon war von seiner künftigen Gemahlin äußerst angetan. Die Tatsache, daß alle ihre Kleider hastig für sie geändert werden mußten, hatte zur Folge, daß sie meist sehr schlichte, weichfließende Gewänder trug, die lediglich mit kostbaren Unterröcken oder Tuniken prunkten. Das Exemplar dieses Tages war aus eisblauer, schwerer Seide, und es umschmeichelte ihren schlanken, stolzen Körper wie ein schimmernder Wasserfall.

Der spitze Hennin, den sie dazu trug und von dessen hoher Spitze ein hauchfeiner Schleier herabrieselte, verlieh ihrer Erscheinung eine königliche Grazie. Wenn sie, wie in diesem Moment, lächelte, fühlte er einen geradezu lächerlichen Stolz auf sie.

Sicher war auch Léonie schön, genau wie die eine oder andere der Damen, die heute an der Tafel saßen, aber keine konnte es mit der anmutigen Erscheinung von Charis de St. Lubin aufnehmen. Wenn er nur wüßte, weshalb sie an diesem Abend darauf verzichtete, ihre strikte Ablehnung der geplanten Ehe erneut zu demonstrieren!

Daß sie es sich anders überlegt haben sollte, vermochte er nicht zu glauben. Er kannte sie zwar nicht sehr gut, aber er wußte inzwischen, daß sie nicht zu jenen Menschen gehörte, die einmal gefaßte Entschlüsse und Meinungen leichtfertig umwarfen. Es mußte einen Grund für dieses Lächeln geben, mit dem sie ihn bedachte. Eine Erklärung für die charmante Freundlichkeit, mit der sie auf Créquis Scherze reagierte. War es möglich, daß sie etwas im Schilde führte?

Auch Rogier d'Escoudrys Gedanken gingen in eine ähnliche Richtung. »Man sollte dafür sorgen, daß Simon so schnell wie möglich in ihrem Bett landet«, murmelte er, und seine Worte waren nur für die Ohren Mathieus bestimmt. »Ich traue dieser Dame nicht. Doch ist sie von edler Geburt und verdient mit Achtung behandelt zu werden. Das vernünftigste wäre, Simon schafft vollendete Tatsachen, und so, wie er sie ansieht, wird es ihm nicht schwer fallen. Man könnte meinen, er würde viel lieber sie verspeisen als sein Mahl.«

Charis ahnte, daß man über sie sprach. Sie konnte es spüren. Die feinen Härchen, die sich in ihrem Nacken aus den hochgesteckten Haaren gelöst hatten, sträubten sich förmlich in dem Empfinden, von allen belauert und beobachtet zu werden. Sie zwang sich, wenigstens so viel zu essen, daß es keinen Verdacht erregte, und sie sprach dem schweren Wein in ihrer Aufregung mehr als sonst zu. Immerhin löste sich dank seiner Hilfe ihre Anspannung ein wenig, und der Druck auf ihren Schläfen ließ nach.

»Erlaubt, daß ich Euch die Zukunft vorhersage, schöne Dame!«

Eine der Gauklerinnen, eine dunkle, glutäugige Frau mit wettergegerbtem Gesicht und geschmeidigen Bewegungen, hatte sich dem Herrschaftstisch genähert und streckte auffordernd ihre Hand nach der von Charis aus.

Charis wollte nicht, doch Benoît de Créqui teilte die Neugier vieler seiner Zeitgenossen auf die Zukunft und warf der Frau eine großzügig bemessene Münze zu.

»Habt Ihr Angst vor der Zukunft?« fragte Simon auch noch herausfordernd, und Charis reckte das stolze Kinn noch ein wenig höher in die Luft, als sie der Frau die Hand endlich hinhielt.

»Ich glaube nicht an derlei Unsinn«, erwidert sie kühl. »Unser Schicksal liegt in Gottes Hand, und niemand vermag es vorauszusagen!«

Die Frau in den bunten Flitterkleidern beugte sich konzentriert über die schmale Hand, deren schlanke Finger und feste Haut davon kündeten, daß ihre Besitzerin beileibe kein müßiges Leben geführt hatte.

»Ihr werdet nicht müde, gegen Euer gegebenes Schicksal aufzubegehren ...«, begann die Wahrsagerin und achtete nicht darauf, daß Simon d'Escoudry sein Auflachen hinter einem Husten zu verstecken suchte. Er neigte dazu, Charis' Meinung über die Frau zu teilen. Es kostete keine große Phantasie, in seiner stolzen Charis eine Rebellin zu erkennen.

»Hört auf die Stimme Eures Herzens, wenn der Tag der Entscheidung kommt, sonst werden Blut und Tränen die Säume Eures Gewandes nässen und jene vernichten, die Ihr mehr liebt als Euch selbst. Die Rose und das Schwert sind Eure Zukunft.«

»Die Rose und die Streitaxt«, verbesserte Charis ganz mechanisch, als die Frau ihre Hand wieder freigab. »Ihr habt Euch getäuscht. Ihr müßt die Rose und die Streitaxt meinen.«

Sie fühlte sich ein wenig unbehaglich unter dem kritischen Blick der fremdartigen Frau, die doch eigentlich dankbar für jedes Almosen hätte sein müssen, aber statt dessen die Haltung einer Fürstin zeigte, der eine lästige Untertanin widersprach.

»Die Rose und das Schwert«, wiederholte sie streng. »Die Streitaxt wird untergehen, denn sie wurde von Verrätern mißbraucht.«

Niemand hielt sie auf, als sie sich zum Gehen wandte, während auf der anderen Seite der Tafel zwei Männer mit bunten Holzkugeln jonglierten und ein dritter seine Künste auf Stelzen vorführte. Wie es schien, hatten nur Simon und Benoît de Créqui die befremdliche Weissagung vernommen, und beide versuchten sie Charis zu beruhigen, die plötzlich verwirrt und ängstlich wirkte.

»Hier, nehmt doch von diesen Birnentörtchen, ich muß sagen, nicht einmal bei Hofe habe ich etwas derartig Köstliches gegessen ...« sagte der königliche Bote.

»Trinkt und vergeßt das närrische Geschwafel.« Simons Worte waren knapper. »Hätte ich gewußt, daß sie solchen Unsinn redet, hätte ich nie zugelassen, daß sie Euch belästigt.«

Charis sah für einen leichtsinnigen Moment lang in die klaren grünen Augen. Sie las die Besorgnis darin, sah die Bereitschaft, jeden zur Rechenschaft zu ziehen, der ihr zu nahe trat. Es besänftigte sie mehr, als seine Worte es vermocht hätten. Nicht einmal ihr geliebter Vater hatte sich jemals derart bedingungslos zu ihrem Beschützer aufgeschwungen. Es mußte ein schönes Gefühl sein, umsorgt und behütet zu werden. Natürlich nur von dem richtigen Ritter und nicht von einem umherziehenden Raubritter, der zur Familie ihrer Feinde gehörte.

Simon sah fasziniert, wie sich ihre wechselnden Gefühle im Ausdruck ihrer Augen widerspiegelten. Wie nachdenkliches Erstaunen von zärtlicher Wärme abgelöst wurde und dann wieder von jenem verhängnisvollen, wilden Trotz, mit dem sie ihm so hartnäckig Widerstand leistete und der ihm sagte, daß sie sich gegen ihn und ihre gemeinsame Zukunft bis zum letzten Atemzug sträuben würde.

Sie mochte hier an seiner Tafel sitzen und lächelnd den

Becher heben, wenn alle auf die bevorstehende Vermählung tranken, aber – der Teufel sollte ihn holen! – sie tat es, weil sie von etwas ablenken wollte. Die Frage war nur – wovon?

Charis griff nach ihrem silbernen Becher und leerte ihn bis auf den Grund aus. Sie fühlte sich durchschaut, um ihre Ruhe gebracht und auf seltsame Weise auch zur Rechenschaft gerufen. Simon konnte doch nicht wissen, daß sie log! Oder doch? Hatte Bec Noir sie verraten? War sie einem Schwindler auf den Leim gegangen? Beabsichtigte er gar nicht, Eustache ihren Hilferuf zu überbringen?

»Bei Gott, Ihr seid schön!« sagte Simon in diesem Moment und zog sie ein wenig näher an sich heran. »Ihr seid die schönste Dame in dieser Halle.«

Er schien ihre Hand gar nicht mehr loslassen zu wollen, doch Charis störte sich nicht daran. Sie war sich nur der Wärme seiner Finger bewußt, der mühsam gebändigten Kraft seiner Muskeln und der verheerenden Ausstrahlung seiner Männlichkeit, und es gelang ihr nicht, sich aus seinem zwingenden Blick zu lösen.

»Jetzt sehe ich, was Ihr meint«, sagte in diesem Moment Rogier d'Escoudry zu Mathieu, als er zufällig Zeuge dieser Szene wurde. »Würde ein Blitz zwischen die beiden fahren, die Halle stände im Nu in Flammen. Bei Gott, man muß schon Simons kriegerischen Geist besitzen, um auch noch hinter den Vorhängen des Alkovens den Kampf fortzusetzen!«

Als Simon Charis wieder freigab, schloß sie unwillkürlich die Hand um das Handgelenk. Es fiel ihr schwer, Haltung zu bewahren, und so rettete sie sich in Verachtung und Trotz.

»Es ist mir egal, ob ihr mich für schön oder abgrundtief häßlich haltet, Seigneur. Eure Meinung interessiert mich nicht.«

»Wie bedauerlich!« Simon lächelte in das beherrschte, schöne Angesicht. »Ihr werdet lernen müssen, mehr Wert auf meine Ansichten zu legen, meine Schöne! Aber Ihr seid müde, der Tag hat mehr Aufregungen für Euch bereit gehalten, als selbst Eurer bewundernswerten Stärke zugemutet werden kann. Erlaubt, daß ich Euch entschuldige und in Eure Kammer geleite? Ihr benötigt Ruhe und Schlaf.«

Was war das nun? Der neuerliche Versuch, sie zu beherrschen, oder liebevolle Rücksicht, da ja er allein wußte, was in den letzten Stunden alles passiert war? Charis entschied, nicht jetzt, sondern ein anderes Mal darüber nachzudenken, denn die festlich geschmückte Halle verschwamm vor ihren Augen, und die schrillen Klänge der Pfeifen und Zimbeln schmerzten sie in den Ohren. Sie erhob sich schweigend und legte ihre Hand auf den dargebotenen Arm.

Sie boten ein spektakuläres Bild, der Krieger in der eleganten Tunika und die Schöne mit dem hoch aufragenden Hennin. Seine kraftvolle Erscheinung betonte ihre Weiblichkeit, und manch ein Blick folgte dem Paar mit einem Lächeln, in dem sich Verständnis und Neid mischten. Die romantische Version der Ereignisse hatte die Runde gemacht, und kaum jemand sprach noch von der Entführung, die zuvor alle Gemüter beunruhigt hatte.

Charis schritt durch das Spalier der neugierigen Gesichter wie durch eine Wolke aus kühlem Nebel. Wenn sie sich über etwas wunderte, dann nur über den Umstand, daß Simon d'Escoudry keine Anstalten machte, ihre Schwäche auszunutzen. Er führte sie in ihre Kemenate, versicherte sich, daß ihr Roxana als Zofe zur Verfügung stand, und empfahl sich mit höfischer Eleganz.

»Man könnte meinen, Ihr seid enttäuscht, daß er gegangen ist«, provozierte Roxana sie, denn sie hatte den Blick bemerkt, den Charis Simon hinterhergeworfen hatte.

»So enttäuscht wie der Delinquent, daß sein Henker das Schwert nicht senkt«, entgegnete Charis trocken. »Hilf mir bitte, diesen Hennin abzulegen, er drückt schauerlich. Ich bin mir vorgekommen wie ein Turm.«

»Es ist die neueste höfische Mode.« Roxana lächelte und löste vorsichtig die Nadeln. »Hört auf, Euch ständig kleiner machen zu wollen. Ihr habt alle anderen Damen im Saal überstrahlt.«

»Ich will nicht strahlen«, meinte Charis deprimiert. »Ich will ...«

Sie brach ab. Was wollte sie? Die Zeit zurückdrehen? Das war ebenso unmöglich, wie den Mond vom Himmel zu holen. Welch närrische Gedanken sie bewegten!

»Setzt Euch!« befahl Roxana, »damit ich dieses Ding abnehmen kann!«

Etwas in Charis' Haltung gab ihr zu denken. Sie würde Omar bitten, diese Nacht vor ihrer Kammer zu wachen und ein sorgsames Auge auf sie zu haben. Das würde ihn auch davon abhalten, sich ständig an ihre, Roxanas, Fersen zu heften. Was sollte ihr in Glain schon passieren? Der Schutz des Falken reichte über das Grab hinaus, und sie hatte zudem einen mächtigen Verbündeten bekommen.

Sie versicherte sich, daß der Brief noch in ihrem Mieder steckte. Sie konnte sich nicht entschließen, ihn zu vernichten. Er war wie eine Brücke, die aus der Vergangenheit in die Zukunft reichte.

15. Kapitel

»Simon? Bei Gott, ich hätte dich zu dieser späten Stunde nicht auf den Zinnen erwartet.«

Rogier d'Escoudry trat aus dem Schatten einer Schießscharte und sah seinen Bruder an, der müßig auf das Land hinaussah, das unter dem milchig-milden Licht des fast vollen Mondes dem nächsten Tag entgegenschlief. Bis auf die Rufe der Wachposten und das vereinzelte Flattern einer Fledermaus lag die Stille wie eine Decke über der Burg. Die laue Brise trug den fernen Salzhauch des Meeres in sich und verleitete zum Träumen.

»Seit wann zerbrichst du dir den Kopf darüber, wie ich meine Nächte verbringe?« erkundigte sich Simon eine Spur zu spöttisch.

»Seit du deine hochgewachsene Amazone mit Blicken

verfolgst, die einen Heuschober in Brand setzen könnten, mein lieber Bruder«, entgegnete Rogier und rieb sich fröstelnd die Hände. Er bevorzugte normalerweise für derlei Gespräche geheizte Gemächer. »Ich hätte gewettet, daß du nicht zögern würdest, den königlichen Freibrief noch in dieser Nacht weidlich auszunutzen. Was suchst du in der Einsamkeit statt in den Armen deiner Dame?«

»Wie du siehst, besitze ich durchaus so etwas wie die Erziehung eines Edelmannes«, brummte sein Bruder. »So dankbar ich dir für deine Hilfe bin, gibt es dir dennoch nicht das Recht, dich in derart persönliche Angelegenheiten zu mischen. Sag mir lieber, wie es in Bezug auf ein Lehen für mich steht. Der König bedenkt mich mit einer Gemahlin, aber wo sie wohnen soll, scheint ihm kein Kopfzerbrechen zu bereiten. Erwartet er, daß sie mit mir von Turnier zu Turnier reitet?«

»Beruhige dich, es gibt vieles zu bedenken, ehe du seiner Majestät Vorwürfe machst. Wie es aussieht, ist es Karl von Anjou, der deinen Wunsch hintertreibt.« Rogier hatte sich entschieden, seinem Bruder gegenüber ganz ehrlich zu sein. »Ich habe noch nicht herausgefunden, weshalb. Nun, er hat großen Einfluß auf den jungen König und hat noch nie zu den Freunden unseres Vaters gehört. Wie es scheint, hat er stets gegen den Einfluß des Falken auf Ludwig opponiert. Er versucht auch den jungen König zu manipulieren, und niemand vermag klar einzuschätzen, wie weit es ihm gelingt.«

Simon langweilten die politischen Intrigen, er interessierte sich nur für Tatsachen. »Willst du damit behaupten, daß es dir nicht gelungen ist, meine Sache vor seiner Majestät erfolgreich zu vertreten?« fragte er verdrießlich.

»Der Hof schwirrt vor Gerüchten.« Rogier seufzte. Er fand es schwierig, seinem geradlinigen und ehrlichen Bruder die Taktiken der Politiker näher zu bringen. »Irgendein Trottel hat die idiotische Lüge in die Welt gesetzt, daß der Falke seinen Söhnen einen sagenhaften Schatz hinterlassen hat. Reichtümer, die ihm beim Fall von Damiette in die Hände gefallen sein sollen und um deren Verbleib sich die wildesten Gerüchte ranken. Kein Mensch glaubt uns inzwischen, daß wir arm wie die Kirchenmäuse sind, und der Eindruck, den Benoît de Créqui von diesem Hausstand bekommt, trägt nicht dazu bei, die Gerüchte zu entkräften. Das Festmahl war des Königs würdig.«

»Verdammt, das ist Léonies Mitgift!« brauste Simon auf. »Ich will und werde keinen Anspruch auf diesen Reichtum erheben. Ich bin Manns genug, für mich selbst zu kämpfen, und wenn der König dies nicht belohnen will, so werde ich ...«

»... abwarten, bis mein lieber Bruder eine Lösung gefunden hat!« fiel ihm Rogier bestimmend ins Wort. »Du hast Philipp nicht erlebt, als er die Nachricht von deinen Plünderungen und der Brandschatzung von Tinténiac bekam. Was ist in dich gefahren, daß du eine so bodenlose Dummheit begangen hast?«

»Bist du verrückt? Ich habe die Boote an der Furt angezündet und die Dächer der Stallungen in Brand gesetzt, um die Brüder St. Lubin vor weiteren Übergriffen zu warnen. Es kann keine Rede davon sein, daß wir Tinténiac geplündert haben. Ich bin weder ein Dummkopf noch ein Marodeur!« Simon sah seinen Bruder vorwurfsvoll an. »Es sei denn, du hältst es für Plünderung, daß ich Charis entführt habe.«

Rogier runzelte nachdenklich die Stirn. »Eustache de St. Lubin stellt die Sache wesentlich anders dar. Im Grunde wundert man sich allenthalben darüber, daß der König auf weitere Sanktionen gegen dich verzichtet hat, auch wenn der Seigneur von Blois überall herumerzählt, daß es bereits eine ausreichend schwere Strafe für jeden Edelmann sei, mit Charis de St. Lubin verheiratet zu werden, die er als wahren Kirchturm von einer Frau bezeichnet. Da er selbst nicht viel mehr als ein Gnom ist, verwundert seine Sicht der Dinge allerdings wenig.«

»Dieses Schandmaul!« brauste Simon auf und hieb mit einer Hand in die andere. »Man sollte ihm seine dummen Worte zurück in den Hals stopfen. Wenn ich bei Hofe ...«

»Langsam!« Rogier legte eine Hand auf die Schulter seines Bruders und mahnte zu mehr Gelassenheit. »Eustache de St. Lubin besitzt die Unterstützung des Fürsten von Anjou, und Philipp wird nicht offen gegen seinen machtgierigen Onkel Partei ergreifen, obwohl ihm die Königinmutter ständig dazu rät. Du hast mitten in ein gefährliches Wespennest gestochen, und im Moment solltest du nichts anderes tun, als buchstabengetreu die Befehle seiner Majestät zu befolgen.«

»Was willst du eigentlich von mir?« fragte Simon unwillig und fuhr sich mit allen zehn Fingern durch die Haare. »Ich bin bereit, Charis de St. Lubin zu heiraten, obwohl ich bisher noch nicht einmal weiß, unter welchem Dach ich mit meiner hochgeborenen Gemahlin wohnen soll. Ich befolge die Befehle des Königs, und was den Herrn von Anjou betrifft, so habe ich mit seinen ehrgeizigen Angelegenheiten nichts zu schaffen!«

»Ich fürchte, die Dinge sind nicht so einfach, wie du es gerne hättest.« Rogier schüttelte den Kopf. »Solange Karl von Anjou der Meinung ist, daß unsere Familie über einen königlichen Schatz verfügt, wird er nichts unversucht lassen, dessen Wert in Erfahrung zu bringen und seinen Teil davon einzufordern. Da kann ich noch so oft versichern, daß die Gerüchte Unsinn sind. Dieser Mann ist von einer unstillbaren Gier nach Macht und Reichtum besessen, die nur noch von seinem Haß auf unseren verstorbenen Vater übertroffen wird.«

Die Sachlichkeit seiner Stimme überzeugte Simon, und für einen Moment herrschte Schweigen zwischen den Brüdern. Dann gab er sich einen Ruck. »Ist das Gerede denn wirklich Unsinn? Wer weiß schon, welches Leben unser ehrenwerter Vater im Morgenland geführt hat? Wir haben schließlich auch von unserer Schwester nichts gewußt, bis sie plötzlich vor unserer Tür stand.«

Hinter den spöttischen Worten verbarg sich tiefer Groll. Simon hatte seinen Vater bewundert, ihm nachgeeifert und ihn für das Idealbild eines christlichen, edelmütigen Ritters gehalten. Daß jener Ritter seine ihm angetraute Gattin betrogen und mit einer Maurin ein Kind gezeugt hatte, konnte er ihm immer noch nicht verzeihen. Es hatte einen Schatten auf sein Gemüt geworfen, der endgültig jedes sanfte Gefühl, jede Fähigkeit zu vorbehaltloser Liebe in ihm getötet hatte.

Simon d'Escoudry vertraute seit dieser Zeit nur noch sich selbst. Er beschränkte seine Gefühle anderen Menschen gegenüber auf eine sorgsam bemessene Distanz, die verhindern sollte, daß er noch einmal verletzt wurde. Seine Fähigkeit zu bedingungslosem Vertrauen war mit Roxanas Ankunft verschwunden.

Rogier wußte gut, was in Simon vorging. Auch er hatte unter dem Verrat des Vaters gelitten, wenngleich ihm seine Intelligenz und seine Logik sagten, daß kein Mensch vollkommen war und daß der Falke ohnehin ein übermenschliches Maß an ritterlichen und gottesfürchtigen Eigenschaften besessen hatte. Es war vielleicht zuviel verlangt, von ihm auch noch die absolute Treue eines Heiligen zu fordern. Aber Simon würde nichts davon hören wollen. Sein Vater war Held und Gott zugleich für ihn gewesen.

»Ich würde meinen Arm dafür geben, um zu erfahren, was in Damiette geschehen ist«, sagte Rogier aus diesen Gedanken heraus.

Simon lachte zynisch auf. »Ich nicht. Die schmutzige Liaison ist es nicht wert, sich den Kopf darüber zu zerbrechen. Wer sich in die Fänge einer Frau begibt, ist selbst daran schuld ...«

»Und trotzdem willst du Dame Charis zu deiner Ehefrau machen?«

Simon nickte und starrte versonnen in die Nacht hinaus. Er hatte genügend Zeit gehabt, sich über seine Motive und seine Wünsche klarzuwerden, und er zählte sie nun auf, als handle es sich um den Kauf eines neuen Streitrosses.

»Ich will sie haben, aber ich nehme sie nur zu meinen Bedingungen«, erwiderte er. »Ich werde mich weiß Gott nicht zum Sklaven eines Rockes machen, darauf kannst du mein noch nicht vorhandenes Lehen verwetten!«

Rogier versagte sich einen Widerspruch. Wie kam er dazu, den Älteren darauf hinzuweisen, daß er sich vielleicht in seiner Braut täuschte? Die Dame sah nicht danach aus, als akzeptierte sie Bedingungen, mit denen sie nicht einverstanden war. Vermutlich konnte Simon von Glück sagen, wenn sich die beiden erst nach ihrer befohlenen Eheschließung in die Haare gerieten, so daß zumindest der Form Genüge getan wurde.

Die Person, um die es bei diesem Gespräch ging, lag währenddessen mit offenen Augen im Bett. Obwohl erschöpft bis in die Tiefen ihres Seins, fand Charis de St. Lubin in dieser Nacht keinen erholsamen Schlaf. Tausend Fragen bedrängten sie, unter anderem auch jene, was Eustache tun würde, wenn er ihre Nachricht erhielt.

»Ich werde auf Glain gefangen gehalten und zur Ehe mit einem unserer Feinde gezwungen«, hatte sie geschrieben. *»Befreit mich, ehe es zu spät ist! Eure gehorsame Schwester Charis de St. Lubin.«*

Sie hatte sich um klare Schrift und große Buchstaben bemüht, damit Eustache die Nachricht lesen konnte, ohne auf fremde Hilfe angewiesen zu sein. Aber würde er auch die richtigen Entscheidungen treffen? Würde er sich an das Edikt des Königs halten, die Feindseligkeiten einzustellen? Bestand die Möglichkeit, daß er sie einfach befreite, ohne ein Blutbad anzurichten?

Hatte sie mit ihrem Hilferuf nicht das Verderben auf Dame Léonie, auf den kleinen Jungen, auf Roxana und alle anderen herabbeschworen, die sich ohne ihr Zutun in ihr Herz geschlichen hatten? Und wenn es zum ritterlichen Zweikampf zwischen Simon und Eustache kommen sollte, was dann? Wem sollte sie den Sieg wünschen? Wie schrecklich, daß sie sich diese Frage überhaupt stellen mußte, daß ihre Treue und Loyalität ins Wanken gekommen waren!

Unwillkürlich schlang sie die Arme um sich selbst, als könnte sie damit jenes eisige Bangen vertreiben, das tief in ihr steckte. Weshalb zwang ihr das Schicksal solche Entscheidungen auf? Was hatte die Wahrsagerin verkündet? »Blut und Tränen werden die Säume Eures Gewandes nässen und jene vernichten, die Ihr mehr liebt als euch selbst!«

Charis hatte Angst. Hier allein in der Finsternis konnte sie es ja zugeben. Die Dinge waren in Bewegung geraten, und es gab niemanden, der das gefährliche Rad aufhalten konnte, das sich unaufhaltsam in Richtung Abgrund drehte. Wessen Blut und wessen Tränen hatte die Gauklerin gemeint?

Irgendwo auf den Zinnen schrie ein Käuzchen, und der hohle Ruf fand ein banges Echo in Charis' Brust.

Am liebsten hätte sie sich in die warmen, starken Arme eines Menschen geflüchtet, der es gut mit ihr meinte. Eines Menschen, der sie verstand und dem sie ihren Kummer anvertrauen konnte. Eines Menschen, dem an ihr lag und der sie nicht wie ein lästiges Handelsgut von einer Ecke in die andere schob.

Daß dieser Mensch sehr wohl einen Namen und ein Gesicht hatte, war das Schlimmste an diesem Gedanken. Simon d'Escoudry meinte es mit niemandem außer mit sich selbst gut. Er befriedigte lediglich seine Lust und seine Spottsucht an ihr. Mehr als ein williges Spielzeug würde sie nie für ihn sein.

Dieser Mann empfand Begehren, Lust und Leidenschaft, aber Dinge wie Herzenswärme, Zärtlichkeit und Vertrauen hatten in seinem Leben keinen Platz. Er war ein gefühlloser, roher Eisenfresser. Ein Kämpfer ohne jede Fähigkeit zu lieben.

Weshalb nur schmerzte diese Erkenntnis so entsetzlich?

Rogier, Simon und Charis waren nicht die einzigen Menschen auf Glain, die in dieser Nacht der Schlaf floh. Auch die beiden finsteren Gestalten, die sich in einer versteckten Nische neben der Waffenkammer getroffen hatten, wählten den Schutz der Dunkelheit, um jene Befehle zu tauschen, die überbracht werden mußten.

»Wie auch immer Ihr es anstellt«, raunte der eine unterdrückt, »es muß so aussehen, als hätte Simon d'Escoudry diesen Tod auf dem Gewissen. Wenn Ihr die anderen Brüder ebenfalls mit hineinziehen könnt, um so besser. Aber eilt Euch, denn es ist am günstigsten, solange alle Aufmerksamkeit dieser Hochzeit gilt und jedermann noch im Ohr hat, daß die Dame sich geweigert hat, diese Ehe zu schließen! Habt Ihr verstanden?«

Der andere beschränkte sich auf ein Nicken und darauf, den schweren Beutel einzustecken, der verstohlen seinen Besitzer wechselte. Er nahm nicht gerne Befehle an, aber in diesem Falle trafen sich seine Interessen mit denen eines mächtigen Mannes. Er zögerte nicht, diesen Umstand auszunutzen. Erst wenn die Familie des Falken vom Erdboden getilgt war, würde er zufrieden sein. Wenn alle vernichtet waren, die ein Leben auf dem Gewissen hatten, das ihm teurer als der eigene Atem gewesen war.

»Seid Ihr sicher, daß niemand bezüglich Eurer Person Verdacht geschöpft hat?«

Eine lächerliche Frage, die keiner Antwort bedurfte, und so schüttelte er nur den Kopf. Er war bereits verschwunden, ehe der andere Mann begriffen hatte, daß er allein zurückgeblieben war.

Unwillkürlich zog Benoît de Créqui den Umhang enger um seine Schultern, damit niemand das prächtige Gewand erkennen konnte, welches er unter dem Mantel trug. In Momenten wie diesem fragte er sich ernsthaft, ob er nicht das Falsche getan hatte, als er sich einem Herrn verpflichtete, der derartige Dinge von ihm verlangte.

Doch auf den jungen König zu bauen wäre sicher noch leichtsinniger gewesen. Karl von Anjou hatte die heimliche Macht in Frankreich, und nur ihm würde er dienen. Das Amt des königlichen Konnetabels winkte ihm dafür, und dies war jede Mühe wert.

Charis konnte nicht sagen, ob sie Stunden oder nur wenige Augenblicke geschlafen hatte, als der fröhliche Morgengruß Roxanas sie aus einem bleiernen Schlummer riß. Es kostete sie Mühe, die Lider zu öffnen, und der dumpfe Druck hinter ihrer schmerzenden Stirn wurde durch das dämmerige Licht des Morgens nur verstärkt. Sie versuchte zu beten, den Himmel um Kraft für diesen Tag zu bitten, aber die Worte wollten sich in ihrem Kopf nicht in die richtige Ordnung bringen lassen.

Hatte sie denn ein Recht, den Erlöser um Hilfe anzuflehen? Wann hatte sie das letzte Mal gebeichtet und ihre Sünden bereut?

»Das ist der Wein des Festmahles«, meinte Roxana lächelnd. »Ich habe Euch vorsorglich einen Kräutertrank mitgebracht, der Euch helfen wird. Aber vielleicht wollt Ihr zuerst den Abtritt aufsuchen ...«

Charis stöhnte. Wie sollte sich ein Mensch in fromme Meditationen versenken, wenn dieses Kind von so profanen Dingen sprach?

»Wartet, ich helfe Euch in einen Mantel, der Morgen ist recht kühl«, plauderte Roxana unbeeindruckt weiter. »Wenn der Wind von der See kommt, erwarten wir immer Regen. Wie war das bei Euch auf Tinténiac? So weit ich weiß, liegt die Burg mehr im Landesinneren, aber in ihrem Mündungsgebiet ist die Rance bereits Ebbe und Flut unterworfen, nicht wahr? Ich liebe das Meer, ich erinnere mich zu gerne an die Reise, die mich nach Frankreich brachte, auch wenn der Anlaß ein trauriger war. Ich würde zu gerne wieder einmal auf den Planken eines Schiffes stehen und den Wind in den Segeln hören ...«

Charis stutzte, dann erinnerte sie sich, gehört zu haben, daß Roxana erst nach dem Tode des Falken nach Glain gekommen war. Vermutlich meinte sie diese Reise.

»Ihr habt Euren Vater sehr geliebt?« fragte sie neugierig und um sich selbst von ihren eigenen Problemen abzulenken.

»Er war ein wunderbarer Mann«, entgegnete Roxana mit weicher Stimme. »Die wenigen Tage und Stunden, die ich mit ihm verbracht habe, zählen zu den kostbarsten Erinnerungen meines Lebens. Ich bin seinem Namen und seiner Ehre auf immer verpflichtet.«

Charis nickte düster und hüllte sich in den Mantel, den ihr Roxana hinhielt. Sie warf der Jüngeren einen vorwurfsvollen Blick zu.

»Dann müßtest du doch eigentlich verstehen, weshalb ich mich nicht mit einem Manne verbinden kann, dessen Familie den Tod meines Vaters verschuldet hat. Es bedeutet, daß ich ihn verrate und den Mord an ihm verzeihe! Das darf und will ich nicht!«

Roxana hielt Charis' vorwurfsvollen Blick ohne Wimpernzucken stand. »Man kann vieles verzeihen, wenn die Liebe im Spiel ist, auch das hat mich mein Vater gelehrt!«

»In diesem Fall geht es nicht um Liebe, sondern um Macht«, verbesserte Charis hartnäckig.

Roxana verzog den Mund und gönnte Charis jenes Lächeln, das stets den Eindruck vermittelte, als nähme sie ihren Gesprächspartner nicht ganz ernst.

»Es geht viel öfter um Liebe, als Ihr denkt, Dame Charis!« behauptete sie.

Charis mußte an diese Behauptung denken, als sie wenig später in die Halle trat und dort Simon d'Escoudry vorfand, der sie mit einer höfischen Reverenz begrüßte. Unter Dame Reinettes strenger Hand waren die Folgen des Festmahles vom Abend zuvor beseitigt worden. Frisches Stroh deckte den Steinboden, und eine Schicht wohlduftender Kräuter sorgte dafür, daß auch die frische Luft, die durch die Halle zog, nach Sommer und Sonne duftete.

Man hatte die Bretter der Schragentische beiseite geschafft, und nur der große lange Familientisch war an seinem Platz geblieben. Die drei Söhne des Falken nahmen dort gemeinsam mit Benoît de Créqui ihr Morgenmahl ein.

Charis konnte nicht umhin, die Gruppe immer wieder aus den Augenwinkeln zu beobachten, während sie sich den Frauen zugesellte, die um Dame Léonie geschart mit den Vorbereitungen für eine Hochzeit beschäftigt waren, die sie nicht wünschte und die auch nie stattfinden würde, wenn es nach ihr ginge.

»Der Seigneur de Créqui drängt«, erklärte die Burgherrin, die Charis' Blicke sehr wohl bemerkte. »Er hat Bruder

Sylvain, unseren Burgkaplan, gebeten, Eure Trauung heute nachmittag vorzunehmen. Wie es scheint, ist seine Anwesenheit bei Hofe erforderlich, und er kann erst reiten, wenn er Euch sicher vermählt weiß.«

»Aber ich ...« Charis brach ab und biß sich auf die Lippe.

Heute schon? So schnell? Unmöglich, daß Bec Noir seine Botschaft bereits überbracht hatte. Was sollte sie tun? Wie sich verhalten?

»Kann es nicht sein, daß Ihr trotz allem, was Euch trennt, ein wenig Gefühl für meinen Schwager aufbringt?« fragt Dame Léonie direkt.

Ein wenig? Charis hätte am liebsten aufgelacht. Ganze Wagenladungen der widersprüchlichsten Gefühle empfand sie für den stattlichen Seigneur. In erster Linie natürlich Zorn, Haß, Verachtung, Abscheu, Widerwillen. Er war der Verursacher allen Übels, das ihr zugestoßen war.

»Ihr seid ja auch nicht gewaltsam entführt worden«, sagte Charis und wich damit einer direkten Antwort aus. Nervös zupfte sie an den hellblauen Bändern, die Roxana in ihre Zöpfe geflochten hatte. »Ihr könnt nicht ahnen, was es bedeutet, zur Kriegsbeute zu werden und den eigenen Willen aufgeben zu müssen.«

Aus den Augenwinkeln sah sie, wie Simon d'Escoudry sich ein Stück des riesigen Schinkens absäbelte, den ihm ein Bediensteter hinhielt. Im Gegensatz zu ihr schien sein Appetit unter den Ereignissen nicht zu leiden. Sie empfand schon die Art, wie er ein kleines Eck abteilte, in den Mund steckte und kaute, als pure Provokation.

»Betrachtet Ihr ihn deswegen so genau, wenn Ihr denkt, daß es niemand merkt?« fragte Dame Léonie so leise, daß nur Charis es verstand.

Charis spürte, wie Röte ihr Gesicht überflutete. Sie versuchte es zu verbergen, indem sie sich nach dem kleinen Jungen bückte, der in seinem Körbchen zu Füßen der Mutter lag und friedlich schlief.

»Ihr täuscht Euch ...« murmelte sie verlegen und betrachtete das friedliche Kinderantlitz.

»Mag sein«, räumte die Burgherrin freundlich ein. »Aber ich ziehe es vor, auf meine Augen und auf mein Herz zu vertrauen, und beide sagen mir, daß Ihr füreinander geschaffen seid, Simon und Ihr! Hört auf, Euch gegen das Schicksal zu wehren!«

»Das Schicksal«, wiederholte Charis bitter. »Es wird immer zitiert, wenn es darum geht, eine bittere Pille zu versüßen. Es darf nicht mein Schicksal sein, den Mord an meinem Vater zu entschuldigen.«

Léonie d'Escoudry dachte unwillkürlich, wie täuschend demütig Charis' Haltung wirkte. In Charis de St. Lubin brannte ein Feuer, das sie nicht nachvollziehen konnte. Eine Leidenschaft, die sie ebenso erschreckend wie faszinierend fand, aber gleichzeitig glaubte sie auch zu wissen, daß in diesem stolzen Herzen die Sehnsucht einer jeden Frau nach Liebe wohnte.

»Ihr tut Euch selbst weh«, sagte sie schließlich leise. »Ich hoffe für Euch, daß Ihr es einseht, ehe Ihr Simon und Euch selbst ins Verderben gerissen habt.«

»Dann helft Eurem Schwager, indem Ihr diese Eheschließung verhindert«, sagte Charis widerspenstig.

»Ihr wißt selbst, daß man einem Befehl des Königs gehorcht«, erinnerte Léonie sie.

Charis richtete sich wieder auf. »Dann müssen die Dinge eben ihren Lauf nehmen«, entgegnete sie mit einer Ruhe, die sie nicht empfand.

16. Kapitel

Die Stunden verrannen, ohne daß eine himmlische oder weltliche Macht eingegriffen und Charis de St. Lubin gerettet hätte. Die emsigen Vorbereitungen für die Eheschließung wurden noch hastiger vorangetrieben, und als die Glocke von Glain zum Sonnenuntergang läutete, traten Roxana und die anderen Frauen einen Schritt zurück, um die Braut zu begutachten, die schweigend und wie erstarrt vor ihnen stand.

Ihr Gesicht schien wie versteinert, doch das tat ihrer Schönheit keinen Abbruch, und man mußte zugeben, daß für die Kürze der Zeit Erstaunliches vollbracht worden war. Von Kopf bis Fuß in cremefarbene Seide gehüllt, die je nach Lichteinfall rosig oder bläulich schimmerte, glich Charis dem morgendlichen Himmel bei Sonnenaufgang. Über der Robe trug sie eine schlichte weiße, ärmellose, vorne offene Samttunika, deren Säume und Kanten mit hellem, seidigen Pelz besetzt waren, so daß das tief ausgeschnittene Unterkleid und seine kleine Schleppe wie in einem zusätzlichen Rahmen zur Wirkung kamen.

Die hellen goldenen Locken, deren rötlichen Schimmer Roxana durch eine entsprechende Kräuterspülung noch verstärkt hatte, lagen wie ein zweiter schimmernder Mantel über dem hellen Stoff. Sie wurden lediglich von einem silbernen Stirnreif gehalten, in dessen Mitte ein spektakulärer Saphir glitzerte, der mit Charis' Augen um die Wette leuchtete. Sie hatte nicht zu fragen gewagt, aus welcher Schatulle dieses Juwel kam.

Charis betrachtete ihr Bild im Spiegel und konnte nicht fassen, daß sie die Person sein sollte, die ihr da entgegenblickte. Prächtig geschmückt, makellos und so rein wie der frisch gefallene Schnee an einem klirrend kalten Wintertag. Weshalb sah man ihrer Stirn nicht an, daß sie darunter die schwärzesten Gedanken hegte? Daß sie gegen die unsichtbaren Gitter einer Falle rebellierte, die sich mit jedem Herzschlag enger und enger um sie schloß?

»Ich wünsche Euch alles Glück dieser Welt«, wisperte Léonie d'Escoudry und schloß ihre künftige Schwägerin sanft in die Arme.

Charis vernahm die Worte und spürte die liebevollen Küsse auf ihren Wangen, aber sie war nicht in der Lage zu antworten. Das Brautkleid verstärkte ihren Eindruck, aus klirrendem Eis zu bestehen. Eine falsche Bewegung, und sie würde in tausend Stücke zerbrechen, die niemand mehr zusammen setzen konnte.

Durch das offene Fenster mit den bunten Glasscheiben drangen das auffordernde Läuten der Glocken und das aufgeregte Stimmengewirr der Leute von Glain, die sich die Feier nicht entgehen ließen, die aus heiterem Himmel den Werktag in einen Sonntag verwandelt hatte.

»Kommt, man wartet in der Kirche auf Euch!« mahnte Léonie nun mit einem Hauch von Ungeduld in der Stimme.

Charis begriff, daß sie keine andere Wahl mehr hatte. Sie war eine Frau, und Frauen hatten zu gehorchen. War das der Ehrentag, um den sich ihre Jungmädchenträume gerankt hatten? Nie hätte sie geglaubt, um einer Fehde willen an einen Mann verschachert zu werden, dessen Herz so kalt war wie der blanke Stahl seines tödlichen Schwertes.

Ich kann nicht! schoß es ihr durch den Kopf, und sie merkte nicht, daß sie die verzweifelten Worte auch laut ausgesprochen hatte.

»Trinkt!« Roxana hielt ihr einen venezianischen Pokal hin, in dem eine grünliche Flüssigkeit schimmerte. »Es wird Euch gut tun!«

An Roxanas Fähigkeit gewöhnt, mit Kräutern und Tränken umzugehen, stürzte Charis die kühle Tinktur ohne zu zögern in einem Zug hinunter. Sie schmeckte Minze in der Mischung, einen Hauch von Hagebutten und etwas anderes, Fremdartiges, das entfernt an kostbare Gewürze und seltsame Länder erinnerte. An Muskat oder Safran. Eine Droge?

Sie suchte Roxanas Blick und fand nur Mitgefühl in den hellen silbernen Augen des Mädchens. Roxana schien als einzige zu begreifen, was in ihr vorging.

Später wußte sie nicht mehr zu sagen, wie sie den Weg die Steintreppe hinunter, durch die Halle und den Hof zur Kapelle zurückgelegt hatte. Sie erinnerte sich daran, daß der feuchte Wind in ihren Haaren gezaust hatte und daß man bunte Herbstblätter und letzte Blüten vor ihren Weg gestreut hatte. Fremde standen Spalier. Neugierige Landleute, Soldaten in polierten Harnischen und das Gesinde der Burg drängten sich auf dieser kurzen Strecke, um einen Blick auf die Braut zu erhaschen, die den Frieden sichern sollte.

Ein paar schüchterne Hochrufe wurden laut, aber die Glocken übertönten am Ende alles. Charis fixierte die wenigen Stufen zur Burgkapelle und die prächtig gewandete Gestalt des Seigneur de Créqui, der dort wartete, um sie ihrem Bräutigam zuzuführen. Er hatte wieder seinen purpurfarbenen Mantel übergelegt, und die Juwelen auf seiner Brust glitzerten mit den Edelsteinen um die Wette, die sein Schwertgehänge und die modische Kappe zierten. Daß er ihrem Blick auswich, fiel ihr zwar auf, doch sie maß dieser Tatsache keine Bedeutung bei.

Sie zögerte, ihm die Hand auf die ausgestreckte Faust zu legen, aber er nahm sie und legte sie auf seine. Charis glaubte eine gewisse Ungeduld in seiner Geste zu spüren und führte es darauf zurück, daß es ihm unangenehm war, eine Edeldame zu einer solchen Ehe zu zwingen. Er machte den Eindruck eines vollendeten Hofkavaliers auf sie, aber er gehorchte nur den Befehlen des Königs, wie es alle Menschen um sie herum taten.

Hatte sie denn eine andere Möglichkeit, als sich ebenfalls dieser fremden, alles beherrschenden Macht zu beugen? Die Kühle des weihrauchduftenden Kirchenschiffes empfing die unfreiwillige Braut, und Charis entdeckte die hünenhafte Gestalt Simon d'Escoudrys, der vor dem Altar auf sie wartete, von seinen beiden Brüdern flankiert. Sogar in dieser verzweifelten Situation machte die Erscheinung des blonden, alle überragenden Ritters Eindruck auf sie.

Im Gegensatz zu Créqui hatte er auf oberflächlichen Prunk verzichtet. Er war in ein mitternachtsblaues Übergewand gehüllt, das mit dunklem Pelz besetzt war. Und die schlichte Eleganz unterstrich sein gutes Aussehen nur.

Wider Willen beeindruckt, unterdrückte Charis im letzten Moment einen Seufzer. Sie blickte zu Simon hin, in dessen Augen sie eine höchst komplexe Mischung der unterschiedlichsten Gefühle zu entdecken glaubte. Am ehesten konnte sie noch ein gewisses Erstaunen erkennen. Vermutlich fragte er sich ebenfalls, wie er in diese unerwartete Lage gekommen war. Aber dann sah sie auch so etwas wie Befriedigung, männliche Selbstsicherheit und eine unerwartete Wärme.

Eine Wärme, die sich wie Balsam auf ihre gereizten Sinne legte und es ihr ermöglichte, in tadelloser Haltung den Weg zum Altar zurückzulegen, der ihr so unerträglich lang schien, obwohl er in Wirklichkeit nur aus wenigen Schritten bestand. Mit feierlichem Ernst nahm Benoît de Créqui dort ihre eiskalten Finger und legte sie in die ausgestreckte Hand des Seigneurs.

Simon d'Escoudry spürte die starre, tödliche Kälte der jungen Frau, und sie tat ihm unwillkürlich leid, weil er wußte, wie sehr sie sich dagegen aufbäumen mußte, daß man über ihren Kopf hinweg Entscheidungen traf und sie zum Gehorsam zwang. Er gönnte ihr ein aufmunterndes Lächeln, das sie beruhigen sollte, bei Charis jedoch nur zusätzliche, heillose Verwirrung anrichtete.

Tausend Fragen standen in ihrem Blick, denn sie begriff nicht, woher sein Verständnis rührte, jenes Verständnis, das ihr die Hoffnung vermitteln sollte, daß er trotz allem auf ihrer Seite stand und sie nicht im Stich lassen würde.

O nein, sie bildete sich das bestimmt nur ein! Niemand hatte je ihre Gedanken und Gefühle verstanden, nicht einmal ihr Vater. Charis übersah jedoch, daß Simon und sie sich in ihrem Charakter so ähnlich waren.

»Kommt!« drang seine leise Stimme an ihr Ohr, und gemeinsam wandten sie sich dem wartenden Kaplan zu, dessen rundes Vollmondgesicht vor Eifer glänzte. Die unerwartete Hochzeit im Beisein des königlichen Boten hatte ihn aus seinem geruhsamen Alltag gerissen und ihm einen plötzlichen Eindruck von der Wichtigkeit der Familie vermittelt, für deren Seelenheil er seit knapp einem Jahr betete.

Charis folgte der feierlichen Messe in einer Mischung aus Verwirrung und Scham. Sie hatte weder gebeichtet noch sich angemessen auf dieses fromme Ereignis vorbereitet. Seit sie sich auf Glain befand, vernachlässigte sie ihre Frömmigkeit ohnehin auf besorgniserregende Weise.

Obwohl sie keine bestimmten Aufgaben im Hauswesen hatte, schien nie soviel Zeit für Gebete und innere Einkehr zu bleiben wie zu Hause auf Tinténiac. Daß sie sich im waffenstarrenden, lieblosen Haushalt ihrer Brüder hinter jener Mauer aus Frömmigkeit und Gebeten versteckt hatte, gestand sie sich nicht ein.

»Und so gebe ich dich, Charis de St. Lubin, in die Hände Simons d'Escoudry!« Plötzlich wurden ihr die Worte, die der Priester gerade sprach, in ihrer Bedeutung nur allzu bewußt. »Auf daß du ihm eine gehorsame Gattin bist, die alle Anordnungen ihres Mannes, seien sie nun rechtens oder nicht, wichtig oder belanglos, vernünftig oder unvernünftig, befolgt. Auf daß du die Mutter seiner Kinder bist und seinem Hause in Frömmigkeit und Sittsamkeit vorstehst, bis daß der Tod Euch scheidet! Sprich mir nach: Ich will dir gehorsam sein ...«

Alles in Charis bäumte sich auf. Plötzliche Röte stieg in ihre Wangen, und sie öffnete die Lippen. Aber in diesem Moment wollte sie so vieles auf einmal sagen, daß nur ein leiser, unverständlicher Laut über ihre Lippen kam. Zugleich wurde ihr der unmißverständliche Druck von Simons Hand bewußt, die ihre Finger umschloß.

Es schien, als dränge durch diese Verbindung eine fremde Macht in ihre Sinne, die sie knebelte. Ihre Stimme war kaum vernehmbar, als sie den Schwur des bedingungslosen Gehorsams, der absoluten Treue bis in den Tod wiederholte. Sie sprach ihn, obwohl sich alles in ihr dagegen aufbäumte!

Simon hingegen schwor volltönend, für sie zu sorgen und ihr ein fürsorglicher und guter Gatte zu sein. Bei ihm war von Gehorsam nicht die Rede, nur Charis mußte in jeder Beziehung untertan sein. Ihr Wille war ohne Bedeutung, sie glich der Magd, die künftig nur für einen Herren zu sorgen hatte und sich jeder Willkür zu unterwerfen hatte.

»So sei es!« verkündete der Priester hingerissen, und sein Gesicht strahlte noch mehr. »Vor Gott und den Menschen seid Ihr nun Mann und Frau!«

Zu spät. Nur das konnte Charis in diesem Moment denken. Es war zu spät. Die Falle war zugeschnappt, ihr Schicksal besiegelt. Man hatte sie an Simon gekettet bis an ihr Lebensende! Das Ende der frommen Zeremonie drang nicht mehr in ihr Bewußtsein. Sie wußte nur eines, der schwere goldene Ring an ihrer Hand machte aus Charis de St. Lubin Charis d'Escoudry und versperrte ihr für immer jeden Weg zurück nach Tinténiac!

Als sie an Simons Arm aus dem Gotteshaus trat, dämmerte bereits der Abend, und im Schein der Fackeln sah sie das Spalier der königlichen Reiter, die auf den Seigneur de Créqui warteten, der unmittelbar nach der Eheschließung Glain verlassen wollte. Daß er in die Nacht hinein ritt, besorgte ihn wenig, da der volle Mond seinen Weg beleuchtete und er genügend Bewaffnete in seiner Begleitung hatte, um Räuberbanden abzuschrecken.

Und Simon d'Escoudry dachte gar nicht daran, den hohen Gast zurückzuhalten. Je früher der König von seinem Gehorsam erfuhr, um so eher würde er vielleicht die erwünschte Entscheidung bezüglich seines Lehens treffen. Daß es dem ehrenwerten Herrn so eilte, weil er nicht Zeuge werden wollte, wie man seine tödlichen Befehle ausführte, konnte Simon nicht ahnen.

Während sich der Reitertrupp hinter dem Seigneur formierte und die beschlagenen Hufe über die Zugbrücke von Glain und durch das Tor hinaus donnerten, schaute Charis sehnsüchtig hinterher. In diesem Moment hätte sie ihre Seligkeit dafür verkauft, hinter dem einfachsten Krieger auf dem Pferd zu sitzen und den Folgen zu entfliehen, die ihre Ehe für sie haben würde.

»Kommt in die Halle! Es ist kühl, und das Festmahl wartet. Wir haben allen Grund zu feiern!« verkündete Léonie d'Escoudry, und Wärme, Licht und die verlockenden Düfte der wundervollsten Gerichte sorgten dafür, daß sie nicht zweimal darum bitten mußte.

»Wahrhaftig, Ihr habt recht, meine Liebe!« stimmte Mathieu seiner Gattin ungewohnt aufgeräumt zu.

Im Bewußtsein, einen tödlichen Konflikt hervorragend

gelöst zu haben, war ihm danach, Léonie zu den Klängen des Reigens durch die Halle zu schwenken und den Spund aus dem besten Weinfaß des Kellers zu schlagen. »Simon, reich deiner Gemahlin den Arm und laß uns dein Hochzeitsfest eröffnen!«

An der Schwelle des großen Hauses überreichte Dame Reinette dem Brautpaar den offiziellen Ehetrunk, und Simon hob mit lässiger Kraft den schweren, juwelenbesetzten Silberpokal hoch, der bis zum Rand gefüllt war.

»Auf Charis d'Escoudry, meine liebenswürdige Gefährtin und die künftige Mutter meiner Söhne!« verkündete er und nahm einen großen Schluck, ehe er das Gefäß an Charis weitergab.

Sie mußte mit beiden Händen zugreifen und wollte schon trinken, doch sie las in den erwartungsvollen Gesichtern um sich herum, daß man auch von ihr einen Trinkspruch erwartete.

»Auf Simon d'Escoudry«, sagte sie leise. »Den Mann, der mich gezwungen hat, meinen Vater zu verraten!«

Obwohl nur die Menschen, die unmittelbar um Charis und Simon standen, die ketzerischen Worte gehört hatten, riefen sie eine unheilvolle Stille hervor. In diesem Moment war sogar das Gurren der Tauben zu hören, die sich unter dem Dachfirst zur Nacht einrichteten, und das Knistern der Pechfackeln, die den Hof erleuchteten. Charis wirkte wie eine gleißende weiße Flamme in diesem rötlichen Dämmerlicht. Eine schlanke, vorwurfsvolle Statue, die nun in provozierender Gelassenheit ihren Schluck Wein trank.

Doch als sie den Pokal absetzte, beugte sich Rogier d'Escoudry vor und nahm ihr das Gefäß aus den Fingern. Er hob es hoch, daß sich das Licht für alle sichtbar in den Juwelen brach, und rief laut und fröhlich: »Auf die Gemahlin meines Bruders, die ab heute eine der Unseren ist!«

Hochrufe und Beifall beendeten das seltsame Schweigen, die gute Stimmung war wiederhergestellt. Doch Charis fühlte den fast schmerzhaft festen Griff ihres Mannes um ihr Handgelenk, und sie brauchte ihn nicht anzusehen, um zu wissen, daß er vor Zorn außer sich war. Daß er wütend war, weil er geglaubt hatte, daß alle Probleme beseitigt seien, und sich nun mit dem Gegenteil konfrontiert fand.

Leise Schadenfreude zauberte ein Lächeln in ihre Mundwinkel. Sie hatte soeben eine Möglichkeit entdeckt, ihm die Früchte seines Sieges ungenießbar zu machen. Simon und der König hatten sie zu einer Ehe zwingen können, zu einer gehorsamen Gattin machte sie das jedoch noch lange nicht.

»Haltet Simon nicht für einen Dummkopf«, sagte in diesem Moment eine leise Stimme neben ihr. Sie mußte sich nicht umdrehen, um Rogier d'Escoudry zu erkennen. Der feine Duft nach Gewürznelken und fremden Kräutern, der stets den Falten seiner Gewänder entstieg, genügte, um ihn zu identifizieren.

»Ich verstehe nicht, was Ihr meint«, entgegnete Charis leise, während der Hochzeitspokal die Runde bei den anderen Familienmitgliedern machte.

»Simon ist stürmisch, manchmal unbedacht und viel zu gerade heraus, aber er ist alles andere als ein einfältiger Narr. Ihr könntet sehr wohl den Kürzeren ziehen, wenn Ihr Euch mit ihm anlegt ...«

»Wovor warnt ihr mich?« Charis warf Rogier einen stolzen Blick zu. Sie benötigte keine guten Ratschläge, weder von ihm noch von einem anderen Mitglied dieser Familie.

»Vor Euch selbst, meine Dame!« antwortete ihr neuer Schwager und gönnte ihr ein spöttisches Lächeln. »Solltet Ihr im Sinn haben, den Krieg weiterzuführen, werdet Ihr feststellen müssen, daß Ihr nicht nur mit dem tapfersten, sondern auch mit dem kampfstärksten und verwegensten Ritter dieses Königreiches verheiratet seid.«

»Ihr seht mich beeindruckt«, gab Charis mit schmalen Lippen zurück und versuchte das Hämmern ihres Herzens zu ignorieren. »Aber ich denke, daß mein Gatte die Hilfe seines wohlmeinenden Bruders keineswegs braucht, um seine persönlichen Fehden zu schlagen.«

»Ich kann mich der klugen Warnung meiner edlen Dame nur anschließen, Rogier!« mischte sich in diesem Moment Simon ein.

Charis fragte sich, wieviel er von diesem Gespräch gehört hatte, aber seinen nächsten Worten war nichts zu entnehmen. »Laßt uns tafeln, ich habe Hunger, und es liegt noch eine lange und bedeutsame Nacht vor mir, in der ich meine ganze Kraft brauchen werde!«

Die unverhohlene Anspielung darauf, daß der Abend noch nicht zu Ende war, ließ Charis bis in die Haarwurzeln erröten. Sie gehörte ihm, und sie hatte jetzt nicht einmal mehr das Recht, ihn abzuweisen. Daß sie es auch ohne dieses Recht noch nie getan hatte, wollte Charis nicht wahrhaben. Sie mußte stark bleiben, standhaft sein!

Sie konnte nicht ahnen, daß sich alles, was sie dachte, in ihren Augen widerspiegelte und Simon mehr verriet, als sie beabsichtigte. Er bedachte sie mit einem Blick, der sie frösteln ließ und sie für ein paar Herzschläge so lähmte, daß sie keinen Widerstand leistete, als er sie zu ihrem gemeinsamen Ehrenplatz in der Halle von Glain führte.

Es gelang ihr nicht, dem Mahl wie sonst zuzusprechen. Als die Frauen von ein paar Musikern begleitet kamen, um sie in ihr Gemach zu bringen, hatte sie nicht viel mehr als schweren roten Wein und etwas Pastete im Magen. Charis war übel, und sie mußte sich an der geschnitzten Lehne des gepolsterten Stuhles festhalten, um nicht zu taumeln.

Die fröhlichen Pfeifen schrillten in ihren Ohren, und die Lautentöne wurden auf ihren gespannten Nerven gespielt. Mehr oder weniger deutliche Scherze flogen durch die Halle, die alle darin gipfelten, daß sie Simon rieten, die hohe Zitadelle seiner jungfräulichen Braut in ritterlicher Manier zu stürmen.

Charis hätte den Witzbolden am liebsten zugerufen, daß die Braut längst nicht mehr jungfräulich war und sich der edle Bräutigam längst verbotenerweise geholt hatte, was ihm zustand, und daß man sie deswegen doch endlich in Ruhe lassen sollte.

Natürlich sagte sie kein Wort und hielt den Blick gesenkt, als sie ihre Röcke raffte, um sich im Kreis der Frauen aus der Halle zu entfernen.

Léonie und Mathieu hatten dem Brautpaar die herrschaftliche Kemenate für diese Nacht überlassen, und Charis fand sich von einem Luxus umgeben, der in ihrem bisherigen Leben keinen Platz gehabt hatte. Die weichen, warmen Teppiche, welche den Steinboden bedeckten, die Wandbehänge, deren Figurenreichtum wahre Märchen erzählte, und nicht zuletzt das gewaltige, gigantische Bett, das den Raum zu beherrschen schien.

Mit frischem, feinsten Leinen bezogen, mit einem reichen Fellüberwurf als Oberdecke und von samtenen Vorhängen vor Zugluft und Kälte geschützt, glich es einer Welt für sich. Die letzten hauchzarten Blätter der rosa Heckenrosen, die rund um Glain blühten, bedeckten die weiche Matratze, und in kupfernen Krügen standen weitere Rosensträuße und die letzten Blüten des Herbstes.

Im steinernen Kamin loderte ein freundliches Feuer, und Dame Reinette überzeugte sich davon, daß die Getränke und ein kleiner Imbiß am Fenster bereit standen, falls die Jungvermählten danach Appetit haben sollten. Charis sank mit zitternden Knien auf ein Taburett vor dem geschnitzten Spiegeltisch und sah zu, wie Léonie und Roxana die übrigen Frauen hinausscheuchten, so daß ihr letztendlich nur die beiden zur Hand gingen, als sie ihre Gewänder mehr oder weniger freiwillig ablegte.

»Wo werdet Ihr schlafen?« flüsterte Charis. Es war ihr peinlich, die Burgherrin aus ihrer privaten Kammer zu vertreiben.

»Macht Euch keine Sorgen«, meinte Léonie fröhlich lachend. »Im Arbeitskabinett meines Gatten steht ein warmer Alkoven, der durchaus unseren Ansprüchen genügt. Ihr werdet noch herausfinden, daß die Herbstabende wie geschaffen dafür scheinen, ein wenig näher aneinander zu rücken.«

Charis spürte erneut, daß sie errötete. Die liebevollen Anspielungen auf das Eheleben waren nicht dazu geeignet, ihre Aufregung zu mindern. Hastig schlüpfte sie in die pelzgefütterte »*robe de chambre*«, die ihr Roxana hinhielt, nachdem ihr Léonie auch das letzte Kleidungsstück, ein zartes Hemd aus cremefarbener Seide, abgestreift hatte. Sie nahm selbst den kostbaren Stirnreif ab und reichte ihn Dame Léonie.

»Ich nehme an, er gehört Euch! Bitte nehmt ihn zurück!«

»O nein!« Léonie schüttelte den Kopf. »Es ist Eurer. Simon hat ihn mir gegeben. Ich komme mehr und mehr zu der Ansicht, daß sein Wanderleben mehr einem persönlichen Bedürfnis als seiner Armut zuzuschreiben war. Wie es scheint, gibt es sehr wohl einige Möglichkeiten, auf den Turnieren des Königreiches mehr als nur Ruhm und Ansehen zu erhalten.«

Der funkelnde Saphir schien das Licht im ganzen Zimmer auf sich zu vereinen. Er warf Bündel von bläulichem Glanz gegen die gekalkte Decke, die von einem gemalten Blätter- und Blumenfries verziert wurde, wo immer die geschnitzten Balken Platz dafür ließen. Charis legte das Schmuckstück auf den Tisch, als hätte sie sich daran verbrannt. In einer Mischung aus Abscheu und Faszination konnte sie jedoch nicht den Blick davon lassen.

Die wenigen Schmuckstücke, die sie auf Tinténiac besessen hatte, waren von ihrer Mutter auf sie übergegangen. Niemand hatte sich je die Mühe gemacht, ihr Juwelen zu schenken. Heute war sie bereits doppelt bedacht worden, mit einem goldenen Ring und mit jenem fabelhaften Kleinod. Sie wußte, daß es nun an ihr war zu geben.

17. Kapitel

Simon d'Escoudry hatte darauf verzichtet, sich von den Männern der Burg in das Brautgemach geleiten zu lassen, wie es eigentlich auch für ihn Brauch gewesen wäre. Seine imponierende Gestalt auf dem Treppenabsatz hatte sogar seine Brüder davon abgehalten, auf der Sitte zu bestehen. Beiden schien es besser zu sein, Simon diese Schlacht allein schlagen zu lassen.

Rogier hatte nachgegeben, weil er sich keine Illusionen über Charis' Dickkopf machte; Mathieu, weil er wußte, daß es nicht im Sinne seiner Gemahlin gewesen wäre, die junge Braut durch allzu derbes Brauchtum zu erschrecken. Er hatte sich angewöhnt, in solchen Dingen die Meinung seiner Gattin zu berücksichtigen, und es fiel ihm selbst gar nicht mehr auf, um wie vieles menschlicher er reagierte, seit er sie lieben gelernt hatte.

So kam es, daß Léonie und Roxana fast ein wenig erschraken, als sie das Gemach verließen und Simon vorfanden, wie er entspannt und gelassen an der Wand lehnte und darauf wartete, daß ihm der Weg zu seiner Braut frei gegeben wurde.

Léonie betrachtete ihn kurz und konnte sich eine letzte, freundliche Einmischung nicht versagen. »Seid sanft zu ihr, Simon!«

»Es gehört nicht zu meinen Gewohnheiten, Frauen zu quälen«, gab er unwirsch zurück und trat zur Tür. »Seid bedankt für Eure Hilfe, aber den Rest der Nacht wünschen wir nicht mehr gestört zu werden.«

Es war Roxana, welche die erstarrte Léonie weiterzog und dafür sorgte, daß es keine Zeugen gab, als Simon die blumengeschmückte Kemenate betrat. Charis saß, halb gegen die aufgebauschten Kissen gelehnt, die Decke bis zum Kinn hochgezogen, im Bett. Die offenen Haare lagen wie ein Schleier auf dem Leinen.

Simon warf ihr einen nachdenklichen Blick zu, dann trat er an das Tablett und goß Wein in eines der grünlich schimmernden venezianischen Gläser. Charis beobachtete ihn, als erwarte sie in jedem Moment das Schlimmste, gespannt, furchtsam und auf jede üble Tat gefaßt. Die Selbstverständlichkeit, mit der er ihr Leben auf den Kopf gestellt hatte, mahnte sie zu Vorsicht.

Aber sein Schweigen war das Schlimmste, was er ihr

antun konnte. Er benahm sich, als wäre sie nicht vorhanden. Er entledigte sich des langen Übergewandes, so daß er nur noch die Beinlinge und das bestickte Hemd trug. Dann ließ er sich vor dem Kaminfeuer nieder und streckte die kraftvollen, muskulösen Beine der wärmenden Glut entgegen. Das Feuer legte einen rötlichen Schimmer über seine blonden Haare, und Charis fühlte, wie sich ihre Finger wütend um die Decke krallten. Am liebsten hätte sie ihm die kristallene Karaffe gegen den Kopf geworfen. Wie sollte sie sich verteidigen, wenn er sie nicht einmal beachtete?

Die absolute Ruhe des stillen Gemachs wurde nur vom Knistern des Feuers und Charis' heftigen Atemzügen durchbrochen. Vermutlich vernahm Simon auch das Dröhnen ihres Herzens, das wie wild hämmerte. Ob er wußte, daß sie unter dieser Decke nackt war und auf Rosenblättern gebettet lag? Sie trug nicht einmal ein Hemd, das es ihr erlaubt hätte, aufzustehen und dieses Lager zu verlassen, das mit seinem Duft, seiner Weichheit und seinen kostbaren Stoffen so verführerisch bereitet worden war.

Die Rolle des wartenden Opfers lag Charis so wenig, daß sie trotz aller guten Vorsätze als erste das aufreizende Schweigen brach.

»Ich werde Euch nie freiwillig angehören, Seigneur!« schwor sie. »Ihr könnt mich nicht zwingen, dieses Gaukelspiel einer Ehe mit Euch zu spielen.«

»Nein?« fragte er überraschend sanft, ohne den Blick vom Feuer zu nehmen. »Und was ist, wenn ich Euch sage, daß Ihr mich noch vor dem Ende dieser Nacht bitten werdet, Euch zu lieben?«

»Unsinn!« brauste Charis auf und zog die rutschende Decke wieder über die Schultern.

»Ach ja?!« Endlich wandte er sich um und betrachtete sie. »Warum fügt Ihr Euch nicht? Die Würfel sind gefallen. Und tut nicht so, als hättet Ihr mich bisher abstoßend gefunden.«

Charis warf die Haare zurück. »Ihr mögt mich als

Gewinn in einem Würfelspiel betrachten, Seigneur, aber ich bin kein Ding, sondern ein Mensch.«

»Ihr seid mein Weib!« erklärte Simon d'Escoudry und stand mit der Geschmeidigkeit eines Raubtieres an ihrer Seite, ehe sie überhaupt registriert hatte, daß er sich bewegte. Mit derselben Zielstrebigkeit riß er ihr die Decke aus den Fingern und warf sie achtlos zu Boden.

Ehe Charis reagierte und mit einem leisen, entsetzten Aufschrei sich zu verbergen versuchte, kam er in den Genuß, ihren schönen Körper, den er bereits so gut kannte, auf seinem Bett aus zartesten Rosenblättern zu betrachten. Das Bild brannte sich in sein Herz ein.

Der Hauch empörter Röte auf ihrer makellosen Haut, die vollkommenen Brüste, der flache Leib, die schmalen Hüften und die schlanken Beine. Dieser Anblick entflammte die Begierde, die er stets in ihrer Gegenwart empfand. Charis hatte ihn mit einem Zauber geschlagen, anders konnte er sich das nicht erklären.

»Rüpel!« rief Charis erstickt und drückte sich in eine Ecke des Alkovens, in der Hoffnung, sich hinter den weiten, zurückgeschlagenen Vorhängen verstecken zu können.

»Habt Ihr keine Liebesworte für mich, mein scheues Weib?« spottete Simon. »Sind Euch die Schwüre des Gehorsams schon entfallen, die unser guter Kaplan so begeistert gesegnet hat?«

»Erzwungene Schwüre!« erwiderte sie erstickt. »Ihr wißt, daß ich gezwungen wurde. Zwang ist alles, was ihr ausüben könnt. Als nächstes muß ich wahrscheinlich noch mit körperlicher Züchtigung rechnen.«

»O nein, meine widerspenstige Schöne.« Simon schüttelte den Kopf und ließ sich mit ausgebreiteten Armen auf das Bett fallen. »Es ist nicht nötig, so weit zu gehen. Kommt aus dieser Ecke heraus und erinnert Euch daran, daß Ihr keine schüchterne Maus seid. Reicht mir die Hand!«

Wie auch immer Charis auf diese Aufforderung reagieren wollte, erfuhr er nie. Die junge Frau hatte sich in ihrem Versuch, sich zu bedecken, so hoffnungslos in den schweren Vorhang verwickelt, daß sie mit einem erstickten Schrei das Gleichgewicht verlor und über den Rand des hohen Bettes stürzte. Als sie verzweifelt versuchte, sich festzuhalten, riß sie die samtene Drapierung endgültig herunter. Eine geschnitzte Säule legte sich knirschend schräg, und in einem Regen aus Rosenblättern und seidengefütterten Samt fiel Charis über die beiden Stufen auf den Teppich vor dem Kamin.

Sie stieß sich die Hüfte, und ihr leiser Wehlaut ging in einem herzhaften Fluch Simon d'Escoudrys unter.

Sie hörte ihn durch den Stoff lachen. »Hört auf, Euch zu wehren, wie soll ich Euch denn sonst helfen? Nun kommt schon ...«

Zwei kräftige Hände umfaßten ihre Schultern und stellten sie schließlich auf die Beine. Ihre offenen Haare fielen ihr über das Gesicht, und als sie endlich die seidige Fülle zur Seite gestrichen hatte, fand sie sich unrettbar in seinen Armen gefangen. Simon hatte sie an sich gedrückt, und sie fühlte die Wärme seiner Hände auf ihrem Rücken. Fast erschien es ihr, als würden ihre Herzen beide im selben Stakkato pochen.

In den grünen Augen stand ebenso sehr Bewunderung wie Ärger und eine Spur von widerwilliger Anerkennung.

»Ihr gebt wohl nie auf?« murmelte er und pustete ein Rosenblatt von ihrem Scheitel, das sanft aufflog und ausgerechnet auf ihren Brüsten landete, die gegen Simons Brust gedrückt waren. »Wie werden wir dem gestrengen Mathieu und der liebenswürdigen Léonie die Zerstörung ihres ehelichen Schlafgemaches beibringen?« fügte er im selben Ton hinzu.

Der Gedanke an Mathieus Gesicht verführte sie zum Lachen und verdrängte ihren Zorn. Doch ihr Lachen verschwand schnell, als Simons Hand von ihrem Rücken zu ihrem Po glitt und sie aufreizend streichelte. Hitze erfüllte sie und unwillkürlich fuhr sie sich mit der Zunge über die trockenen Lippen. Sie durfte nicht nachgeben! Sie durfte nicht auf die ziehende Sehnsucht tief in sich selbst hören, die sie dazu trieb, sich noch enger an Simon zu schmiegen.

»Kommt zurück ins Bett, meine Schöne!« raunte er an ihrem Ohr und küßte die rosige Muschel, während ein Schauer über ihren Körper lief. Ihre Reaktion verriet ihm deutlich genug, daß sie längst nicht so ungerührt blieb, wie sie ihn glauben machen wollte.

Es kümmerte Simon nicht, daß der Aufbau des prächtigen Alkoven inzwischen einem sturmzerzausten Zelt glich. Er drängte die junge Frau zurück, bis sie die Kante der Bettstatt an ihren Oberschenkeln spürte und nachgeben mußte, als sie rückwärts in die Kissen gedrückt wurde. Im selben Augenblick schlossen sich seine Hände um ihre Brüste, die Daumen begannen ein sinnliches Spiel. Charis erzitterte unter dem Ansturm ihrer Lust, die gleich einem Sturzbach alles andere mit sich fortriß.

Simon merkte sogleich, wie ihre Lippen unter seinem Kuß weich und zärtlich wurden und sie der fordernden Zunge willig Einlaß gewährten.

Charis wollte etwas sagen, sich wenigstens mit Worten wehren, aber es wurde nur ein heiseres Stöhnen daraus. Unter den streichelnden Händen verhärteten sich die Spitzen ihrer Brüste, und mit einem hilflosen Schluchzen bewegte sie Simon ihre Hüften entgegen. Ihre Arme schlangen sich um die breiten Schultern.

Ihre Haut glühte, und mit jeder Berührung und jedem Kuß hungerte sie nach mehr, doch Simon machte keine Anstalten, diesen Hunger zu stillen. Er hielt sich zurück und gönnte ihr nur kleine Zärtlichkeiten und seine verführerischen Küsse.

Dann ließ er seine Lippen über ihre Wangen wandern, hauchte Küsse auf ihre geschlossenen Lider. Charis gab es endgültig auf, sich gegen die eigene Wonne zu wehren.

Eine süße Schwäche breitete sich in ihr aus, als Simon sich dann ihren Brüsten zu widmen begann. Er umfing sie sanft, ließ die Fingerkuppen über die aufgerichteten Warzen gleiten, und Charis bog sich aufseufzend seinen streichelnden Fingern entgegen. Er reizte sie, bis sie es fast nicht mehr aushielt, und sie spürte ein lustvolles Ziehen tief in ihrem Leib, als er die Lippen um eine der Spitzen schloß und sie mit Zunge und Zähnen aufreizend verwöhnte.

»Pst, hab' ich dir nicht gesagt, daß du es mögen wirst?« raunte Simon und hob den Kopf, um Charis' Blick zu suchen.

Sie konnte einen leisen Protestlaut nicht unterdrücken, als Simon sich von ihr zurückzog, und er lachte zärtlich.

»Du bist die leidenschaftlichste Frau, die ich je in meinen Armen gehalten habe, meine Schöne! Du kannst nicht gegen dich selbst kämpfen, dafür genießt du viel zu sehr, was ich mit dir tue!«

»O bitte, nein ...« Charis versuchte sich aus den starken Armen zu winden, aber sie hatte keine Chance. Simon hatte längst begriffen, daß er nur ihre Sinne wecken mußte, damit sie zu Wachs in seinen Händen wurde, und er ließ sich genüßlich Zeit mit seiner Eroberung.

Er beugte sich über seine Braut, um sich mit demselben Eifer der anderen Brust zu widmen. Die vorwitzige Hand, die mit den Locken spielte, die ihren Schoß bedeckten, ertastete, wie bereit sie schon für ihn war, doch er hielt sich in seinem Verlangen absichtlich zurück. Er wollte Charis zeigen, zu welch ungezähmten Gefühlen sie fähig war, und als nun sein Mund der Spur seiner Hand folgte, hielt Charis unwillkürlich den Atem an. Seine Lippen glitten über ihren flachen Bauch, tiefer und tiefer, und die Gefühle, die er in ihr weckte, erschütterten sie zutiefst.

Simon liebte und verführte sie mit seinen Lippen und seiner Zunge und stürzte Charis in ein Meer nie gekannter Begierde. Im ersten Moment begriff sie nicht, was er vorhatte, als er ihre Schenkel spreizte, und unwillkürlich versuchte sie, sie zusammenzupressen. Doch als sie seinen warmen Atem an ihrem Schoß spürte und sein Mund sie berührte, entrang sich ihr ein flehentliches Wimmern.

Er wich ein Stück zurück, um sie zu betrachten, wo er sie eben noch liebkost hatte, und unter seinem Blick spürte Charis eine solch wilde Lust, daß sie sie kaum noch ertragen konnte. Es war aufregend, ihm so ausgeliefert zu sein, ihm die Geheimnisse ihres Körpers zu offenbaren. Er berührte sie leicht, öffnete sie mit zwei Fingern seinen Liebkosungen, und Charis schrie auf, als sie endlich seine Zunge dort spürte, wo ihre ganze Lust sich konzentrierte. Er streichelte und liebkoste sie auf eine Art, wie sie es nie für möglich gehalten hatte, ließ sich viel Zeit dabei. Charis spürte, wie ein Zittern durch ihren Körper lief, bog sich Simon entgegen, um ihn noch besser zu spüren.

»O bitte«, flehte sie. »So helft mir doch. Ich weiß nicht ... bitte ...«

»Geduld«, flüsterte Simon, und während seine Lippen zu einem leidenschaftlichen Kuß zu ihrem Mund zurückkehrten, spürte sie, wie seine Finger in sie glitten und sie in rasende Lust versetzten.

Charis verlor jedes Zeitgefühl. Sie krallte die Finger in seine Schultern, wölbte sich ihm entgegen, Erlösung von jenem Beben suchend, das sich tief in ihr aufbaute, das sie mit sich riß, bis es unaufhaltsam alle Dämme zerstörte und in purem Feuer zerbrach.

»Du bist für die Liebe geschaffen, meine Schöne«, hörte sie Simons Stimme an ihrem Ohr, während sie immer noch heftig atmete und sich dem Nachklang dieser unglaublichen Gefühle hingab.

Während sie sich einen Moment der Ruhe und Erholung gönnte, merkte sie, wie Simon ein Stück von ihr abrückte und aufstand, und als er zu ihr zurückkehrte, war er genauso nackt wie sie.

»O nein«, sagte er leise lachend, als sie die Augen schloß. »Das war erst der Anfang, Charis d'Escoudry! Die Nacht gehört uns, und du wirst mir erlauben, daß ich meine Lektion in Sachen Liebe fortsetze. Den Dienst, den ich dir erwiesen habe, kann auch das Weib dem Manne erweisen, und hast du nicht vor wenigen Stunden erst unbedingten Gehorsam geschworen ...«

Machte er sich lustig über sie? Oder etwa nicht? Charis' Phantasie ging mit ihr durch, als sie sich klarzumachen versuchte, was er mit seinen Worten ausdrücken wollte. Unwillkürlich wurde sie rot. Meinte er wirklich das, was sie auch glaubte?

»Ich begreife nicht«, flüsterte sie. »Was habt Ihr mit mir getan?«

»Das, was Mann und Frau gemeinhin miteinander tun, wenn sie das Bett teilen«, antwortete er.

»Ihr habt mich verhext!« warf sie ihm vor, und ihre Stimme klang belegt. Anders konnte sie sich die Empfindungen nicht erklären, die sie erlebt hatte, die Tatsache, daß sie gewünscht hatte, daß er nie wieder damit aufhören möge.

»Das beruht auf Gegenseitigkeit, meine liebe Gemahlin«, antwortete Simon liebenswürdig. »Was auch immer Ihr gegen unsere Ehe einzuwenden habt, die Nächte versprechen unterhaltsam zu werden. Das ist durchaus mehr, als den meisten Ehen beschieden ist, die auf ausdrücklichen Befehl des Königs und aus politischen Erwägungen heraus geschlossen werden.«

»Jede Ehe wird aus Gründen der Politik, der Macht oder des Geldes wegen geschlossen«, widersprach Charis. »Alles andere existiert nur in den Gesängen der Troubadoure.«

»Wie vernünftig und klar Ihr doch denken könnt«, lobte Simon. »Ich sehe schon, wir werden hervorragend zusammen auskommen.«

»Ich will ...«

Simon erstickte ihren Widerspruch in leichten, spielerischen Küssen, die unmerklich wieder inniger und leidenschaftlicher wurden. Er spann ein sinnliches Netz aus Zärtlichkeiten um Charis, dem sie nicht entkommen konnte. Genausowenig, wie sie den Wünschen und Sehnsüchten ihres eigenen Körpers entkommen konnte, der nun, da er die Freuden der körperlichen Liebe kennengelernt hatte, nicht mehr auf diese verzichten wollte.

Zudem entdeckte sie in dieser Leidenschaft auch die Möglichkeit, aller Angst und allen Zweifeln zu entfliehen. Sie schob das Erwachen von sich und überließ sich dem Wunder dieser Nacht. Morgen würde sie sich Rechenschaft über das ablegen müssen, was sie getan hatte.

Mußte sie die Lust und das Fieber beichten, das sie befiel, wenn Simon ihren Körper berührte?

»Hör auf zu grübeln!« Simon wußte, was es bedeutete, wenn diese steile Falte auf ihrer Stirn erschien. »Es ist alles gut so, wie es ist, ich schwöre es dir!«

Charis ertappte sich bei dem Wunsch, ihm glauben zu können. Vielleicht geschah doch ein Wunder? Auch wenn sie nicht wußte, wie dieses Mirakel aussehen sollte, es tat gut, wenigstens jetzt daran zu glauben.

18. Kapitel

Als Charis die Augen aufschlug, wußte sie im ersten Augenblick nicht, wo sie sich befand und was mit ihr geschehen war. Über ihr hingen die Reste einer Samtdraperie, und ein Pfosten des mächtigen, fremden Bettes senkte sich bedenklich schief nach außen. Kissen und Decken waren von feinster Arbeit, und eine warme Pelzdecke war sorgsam über ihre Gestalt gebreitet, damit sie nicht fror.

Unwillkürlich gähnte sie und reckte und streckte dann ihren schlanken Körper, der so gesättigt war. Und dann kehrten die Erinnerungen zurück, und Charis wurde rot und rückte unwillkürlich ein Stückchen tiefer unter die Decke. Als der weiche Stoff ihre Haut umschmeichelte, glaubte sie das Echo lustvoller Berührungen zu empfinden, von Küssen und Liebkosungen, die sie zutiefst erregt und erschüttert hatten.

Ihre Röte vertiefte sich, als ihr klar wurde, daß sie noch immer in ihrem Brautbett lag und daß sie sich in dieser Nacht Simon wild und hemmungslos dargeboten und die Liebe mit ihm genossen hatte.

Sie stützte sich auf den Ellbogen und sah sich im Gemach um. Nirgendwo fand sich der kleinste Hinweis auf die Anwesenheit Simons. Er mußte sie verlassen haben, nachdem sie sich in den späten Morgenstunden das letzte Mal geliebt hatten. Danach war sie in den Schlummer totaler Erschöpfung gesunken.

Sie schlug die Decke zurück und betrachtete ihren Körper. Konnte er nach solchen Geschehnissen wirklich unverändert geblieben sein? Sie strich sich unwillkürlich über den Busen und den flachen Leib, doch sie bemerkte nur, daß sie allen Berührungen gegenüber wesentlich empfindsamer geworden zu sein schien.

Ein Geräusch an der Tür ließ sie blitzschnell wieder unter die Decke schlüpfen, und da schob auch schon Roxana den Kopf herein, betrachtete neugierig ihre neue Schwägerin.

»Ah, Ihr seid wach!« rief das Mädchen im selben Moment zufrieden. »Ich werde dafür sorgen, daß man Euch einen Badezuber heraufbringt, ehe Ihr Euch ankleidet. Es hat bereits zum Mittag geläutet, aber Simon hat Anweisung gegeben, Euch nicht zu stören. Ich hätte nie gedacht, daß ausgerechnet er sich um das Wohlbefinden eines anderen Menschen zu kümmern vermag.«

Das leichte Geplauder, mit dem Roxana ins Zimmer trat und so tat, als fände sie weder den zerstörten Alkoven noch die tiefrote Charis besonderer Aufmerksamkeit wert, löste die zitternde Spannung der jungen Frau. Sie hatte schließlich nichts Ungehöriges getan. Wenn sie sich das nur oft genug sagte, würde sie es irgendwann sicher glauben.

»Ihr müßt Hunger und Durst haben! Ihr habt kaum etwas gegessen bei Eurem Hochzeitsmahl! Hier, nehmt einen Schluck von dem süßen Wein, das macht Euch einen guten Geschmack im Mund und vertreibt den Schlaf!« Roxana benahm sich wie eine besorgte Mutter.

Charis wäre ein Trunk kühlen Brunnenwassers wesentlich lieber gewesen, aber sie wagte nicht, das gutmütige Angebot abzulehnen. Der Muskateller rann kühl und süß ihre Kehle hinab.

»Ich … ich bin aus diesem Bett gestürzt und habe mich dummerweise am Vorhang festgehalten«, sagte sie schließlich und blickte reuevoll auf das Chaos, in das sie Mathieus und Léonies Bett verwandelt hatte.

»Dame Rainette wird dem Schreiner Bescheid sagen.« Roxana zuckte gleichgültig mit den Schultern und fand den Schaden nicht weiter der Rede wert. »Macht Euch keine Sorgen deshalb. Wollt Ihr im Bett warten, bis der Badezuber kommt, oder soll ich Euch den Mantel reichen?«

Charis wählte das Bett. Irgendwie machte es sie befangen, ihre Nacktheit vor dem jungen Mädchen zu zeigen. Kinder wie Roxana sollten nicht mit den Einzelheiten sündiger Leidenschaft konfrontiert werden. Jetzt, im hellen Tageslicht, erschien ihr das, was zwischen Simon und ihr passiert war, ausgesprochen sündig. Wie gut, daß wenigstens Simon nicht in der Nähe war.

Sie wollte gar nicht wissen, wo er sich befand. Sie mußte ihm in Zukunft aus dem Weg gehen, ihn meiden, als habe er die schwarze Pest. Er war ein Verhängnis, das sich wie eine Klette an ihre Rocksäume geheftet hatte, seit sie zum ersten Mal in seine Augen gesehen hatte. Er verleitete sie, ihre Ehre und alle Schwüre zu vergessen.

»Simon und seine Brüder sind auf der Jagd«, erzählte Roxana ungefragt und legte die Gewänder für Charis zurecht. »Solange das Wetter noch hält, wollen sie die Vorräte für Wildbret und Wildschweinschinken aufbessern, die Glain für den kommenden Winter braucht. Aber ich denke eher, daß alle miteinander in der vergangenen Nacht zuviel Wein getrunken haben und ihre Köpfe auslüften wollen.«

Charis ließ Roxana reden. Es erlaubte ihr, weiter nachzudenken und Ordnung in ihre Gefühle und Gedanken zu bringen. Punkt eins: Sie war bereits in der ersten Nacht ihrem Schwur untreu geworden. Punkt zwei: Sie schien ein liederliches Vergnügen an dem Zusammensein von Mann und Frau zu finden. Punkt drei: Da war noch die Botschaft, die sie an ihre Brüder geschickt hatte. Sollte sie abwarten oder mußte sie die Menschen in Glain vor Eustache warnen? Wem schuldete sie nun eigentlich Loyalität?

»Hier, versucht, das sind Anisbrötchen, die gestern gebacken wurden. Sie schmecken ohnehin am besten, wenn sie eine Nacht trocknen konnten ...«

Charis griff nach dem Brötchen, das Roxana ihr reichte, und biß mit plötzlichem Heißhunger hinein. Es schmeckte nach Anis und Zimt und nach etwas anderem Unbekannten. Anscheinend würzte man in der Küche von Glain auf fremdartige, morgenländische Art. War das Roxanas Einfluß oder alte Sitte?

Der kleine Imbiß verlieh ihr neue Kraft, und sie nahm sich erneut von dem silbernen Teller, den Roxana neben sie gestellt hatte. Die Kleine öffnete gerade einer Gruppe von Dienstmägden die Tür, die das angekündigte Bad hereinschafften und mit vor Neugier glitzernden Augen die Braut und ihr demoliertes Bett betrachteten.

Heiliger Himmel, was mochten sie wohl tratschen? Daß der Seigneur d'Escoudry seine Gemahlin um die Bettpfosten des Alkovens gejagt hatte? Charis senkte den Kopf und verbarg sich hinter dem Vorhang aus Haaren, dann nahm sie sich das dritte Anisbrötchen. Langsam gewöhnte sie sich an den fremdartigen Geschmack, und sie hatte wenigstens irgend etwas in den Händen.

»Ich bringe Euch anschließend einen kleinen Imbiß!« bot Roxana an, nachdem sie Rosenöl in das Badewasser getan und überprüft hatte, daß das Fenster geschlossen war und ein Feuer im Kamin brannte. »Ihr könnt in Ruhe baden, ohne daß Ihr gestört werdet.«

Dankbar für diese Fürsorge wartete Charis, bis sich die Tür wieder hinter dem Mädchen geschlossen hatte, ehe sie den Alkoven verließ und zur Wanne trat. Sie fühlte sich seltsam schwindelig, aber das war vermutlich kein Wunder nach dem, was hinter ihr lag. Es fiel ihr schwer, ihre Gedanken beieinander zu halten.

Sie prüfte vorsichtig die Wärme mit den Fingerspitzen, ehe sie in das warme, duftende Wasser glitt. Sie lehnte sich zurück und schloß die Augen. Doch als sie die Lider wieder öffnete, hatte sie das eigenartige Gefühl, daß sich die Wandteppiche bewegten und vor ihr zurückzogen.

Die bunten Figuren der Jagdszene wurden lebendig und größer, ehe sie vom Rand her von einer schwarzen Wolke verschlungen würden, die sich über die Wände ausdehnte und immer näher auf Charis zukam. Ihr Kopf mit den schweren Haaren sank haltlos auf den Rand des Zubers, und sie merkte nicht mehr, daß sie das Bewußtsein verlor.

Simon d'Escoudry hatte keinen Einspruch gegen den Vorschlag seiner Brüder erhoben, zur Jagd zu gehen. Dennoch war er nicht ganz bei der Sache, als die Kavalkade der Männer und Treiber durch den herbstlichen Wald brach, wo vor wenigen Tagen ein Keiler gesehen worden war. Die Ereignisse der vergangenen Stunden beschäftigten ihn so sehr, daß er nicht die gewohnte Begeisterung für diesen Sport aufbringen konnte.

Falls Mathieu und Rogier diesen Umstand bemerkten, so gingen sie doch mit keiner Silbe darauf ein. Die Söhne des Falken hatten gelernt, einander nicht mit sinnlosen Fragen auf die Nerven zu gehen. Jeder stand für sich selbst ein, und jeder trug für die eigenen Handlungen die Verantwortung, auch Joffrey, der Glain den Rücken gekehrt und sich der Familie und ihren Regeln entzogen hatte. Keiner sprach von ihm, obwohl sich jeder um den Jüngsten Sorgen machte, der eigentlich für den Dienst der Kirche bestimmt gewesen war und sich gegen dieses Diktat aufgelehnt hatte.

Es war Simon, der dem Schweigen ein Ende machte, als er seinen dunklen Hengst zügelte und den älteren und den jüngeren Bruder ansah.

»Ihr braucht meine Hilfe nicht, um diesen Keiler zu erlegen«, verkündete er in einem Ton, der keinen Widerspruch duldete. »Ich reite zurück!«

Ein abschätzender Blick genügte, und die beiden verzichteten darauf, eine Bemerkung zu machen. Und selbst wenn sie gefragt hätten, hätte Simon ihnen keine Antwort geben können, er wußte nur, daß ihn etwas dazu trieb, umzukehren, daß er Charis auf der Stelle sehen und sich davon überzeugen wollte, daß es ihr gutging und sie bereit war, an seiner Seite zu bleiben.

Mathieu machte auch nicht den Fehler, seinem Bruder eine Begleitung anzubieten. Er wußte, daß es mit Ausnahme seines eigenen Pferdes kaum einen Hengst in den Ställen gab, der es mit dem Renner aufnehmen konnte, auf dem Simon saß. Er schaute ihm zweifelnd hinterher, und als er Rogiers Blick begegnete, verzog er die Lippen.

»Man könnte den Eindruck haben, Simon empfinde mehr für diese junge Frau als oberflächliches Wohlgefallen«, murmelte Rogier, und die Verblüffung in seiner Stimme war nicht zu überhören. »Aber so bemerkenswert ihre Erscheinung auch ist, ich finde nichts an ihr, das eine derartige Leidenschaft rechtfertigt.«

Mathieu grinste nur und musterte seinen Bruder ein wenig genauer. Elegant, souverän und höfisch wirkte er, wie er da im Sattel saß. Nicht länger der ehrgeizige Landjunker, sondern bereits ein Edelmann, der seinen Platz in der Welt gefunden hatte.

»Man empfindet derlei nur einmal in seinem Leben«, erwiderte er dann zu Rogiers Verblüffung. »Ich weiß nicht, ob ich dir wünschen soll, daß es dir ebenfalls zustößt. Es kompliziert dein Dasein ungeheuer und ist nicht immer leicht zu ertragen.«

Rogier lachte auf. »Wenn du damit die bezaubernde Art meinst, mit der deine liebenswürdige Léonie von Fall zu Fall ihren Kopf dir gegenüber durchsetzt, kann ich dir nur beipflichten. Ich bin froh, daß ich um solche Komplikationen einen Bogen gemacht habe, und ich bin sicher, daß ich es auch weiterhin tun werde.«

Mathieu ersparte sich den Hinweis darauf, daß das Fatale an diesen Komplikationen war, daß man sie erst bemerkte, wenn man bis über beide Ohren drin steckte und es längst zu spät war. Rogier sollte getrost seine eigenen Erfahrungen machen.

Simon preschte durch das kleine Dorf von Glain, daß die Enten im Dorfteich aufflatterten und besorgte Mütter ihre Kinder vor den Hufen seines Pferdes in Sicherheit brachten. Er donnerte unter dem Torturm hindurch und parierte seinen schweißbedeckten Hengst mit einem mächtigen Zügelruck vor dem Eingang des Palas, ehe er mit einem Satz aus dem Sattel sprang und die Zügel achtlos einem herbeieilenden Pagen zuwarf.

»Reib ihn sorgfältig ab und gib ihm eine Extra-Portion Hafer, er hat es sich verdient«, rief er über die Schulter, ehe er in die Halle stürmte, daß die Mägde, die dort das neue Stroh auf dem Boden verteilten, erschreckt aufquietschten. Sie warfen sich vielsagende Blicke zu, als der junge Seigneur, ohne nach links oder rechts zu sehen, auf die Steintreppe zulief und sie, jeweils zwei Stufen auf einmal nehmend, hinter sich brachte.

Seine Schwägerin Léonie, die mit der unvermeidlichen Roxana im Schlepptau nach unten wollte, bremste seinen Schwung; um ein Haar hätte er die beiden Frauen über den Haufen gerannt.

»Welche Eile«, wunderte sich die Burgherrin. »Ist die Jagd schon zu Ende?«

»Nein, ich habe mich von den anderen getrennt«, sagte Simon widerstrebend. Er war es nicht gewohnt, Erklärungen abgeben zu müssen. »Mir stand heute nicht unbedingt der Sinn nach Keilerjagd. Wenn Ihr mich jetzt entschuldigt ...«

»Eure Gemahlin nimmt ein Bad. Vielleicht möchte sie ungestört sein?« fragte Léonie vorsichtig, doch sie hatte noch nicht ganz ausgesprochen, als ihr der Ausdruck auf Simons Gesicht sagte, daß sie sich in Dinge mischte, die sie nichts angingen. »Verzeiht«, entschuldigte sie sich. »Es war nicht meine Absicht, Euch ...«

»Dann ist es ja gut«, fiel er ihr ins Wort, und Roxana konnte gerade noch zur Seite treten, so abrupt nahm er den Rest der Treppe unter die Stiefel, ehe er um die Ecke des Treppenhauses verschwand.

»Ein stürmischer junger Ehemann«, murmelte Léonie verblüfft, und Roxana dachte an den geknickten Baldachin und die zerstörten Bettvorhänge. Was würde Léonie erst dazu sagen? Und was mochte Simon getan haben, um die ruhige und stolze Charis derart in Rage zu bringen, daß sie aus dem Bett stürzte und die Vorhänge abriß? Vermutlich würde sie es nie erfahr …

Der Schrei unterbrach ihre Gedanken. Das Gebrüll eines Tigers, den die Lanze mitten im Sprung trifft! Die beiden Frauen rafften ihre Röcke und liefen dem Ritter nach. Die Tür zur herrschaftlichen Kemenate stand weit auf, und Simon kniete auf einem Bein vor dem leinenausgelegten Zuber! Er hielt Charis umfangen, deren nasse Haare sich wie dunkle Schlangen über seine Unterarme ringelten. Ihre Augen waren geschlossen, und das tödlich blasse Gesicht konnte keiner Lebenden mehr gehören!

Léonie stand wie gelähmt da. Sie hatte die Hand vor den Mund geschlagen und starrte auf die totenbleiche Charis. Roxana hingegen reagierte mit einer unglaublichen Schnelligkeit. Sie eilte an Simons Seite und beugte sich tief über das marmorbleiche Gesicht. Ehe Simon, der völlig apathisch seine Gemahlin hielt, sie fragen konnte, lieferte sie bereits eine Erklärung dafür.

»Ich glaube, sie atmet noch, helft mir! Ihr müßt sie hochheben und …«

Simon gehorchte wie in Trance. Daß ihm eine so kleine Person energische Befehle gab und er auch noch tat, was sie sagte, fiel ihm gar nicht auf. Er stand unter Schock. Der unerwartete Anblick der jungen, hingestreckten Frau, die nach dieser wunderbaren Nacht doch noch ihre schlimme Absicht wahrmachen wollte, hatte ihn mitten ins Herz getroffen.

Er brachte kaum die Kraft auf, den kühlen, leblosen Körper aus dem Wasser zu heben. Er begriff auch nicht, was Roxana vorhatte, als sie ihn bat, die Reglose mit dem Oberkörper über das gepolsterte Taburett zu legen.

Fassungslos sah er dabei zu, wie sie mit einem unerwartet kräftigen Schlag zwischen Charis' Schulterblätter hieb, nachdem sie ihr fast gewaltsam den Mund geöffnet hatte. Der leicht säuerliche Duft, den sie an ihr wahrgenommen hatte, erinnerte sie an eine Dienerin ihrer Mutter, die sich das Leben genommen hatte. Sie zweifelte keinen

Augenblick daran, daß Simons Gemahlin vergiftet worden war.

Sie wollte eben die grobe Behandlung wiederholen, als ein Zittern durch den bewegungslosen Körper lief. Ein widerstrebendes Aufbäumen, bevor die junge Frau den Inhalt ihres Magens auf Léonies schöne Teppiche erbrach.

»Gott sei's gedankt«, sagte die Herrin des Gemachs dennoch aus tiefster Seele und sank mit bebenden Knien auf den nächsten Stuhl.

»Ich ... wo ...« Charis keuchte. Sie begriff nicht, was mit ihr geschehen war. Sie fühlte sich, als wollte sich das Innerste ihres Körpers nach außen stülpen, und krampfartige Schmerzen durchstießen ihren Leib.

»Milch!« kommandierte Roxana knapp, und es gab keinen Zweifel daran, daß sie Simon danach schickte. »Wir brauchen sofort Milch! Sie muß Milch trinken! Geht, schickt eine der Mägde aus der Halle, aber macht dem Mädchen Beine, es eilt!«

Erst viel später sollte sich Simon d'Escoudry über den herrischen Ton seiner kleinen Bastard-Schwester wundern. In diesem Moment brachte er ihn lediglich auf die Beine, und er rannte davon, während Léonie und Roxana Charis in einen Hausmantel hüllten und ins Bett legten. Léonie säuberte ihr das Gesicht mit einem feuchten Tuch, und Roxana prüfte besorgt Atem und Pulsfrequenz der bleichen Kranken, die inzwischen wieder die Augen geschlossen hatte.

»Ihr müßt Euch den Magen verdorben haben«, murmelte sie dabei mit düsterem, angespanntem Blick. »Was habt Ihr gegessen?«

»Dein Wein ...« ächzte Charis, die immer noch nicht ganz bei klarer Besinnung war. »Danach ... die Anistörtchen ...«

Roxana sah sich im Zimmer um und entdeckte weder den Silberteller mit den Törtchen noch den Wein oder das Tablett, auf dem alles gestanden hatte. Wie war das möglich? Sie hatte strikte Anweisung gegeben, daß niemand Charis d'Escoudry beim Bade störte. Keine Magd hätte es gewagt, diesem Befehl zuwiderzuhandeln und die Essensreste abzutragen.

»Hier ist die Milch!«

Simon d'Escoudry beaufsichtigte genau, wie Roxana der jungen Frau Becher um Becher Milch einflößte. Sie wirkte so sicher in dem, was sie tat, daß er keinen Einspruch erhob. Um so mehr, als Charis allmählich sogar fähig war zu trinken, ohne daß man ihr den Kopf halten mußte. Langsam wich die unnatürliche Blässe fiebriger Röte.

Als sie sich ein weiteres Mal übergab, hätte er fast seine Meinung geändert, aber Roxana überraschte ihn mit einem erleichterten Lächeln, nachdem sie Charis geholfen, gesäubert und mit Léonies Unterstützung in frische Kissen gebettet hatte.

»Es ist vorbei! Sie wird jetzt schlafen, und es wäre gut, wenn sie für ein paar Tage das Bett hütet. Dann wird sie nicht mehr als eine schlechte Erinnerung an diesen Morgen zurückbehalten. Macht Euch keine Sorgen, Simon, sie hat es Eurer Ungeduld zu verdanken, daß wir ihr so schnell helfen konnten!«

Roxana verschwieg in diesem Moment wohlweislich, daß Charis Simon ihr Leben zu verdanken hatte. Für sie gab es keinen Zweifel, daß die Anistörtchen oder der Wein Gift enthalten haben mußten. Der Himmel persönlich mußte Simon geleitet haben, als er die Jagd abbrach, um zu seiner Frau zurückzukehren. Hätte man sie erst später gefunden, dann hätten ihre, Roxanas, beschränkte Kenntnisse sicherlich nicht mehr ausgereicht, Charis zu helfen.

Doch wer wollte Charis d'Escoudry vergiften? Und aus welchen Gründen?

19. Kapitel

Der Hahn begrüßte den Sonnenaufgang mit so anhaltender Energie, daß Charis mit einem leisen Seufzer die Augen öffnete und in die Morgendämmerung blinzelte. Das Licht ließ bereits die Nachtkerze verblassen, und der Herr des Hühnerhofes hatte auch die Jagdmeute des Burgherrn geweckt. Das heisere Gebell vervollständigte das morgendliche Konzert. Irgendwo schepperten Eimer, und die Kette des großen Brunnens rasselte. Glain erwachte, und die junge Frau hatte das Gefühl, als sei es der erste Morgen nach einem langen, schweren Schlaf, aus dem sie gesund und mit neuer Tatkraft aufwachte.

Ein leises Rauschen drang allmählich in ihr Bewußtsein, und sie erkannte, daß der Regen an den kostbaren Fensterscheiben hinunter rann und der Wind die Wetterhähne auf den spitzen Dächern zum Knarren brachte. Der Herbst hatte das Land endgültig in seinen Griff gebracht. Er drang durch die Mauern und Ritzen bis in die Kemenate, wo das Feuer im Kamin nur noch aus einem Häufchen ausgebrannter, kalter Asche bestand.

Erst jetzt entdeckte die junge Frau, daß sie nicht alleine war. In dem hochlehnigen, gepolsterten Stuhl vor dem Kamin saß Simon d'Escoudry, schlafend in sich zusammengesunken. Charis blinzelte und schaute dann wieder hin, um Einzelheiten seiner Erscheinung in sich aufzunehmen. Ihr Gatte. Und zum ersten Mal empfand sie kein Widerstreben mehr bei diesem Gedanken.

Die Stoppeln des nachwachsenden Bartes ließen ihn verwegener als sonst aussehen. Zum ersten Male konnte sie ihn ganz ungestört und in aller Ruhe betrachten. Er hatte das Wams geöffnet und die Hemdschnüre auseinandergezogen, um es sich bequemer zu machen. Es sah ganz so aus, als hätte er die vergangene Nacht in dieser unbequemen Haltung verbracht. Weshalb?

»Warum schlaft Ihr auf einem Stuhl?« fragte Charis leise, und als er den Klang ihrer Stimme hörte, schoß er hoch wie der Bolzen einer Armbrust. Er fuhr hoch und starrte sie aus eng zusammen gekniffenen Augen prüfend an.

»Ihr seid wach? Wie geht es Euch? Wie fühlt Ihr Euch? Habt Ihr Euch erholt?« Die Fragen prasselten geradezu auf sie nieder, und Charis runzelte die Stirn und sah ihn ratlos an.

»Weshalb habt Ihr die Nacht hier zugebracht?« wollte sie wissen.

Doch nun wich Simon ihrer Frage aus, so wie Charis es eben bei ihm getan hatte. Er wollte ihr nicht gestehen, daß er keine ruhige Minute gefunden hätte, hätte er nicht bei ihr gesessen und ihren unruhigen Schlaf bewacht. Zu groß war seine Angst gewesen, sie zu verlieren.

»Ihr müßt Hunger haben«, stellte er fest und stand mit einem unterdrückten Ächzen auf. Er dehnte vorsichtig seine Glieder und Charis konnte nicht umhin, seinen Körper zu bewundern. »Roxana hat gesagt, daß Ihr Haferbrei zu Euch nehmen dürft, und sie hat auch einen Kräutertrunk vorbereitet, der Eurem empfindlichen Magen gut tun wird.«

Das erinnerte sie daran, daß sie ohnmächtig geworden war und schreckliche, quälende Momente durchlebt hatte, bis man sie endlich in Frieden schlafen ließ. Die Hochzeit und das Festmahl waren ihr im wahrsten Sinne des Wortes auf den Magen geschlagen.

»Es tut mir leid«, seufzte sie. »Ich habe keine Ahnung, wie das alles passieren konnte.«

»Ihr habt keinen Grund, Euch Vorwürfe zu machen«, entgegnete Simon und stützte sich gegen die geschnitzte Säule des Alkovens, der schlichter war als jener, in dem sie ihre Hochzeitsnacht verbracht hatten. Offensichtlich lag sie wieder in ihrem eigenen Bett. Zumindest in jenem, das man ihr zugeteilt hatte, als sie nach Glain kam.

»Ich bin es, der Euren Zorn verdient«, drang Simons zerknirschte Stimme in ihre Überlegungen. »Ich hätte mich besser in der Gewalt haben sollen. Ich kann verstehen, daß Ihr mir böse seid.«

Charis benötigte einen Augenblick, ehe sie begriff, daß er auf die erschöpfenden Ereignisse ihrer wilden Hochzeitsnacht anspielte und sich selbst Vorwürfe machte. Sie entdeckte, daß eine leichte Röte auf seiner Stirn stand und daß er ungewohnt verlegen und besorgt wirkte. Sie ertappte sich dabei, daß seine Hilflosigkeit sie rührte.

»Ich werde Euch noch mehr zürnen, wenn Ihr mich noch länger auf die versprochene Mahlzeit warten laßt«, versuchte sie einen Scherz, und die Hast, mit der er nach draußen polterte, brachte sie zum Lachen. An diesem Morgen kam ihr der kämpferische Kriegsheld, der sie entführt hatte, eher wie ein tolpatschiger, ungeschickter Bär vor. Allerdings ein Bär, der über einen gewissen Charme verfügte.

Unwillkürlich kuschelte sie sich tiefer unter die Decke. Sie hätte ihren Bären bitten sollen, das Feuer anzufachen, ehe sie ihn fortschickte. Charis bemerkte nicht, daß sich ein verträumtes Lächeln auf ihre Lippen geschlichen hatte. Die Tatsache, daß Simon ihren Schlaf bewacht hatte, rührte sie und schmeichelte ihr. Man bewachte nur Dinge, die einem kostbar waren – oder?

Diese frühe Morgenstunde schien wie geschaffen für Träume. Charis kam es vor, als habe sie mit ihrer Krankheit auch allen Haß und alle Verbitterung ausgeschieden, als stünde sie an der Schwelle einer neuen, verheißungsvollen, nur für sie geschaffenen Welt.

Einer Welt, in der sie einen Ehemann besaß, der ihren Schlummer bewachte und dem offensichtlich mehr an ihr lag, als er zugeben wollte. Doch das hatte er ihr ja ohnehin schon bewiesen, in jener unglaublichen Nacht, die ihrer Heirat gefolgt war. Man konnte doch nicht ein solches Maß an rauschhaftem Entzücken und leidenschaftlicher Innigkeit erleben, wenn man einander haßte oder gleichgültig war?

»Und was empfindest *du* für ihn, Charis?« fragte sie sich selbst.

Nun, ihr Eheschwur zwang sie zur ausschließlichen

Treue und Loyalität ihrem Gatten gegenüber. Es war kein Verrat, wenn sie sich ihm anvertraute, es war sogar ihre Pflicht! Sie hatte vor Gott geschworen, seine Interessen zu vertreten, ihn zu lieben und zu ehren. Was war geschehen, daß jener Schwur so plötzlich seinen Schrecken für sie verloren hatte?

Der Mann, um den sich ihre Gedanken drehten, traf seine Bastard-Schwester in der großen Küche von Glain, wo sie Rosinenbrötchen in eine Schale Milch tunkte und wie ein kleines Kätzchen schleckte. Trotz der frühen Stunde war sie korrekt gekleidet, die schneeweiße Haube umschloß eng das spitze Kinn und das schmale Gesicht. Simon beantwortete die stumme Frage in den großen silbergrauen Augen mit einem Nicken.

»Du hattest recht, *petite*! Sie ist wach und möchte essen. Wie es scheint, hat sie alles gut überstanden!«

»Das ist gut«, erwiderte Roxana und trank den Rest der Milch direkt aus der Schale. »Ich werde ihr die Morgenmahlzeit bringen. Vielleicht nutzt Ihr die Zeit, nach Euren Männern zu sehen; es gab gestern abend eine heftige Prügelei im Gesindehaus, und Mathieus ältester Pferdeknecht hat sich dabei das Handgelenk gebrochen. Der Seigneur schätzt es nicht, wenn seine Leute auf diese Weise außer Gefecht gesetzt werden.«

»Verdammt«, fuhr Simon auf. »Weshalb hat sich Bec Noir nicht darum gekümmert?«

»Der schwarze, mürrische Riese mit der Narbe auf der Stirn?« fragte Roxana. »Ich habe ihn seit Tagen nicht mehr gesehen. Ich nahm an, Ihr hättet ihn mit einer Botschaft irgendwohin geschickt!«

»Zum Henker, bricht denn gleich das Chaos aus, wenn ich mich zwei Tage lang nicht um alles kümmere?« fluchte Simon und stapfte aufgebracht in den Hof hinaus.

Er wäre dabei fast mit Dame Reinette zusammengeprallt, die mit einem Korb voll frischer Brotlaibe aus dem Backhaus kam. Von dem verlockenden Duft abgelenkt, vergaß Simon seine Entschuldigung. Statt dessen nahm er sich einen kleineren Laib heraus, den er mit seinen kräftigen Zähnen auseinanderriß, ehe er zum Mannschaftsquartier stürmte.

»Bei Gott, ich hatte gedacht, die Ehe würde das Ungestüm dieses Seigneur ein wenig dämpfen«, stöhnte die Haushofmeisterin und brachte Brote und Röcke vor ihm in Sicherheit, ehe sie die Tür hinter sich zuwarf.

Roxana ging nicht auf das Angebot zu einem kleinen Plausch ein. Zum einen wußte sie, daß Charis wartete, zum anderen war ihr an diesem Morgen nicht nach häuslichem Tratsch. Sie hatte nicht viel geschlafen, denn ihre vagen Befürchtungen waren inzwischen zum handfesten Verdacht geworden. Die Gefahr, in der Simon und Charis schwebten, konnte nicht länger geleugnet werden.

Wenn die junge Frau auf Glain nicht einmal den ersten Morgen ihrer Ehe erlebt hätte, wäre das Kartenhaus des Friedens, das mit diesem Bund errichtet werden sollte, ganz von selbst wieder in sich zusammen gefallen! Wie hätten die Söhne des Falken einen solchen Mord erklären, wie ihre Unschuld beweisen können?

Und weshalb war Bec Noir verschwunden, ohne daß Simon davon wußte? Der finstere Hauptmann paßte, oberflächlich gesehen, sehr gut in die Rolle des Mörders und Verräters. Ein Mann wie das Narbengesicht würde ohne Skrupel einen gereizten Stier auf eine wehrlose Frau jagen, und es bereitete ihm sicher kein Kopfzerbrechen, wenn er sie mit Gift aus dem Weg räumte. Doch welcher Weg führte von Karl von Anjou zu Bec Noir?

Und wenn es nicht Bec Noir war, dann mußte es andere, noch gefährlichere Spione und Handlanger des mächtigen Mannes in diesem Haushalt geben. Menschen, bei denen man nie auf die Idee kommen würde, sie zu verdächtigen, weil man ihnen vertraute. Roxana fühlte ihr Herz bis in den Hals hinauf schlagen, und sie kam sich in diesem Augenblick sehr allein und hilflos vor.

Unwillkürlich legte sie die Hand auf das kostbare Medaillon, das sie unter ihrem Gewand spürte. Aus ihm zog sie ihre Kraft und ihren Mut. Sie durfte nicht feige sein, sie schuldete es dem Falken, daß keiner seiner Söhne zu Schaden kam.

Roxana atmete tief durch und griff nach dem Tablett für Charis. Es gab so viel zu tun, aber in allererster Linie mußte sie dafür sorgen, daß der jungen Frau nichts mehr geschah. Man würde fortan sorgfältig über sie wachen müssen. Wo steckte nur Omar? Seit sie sich verbeten hatte, daß er ihr auf Schritt und Tritt folgte, war auch er wie vom Erdboden verschwunden.

Sie hielt auch auf ihrem Weg durch die Halle und in den Wohntrakt hinauf nach dem Mauren Ausschau, entdeckte ihn aber nicht. Sie würde ihn suchen müssen, sobald sie dafür gesorgt hatte, daß sich Charis für die nächsten Stunden in Sicherheit befand.

Sie kam gar nicht auf den Gedanken, Simon oder Mathieu um Hilfe zu bitten. Sie hätte zu viele Erklärungen abgeben müssen. Das konnte sie nicht, denn sie hatte versprochen zu schweigen, und sie hielt ihre Schwüre.

Charis rümpfte die Nase über den ungesalzenen, flüssigen Haferbrei, aber sie hatte so großen Hunger, daß sie das fade Zeug in Windeseile aufaß. Fast bedauernd reichte sie Roxana die leere Schale zurück.

»Ich kann mich nicht erinnern, jemals einen solchen Hunger gehabt zu haben«, gestand sie und zog eine kleine Grimasse.

»Das ist kein Wunder«, tröstete das junge Mädchen sie. »Aber ihr dürft Euren Magen noch nicht überfordern. Er muß sich langsam wieder an feste Nahrung gewöhnen. Nach der Morgenmesse könnt Ihr wieder eine Kleinigkeit zu Euch nehmen. Wollt Ihr aufstehen? Ich helfe Euch beim Ankleiden!«

»Du bist also nicht nur Schwester und Zofe, sondern auch noch Heilerin und Medizinkundige.« Charis lächelte das Mädchen dankbar an und schwang vorsichtig die Beine aus dem Bett. Sie konnte es kaum erwarten, den Alkoven endlich zu verlassen. »Die Menschen auf Glain können froh sein, daß sie dich haben.«

Roxana stutzte bei dem freundlichen Kompliment. Sie

tat, was sie für nötig hielt, aber sie hatte sich nie überlegt, ob sie dafür Dank fordern konnte.

»Ich hoffe, daß sie es tun …«, meinte sie verlegen. »Ich gehöre nicht zu ihnen.«

»Unsinn! Du bist die einzige Schwester der Brüder«, erinnerte Charis sie und registrierte dankbar, daß sie tatsächlich wieder auf eigenen Beinen stehen konnte. Sie schlüpfte in das Hemd, welches ihr das Mädchen hinhielt, und wartete auf eine Antwort.

Aber Roxana schwieg, und der eigenartige Schatten, den Charis jäh auf Roxanas Gesicht wahrzunehmen glaubte, führte dazu, daß sie das junge Mädchen genauer betrachtete. Vom strengen Weiß der Haube umrahmt konnte das Antlitz ebenso sehr einem Kind wie einer jungen Frau gehören. Wie alt war dieses Mädchen eigentlich? Konnte man es überhaupt noch als Kind bezeichnen?

Die junge Frau ließ sich gehorsam die weißen, gestrickten Strümpfe überstreifen, die über dem Knie mit Samtbändern geschlossen wurden, ehe sie in die flachen, gefütterten Lederschuhe schlüpfte, die das einzige waren, was sie von ihren ursprünglichen Gewändern noch trug. Keine der Damen in der Burg hatte einen so schmalen, langen Fuß wie sie, und ein Schuster, der ein wenig mehr konnte als nur Stiefel ausbessern, fehlte auf der Burg.

Danach kam das blaue Kleid mit dem eckigen Ausschnitt, das nach der unfreiwilligen Hungerkur nicht mehr ganz so eng saß. Ein wenig fröstelnd hob Charis die halb entblößten Schultern.

»Wenn Ihr diesen Umhang tragt, werdet Ihr nicht frieren!«

Roxana legte ihr nun einen ärmellosen Mantel um die Schultern, der mit feinstem silberfarbenen Fell gefüttert war. Er reichte nur zwei Handbreit unter Charis' Knie, aber gerade das verlieh ihm einen modischen Schick, den Roxana mit sicherem Blick vorausgesehen hatte. Dankbar strich Charis über den warmen Pelz.

»Laßt mich Euer Haar hochstecken, dann werdet Ihr aussehen wie eine Fürstin!«

Charis nickte gehorsam. Sie hatte den Eindruck, daß es nicht schaden konnte, alle Vorteile auf ihre Seite zu bringen, ehe sie ihrem Gemahl wieder gegenübertrat. Sie wollte seine Erinnerung an eine schwache Kranke auslöschen. Daß sie tief in sich selbst auch den Wunsch hatte, in seinen Augen schön zu sein, gestand sie sich nicht ein. Sicher war das nur ein törichter Anflug von Schwäche, geboren aus der Erschöpfung ihrer Krankheit.

Roxana türmte die schimmernden Strähnen, die je nach Lichteinfall blond oder rötlich wirkten, auf dem Hinterkopf auf und befestigte ein quadratisches, perlenbesticktes Häubchen darauf, von dem ein cremefarbener, hauchzarter Schleier zum Boden wehte. Charis hatte noch nie eine so entzückende modische Torheit gesehen, und unwillkürlich berührte sie die kleine Kappe bewundernd mit den Fingerspitzen.

»Wie hübsch«, murmelte sie und betrachtete die junge Frau im Spiegel, die sie selbst sein sollte. Auf Tinténiac hatte sie ihre Bänder und Stoffe von fahrenden Händlern gekauft, aber nicht einer von ihnen hatte perlenbestickte Häubchen in seinem Angebot gehabt. Vermutlich hätten sich ihre Brüder auch gesträubt, für derartigen Firlefanz Gold auszugeben.

»Man trägt dergleichen in Venedig«, erklärte Roxana, als ob sie Gedanken lesen könnte. »Dame Léonie hat es jedoch in Angers erstanden. Seit der Hof dort lebt, haben sich die Händler auf die Damen der Königin eingerichtet. Man bekommt dort alles, was das Herz begehrt.«

Charis' Freude am eigenen Bild erhielt einen kleinen Dämpfer. »Geliehene Pracht«, meinte sie seufzend, als wäre das die Erklärung für eine Attraktivität, die sie noch nie an sich selbst entdeckt hatte. »Es ist nicht recht, daß ich mich mit fremden Federn schmücke und Dame Léonies Truhen leere. Sie wird ...«

»Sie hat diese Dinge selbst für Euch bereitgelegt«, entgegnete Roxana und erstickte Charis' Widerspruch damit. »Sie tut es, weil sie Euch schätzt, und nicht weil Ihr es fordert!«

Charis biß sich auf die Lippe. Die unvoreingenommene Freundlichkeit der Menschen in Glain schlug schwere Breschen in ihre Vorurteile und ihren Stolz. Dies waren keine Menschen, die man hassen konnte. In der kurzen Zeit, die Charis in dieser Burg verbracht hatte, war ihr mehr Liebenswürdigkeit und Anteilnahme entgegengebracht worden als in den zwanzig Jahren ihres vergangenen Lebens auf Tinténiac. Sogar ihr Vater hatte nie einen Gedanken darauf verschwendet, was sie trug und ob ihr gefiel, was sich in ihren Truhen befand.

»Ich werde mich bei Dame Léonie bedanken«, sagte Charis spröde und mied Roxanas silbernen, fragenden Blick im Spiegel.

Dafür entdeckte sie, daß der Umhang vor ihrer Brust mit einer handtellergroßen, ziselierten Silberbrosche geschlossen wurde, in deren Mitte ein rötlich schimmernder Achat glänzte. Der Schwertknauf ihres Vaters war mit einem solchen Stein geschmückt gewesen, und sie hatte stets an Blut denken müssen, wenn sie das Feuer darin aufglimmen sah.

Unwillkürlich legte sie die Hand auf die Brosche, damit der Stein bedeckt wurde. Eustache trug jetzt das Schwert ihres Vaters. Eustache, der am Grabe des getöteten Seigneur geschworen hatte, nicht zu ruhen, bis jeder Mann und jede Frau mit dem Namen Escoudry umgekommen waren. Simon trug diesen Namen, und sie selbst nun auch. Aber machte das für Eustache einen Unterschied?

»Kommt, die Morgenmesse beginnt gleich!« Roxana hielt ihr die Kammertür auf.

Charis gab sich einen Ruck. Plötzlich hatte sie es eilig, in die kleine Kirche zu kommen und ihre Gebete zu beginnen. Vielleicht hatte ja die Muttergottes ein Einsehen und half ihr, einen Ausweg aus der Wirrnis ihrer Ängste und Gefühle zu finden.

Die kühle, feuchte Luft im weiten Gang ließ sie erschauern. Die Fenster der weniger wichtigen Räume der Burg waren, wie überall üblich, nur mit Tierhäuten bespannt, und zwischen den Rahmen pfiff der Wind hindurch. Die

Binsen unter ihren Füßen raschelten, und die Familienbanner bewegten sich im Luftzug, als sie durch die Halle eilte, in der sich um diese Tageszeit nur die Jagdhunde des Seigneur vor dem Kamin drängten. Aber auch sie hatten saubere Felle und wirkten wohlgenährt und gepflegt wie alles auf diesem Besitztum.

Draußen hatte der Regen nachgelassen, aber Charis mußte ihre Röcke raffen, damit die Säume nicht naß wurden. Sie war dankbar dafür, daß der Erbauer dieser Burg vorausschauend genug gewesen war, die Höfe mit großen, quadratischen Steinen zu pflastern, zwischen denen das Wasser versickern konnte. Auf Tinténiac versank man an solchen Tagen bis zum Knöchel im Morast.

Charis warf einen flüchtigen Blick zum Himmel, wo der Wind die Regenwolken davontrieb, und hielt ihren Schleier fest. Bei derartigem Wetter hatte sie sich vor nicht allzu langer Zeit stets gewünscht, mit diesen Wolken fliegen zu können. Weit fort in eine andere Welt, in der sie glücklich und zufrieden leben konnte.

Heute tat sie es nicht. Heute war ein eigenartiger Tag. Vielleicht war das ja der Grund dafür, daß sie Dinge dachte, die ihr bis vor kurzem nie in den Sinn gekommen wären.

20. Kapitel

Die Auseinandersetzung wurde mit lauten Stimmen geführt, und Charis konnte gar nicht anders, als zuzuhören. Die ruhigere, gelassenere Stimme gehörte Mathieu d'Escoudry, die aufgeregte, wütende ihrem Gemahl Simon, die kühle, klare Rogier. Wie unterschiedlich die drei doch waren, daß man sie allein schon so unterscheiden konnte.

»Es gibt nur eine Möglichkeit, der König muß die Mitgift für dich einfordern. Es könnte sein, daß er es tut«, hörte sie Rogier dozieren. »Er achtet im Andenken seines Vaters sehr genau auf die ritterlichen Tugenden. Er wird es nicht schätzen, wenn einer Dame Unrecht geschieht.«

»Ich bin kein Schwächling, der sich hinter der Macht eines Stärkeren versteckt und seine eigenen Angelegenheiten nicht selbst durchsetzen kann«, sagte Simon verärgert.

Charis, die für Léonie eben einen Ballen feines Leinen aus dem Vorrat geholt hatte und auf dem Treppenabsatz zu den Wohnräumen stand, fragte sich, um was der Streit wohl ging, der da hinter der halboffenen Tür des Kabinetts ausgetragen wurde, in dem der Hausherr seine Urkunden und Bücher aufbewahrte. Offensichtlich war es so plötzlich zu dieser Auseinandersetzung gekommen, daß keiner der drei daran gedacht hatte, die Tür vor ungebetenen Lauschern zu schließen.

»Es geht hier nicht um Mut, es geht um Klugheit«, warf Mathieu nun ein, und seine Stimme erinnerte Charis an einen Eimer kalten Wassers, der einen Hitzkopf zur Vernunft bringen sollte. Ob das jedoch gegen Simons Zorn half?

»Es geht um meine Gemahlin und ihre Mitgift, hättet ihr beide also die Freundlichkeit, Euch aus meinen Angelegenheiten herauszuhalten?« grollte Simon, und Charis hätte um ein Haar den Stoffballen fallen lassen. Man verhandelte über ihre Mitgift, ohne sie auch nur zu befragen!

Sie hatte ihren Gemahl seit dem frühen Morgen nicht mehr zu Gesicht bekommen, aber sie hatte sehr wohl die Mägde und Knechte tuscheln hören, daß er mit eiserner Faust unter seinen Männern für Ordnung gesorgt hatte. Daß er Nachforschungen nach dem großen schwarzen Hauptmann angestellt hatte und am Ende bei den üblichen Waffenübungen des Vormittags seine besten Kämpfer reihenweise ins Stroh geworfen hatte. Er hatte seine eigene Art, für Gehorsam und Ruhe unter seinen Männern zu sorgen.

Sie hatte die roten Wangen der Mädchen bemerkt, die mit genüßlichem Eifer die Stärke des Seigneur beschrieben hatten, und die Neugier in den Blicken, die ihr galten.

Alle Welt fragte sich, wem der unterdrückte Zorn galt, der Simon d'Escoudry an diesem Tag vorwärtstrieb. Seiner Gemahlin? Eine Braut, die an den Folgen der Hochzeitsnacht erkrankte, wer hatte jemals schon so etwas gehört? Hatte der Seigneur sie verletzt? Verprügelt? Mißhandelt? Oder war sie gar so empfindsam und spröde, daß man den Armen nur hinter vorgehaltener Hand bedauern konnte?

»Man könnte meinen, mir wären Hörner gewachsen«, hatte Charis sich bei Roxana beschwert, aber nur ein Lachen geerntet.

»Nehmt den Tratsch nicht ernst. Eure Größe und Eure Schönheit sind eben zu auffällig. Man wird immer über Euch reden. Je eher Ihr Euch daran gewöhnt und es ignoriert, um so ruhiger werdet Ihr leben.«

Wie sollte sie ruhig leben, wenn sie soeben aus purem Zufall Kenntnis von einer neuerlichen, unsinnigen Idee ihres Gemahls erhalten hatte? Ihre Mitgift! Gütige Madonna, Ihre Mitgift bestand aus dem Paar Schuhe, das sie trug! Es gab keine Mitgift mehr! Eustache hatte jeden einzelnen Heller davon in Armbrüste, Schwerter und Söldner gesteckt.

Ihre Mitgift? In Charis Kopf machte sich ein neuer, verletzender Gedanke breit. War das etwa der Grund, warum Simon sie schon mit seinem Wunsch zu heiraten verfolgt hatte, noch bevor der König den Befehl zu dieser Verbindung gegeben hatte? Hatte er von Anfang an auf ihre Mitgift spekuliert? Nun, in diesem Falle würde er bald merken, daß er sich verrechnet hatte.

»Was willst du tun?« hörte sie Rogier nun fragen. »Eustache mit dem Schwert bedrohen, nachdem eben erst der Frieden beschlossen wurde? Das ist Hochverrat und kostet dich den Kopf!«

»Und unseren vermutlich auch«, warf Mathieu trocken ein. »Ich bin der Älteste, du hast mir also zu gehorchen, Simon! Keine weiteren Auseinandersetzungen mit St. Lubin, hast du verstanden?«

Simon antwortete mit einem Fluch, der Charis die Röte in die Wangen trieb, dann hörte sie ihn davonstürzen, und das Krachen der Eingangstür bewies, daß er vermutlich sein Refugium im Torturm aufsuchte.

»Sein Jähzorn wird ihn noch einmal in Schwierigkeiten bringen«, erklärte Mathieu erbost.

»Ich habe das dumpfe Empfinden, er *ist* bereits in Schwierigkeiten«, entgegnete Rogier vielsagend. »Nicht zuletzt auch durch die offensichtlich labile Gesundheit seiner Gemahlin. Ich wage nicht zu denken, was geschehen wäre, wenn ihre Magenverstimmung ernsthafterer Natur gewesen wäre.«

»Léonie hat mir versichert, daß es sich lediglich um eine Indisposition gehandelt hat, die von Aufregung und schwerem Essen hervorgerufen wurde.«

»Ich kann es nicht glauben.« Rogier hatte die Stimme gedämpft, aber Charis verstand trotzdem noch jedes Wort. »Mein Gefühl sagt mir, daß der Gehorsam dieser jungen Frau nur gespielt ist. Wir können nicht mit ihrer ehrlichen Loyalität rechnen. Und was Simon betrifft, nun, so denke ich, er hat sich noch nicht einmal richtig entschieden, ob er sie lieben oder hassen soll.«

Rogiers klare Einschätzung der Lage trieb Charis die Schamesröte in die Stirn. Sie raffte sich endlich auf und lief weiter. Sie wollte nicht länger hören, was diese beiden Männer über sie sagten. In ihrem Gespräch schien sie mehr der verzichtbare Bauer als die Dame des Spiels zu sein. Wenn in diesem Haus ihr Leben geschätzt wurde, dann um des Friedens, aber nicht um ihrer Person willen. Charis stellte überrascht fest, daß diese Erkenntnis sie schmerzte.

Es gelang ihr jedoch, ihre Fassung wiederzufinden, und als Simon sie nach dem Mittagsmahl um ihre Begleitung bat, konnte sie immerhin in leidlicher Haltung ihre kühle Hand auf die seine legen und das Kinn stolz anheben.

»Begleitet mich auf einem kleinen Ritt«, sagte er zuvorkommend. »Ich habe den Wunsch, einmal keine Mauern um mich herum zu sehen ...«

Er hatte Befehl gegeben, eines der Pferde zu satteln, die für Léonie oder Roxana im Stall standen, und der hellbraune, zierliche Zelter wartete bereits neben seinem ungeduldigen Hengst. Charis konnte reiten, doch sie hatte nicht viel Übung. Auf Tinténiac hatte es nur Arbeitspferde und Schlachtrösser gegeben. Doch die Möglichkeit, bei dieser Gelegenheit endlich ungestört mit Simon reden zu können, ließ sie alle Bedenken vergessen.

Sie tauschte bei Roxana ihren modischen Kopfputz gegen einen wetterfesten Umhang mit Kapuze ein, denn das Wetter war wechselhaft und unbeständig geblieben. Simon erwartete sie, und sie suchte vergeblich nach einem Zeichen der Ungeduld bei ihm. Doch er stand nur bei den Pferden und sah den dahinjagenden Wolken nach. Sie hätte zu gerne gewußt, was er in diesem Moment dachte.

Sie versuchte sich so gut es ging im Damensattel einzurichten, und sie registrierte sehr wohl, daß ihr Gemahl sein temperamentvolles Pferd zu mäßigem Tempo zwang, so daß sie den krampfhaften Griff um ihre Zügel nach und nach ein wenig lockern konnte. Der Wind wehte ihr die Kapuze vom Kopf und zauste in den festgesteckten Haaren, bis sie die kostbaren Nadeln in Sicherheit brachte und die Locken offen über die Schultern fallen ließ.

Lediglich ein paar Pfützen erinnerten an den morgendlichen Regenguß; die abgeernteten Felder, Gärten und Wiesenraine glänzten noch wie frisch gewaschen. Das intensive Grün des Forstes, der Glain auf der Nordseite vor den eisigen Winterstürmen schützte, schimmerte im gleichen Ton wie Simons Augen. Charis versicherte sich mit einem Blick zur Seite, daß der Vergleich stimmte, und bemerkte, daß Simon sie ebenfalls beobachtete.

»Ihr wollt mit mir sprechen, nicht wahr?« sagte sie ohne Umschweife.

»Kann es sein, daß Ihr mich bereits so gut kennt?« Ein kleines Lächeln erschien in seinen Mundwinkeln, und Charis' Herzschlag beschleunigte sich jäh.

»Ich gebrauche meinen Verstand«, entgegnete sie. »Ich halte Euch nicht für einen Mann, der seine Zeit mit Spazierritten vertrödelt.«

»Ich beginne trotzdem Gefallen daran zu finden.« Er

lächelte überraschend und brachte sein ungeduldiges Pferd zum Stehen.

Charis' Stute blieb ohne Befehl ebenfalls stehen. Von einer Reihe alter Haselnußsträucher gegen Glain geschützt, schienen sie in diesem Augenblick alleine unter dem weiten Himmel zu sein. Hoch über ihnen zog ein Raubvogel stille, gelassene Kreise. Keiner von beiden sah zu ihm hinauf. Sie waren viel zu sehr damit beschäftigt, einander zu betrachten.

»Ich bin ein fahrender Ritter«, begann Simon überraschend ernst. »Ihr hattet recht mit Euren Anschuldigungen. Ich verdinge mein Schwert, kämpfe auf Turnieren und hoffe, daß der König endlich Krieg gegen Aragon führt, damit ich mein Glück machen kann. Ihr hättet einen besseren Gatten verdient. Einen, der Euch zur Herrin über eine große Burg macht, wie Blois es getan hätte, oder zumindest jemanden wie Rogier, der geschickt genug ist, bei Hof seinen Weg zu machen. Was mich betrifft, so kann ich Euch nicht einmal ein angemessenes Dach über dem Kopf anbieten.«

Charis lauschte der halb wütenden, halb resignierten Rede, und sie begriff, wie tief dieses Geständnis Simons Stolz verletzte.

»Ihr hättet eine Erbin zur Frau nehmen müssen«, sagte sie leise. »Eine wie Dame Léonie!«

»Ein Sohn des Falken lehnt sich nicht gegen einen Befehl des Königs auf!«

Charis zuckte unmerklich zusammen. Was hatte sie erwartet? Einen Minneschwur? Von diesem Krieger, der sogar sein Herz mit Eisen gepanzert hatte? Für so närrisch hätte sie sich selbst nie gehalten.

»Kommt zur Sache«, sagte sie verärgert, doch dieser Ärger galt nicht Simon, sondern sich selbst.

»Nun denn …« Simon räusperte sich. »Mein Vermögen reicht allenfalls dazu, Euch eine Köhlerhütte zu kaufen. Es wäre demzufolge besser, Ihr bleibt auf Glain, wenn ich weiterreite. Ich werde Euch Nachricht zukommen lassen, sobald sich meine Umstände zum Besseren wenden!«

Charis strich sich verwirrt ein paar Haarsträhnen aus der Stirn. Was wollte er ihr eigentlich damit mitteilen? Daß er sie verließ?

»Ihr reitet? Ihr wollt mich allein zurücklassen?« fragte sie. Ihr empörter Ton verriet, was sie von dieser Absicht hielt.

»Je nun«, meinte Simon seltsam mürrisch und tätschelte seinem unruhigen Hengst den Hals. »Es scheint mir eine durchaus vernünftige Lösung. Ich lasse Euch unter dem Schutze meines Bruders, der Euch Obdach gibt, bis ich selbst es tun kann!«

Charis entrang sich ein so wütender und unbeherrschter Schrei, daß der Falke hoch oben seine Kreise abbrach und in den Forst tauchte. Ehe Simon begriff, was sie im Schilde führte, hatte sie sich zu ihm hinüber gebeugt und zerrte an seinem Wams, als wolle sie ihn aus dem Sattel reißen. Hätte sie in diesem Moment ein Schwert besessen, sie hätte es gebraucht.

»Aber was ... so haltet doch ein ... Was wollt Ihr denn, bei Gott?« rief er zornig.

»Was ich will?« Charis fühlte sich außerstande, ihren Grimm zu bändigen. Die Worte kamen über ihre Lippen, ohne daß sie sie zurückhalten konnte. »Daß Ihr nicht davonlauft wie ein nichtsnutziger Feigling, nur weil die Dinge anders sind, als Ihr es erwartet habt!« schrie sie und wußte selbst, daß sie wie ein Marktweib keifte. »Ihr seid mein Gemahl, wir gehören vor Gott und den Menschen zusammen. Ihr könnt mich nicht in Glain abstellen wie ein leer getrunkenes Weinfaß!«

Aber dann besaß sie doch noch soviel Vernunft, ihn nicht an die Dinge zu erinnern, die in ihrer Hochzeitsnacht geschehen waren. Offensichtlich hatte sie sich doch getäuscht. Was sie für Zuneigung und aufkeimendes Gefühl gehalten hatte, waren nur blinde Gier und männliches Verlangen gewesen. Dieser Gedanke machte sie so schwach, daß sie schwankte und gefallen wäre, hätte er nicht zugegriffen und sie zu sich auf sein Pferd hinübergezogen.

»Ich dachte, ich tue Euch einen Gefallen, wenn ich mich entferne«, erklärte Simon d'Escoudry völlig entgeistert und betrachtete das zornige Antlitz mit den funkelnden Augen, die plötzlich ihre distanzierte Kälte verloren hatten.

»Ich ... ehrlich gesagt, ich habe keine Ahnung, wie man eine Ehefrau behandelt«, fuhr er fort. »Ich habe Euch weh getan, Euch erschöpft und krank gemacht. Ich dachte, es wäre besser, wenn Ihr mich eine Zeitlang nicht seht ... Es fällt mir verdammt noch einmal schwer, meine Hände von Euch zu lassen, wenn ich Euch in Reichweite habe!«

Er brach ab, und Charis entdeckte die verlegene Röte auf seinem Gesicht. War es tatsächlich möglich, daß nicht Gleichgültigkeit, sondern Fürsorge der Grund war, weshalb er sie verlassen wollte? Daß er sich selbst Vorwürfe machte, so unsinnig diese auch sein mochten?

Während sie sich in seine Arme schmiegte, überließ sie sich den aufgestörten Gedanken und den Gefühlen, die seine Nähe wie stets in ihr hervorrief. Sie wollte diese Nähe, denn sie begann sich an die Sicherheit und die Wärme zu gewöhnen, die sie in ihr hervorrief. Aus dieser Erkenntnis heraus hob sie die Hand und legte einen Finger auf Simons Lippen.

»Pst ... Ihr habt mir nicht mißfallen, Simon! Und ihr habt mich auch nicht gepeinigt und krank gemacht ...« flüsterte sie kaum hörbar.

Simon d'Escoudry zuckte zusammen. Es war das erste Mal, daß sie ihn bei seinem Namen genannt hatte, abgesehen vom Ehegelöbnis. Seine Augen verengten sich, und er beugte sich zu ihr hinunter, damit er sie besser ansehen konnte.

Ein merkwürdiger Ausdruck lag in ihren Augen, ein Ausdruck, der ihn seltsam anrührte und sein Herz in Fesseln legte. Plötzlich hatte er das Gefühl, etwas gefunden zu haben, wonach er sein Leben lang gesucht hatte. In den Augen seines Vaters, seiner kränklichen Mutter, seiner Brüder.

»Ich will doch nicht, daß Ihr geht, Simon ...« wisperte

Charis, bevor sich sein Mund auf ihren senkte und ihr dieser Kuß alle Fragen beantwortete. Er war warm und köstlich, liebkosend und vielversprechend, hingebungsvoll und leidenschaftlich. Charis hatte bei diesem Kuß das Gefühl, daß ihre Welt sich neu ordnete und die Dinge endlich an den Platz rückten, der ihnen zustand.

»Ich kann nicht gehen, wenn Ihr ...« begann Simon mit tiefer, belegter Stimme, während Charis nach Atem rang und schwach in seinen Armen lag. Ihre Brüste hoben und senkten sich heftig, und Simon war sich ihres schlanken, verführerischen Körpers überdeutlich bewußt, diesen Körper, den er auf so lustvolle Weise kennengelernt hatte. Die Ängste, die er an Charis' Krankenbett empfunden hatte, veranlaßten ihn, sie noch leidenschaftlicher und inniger in die Arme zu schließen.

Er strich ihr die Haare aus der Stirn und beugte sich gerade wieder über sie, als er aus den Augenwinkeln eine Bewegung am fernen Waldrand wahrnahm. Ein metallisches Aufblitzen. Eine Bewegung, die dort nicht sein sollte.

Der Reflex eines einzelnen Sonnenstrahles auf Helmen und Waffen? Kein Zweifel! Mit einem Ruck setzte er sich auf und nahm die Stelle genauer in Augenschein. Der Instinkt des Kriegers trieb ihn dazu, beide Pferde enger an die Haselbüsche zu drängen, damit sie in Deckung blieben. Kein Zweifel, am Waldrand sammelte sich eine Gruppe von bewaffneten Reitern. Feinde?

»Was ist?« wisperte Charis und tupfte kleine zärtliche Küsse auf sein Kinn mit der winzigen Kerbe genau in der Mitte. »Was ...«

»Reiter!« antwortete Simon knapp. »Bewaffnete, die sich heimlich sammeln und ... verdammt! Das Banner! Da, siehst du es auch?«

Charis spürte den Ruck, der durch Simons Körper ging, und ihr Blick folgte der Richtung, in die seine Hand zeigte. Das Banner war mit goldenem und silbernen Garn auf schwarzen Untergrund gestickt. Eine mühsame, akkurate Arbeit, mit goldenen Fransen versehen und an den waagerechten Linien mit eingenähten Eisenbändern versteift.

Charis hatte es einen langen Winter hindurch selbst gestickt, und sie erinnerte sich zu gut daran, wieviel Mühe ihr die Streitaxt gemacht hatte, die die halb aufgeblühte Rose kreuzte. Das Banner von Tinténiac! Sie kannte jeden Spann dieses Tuches, und sie wußte, was es bedeutete, wenn es eine halbe Reitstunde vor Glain wehte und heimlich im Wald verborgen wurde.

»Eustache!« murmelte sie entsetzt. »Mein Gott, er ist also wirklich gekommen. Bec Noir hat die Fackel in den Heuhaufen geworfen!«

»Was zum Henker ...« begann Simon und unterbrach sich sofort. Erst jetzt begriff er, was Charis gesagt hatte. Ihre Worte ließen nur einen einzigen Schluß zu.

»*Du*?« sagte er so kalt, das Charis zu atmen vergaß. Sie sah, wie jede Wärme aus seinen Augen wich und sein eben noch lächelndes Gesicht sich in eine kalte, abweisende Maske verwandelte.

Sie wollte sich verteidigen, ihm sagen, daß dies alles vor ihrem Eheschwur geschehen sei. Daß sich alles geändert habe, daß sie ... aber sie brachte keine Silbe über die Lippen.

Die Verachtung in Simons Blick ließ sie sprachlos werden, denn es war nur zu klar, wofür er sie hielt. Für eine Verräterin! Für eine raffinierte Lügnerin, die sich nicht scheute, sogar den Mann auszuliefern, den zu lieben und zu ehren sie im Angesicht Gottes geschworen hatte. Die ihre Küsse und ihren Körper einsetzte, um ihn abzulenken und ins Verderben zu reißen. Die in diesem Moment noch versuchte, ihn zu übertölpeln!

»Zurück!«

Ehe sie begriff, was geschehen war, fühlte sie sich unter der Brust umschlungen und so eisern gehalten, daß sie sich nicht einmal bewegte, als der mächtige Hengst mit einem Satz in Galopp fiel und von seinem Herrn auf Glain zugetrieben wurde. Der kleine Zelter folgte ihnen, aber da er nicht mithalten konnte, würde er sicher zur Beute für Eustache und die anderen werden.

Mit einem wilden Kriegsschrei alarmierte Simon die

Torwachen der Burg, das Dorf und alle Menschen in Glain. Als sie durch den Torbogen donnerten, glich die Burg bereits einem aufgescheuchten Bienenkorb, und unter den Hufen des rasenden Hengstes stoben blitzende Funken über die Steine.

»Alaaarm! St. Lubin greift uns an! Seine Männer sind bereits am Waldrand!«

Simons Stimme erhob sich mühelos über das Gebimmel der Sturmglocke und das Geschrei der Menschen.

»Alle Mann zu den Waffen, die Brücke hoch! Aber laßt eine Ausfallpforte für die Dorfbewohner offen! Besetzt die Wehrgänge!«

Mathieu d'Escoudry hatte den Ruf gehört, und bis Charis vor dem Palas auf die Füße taumelte, organisierte er bereits die Verteidigung. Mit Tränen in den Augen versuchte Charis ihren Gatten aufzuhalten.

»Bitte, ich wollte doch nicht ...« begann sie, aber Simon stieß sie weg.

»Bete!« forderte er hart. »Bete, daß kein Mitglied meiner Familie in dieser sinnlosen Fehde umkommt, sonst bezahlst du mit deinem Leben dafür!«

»Simon!«

Er hörte nicht auf sie. Er drehte ihr den Rücken zu und schrie nach seinen Männern, seiner Rüstung, seinen Waffen. An Charis verschwendete er im Moment keinen Gedanken mehr, aber sie wußte, daß zwischen ihnen eine Rechnung offen stand, die mit Blut und Tränen bezahlt werden würde. Erschauernd schlug sie die Arme um den Oberkörper. Glück und Elend waren so unmittelbar aufeinander gefolgt, daß ihr schwindelte.

»Um Gottes willen, so verratet mir doch, was geschehen ist!« Dame Léonie griff besorgt nach Charis' Arm und führte sie in die große Halle. »Sind das wirklich Eure Brüder, die uns da angreifen?«

Charis nickte stumm und sank mit zitternden Knien auf eine der Bänke, die entlang der Wand unter den Standarten der Escoudrys standen.

»Ich ... ich bin schuld«, gestand sie und starrte auf ihre

zitternden Hände. »Ich habe Eustache gebeten, mich zu befreien … Wie dumm ich nur war. Wie entsetzlich, schrecklich eigensüchtig, kleinmütig und dumm!«

Von draußen klangen Befehle, Waffengeklirr, Geschrei und Flüche herein. Der Waffenmeister von Glain gab die Armbrüste und Streitäxte aus, und Dame Reinette schickte bereits die Mägde um Eimer. Bei Überfällen dieser Art war es ratsam, stets mit Wasser gefüllte Eimer bereit zu haben, denn ein verirrter Brandpfeil konnte den Verteidigern viel zu schaffen machen.

Charis verbarg ihr Gesicht in den Händen. Schuld und Reue plagten sie, und sie brachte es nicht fertig, Léonie ins Gesicht zu sehen.

21. Kapitel

»Nein, Simon! Warte, bis er verhandelt oder angreift! Noch ist das Recht auf unserer Seite!«

Mathieu d'Escoudry wußte nicht, ob sein Bruder ihn hörte. In vollem Harnisch stand er auf den Zinnen von Glain und starrte auf die Männer, die sich rund um den Seigneur von Tinténiac und seine jüngeren Brüder scharten. Es mochten an die zwölf schwer bewaffnete Ritter und fünfzig Söldner und Armbrustschützen sein. Kein sonderlich großer Trupp, aber im Dorf hatten sich nicht alle Bewohner vor den Fremden in Sicherheit bringen können. Ein Faustpfand für den Angreifer, dessen war er sich bewußt.

Ein Ruck ging durch Simons Gestalt, und in diesem Moment erkannte auch Mathieu den dunklen, bärtigen Krieger neben der gedrungenen Gestalt Eustache de St. Lubins. Bec Noir hatte die Fronten gewechselt, weil er sich offenbar auf der Seite der Sieger wähnte. Ein Herold löste sich aus der Front der Angreifer und ritt auf Rufweite heran.

»Seigneur, der noble Ritter Eustache de St. Lubin, Herr der Ländereien von Tinténiac und Lehnsmann Karls von Anjou, fordert Euch auf, die Dame Charis de St. Lubin freizugeben!« rief er zu den Zinnen hinauf. »Weigert Ihr Euch, so wird er das Dorf und die umliegenden Höfe dem Erdboden gleich machen!«

Simon hatte darauf verzichtet, seinen Helm zu tragen und der hell leuchtende Schopf seiner blonden Locken verriet ihn weithin. Alle sahen, wie Bec Noir sich zu seinem neuen Herrn beugte und auf die Zinnen hinauf deutete.

Simon nahm den Fehdehandschuh ohne zu zögern auf. »Ich habe Charis St. Lubin auf Befehl seiner Majestät, König Philipp von Frankreich, zu meiner Frau genommen«, erwiderte er, und seine Stimme übertönte die des Herolds mühelos. »Sie ist jetzt Charis d'Escoudry. Reitet nach Hause, St. Lubin, und laßt die Menschen in Glain in Frieden, oder Ihr werdet es bereuen!«

Die Antwort der Männer um Eustache de St. Lubin war eindeutig. Machtlos mußten Simon und seine Brüder mit ansehen, wie die Dorfbewohner, die den Angreifern in die Hände gefallen waren, rund um den Dorfteich zusammengetrieben wurden. Die ersten Fackeln loderten bereits in bedrohlicher Nähe der schilfgedeckten Dächer. Der Wind trug das Weinen der Frauen und das Geheul der Kinder heran. Eustache würde das Dorf in Flammen aufgehen lassen, daran gab es keinen Zweifel.

»Laßt mich gehen!«

Simon fuhr klirrend herum, als Charis ihn ansprach. Sie trug noch immer ihren Reiterumhang, und die offenen Haare wehten wie ein seidiger Schleier hinter ihr her. Simon hatte noch nie diesen beschwörenden, flehenden Ausdruck auf ihren Zügen gesehen, aber nach dem, was sie ihm angetan hatte, fiel es ihm leicht zu widerstehen.

»Nein! Was habt Ihr hier zu suchen? Frauen gehören nicht auf die Zinnen!«

»Aber wenn ich gehe, dann werden das Dorf und die Menschen verschont!« beharrte Charis.

»Von Eurem Bruder?« Simon lachte spöttisch. »Das könnt nicht einmal Ihr glauben! Verschwindet, ehe ich den Befehl gebe, Euch zu binden!«

»Geht!« meinte auch Mathieu und drängte die junge Frau sanft zur Leiter. »Je weniger diese Männer dort unten von Euch zu sehen bekommen, um so besser wird es für uns alle sein.«

Charis warf einen Blick zu Simon, und sie spürte, wie wilde Angst ihr den Magen zusammenschnürte. Er trug seinen Harnisch, war für den Kampf gerüstet, aber das hieß beileibe nicht, daß er unverletzlich war.

Was konnte sie tun? Wie den Fehler wiedergutmachen, den sie aus falschem Stolz und wilder Eigensucht begangen hatte?

»Bring sie hinein und sorge dafür, daß sie sich nicht mehr einmischt!« Mathieus knapper Befehl galt Roxana, die im Hof aufgetaucht war. »Wir haben Wichtigeres zu tun, als sie zu schützen!«

Schuldbewußt senkte die junge Frau den Kopf und folgte Mathieus Bastard-Schwester in die große Halle und von dort hinauf in den Söller, wo Léonie sich mit den wichtigen Frauen der Burg aufhielt. Von hier aus hatte man zwar das Dorf und die Zugbrücke nicht im Blick, aber man sah wenigstens, was auf den Zinnen geschah.

»Setzt Euch und hört auf, Euch überflüssige Vorwürfe zu machen«, riet Roxana und nahm ihr den Umhang ab. »Es ist niemandem damit gedient, wenn Ihr jetzt die Nerven verliert.« Charis bemühte sich, die zitternden Hände in den Falten ihrer Röcke zu verstecken. Am liebsten wäre sie in Tränen ausgebrochen. Wie hatte sie nur so dumm sein können? Was hatte sie sich nur dabei gedacht, sich einem Verräter wie Bec Noir anzuvertrauen? Einem Mann, der seinen Anführer verriet und harmlose Dorfbewohner in Angst und Schrecken versetzte? Es gab keine Entschuldigung dafür. Jeder Tropfen Blut, der floß, war ihre Schuld!

»Es wird keinen Kampf geben«, behauptete Dame Léonie und versuchte damit, die Ängste aller zu besänftigen.

»Schließlich wissen alle Beteiligten, daß sie damit gegen den Befehl des Königs handeln würden.«

»Ich frage mich, ob das auch für meinen Bruder gilt«, murmelte Charis ahnungsvoll. »Er hat sich als Lehnsmann des Fürsten von Anjou bezeichnet. Es ist mir neu, daß er Charles von Anjou dient.«

Es entging ihr, daß Roxana und Léonie einen schnellen Blick wechselten. Wenn der Bruder des verstorbenen Königs sich für seine Zwecke Eustache de St. Lubins bediente, dann war Vorsicht angesagt.

»Sie verlassen den Wehrgang«, rief in diesem Moment Dame Reinette, und die Frauen stürzten alle in die Fensternischen, um zu beobachten, wie die drei Brüder Escoudry, der weißhaarige Waffenmeister und die Knappen der Herren tatsächlich dem Geschehen den Rücken kehrten und die Zinnen verließen. Was war passiert?

Weder Dame Léonie noch Roxana zählten zu den geduldigen Frauen. Sie eilten neugierig in die Halle, und Charis folgte ihnen, ohne daß man sie davon abgehalten hätte. Sie platzten mitten in eine heftige Diskussion zwischen den drei Brüdern, die offensichtlich ganz und gar nicht einer Meinung waren.

»Es ist purer Wahnsinn, sich auf das Wort eines Mannes zu verlassen, der uns übel will, seit er das Erbe seines Vaters angetreten hat«, schrie Mathieu, der dieses Mal seine Gelassenheit eingebüßt hatte.

»Es ist die einzige Möglichkeit, einen Zwist auszutragen, ohne daß Unschuldige hineingezogen werden«, antwortete Simon ruhig. »Die Sache muß ein Ende haben, und zwar so schnell wie möglich.«

»Was ist passiert?« wollte Dame Léonie wissen.

Rogier holte tief Atem und zeigte resigniert auf Simon. »Er hat einem ritterlichen Zweikampf auf Leben und Tod zugestimmt, der nach den Regeln eines Turniers ausgetragen wird. Dem Sieger gehört die Dame!«

»Nein!« Charis fuhr auf. »Ihr schickt mich zu meinem Bruder zurück?«

»Ich danke Euch für das Vertrauen in meine Kampfkraft«, entgegnete Simon mit soviel Sarkasmus, daß Charis rot anlief. »Und ehe ihr mich erneut einen Mordbuben schimpft, der Vorschlag ging von Eurem Bruder aus, und ich habe ihn lediglich angenommen. Nun gestattet mir, daß ich mich zurückziehe. Der Kampf findet in einer Stunde statt, und ich muß meine Waffen überprüfen und die Rüstung anlegen.«

Charis hatte die Hand vor den Mund geschlagen, um sich selbst an einem falschen Wort zu hindern. Von dem Moment an, in dem Simon das Banner von Tinténiac erblickt hatte, hatte er sich ihr gegenüber wie ein Fremder verhalten. Irgend etwas mußte sie unternehmen, um das Vertrauen zwischen ihnen wieder herzustellen.

»Roxana, bitte, ich muß mit Simon unter vier Augen sprechen!« wandte sie sich an das Mädchen.

»Haltet Ihr das für klug?«

»Es interessiert mich nicht, ob es klug ist oder nicht«, erwiderte Charis resigniert. »Ich kann nicht zulassen, daß mein Gemahl sich aus falsch verstandenem Stolz in Gefahr bringt. Ich fürchte, Eustache wird nicht ehrlich kämpfen. Er kann nicht glauben, daß er den besten Ritter des Königreiches besiegt. Wenn er sich auf ein solches Duell einläßt, dann nur aus dem sicheren Wissen heraus, daß er am Ende der Sieger sein wird. Wie es seine Art ist, wird er versuchen, dies auf krummen Wegen zu erreichen ...«

Es war das erste Mal, daß Roxana ein Wort der Kritik an Eustache de St. Lubin aus Charis' Mund vernahm. Sie begann zu begreifen, welch ungeheuerliche Verwandlung in der jungen Frau vorgegangen war.

»Es könnte auch sein, daß Simon mit unehrlichen Methoden kämpft«, warf sie ganz beiläufig ein und unterdrückte ein Lächeln, als sie sah, wie die junge Frau auffuhr.

»Simon? Roxana, wie könnt Ihr so etwas nur andeuten? Ihr sprecht von Eurem Halbbruder!«

»Und Eustache ist Euer Bruder!«

Charis stutzte. Roxana hatte recht. Ein bitteres Lächeln

spielte um ihre Mundwinkel. Sie kannte Eustache viel zu gut, und obwohl sie sich nie Illusionen über ihn gemacht hatte, hatte sie ihn nach außen hin stets verteidigt.

»Eustache und meine Brüder waren alles, was ich auf dieser Welt hatte«, gestand sie widerstrebend. »Mein Vater hat mich zum Stolz auf unseren Namen und unsere Familie erzogen. Kein Makel durfte darauf fallen, nichts war wichtig, außer dieser Familienehre. Sie zu verraten hätte bedeutet, völlig allein zu sein ... Nichts und niemanden zu haben ...«

Roxana fröstelte, als sie den verzweifelten Unterton in Charis' Stimme wahrnahm. Dieses Mädchen hatte offensichtlich wenig Glück mit seiner Familie gehabt und Gefühle wie Freundlichkeit oder Zuneigung nicht erfahren.

»Nicht alle Männer sind wie Euer Vater oder Eure Brüder«, meinte sie sanft, denn sie begriff plötzlich, weshalb sich Charis mit aller Kraft gegen die Liebe gewehrt hatte, die sie für Simon empfand. Charis hatte die Männer bisher nicht als Wesen kennengelernt, die zu anderen Gefühlen als Stolz und Ehrsucht fähig gewesen wären.

»Ich würde gerne daran glauben«, erwiderte die junge Frau müde und strich sich mit der Hand über die schmerzende Stirn. »Ich muß zu Simon!«

»Er wird in der Waffenkammer sein«, erwiderte Roxana. »Aber er wird es nicht schätzen, wenn Ihr ihn stört.«

»Das ist mir egal«, erklärte Charis und preßte die Lippen aufeinander. »Noch wütender kann er ohnehin nicht auf mich werden.«

Sie hatte mit dem Schlimmsten gerechnet. Verachtung stand in seinen Augen, Abscheu, eine so tiefe Enttäuschung, daß Charis am liebsten auf dem Absatz kehrt gemacht hätte. Doch es ging hier nicht um sie, sondern um Simons Leben.

Sie riß sich zusammen, trat vor Simon und hielt seinem Blick stand, ohne die Lider zu senken.

»Ihr dürft nicht gegen Eustache kämpfen«, begann sie. »Er wird Euch töten.«

»Das würde Euer Problem doch auf angenehmste Weise lösen«, spottete Simon und prüfte eine polierte Lanze mit gefährlich schimmernder Spitze.

»Ihr wißt, daß das nicht stimmt«, entgegnete Charis mit zitternder Stimme. »Ich bange um Euer Leben. Eustache wird nicht ehrlich kämpfen, ich kenne ihn. Ihr begebt Euch in Gefahr!«

»Erspart Euch und mir diese heuchlerische Szene«, fuhr Simon sie an. Seine Augen blitzten wütend. »Ich weiß nicht, was Ihr damit bezweckt, aber Ihr verschwendet Eure Mühe. Ich will nicht, daß Glain und seine Bewohner unter Eurem Bruder leiden, deswegen kämpfe ich. Nicht wegen einer falschen Dirne, die ihren Familienstolz über Menschenleben stellt.«

Charis keuchte auf und schloß für einen kurzen Moment die Augen. Sie sah nicht, mit welcher verzweifelten Sehnsucht Simon sie in diesem Augenblick betrachtete. Als sie die Augen wieder öffnete, schien er ganz darauf konzentriert, die nächste Lanze in Augenschein zu nehmen.

»Warum könnt Ihr nicht glauben, daß mir all dies schrecklich leid tut?« flüsterte sie. »Ich will nicht, daß Euch ein Leid geschieht, um meinetwegen schon gar nicht. Wenn Ihr mich so haßt, dann laßt mich gehen. Ich werde Eustache davon überzeugen, daß er seine Männer abzieht.«

»Geht!« forderte Simon kalt. »Ihr haltet mich auf, und außerdem wird mir schlecht, wenn ich Euch länger ansehen muß. Wärt Ihr ein Mann, ich hätte Euch für Euren Verrat gefordert.«

»Dann tötet mich!« Charis sah sich gehetzt um und griff nach dem nächstbesten Schwert. Sie hielt es ihm mit dem Heft hin. »Stoßt zu und macht der Quälerei ein Ende. Ich kann so nicht leben. Nicht wenn Ihr mich mit einem solchen Blick anseht, voller Abscheu und Haß. Wenn Ihr meine Liebe nicht wollt, dann nehmt auch gleich mein Leben!«

Simon starrte sie reglos an. Ihre Blicke versanken ineinander. Dann hörte Charis nur einen lästerlichen Fluch, bevor Simon an ihr vorbei nach draußen stürzte. Die schwere Waffe entglitt ihren Fingern und fiel klirrend auf den Steinboden der Waffenkammer. Die junge Frau konnte sich nicht länger aufrecht halten; verzweifelt sank sie auf die Knie und verbarg heftig schluchzend das Gesicht in den Händen.

Simon d'Escoudry hätte sich am liebsten ohne Rüstung und mit bloßen Händen auf Eustache de St. Lubin gestürzt. Er lief davon. Nicht vor der Drohung eines Mannes, sondern vor dem verzweifelten Flehen in Charis' Augen. Wie konnte jemand gleichzeitig so lügen und so ehrlich wirken? So falsch und doch so verführerisch? Er hatte sich in den Netzen einer bestrickenden Hexe verfangen, die auch noch zu allem Überfluß einen Narren aus ihm gemacht hatte. Noch vor ein paar Stunden hatte er ihr das Königreich zu Füßen legen wollen. Wie mußte sie über ihn gelacht haben!

Doch es gelang ihm, seinen Grimm soweit unter Kontrolle zu bringen, daß er sich wieder auf den Kampf konzentrieren konnte. Wenig später schwang er sich auf sein Streitroß, gewappnet und gerüstet, und griff nach dem Schild mit dem Falken. Die dicke, gepolsterte Schabracke des mächtigen Hengstes zeigte die Farben der Escoudrys. Im Lederschaft am Sattel steckten die polierten Lanzen, und die Streitaxt hing griffbereit neben dem Schwert.

Er blickte nicht zum Hauptgebäude hinüber, denn er wollte weder seine Brüder noch die hochgewachsene schmale Frauengestalt sehen, die sich sicherlich bei den anderen befand. Von ihrer Liebe hatte sie gesprochen! Welcher Hohn. Wie konnte sie von Liebe reden, wenn allein durch ihren Verrat Glain in diese Situation geraten war! Diese List und Tücke verursachte einen schalen Geschmack!

Am Rande seiner Sehschlitze sah er Damien de Cholet auftauchen, der eigentlich Mathieus Knappe war. Er selbst hatte keinen Knappen unter seinen Männern. Einem landlosen Ritter übertrug kein Vater die ritterliche Erziehung seiner Söhne. So ging er denn mit einem ausgeliehenen Knappen in dieses Duell, das über so vieles entschied, und wenn er gewann, neue Probleme aufwarf. Was sollte er in diesem Fall mit Charis tun?

Weder Mathieu noch Rogier würden damit einverstanden sein, wenn er sie kurzerhand über die Zinnen warf. Aber eigentlich war es gar keine richtige Wut, die er ihr gegenüber empfand. Es war ein nagender, zehrender Schmerz, der an die Wunden seiner Kindheit erinnerte. An ausweglose Verzweiflung, zurückgehaltene Tränen und unerfüllbare Wünsche. Bei Gott, wohin verirrten sich seine Gedanken vor diesem wichtigen Kampf!

»*En avant, Escoudry*!« scholl sein Ruf über den Hof.

Die Zugbrücke senkte sich, damit er hinaustraben konnte, zu jener Weide, wo Eustache de St. Lubin und seine Männer unmittelbar unter den Zinnen von Glain einen rechteckigen Platz abgeteilt hatten, der den allgemeinen Turnierregeln entsprach. Bis auf den Bruder seiner Gemahlin, der ihn dort gerüstet mit seinem Knappen erwartete, hatten sich alle anderen Männer in die vereinbarte Entfernung zurückgezogen und bewachten die verängstigten Bewohner des Dorfes.

Aller Augen waren in diesem Moment auf Simon d'Escoudry gerichtet. Er war eine beeindruckende Gestalt, die den Kampfplatz betrat, in glänzendem Harnisch, größer und stärker als jeder andere Ritter des Königreiches. Doch Charis entschlüpfte bei seinem Anblick nur ein leises Schluchzen.

»Macht Euch keine Sorgen, Mathieu hat die besten Bogenschützen von Glain auf den Zinnen verteilt. Er traut Eustache ebensowenig wie Ihr«, flüsterte Roxana der totenblassen Charis zu, die die Hände so fest zusammengepreßt hatte, daß die Knöchel weiß hervortraten.

Mathieu machte keine Anstalten, die Frauen aus dem Wehrgang zu verscheuchen. Vielleicht, weil er wußte, daß es ohnehin sinnlos gewesen wäre, ihnen das Zusehen zu verbieten. Zudem stand Omar voll bewaffnet neben Roxana, er würde sich also im Zweifelsfalle darum kümmern, daß ihnen nichts geschah.

»Er muß gegen die Sonne reiten!« Charis stöhnte auf,

als sie begriff, was es bedeutete, daß sich Eustache mit dem Rücken zum Wald postierte.

»Achtet auf den Waldsaum«, rief in diesem Moment Mathieu seinen Männern zu, der aus diesem Manöver noch andere Schlüsse zog.

Charis sah zu ihm hinüber und fand ihn ernst, aber nicht übermäßig besorgt. Wußte er nicht, welch geballte Kraft in der massig-gedrungenen Gestalt von Eustache de St. Lubin steckte? Beim Lanzenstechen fürchteten ihn die Gegner, denn er schien förmlich an seinem Sattel zu kleben. Seine Fähigkeiten mit dem Schwert waren weniger beeindruckend, aber bis zu diesem Punkt entwickelten sich seine Kämpfe selten. Der Tod seines Vaters, der unter dem präzise geführten Schwert Mathieu d'Escoudrys gestorben war, hatte ihm eine Lehre erteilt.

In diesem Moment gab der Herold das Zeichen, und die beiden schweren Pferde setzten sich in Bewegung. Charis ertrug den Anblick nicht. Sie schloß die Augen, aber das schloß die Geräusche nicht aus. Sie hörte das laute Krachen, als die beiden Gegner aufeinander prallten, das Aufstöhnen, das durch die Zuschauer ging.

Wenn Simon d'Escoudry gestürzt und getötet wurde, dann würde sie sich ohne zu zögern über die Zinnen in die Tiefe stürzen. Das war das einzige, was Charis in diesem Moment sicher wußte.

22. Kapitel

Simon d'Escoudry spürte genau in dem Moment, als seine Lanze in der Mitte des gegnerischen Schildes auftraf, wie der Sattelgurt riß, und während der Schwung seinen Hengst weitertrug, donnerte Simon selbst mit voller Wucht auf den Boden. Der Aufprall raubte ihm den Atem, und obwohl der polierte Helm mit dickem, gepolsterten Stoff gefüttert war, verlor Simon für einen Moment das

Bewußtsein. Den entsetzten Aufschrei der Zuschauer auf den Zinnen von Glain hörte er schon nicht mehr.

Ebensowenig, wie er das triumphierende Aufheulen hörte, das Eustache de St. Lubin hervorstieß. Der gedrungene Ritter parierte sein Streitroß am anderen Ende der Bahn und riß es auf den Hinterbeinen herum. Er hatte genügend von der sagenhaften Kampfkraft Simon d'Escoudrys gehört, um ihm keine Zeit zu geben, sich von diesem mörderischen Sturz zu erholen.

Er senkte die Lanze und hieb die gespornten Hacken in die Flanken des Pferdes. Für alle, die zusahen, war klar, was nun kommen würde. Er würde die Lanze mit solcher Wucht in die Gestalt auf der Erde rammen, daß die beste Rüstung der Welt keinen Schutz mehr bieten konnte. Jeder Hufschlag verminderte die Spanne, die Simons Leben noch dauern würde.

Simon d'Escoudry wußte, daß er nur ein paar Herzschläge lang ohnmächtig gewesen sein konnte. Instinktiv versuchte er mit der linken Hand, den Schild über sich zu ziehen, dessen Schlaufen er noch zwischen den Fingern spürte. Er wußte, daß er in höchster Gefahr schwebte, und der donnernde Galopp des herbeirasenden Schlachtrosses schien dies nur noch zu betonen.

Aber sein Helm ließ sich nicht mehr öffnen. Beim Sturz mußte sich das Visier verklemmt haben!

Doch was auch immer geschah, Simon wollte wenigstens aufrecht sterben, nicht wie ein Wurm im Staube kriechend. Sein Schädel dröhnte, aber er ignorierte den pochenden Schmerz. Er riß seine letzte Kraft zusammen, konzentrierte all seinen Willen. Steh auf! Steh auf! Verdammt noch mal, steh auf!

Er war noch nicht ganz auf den Knien, als das Pferd in höchster Not wieherte; eine Rüstung schepperte, die Zuschauer schrien auf.

Ein heftiger Ruck, und Simon gelang es doch noch, das Visier seines Helmes endlich aufzustemmen. Während er die Augen gegen das gleißende Sonnenlicht zusammenkniff, sah er etwas höchst Erstaunliches.

Einen Eustache de St. Lubin, der sich fluchend und schimpfend unter seinem Pferd hervor arbeitete, das in die Knie gebrochen war und sich in seinem letzten Atemzug streckte. Erst dann bemerkte Simon den Pfeil, der im Auge des Tieres steckte. Ein meisterlicher Schuß, der das Streitroß mitten im Lauf getroffen und zu Boden gestreckt hatte. Ein Schuß, der nur von den Zinnen der Burg über ihnen gekommen sein konnte.

»Damien, mein Schwert!« befahl Simon heiser und versuchte die Benommenheit abzuschütteln, die seinen Kopf erfüllte.

»Das ist gegen die Regeln!« keuchte Eustache de St. Lubin, zog aber zur Vorsicht bereits seine Waffe. »Ich hätte wissen müssen, daß die Escoudrys nur mit Verrat in den Kampf ziehen!«

»Und welcher Eurer Spitzel hat sich an meinen Sattelgurten zu schaffen gemacht?« fuhr Simon ihn an und riß Damien de Cholet das Schwert aus den Händen, obwohl er dabei das Gefühl hatte, daß ihm jede Bewegung den Schädel spaltete. »Hat jener schwarze Verräter, der seit kurzem unter Euren Männern reitet, auch hier seine Finger im Spiel?«

»Meint Ihr Hauptmann Bec Noir?«

Da Eustache nur einen Helm mit Nasenschutz trug, konnte man sein rotes, grobes Gesicht erkennen, in dem nur die blauen Augen seine Verwandtschaft mit Charis verrieten. Ein Umstand, der Simons Blut nur noch mehr in Wallung brachte.

Das häßliche Lachen, mit dem der andere seine Frage beantwortete, ließ ihn das Schwert zur Parade heben, und in einem ersten fürchterlichen Schlag krachten die beiden Klingen gegeneinander.

»Halt! Im Namen seiner Majestät des Königs! Haltet ein!«

Die befehlsgewohnte Stimme, aber mehr noch der Inhalt der Worte, ließen Simon herumfahren – was Eustache zu einem heimtückischen Schlag nützte. Mit voller Kraft fuhr sein schweres Schwert auf den Schulterschutz

Simon d'Escoudrys nieder und lähmte dessen rechten Arm.

Die Waffe entglitt Simons Fingern, und niemand konnte sagen, wie der ungleiche Kampf sich fortgesetzt hätte, wären die beiden Kontrahenten nicht in diesem Moment von einem prächtig aufgezäumten Braunen getrennt worden, in dessen Sattel ein reich gekleideter Mann saß, den sein Wappen als Bruder des Königs auswies.

Simon sank zur Erde, teils von dem heftig geführten Schlag in die Knie gezwungen, teils von der Überraschung überwältigt, daß ausgerechnet in diesem Moment der ehrenwerte Graf von Clermont vor den Mauern von Glain auftauchte. Zumindest machte es den Anschein einer respektvollen, untertänigen Geste. Eustache de St. Lubin jedoch stand wie erstarrt da und beugte nicht einmal den Nacken, als er das Banner seines Königs erkannte.

»Öffnet das Tor!« rief in diesem Moment Rogier d'Escoudry auf den Zinnen, der als erster begriff, daß es sich tatsächlich um den König in höchsteigener Person handelte. »Vorwärts, Mathieu, Dame Léonie, wir müssen seine Majestät empfangen. Weiß der Himmel, ob es ein gutes oder ein schlechtes Omen ist, daß Philipp von Frankreich unser Haus mit seiner Anwesenheit beehrt.«

Der Reitertrupp, der unbemerkt durch das Dorf hatte galoppieren können, da Eustache keine Wachen zwischen den leeren Häusern gelassen hatte, verharrte vor der Burg, bis sich die Zugbrücke langsam senkte. Auch in Glain hatten alle nur auf das Duell geachtet, so daß auch hier die Überraschung groß war.

Charis war die einzige, die nicht von der Aufregung ergriffen wurde. Seit sie dem Mauren, der neben Roxana gestanden hatte, den Bogen entrissen und jenen todbringenden Pfeil abgeschossen hatte, der Eustaches Pferd gefällt hatte, hatte sie eine tödliche Lähmung aus Scham und Entsetzen ergriffen. Sie war zutiefst erschüttert, als sie begriff, daß sie in dieser Sekunde nicht gezögert hätte, ihren Bruder zu töten, um Simon zu retten. Nun hatte sie beide Seiten verraten!

Sie hatte so schnell reagiert, daß eigentlich niemand richtig begriffen hatte, wer jenen Pfeil abgeschossen hatte. Alle hatten nach unten gestarrt, auf den Turnierplatz, und in hilflosem Entsetzen darauf gewartet, daß Simon getötet wurde. Charis jedoch hatte gehandelt, ohne nachzudenken, und sich der einzigen Waffe bedient, die sie meisterlich beherrschte.

Anfangs war es nur eine Marotte ihres Vaters gewesen, doch dann hatte Charis aus eigenem Vergnügen heraus den Unterricht im Bogenschießen fortgesetzt, den sie schon als Kind zusammen mit ihren Brüdern erhalten hatte. Es war eines der wenigen Vergnügen gewesen, die ihr hinter den Mauern der väterlichen Burg gestattet waren. Aber nie hatte sie einen Schuß getan, von dem ein Menschenleben abhing, und noch dazu eines, das ihr so wichtig war.

Sie hatte eine Entscheidung getroffen gegen ihren Stolz und ihre Ehre. Simons Vorwurf traf zu. Verräterin. Verräterin auf der ganzen Linie. An der eigenen Familie, am eigenen Mann, an der eigenen Ehre. Und das schlimmste war, es hatte keinen Zweifel gegeben, kein Zögern. Sie würde es jederzeit wieder tun, wenn Simons Leben in Gefahr war.

Sie liebte ihn. Ihr Herz hatte endgültig über ihren Verstand gesiegt. Eine bittere Erkenntnis, die sie erschöpfte und vollends niederschmetterte, weil es keine Hoffnung auf Glück mehr für sie gab. Sie hatte verloren. Simon verachtete sie, und das Recht, sich eine St. Lubin zu nennen, hatte sie mit ihrer heutigen Tat ebenfalls verwirkt. Was sollte sie tun? Wohin gehen? Welche Entscheidung noch treffen?

Sie wußte nicht, wie lange sie reglos hinter der Brustwehr gekauert hatte, als sie plötzlich eine Berührung an der Schulter spürte und aufsah. Roxana stand vor ihr und sah sie ernst an.

»Man sucht Euch, Dame Charis! Ihr müßt neben Eurem Gemahl stehen, wenn der König die Escoudrys begrüßt. Es ist Eure Pflicht, die Dinge wieder in Ordnung zu bringen.«

Charis strich sich verwirrt über die Stirn. »Aber warum ich?«

»Soweit ich gehört habe, behauptet Euer Bruder, daß Ihr gegen Euren Willen in Glain festgehalten werdet. Nur Ihr selbst könnt die Wahrheit verkünden.« Roxana wartete auf eine Antwort, doch als die nicht kam, fügte sie mit eindringlicher Stimme hinzu: »Ihr müßt seiner Majestät sagen, daß Ihr Euren Gatten liebt und freiwillig seine Gemahlin geworden seid.«

»Mein Gemahl haßt mich«, antwortet Charis bedrückt. »Er hält mich für eine Verräterin, die Glain ins Unglück stürzen wollte. In seinen Augen bin ich nichts mehr wert ... Und er hat recht damit!«

Roxana runzelte die Stirn. Ganz begriff sie nicht, was Charis damit meinte, und sie hatte eh Mühe, Charis' Haltung zu verstehen.

»Ich habe Hauptmann Bec Noir mit einer Botschaft zu meinem Bruder gesandt und Eustache darum gebeten, mich zu befreien«, gestand Charis, denn jetzt kam es ohnehin nicht mehr darauf an. »Ich habe Bec Noir versprochen, daß er reich belohnt werden wird, wenn er mir bei der Flucht aus Glain hilft.«

Roxana schüttelte verwirrt den Kopf »Warum? Ich hätte meinen Arm darauf verwettet, daß Ihr Simon mehr liebt als Euch selbst.«

»Ich hatte Angst.« Charis verzog bitter den Mund. »Ich liebe ihn so sehr, daß er mich erschreckt hat. Ich hasse Gefühle, die ich nicht kontrollieren kann. Aber wie soll ich all das dem König erklären? Er muß mich für eine vollkommene Närrin halten ... Oh, ich wünschte, ich wäre tot und nicht dieses arme Pferd, das mein Pfeil getroffen hat. Es sind immer die Unschuldigen, die unter den Ereignissen leiden müssen.«

Charis ging an Roxana vorbei auf die schmale Holztreppe zu, die um den Westturm herum in den Innenhof führte. Dabei bewegte sie sich wie eine Schlafwandlerin, schaute nicht nach links noch rechts. Sie verschwand, ehe Roxana weitere Fragen stellen konnte.

Sollte sie Charis nachlaufen oder ihr Zeit gönnen, sich zu fassen?

Doch als sie Charis endlich folgte, war jene schon nicht mehr zu sehen. Roxana nahm an, daß die junge Frau vorausgegangen sei, aber in der großen Halle, wo die Escoudrys ungeduldig auf sie warteten, hatte niemand sie gesehen.

»Sie muß hier sein!« beharrte Roxana. »Ich habe eben noch mit ihr gesprochen, sie ist die Treppe in den Hof hinab und ...«

»Schaff sie her. Wir können jetzt keinen zusätzlichen Ärger gebrauchen«, sagte Simon gereizt. Er saß mit bloßem Oberkörper vor dem Kamin und ließ sich von Dame Reinette Salbe auf seine Schulterprellung streichen. Die bläulich-rote Quetschung auf seiner Haut kündete von der Wucht, mit der Eustache ihn getroffen hatte. Simon verzog unwillig das Gesicht, als die Haushofmeisterin einen salbengetränkten Leinenbusch auflegte und ihn mit Binden befestigte, die sie quer über seine Brust führen mußte, damit sie Halt bekamen.

»Zum Henker, müßt Ihr das so fest anziehen?« beschwerte er sich.

Dame Reinette ignorierte ihn und beendete ihre Arbeit mit der Geschicklichkeit einer Frau, die mehrere Söhne aufgezogen hat.

»Warum habt Ihr sie wieder gehen lassen?«

Roxana hatte angenommen, daß Simons Anwesenheit Charis hinausgetrieben hatte. Schließlich war die junge Frau immer noch verstört und erschüttert.

»Sie war gar nicht hier«, erwiderte Dame Léonie. »Bist du sicher, daß sie ins Haus gegangen ist? Möglicherweise macht sie sich Sorgen um ihren Bruder, vielleicht ist sie direkt ins Dorf gegangen. Seine Männer haben auf Befehl des Königs am Dorfrand ihr Lager aufgeschlagen. Wie es scheint, will seine Majestät persönlich mit dem Seigneur de St. Lubin sprechen, ehe er uns die Ehre gibt.«

»Sie hat sicher Besseres zu tun, als ihrem Bruder zu gestehen, daß sie ihm das Pferd unter dem Hintern erschossen hat«, entgegnete Roxana in ihrer burschikosen Art, die Dame Léonie stets zu einem Seufzer veranlaßte.

Das plötzliche Schweigen, das ihre Bemerkung hervorrief, entlockte ihr ein spöttisches Lächeln.

»Sie hat *was*?« fragte Rogier sehr leise und betont.

»Den Pfeil abgeschossen, der Eustaches Pferd zum Straucheln brachte«, verkündete Roxana mit sichtlicher Genugtuung. Es gefiel ihr, die maßlose Verblüffung in den Gesichtern der Brüder zu sehen. »Soviel zur Frage von Dame Charis' Loyalität.«

»Du träumst!« fuhr Simon auf, doch gleichzeitig tauchte vor seinem Auge das Bild des sterbenden Rosses auf. Wenn dieser Pfeil nicht abgeschossen worden wäre, hätte ihn, Simon, die Lanze St. Lubins auf die Erde von Glain genagelt. Das stand völlig außer Zweifel.

»Woher sollte eine Dame wie Charis die Kraft und das Auge haben, einen solchen Pfeil zu führen?« fragte Mathieu zweifelnd.

»Ihr könnt sie fragen, wenn sich die Gelegenheit ergibt«, sagte das Mädchen herausfordernd. Sie mochte es nicht, wenn man ihre Worte anzweifelte.

»Und woher soll sie so plötzlich Bogen und Pfeil gehabt haben?« Das war wieder Simon, dessen Stirn mißtrauisch gerunzelt war.

»Omar ...« Roxana brach ab, weil ihr Verstand von ganz allein weiterdachte und Zusammenhänge herstellte. Befremdliche Zusammenhänge!

Natürlich, Omar war der einzige gewesen, der in Charis' Nähe gestanden und über Pfeil und Bogen verfügt hat. Weshalb eigentlich, um Gottes willen? Bestimmt nicht, um sie oder Charis zu schützen? Dafür wäre ein Dolch tausendmal besser geeignet gewesen als ein Bogen, eine Waffe, die auf die Entfernung eingesetzt wurde. Welches Ziel hatte Omar anvisiert? Die Männer auf ihren Streitrössern? Den Sohn des Falken, dessen Sattelgurt im entscheidenden Moment gerissen war, weil sich offensichtlich jemand in der Burg daran zu schaffen gemacht hatte?

Jemand, den niemand sonderlich beachtete, weil er kam und ging wie ein Schatten?

»Der Maure natürlich«. Simon nickte. »Er war mir von Anfang an ein Dorn im Auge. Dieser fremdartige, bedrohliche Kerl ist keine Gesellschaft für dich, *petite*. Schließlich brauchst du in Glain keinen Leibwächter, und diese seltsame Art, mit der er schweigend überall herumschleicht wie ein Schatten ...«

»Er würde Charis nie etwas Böses tun!«

Roxana erkannte ihre eigene Stimme kaum, so fremd klang sie. Omar, nein, das konnte, das durfte nicht sein! Ihr Beschützer, ihr treuer Freund, die einzige Person, die wußte, was in Damiette geschehen war. Die einzige Verbindung zu ihrer Mutter, die einmal vor vielen, vielen Jahren seine Braut gewesen war, ehe eine schicksalhafte Liebe alles geändert hatte.

Zum ersten Male fragte sie sich, was Omar dazu veranlaßt haben mochte, der Frau, die ihr Versprechen ihm gegenüber gebrochen hatte, bis zu ihrem Tod zu dienen. Liebe oder Haß? Treue oder das geduldige Lauern auf Rache? Jäh erinnerte sie sich an die kalte Distanz, die ihr zwischen dem Falken und dem Mauren stets aufgefallen war und über die sie sich aus kindlichem Eigensinn weiter keine Gedanken gemacht hatte.

Konnte es einen Mann wie Omar befriedigen, einem jungen Mädchen zu dienen? In ein fremdes Land zu gehen, wo man ihm mit Mißtrauen begegnete und in dem er sich nicht wohlfühlte? Mußte es nicht einen anderen, schicksalhafteren Grund dafür geben als reine Treue?

»Du haßt mich, Omar ben Zalid«, hatte der Falke gesagt, als er Roxanas Hand vor seinem Tod in die des Mauren gelegt hatte. »Aber ich wüßte niemanden, bei dem dieses Kind in besserer Obhut wäre. Schwöre mir, daß du sie mit deinem Leben schützt!«

In ihrem namenlosen Schmerz über sein Ende hatte sie die Worte zwar gehört, aber nicht begriffen. Nun tauchten sie aus dem Vergessen auf und bekamen schreckliche Realität.

Hatte sie sich nicht den Kopf darüber zermartert, wer in den Mauern von Glain der Verräter sein konnte, der jenen wichtigen Zeugen ermordet hatte, der Mathieus Unschuld an dem Überfall auf Tinténiac hätte beweisen können? Wer bedenkenlos und brutal genug war, ein solches Verbrechen zu begehen? Wenn nun nicht Bec Noir den Stier in den Zwinger geschickt hatte? Und Omar hätte am ehesten die Möglichkeit gehabt, das Tablett mit dem Wein und den Anisbrötchen aus Charis' Zimmer verschwinden zu lassen.

Alles paßte so entsetzlich gut zusammen! Nervös verschlang Roxana die Finger. Sie hatte keine Beweise, aber sie wußte, daß sie die richtige Spur verfolgte. Daß nur Omar dies alles getan haben konnte. Daß sie selbst den Mörder nach Glain gebracht hatte!

»Tatsache ist, daß Charis offensichtlich verschwunden ist«, sagte Rogier in ihre Gedanken hinein. »Wie wir das seiner Majestät erklären sollen, ist mir jedoch ein Rätsel. Ich wollte bei Gott, du hättest diese Amazone nie zu Gesicht bekommen, Simon! Wir haben keine Zeit, nach ihr zu suchen, wir müssen uns vor dem König einfinden.«

»Ihr müßt sie suchen!« Roxana half Simon aufgeregt in das frische Hemd und schnürte ihm mit flinken Fingern den Kragen zu, ehe sie ihm das dazugehörige Wams reichte. Sie versuchte ihn mit Blicken und mit Worten zu beschwören. Jetzt war nicht der Zeitpunkt, um seine männliche Empfindlichkeit zu pflegen! Wenn Charis Omar in die Hände gefallen war, konnte nur Simon sie retten!

»Sie ist in Gefahr. Ihr könnt nicht zulassen, daß man sie tötet. Hört auf, den eisernen Krieger zu spielen, der keine Gefühle kennt! Wollt Ihr, daß sie sich aufgibt, weil sie denkt, daß sie Euch ohnehin gleichgültig ist? Begreift Ihr nicht, was es bedeutet, daß sie ihren eigenen Bruder in den Tod geschickt hätte, um Euer Leben zu retten? Seid Ihr wirklich so stur und herzlos?«

Simon starrte mit gerunzelten Brauen in das ernsthafte klare Gesicht, das sich ihm beschwörend entgegenhob.

»Weshalb sollte irgendein Mensch Interesse daran haben, Charis zu töten?«

Hinter Roxanas Stirn überschlugen sich die Gedanken. Simon würde ihr nicht glauben, daß es mit jenem unbeschreiblichen Haß zu tun hatte, den der Bruder des verstorbenen Königs für diese Familie empfand. Man konnte es nicht glauben, wenn man das Geheimnis nicht kannte. Simon würde nur handeln, wenn es faßbare, begreifliche Gründe gab, also mußte sie ihm die liefern.

»Es könnte mit dem Schatz zu tun haben, den uns alle andichten. Mit dem Erbe des Falken«, behauptete sie schnell. »Charis ist nun eine Escoudry. Man wird annehmen, daß sie das Geheimnis erfahren hat, und sie zwingen, ihr vermeintliches Wissen preiszugeben! Wollt Ihr, daß man Ihr Böses tut, nachdem sie Euch das Leben gerettet und ihren eigenen Stolz mit Füßen getreten hat? Man wird sie für das schwächste Glied in der Kette halten.«

Simon schloß den Umhang und rückte sein Schwertgehänge zurecht. Er hatte Roxana zugehört, ohne ein Wort zu sagen, aber mehr noch als ihre Worte machte es ihm Sorgen, als er sich daran erinnerte, wie Omar stets Charis beobachtet hatte. Der Maure war ihr zu jeder Tageszeit gefolgt. Eine höchst befremdliche Mischung aus Eifersucht und heller Wut schoß wie Feuer durch sein Blut und ließ ihn die Schmerzen in seinem mißhandelten Körper vergessen.

»Wir müssen sie suchen«, beschloß er. »Eines ist sicher, nachdem der König sein Banner aufgepflanzt hat, kann niemand Glain verlassen, ohne Verdacht zu erregen. Wenn sich Charis in der Gewalt des Mauren befindet, muß sie noch in der Burg oder in einem anderen Versteck sein. Weißt du, wo der Maure seine Kammer hat?«

Letzteres galt Roxana, aber es war überraschenderweise Dame Reinette, welche die Frage beantwortete. »Er hat sich im alten Labyrinth der Kellergewölbe eingenistet. Ich bin ihm ein paarmal begegnet, wenn wir die Vorräte überprüft haben. Die Mägde hatten kaum noch den Mut, allein nach unten zu gehen ...«

»Wieso hat mir das niemand gesagt?« fragte die verblüffte Gemahlin des Seigneurs von Glain.

»Wegen der Kleinen«, gab die Haushofmeisterin zu und sah zu Roxana hin. »Sie hängt an dem Mauren, und da er doch der einzige Mensch ist, den sie aus ihrer Heimat bei sich hat ...«

Roxana errötete, als diese Worte ihr begreiflich machten, wie sehr die einfachen Menschen hier auf Glain sie mochten und schätzten. Man nahm lieber den dunklen Mann in Kauf, als ihr Kummer zu bereiten.

»So kommt!« Simon wollte nach draußen eilen, doch Mathieu hielt ihn.

»Du kannst nicht gehen, Simon! Der König kann uns jeden Augenblick zu sich befehlen!«

»Ich muß!« erwiderte Simon knapp.

»Du verspielst die letzte Chance auf sein Wohlwollen«, mischte sich Rogier ein. »Wolltest du nicht Philipp davon überzeugen, daß er seinem besten Ritter ein Lehen zukommen lassen muß?«

Simon bewegte mit sichtlichem Schmerz die Schulter, und sein Blick verdüsterte sich.

»Charis ist mir wichtiger als alle Burgen und Grafschaften dieses Königreiches«, entgegnete er aufrichtig und sah seinen Brüdern offen ins Gesicht. »Wenn ich sie verlieren sollte, ist es ohnehin egal, was mit mir wird!«

»Ein Verrückter!« meinte Rogier nur, als Simon hinausstürmte und Roxana ihm mit gerafften Röcken folgte.

»Das denke ich nicht«, erwiderte Mathieu, während sein Blick unwillkürlich Léonie suchte. »Ein Mann muß wissen, wo er seine Prioritäten setzt. Simon hat seine Entscheidung getroffen. Ich respektiere sie! Komm, wir müssen ihm helfen.«

23. Kapitel

Charis begriff nicht, wo sie sich befand. Von dem Moment an, als sich der dunkle, erstickende Stoff um sie gelegt hatte, bis zu dem Augenblick, als sie wieder zu sich kam, hätten ebensogut wenige Minuten oder aber Stunden vergangen sein können. Es schien nachgerade zur Gewohnheit zu werden, daß man ihr dunkle Säcke überstülpte und sie gewaltsam an Orte verschleppte, die sie freiwillig nie betreten hätte.

Dieser hier schien besonders seltsam zu sein, denn was sie zuvor für absolute Dunkelheit gehalten hatte, bekam nun durch ein fernes, rotes Glühen Konturen. Sie lag auf etwas Weichem, Angenehmem, aber die engen Stricke um ihre Handgelenke schienen an feste Pfähle gebunden, so daß sie sich kaum bewegen konnte. Es roch nach feuchtem Moder und abgestandenem Wasser, aber gleichzeitig auch nach Gewürzen und Moschus, nach duftenden Kräutern und Weihrauch.

Sie schloß für einen Moment die Augen, und als sie sie wieder öffnete, stellte sie fest, daß sie in einem niedrigen Steingewölbe lag und daß der riesige Schatten eines Mannes an den Wänden hin und her tanzte. Sie drehte den Kopf und entdeckte die wirkliche Gestalt, die eine Kerze nach der anderen entzündete. Sie steckten in eisernen Leuchtern an der Wand, standen auf dem bloßen Boden oder steckten in offenen Laternen. Ein Meer aus flackernden Lichtern enthüllte mit jeder Kerze mehr von ihrem Gefängnis.

Als die stumme Erscheinung näher kam, erkannte sie das kantige Profil mit den tiefen Schrunden auf Wangen und Stirn. In dem flackernden Kerzenlicht wirkte sein Gesicht wie eine dämonische Fratze, und Charis konnte nur mit Mühe einen Schrei unterdrücken.

Der Maure! Roxanas fremdartiger Diener! Charis preßte die Lippen aufeinander und atmete schnell und flach, um ihre Angst unter Kontrolle zu bringen. Was hatte er vor? Zürnte er ihr, weil sie ihm einfach den Bogen entrissen hatte? Aber das war doch kein Grund, sie in diese Katakomben zu entführen!

Vorhin, als das Duell zwischen Simon und ihrem Bruder begonnen hatte, hatte sie sterben wollen, doch nun wußte sie, daß sie nicht bereit war, ihr Leben aufzugeben. Sie war entschlossen, zu kämpfen, zu handeln, so wie sie es getan hatte, als sie Simons Leben in Gefahr sah. Wie es ihr eine innere Stimme befohlen hatte.

Was immer Simon von ihr dachte, sie würde nicht zulassen, daß ihm Böses geschah. Sie würde nicht mehr demütig und gehorsam das tun, was andere befahlen, und sich weiterhin als Schachfigur mißbrauchen lassen. Sie hatte in der schwärzesten Stunde ihres Lebens entdeckt, daß sie Stärke und Mut besaß, daß sie genauso schnell wie ein Mann denken und handeln konnte, wenn es die Situation erforderte.

»Bindet mich los!« forderte sie ruhig, und der Maure sah sie erstaunt an. Er hatte mit Tränen und Flehen gerechnet, mit der Verzweiflung einer hilflosen und aufgelösten Frau. »Man wird nach mir suchen!«

»Niemand wird nach Euch suchen«, entgegnete Omar. »Ihr seid verschwunden, und bis man Euch findet, wird der König sein Urteil über die Söhne des Falken gefällt haben. Verräter und Mörder allesamt, Lügner und Betrüger, wie ihr Vater. Er hat das Leben meiner Herrin zerstört, und ich habe geschworen, jede Spur seiner Sippe von der Erde zu tilgen!«

»Ihr seid verrückt«, flüsterte Charis und versuchte den Schauder zu ignorieren, den seine Worte ihr über den Rücken hatten laufen lassen. »Macht ein Ende mit dem dummen Spiel, und ich werde bei Roxana ein gutes Wort für Euch einlegen!«

»Pah!« fiel er ihr düster ins Wort. »Es wird nichts nützen, jetzt, wo der andere da ist, der sie an *ihn* erinnert. Sie hat sich von mir entfernt, von allem, was ich sie gelehrt habe. Sie ist nicht mehr *ihre* Tochter, sie ist *seine* Tochter geworden. Ich habe versucht, es zu verhindern, aber das

Erbe des Falken ist zu stark, es besiegt mich nach seinem Tode.«

Die unheilvolle, stockende Rede, die Charis manchmal nur schwer verstand, denn der eigenartige Akzent des Mannes verwischte die Laute, erfüllte sie von neuem mit Angst. Sie haßte sich dafür. Sie befahl sich, Haltung zu bewahren und nicht wie eine ängstliche Närrin zu zittern, denn damit würde sie diesem Manne nur einen Gefallen tun.

»Du hast Angst, Frau!« stellte er fest. Er stand so nahe, daß sie nach den Falten seines Gewandes hätte greifen können, wäre ihre Hand frei gewesen. »Es ist gut, wenn eine Frau Angst hat. *Sie* hatte nie Angst, und das war ihr Untergang. Sie hätte Angst vor den Fremden haben sollen, dann wäre sie noch am Leben. Dann wäre sie die Herrin meines Serails, die Blume meines Herzens, der Tau meiner Seele!«

»Ich habe keine Furcht«, widersprach Charis trotzig und starrte herausfordernd in das finstere, fremdartige Antlitz. »Ich habe nichts zu verlieren, und deswegen kannst du mich mit deinem dummen Gerede nicht schrecken. Ich warne dich, mein Gemahl wird mich rächen, und seine Brüder werden dafür sorgen, daß du gerädert und gevierteilt wirst, ehe man dich auf den Schindanger wirft!«

Es half ihr irgendwie, diese Drohungen auszusprechen, obwohl sie sich natürlich nichts vormachte. Niemand würde nach ihr suchen – warum auch?

Doch auch jemand anderer wußte, daß dies nur eine leere Drohung war, das zeigte sein spöttisches Gelächter. Doch es war nicht Omar, sondern ein Mann, der sich bisher im Hintergrund gehalten hatte. Vergeblich versuchte Charis seine Gestalt in der Dunkelheit auszumachen. Erst als er sich bewegte, bekam sie Konturen.

Umrisse, die der jungen Frau beunruhigend bekannt vorkamen. Der bullige Körper, dessen Kopf fast ohne Hals auf breiten Schultern saß, die langen Arme und der schwerfällige Schritt gehörten ihrem eigenen Bruder. Eustache de

St. Lubin trat auf sie zu und betrachtete die Fesseln um ihre Handgelenke mit sichtlichem Wohlgefallen.

»Eustache!« rief Charis entgeistert.

»Euer geliebter Bruder, in der Tat«, spottete der Ritter, der seine Rüstung abgelegt hatte und nur noch den leichten Harnisch eines Kämpfers trug. »Unser barbarischer Freund versteht es vortrefflich, mit rebellischen Weibsbildern umzugehen, wie ich sehe.«

»Bindet mich los«, forderte Charis und versuchte ihre Stimme befehlend klingen zu lassen. »Wenn Ihr gekommen seid, um mich zu retten, dann macht dieser lächerlichen Posse hier ein Ende!«

»Es gefällt mir, Euch derart gebändigt zu sehen«, entgegnete Eustache de St. Lubin unbeeindruckt. »Ihr habt mir genügend Ärger gemacht, um eine solche Strafe zu verdienen.«

Charis unterdrückte einen ängstlichen Aufschrei. Wußte er, wer den Pfeil abgeschossen hatte, der sein Roß getötet hatte? Natürlich, wenn der Maure sein Komplize sein sollte …

»Was … was wollt Ihr damit sagen?« Sie versuchte dennoch, die Ahnungslose zu spielen und ihre Befürchtungen vor ihm zu verbergen. »Ihr wißt doch, daß ich entführt wurde, daß mich keine Schuld …«

»Weibergewäsch!« fiel er ihr ins Wort. »Haltet mich nicht für unseren Vater, den Ihr mit süßen Worten um den Finger wickeln konntet. Es ist an der Zeit, daß Ihr Eure Grenzen kennenlernt und aufhört, mir eine Last zu sein. Es wird mir ein Vergnügen sein, Simon d'Escoudry zum Witwer zu machen und den Bastard ebenfalls zu töten, den er Euch vielleicht bereits eingepflanzt hat!«

Charis keuchte auf. Sie zweifelte keinen Moment daran, daß Eustache seine Drohung ernst meinte. Zwischen Eustache und ihr hatte noch nie sonderliche Zuneigung geherrscht, und die Tatsache, daß sie nun vor Gott und den Menschen die Gattin Simons war, gab ihm die Gelegenheit, auch die letzten Familienbande zu ignorieren, was ihm bisher vielleicht noch Gewissensbisse bereitet hätte. Falls er überhaupt so etwas wie ein Gewissen besaß.

Charis gab die Rolle der naiven Schwester auf. »Ihr seid ein Tier, Eustache! Aber nicht einmal Ihr könnt mich so ohne weiteres töten. Der König wird Euch zur Rechenschaft ziehen!«

»Der König!« Eustache lachte heiser auf. »Dieser junge Narr, der von ritterlicher Ehre und christlicher Demut faselt. Ich diene Charles von Anjou; er ist der wahre Herr in diesem Lande, und seine Feinde sind auch meine. Habt Ihr das noch nicht gemerkt?«

»Dient Ihr ihm, indem Ihr ritterliche Duelle zu einer Farce aus Lüge und Verrat macht?« fuhr Charis ihn an, deren Empörung mittlerweile größer war als ihre Furcht. »Euer maurischer Handlanger hat die Sattelgurte Simons angeschnitten. Wagt nicht, es abzustreiten!«

»Warum sollte ich?!« höhnte Eustache de St. Lubin. »Es ist ein feines Mittel, das ich schon einmal angewandt habe, um meine Ziele zu erreichen. Man kann damit erfolgreich den Ausgang eines jeden Kampfes beeinflussen!«

Charis wurde plötzlich totenblaß. Sie wußte, wovon er sprach. Das mörderische Glimmen in seinen kalten blauen Augen verriet ihn. Das also war die Erklärung! Mathieu und seine Brüder traf keine Schuld!

»Unser Vater«, hauchte sie entsetzt. »Ihr habt dafür gesorgt, daß unser Vater den Kampf gegen Mathieu d'Escoudry nicht überlebte!«

Eustaches Augen verengten sich gefährlich. Daß ihn Charis vor dem Mauren als Vatermörder entlarvte, gefiel ihm nicht. »Es ist lästig, wenn eine Frau über zuviel Verstand verfügt. Es hat mir schon immer mißfallen, daß Ihr über die Fähigkeit verfügt, mehr zu sehen als andere, meine liebenswürdige Schwester.«

Charis registrierte den drohenden Unterton, aber sie war so entsetzt, daß sie nicht einmal mehr Angst empfinden konnte. Ihre Abscheu färbte ihre Stimme heiser, ließ ihre Worte rauh und widerstrebend klingen.

»Ihr habt unseren Vater getötet! Aber weshalb? Mein Gott, sogar ein Kretin wie Ihr muß doch Skrupel haben, zum Vatermörder zu werden! Weshalb habt Ihr diese grauenvolle Sünde begangen?«

Eustache zog die Oberlippe über die gelben Zähne. »Der Alte war nicht bereit, die Fronten zu wechseln, wenn Ihr es genau wissen wollt. Er wußte nichts von dem Überfall auf die Wagenkolonne der Escoudrys, ich habe ihn mit dem Mauren zusammen angeführt, der mir die Informationen lieferte. Eine höchst lohnende Angelegenheit.«

»Weshalb?« wiederholte Charis, die ahnte, daß mehr hinter dieser Angelegenheit stecken mußte als der brutale, mörderische Instinkt eines ältesten Sohnes, der es nicht abwarten konnte, sein eigener Herr zu sein.

»Karl von Anjou zahlt gut, wenn man die schmutzige Arbeit für ihn tut.« Die Tatsache, daß Eustache ohne zu Zögern seine Schandtaten verriet, bewies Charis mehr als alles andere, daß sie dieses Kellerloch nicht mehr lebend verlassen würde. »Er schätzt es nicht, gegen die Gespenster der Vergangenheit zu kämpfen. Der Falke ist mit dem König umgekommen, und es soll keinen Ritter unter diesem Banner mehr geben, der den jungen König an Dienste erinnern könnte, die seinem Vater geleistet worden sind. Der Stern der Escoudrys wird sinken.«

Etwas Ähnliches hatte auch der Maure gesagt. Was war in der Vergangenheit geschehen, um ein solches Maß an Haß bis auf die Kinder und Kindeskinder herabzubeschwören? Charis wandte den Kopf, um nach Omar zu sehen, der reglos zu ihren Füßen stand und sie aus dunkel glühenden Augen anstarrte. Mit einem Blick, in dem sich auf merkwürdige Weise Haß und Gier mischten.

Charis konnte nicht ahnen, daß die düstere Atmosphäre und das flackernde Kerzenlicht ihre Schönheit auf dramatische Weise unterstrichen. Die wilden, glänzenden Haare lagen wie ein Kranz aus rötlichem Gold um ihren Kopf, und als sie versucht hatte, sich gegen die Entführung zu wehren, war der Ärmel ihres Gewandes halb herausgerissen worden. Der feine Stoff des Untergewandes hatte nachgegeben, und nun klaffte darin ein breiter Riß, der eine makellose Schulter und die Wölbung ihrer schönen, vollen Brüste zeigte.

Ihre zarte Haut schimmerte im Kerzenlicht wie kostbares Elfenbein. Wut, Verzweiflung und Abscheu hatten ihre Wangen gerötet; die Lippen leuchteten tiefrot und feucht, ihre Augen funkelten vor Zorn.

Charis sah verwirrt zu Eustache, und sie fand in seinem Blick dieselbe tierische Begierde wie in dem des Mauren. Sie hatte in Simons Armen Wollust erlebt, aber noch nie war sie mit purer männlicher Triebhaftigkeit konfrontiert worden. Mit dem lüsternen Wunsch zu besitzen, was einem nicht gehörte, und es dabei gründlich zu beschmutzen und für immer zu zerstören.

»Ihr werdet nicht ...«

Charis brach ab, als Eustaches schmutzige Pranke in ihre Haare fuhr und ihren Kopf hochriß. Der scharfe Schmerz mischte sich mit einer wilden Panik, wie sie sie noch nie empfunden hatte.

»Halt's Maul!« sagte er grob und versetzte ihr mit dem Handrücken einen Schlag ins Gesicht. »Der Maure wird dafür sorgen, daß man dich findet. Es wird dem König nicht gefallen, wenn er sieht, was dein Herr Gemahl mit dir angestellt hat, als meine Truppen vor Glain erschienen sind.«

Die Wucht des Schlages hätte Charis den Kopf nach hinten gerissen, aber Eustache hielt ihn eisern fest. Sie empfand nicht einmal Pein in diesem Moment; der Zorn, der mit ungeheurer Gewalt in ihr hochstieg, verdrängte jedes andere Gefühl. Sie schrie ihre Wut heraus, und der Klang dieses Schreis hallte weit durch die unterirdischen Gewölbe.

Roxana, die sich alarmiert in die alten Gewölbe begeben hatte, auf denen Glain erbaut worden war, verharrte mitten im Schritt. Sie gebot Simon und den anderen mit einer Geste zu schweigen. Da war es wieder, dieser ferne, schreckliche Laut!

»Charis!« rief Simon. »Wir sind auf der richtigen Spur!«

Niemand hatte sich je die Mühe gemacht, das Labyrinth der Gänge zu erkunden, die bis in die Zeiten zurückreichten, als die Römer Gallien regiert hatten. Bereits damals hatte ein Statthalter die Vorteile des Standpunkts von Glain begriffen und sein Kastell dort errichtet. Die Ruinen hatten den ersten Herren von Glain sowohl als Steinbruch als auch als Fundament gedient.

Immer wieder gerieten die Suchenden an eingestürzte Gänge und unüberwindliche Mauern. Unbezwingbare Hindernisse, wäre da nicht Roxana gewesen, die sogar dort zu sehen schien, wo der Schein der Fackeln und Laternen nicht hinreichte.

Nun wurden sie zusätzlich vom empörten Klang von Charis' Stimme geleitet, obwohl niemand sich vorstellen mochte, was man ihr im Moment antun mochte. Sie alle beschleunigten die Schritte. Niemand mußte darauf hinweisen, daß die Zeit drängte, daß sie vielleicht sogar zu spät kommen würden.

Dann allerdings weitete sich das Gewölbe so plötzlich vor ihnen, daß sie mitten in der Bewegung verharrten und ihren Augen nicht trauen wollten. Die Szene vor ihnen wirkte gespenstisch und unwirklich. Die zahllosen Kerzen ließen indes keinen Zweifel zu. Sie waren mitten in der Hölle gelandet!

Eustache de St. Lubin hatte Charis mit roher Gewalt das Gewand aufgerissen – der eigene Bruder war bereit, der Schwester Gewalt anzutun! Omar stand regungslos da und blickte fasziniert auf den schönen, blassen Körper, als Charis sich wütend und verzweifelt in ihren Fesseln wand.

Roxana war die erste, die sich von dem Schock erholte. Mit einem verzweifelten Aufschrei stürzte sie sich auf Omar und begann mit ihren Fäusten auf ihn einzuschlagen. Ihr ganzer Zorn, ihre maßlose Enttäuschung lagen in diesen unerwartet kräftigen, grimmigen Schlägen, gegen die sich der erstarrte Maure nicht einmal wehrte. Er stand einfach da und sah auf Roxana hinab.

Eustache de St. Lubin hingegen sah nur eine kleine Furie, die sich auf den Mauren stürzte. Sofort ließ er von

Charis ab und griff nach dem Dolch, der in seinem Gürtel steckte. Obwohl sich alles im Bruchteil eines einzigen Herzschlages abspielte, kam es Charis so vor, als hätte sich die Zeit verlangsamt, so daß sie trotzdem jede einzelne Bewegung verfolgen konnte.

Omar registrierte die Gefahr, in der Roxana schwebte, und in diesem verhängnisvollen Moment siegte der Schwur, den er für ihr Leben und ihren Schutz getan hatte. Er brachte es nicht fertig, sie dem Tod auszuliefern. Er stieß das Mädchen so heftig von sich, daß es weit von ihm weggeschleudert wurde.

Im selben Moment senkte sich Eustaches todbringender Dolch mitten in seine Brust, und er brach mit einem Ächzen in die Knie, die Finger um das juwelengeschmückte Heft der Waffe gekrallt, die Augen in fassungslosem Erstaunen geweitet.

Doch da war schon Simon in Aktion getreten. Er stieß einen wilden, unbeherrschten Schrei aus, der vielfach von den Wänden widerhallte, während er sich auf Charis' Bruder stürzte. Sein Schwert spießte Eustache de St. Lubin mit mörderischer Wucht auf, daß die scharfe Spitze durch ihn hindurch drang und beide Männer zu Charis' Füßen auf den Boden fielen.

Eustache war tot, ehe er überhaupt begriffen hatte, was mit ihm geschah. Roxana hingegen kroch auf Knien zu dem sterbenden Mauren. Auf ihrem Gesicht fochten Zorn, Mitleid und Zuneigung einen wilden Kampf aus. Noch hatte sie Omars Verrat nicht völlig begriffen, war sie nicht fähig, die Enttäuschung zu verarbeiten, die ihr den Atem abdrückte und die Tränen in die silbernen Augen trieb.

»Warum?« hauchte sie, und da sie die Sprache seiner Väter dafür benutzte, konnten die anderen sie nicht verstehen.

»Du brauchst mich nicht mehr«, stöhnte der Sterbende. »Der andere wird dich schützen, wie sein Vater ... Der Falke hat mich besiegt ... Aber er wird nicht immer siegen, ich bin ...«

Roxana spürte, daß sie weinte. Sie wischte sich wie ein

Kind die Tränen mit der Faust aus den Augen. Omar starb. Er verließ sie. Sie vermochte nicht zu sagen, was sie mehr traf, sein Tod oder sein Verrat.

Charis indes hatte die Augen geschlossen, noch ehe ihr Bruder stürzte. Die Verzweiflung, die sie bis dahin so mutig bekämpft hatte, überfiel sie nun wieder mit aller Macht. Es war vorbei. Alles war vorbei. Aber warum lebte sie noch?

24. Kapitel

»Ihr seht wunderbar aus!«

Léonie d'Escoudry trat einen Schritt zurück und bewunderte ihre hochgewachsene Schwägerin, die reglos vor dem halbhohen Spiegel stand und sich selbst betrachtete, ohne jedoch wirklich etwas wahrzunehmen.

Das einfach geschnittene, veilchenfarbene Samtgewand mit der ärmellosen, fliederfarbenen Tunika darüber stand ihr hervorragend. Schmale Silberborten verzierten das Überkleid, das an beiden Seiten mit Silberkordeln auf Figur gebunden wurde und die Linien von Charis' Gestalt mit seinem sanften Faltenwurf unterstrich.

Anfangs hatte es Léonie bedauerlich gefunden, daß Charis ihre üppigen Locken in strenge Zöpfe flocht und sie auf dem Kopf feststeckte, aber nun mußte sie zugeben, daß gerade dies die Klarheit von Charis' Zügen vortrefflich betonte. Der zarte, silberne Schleier, der von dem Käppchen aus venezianischer Silberspitze auf die Schultern fiel, verwandelte sie endgültig in eine königliche Erscheinung.

Charis selbst bemerkte nichts davon. Seit sie in eine der moschusduftenden, fremdartigen Decken gehüllt von Simon in ihr Gemach getragen worden war, hatte sie kein Wort gesprochen. Zwar hatte sich der Schock über die

Ereignisse in den Gewölben von Glain in den vergangenen Stunden gelegt, aber die Scham war geblieben.

Die Scham über das, was ihr Bruder getan hatte, fraß an ihr. Ihr Bruder hatte mit Verrat, Vergewaltigung und Vatermord Schande über sich und einen alten Namen gebracht. Es geschah ihr recht, daß sie Simon verlieren würde. Sie hatte aus falschem Dünkel seinen Schwüren keinen Glauben geschenkt. Sie hatte verletzt und gedemütigt, wo sie besser bereut und inständig um Verzeihung gebeten hätte.

Sie wußte, daß sie nun die gerechte Strafe für ihre Halsstarrigkeit und Dummheit erhalten würde, aber das machte die Angelegenheit nicht leichter. Im Gegenteil, es vertiefte die Qual und ließ ihr im Grunde nur einen einzigen Ausweg. Sie würde den König darum bitten müssen, diesen gordischen Knoten aus Haß und verzweifelter Liebe zu zerschlagen. Nur er hatte die Macht dazu.

»Seid Ihr bereit?« fragte Dame Léonie, und Charis nickte traurig.

Sie war bereit für den letzten Akt des Dramas. Bereit, dem König von Frankreich gegenüberzutreten, der in der prächtig geschmückten Halle von Glain darauf brannte, Näheres über die Ereignisse zu erfahren, die zu diesem tödlichen Kampf zwischen Glain und Tinténiac geführt hatten. Charis kannte die grauenvolle Wahrheit. Nur sie allein, denn alle anderen waren tot.

Philipp von Frankreich, der auf dem Weg zum Heiligtum von Mont St. Michel der Versuchung nicht hatte widerstehen können, jenes Glain zu besuchen, dessen Bewohner sich so hartnäckig in seinem Leben breitmachten, sah den beiden Edeldamen gespannt entgegen, die gemessenen Schrittes die Halle der Burg betraten.

An Léonie d'Escoudry erinnerte er sich nur zu gut. Jene liebenswürdige, hübsche Edeldame, die sich in eine unerschrockene Kämpferin verwandelte, wenn es darum ging, diejenigen zu schützen, die sie liebte. Kein Wunder, daß der älteste Sohn des Falken ihr mit so sichtbarer Liebe ergeben war.

Philipp wußte die tiefe Ergebenheit zu schätzen, die Léonie in ihre elegante Reverenz legte und mit der sie ihn vielleicht auch um Entschuldigung für manches unbedachte Wort bat. In diesem Moment war sie jeder Zoll eine Edelfrau.

Der König ehrte sie, indem er aufstand und sie mit seiner eigenen Hand aus dieser Verneigung hob.

»Ich bin beglückt, in Eurem Hause zu Gast zu sein«, sagte er mit einem Unterton, den Léonie jedoch nur zu gut verstand. »Wollt Ihr mir die Dame in Eurer Begleitung vorstellen?«

»Dies ist Charis d'Escoudry, Sire«, entgegnete Léonie sanft. »Die Tochter des Herrn von Tinténiac, die Ihr Simon zur Gemahlin gegeben habt.«

Die kleine Rede gab Philipp von Frankreich Gelegenheit, sich sein eigenes Urteil über die junge Frau zu bilden, die ihm mit sittsam niedergeschlagenen Augen ihren Respekt erbot. Zu groß, lautete sein persönliches, schnelles Urteil, obwohl er durchaus ihre Schönheit zu würdigen wußte. Er persönlich schätzte zierlichere Frauen. Frauen wie seine königliche Gemahlin, Maria von Brabant, der er sehr zugetan war.

Als sich jedoch Simon d'Escoudry aus dem Kreise seiner Brüder löste und neben seine Gattin trat, konnte sich auch der junge Herrscher dem prächtigen Bild nicht entziehen, das beide gemeinsam boten. Zwei außergewöhnliche Menschen, die das Schicksal mit Fug und Recht zueinander geführt hatte. Er wußte an seinem Hof keine Dame, die besser zu diesem riesigen Ritter gepaßt hätte. Es gefiel ihm, die eigene Entscheidung bestätigt zu sehen, obwohl sie ganz andere Gründe gehabt hatte. Zugleich gab es da noch einige Punkte, die dringend der Klärung bedurften.

Wie es seine Art war, kam Philipp ohne Umschweife zum wichtigsten Punkt. »Ich wünsche einen lückenlosen Bericht über die Ereignisse, die zu jenem Duell geführt haben, das mein königlicher Bruder im letzten Moment verhindern konnte. Zudem wünsche ich zu erfahren, weshalb Eustache de St. Lubin nicht unter uns weilt.«

Es war Rogier d'Escoudry, der in seiner diplomatischen Art versuchte, eine Erklärung für die Ereignisse zu liefern. Im letzten Moment entschloß er sich, das Risiko der vollen Wahrheit einzugehen und sogar über die ungewöhnliche Art zu berichten, mit der Simon seine Braut nach Glain gebracht hatte. Denn nur dies erklärte Charis' panische Reaktion und die Botschaft, die sie ihrem Bruder gesandt hatte.

Die Stille, die sich über den Saal legte, nachdem er gesprochen hatte, wurde von Charis de St. Lubin gebrochen.

»Erlaubt, Sire, daß ich hinzufüge, was Monsieur d'Escoudry nicht wissen kann«, bat sie und trat einen Schritt von Simon weg, als könnte ihr dies dabei helfen, die schrecklichen Dinge auszusprechen, die einmal gesagt werden mußten.

»Mein Bruder Eustache ist tot!« begann sie, und sogar Simon zuckte zusammen, als sie diese Worte mit eisiger Ruhe aussprach. »Er starb durch das Schwert meines Gatten, wie es sich für einen Verräter, Vatermörder und Lügner geziemt. Er selbst hat mir gestanden, daß er vom Herzog von Anjou dafür bezahlt worden ist, die Erben des Falken zu vernichten. Seine Gier nach Gold und Macht ließ ihn jede noch so schmutzige Arbeit tun.«

Charis war sich der entsetzten Blicke und des allgemeinen Erstaunens um sich herum nur zu bewußt. Sie wandte jedoch den Blick nicht vom König, während sie klar und laut weitersprach.

»Eustache hat hinter dem Rücken meines Vaters den Warentransport Mathieu d'Escoudrys überfallen und alle Männer niedergemetzelt. Er hat dafür gesorgt, daß die Sattelgurte am Streitroß meines Vaters angeschnitten waren, so daß jener im Duell mit Mathieu d'Escoudry zu Tode kam. Ein Verbrechen, daß er mit Hilfe eines Handlangers ein zweites Mal versuchte, als er Simon d'Escoudry zum ritterlichen Zweikampf forderte.«

Ihre Worte ließen alle im Saal vor Entsetzen erstarren. Die drei Söhne des Falken starrten sie entgeistert an, und der König tauschte einen nachdenklichen Blick mit dem Grafen von Clermont.

»Könnt Ihr mir erklären, weshalb Euch Euer Bruder all diese schrecklichen Taten gestand?« fragte der König ruhig. »Es scheint mir nicht seine Art gewesen zu sein, einer Frau dies zu sagen. Er hätte ja fürchten müssen, daß Ihr ihn zumindest Eurem Gatten verratet.«

Charis nickte. »Er tat es im Glauben, daß ich nicht mehr lange genug leben würde, um von meinem Wissen Gebrauch zu machen. Er haßte mich, aus vielen Gründen, und er ... er ...«

»Ich habe ihn getötet, als er versuchte, der eigenen Schwester Gewalt anzutun!« sagte Simon, und das Feuer in seinem Blick verriet, daß er nur eines bedauerte: daß Eustache de St. Lubin einen so schnellen und schmerzlosen Tod gestorben war.

Niemand erwähnte die Rolle Omars in dem Drama. Einmal mehr hatten sich alle verschworen, Roxana zu schonen, die in Tränen aufgelöst in ihrer Kammer lag und sich vor allen verbarg. Léonie hatte ihnen geraten, sie in ihrem Schmerz vorerst in Ruhe zu lassen.

»Wißt Ihr, weshalb Ihr Euch die Feindschaft meines königlichen Onkels zugezogen habt?« wandte sich Philipp an Rogier.

»Wir können nur vermuten, daß er auf uns eine Fehde überträgt, die ihn mit unserem verstorbenen Vater entzweit hat«, erwiderte Rogier vorsichtig. Es wurde zwar gemunkelt, daß der König und sein Onkel nicht immer einer Meinung waren, aber er wagte es nicht, den Herrn von Anjou frontal anzugreifen.

Philipp gab sich mit dieser Antwort zufrieden und wandte seine Aufmerksamkeit wieder Charis zu, die blaß und gefaßt vor ihm stand.

»Mir scheint, Euch ist von allen Seiten Unrecht geschehen, Dame Charis. Es ist an der Zeit, Euch zu fragen, was Ihr künftig wünscht und wie der König von Frankreich Euch dabei helfen kann, die schlimmen Ereignisse zu vergessen, die Euch getroffen haben!«

Charis atmete tief durch. Genau auf ein solches Wort hatte sie gewartet. Unwillkürlich straffte sie die Schultern.

»Tinténiac war zu Lebzeiten meines Vaters ein großes, wohlgeordnetes Lehen.« Ihre Stimme gewann an Stärke und wurde fester. »Die Menschen dort haben es nicht verdient, unter den Freveltaten meines Bruders zu leiden. Übertragt Simon d'Escoudry dieses Lehen, er wird es treu für Euch verwalten und verteidigen.«

Der leise Laut der Überraschung, der Simon entschlüpfte, veranlaßte den König zu einem schnellen Blick in dessen Richtung. Nein, die Dame hatte ihre Bitte nicht mit ihm abgesprochen, sonst hätte er nie so fassungslos dreinschauen können.

»Und Eure Brüder?« wandte er ein. »Soweit ich weiß, habt ihr zwei Brüder, die Anspruch auf das Erbe ihres Vaters erheben können.«

»Paul und Richard waren stets die gehorsamen Knechte Eustaches«, entgegnete Charis hart. »Von ihnen könnt Ihr weder Loyalität noch Stärke erwarten.«

»So sei es.« Der König nickte. »Tinténiac gehört Euch, Simon d'Escoudry. Haltet es für Euren König und beschützt die Menschen, die dort wohnen. Ich gebe Euch meine Erlaubnis, die Streitaxt aus dem Wappen zu nehmen und sie durch Euer Schwert zu ersetzen!«

Dann wandte er sich an den Schreiber, der hinter seinem Stuhl stand. »Sorgt dafür, daß die Urkunden bald ausgefertigt werden, damit der neue Baron von Tinténiac sich so schnell wie möglich um sein Lehen kümmern kann. Soweit ich weiß, wird er dort einige Verwüstungen vorfinden, die er vor Einbruch des Winters beseitigen muß ...«

Der zynische Nachsatz bewies, daß der König sehr wohl die Ironie der Tatsache zu würdigen wußte, daß Simon nun gezwungen war, die Folgen seines eigenen Überfalls zu beseitigen.

»Und was Euch betrifft, meine Dame ...« Wieder wandte er sich Charis zu, die ihm jedoch ungeniert ins

Wort fiel. Sie hatte nichts mehr zu verlieren, und nicht einmal das königliche Wohlwollen kümmerte sie noch.

»Verzeiht, was meine Person betrifft, so bitte ich Euch, diese Ehe zu annullieren, die mich mit Simon d'Escoudry verbindet. Es war ohnehin nur eine politische Heirat. Erlaubt mir, mich hinter die Mauern eines Klosters zurückzuziehen und mein Leben Gott zu widmen. Es war schon immer mein Wunsch, dies zu tun!«

Nur die Röte in Simons Gesicht verriet den Aufruhr, der in ihm tobte. Wie kam Charis dazu, so etwas zu erbitten? Wollte sie sich tatsächlich mit all ihrer Leidenschaft, ihrem Temperament und ihrer Schönheit hinter dem Nonnenhabit verstecken? Ihre Liebe gegen Litaneien, ihre Leidenschaft gegen Keuschheit eintauschen?

Auch der König hatte seine Bedenken. Er zögerte, die Bitte der jungen Edeldame zu erfüllen. »Ich kann nicht glauben, daß Ihr das ernst meint!«

»Ich schwöre es bei der Seele meines unschuldigen Vaters, daß es mein freier Wille und Wunsch ist, dies zu tun!« antwortete sie feierlich.

Der König schwieg lange, und nach einem neuerlichen Blick auf Simon traf er endlich seine Entscheidung. »Wenn Ihr diesen Wunsch morgen, wenn ich weiterreise, immer noch haben solltet, werde ich ihm entsprechen, Dame Charis! Und nun laßt uns ein Ende machen. Laßt uns die Becher auf den Frieden zwischen Tinténiac und Glain heben, der nun für immer besiegelt ist!«

Simon hob den Becher, ohne sich jedoch wirklich bewußt zu sein, was er tat. Er war wie betäubt. Er begriff nicht, was um ihn herum geschah. Er vermochte sich nicht einmal über die Erfüllung seines sehnlichsten Wunsches zu freuen. Der König hatte ihm ein reiches und bedeutendes Lehen zugesprochen, aber er wußte, daß er es in jedem Augenblick freudigen Herzens gegen ein Lächeln von Charis eingetauscht hätte.

Doch sie wich seinem Blick aus. Sie stand neben Léonie in ihrer veilchenfarbenen Pracht und wirkte wie eine steinerne Statue. Alles Leben schien aus ihr gewichen zu sein, seit er sie von ihren Fesseln losgebunden hatte. Keine Wunde verunstaltete den schönen Körper, aber die Seele war tödlich getroffen worden.

Sie wirkte so entrückt und fern, daß er nicht einmal wagte, sie in die Arme zu nehmen. Er hatte Angst, er würde sie daran erinnern, welche Beleidigungen man ihr angetan hatte. Wie konnte er ihr begreiflich machen, daß er sich nur der Tatsache versichern wollte, daß sie noch lebte und nicht zu Eis geworden war?

Charis hingegen hielt eben dieses Zögern für die endgültige Bestätigung all ihrer Befürchtungen. Sie war beschmutzt, beleidigt und erniedrigt worden; eine solche Frau begehrte kein Mann, der auch nur einen Funken Stolz besaß. Ihr Leben würde nicht genügend Tage haben, um all die Dummheiten zu bedauern, die sie begangen hatte.

Das einzige, was ihr zu tun übrigblieb, war, auf eine Weise von Simon Abschied zu nehmen, die ihm zeigte, daß sie ihm keine Vorwürfe machte. Sie würde aus seinem Leben verschwinden, wie sie gekommen war, ohne die geringsten Spuren zu hinterlassen.

25. Kapitel

»Ich ahnte, daß ich Euch hier finden würde.«

Roxana fuhr auf, als sie die vertraute Stimme hörte. Sie hatte Zuflucht beim Grabmal des Falken gesucht, obwohl das Gebet ihr nicht die ersehnte Ruhe zu schenken vermochte.

»Majestät«, murmelte sie mit ihrer melodiösen Altstimme und sank in eine Reverenz.

»Nicht!« Er packte sie an den Schultern und zog sie hoch. »Was ist passiert? Weshalb wart Ihr nicht in der Halle? Weshalb muß ich Euch suchen, wenn ich nach Glain komme, um mit Euch zu sprechen?«

Die ungeduldigen Vorwürfe des Monarchen entlockten

Roxana ein kleines Lächeln. Es tat gut, ihn zu sehen, und unwillkürlich fuhr ihre Hand zu dem kostbaren Medaillon, das sie unter ihrem Kleid trug. Die Verzweiflung, die sie erfüllt hatte, begann langsam wie eine schwere Wolke zu weichen. Philipps bloße Gegenwart hatte die Kraft, Roxanas Wunden zu heilen.

»Was ist passiert?« wiederholte er und zog Roxana auf eine der einfachen Kirchenbänke.

Erst jetzt sah sie, daß er allein gekommen war. Sie konnte nicht ahnen, daß der Graf von Clermont vor der Kirchentür wachte und dafür sorgte, daß sein königlicher Bruder nicht gestört wurde.

»Ihr wißt es doch längst«, flüsterte Roxana leise. »Muß ich erst Namen nennen?«

»Ihr macht Euch zu viele Sorgen, *petite.*« Der König benutzte denselben zärtlichen Namen wie Simon. »Karl von Anjou ist nicht allmächtig, und seine Helfershelfer sind enttarnt und tot. Er ist ein intelligenter und vorsichtiger Mann. Jetzt, wo er weiß, daß meine Hand schützend über den Söhnen des Falken liegt, wird er nicht wagen, sie ein weiteres Mal anzugreifen.«

»Ich wünschte, ich könnte Euch glauben.« Roxana seufzte. »Niemand hat verdient, Schaden zu erleiden für Fehler, die sein Vater gemacht hat.«

»Oder sein Bruder«, fügte der König hinzu. »Verrat mir, was hinter der makellosen Stirn dieser schönen großen Frau vorgeht. Ich kann nicht glauben, daß sie den Rest ihres Lebens in einem Kloster verbringen will, und Simon d'Escoudry läuft mit einem Gesicht herum, als hätte ich ihm nicht eines der reichsten Lehen der Normandie gegeben, sondern ihn zum Tode verurteilt.«

»Was?« Roxana fuhr auf. Offensichtlich waren etliche wichtige Dinge passiert, von denen sie noch nichts wußte. Während sie in Tränen aufgelöst um Vergangenes getrauert hatte, war die Wirklichkeit durcheinandergeraten.

»Wenn Dame Charis etwas anbetet, dann ist das der Boden, auf den dieser blonde Hüne seinen Fuß setzt«, erklärte sie.

»Weshalb verlangt sie dann die Annullierung ihrer Ehe und die Erlaubnis, sich zu irgendwelchen Nonnen zurückziehen zu dürfen?« Der König runzelte die Stirn. »Ich begreife diese Escoudrys nicht. Weder die Männer noch die Frauen, die sie sich erwählen.«

»Sie sind nicht komplizierter als andere.« Wieder lächelte Roxana. Sie atmete tief durch und fühlte, wie die Last auf ihrem Herzen ein wenig leichter wurde. »Aber sie sind stolzer, härter und schwerer zu überzeugen. Mir scheint, ich werde ein Wort mit Dame Charis reden müssen.«

»Tut das.« Der König nickte versonnen. »Es scheint mir schlimme Verschwendung, die beiden voneinander zu trennen. Sie werden ein Geschlecht von Riesen in die Welt setzen, das die Schar meiner Ritter auf das Trefflichste verstärken dürfte.«

Roxana dachte an diesen königlichen Traum, als sie Charis dabei fand, wie sie sich mit hochrotem Gesicht über ihre Waschschüssel beugte und den Inhalt ihrer letzten Mahlzeit hinein spuckte. Sie stützte sie schweigend und reichte ihr danach ein feuchtes Tuch, damit sie sich säubern konnte, während sie die Schüssel in den Abtritt kippte.

»Danke«, seufzte Charis, als Roxana zurückkam. »Ich weiß nicht, was mit mir los ist. Bisher hatte ich einen dankbaren Magen, aber im Moment kann ich nicht einmal den Duft von Gesottenem und Gebratenem ertragen, ohne daß es mir auf der Stelle übel wird. Aber, was rede ich ... wie geht es dir?«

Roxana wußte, daß Charis auf die Geschehnisse im Gewölbe anspielte und sich daran erinnerte, wie verzweifelt Roxana den Tod ihres einzigen Freundes beweint hatte.

»Es geht mir gut«, erwiderte sie so ernst, daß Charis keinen Zweifel daran haben konnte. »Wenn ich etwas zutiefst bedauere, dann nur die Tatsache, daß ich Euch und die

Menschen auf Glain in Gefahr gebracht habe. Ich hätte schon viel früher merken müssen, daß Omar zwei Gesichter hat. Ich war zu jung und zu dumm, um etwas anderes in ihm zu sehen als einen treuen Diener, der mich von Geburt an umsorgt und bewacht hat. Es ist gut, daß er seinen Frieden gefunden hat; ich hätte es nicht ertragen, ihn anklagen zu müssen.«

Charis begriff sehr gut, was in ihr vorging. Auch sie hatte lange gezögert, ehe sie vor sich selbst zugeben konnte, was für ein abgrundtief schlechter Mensch ihr Bruder war.

»Du wirst sehen, die Dinge werden leichter, wenn die Zeit fortschreitet«, behauptete sie und versuchte das eigene, schmerzende Herz zu ignorieren, das diesen Rat hartnäckig leugnete.

»Nur wenn man die richtigen Entscheidungen trifft«, widersprach Roxana. »Wie ich höre, seid Ihr dabei, das Falsche zu tun!«

Charis zuckte zusammen, aber kein Laut kam über ihre Lippen.

»Ihr wollt Simon verlassen.«

»Ich muß es tun«, hauchte Charis und verschlang nervös die Finger ineinander. »Er wird eine andere, würdigere Gemahlin finden.«

»Mag sein. Aber keine, die sein ungestümes Blut so in Wallung bringt«, erklärte Roxana direkt. »Was ist los mit Euch? Ihr liebt ihn doch, oder lauft Ihr vor dieser Einsicht immer noch davon?«

»Was nützt es, ihn zu lieben, wenn er mich verachtet?« entgegnete Charis und trat zum Fenster. Sie war es nicht gewöhnt, über ihre Gefühle zu sprechen.

»Wer sagt Euch, daß er das tut?«

»Ich fühle es«, antwortete Charis. »Ich lese es in seinen kalten Blicken. Ich muß fort, ich ertrage es nicht länger!«

Schon der Wunsch des Königs zu warten, bis er Glain verließ, stellte Charis' Geduld auf eine schier unerträgliche Probe.

Roxana dachte nach. Es hatte den Anschein, als sei Charis nicht mit vernünftigen Argumenten zu überzeugen. Sie mußte also einen anderen Weg finden.

Sie fand Simon auf dem Übungsplatz, wo er die Männer musterte, die Eustache de St. Lubin bei sich gehabt hatte, und jene aussortierte, die ihm dienen sollten. Es war ein wilder Haufen, aber Roxana zweifelte nicht daran, daß Simon Manns genug war, sie zum Gehorsam zu bringen. Die beiden Brüder St. Lubin waren nicht dabei. Sie hatten es vorgezogen, im Dunkel der vergangenen Nacht zu fliehen, und niemand hatte sich die Mühe gemacht, sie zu verfolgen.

Roxana warf einen prüfenden Blick in die Runde und stellte fest, daß ein weiteres Gesicht fehlte. »Habt Ihr Bec Noir an die Spitze des Torturmes gehängt oder bereits in der Latrine versenkt, Simon?« erkundigte sie sich so freundlich, als hätte sie ihn um die Bestimmung der Tageszeit gebeten.

Simon sah auf sie herab. Es fiel ihm auf, daß Roxana an diesem Tag auf ihre Nonnenhaube verzichtet hatte und ihre dicken Zöpfe lediglich mit einem kleinen, koketten Schleier bedeckte.

»Der Schwarze hat es vorgezogen, das Weite zu suchen, ehe ich ihn mir vornehmen konnte«, entgegnete Simon knapp. »Es ist vermutlich für uns beide die beste Lösung, denn die Latrine wäre mir noch zu schade für diesen schurkischen Verräter gewesen. Was führt dich zu mir, *petite*? Dies ist kein Ort, an dem sich Frauen aufhalten sollten! Mach du weiter, Rogier!«

Er führte Roxana vom Kampfplatz und sah sie forschend an. Doch ihr Gesicht wirkte glatt und ruhig, zeigte keine Spuren von dem, was sie hatte erleben müssen. Wenn überhaupt, so schien sie ein wenig reifer und fraulicher. Das Kind war über Nacht erwachsen geworden, wieso fiel das eigentlich niemandem auf?

»Eure sattsam bekannte Meinung über Verräter«, begann Roxana, die versuchen wollte, ihn aufs Glatteis zu führen. »Gilt sie auch für Eure Gemahlin?«

»Charis? Du bist närrisch, Kleine! Wer behauptet, daß Charis eine Verräterin ist?«

»Sie selbst«, antwortete sie ruhig. »Und vor Eurem Duell mit ihrem Bruder wart Ihr auch nicht gerade zimperlich mit den Beschuldigungen, die Ihr ihr an den Kopf geworfen habt.«

»Was hätte ich in diesem Augenblick anderes denken sollen?« Simon seufzte schuldbewußt. »Dabei war mir trotz allem im tiefsten Grund meines Herzens bewußt, daß ich sie liebte. Daß ich alles tun würde, um sie zu behalten. Ich begreife nicht, warum sie meine Liebe ablehnt. Dabei ...«

Er brach ab, weil er mit seiner Halbschwester nicht über Dinge reden wollte, die viel zu privat für eine solche Diskussion waren. Aber konnte eine Frau, die so leidenschaftlich und hingebungsvoll liebte, tatsächlich als Nonne Zufriedenheit und Glück finden? Mußte man eine solche Person nicht vor sich selbst schützen?

»Sie lehnt Eure Liebe nicht ab, sie glaubt, daß Ihr nichts mehr für sie empfindet! Daß ihr sie verachtet und nicht mehr haben wollt.«

»Was für ein Unsinn!« rief Simon entrüstet.

Roxana lachte leise auf. Sie hatte es gewußt! »Sagt es ihr! Geht zu Ihr und haltet sie fest, bis sie Euch glaubt. Sie gehört nicht zu jenen Menschen, die leicht zu überzeugen sind! Ein wenig Hartnäckigkeit werdet Ihr schon beweisen müssen.«

Sie hatte noch nicht ganz ausgesprochen, da wurde sie um die Taille gefaßt, hochgehoben, durch die Luft geschwenkt, brüderlich auf beide Wangen geküßt und wieder auf die Erde gestellt.

»Ich denke, unser Herr Vater hatte unverschämtes Glück, als er Eure Mutter kennengelernt hat. Wenn sie auch nur halb so prächtig war wie ihre Tochter, begreife ich, weshalb er nicht nein sagen konnte!« erklärte Simon und rannte dann zum Haupthaus.

Roxana schaute ihm nach und schnappte nach Luft. Ein wenig empört, ein wenig gerührt und vor allem ungeheuer glücklich. Wenn Simon seinem Vater in diesem Moment verzeihen konnte und ihr ein solches Lob aussprach, dann war das mehr wert als alle königlichen Schätze. Omar mochte tot sein, aber es hatte den Anschein, als wäre sie trotzdem nicht länger allein auf der Welt.

Dame Reinette brachte hastig den Stapel Leinentücher in Sicherheit, den sie gerade für das Festmahl in die große Halle schleppte. Sie hatte alle Hände voll zu tun, denn wenn der König von seinem Ausritt mit Mathieu d'Escoudry und dessen Gemahlin über die Ländereien von Glain zurückkam, sollten sich die Tische unter Köstlichkeiten biegen. Einen Seigneur, der wie ein wildgewordener Stier über ihre kostbaren Tischtücher trampelte, konnte sie zu allerletzt gebrauchen.

Außer daß Simon vor der Steintreppe eine Magd umrannte, passierte kein größeres Unglück, und die Vorbereitungen konnten weitergehen, während er, mehrere Stufen auf einmal nehmend, in die Wohngemächer stürzte. Ehe Charis begriff, was geschah, hatte er bereits die Tür aufgerissen, mit einem Fußtritt geschlossen, und sie selbst saß nicht mehr auf dem Polster in der Fensternische, sondern ruderte hilflos zappelnd in seinen starken Armen.

»Was ... laßt mich ...!«

»Das sagt Ihr jedes Mal, wenn es mir gelingt, Euch zu überraschen«, antwortete der eben noch so heißblütige Ritter unerwartet zärtlich und küßte sie auf die Stirn. »Und ich antworte Euch das, was ich Euch schon beim ersten Mal gesagt habe: Findet Euch damit ab, daß Ihr Simon d'Escoudry gehört, meine Schöne!«

Charis' Kehle war zugeschnürt. Vor nicht allzu langer Zeit hatte sie behauptet, lieber dem Fürsten der Hölle gehören zu wollen, aber nun wollte ihr keine Lüge mehr über die Lippen. Sie ertrank in seinen grünen Augen und gab jeglichen Widerstand auf.

»Ich liebe dich, meine Schöne!« sagte Simon leise und andächtig, und Charis empfand seine Stimme wie ein Streicheln. »Ich wußte nicht, daß es ein solches Gefühl gibt. Es erschreckt mich ein wenig, weil es so heftig ist und alles andere unbedeutend wirken läßt. Ehre, Stolz, Pläne, Wünsche und Träume. Ich würde mein Leben gern für immer in Eure Hände legen, Charis! Wollt Ihr die Meine sein?«

Ehe Charis begriff, was er tat, hatte er sich auf ein Knie niedergelassen und griff nach ihren Händen.

»Ich schwöre Euch, daß ich Euch lieben und ehren, für Euch sorgen, Eure Ehre verteidigen und Eure Wünsche erfüllen werde. Ich möchte an Eurer Seite alt werden und in Euch die Mutter meiner Kinder lieben! Schenkt mir Eure Liebe, ich bitte Euch darum!«

Es war vielleicht nicht wortwörtlich der Eheschwur, den er im Angesicht Gottes geschworen hatte, aber die Eindringlichkeit, mit der er diese Worte aussprach, verschlug Charis den Atem. Da war es, das Wunder, um das sie gebetet hatte!

»Ja, ich will!« antwortete sie scheu und beugte sich vor, um ihn zu küssen.

Der vorsichtige, sanfte Kuß, der noch ein wenig nach Tränen und Leid schmeckte, verwandelte sich schnell in eine leidenschaftliche Zärtlichkeit. Er endete damit, daß sie sich beide in geradezu unziemlicher Hast von ihren Kleidern befreiten und auf das breite Bett sanken, dessen Decken sich kühl und glatt unter Charis' Rücken anfühlten.

»Ich dachte, du verachtest mich, weil ...«

»Pst!« Während Simon sie erneut küßte, begann er, ihre Brüste zu liebkosen. Als er mit den Daumen sanft über die rosigen Knospen strich, die sich ihm entgegenreckten, konnte Charis nur noch lustvoll stöhnen.

»Vergiß, was geschehen ist«, flüsterte Simon ihr zu. »Oder sag dir, daß man ein solches Glück, wie wir es gefunden haben, eben nicht ohne Wunden und Schrammen erkauft. Egal, wir haben gesiegt, und du gehörst mir! Niemand kann uns je wieder trennen.«

Charis umklammerte die starken Schultern und wußte, daß er recht hatte. Wenn Simon sie liebte, konnte sie alles ertragen, alles vergessen und alles erschaffen. Wenn er nur bei ihr blieb.

»Ich liebe dich!« Wie von selbst kamen die Worte über ihre Lippen. »Ich wollte sterben ohne dich. Hätte mich Omar nicht entführt, ich weiß nicht, ob ich der Versuchung hätte widerstehen können, mich über die Zinnen zu stürzen.«

»Ich liebe dich auch!« Simon küßte sie zwischen ihren Brüsten. »Eines Tages wirst du mir erklären, was es mit deinen Bogenkünsten auf sich hat.«

»Woher weißt du das?« Charis seufzte und glaubte unter den Liebkosungen zu zerfließen.

»Roxana«, murmelte Simon ein wenig heiser, denn die Art, wie Charis ihre Hüften an ihm rieb, machte ihn ganz atemlos. »Unser guter Engel. Ohne sie hätte ich nie den Mut gefunden, diese Mauer aus Kälte und Hochmut zu überwinden, die du vor dem König um dich aufgezogen hast. Ich hätte es nicht gewagt, dich in die Arme zu nehmen, um dich nicht an all das Schreckliche zu erinnern, was passiert war.«

Charis stöhnte auf und schlang ihre langen Beine fordernd um seine Hüften. »Laß mich nicht länger warten!«

In diesem Moment wollte sie nicht den langen zärtlichen Kampf, das Hinauszögern und Steigern der Lust. In diesem Moment wollte sie nur die klare, unverfälschte Bestätigung dafür, daß sie begehrt und geliebt wurde, daß es keine Mißverständnisse und Probleme mehr zwischen ihnen gab.

Simon folgte der Aufforderung und drang ungestüm in sie ein, und Charis schrie leise auf, als sie ihn so machtvoll in sich spürte.

Charis glaubte, die wilde Lust nicht länger ertragen zu können, die sich in ihr aufbaute und die sie mit sich riß. Wild und verlangend bog sie sich Simon entgegen, wollte ihn noch tiefer fühlen. Eine heiße Woge der unglaublichsten Gefühle trug sie fort, ließ sie den überwältigendsten Rausch erleben, den sie jemals empfunden hatte. Sie hatten endlich vollkommen zueinandergefunden und besiegelten nun mit ihren Körpern den Bund, den ihre Herzen schon geschlossen hatten und den sie beide vor Gott und den Menschen für immer eingegangen waren.

26. Kapitel

Der kostbare Silberpokal enthielt den besten Wein aus den Fässern von Glain, und Dame Léonie kredenzte ihn dem König auf den Stufen der großen Halle, wo sich alles, was in Glain Rang und Namen hatte, zu diesem Fest versammelt hatte. Die zahllosen Kerzen, Laternen, Fackeln und Leuchter tauchten die Halle in helles Licht und buntes Leben.

Aus dem Hof drang das Prasseln der großen Feuer, an denen sich die Ochsen für die Dorfbewohner drehten, die Musikanten hatten für einen Moment ihre Instrumente abgesetzt, denn alle warteten auf die Worte des jungen Königs, der nun seinen Pokal hob und sich zufrieden in der Burg umsah.

»Laßt das Fest beginnen!« rief er fröhlich und hob den Pokal, ehe er einen tiefen Schluck nahm und ihn an den Hausherrn weiterreichte.

Die Hörner erklangen, und die Prozession der Diener mit den Speisebrettern tauchte aus den Küchengewölben auf. Allgemeine Jubelrufe brandeten auf, und erst jetzt entdeckte Philipp von Frankreich Roxana, die so anders aussah, daß er im ersten Augenblick daran zweifelte, ob sie es überhaupt war.

Sie trug eines der Gewänder, die Léonie eigens für sie hatte anfertigen lassen und die bisher in einer Truhe geruht hatten, weil sie sich noch nicht bereit gefühlt hatte, von ihren Kinderkleidern Abschied zu nehmen.

Als sie jetzt dem Wink des Königs folgte und zu ihm trat, ging ein Raunen durch die Anwesenden. Roxanas türkisfarbenes Samtgewand war unter der Brust mit einem breiten goldenen Gürtel gefaßt und endete in einer kleinen, hermelingesäumten Schleppe. Auch die Ärmel, die bis zum Ellbogen eng waren und sich dann glockenförmig weiteten, waren mit Pelz besetzt, und der spitze Ausschnitt, der sich von den Schultern bis zu einem schmalen Schlitz auf den Gürtel senkte, wurde ebenfalls davon geziert. Roxanas schwarze, seidige Haare, die sie offen trug, wurden von einem schmalen Stirnreif aus Gold gehalten.

Doch diese elegante Kleidung wirkte nur wie ein kostbarer Rahmen für das schmale aparte Antlitz. Wenn Charis die Königin dieses Festes war in ihrem strahlenden Glück, so war Roxana die Fee aus Mondschein. Ein zartes Elfengeschöpf, das völlig unirdisch wirkte und dessen Anblick ihren Brüdern schlicht die Sprache verschlug.

»Erlaubt, daß ich Euch zu Tisch führe, kleine Roxana!«

Der König streckte ihr die Hand hin, und Roxana legte ihre graziös darauf. In diesem Moment gab es niemanden in der Halle, der sich darüber wunderte, daß Philipp von Frankreich einem kleinen Bastard-Mädchen diese Gunst erwies. Welcher Makel auch immer Roxanas Geburt befleckte, sie war schön, tapfer und edel genug, um die Zuneigung eines Königs zu verdienen; darin waren sich alle einig.

Roxana gefiel die neue Rolle unerwartet gut. Sie hatte es nun nicht mehr nötig, sich zu verbergen. Ihre Feinde waren besiegt. Hatte nicht der König selbst gesagt, daß Karl von Anjou klug genug war, um vorerst seine Fehde einzustellen? Warum nicht dieses Fest feiern, das ihr wie der Beginn eines neuen, aufregenden Lebens vorkam?

»Sie ist beileibe nicht mehr das Kind, für das wir sie alle gehalten haben«, sagte in diesem Moment Rogier zu Simon und zwang sich dazu, endlich die Augen von Roxanas entzückender Erscheinung abzuwenden. »Weißt du eigentlich, wie alt sie genau ist?«

»Ich hielt sie für vierzehn oder so«, entgegnete Simon. »Aber das kann nicht sein! Sieh dir nur diese Figur an. Das Mädchen könnte einen Heiligen ins Schwitzen bringen.«

»Sie ist achtzehn«, mischte Charis sich ein.

»Achtzehn?« fuhr Rogier auf. »Bei Gott, woher wißt Ihr das?«

»Ich habe sie gefragt«, entgegnete Simons Frau trocken und unterdrückte ein Lächeln. Die Mischung aus eifersüchtigem Beschützerinstinkt und männlichem Interesse, die Roxana bei ihren Brüdern so plötzlich entfacht hatte, amüsierte sie.

»Wir müssen sie verheiraten«, erklärte Simon praktisch. »Ein solches Mädchen muß verheiratet werden, ehe es alles auf den Kopf stellt!«

»Bei Gott, diese unheilvolle Leidenschaft für Ehen, die in unserer Familie plötzlich ausgebrochen ist«, lästerte Rogier. »Warum geben wir Roxana nicht die Gelegenheit, ein wenig mehr vom Leben zu sehen als nur Glain? Sie hat es verdient. Ich nehme sie mit an den Hof! Es wird amüsant sein, wie sie den Hühnerhof der Edeldamen um die Königin und die Königinmutter durcheinanderbringt.«

»Übertreibt nicht«, warnte Charis besorgt. »Diese Damen verfügen über spitze Zungen, und wenn Roxanas Herkunft bekannt wird, könnte sie mehr Demütigungen ausgesetzt sein, als selbst sie ertragen könnte.«

Ihr Argument machte Rogier nachdenklich, und er ließ das Thema fürs erste fallen. Charis hatte recht. So bezaubernd dieses fremdartige Mädchen war, das ihnen der Falke ins Haus geschickt hatte, bei Hof zählten in erster Linie Geburt und Herkunft. Roxana war die Bastard-Tochter des Falken, und deshalb würde ihr niemand den nötigen Respekt entgegenbringen.

Es war der König, der das Problem löste, als er sich am nächsten Tag zum Weiterreiten rüstete. Seine Männer hatten sich bereits formiert, und der Graf von Clermont hielt den königlichen Hengst am Zügel. Es war Zeit zu reiten, wenn man vor der übernächsten Flut den Mont St. Michel erreichen wollte. Der König wollte die heiligen Männer vom Berg bitten, für seinen bevorstehenden Feldzug gegen Aragon zu beten.

»Ich wünsche Euch bei Hofe zu sehen, Roxana d'Escoudry!« erklärte er förmlich und blickte auf das junge Mädchen herab, das er bei jedem Treffen mehr zu schätzen lernte. »Ich werde meine Gemahlin bitten, Euch als Ehrendame in ihrem Kreis aufzunehmen, und es würde mich freuen, Euch spätestens nach den Unbilden des Winters zum nächsten Osterfest bei Hofe zu begrüßen. Ihr steht mir dafür ein, Rogier! Gott schütze Euch, Roxana!«

Die anmutige Geste, mit der Roxana das Medaillon unter ihrem Gewand berührte, war ihm bereits vertraut. Ein geheimes Zeichen, das ihr Einverständnis ausdrückte. Sie hatte keine Angst mehr davor, Karl von Anjou endlich gegenüberzutreten. Im Gegenteil, mit ihrer Hilfe konnte es ihm vielleicht sogar gelingen, dessen Machenschaften besser zu kontrollieren.

»Der Hof!« wiederholte Dame Léonie fassungslos, als die Kavalkade des Königs durch den Torbogen ritt. »Willst du das denn, Roxana?«

»Es ist doch wohl keine Frage des Wollens mehr«, mischte sich Rogier ein. »Wenn sie einen Ruf als Ehrendame der Königin bekommt, muß sie gehorchen!«

»Regt Euch nicht auf, ich will ja gehorchen!« Roxana machte der beginnenden Diskussion ein Ende und sah sich strahlend im Kreis ihrer Familie um. »Ostern werde ich am Hof des Königs von Frankreich verbringen. Ich glaube, der Gedanke gefällt mir! Nur schade ...«

»Was ist schade?« wollte Simon wissen.

Sie legte den Kopf schief, und als sie zu Simon aufblickte, tanzten mutwillige Teufelchen in ihrem Blick. »Es ist nur schade, daß ich dann nicht erleben werde, wie Ihr Euch aufführt, wenn Eure Gemahlin im Frühsommer Euren Erben zur Welt bringt!«

»Im Früh ... einen Erben ...?« ächzte Simon und fuhr zu Charis herum, die mit exakt der gleichen fassungslosen Miene Roxana betrachtete.

»Woher ... wieso ...« murmelte Charis entgeistert und griff hilfesuchend nach ihrem Gemahl, der sofort einen Arm schützend um sie legte. Eine Geste, die Charis völlig fremd war, denn bisher hatte es keinen Mann in ihrem

Leben gegeben, der groß genug gewesen wäre, das zu tun, ohne lächerlich zu wirken.

»Fragt Léonie, ob es normal ist, daß Ihr den Geruch von Gesottenem und Gebratenem nicht ertragen könnt und jede Morgenmahlzeit in Eure Waschschüssel spuckt«, meinte Roxana vergnügt und lachte über all das neugierige Volk, das sich um die Söhne des Falken und ihre Frauen scharte.

Die freudigen Hochrufe des Gesindes und Dame Reinettes begeisterte Glückwünsche nahmen Léonie die Antwort ab. Während man sie ringsumher hoch leben ließ, sahen sich Simon und Charis an, als befänden sie sich allein auf der Welt. Selbstvergessen und einer völlig versunken in den Anblick des anderen.

Ein Kind. Sie würden ein Kind bekommen. Wie von selbst fanden sich ihre Hände, und Charis sank zu einem innigen Kuß in Simons Arme. Sie hörten die Hochrufe nicht, sie waren in ihrer Liebe und ihrem Glück in einer anderen Welt verloren.

Roxana legte erneut den Kopf schief und schaute den beiden Liebenden höchst fasziniert zu.

»Er wird sich schrecklich aufführen, Léonie! Ihr werdet dafür sorgen müssen, daß ihn Mathieu so mit Wein abfüllt, daß er nicht mehr denken kann. Es ist die Eigenheit solcher starken Männer, daß sie völlig närrisch werden, wenn eine Frau die Arbeit tut, für die sie von Gott geschaffen wurde.«

Mathieu d'Escoudry sah seine Halbschwester bestürzt an, während Léonie in helles Gelächter ausbrach.

Sie hatte alles versucht, Roxana zu einer Dame zu erziehen – und das war das Ergebnis! Nun, dann würde ihre kleine Schwägerin eben ihren Weg bei Hofe machen müssen, wie sie war. Bezaubernd, direkt, unberechenbar und gefährlich einnehmend.

ENDE